U0107239

崇禎皇帝

CHONG ZHEN HUANG DI

崇禎皇帝

◎ 姚雪垠 著

 上

華藝出版社
HUA YIPUBLISHING HOUSE

■ 姚雪垠创作《李自成》有感 七律《抒怀》

堪笑文通留恨賦　恥將意氣柔兒女

瀲眼春光千瀚湧　揮筆秋風萬馬

来願共雲霄爭馳騁　豈容杯酒持

徘徊夢陽時晚戈精奮棄杖鄲林亦

北哉　书七一年旧作七律一首

七七年十月　姚雪垠

长日落，卷巨澜，人生西藏历百

年，身一派也青女雪银镜而

山冠中颜，三之弄勤勉现勃媒山云

使然然笑上戴神通憾姚气颜首

叹九泉

丁一贺　《崇祯皇帝》出版有感　七律　《补撼》

上册·目录

序：未能中兴反亡国

田永清

现在奉献在读者面前的这部《崇祯皇帝》，是长篇历史小说《李自成》的节选本，由姚雪垠之子姚海天和王维玲先生整理。

今年五六月间，海天同志根据父亲生前遗愿，将他们合作完成的这部书稿交给我，嘱我抽空读一读，提提意见，然后写一篇序言。并特别嘱咐我以《李自成》的忠实读者、姚老生前友好和职业军人这三重身份，从新的视角来谈谈《崇祯皇帝》，这对帮助读者阅读这部书，进而了解《李自成》全书，可能会有所裨益。

姚老是享誉文坛的大家，他的皇皇巨作《李自成》是历史画卷、悲壮史诗，可谓博大精深、撼人心魄、影响深远。由我这个退休老兵作序，无论是职业、年龄，还是学识、名气，与姚老都极不相称，故实不敢当，再三推辞。但在海天的盛情之下，我只好背负着沉重的压力，怀着诚惶诚恐的心情，试着写作这篇序言。

的确，我是《李自成》的忠实读者，早在上个世纪六七十年代，《李自成》第一、二卷一面世，我就和众多读者一样争相购买、爱不释手、昼夜阅读，从中得到莫大的读书乐趣，汲取了丰富的历史文化知识，也常常陷于对明末风云变幻历史的沉思之中。

因对《李自成》的喜爱，对其作者自然也十分敬仰。记得是在 1987 年 8 月，在友人冯天瑜教授的引见下，我有幸结识了姚老。之后，我与姚老交往日频，成了年龄悬殊、职业迥异的忘年交。在多年的交往中，姚老的学识、学风和人格、人品，使我受到深刻的教诲、启迪和影响，老人家的确是我的良师益友。

姚老生于 1910 年，卒于 1999 年。他从 19 岁开始发表小说《两个孤坟》，到逝世前完成《李自成》第 4、5 卷，文学创作生涯长达 70 年之久。他一生

著作甚丰，成就斐然。他早期创作的《差半车麦秸》、《牛全德与红萝卜》、《春暖花开的时候》、《长夜》等中长篇小说，在上个世纪三四十年代曾产生过广泛的影响。他中老年创作的《李自成》，则是其最为著名、影响最大的代表作。

我们很多人熟知姚雪垠的大名，多是从争相阅读这部大作开始的。姚老在中国文学史上的重要地位，在很大程度上也是由这部大作所奠定的。姚老的这部大作，追求历史科学与小说艺术的有机结合，追求笔墨变化之美，丰富多彩之美，在壮美与优美之间交互变化，而以壮美为主调。它气势恢宏，又波澜壮阔，颇具中国风格和中国气魄，并且百科全书式地展现了17世纪中国社会生活的真实情景。全书330余万字，历时42年完成。《李自成》的规模之大，创作时间之长，反映生活之广，刻画人物之多，在古今中外的文学作品中都是极为罕见的。《李自成》以多方面的艺术成就和独特的贡献享誉中外，被公认为是"五四"以来长篇历史小说的填补空白之作，是具有里程碑意义的文学巨著。毛泽东、邓小平等老一辈革命家，生前曾对《李自成》的创作给予过直接的关心和支持，作出过重要指示和批示，并对《李自成》给予充分的肯定和高度的评价，这更在中国文学史上留下了将被人们永远传诵的佳话。

大家知道，毛泽东谙熟我国古代文学名著，他本人也是写文章的大家，但他一般不看当代人写的小说，可他对《李自成》却情有独钟。早在上个世纪60年代，《李自成》第一卷出版不久，他就曾对王任重同志这样说："姚雪垠的《李自成》第一卷分上下两册，上册我已看了，写得不错。"1975年10月，姚老在"四人帮"的严重干扰下，无法继续创作《李自成》以后各卷，在万般无奈之下，只得上书毛泽东，由胡乔木同志转呈。处于暮年且在病中的毛泽东很快作出批示："印发政治局各同志。我同意他写《李自成》小说二卷、三卷至五卷。"

1977年8月下旬，复出不久、日理万机的邓小平，在听取文艺界领导同志汇报工作时，专门谈到了《李自成》，他说："《李自成》第一卷写得很精彩，可以说无懈可击。第二卷能写到这样的水平，也是十分难得的。听说他在写第三卷，不知第三卷怎么样……"

《李自成》在小说结构、语言艺术、民族风格、美学追求以及历史科学与小说艺术的结合等方面的探索和成就，也得到了多位大师级著名人物的充分肯定和高度评价。

《李自成》中对刘宗敏和李信等人物的评价与郭沫若的《甲申三百年祭》观点相违，为此，姚雪垠写信和郭沫若商榷，郭老回信说："我完全赞成你的观点，祝贺你的成功，感谢你改正了我的错误。"

姚雪垠与文学大师茅盾围绕《李自成》的创作，来往书信达73封之多。茅盾对《李自成》总体评价极高，特别赞赏姚老描写的战争场面，"脱尽《三国演义》、《水浒传》之传统写法，疏密相间，呼应灵活，甚佩、甚佩。"

明史权威吴晗这样评价："我认为《李自成》绝不在《水浒》之下，甚至比《水浒》还高。如果拿它同《三国演义》比较，我看它也超过了《三国演义》。因为罗贯中的作品，既没有写生活，结构也不完整。"

美学大师朱光潜这样评价："作者对明末历史背景有充分的掌握，博学多闻，胆大而心细，文笔朴素而生动，《红楼梦》以来，还少见这样好的长篇历史小说。……《李自成》吸收了西洋长篇小说的写法，而又植根于民族土壤。"

作家是主人，读者是上帝，社会是评判。评价一部作品是否具有生命力，一是看它能否经得住读者的考验，二是看它能否经得住时间的考验。据出版社统计，前些年《李自成》前三卷（八册）先后印发了400余万套，总计3200多万册。当时广大读者连夜排队购买，争相传阅，一时洛阳纸贵，供不应求，可见《李自成》在社会上反响之强烈。现在虽然时代不同了，但《李自成》作为传世之作，仍然不断再版，广泛流传于众多读者之中。

《崇祯皇帝》节选于《李自成》五卷本的前四卷（10卷本的前8卷），全书分为18个单元50章，80余万字，约为《李自成》全书的四分之一。由于内容的侧重和结构、人物的变化，该书与《李自成》相比，在主线、副线的安排与叙述上，亦随之有所变化。原书以李自成为首的农民起义军为主线，以崇祯皇帝朱由检和满清崛起为两条副线。而此书则以崇祯皇帝为主线，以李自成为首的农民起义军和满清的崛起为两条副线。该书反映了崇祯皇帝内忧外患的宫廷生活、明朝末年错综复杂的阶级矛盾和民族矛盾；揭示了农民起义军为什么由低潮到高潮蓬勃发展进而推翻朱明王朝；一心想成为"中兴之君"、"千古英主"的崇祯皇帝为什么成为亡国之君；满清为什么迅速崛起入主中原进而统一全国，从而改变了中国近300年的历史；这样一些历史的真实面貌、历史发展的客观规律和历史的经验教训，都在书中真实地、艺术地作了反映。本书严格按照原著节选，在不影响原著小说艺术的原则下，为紧扣全书主旨和各章节的衔接与照应，便于读者阅读，尽管对节选章节的个别地方作了删接、补叙等技术处理，对原来个别的单元之名也略有改动，但读起来有一种恰到好处、天衣无缝之感。没有看过《李自成》全书的读者，很可能感觉不到这是一部节选本。

《李自成》是一部内容丰富、惊心动魄的历史大悲剧，在大悲剧中又包含许多小悲剧，崇祯之死和李自成之死是其中两个最大的悲剧。崇祯和李自成互为主要对手，又是两个最具代表性的悲剧典型。尽管他们代表的阶级不同，所处的环境不同，两人性格迥异，但姚老却以他的生花妙笔，把这两个艺术典型塑造得犹如双峰对峙，各臻其妙。对于崇祯这个地主阶级的总代表、封建社会的最高统治者，姚老并没有采取简单化、脸谱化、漫画化的写法，而是依据历史的真实，运用现实主义的方法，生动、细致、深刻地表现了人物性格的复杂性和丰富性。崇祯并不是荒淫之徒、昏庸之君。他勤于朝政，在明朝永乐以后的历代皇帝中所仅见。特别是他与那个沉湎酒色、20年不理朝政的万历皇帝形成了鲜明的对比。对于这样一位皇帝，姚老既写得翔实细腻，又写得具体生动。他是把崇祯作为一个活生生的有血有肉的人，又具有复杂性格的艺术典型来塑造的，包括他的七情六欲，以及他对将相、后妃、子女、亲友、太监等各种人物的态度。既描写了他忧心国事，苦撑危局，事必躬亲，励精图治，宵衣旰食，一心想做"中兴之君"的一面；又描写了他沽名、诿过、轻信、多疑、善变、专断、暴躁、狠毒、残酷的一面。唯其如此，才显得是真实的、可信的。这是过去描写封建帝王形象的文学作品中少见的艺术典型。

还应指出的是，这部书在突出主线的同时，还浓墨重彩地描写了明朝、满清政权、上层各派政治势力以及农民起义军等方方面面的情形，以细致的笔触描摹了从宫廷到山野、从北京到外地、从官军到义军、从关内到关外的风土人情、典章礼仪、衣冠服饰、饮食起居、作战场面等等，而且这些方面的描写不是生硬地解说，而是有机地融化到情节描写之中，或作为时代氛围的点染，因而是生动的、形象的，读者在阅读时可以从中获得多方面的知识。

过去一些人在谈论国运兴衰成败时，往往发出这样的疑问：天乎？人乎？人乎？天乎？其实一个朝代的兴亡，既在于人事，也关乎气数，这二者往往是兼而有之的。所谓人事，指人为的主观因素；所谓气数，指不以人的意志为转移的客观因素和客观规律。

对于崇祯的亡国，史书上分析原因大致有二：一是客观原因，即大势已倾，积习难挽。明朝的灭亡，是其后期政治腐败、经济凋敝等各种因素发展的必然结果，决非一时所致，一人所为。这种大势所趋，不是任何一个渴望中兴的皇帝所能挽回的。崇祯正是在这种内忧外患、国事日非的背景下黄袍加身的。这位年仅18岁的年轻皇帝，既要"攘外"，又要"安内"，他所采取的基本政策，和中国历代统治者在面临阶级矛盾和民族矛盾尖锐时的态度如出一辙，即"攘外必先安内"。崇祯在位的17年间，明朝一直陷于对内对外两面作战的困境，兵力不足，粮饷枯竭，文官爱钱，武将怕死，兵无斗志，纪律败坏，要挽救这种局面实无良策。崇祯虽然有心中兴，但却无力回天。二是主观原因，崇祯在治国方略和用人方面的各种失误，对于明朝的灭亡也难辞其咎。崇祯登基之后，开局还算顺手，加之铲除魏忠贤阉党集团大得人心，一时间竟有了"英容中兴之君"的美誉。但他却像昙花一现、流星一闪那样，耀眼一刻之后便光彩不再了。明朝从洪武以来，历代皇帝都对文武百官寡恩，用着时倚为股肱，一旦翻脸就抄家灭门，到了崇祯时更是变本加厉、大开杀戒。他十分轻率又十分残酷，不但走马灯似地不断更换大臣，而且对大臣毫不容情，说廷杖就廷杖，说杀戮就杀戮。据粗略统计，他在位17年，共任命、更换过50个内阁大学士（相当于宰相、副宰相），由此可见其用人轻率之一斑。先后由他杀戮的相当于首辅的内阁大学士2人，他直接下令杀死的总督7人，巡抚11人，被迫自杀1人。被他利用特务手段抓进监狱里关押、殴打、间接逼死、自杀或判刑、流放的巡抚、尚书、侍郎多达数十人。他一方面严禁后妃干政，另一方面却荒唐地利用太监监军，使身处一线的将领处处受到掣肘，让人玩弄于股掌之间，这种被捆住手脚的将军领兵打仗，岂有不败之理！他利用东厂、锦衣卫这一套庞大的特务系统，进行暗无天日的恐怖统治。他一方面为杜绝前代外戚干政之弊而不让皇亲国戚在朝中担任官职，另一方面又在宦官中选拔亲信，培植鹰犬，至使宦官人数急剧膨胀，到他末世来临之际，宫中宦官总数多达10万之众，创造了中国历史上前所未有的最高纪录。崇祯重用信任太监的结果，形成宦官专权、人人自危、不敢任事、众叛亲离、有君无臣的局面，使明王朝陷入更深的危机之中。难怪此后义军攻进北京和清军兵锋所至，就如入无人之境了。

姚老把李自成进京与崇祯皇帝之死交织在一起描写，一方面写气势磅礴、

踌躇满志的李自成率师势如破竹攻击北京，一方面写崇祯在李自成破城前的惶恐、悲愤、幻灭、绝望等错综复杂的心理，写得扣人心弦、淋漓尽致、入木三分。李自成破城后，崇祯急令传各部大臣进宫，但却无一人应召，他成了真正的孤家寡人。这时慌乱无奈中的崇祯下旨后妃自尽，亲手劈杀公主和幼女，最后只有心腹太监王承恩一人陪伴他自缢于煤山（今景山）脚下一棵老槐树上。姚老把明朝的灭亡和崇祯之死的悲剧气氛、悲剧环境、悲剧效果写得真实强烈，把悲剧的深刻性和文学的典型性融化为一体，不仅把李自成进京和崇祯之死的艺术水平推向了顶峰，而且成为全书的高潮。这就是艺术的魅力！真实而强烈地把三百年前明朝灭亡和崇祯皇帝最后七年的命运深深地留在人们的面前，让人们在"魂断煤山"的大幕缓缓落下之后，依然徜徉在无尽的回味之中。

《李自成》接下来的故事众所周知，这里不妨再简述几笔。李自成进京是其事业的顶峰，也是他跌向深渊的开端。崇祯自尽，明朝灭亡，在李自成走向辉煌胜利的同时，由于战略、政策上的一系列失误等原因，导致山海关惨败，回到北京，匆匆登基，旋即退出北京，从进京到离京仅有短短的42天，李自成领导的大顺军，此前此后表现了天壤之别的转变，由此前所向无敌变为一触即溃，节节败退，以至撤离西安，败退豫鄂，最后单人独骑牺牲于湖北省通山县的九宫山上，成为我国历史上的一大悲剧英雄。

行笔至此，我的耳边忽然响起了毛泽东那句振聋发聩的6字名言：

"绝不做李自成！"

掩卷沉思，回想我曾多次去景山公园游览的情景，每次去那里，我总要到煤山脚下去寻找崇祯上吊的那棵老槐树，在那里驻足良久，感慨颇多。有一次我忽发奇想：槐树的这个"槐"字从"木"从"鬼"，而槐树上常常挂着一种虫子，那名字就叫"吊死鬼"。由此我想，莫非这个"槐"字专为崇祯而造？这棵槐树专为崇祯而生？当然，我这只是望文生义、浮想联翩，未免有点浅薄可笑。但这时，我的耳中忽又响起了另一种声音，那声音由远而近，越来越大，仔细倾听，也是6个大字：

"切勿学朱由检！"

2006年9月上旬写于北京圆梦园鸡鸣斋

（作者系中国人民解放军总参谋部原兵种部政委、少将）

北京在戒严中

第一章

　　崇祯十一年①十月初三日晚上，约摸一更天气，北京城里已经静街，显得特别的阴森和凄凉。重要的街道口都站着兵丁，盘查偶尔过往的行人。家家户户的大门外都挂着红色的或白色的纸灯笼，灯光昏暗，在房檐下摇摇摆摆。在微弱的灯光下，可以看见各街口的墙壁上贴着大张的、用木版印刷的戒严布告。在又窄又长的街道和胡同里，时常有更夫提着小灯笼，敲着破铜锣或梆子，瑟缩的影子出现一下，又向黑暗中消逝；那缓慢的、无精打采的锣声或梆子声也在风声里逐渐远去。

　　城头上非常寂静，每隔不远有一盏灯笼。由于清兵已过了通州的运河西岸，所以东直门和朝阳门那方面特别吃紧，城头上的灯笼也比较稠密。城外有多处火光，天空映成了一片紫色。从远远的东方，不时地传过来隆隆炮声，好像夏天的闷雷一样在天际滚动。但是城里的居民们得不到战事的真实情况，不知道这是官兵还是清兵放的大炮。

　　从崇祯登极以来，十一年中，清兵已经四次入塞，三次直逼北京城下。所以尽管东城外炮声隆隆，火光冲天，城内有兵马巡逻，禁止宵行，但深宅大院中仍然过着花天酒地的生活。那些离皇城较近的府第中，为着怕万一被宫中听见，在歌舞侑酒时不用锣鼓，甚至不用丝竹，只让歌妓用紫檀或象牙拍板轻轻地点着板眼，婉转低唱。有时歌声细得像一丝头发，似有似无，袅

---

①　崇祯十一年——即公元 1638 年。本书内所有的年月日都依照中国的传统习惯，使用皇帝年号和阴历。

袅不断，在彩绘精致的屋梁上盘旋，然后向神秘的太空飞去。主人和客人们停杯在手，脚尖儿在地上轻轻点着，注目静听，几乎连呼吸也停顿下来。歌喉一停，他们频频点头称赏，快活地劝酒让菜，猜枚划拳。他们很少人留意城外的炮声和火光，更没人去想一想应该向朝廷献一个什么计策，赶快把清兵打退。倒是那些住宿在太庙后院中古柏树上和煤山的松树上的仙鹤，被炮声惊得不安，时不时成群飞起，在紫禁城和东城的上空盘旋，发出来凄凉的叫声。

北京城里的灾民和乞丐本来就多，两天来又从通州和东郊逃进来十几万人，没处收容，有很多人睡在街两旁的屋檐底下，为着害怕冻死，挤做一堆。他们在刺骨的寒风中颤抖着，呻吟着，抱怨着，叹息着。女人们小声地呼着老天爷，哀哀哭泣。孩子们在母亲的怀抱里缩做一团，哭着喊冷叫饿，一声声撕裂着大人的心。但当五城兵马司派出的巡逻兵丁走近时，他们就暂时忍耐着不敢吭声。从上月二十四日戒严以来，每天都有上百的难民死亡，多的竟达到二三百人。虽然五城都设有粥厂放赈，但死亡率愈来愈高，特别是老年人和儿童死得最多。今夜刮东北风，冷得特别可怕，谁知道明天早晨又会有多少大大小小的尸体被抬送到乱葬场中？

今天晚上，崇祯皇帝是在承乾宫同他最宠爱的田妃一起用膳。他名叫朱由检，是万历皇帝的孙子，天启皇帝的弟弟。虽然他还是一个不到二十八岁的青年，但是长久以来为着支持摇摇欲倒的江山，他渴想使明朝的极其腐朽的政权不但避免灭亡，还渴想能够中兴，他自己成为"中兴之主"，因此他拼命挣扎，心情忧郁，使原来白皙的两颊如今在几盏宫灯下显得苍白而憔悴，小眼角已经有了几道深深的鱼尾纹，眼窝也有些发暗。一连几夜，他都没有睡好觉。今天又是五鼓上朝，累了半天，下午一直在乾清宫批阅文书。在他的祖父和哥哥做皇帝时，都是整年不上朝，不看群臣奏章，把一切国家大事交给亲信的太监们去处理。到了他继承大统，力矫此弊，事必躬亲。但是自天启末年以来，统治阶级与广大人民尖锐对立，突变日烈，危机四伏，而国家机器也运转不灵，所以偏偏这些年他越是想"励精图治"，越显得是枉抛心力，一事无成，只见全国局势特别艰难，一天乱似一天，每天送进宫来的各样文书像雪花一般落上御案。为着文书太多，怕省览不及，漏掉了重要的，他采取了宋朝用过的办法，叫通政司收到文书时用黄纸把事由写出，贴在前边，叫做引黄，再用黄纸把内容摘要写出，贴在后边，叫做贴黄。这样，他可以先看看引黄和贴黄，不太重要的就不必详阅全文。可是紧急军情密奏和塘报①，随到随送进宫来，照例没有引黄，更没有贴黄。所以尽管采用了这个办法，他仍然每天有处理不完的文书，睡觉经常在三更以后，也有时通宵不眠。今天，他整整一个下午就没有离开御案。

有时他觉得实在疲倦，就叫秉笔太监把奏疏和塘报读给他听，替他拟旨。但是他对自己左右的太监们也不能完全放心，时常疑心他们同廷臣暗中勾搭，把他蒙在鼓里，所以他稍微休息一下，仍旧挣扎精神，亲自批阅文书，亲自拟旨。在明代，有些重要上谕的稿子由内阁辅臣代拟，叫做票拟。崇祯对辅臣们的票拟总是不很满意，自己不得不用朱笔修改字句。今天下午他本来就心情烦闷，偏偏事有凑巧，他在一位阁臣的票拟中看见了一个笑话：竟然把别人奏疏中的"何况"二字当做了人名。他除用朱笔改正之外，又加了一个眉批，把这位由翰林院出身的、素称"饱学之士"的阁臣严厉地训斥一顿。这件事情，在同田妃一起吃晚饭的时候不由地又想了起来，使他的十分沉重的心头上更增加了不愉快。这时，他觉得还是过去的首辅②周延儒和现在的辅臣兼兵部尚书杨嗣昌是不可多得的干练人才。

饭后，田妃为要给皇上解闷，把她自己画的一册《群芳图》呈给他看。这是二十四幅工笔花卉，崇祯平日十分称赏，特意叫御用监③用名贵的黄色锦缎装裱成册。他随便翻了一下，看见每幅册页上除原有的"承乾宫印"的阳文朱印之外，又盖了一个"南熏秘玩"④的阴文朱印，更加古雅。他早就答应过要在每幅画页上题几个字或一首诗，田妃也为他的许诺跪下去谢过恩，可是几个月过去了，他一直没有时间，也缺乏题诗的闲情逸致。他一边心不在焉地浏览画册，一边向旁边侍立的一个太监问：

"高起潜来了么？"

"皇爷说在文华殿召见他，他已经在那里恭候圣驾。"

"杨嗣昌还没有到？"

---

① 塘报——明代兵部在各省设提塘官，专管军事情报，又在各府县设塘马，担任打探军情和传送军情报告。所以关于军情的报告就叫做塘报。
② 首辅——洪武年间朱元璋借口宰相胡惟庸谋反，废除宰相制，而由几位大臣组织内阁，称做阁臣或辅臣，其首席阁臣称做首辅。
③ 御用监——明朝宫中内官分十二个衙门，御用监是其中之一。
④ 南熏秘玩——宫中有一个南熏殿，专藏名贵的书画。

"他正在齐化门①一带城上巡视，已经派人去召他进宫，马上就到。"

他把画册交还田妃，从旁边一张用钿螺、玛瑙、翡翠和汉玉镶嵌成一幅鱼戏彩莲图的紫檀木茶几上端起一只碧玉杯，喝了一口热茶，轻轻地嘘口闷气。整个承乾宫，从田妃到宫女和太监们，都提心吊胆，连大气儿也不敢出。田妃多么想知道城外的战事情形，然而她绝不敢向皇帝问一个字。不要说她是妃子，就是皇后，也严禁对国事说一句话。这是规矩，也叫做"祖宗家法"，而崇祯对这一点更其重视。他愁眉不展地喝过几口茶，把杯子放回茶几上，烦躁而又威严地低声说：

"起驾！"

当皇帝乘辇到文华门外的时候，高起潜跪在汉白玉甬道一旁，用尖尖的嗓音像唱一般地说：

"奴婢高起潜接驾！"

崇祯没有理他，下了辇，穿过前殿，一直走进文华后殿，在东头一间里的一只铺着黄垫子的雕龙靠椅上坐下。高起潜跟了进来，重新跪下去，行了一拜三叩头的常朝礼。如果是一般太监，一天到晚在皇帝左右侍候，当然用不着这样多的礼节。但他现在不是在宫中侍候皇上的太监，而是皇帝特派的总监军，监督天下勤王兵对清兵作战。

"今天的消息如何？"崇祯问，"炮声好像又近了。"

高起潜跪着回答说："东虏②兵势甚锐，今天已经过了通州，看情形会进犯京师。"

有片刻工夫，崇祯默不做声。其实，外边的军情他随时都能够得到报告，用不着问高起潜。不过为保持他的自尊心，他不肯直然提出来他急于要知道的那个问题。

"昌平要紧，"他慢吞吞地说，"那是祖宗的陵寝所在，务必好生防守。"

"请皇爷放心。卢象升的宣、大③、山西军队已经有一部分增援昌平。依奴婢看，昌平是不要紧了。"

---

① 齐化门——朝阳门在元朝叫做齐化门，明朝人还常常习惯地叫它的旧名。

② 东虏——明朝因满洲在北京城东北，称之为东虏，含有轻蔑的意思。书中人物对话中的"满鞑子"、"鞑虏"等，都是当时人对满族统治阶级和清兵侮辱性的称呼。

③ 宣、大——明朝边防上的一个军区，辖宣化和大同两巡抚，军区司令官称为总督，驻阳和。卢象升兼管山西军区，所以山西军队也归他指挥。

又沉默一阵。崇祯从一位宫女手里接过来一杯茶，淡淡的茶香沁人心脾。他用嘴唇轻轻地呷了一下，若有所思地端详着这一只天青色宣窑暗龙杯，欣赏着精美的名贵艺术。高起潜完全明白皇上的心思，但是他等着皇上自己先提起来那一个极其重大的问题，免得日后皇上的主意一变，自己会吃罪不起。站在旁边侍候的几个宫女和太监都没有一点声音，偷偷地打量着皇上的面部表情和他的端详茶杯的细微动作。他们都知道皇上会向高起潜问什么机密大事。但是他们没看见皇上的任何指示，不敢自动地回避出去。这些宫女和太监们平日不需要等待皇上开口，他们会根据他的眉毛、眼梢、嘴唇或胡子的任何轻微动作行事，完全合乎他的心意。当皇上的眼睛刚刚离开茶杯的时候，一位宫女立刻走前一步，用双手捧着一个堆漆泥金盘子把茶杯接过来，小心地走了出去，其余的宫女和太监们都在一两秒钟之内蹑着脚退了出去。

现在文华殿里只剩下皇上和高起潜两个人了。崇祯站起来，在暖阁里来回踱了片刻，然后用沉重的低声说：

"高起潜，你这几年常常出外监军，还有一些阅历。朕叫你总监天下勤王兵马，这担子不轻啊。你可得小心办事，驱逐鞑虏，保卫京师，万不可辜负朕意。"

高起潜很明白皇上只是希望他"小心办事"，并不希望他勇猛作战，而且他自己也确实很怕清兵，但是他用慷慨的声调回答说：

"奴婢甘愿赴汤蹈火，战死沙场，决不辜负皇爷多年来豢养之恩。"

崇祯点点头，在龙椅上坐下去，小声说：

"起来吧！"

高起潜又叩了一个头，然后从地上站起来，等候皇上同他谈那个机密问题。就在这时候，在明亮的宫灯下边，我们才看清楚高起潜是一个身材魁梧，没有胡须的中年人。虽然他已经四十多岁，但由于保养得好，面皮红润，看起来只像有三十出头年纪。同崇祯皇帝的苍白、疲倦和忧郁的面容相比较，完全是两种情形。

"勤王兵马虽然到了几万，"崇祯突然把谈话转入正题，"但我们既要安内，又要攘外，二者不可得兼。历年用兵，国家元气损伤很大。如无必胜把握，还是以持满不发为上策。你是总监军，总要相机进止，不可浪战。"他把"浪战"两个字说得慢一些，响一些，生怕高起潜不够注意，然后停顿片刻，

接着说："如其将这几万人马孤注一掷，不如留下来这一点家当，日后还有用处。"

高起潜赶快跪下说："皇上圣虑深远，说的极是。奴婢一定相机进止，不敢浪战。"

"使将士以弱敌强，暴骨沙场，不惟有损国家元气，朕心亦殊不忍。"崇祯用不胜悲悯的口气把话说完，向高起潜的脸上扫了一眼，好像在问："你明白么？"

高起潜深知道皇上是一个自尊心极强的人，关于那个问题只能点到这里，以下的话必须由他揭开，于是赶快放低声音说：

"皇上是尧舜之君，仁德被于草木，爱将士犹如赤子。以今日形势而言，既要内剿流贼，又要外抗东房，兵力财力两困，都不好办。如果议和可以成功……"

"外边有何意见？"崇祯赶快问，没等他把话说完。

"外边似乎没有人知道此事，"高起潜毫不迟疑地撒谎说。其实由皇帝和兵部尚书杨嗣昌秘密主持向满洲试图议和的消息不但朝廷上文武百官都已经知道，连满城百姓也都在纷纷谈论，而且不但老百姓很不同意，连文武百官中也有很多人表示反对，只是他们没有抓到证据，不敢贸然上疏力争。

听了高起潜的回答，崇祯有点放心了，小声嘱咐说："这事要与杨嗣昌迅速进行，切不可使外廷百官知道，致密议未成，先遭物议。"

"奴婢知道。"

"对东房要抚，一定得抚！"皇帝用坚决的口气说，故意用个"抚"字①，以掩饰向满洲求和的实际，也不失他大皇帝的无上崇高的身份。"倘若抚事可成，"他接着说，"国家即可无东顾之忧，抽调关宁铁骑②与宣大劲旅，全力剿贼，克期荡平内乱。卢象升今夜可到？"

"是，今夜可到。"

"要嘱咐他务须持重，不可轻战。"

"奴婢领旨。"

一个年轻长随太监手提一盏宫灯进来，躬着身子奏道：

---

① 抚——意思是招抚、招安。
② 关宁铁骑——明末最精锐的边防军，驻扎在山海关和宁远（在锦州地区）一带，以骑兵为主，故称为关宁铁骑。关宁和冀东是一个军区，军区长官称蓟辽总督。

"启奏皇爷，兵部尚书杨嗣昌已到。"

"叫他进来。"崇祯说，向高起潜挥一下手。高起潜马上叩了一个头，毕恭毕敬地退了出去。

杨嗣昌是一个将近五十岁的人，中等身材，两鬓和胡须依然乌黑，双眼炯炯有光，给人一种精明强干的印象。当他在文华门内西值房听到传旨叫他进去的时候，他习惯地把衣帽整了一下，走出值房。他正要小心地向里走去，恰好高起潜走了出来。他赶快抢前一步，拱一拱手，小声问：

"高公，皇上的意思如何？"

高起潜凑近他的耳朵咕哝说："我看皇上满心急着要和，就是怕他自己落一个向敌求和的名儿，尤其怕外廷议论。杨阁老①，你千万不要对皇上说外边已经在纷纷议论。"

杨嗣昌点点头，同高起潜互相一拱手，随着那个青年太监往里走去。

当一个宫女揭起黄缎门帘以后，杨嗣昌弯了腰，脚步更轻，恭恭敬敬地走进了文华后殿。另一个宫女揭起来暖阁的黄缎门帘。他的腰弯得更低，快步进内，说了声："臣杨嗣昌见驾！"随即跪下去给皇上叩头。虽然崇祯对他很信任，处处眷顾他，北京和南京②有许多朝臣弹劾他，都受到皇帝的申斥和治罪，但是他每次被召见，心里总不免惴惴不安。他深知道皇上是一个十分多疑、刚愎自用和脾气暴躁的人，很难侍候，真是像俗话说的"伴君如伴虎"。今天被皇上宠信，说不定哪一天会忽然变卦，被他治罪。由于这个缘故，他近来已经得到皇上同意，让他辞去兵部尚书一职，举荐卢象升来代替，以便减轻他的责任，专心在内阁办事。行过常朝礼，他没敢抬起头来，望着皇上脚前的方砖地，等候皇上说话。

"先生起来。"崇祯说，声音很低。

杨嗣昌又叩了一个头，站了起来，垂着双手，等候皇上继续说话。崇祯轻轻地咳了一声，问：

"卢象升今夜一定能来？"

"一定可以赶到。"

---

① 杨阁老——即兵部尚书杨嗣昌。"阁老"是明朝官场中对内阁辅臣的尊称。

② 南京——明朝自永乐十五年（公元 1417 年）迁都北京后，南京改为留都，仍设中央各衙门和文武朝臣。

"三大营①如何分派？"

"一部分守城，一部分驻守东直门和朝阳门外。原来在德胜门外驻扎一部分，备援昌平。如今各处勤王兵马来到，昌平无虞，这一部分人马也撤到朝阳门外。"

"城上的守备情形怎样？"

"京营兵守城够用。红衣大炮昨天都已经运到城上，也派官员祭过。"

听杨嗣昌对答如流，崇祯频频点头，感到满意。他想询问议和的事，但是迟疑一下，改换了一个话题，说：

"如今虏骑入犯，国家兵源枯竭，不易应付。廷臣们泄泄沓沓，徒尚空言，不务实际，一到紧急时候，不能为君分忧，殊负朕意！如兵部主事②沈迅，上疏奏陈边务，说什么'以天下僧人配天下尼姑，编入里甲③，三丁抽一，朝夕训练，可得精兵数十万'。这岂不是以国事为儿戏？糊涂之至！"

杨嗣昌见皇上生气，委婉地说："沈迅这意见确实糊涂。但他敢于冒昧上奏，一则是他知道陛下是尧舜之君，不罪言者；二则是他忧国心切，不暇细思。他所条陈的事项颇多，其中也不乏可采之处。"

崇祯沉吟片刻，点头说："姑念他还有点忧国之心，朕不罪他。"说毕，把下巴一摆，几个宫女和太监又赶快退了出去。

"自朕登极以来，"他用低而沉重的声调说，"东虏已经四次入塞。崇祯九年秋，虏骑入犯，昌平失守，震惊陵寝。凡为臣子，都应卧薪尝胆，誓复国仇。可是刚过两年，虏骑又长驱而入，蹂躏京畿。似此内乱未息，外患日急，如何是好？"

杨嗣昌跪下回答："微臣身为本兵④，不能克期荡平流贼，外征逆虏，实在罪该万死。目前局面，惟有对虏行款⑤，方可专力剿贼。"

"朕本来有意召全国勤王之师与虏决战，可是流贼一日不平，国家就一日不能专力对外。目前之计，对虏总以持重为上策。如能议抚，抚亦未尝不可。

---

① 三大营——明朝拱卫北京的军队总称三大营，包括五军营、三千营、神机营。因系京城卫戍部队，所以又称"京营"。

② 主事——六品文官，是中央各部中的"处长"。

③ 里甲——最基层的社会和政权组织，里等于保，里之下是甲。

④ 本兵——兵部尚书，明朝习惯称做本兵。

⑤ 行款——明清两朝的政治术语，就是议和。

卿与辽抚①方一藻派周元忠往满洲传达朝廷愿抚之意，是否已有头绪？"

"臣今日接方一藻密书，言周元忠已经回来，满洲屡胜而骄，态度倨傲，且恐我朝廷意见不一，所以不肯就抚。"

崇祯的心中猛一失望，但没有流露出来，略停片刻，又问：

"卿打算如何？"

"臣想此事关系国家安危，应当派周元忠再去一次，详谕朝廷愿抚之诚意。"

"是否会走漏消息？"

杨嗣昌是一个饱有经验的官僚，不敢像高起潜那样把实情全部隐瞒。他决定说出一点实话，替自己留个退步：

"臣因周元忠是一盲人，平日往来辽东，卖卜为业，所以派他前去，原想着可以避免外人疑惑。可是不知怎的，今日京城里已经有了一些传言。"

"怎么会传出去了？"崇祯有点吃惊，同时也有点生气。

"虽然京城里有些传言，但真实情形，无人知晓。只要陛下圣衷独断，不令群臣阻挠大计……"

崇祯截住说："不管如何，应该力求机密，不使外廷知道才好。"

"臣一定加倍小心。"

"言官中有人在奏疏中提到：'凡涉边事，邸报②一概不许抄传，满城人皆以边事为讳。'为什么要禁止抄传？"

"恐怕有些与和议有关的，有些是军事机密，不便外传。"

"凡涉机密的，不许抄传；若行间塘报，为何不许抄传？一概不许抄传，反使大家猜疑。"

"皇上所见极是。"

崇祯叹口气说："如今虏兵已临城下，且京城中已有流言，看来款事只好慢点儿进行。"稍停一下，他忽然忧虑地盯着杨嗣昌的脸孔，轻声问道："卢象升可赞同议抚么？"

"臣尚未见到象升，不知他是否赞同。他明日前来陛见，陛下不妨当面问一问他的意见。如象升也主张行款，廷臣中纵然有人反对，力量也就小了。"

---

① 辽抚——辽东巡抚的简称。
② 邸报——又称邸抄。古代手抄的官方报纸。明代用木刻版印刷，崇祯十一年改为活字印刷，以登载诏令、奏疏、塘报等为内容。

崇祯点点头。他感到外廷群臣在这个问题上对他无形的压力很大，并且担心连杨嗣昌也会对他的急于向满洲议和的苦衷不能够十分谅解，于是又说：

"朕原来也是不主张行款的。无奈年年打仗，又加上灾荒频仍，兵饷两缺，顾内不能顾外，只好对东虏暂时行款。俟内乱敉平，腾出手来，就可以对东虏大张挞伐。可惜外廷臣工①，多不明朕之苦衷！"

"陛下宏谋远虑，自然非一般臣工所能明白。然如抚事告成，利在社稷，有目共见，今日哗然而议者彼时即哑口无言矣。"

"但愿能够如此才好。"

"昔时对俺答②议款，反对者何尝不多？等到款事告成，俺答受封，贡马互市③，从此相安无事，朝廷得解除西北边患，并力用兵东胡，众人始知对俺答行款为得计。今日之事，与之仿佛。"

"卿言甚是。"

杨嗣昌的口才确实好，几句话说得崇祯十分满意，频频点头。其实同俺答议和的一段历史，崇祯并不是不清楚。这事情发生在六十年前，他的曾祖父隆庆皇帝治世的时候。那时候国家的底子还很雄厚，加上内有张居正和高拱等名臣在朝，外有许多名将镇守九边④，大明帝国的力量比俺答强大得多，所以才能够取得较好的和议结果。今天的情形恰好相反，根本不能同六十多年前的历史相比。不过由于崇祯急于要向满洲求和，所以一时不愿认真地想想罢了。

"洪承畴同孙传庭全力追剿闯贼，"他又问，"近来甚为得手，是否能够一鼓荡平？"

"据洪承畴、孙传庭两臣所奏，李自成所纠合之各股流贼，有的击溃，有的歼灭，有的投降，所余无几。目前大军猛追不放，四面堵截，务期一鼓荡平。闯贼欲往河南，入湖广，奔四川，均不可能，不得不从商洛山中向北逃窜。洪承畴已在潼关南边布置重兵，设伏以待，想不日即有捷报到京。"

崇祯十一年，几支重要的农民起义军，在明军的围剿下，受到严重挫折。

---

① 臣工——古人对群臣百官的习惯说法。

② 俺答——蒙古族的一个重要领袖，活动于如今内蒙古自治区西部和河套一带，晚年受明朝封为顺义侯。

③ 贡马互市——俺答用马匹交换明朝货物，这种交换叫做互市。另外俺答每年也送给明朝廷一些马匹作为贡物。

④ 九边——明朝从辽东到宁夏，设立九个边防军区，称为九边。

声望较高的张献忠在湖北谷城投降了明王朝，罗汝才率领九营联军在均州和房县一带也投降了，老回回和革里眼的回革五营，徘徊于大别山，时时谈判投降，观望不定。只有李自成高举闯王大旗始终不屈，而今也被洪承畴、孙传庭以绝对优势的兵力，团团围困在潼关南原。崇祯十分看重潼关这一仗，他三次手谕，命洪承畴、孙传庭全歼李自成，断勿使一人"漏网"。而今听了杨嗣昌的话，崇祯苍白的脸孔上闪出一丝笑容，随即稍微提高声音说：

"先生请坐。"

杨嗣昌赶快叩头谢恩，然后起身，同时有两个太监闻声进来，在皇帝的斜对面替他放了一把较矮的檀木椅子。他刚坐下去，皇帝又叫"赐茶"，他又站起来躬身谢恩。

崇祯的精神振作起来，刚才的困倦都没有了。他从宫女手中接过来一杯热茶，喝了一口，用庄严而有信心的声调说：

"如能一鼓荡平，皆先生居中调度之功。"

杨嗣昌躬身说："这是上托皇上威灵，下赖将士用命。微臣以驽钝之材，辜负皇上宠信之深；自任本兵以来，内而流贼迟迟未灭，外而虏骑入犯，直逼京师，致使陛下午夜忧勤，寝食不安，实在罪该万死。"

"卿的困难，朕甚明白，不用多说。"停一停，崇祯又说，"张献忠已经就抚，李自成是国家心腹大患，如能荡平，其他流贼自然容易歼灭，不足为虑。"

"陛下所见极是。李自成为死贼高迎祥旧部，在诸贼中最为强悍。目前只要将闯贼荡平，其余诸贼闻风丧胆，当可不战而降。"

"张献忠受抚后，是否确有诚意？抚局是否可恃？"

杨嗣昌早已料到皇上迟早会问他这个问题，心中已有准备。他对张献忠的投降从开始就抱有怀疑，不像熊文灿①那样天真。但是他的"四正六隅、网张十面"②的计划，三个月消灭农民军的限期③，都早已成为泡影，招抚的办

① 熊文灿——贵州永宁人，当时挂兵部尚书衔，总理南京、河南、山西、陕西、四川、湖广（湖北和湖南）军务，简称"总理"。

② 四正六隅、网张十面——以陕西、河南、湖广和江北为四个正面战线，即主要战场，叫做"四正"，由四位巡抚"分剿而专防"。以延绥、山西、山东、江南、江西、四川为六个侧面战场，即辅助战场，叫做"六隅"，由六位巡抚"分防而协剿"。在这个大网里，总理和总督"随贼所向专征讨"。

③ 三个月……限期——从崇祯十年十二月到十一年二月。

法就是目前惟一能使政府喘一口气的办法了。

"抚局可恃也不可恃，"他回答说，"在目前抚局对国家有利，暂时是可恃的。倘若趁此时戒饬将士，整顿甲仗①，休息补充，常处于'制敌而不制于敌'的地位，则抚局更为可恃。否则，是不可恃的。"

"卿言甚是。"

"以今日看来，张献忠纵然非真心就抚，国家十个月来已受益不浅。自从张献忠在谷城就抚之后，李自成失去呼应，差不多陷于孤军作战，而国家得以抽调更多兵力交给洪承畴、孙传庭调遣，专力对付闯贼。倘非张献忠谷城就抚，这几个月剿贼局面恐无如此胜利。"

崇祯满意地点点头，但又不放心地说："就怕李自成会联络别的流贼，接应他逃出陕西②。"

杨嗣昌回答说："李自成之所以敢于向东奔窜，是因为他联络罗汝才到潼关接应。罗汝才曾联合各股流贼十余万，于上月间进到灵宝、阌乡一带，打算攻破潼关，迎接闯贼。但彼等乌合之众，同床异梦，一战即溃。如今逃到均州与房县山中，乞求就抚。今日决无其他流贼去接应闯贼，故闯贼之灭，指日可待。"

"倘若从此将流贼次第殄灭，实为国家之福。"

"所以目前陕西军事十分重要，与对东虏战事同为国家安危所系。"

"如陕西方面能将闯逆一鼓荡平，即着洪承畴、孙传庭率领大军星夜来京勤王，不得有误。前已两下急诏，申明此意。先生可代朕再拟一道谕旨，叫洪承畴等务必将闯逆一鼓荡平，不使一人漏网，致遗后患。倘有疏忽或作战不力，国法俱在，决不宽容！"

"领旨！"

近来每想到陕西方面的军事十分顺利，崇祯就急切地等待着最后捷报。他希望这次潼关之战洪承畴和孙传庭能够阵斩李自成和刘宗敏，将他们的首级送来京城，当然最好是将他们生擒，献俘阙下③，使京城的军民大大地振奋一下。也使他从此解除西顾之忧，实现他数年来未竟之志。有时他在闭目沉思中仿佛看见自己坐在午门上，太子侍立一旁，各亲王和文武百官侍立午门

---

① 甲仗——泛指盔甲和兵器。

② 陕西——明朝的陕西省包括今甘肃、宁夏全境和青海省的一部分，今西宁市亦在陕西省内。

③ 献俘阙下——"阙"是宫门。明朝献俘的地方是在午门。

下，在军乐声中接受洪承畴和孙传庭献的俘虏，同时派勋臣或亲王代他去祭告太庙，而伫候在大明门外棋盘街一带的军民望着宫阙欢声雷动，齐呼万岁。此刻他又想起来这个问题，问道：

"你可叫他们最好将闯贼等生擒，献俘阙下？"

"臣数日前已经将圣上此意檄告洪承畴、孙传庭了。"

"好，好，应该献俘阙下。"停了片刻，崇祯又低声吩咐，"至于对东虏议抚一事，总要万分机密，不可使外廷诸臣抓着一点把柄，阻挠大计。"

"如此大事，自然要特别机密。不过只要皇上断自宸衷，决心议抚，即令外廷知道，亦无人敢于反对。"

"不过朝廷上风气不正，那些乌鸦们①什么话都说得出来！"

"只要陛下圣衷独断，毅然而行，一二个言官不明事理，妄生议论，也不能阻挠大计。"

崇祯微微地苦笑一下，转了话题说："卢象升今夜如能赶到京城，卿可告知他明早在平台②单独召对。"

"遵旨。"

宫中已经在打三更。看见皇上有点疲倦，杨嗣昌赶快告辞，叩了一个头，从文华殿退了出来。

崇祯乘辇往皇后所住的坤宁宫去，在路上想着："要是卢象升不赞同杨嗣昌的意见，对东虏抚既不行，战又不能取胜，何以善后？"于是他摇摇头，叹了口气。

---

① 乌鸦们——明末北京官场中骂谏官为乌鸦，意思是说他们的言论像乌鸦的不祥叫声。

② 平台——紫禁城内建极殿（清朝改称保和殿）的右后门又称平台，是崇祯帝平日召见群臣的地方之一。

第二章

当杨嗣昌同皇帝在文华殿谈话的时候，从昌平往北京德胜门的大道上奔驰着一队骑兵，大约有一百多人。他们所骑的全是口外骏马，时而加鞭飞奔，时而缓奔，以便使冒着汗水的马匹稍得休息。马蹄声在霜冻的、寂静的、夜色沉沉的旷野里像一阵凶猛的暴雨，时常从附近十分残破的村庄里引起来汪汪犬吠。一些惊魂不定的守夜人躲在黑影中向大道上张望。

挂兵部尚书兼都察院右佥都御史衔，宣、大、山西总督卢象升，骑着他的最心爱的骏马五明骥走在中间，心头上非常沉重。从五月间他的父亲在回宜兴原籍的路上病故以后，他曾经连上十疏，哀恳皇上准许他请假奔丧，在家乡守孝三年。他说他希望将父亲埋葬之后，就在父亲的坟墓旁盖三间草房，住在里边，谢绝交游，借着"庐墓"的机会安心地读三年书，然后再出来为皇帝"效犬马之劳"。但是崇祯皇帝心中明白：儒臣们在父母死后都喜欢拿庐墓三年的话妄自标榜，实际上没有看见一个做大臣的曾经那样做过。他认为卢象升请求回籍奔丧是真，庐墓三年只是说说罢了。倘在平常时候，他会立刻批准卢象升回籍奔丧，在家守孝，过一段时候如果需要他出来做事，就下诏叫他"夺情起复"①，重新做官。然而目前国事艰难，军情紧急，崇祯不但没有准许他请假奔丧，反而根据杨嗣昌的推荐，调他做兵部尚书，加重了他的责任，另外派陈新甲接替他的总督职务。陈新甲尚在四川，因路远还没有赶来接任。清兵入塞，廷臣交章推荐，皇帝派人赐卢象升一把尚方剑，叫他星夜来京，总督天下援军。

卢象升是文进士出身，自幼脑瓜里灌满了儒家的孝道思想。在上月清兵入犯以前，京畿一带和他的宣、大防区并无战事，他每次想到不能奔丧这件

---

① 夺情起复——在封建礼教盛行时代，做官的人遇到父母死亡，必须辞去官职，回家守三年之孝。倘若在守孝期间由于皇帝的旨意出来供职，叫做夺情，意思是为国家夺去了孝亲之情，又叫夺情起复。

事就痛哭流涕，同时对杨嗣昌很不满意。目前既然是清兵入犯，京师危急，他只好暂时放下了奔丧的念头，带兵勤王。从阳和出发以后，他只让步兵按站稍作休息，而自己同一万多骑兵日夜赶路，实在困倦时就在马鞍上合合眼皮，或在喂马时和衣躺下去矇眬一阵。今天午后，他带着骑兵到了昌平，步兵须要在三天后才能赶到。在进昌平城之前，他率领几位亲信幕僚，携带在路上准备的祭品，走进大红门，一直走到长陵前边，向武功赫赫的永乐皇帝致祭，跪在地上哽咽地祝告说：

"但愿仰仗二祖列宗①之灵，歼灭鞑虏，固我边疆，以尽微臣之职。臣即肝脑涂地，亦所甘心！"

申时刚过，他进到昌平城里，一看各路援师都没来到，只有他自己带的骑兵扎在城里城外。他把千总以上的军官召集到辕门外，对天酹酒，大声说：

"国难如此，援军不多，只好仰仗诸将之力，先摧折东虏气焰。倘有不奋勇杀敌的，军法不赦！"

他原以为派他总督天下勤王兵马，他可以在京畿一带同清兵决一死战，使敌人不敢再轻易入犯。不料刚到昌平就听到一个消息，说杨嗣昌和太监高起潜主张同满洲议和，不惜订城下之盟，满京城都在纷纷地议论着这件事，这使他十分生气。他把军队部署停当后，就把亲信幕僚和重要将领们召集到总督行辕的大厅里，商议如何使部队稍作休息，准备寻敌作战。有一位幕僚知道皇帝将要召见他，问道："大人，如果杨阁老和皇上问到大人对和战有何意见，大人将如何回答？"他从桌边站起来，紧握着佩刀柄说：

"我卢某深受国恩，恨不得为国而死。今日敌兵压境，只能言战，岂能言和！"

幕僚散去，已是二更天气。仆人顾显和李奇来照料他上床安歇。他想起李奇这个人跟着他快两年了，小心服侍，没有出过错误，虽不是家生孩子②，却同顾显差不多一样地对主人忠心耿耿。他问道：

"李奇，你的家里人都住在北京东城？"

"是的，老爷。"李奇低声回答说，一面替他整理床铺。

---

① 二祖列宗——二祖指明太祖和成祖，列宗指成祖以下至熹宗的历代皇帝。虽然明太祖不葬在昌平，但"二祖列宗"是明朝士大夫们的习惯说法。

② 家生孩子——明朝士大夫家庭养有家奴，特别以江南为盛。家奴生的子孙仍为家奴，称为家生孩子，和临时投靠来的或收买的不同。

"到京以后，你可以回家去看看父母。恐怕你的父母也很想你啦。"

卢象升又转向顾显说："顾显，到京后你取二十两银子给李奇，让他拿回去孝敬父母。"

"谢谢老爷！"李奇躬身说，赶快跪下去叩了个头。

卢象升正要上床，忽然门官进来禀报，说杨阁老派一位官员来见。卢象升立刻传见，原来是杨嗣昌催他连夜进京，说是皇上明日一早就要召见。他决定立刻动身，感情十分激动，吩咐左右：

"快去备马！"

在奔往德胜门的路上，他一面计划着如何同敌人作战，一面想着明天见皇上如何说话。当他驰过那被称做"蓟门烟树"的大都城遗址①时，听见从几间茅屋中传出来一家人的嚎啕哭声，使他蓦地又想起来自己的亡父，心头上十分酸楚，几乎要滚出泪来。

进了北京，回到了自己的公馆时，已经是将近四更天气。有许多京中朋友都在公馆里等候着他，希望在他还没有去觐见皇上的时候能够把自己的心里话和京中士民的舆论告诉他。他们都愤恨杨嗣昌和高起潜的"卖国求和"阴谋，要求他在皇上的面前坚决主战。有一位在督察院做御史的朋友、江南清江人杨廷麟，非常激动地说：

"九老②，请恕小弟直言。目前阁下一身系天下臣民之望，如阁下对此事不以死力相争，京城士民将如何看待阁下？千秋后世将如何评论阁下？请勿负天下忠臣义士之心！"

"请放心，"他回答说，声音有些哽咽，"象升以不祥之身③，来京勤王，能够战死沙场，于愿已足，决不会贪生怕死，不敢力争，致负京师士民之望，为千秋万世所不齿！"

众人一则知道卢象升几天来日夜奔波，极其辛苦，二则怕谈得太久会被东厂④侦事人知道，对主人和客人都很不好，只好稍谈一阵，纷纷辞去。卢象升正要休息，忽然那位跟随他两年的仆人李奇走来，恭敬地站在面前，含笑

---

① 大都城遗址——元朝时北京称做大都。德胜门外几里远有大都城蓟门（北门之一）的遗址，树木茂密，明清两朝都作为北京八景之一，称做"蓟门烟树"。

② 九老——卢象升字建斗，别号九台，所以称他九老。明代士大夫习惯，中年人也可以被尊称为"老"。

③ 不祥之身——因为身戴重孝，所以自称是不祥之身。

④ 东厂——明代由皇帝的亲信太监掌管的特务机关，地址在如今北京的东厂胡同。

说：

"老爷，你明天去见皇上，我今夜也要走了。"

卢象升莫名其妙地说："你要走了？你是说要回家去看看父母？为什么不等天明？"

"不是，老爷。小人的父母早亡故了，有一个哥哥住在家乡河间府，只有小人的女人在京城住。小人不再侍候老爷了，如今是向老爷请长假的。"

"为什么要请假了？害怕打仗？"卢象升用眼光逼着李奇的眼睛问，心中恼火。

"不是，不是，"李奇赶快笑着说，向后退了半步，"小人两年来在老爷身边服侍，看见老爷还没有什么大错，小人用不着再留在老爷身边了。"

"这到底是怎么回事？你疯了？你胡说什么？"卢象升继续瞪着眼睛问。

"小人不是胡说。小人是东厂派来的。"

卢象升大吃一惊，愣了半天，才又问："你不是户部王老爷荐来的？怎么是东厂派来的？"

"是东厂曹爷①托王老爷荐小人到老爷这里，为的怕老爷你多疑。要不是因为老爷待我好，我不会临走前对老爷说明身份。请老爷放心，我决不会说老爷一句坏话。"

李奇走后，卢象升感慨地叹息一声。他做梦也没有想到，他多年来出生入死，赤胆忠心地为皇上办事，而东厂竟然派人跟随在他的身边，把他的一言一动都随时报告皇帝！

去杨嗣昌那里报到的人已经回来，并且杨府里也派人跟着过来，告诉他杨阁老在五更时要亲自前来看他，陪他进宫。

如今已经有四更多天，公鸡早已开始叫鸣。刚才李奇的事情在他的心上所引起的不快，已经被快要陛见的大事冲淡了。仆人顾显劝他躺到床上朦眬片刻。他不肯，立刻洗脸、梳头，准备着进宫陛见。当顾显替他梳头的时候，这位忠实的仆人看见左右没有别人，忍不住喃喃地说：

"老爷，没想到李奇在老爷面前那么好，他竟是东厂的侦事人！"

"呃，天下的事情我们想不到的还多着哩。"

"我很担心，"顾显又说，"老爷今晚说了许多主战的话，他会不会一古脑

---

① 曹爷——指崇祯的一位亲信大太监曹化淳，曾掌管东厂几年。

儿都禀告东厂，报进宫里？"

"恐怕东厂来不及报进里边，"卢象升笑着说，"要是能报进里边就好啦。我的这些话迟早要在皇上面前说出来，早一点让皇上知道我的主张岂不更好？"

"可是杨阁老和高太监他们……"

"他们？"卢象升轻蔑地哼了一声，"主张订城下之盟的只有他们两个人，顶多不过是几个人，可是满京城百万士民都反对议和。我说的话也正是大家要说的话。再说，皇上是英明之主，我敢信他也不会同意订城下之盟！"

顾显看见他很激动，不敢再做声了。

吃了早点，稍微休息片刻，卢象升就开始穿戴。当顾显捧出二品文官朝服，侍候他更换身上的便装时，看见他不肯脱掉麻衣，胆怯地小声问：

"老爷，今天去见皇上，还穿这身孝衣在里边么？"

"穿！"

"白麻网巾①也不换？"

"不换！"

"网巾会露在纱帽外边，陛见时万一被皇上看见，不是有些不好么？"

"国家以孝治天下，岂有父死不戴孝之理？别噜苏！"

穿戴齐备，天才麻麻亮。杨嗣昌来了，对他说了些慰劳的话，陪着他一起骑马往皇城走去。路上常看见成群难民睡在街两旁的屋檐下，不住地呻吟悲哭。卢象升不忍看，不忍听，心中打阵儿刺疼，愤愤地想："看国家成了什么情形，还有人想对敌人委曲求全，妄想苟安一时！"他向杨嗣昌狠狠地看了一眼，忍不住问道：

"虏兵已临城下，听说朝廷和战决策不定。皇上的意见到底如何？"

"皇上今天召见老先生②，正要问一问老先生有何高见。"

"我公位居枢辅③，皇上倚信甚深，不知阁老大人的意见如何？"

"九翁，你知道皇上英明天纵，许多事宸衷独断……"

---

① 网巾——明朝人束发的网子。平日用黑丝网巾，守孝时用白麻网巾。

② 老先生——当时官场中有种习惯，如果谈话的对方是自己的同辈，或者比自己的职位稍低而不是直接下属，不管对方年老或年轻，都可以尊称对方为老先生，自称学生。

③ 枢辅——中央政府称为中枢，六部尚书都是中枢大臣。杨嗣昌以兵部尚书入阁，所以称为枢辅。

“可是公系本兵，又系辅臣，常在天子左右，对和战大计应有明确主张。”

“学生也主战。”

“这就好了！”卢象升高兴地说。

“不过虏势甚锐，战亦无必胜把握。”

“只要朝廷坚决主战，激励将士，各路勤王之兵尚可一用。”

“这个……”

“阁老大人，大敌当前，难道还可以举棋不定？”

“等老先生见过皇上之后，我们再仔细商议。”

卢象升心中疑惑：“难道皇上也会主和？”但是他不敢直问，对杨嗣昌说：“在学生看来，今日只有死战退敌，以报皇上！”

杨嗣昌没有做声，心中很不高兴。他觉得卢象升这个人秉性太强，很难马上同他的意见取得一致，只好让他碰一碰钉子再说。卢象升看透了杨嗣昌的主和心思，他不再同他争辩，心里想，等我见了皇上再说吧。

他们在承天门西边的长安右门以外下了马，步入皇城。在明代，内阁在午门内的东边，为着保密，非阁臣不得入内，所以杨嗣昌不能把卢象升请到内阁去坐。到兵部衙门休息虽然方便，过了东千步廊和宗人府就是，但太监出来宣诏和象升进宫陛见又太远，所以杨嗣昌就陪他坐在冷清的朝房中（今天不是常朝的日子）闲谈，等候着太监传旨。

大约过了一顿饭时候，从里边走出来一位太监，传卢象升速到平台见驾。象升慌忙别了嗣昌，随着太监进宫。当他从皇极殿西边走过去，穿过右顺门，走到平台前边时，皇帝已经坐在盘龙宝座上等候。御座背后有太监执着伞、扇，御座两旁站立着许多太监。两尊一人高的古铜仙鹤香炉袅袅地冒着细烟，满殿里飘着异香。殿外肃立着两行锦衣仪卫，手里的仪仗在早晨初升的阳光下闪着金光。卢象升在丹墀上行了常朝礼，手捧象牙朝笏，低着头跪在用汉白玉铺的地上，等候问话。听见太监传旨叫他进殿，他赶快起来，躬着腰从左边登上台阶，走进殿里，重新行礼，更不敢抬起头来。

虽然五年前卢象升就担任了重要军职，替崇祯立下了不少功劳，但崇祯还是第一次单独召见他，希望自己同杨嗣昌秘密决定的国策能够从这一位乎重望的总督身上得到支持。有片刻工夫，崇祯没有说话，把卢象升通身上下打量一眼。这位文进士出身而又精通武艺、熟悉韬略的人，今天给他的印象特别好。卢象升才三十九岁，面皮白皙，带有风尘色，下颏有点尖，显得清

瘦，配着疏疏朗朗的胡子，完全像一个书生，不像是一个娴于骑射，能够身先士卒、冲锋陷阵的人。但是他的一双剑眉和高耸的颧骨，宽阔的前额，却带着沉着而刚毅的神气。把低着头跪在面前的卢象升打量过后，皇帝开口说：

"虏骑入犯，京师戒严。卿不辞辛苦，千里勤王，又为朕总督天下援兵，抵御东虏，忠勤可嘉。朕心甚为喜慰。"

这两句慰勉的话使卢象升深深感动，觉得即令自己粉身碎骨，也没法报答皇上的"知遇之恩"。

"臣本无带兵才能，"他回答说，"平日只是愚心任事，不避任何艰难。但自臣父下世以后，臣心悲痛万分，精神混乱，远非往日可比。况以不祥之身，统帅三军，不惟在将士前观瞻不足以服人，恐怕连金鼓敲起来也会不灵。所以常恐辜负圣恩，益增臣罪。"

崇祯又安慰他说："尽忠即是尽孝。大臣为国夺情，历朝常有。目前国步艰难，卿务须专心任事，不要过于悲伤，有负朕意。"

说到这里，崇祯就叫太监拿出花银、蟒缎，赐给象升。象升叩头谢恩毕，崇祯问道：

"东虏兵势甚强，外廷诸臣意见纷纷，莫衷一是。以卿看来，应该如何决策？"

一听见皇上提出来这个问题，似有游移口气，卢象升突然忘记害怕，也忘记注意礼节，抬起头来，双目炯炯地望着皇上，声如洪钟地说：

"陛下命臣督师，臣意主战！"

太监们都吃了一惊，偷偷地向皇上的脸上瞟了一眼，以为他必会动怒。他们看见皇上的脸色刷地红了，一直红到耳根。卢象升也意识到自己的态度有点鲁莽，赶快低下头去。但是性情暴躁的皇帝并没有动怒，反而被他这简短的一句话弄得瞠目结舌，没有话说。过了很久，他才说：

"说要招抚，是外廷诸臣如此商议，不是朕的主张。此事关系重大，卿出去后可以同杨嗣昌、高起潜他们商量。倘不用抚，那么或战或守，何者为上？"

"臣以为自古对敌，有战法，无守法。能战方能言守。如不能战，处处言守，则愈守愈受制于敌。"

"战与守，须要兼顾。"

"战即是守。今日必须以战为主，守为辅，方能制敌而不制于敌。"

"卿言战为上策，但我兵力单薄，如何战法？"

卢象升慷慨回答："臣以为目前所患者不是我兵力单薄，是朝廷尚无决心！关宁、宣、大、山西援军不下五万，三大营兵除守城外也有数万列阵城郊。只要朝廷决心言战，鼓励将士，即不用三大营兵，五万勤王兵也堪一战。况敌轻骑来犯，深入畿辅，必须就地取粮。恳陛下明降谕旨：严令畿辅州县，坚壁清野，使敌无从得食；守土之官，与城共存亡，弃城而逃者杀无赦。洪承畴、孙传庭所统率之强兵劲旅，可抽调部分入援。畿辅士民，屡遭虏骑蹂躏，莫不义愤填胸，恨之切骨，只要朝廷稍加激劝，十万之众不难指日集合。"

"粮饷困难。"

"京城与畿辅州县，官绅富户甚多，可以倡导捐输，以救国家燃眉之急。"

崇祯苦笑一下，停了片刻，说："洪承畴、孙传庭正在剿贼，不宜抽调。"

"即令洪承畴、孙传庭的人马不能抽调，臣虽驽钝，仍愿率关宁、宣、大、山西诸军，与虏决战。"

崇祯心思沉重，默默无语，毫无表情地凝视着卢象升的乌纱帽顶。

卢象升不敢抬头，又说："目今国危主忧，微臣敢不肝脑涂地，以报陛下？但兵饷须要接济。"

崇祯说："但得卿肯受任，替朕分忧，至于兵饷一节，即命杨嗣昌与户部臣设法接济。"

"谢万岁！"卢象升叩头说。

崇祯又问了些关于昌平军中和宣、大、山西防务情形，心中又十分犹豫起来。一方面，他觉得卢象升的忠心是可嘉的，坚决主战也不无道理，另一方面，他又怕万一一战而败，大局更难支撑。沉吟片刻，他说：

"卿往年剿办流贼，迭奏肤功①。但东虏非流贼可比，卿宜慎重。"

"用兵作战，自宜慎重。但以愚臣看来，流贼中若高迎祥与李自成一股，坚甲铁骑，部伍严整，其手下强兵悍将，不让安、史②，只是诸臣讳言，朝廷未之深知。今日如有人在皇上前夸张虏骑精锐，只不过为议和找地步耳。"

"我军新集，远道疲累。敌势方锐，总以持重为上，不可浪战。"

卢象升听到"不可浪战"四个字不觉一惊，好像一瓢冷水浇在头顶。他

---

① 肤功——大功。

② 安、史——安禄山和史思明。

正要不顾一切地继续向皇上披肝沥胆地痛切陈词，忽然皇帝用冷淡的声调说："卿鞍马劳顿，休息去吧。至于战守事宜，可与杨嗣昌、高起潜等仔细商议，看如何进行方好。"

卢象升不敢再说什么，只得叩头辞出。他刚走到右顺门外，一个太监出来，说皇上在左顺门赐他酒饭，他就随着太监往东走去。皇上赐酒饭照例是个形式，菜只有四样，不能认真吃；酒也不能认真喝，只能把杯中的酒浇在地上，还得重新叩头谢恩。但是在封建时代，这件事被认为是皇帝的特别恩宠，也是难得的光荣。卢象升感动得噙着热泪，向北叩头，山呼万岁，同时认为皇上又倾向主战了。跟着，崇祯又派秉笔太监王承恩出来，问他此刻日旁抱珥，下有云气一股，其曲如弓，弓背朝上，是什么征兆。正如古代别的统帅一样，卢象升除精通兵法之外，也留心占候之学，而且迷信。他抬头看了一阵，记不清是在汉人《星经》还是唐人《望气经》上说过，这种现象主奸臣当道，蒙蔽主上，不觉心中叹息。但是他对王承恩说：

"请你代学生回奏陛下，此克敌之兆也。"

王承恩进去以后，卢象升怕皇上再有什么询问，不敢离开。过了一顿饭时，王承恩又走了出来，传皇上的口谕：

"上天虽有克敌之兆，但也要万分持重。军事究应如何料理，卢象升要速与杨嗣昌、高起潜详议而行。"

卢象升从左顺门出来，心中异常沉重。他找着杨嗣昌同到朝房，恰巧高起潜也在这里候着，三个人便谈了关于下午如何遵旨会议的事。因为一则这个会议必须关防十分严密，二则高起潜驻兵东直门内，杨嗣昌也住家朝阳门大街附近，所以决定午饭后在安定门上举行会议。尽管在朝房不能多谈机密大事，但是卢象升也听出来高起潜果然同杨嗣昌一个腔调，害怕同满洲兵打仗。离开朝房，他的勤王的一腔热血差不多冷了一半，只剩下惟一的希望是在下午的会议上说服他们。当他步出端门以后，回头来望一眼，在心里感慨地说：

"他们如此惧敌，热衷议和，这仗叫我如何打？万不得已，我只好不顾死活，独力奋战，以谢国人！"

从大明门到西单一带的大街上，他看见了不少难民，使他的心中更加烦恼。回到公馆，听家人回禀，有许多客人前来拜候并打听朝廷和战大计。卢象升推说连日不曾睡眠，身体不适，一概不见。

"老爷，"顾显一面替他脱下朝服一面说，"刚才翰林院杨老爷来过一趟，等不着就回去了。他叫小人告诉老爷一声，他有重要话要同老爷面谈。"

"啊，知道了。"

虽然论官职他比杨廷麟大得多，但是他一向对杨廷麟怀着敬意，认为他有见识，有胆量，有骨头，有真学问。"他有什么重要话要跟我谈呢？"卢象升在心中盘算，"莫不是有可以助我一臂之力的地方？"沉吟一阵，他吩咐顾显说：

"你去回禀杨老爷，就说我稍事休息就要去安定门同杨阁老、高监军议事。请他在府上等候，我回来时一定前去领教。"

卢象升在北京的公馆里并没有亲人。他的夫人和如夫人都在五月间带着孩子们和一部分仆婢回宜兴奔丧去了。因此，卢象升从朝中回来，谢绝了宾客，躲在书房里倒也清静。随便吃一点饭，他本想稍睡一阵，但想着和战问题，十分苦闷，没法入睡。假寐片刻，他就猛然坐起，呼唤仆人顾显来帮他穿戴齐备，动身往安定门去。刚走到大门口，一个人不顾门官拦阻，从门房抢步出来，向他施礼说：

"老公祖①，东照特来叩谒，望赐一谈！"

卢象升定睛一看，又惊又喜，上前一把拉住客人袍袖，说道：

"啊呀，姚先生从何而来？真想不到！"

"东照因事来京，适遇东虏入犯，本拟星夜返里，因闻老公祖来京勤王，故留京恭候叩谒。"

"好，好。请到里边叙话。"

这位来访的姚东照表字暾初，年在六十上下，身材魁梧，精力健旺，胸前垂着斑白长须，眉阔额广，双目有紫棱，开阖闪闪如电。他是巨鹿县的一个穷秀才，为人慷慨好义，颇重气节，在乡里很有威望。崇祯二年秋天，清兵入犯京畿，直薄朝阳门外。卢象升当时任大名知府，拔刀砍案大呼："大丈夫岂能坐视胡马纵横！"遂募乡勇万人，星夜勤王。路过巨鹿，姚东照也率领了一千多子弟参加，很受象升嘉奖，从此他们就成了熟人。象升在大名做了几年知府，后来升任大名兵备道，管辖大名、广平和顺德三府，几次想要东

---

① 老公祖——在明代，知府、巡抚和总督都可以被尊称为老公祖。

照做官，都被拒绝，因而对东照更加敬重。后来他离开大名，有几年不通音讯，但听说在一次清兵深入畿辅的时候，姚东照率领乡里子弟与敌周旋，有一个儿子战死。现在这老头突然来访，卢象升又觉诧异，又觉欣喜，所以纵然有要事在身也愿意同故人一谈。到客厅中坐下以后，略作寒暄，姚东照开门见山地说：

"老公祖，你马上要去安定门商议大计，而且军务倥偬，非暇可比。东照本不应前来多渎，但国家事糜烂至此，南宋之祸迫在眉睫，东照实不能不来一见大人。大人今去会议，可知朝廷准备暗向满鞑子输银求和之事么？"

"求和之事已有所闻，输银之事尚不知道。"

"听说朝廷愿每年给东虏白银六十万两，并割弃辽东大片国土，以求朝夕之安，此不是步宋室之覆辙么？"

卢象升猛然跳起，两手按着桌子，胡须颤抖，两眼瞪着客人问："这话可真？"

"都下有此传闻，据说可信。"

"房方同意了么？"

"房方只因周元忠是一卖卜盲人，不肯答应，必得朝廷派大臣前去议和，方肯允诺。目今倘不一战却敌，张我国威，恐怕订城下之盟，割土地，输岁币，接踵而至。老大人今日身系国家安危，万望在会议时痛陈利害，使一二权臣、贵珰①不敢再提和议。然后鼓舞三军，与虏决一死战，予以重创，使逆虏知我尚有人在，不敢再存蚕食鲸吞之心。如此则朝廷幸甚，百姓幸甚，老公祖亦不朽矣！"

"先生不用多言，学生早已筹之熟矣。有象升在，必不使大明为南宋之续！"

"东照就知道大人是当今的岳少保，得此一言，更觉安心。就此告辞了。"

卢象升又一把拉住客人，说："暾初先生！目前正国家用人之际，学生有一言相恳，未知可否惠允？"

"老公祖有何赐教？"

"请台端屈驾至昌平军中，帮学生赞画②军务，俾得朝夕请教。叨在相知，

---

① 珰——本是汉代阉宦帽子上的装饰物，后来就作为太监的代称。此处权臣指杨嗣昌，贵珰指高起潜。

② 赞画——是明代督、抚幕中的一种文职官员，取赞襄谋划之意。具体职责和品级无定制。

敢以相请，肯俯允么？"

"东照久蒙恩顾，岂敢不听驱策。但以目前情形看来，虏骑恐将长驱深入，畿南危在旦夕，故东照已决定叩谒大人之后即便出京，星夜返里。倘果然不出所料，虏骑深入畿南，东照誓率乡里子弟与敌周旋。过蒙厚爱，只好报于异日，还恳老公祖见谅为幸。"

"好！既然如此，学生不敢强留。明日动身么？"

"不，马上动身，今夜还可以赶到长辛店。"

卢象升想着姚东照是一位穷秀才，川资可能不宽裕，便叫顾显取出来十两银子，送给东照。但这位老头子坚决不受。象升深知他秉性耿介，不好勉强，便叫顾显取来他常佩在身上的宝刀，捧到老人面前，说：

"先生此番回里，号召畿南子弟执干戈以卫桑梓，学生特赠所佩宝刀一柄，以壮行色。"

姚东照并不推辞，双手接住宝刀，慷慨地大声说："多谢大人！倘若虏骑南下，东照誓用胡虏鲜血洗此宝刀，万一不胜，亦以此刀自裁！"

象升叹息说："也许我们还会相见的。"

把姚东照送走以后，卢象升就带着随从骑马往安定门去。在路上，他一方面为姚东照的这次见访和慷慨还乡所感动，一方面心头上总是摆脱不掉一种不好的预感：姚东照把他比做岳少保，他平日也常以岳少保自期，可是岳少保饮恨而死，并未能挽既倒之狂澜！他抬眼望天，虽然天空只有淡淡浮云，但是他觉得似有无边愁云笼罩着北京上空，日色也昏昏无光。他还看见，凡他经过的大街上，街两旁的士民都肃静地用眼睛望他，有的眼睛里充满忧愁，有的却流露着对他的信任和希望。这些眼神和平日多么不同！

参加安定门会议的除卢象升、杨嗣昌、高起潜之外，还有两位兵部侍郎，一位勋臣，崇祯的亲信太监、提督东厂的曹化淳，以及率领京营的几员大将。平日杨嗣昌见了王德化或曹化淳，总是自居下位，让太监坐首席。卢象升一向瞧不起这班太监，认为自己是朝廷大臣，不应该巴结他们，有失士大夫气节，所以他略作谦让就拉着杨嗣昌坐在上席。高起潜等心中很不高兴，但也无可奈何。象升首先发言，坚决主战，说得慷慨激昂，但在座诸人却相顾默然。卢象升大为生气，厉声问：

"敌人兵临城下，诸公尚如此游移，难道就眼看着虏骑纵横，如入无人之境不成？"

分明是被他的正气所慑服，杨嗣昌和高起潜都没生气，劝他不要操之过急，对作战方略需要慢慢详议。他们丝毫不说他们不主张同清兵作战，但又不肯提出任何积极意见。倒是曹化淳因不满高起潜近两三年爬得太快，如今做了天下勤王兵马总监军，淡淡地说了句：

"毕竟卢老先生说的是正论。"

会议开到半夜，没有结果。当时是否对清兵作战问题，有一定的复杂性，不可能在一次会议上解决。卢象升只强调一部分勤王兵的士气可用，而杨嗣昌和高起潜等却明白军队普遍的士气不振和将领畏敌怯战。卢象升所说的号召京畿百姓从军而责令京师官绅大户出饷，根本办不到。筹饷会遭到官绅大户的强烈反对，没有饷便不能招募新兵。何况临时招募的新兵也将经不起清兵一击。所以会议进行到半夜不得结果，徒然增加了卢象升心中的苦恼和忧闷。

从东郊传过隆隆炮声，声声震撼着卢象升的心，使他如坐针毡，很想立刻奔回昌平军中，布置作战，免得在这里浪费时间。他皱着眉头，站起来走到门口，掀开帘子，侧首向东，望望城外的通天火光，回头来向大家拱拱手说：

"今夜郊外战火通天，城上争议不休，象升实感痛心。请诸位原谅。学生军务在身，须要料理，改日再议吧。"

高起潜乐得今天的会议草草结束，赶快说："对，改日再议。"

大家下了安定门，拱手相别。卢象升不胜愤慨，跳上五明骥飞奔而去，既不谦让，也不回头招呼。杨嗣昌摇摇头，与高起潜交换了一个眼色，请高起潜和曹化淳先上马。高起潜没有立即上马，继续望着卢象升和五明骥的背影，连声称赞说：

"好马！好马！少见的好马！"

那几位京营大将，有人对今天的会议心中不平，但不敢说话；也有人畏敌如虎，看见杨嗣昌和高起潜坚主持重，放下了心。大家各怀心事，上马分头而去。

卢象升回到公馆已是三更过后，知道许多朋友来看他，打听和战决策，有些人直等到将近三更才陆续散去。第二天早晨，一吃过早饭他就进宫陛辞。这事在昨天就已经同司礼监掌印太监王德化联系好了，所以他一到朝房，等候不久，就有一名小太监走出来把他引进宫去，来到金碧辉煌的左顺门前。

像一般大臣陛辞的情形一样，皇帝并没有出来，只有几个太监分两行站立殿前。卢象升在汉白玉雕龙台阶下恭敬地跪下去，向着庄严而空虚的御座叩了三个头，高声唱道："臣卢象升向皇上叩辞，愿陛下万岁，万岁，万万岁！"看起来这句话只是一般的朝廷仪节，但当卢象升说出口时，他的心里却充满痛楚和激情，声音微颤，几乎忍不住流出眼泪，因为他有一个不好的预感：这次陛辞以后，恐怕不会再看见皇上了。

一位太监走到台阶下，口传圣旨赐给他一把尚方剑。卢象升双手捧接尚方剑，叩头谢恩，热泪突然间夺眶而出。

离开左顺门，他到内阁去向杨嗣昌辞行。限于制度，杨嗣昌没让到内阁去坐，把他送出午门。临别时候，他很想对卢象升说几句什么私话，但是嘴唇动了几动，没有说出。过了一阵，他终于小声嘱咐说：

"九翁，皇上的意思你现在也很明白。国家之患不在外而在内，未能安内，何以攘外？山西、宣、大之兵，皆国家精锐。流贼未平，务必为皇上留此一点家当。"

卢象升没有做声，向他作了一个揖，回身就走。刚出承天门，他就接到从昌平来的报告，说是清兵虽然大部分向东便门和广渠门一带移动，但是也有游骑到安定门和昌平之间的地区骚扰。他决定立刻回昌平军中，对一个家丁说：

"你去告诉杨老爷，就说我因军情吃紧不能去看他，请他一二日内移驾至昌平一叙。"

吩咐毕，他连公馆也不回，赶快换了衣服，在长安右门外上了马向昌平奔去。

北京在戒严中

第三章

　　卢象升回到昌平的第二天上午，皇帝派太监送来银子三万两犒赏军队，另外一万两是赐他个人的。下午，又赏赐他御马一百匹，太仆马①一千匹，铁鞭五百只。卢象升十分振奋和感激，每次接到赏赐就立刻拜表谢恩。他以为主张议和的果然只是杨嗣昌和高起潜二人，皇帝不过是一时受他们的蛊惑，如今又态度坚决了。他暗暗地责备自己不该误解了皇帝的心思。他甚至疑心是曹化淳在皇上面前帮了好话。平日他一想到东厂就心中很不舒服，认为是本朝一大弊政。如今因为猜想可能是曹化淳在皇上面前说了赞成他的话，他竟然对他平日极端瞧不起的人也怀着感激心情。只是由于士大夫的自尊心，他没有将这种心情在幕僚前吐露一字。

　　他把自己的一万两银子也分给将士，只留下一两五钱银子叫银匠替他打一只酒杯，留作纪念，并口吟一联，刻在杯上：

　　　　誓挥铁骑驱胡虏

　　　　恭捧金瓯颂圣明

　　这一联诗句虽不甚工，却照实说出他的杀敌誓愿和对皇上的感激心情。他决定等到打了大胜仗，把清兵驱逐出塞，在同将士们举行的庆功宴上，用这只银杯子痛饮一醉。

　　在这两三天中，崇祯皇帝的心中充满矛盾。他听了卢象升的坚决主战的言论不能不受些感动，有心等勤王兵到齐后与清兵决战。但是这种念头总是摇摆不定，反复思量，难下决心。他在乾清宫分别召见过杨嗣昌和高起潜，叫他们认真考虑卢象升的意见，不要徒事意气之争。他们异口同声，都反对与清兵决战，认为倘若将皇上的这一点家当作孤注一掷，一旦败亡，后果将

---

　　①　御马、太仆马——御马就是御厩马，是皇帝的私产。太仆马是太仆寺（中央专管养马的衙门）养的马。

不堪设想。当时明朝军队多数欠饷严重，军纪败坏，这种种情形杨嗣昌十分清楚。但是他只看见这一个不利的方面，而不愿意想一想畿辅百姓和将士中不乏慷慨爱国之士，怀抱着同仇敌忾心理，只要朝廷振作起来，加以激励，明定赏罚，情形就会大大改变。在两次单独召对时候，他总是详细陈奏不应该冒险与清兵决战的理由，说卢象升是不知己知彼，不顾国家安危大计。

"况自古以来，"杨嗣昌又说，"未有内乱不止而能对外取胜者。故欲攘外，必先安内，此一定不移之理。今日国家处境虽然危急万状，但究竟非南宋偏安局面可比。东虏虽迭次入塞，骚扰畿辅，然东起辽海，西至大同，雄关重镇，均在我手。故为国家打算，莫如对东虏施以羁縻之策，拖延时日，而对内一鼓剿灭关中之李贼，然后迫献贼与曹贼等俯首就范；如其仍怀异志，思欲一逞，亦不难次第剿除。一旦国家无内顾之忧，陛下即可以整军经武，对东虏大张挞伐，以雪今日之耻，永绝边境之患。谅彼蕞尔小邦，偏处一隅，何能与天朝①抗衡！"

崇祯对杨嗣昌和对高起潜不同。他对高起潜只是当作一个忠顺的心腹奴才使用，而对嗣昌则一向认为是他的股肱之臣，深具谋国忠心，且事理通达，老谋深算，更非一般臣僚可及。嗣昌所说的这几句话十分投合他的心意，他频频点头。但是他同意不把勤王兵马拿出来作孤注一掷，却又不愿一味避战，使敌人如入无人之境。他说：

"朕亦深知欲攘外必先安内，故一再谕卢象升不可浪战。但如一味避战，使敌之气焰日高，我之士气日馁，亦非善策。遇到该战的时候，还得鼓勇一战，将来就是行款，也使东虏知我非不能战，横生要挟。"

杨嗣昌俯首说："皇上英明天纵，所见极是。"

在安定门会议的三天之后，崇祯又完全倒在主和派的一边了。皇帝的这种变化，卢象升也曾担心，但没想到来得这样快。当他正在高兴时，总监军高起潜来到了昌平。卢象升把他迎进总督行辕，坐定以后，把两日来皇帝赐银、赐马、赐铁鞭等事对他说了一遍，并且说：

"看起来皇上战意甚锐，我们只有冲锋陷阵，杀敌报国，方能不负上意。至于如何杀敌，学生已筹之熟矣。正好监军驾临，愿闻明教。"

"卢大人有何妙计？"

---

① 天朝——指明帝国。

卢象升放低声音说:"学生打算在初十夜间分兵四路,趁月夜进袭敌营,出其不意,杀他个落花流水。高公以为如何?"

高起潜冷淡地一笑,说:"只听说雪夜袭蔡州①,没听说月夜袭敌营。"

受此奚落,卢象升心中大怒,恨不得一脚把高起潜踢出大厅,但是他竭力地忍耐住了。他知道如果他不能忍受奚落,自己惹祸不打紧,同敌作战的大事也不用谈了。于是他勉强笑一笑,说:

"敌人方胜而骄。正因为是月夜,他们会更加大意,疏于提防。"

"敌众我寡,还是以持重为上策。"

"正因为敌众我寡,故用奇袭。"

"万一不胜,岂不是孤注一掷?"

"出奇制胜,兵家常事,何谓孤注一掷?"

"此事让我仔细想想,以求万全。"

谈话成了僵局,两个人都不愿让步,只好都不做声。喝了一杯茶,高起潜忽然改换话题,满脸堆笑说:

"久闻老先生最爱名马,此次前来勤王,想必带来几匹?"

"带来几匹,有几匹留在阳和。"

"我也极爱骏马,可否让我一饱眼福?"

"请!"

卢象升陪着高起潜走到一个空场上,早有人把十匹高大的骏马从马房中牵了出来。高起潜看见每一匹骏马都有点垂涎,心里说:"人们都说卢建斗无他嗜好,惟爱骏马,果然不错!"他听说卢象升的每匹马都有名字,随即挨着问了几匹。掌牧官参将杨陆凯在旁边一一回答。高起潜见过的名马也很多,像燕色驹、桃花骢、豹花骢、菊花青等名字他都不感到新鲜。等问到一匹浑身火红的骏马时,杨陆凯告他说它叫玉顶赤,他连声说:

"好!好!果然浑身是胭脂色,只有头顶上一块玉白色!"随即又指着卢象升的坐骑问:"这匹呢?"

"五明骥。"卢象升忍不住自己回答。

"嘿,这马,耳如竹批,目如悬铃,真是神骏!"

这时五明骥听见附近群马嘶鸣,它忽然昂首长嘶,把高起潜吓得一跳。

---

① 雪夜袭蔡州——公元 817 年阴历十月一个大雪之夜,唐朝政府军在李愬指挥下奇袭蔡州城(今河南汝南县),擒获反叛朝廷的淮西节度使吴元济。

高起潜本是身材魁梧的人，伸出手要量一量马头多高，竟然差很远没有够着马耳。他随即笑着说道：

"此马这样高大，性情定然暴烈，恐怕不是一般人能驾驭得住吧？"

"此马初到学生手里时，性情十分暴烈，每次骑它，开始三十里它总是不走正路，旁侧斜行，倔强难驯，又走三十里才肯老实前去。经掌牧官同学生用心调驯，费了数月之力，方堪使用。如今也只有学生同掌牧官可以骑它，别人都近不得身。"

高起潜看着这匹马毛色光泽，犹如涂脂，前胸宽阔，臀部滚圆，四条腿纤长有力，真是"雄姿英发"，令他十分艳羡。他打量一阵，回头问道：

"为什么叫它五明骥？"

卢象升微微一笑，向掌牧官瞟一眼，然后一手抪着胡须，一手抚摩着马身上光滑发亮的短毛，回答说：

"你看，此马全身深紫，鬃毛黑色，却有四只蹄子白如霜雪，肩上也有一片白毛像一轮皓月。这五处白毛，不但在阳光下闪闪发明，在月光下也闪闪发明，所以学生就给它起一个名字叫五明骥。"

"果然切合，十分新鲜。哈哈哈哈……"

象升见高起潜这样称赞他的坐骑，心中十分高兴，把刚才的一肚皮气愤冲跑了。掌牧官杨陆凯看见高监军还在打量这匹神骏，就在一旁说：

"监军大人不知，关于这匹马，我们总督大人还有四句赞语和四句七言诗哩。"

"什么赞语？"

"这四句赞语是：'紫体玄鬃，其力千里；孤月悬肩，寒霜没趾。'"

"四句诗怎么说？"

杨陆凯声调铿锵地背诵出一首七绝：

> 踏破关山几万重，
> 渥洼①神骏似飙风。
> 驰驱百战平胡日，
> 血汗堪夸第一功。

这几句诗高起潜连一句也没有听清楚。他的注意力已经移向旁边一匹白

———————————————————————

① 渥洼——汉武帝时尝得神马于渥洼。按渥洼是水名，在甘肃敦煌境内。

马身上，想着这匹五明骥是卢象升心爱的坐骑，自然不会赠人，倘若能把那匹漂亮的白马赠他，也足以满意了。

"好诗！好诗！"他连连点头，装做自己很能欣赏这首七绝的妙处，"真是好诗！这一匹白马叫什么名字？"

"它叫千里雪。"杨陆凯恭敬地回答说。

"啊呀，马漂亮，名字也起得漂亮！"高起潜高举右手，伸到千里雪的背上抚摩着，啧啧称赞："嘿嘿，在皇上的御厩里也找不到这样的好马！"

卢象升笑一笑，说："不瞒高公，这是一匹御厩马。"

"御厩马？"

"是的。前年秋天虏兵入塞，学生从湖广率兵入援。九月间，学生巡视塞外，蒙皇上赐御厩马五十匹。学生原有五匹好马，又从这五十匹中挑选五匹，共为十匹。方才你看的那玉顶赤也是御赐的。"

"啊，怪道这匹马如此漂亮，原来是从御厩中选出来的！"他牵着千里雪走了几步，为着炫耀自己是真正内行，故意用《相马经》上的术语称赞说："跨灶！跨灶①！真是好马！"

卢象升说："古人的话也不尽可信。一般的好马都能跨灶，并不稀奇，难得的是此马'龙颅凤膺'，腹下有旋毛如乳。"

高起潜低头一看，果见马腹上有两片旋毛，左右对称，说道："果然像两个乳房。"看了片刻，他抬起头来说："好像什么书上讲到过这腹下旋毛，我记不清了。"

杨陆凯回答说："李伯乐《相马法》上说：'旋毛在腹下如乳者曰千里马。'"

"对，我就说嘛，这匹马不是凡马。"高起潜望着卢象升说，"让我骑一趟试试如何？"

卢象升向掌牧官杨陆凯把下巴一摆，说：

"鞴马！"

马夫们立刻搬出来镶着银饰的白鞍子，白色的锦缎垫褥，配着闪光的白铜镫子。马的辔头也是白色的，镶着银饰，但又不显得过分雕镂和琐细，而是在简单和朴素中显出来和谐的美。马一备好，越发显得漂亮。大概它自己

---

① 跨灶——马前蹄有空处叫做灶门，所以前蹄在地上踏的痕迹叫做灶。马行走时后蹄落下去超过前蹄痕迹，叫做跨灶。

也感到兴奋，昂然抬起头，咴咴地叫了一声，不住地在霜冻的土地上踏着前蹄。高起潜飞身上马，随即由掌牧官递给他一支鞭子。一看这鞭子是用白色的皮条编成的，安装在一根八寸长的、雕着花纹的象牙柄上，带着白马鬃做的缨子，他又在心中赞叹起来。他还没有来得及扬一下鞭子，千里雪已经开始按照他心中所想的方向，缓步跑起来。它跑得那么平稳，使骑马的人仿佛觉得它不是在坎坷不平的路上跑，而是走在极其柔软的地毯上。高起潜轻轻地把镫子一磕，千里雪立刻像箭一般地向前飞去。他只觉得耳旁的风声呼呼响，树木一闪一闪地向后倒退，简直像骑着一匹神驹在腾云驾雾。不提防前边出现了一道深沟，约摸有一丈七八尺宽，两岸陡削。高起潜想勒马已经来不及，心中猛一凉，惊慌地小声说："完了!"就在这"完了"的刹那间，千里雪平稳地腾起空中，简直像滑翔一般地飞过了深沟，轻轻地落在对岸，继续前奔。高起潜不由得连声说："哎，好马! 好马!"随即从前额上擦去了大颗冷汗。

跑了大约五里路，高起潜才余兴未尽地勒转马头。一回到卢象升面前，还没下马，他就尖声高叫：

"啊呀，卢尚书，总督大人，真是好马! 真是好马!"跳下马以后，他接着说："这简直不是马，是一条腾云驾雾的白龙! 一条白龙!"

卢象升愉快地笑着说："高公太过奖了。"

这时掌牧官亲自牵着千里雪在广场上蹓跶。它的极其润泽的白毛在阳光下银光闪闪，而它的嘴唇、鼻头和眼圈，都是淡红色的，呈现着青春的美。高起潜斜着眼向千里雪端详一阵，咽下去一股口水，转回头来，笑嘻嘻地望着卢象升说：

"我虽然也有几匹好马，但是同老大人的马比起来，都成了驽马。看着老大人的这匹白雪，不胜艳羡之至。"

"不是'白雪'，是千里雪。"卢象升笑着纠正说。

"啊，是千里雪。高雅! 高雅! 怎么不叫它白龙驹？"

左右的人们都忍不住暗笑。卢象升忍着笑说：

"白龙驹这名字虽然不错，只是有点俗。再说，它不是儿马，是母马。"

高起潜自知失言，故意纵声大笑，解嘲地说："嗨，嗨，我忘了公母啦!"他走过去揭开马的嘴唇，看看它的牙齿，回头说："才六个牙，口还嫩着哩! 总之，我很少遇到这样的好马，太叫人喜欢啦。"

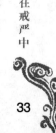

一位幕僚给卢象升使个眼色。卢象升恍然明白了太监的意图，不由地产生了厌恶和愤慨情绪。他平日深恨一班监军太监们都惯于招权纳贿，克扣军饷，不干好事，心里说："哼，可恶，竟想要走我的爱马！"于是他冷淡地笑一笑，说：

"总监太过谦了。你出则代皇帝监军，入则侍天子左右，不惟在监军时到处有名马奉献，即皇上御马监中的御马，你想要哪一匹还不是随手牵来？太过谦了。"

高起潜感到尴尬，但仍然不死心，厚着脸皮说："我虽然也有几匹好马，但都不十分惬意，故一见尚书大人这匹千里雪，不觉艳羡。哈哈哈哈……"

刚才使眼色的那位幕僚又把卢象升的肘后碰了一下，希望他忍痛割爱。可是卢象升个性倔强，又非常鄙视高起潜，说：

"高公身膺皇帝重任，为天下勤王兵马总监，确实需要好马。千里雪虽系陛下御赐，按理学生不敢转赠他人。但既蒙见爱，学生情愿奉赠，只是有一个条件。"

"什么条件？"

"请高公不怕辛劳，初十夜间，三更时候，同学生一道，分兵四路袭敌。因为是敌众我寡，故必须个个争先，有进无退。学生当与三军将士相约：刀必见血，马必流汗，人必带伤，稍有畏怯者斩无赦。俟胜利归来，不惟以千里雪奉赠，所有厩中骏马，任公选择。"

"啊，这个条件，这个条件……"高起潜又大笑起来，声音尖得像女人一样。

"怎么样，高公？"卢象升用眼睛逼着对方问，嘴角含着轻蔑的微笑。

"此非商量机密之地。"

"好，请到行辕中去。"

他们回到大厅里坐下以后，卢象升屏退左右，又逼着太监问：

"高公意下如何？"

"野战非我军所长。"

"我关宁、宣大战士素惯野战，趁目前士气正盛，应该寻敌一战，以解京师之危。"

"不，万不可贸然求战。"

卢象升拂袖而起，按着刀柄，大声说："总监畏敌如虎，我只好单独与敌周旋了！"

高起潜傲慢地说："总督愿意单独与敌作战也好，不过人马，人马，我也要……"

卢象升决然地截断太监的话头说："好，我明白你的意思，不用说了。宣大、山西的人马原是我带来的，仍旧归我指挥；关宁精锐我一个不要，由总监军自己指挥。"

"这样好么？"高起潜故意问，实际上他心中非常满意。

"兵分则弱，对战争当然不利。但今日除此之外，别无善策。"

"那就只好分兵了。什么时候分？"

"我今天就拜疏上奏，等皇上圣旨一到，马上就分。"

"这样很好。我现在就进京去，等候上谕。不再打扰了。"高起潜站了起来，打着官腔说，"同为皇上办事，望老先生多多包涵。"

"好说。"

卢象升把高起潜送出辕门，望着他上了马，拱手相别，在心里感慨地说："唉，不想鱼朝恩①复见于今日！"他向高起潜渐渐远去的背影又看了一眼，摇摇头说："我今日方知道宦官的厉害！"

当天下午，将近黄昏时候，卢象升奉到皇上御旨，同意他同高起潜分兵。他明白皇上听了高起潜和杨嗣昌的话，不再采纳他的意见，在皇帝身上所寄托的最后一缕希望登时幻灭了。他感觉自己在朝中孤掌难鸣，真是"一木难支大厦之将倾"，深深地陷入绝望和愤慨之中。正当这时候，一个传事官拿着一个大红手本走来禀报，说翰林院杨老爷在辕门外等候谒见。卢象升在手本上瞟了一眼，吩咐说："赶快请进！"他立刻站起来，一边向大厅外去迎接，一边心里说：

"伯祥兄来得恰是时候！"

三天前皇帝在平台召见卢象升的谈话内容，虽然卢本人不曾向外人泄漏，但是没有不透风的墙，开始只有几个与随驾上朝的太监常来往的大臣知道，随即就在许多朝臣中传播开来。知道卢象升果然敢于在皇上面前力排和议，坚决主战，杨廷麟感到满心的欣慰和敬佩，然而同时他也明白，卢象升在朝廷上的处境是困难的，杨嗣昌和高起潜会合力对付他，会使他的雄心壮志付

---

① 鱼朝恩——唐朝宦官，在德宗和代宗两朝屡出监军，颇骄横，贪贿无厌。

诸东流。跟着，安定门会议的情形，也在朝臣中互相传播开来了。他急于要来同卢象升见面谈谈，帮他谋划一下，但是为着避免杨嗣昌的注意，他延迟到午后骑马出京，赶在黄昏时来到昌平。

卢象升把他迎进大厅，寒暄几句，就把他引进内室，屏退左右，郁悒地望着他，说：

"伯祥，弟正彷徨无计，没想到老兄翩然光临，不知将何以教我？"

杨廷麟的心中明白，笑了一笑，问道："为何彷徨无计？"

"弟千里勤王，原想与敌拼死一战，解京师之危急，挫胡虏之凶焰，谁知……"卢象升说到这里，深深地叹一口气，摇了摇头。

"总督大人进宫陛见情形及安定门会议经过，廷麟已略知一二。莫非因里边对和战大计还在举棋不定，朝廷上有人掣肘，使大人欲战不能，故如此心怀郁悒？"

"皇上倒没有什么，可叹的是本兵与监军畏敌如虎，无意言战，只想委曲求全，不顾后患无穷。弟名为总督，实际在朝廷上孤掌难鸣，欲战不得。你看，这样下去，如何是好？"

"大人目前处境，确实困难。像这种情形，不要说大人满腹郁悒，'抚几长叹'，凡是稍有天良的人，谁能不为之扼腕？满朝文武以及京中百万士民谁不盼望总督大人尽速与虏一战，以解京师之危？半月来畿辅各县遭受虏骑蹂躏，人民流离死伤，惨不忍言，又谁不盼望总督大人与虏一战，以解奸掠焚杀之苦？满朝文武与京城内外无数百姓都对总督大人如此殷殷盼望，大人为何说自己孤掌难鸣？"

"可是皇上听了杨文弱和高太监的话，不欲弟与虏一战，如之奈何！"

"弟今日前来拜谒，正是想借箸一筹。"

"愿闻明教！只要有利于国，虽肝脑涂地，在所不辞。"

"目前的情形是这样，"杨廷麟把身子向前探探，用光芒逼人的眼睛注视着卢象升的因军务疲劳而略显苍白的脸孔，压低声音说，"皇上和杨文弱、高起潜虽有意与虏议和，但迫于臣民清议，尚不敢公然一意孤行，与虏订城下之盟。京城中虽三尺童子都知道辽东之地，直到奴儿干①之北，东临大海，尽归版图。盖承袭金、元两朝旧疆，由来已久。我中国每值盛世，四海混一，

————————————————

① 奴儿干——明初奴儿干都司设在黑龙江入海处。

胡汉共主。辽东自古本为东胡各族杂居之地，不惟秦、汉、隋、唐诸代都是中国臣民，至本朝也是如此，何尝另有一个国家！……"

卢象升插言："满虏原是女真余孽，周为肃慎，隋、唐称为靺鞨。努尔哈赤在万历初年不过一部落酋长，受封为龙虎将军①，为我朝守边。后因朝廷抚驭失策，始为叛乱，吞并诸部，势力渐强，至万历四十四年遂建国号后金。到他的儿子继位，才改号为清。按之历史，满虏实系我国臣民，兴兵叛乱，分裂疆土。今日朝廷一二执事者不思如何统一祖宗河山，而惟求与虏酋暗中议和，殊为可羞！"

杨廷麟接着说："大人所言极是。倘和议一旦得逞，丧权辱国，使东虏得寸进尺，祸有不堪言者。尤其皇上毕竟是有为之主，在这件事上颇忌讳受外廷清议指责，他自己也不愿步南宋诸帝后尘。如果大人能够乘敌人屡胜兵骄，率士气方盛之数万援军向敌奇袭，即令不能获致全胜，只要杀伤相当，稍挫敌焰，就可以堵主和者之口，使皇上确知敌之不可畏，惟有战方为上策。弟两天来日夜筹思，窃以为只有这一个办法可以扭转目前局面，不知大人以为然否？"

卢象升沉吟说："我也是这么打算，可惜如今已经晚了！"

"晚了？为何晚了？"杨廷麟轻拈着垂在胸前的美髯，有点怀疑不解地问。

"唉，兄台不知，真是一言难尽！各路援兵虽有五万，可是归弟指挥的只剩下两万人了。"

"何故？"

"关宁铁骑三万，分给高太监了。"

"这是皇上的意思？"

卢象升将双手放在火盆上烤着，把今天分兵的经过对杨廷麟说了一遍，沮丧地叹息一声。杨廷麟半天说不出话来，随后从椅子上站起来，跺跺脚，愤慨地说：

"这样看来，大明江山迟早会送于满虏！"

卢象升没有做声，眼光落在烧得通红的木炭上，好久没有抬起头来。作为一位边防军的统帅，他对敌人的野心是十分清楚的。但是处在他的地位，他不愿再多说什么话。他认为做一个忠臣宁可自己饮恨而死，也不应该在别

① 龙虎将军——努尔哈赤受封为龙虎将军是在明万历二十三年。

人面前张扬"君父"的不是。另外，李奇的事件给他的心理上震动很大，他觉得自己一举一动都在受着东厂的暗探监视，随时会报进宫中。

"今天的满洲自认为是金源①的再起，"杨廷麟见卢象升不做声，接着说，"所以杨文弱、高起潜等就是黄潜善、汪伯彦②一流人物！"

卢象升注意到顾显悄悄地向里边张望一下，不敢进来。于是他抬起头来，对客人笑一笑，打趣地说：

"伯祥兄，数载京官，还没有磨练好你的脾气，依然书生本色，一谈起国事，悲歌慷慨，不减当年。好，请吃饭吧。吃过饭以后再聆高教。"

在吃饭时候，因为有一群幕僚相陪，他们没有继续谈和战大计，只是随便谈谈近来朝廷上的一些无关紧要的新闻。饭后，卢象升又把杨廷麟让进里间，郑重地问：

"伯祥，目前国事一天不如一天，我虽然不敢说祖宗三百年江山③会葬送在我辈一代手中，但情势确实十分危急。你另外还有何高明之见？"

杨廷麟沉默片刻，从嘴角露出来一丝苦笑，说："我本来还想奉陈一个愚见，可是如今觉得说出来大人也不会采纳，采纳了也不好去行，还是不说吧。"

"什么高见？快请说出。"

"皇上打算等洪九老、孙白谷④把李自成消灭之后，调他们来京勤王，大人知道吧？"

"知道，怎么样？"

"我曾经这么希望，由大人出头，建议皇上赦李自成之罪，召他带兵与东虏作战，将功赎罪。同时召洪九老与孙白谷即速来京，分任蓟辽总督与辽东巡抚。大人率宣大、山西劲卒，加上李自成之众，攻敌之前，洪九老与孙白谷于长城内外扼敌之后，畿辅州县坚壁清野，号召在野豪杰、父老兄弟，人人执干戈以卫桑梓，则东虏可一战而溃，胜负之势从此改观。"

卢象升笑着摇摇头："伯祥，这才真是书生之见。这样的意见怎么敢奏闻

---

① 金源——金国的别称。
② 黄潜善、汪伯彦——南宋初年的两个权臣，秉承宋高宗赵构的心意，主张对金妥协、投降，阻挠和破坏对金抗战。
③ 祖宗三百年江山——明朝从开国到崇祯十一年只有二百七十多年，但当时人们习惯，喜欢说"祖宗三百年江山"。
④ 洪九老、孙白谷——洪承畴字亨九，当时士大夫们尊称他洪九老。孙传庭字白谷。

皇上？"

"是的，我也想到大人不会采纳，皇上更不会采纳。"

"李贼溃灭在即，你想，皇上岂能使洪总督、孙巡抚功亏一篑？再说，像李自成这班流贼，在内地因利乘便，东西流窜，有时还能使官军吃点亏，好像他们还有一些本事。其实，他们一旦离开内地，一无奸细猾民供其驱使，二无饥民供其裹胁与号召，就无从施其伎俩，何能与虏作战？"

"不，总督大人差矣。大人前几年虽然同流贼作过多次战，屡获大捷，但流贼并不像大人说的那样不堪一击。如真不堪一击，何以十年以来，如火燎原，朝廷竭全国之力不能扑灭？况且据下官所知，李自成与其他流贼不同。他善于用兵，常能化险为夷，转败为胜。虽为高迎祥旧部拥为诸贼首领，号为闯王①，但粗衣恶食，与士卒同甘共苦。其部队纪律严明，部伍整肃，甚至比官军还强得多多。如果朝廷真能赦其不死，待之以诚，使其立功疆场，实在对国家有百利而无一害。可惜，区区愚见，无人敢向皇帝建言耳。"杨廷麟看见卢象升的脸上流露着很不以为然的神情，觉得不该对他说这么多，于是又笑着说："廷麟叨在相知，故敢不避冒昧，放肆陈言。要是在别人面前，像这些话，我连一个字也不会说出。"

卢象升含着讥笑问："阁下对李自成何以知道这么多？"

"剿贼为国家大事，可惜朝廷上多茫茫然，如在梦中。不知己，不知彼，何能取胜？廷麟对此稍能留心，故敢说略知一二。"

杨廷麟实际上对农民军的情况略有所知，是一位做御史的朋友喻上猷告他说的。近几个月，张献忠派一位姓薛的将军住在北京活动，这个人因为喻上猷是湖广省在京城的一位名流，所以也常常拜望他，同他拉关系。喻上猷趁着这个机会，向薛将军了解到十三家②的起事经过、发展历史和目前情形。

---

① 闯王——"闯王"一词不是绰号，而是代表军事领导地位的称号。在明末十三家义军中只有高迎祥一家有这个称号。第一个闯王是高迎祥，称"高闯王"。崇祯九年七月间在盩厔县（今周至县）黑水峪同洪承畴作战时，高迎祥因病重隐蔽在山洞中，不幸被人出卖，为官军所俘，牺牲。

② 十三家——明末由陕西北部和山西西部起义的农民军共有十三个支派，称做十三家。有时合在一起，有时分开，或者几家合在一起。高迎祥、张献忠、曹操等都各自是一家的首领，地位是平等的。李自成原是高迎祥的部将，高牺牲后他才被推举为高迎祥部队的总首领。十三家后来成了一个习惯的名称。如清朝初年在川东、鄂西一带坚持抗清斗争的农民军也号称十三家，实际上绝大部分是李自成的旧部。另外在川北活动的，由黄龙和姚天动领导的农民军也曾经称为十三家。

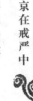

所以喻上猷对李自成的了解，比那些只靠塘报、邸抄和道听途说去妄谈农民军的京官们清楚得多。喻上猷又将李自成等人的情况转告了廷麟。现在杨廷麟一看卢象升对农民军抱着很深的成见，他就不敢再提一个字了。他把眼光移到墙壁上，看见中间挂着关公像，旁边是卢象升写的岳飞的《满江红》，字体娟秀而遒劲，一望而知是从王羲之草书帖变化出来的。下边署的日子是昨天，除阳文"象升"图章之外还有一个阴文闲章："大夫无境外之交"。杨廷麟明白象升写这首词和用这个闲章是有无限感慨的，于是勉强一笑，说：

"即使岳武穆生在今日，恐也会雄图难展，徒自凭栏长啸，壮怀激烈。"

卢象升叹口气说："伯祥，你看，我一到这里，心中就觉得奇怪。不知何人在大厅座后的屏风上写着文文山的《正气歌》，在这间卧室中挂一幅关公像，好像这就是我的下场。"

"大人！你一身系社稷安危，何出此不祥之言？"

"唉，这是天数！"

"啊？……"

"弟几年来出生入死，心力交瘁，无奈贼愈剿而愈横，虏愈防而愈强。今日大敌压境，京师危急，弟身为总督，欲战不能，不战又无以上对天子，下对士民。处境如此，岂非天数？"

"畿辅屡受鞑子蹂躏，民气可用……"

不等朋友说完，卢象升截住说："不能光看民气。南宋初年，中原与河北民气何尝不好？无奈朝廷自有主张，致使李纲无功，宗泽殒命，岳少保见害于风波亭。民气有什么用！"

"老大人身为统帅，大局尚有可为，不应如此灰心。"

"不瞒你说，弟从今而后只有鞠躬尽瘁，死而后已，至于成败利钝，付之天耳。"停一停，卢象升不放心地问，"伯祥，招抚闯贼之议，你可同别人谈过？"

"不曾同别人谈过。"

"此事重大，我劝你千万莫同第二人谈，免得惹出是非。朝廷对张献忠的招抚也只图羁縻一时，以后看情形再说。张献忠并无归顺诚意，熊文灿迟早会败在这件事上。如今谁要是再建议招抚闯贼，那就太不识时务了。"

约摸到三更时候，杨廷麟告辞要走，因为他明天早晨还要进宫早朝。卢象升也不留他，叫仆人端出酒来劝他饮了几杯。为着怕路途上会有危险，他派了五十名骑兵把杨廷麟一直送到德胜门。在辕门外分别时，他握着朋友的手说：

"伯祥，请你转告京中故人，我卢象升决不会辜负主恩，也决不会辜负诸位故人和京师百万士民的殷切属望！"

不知是由于他的感情激动，还是由于他的心头上压着难言的愤懑和悲痛情绪，这位勤王大军统帅在说出这句话的时候，声音竟然微微地有点打颤。幸而刺骨的寒风在呼啸着，这种微微的颤栗没有被杨廷麟觉察出来。

第二天上午，卢象升把大小将领召集到行辕来听他训话。他叮咛大家尽忠报国，不要因为兵少势孤而气馁。训话刚毕，杨嗣昌到昌平来了。他把杨嗣昌迎进大厅，奉茶以后，开门见山地问：

"学生与高总监分兵的事，阁老大人知道了么？"

杨嗣昌笑着说："学生已经知道了。老先生还得分一回兵。"

"什么？！"卢象升掩饰不住吃惊地问，同时感到有一股凉意蓦然从脊背透入心里。他又轻轻地追问一句："为什么又要分兵？"

"新任总督陈方垣①已经到京。皇上的意思是叫他统率山西援兵。他大概今天下午就会来昌平拜谒阁下。学生一来是代朝廷来向老先生慰劳，二来也是把皇上的这个决定奉告阁下。"

卢象升没有马上回答，简直不知道说什么话好。他认为这又是杨嗣昌和高起潜捣的鬼，他们竭力使他没法同清兵作战，免得妨碍他们秘密地同敌人进行议和。他的心中非常愤激。但是这件事既然得到了皇上的同意，他就不好发任何牢骚。悲愤、失望、压抑和沮丧的情绪织成一张又厚又重的网，网住他的心头。他在心里说："算了，倒不如赶快战死沙场，免得受群小摆布，多生闲气！"过了很长时候，他竭力使自己镇静下来，淡淡一笑，说：

"既然是出自上意，学生当然遵旨分兵。这样很好。学生身戴重孝，本不宜为三军主帅。今蒙皇上圣恩，使学生只率领宣、大兵马，免有覆𫗧之虞，心上就轻松多了。"

他们谈了一阵闲话，话题转到了议和的消息上。卢象升再也忍耐不住，完全忘记了个人利害，望着杨嗣昌的脸孔，愤愤地说：

---

① 陈方垣——方垣是陈新甲的字。

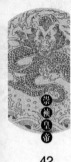

"文弱！城下之盟，《春秋》所耻。敌兵蹂躏京畿，公等不思如何派兵遣将，决胜疆场，而日日主张议和。难道不想一想，南宋之事，千古所悲，岂可重见于今日？更不想一想，长安①口舌如锋，袁崇焕之祸②岂能免乎？"

杨嗣昌满脸通红，说："若如此说，老先生的尚方剑当先从学生用起！"

卢象升用鼻孔冷笑一声，说："我既不能奔丧，又不能战，吃尚方剑者应是我，而不是别人！"

杨嗣昌站起来，背着手来回地走了一阵，然后站在卢象升的面前，勉强笑着说：

"九老，你不要以长安的流言蜚语陷人。"

"流言蜚语？"卢象升又冷笑一声，"周元忠赴满洲讲和，来往已非一日。此事发起于辽东巡抚方一藻，主其事者是你本兵杨文弱，北京城无人不知，何谓流言蜚语！"

杨嗣昌的态度很窘，心中十分恼恨，但只好苦笑一笑，捋着下巴颏上的胡须说：

"老先生既如此信以为真，学生就不必说别的话了。"

把杨嗣昌送走以后，卢象升回到屋里，想着今后的对敌作战更加困难，同时不由地联想到秦桧和岳飞，愤慨地说：

"自古未有权臣在内，大将能立功于外者！"③

几个幕僚走了过来。那一位曾劝他把千里雪赠送给高起潜的幕僚小声劝他说：

"大人，你刚才同杨阁老当面争执，使他不好下台，似乎不妥。古人说：'小不忍则乱大谋。'何必与彼作口舌之争？"

"我实在忍耐不住！"卢象升顿脚说，"目前敌兵深入，京师戒严，而他们

① 长安——因为长安是我国古代有名的京城，建都的时间也最久，所以明、清两朝的士大夫喜欢拿长安作为京城的代称。

② 袁崇焕之祸——袁崇焕是广东东莞人，很有才能的统帅。崇祯二年清兵入塞，进攻北京。袁崇焕时任蓟辽督师（即总督），率兵星夜入援，布阵于北京东郊。崇祯帝中敌人反间计，疑他与敌人订有密约，把他下狱，处死。这一大冤狱，在崇祯年间没有人明白真相，所以卢象升拿杨嗣昌比袁崇焕，说他会落袁的下场。直到清初为了要修明史，清朝统治者才把这一事件的真相公开。

③ 自古……于外者——相传公元1140年岳飞进兵朱仙镇，金朝侵略军的统帅兀术准备从开封撤退，一个汉奸书生劝他不要走，说："自古未有权臣在内，大将能立功于外者。岳少保且不免，况欲成功乎？"这前一句话因为说出了封建时代许多爱国将帅的共同遭遇，所以就成为历史上的名言。

的眼睛只看着陕西剿贼，不惜受城下之盟，叫我如何能不说话！"

"可是他目前既是本兵，又是辅臣，深蒙皇上宠信。这样同他争吵，今后他更要事事为难。大人纵然胸怀磊落，不戚戚然以谗忌为念，然而今后大人如再想同东虏作战，就更加困难重重。"

"如今我们的人马只剩下一万多一点，当然更困难了。但不管成败利钝，我决心以一死报国！"

当他用极其悲愤的声音说出来"以一死报国"这几个字以后，他的心中一酸，不由地滚出来两行热泪。幕僚们都低下头去，很久很久，不敢抬起眼睛望他。

但是直到现在，他还在希望杨嗣昌回心转意，而且对皇上也没有完全绝望，总以为皇上只是一时受了蒙蔽。他想了想，叫仆人拿来笔砚笺纸，给杨嗣昌写了一封短短的信，在信中这样写道：

老先生若能回心僇力，以济国家，即胸中有如许怪事，弟终不向皇上一言。若仍闪烁，奸欺到底，自当沥血丹墀，言无不尽也。

把信封好，派人立刻送到京城，他随即从椅子上站起来，在大厅中走来走去。过了好长一阵，他忽然在柱子旁边站住，刷一声把宝刀拔出一半，使幕僚们都觉得他会拔刀砍柱，以泄胸中不平之气。然而他停一停，咔的一声把宝刀插进鞘中，向门外大声吩咐：

"备马！"

卢象升大踏步向外走去。幕僚们互相望望，跟在他的后边走出辕门。他接过来缰绳和鞭子，飞身跨上五明骥，直奔出昌平城外。家人顾显和一群亲兵也都跳上骏马，风驰电掣般地追随在他的后边。干燥的大路上扬起来一溜烟尘。

他在东门外的校场里驰马舞刀，直到心中的悲愤和郁悒情绪稍微舒散了一些以后，才信马由缰，缓缓地走回行辕。

潼关南原大战

杨嗣昌与卢象升在昌平会晤的几天以后，一个霜风凄厉的晚上，在陕西东部，在洛南县以北的荒凉的群山里，在一座光秃秃的、只有一棵高大的松树耸立在几块大石中间的山头上，在羊肠小路的岔股地方，肃静无声，伫立着一队服装不整的骑兵，大约有一二百人。一个身材魁梧、浓眉大眼、生着连鬓胡子的骑兵，好像龙门古代石刻艺术中的天王像或力士像那样，神气庄严，威风凛凛，一动不动地骑在马上，一只手牵着缰绳，一只手紧紧地扶着一面红色大旗。这幅大旗带着用雪白的马鬃做的旗缨和银制的、闪着白光的旗枪尖儿，旗中心用黑缎子绣着一个斗大的"闯"字。

在大旗前边，立着一匹特别高大的、剪短了鬃毛和尾巴的骏马，马浑身深灰，带着白色花斑，毛多拳曲，很像龙鳞，所以名叫乌龙驹。有些人不知道这个名儿，只看它毛色乌而不纯，就叫它乌驳马。如今骑在它身上的是一位三十一二岁的战士，高个儿，宽肩膀，颧骨隆起，天庭饱满，高鼻梁，深眼窝，浓眉毛，一双炯炯有神的、正在向前边凝视和深思的大眼睛。这种眼睛常常给人一种坚毅、沉着，而又富于智慧的感觉。

他戴着一顶北方农民常戴的白色尖顶旧毡帽，帽尖折了下来。因为阴历十月的高原之夜已经很冷，所以他在铁甲外罩着一件半旧的青布面羊皮长袍。为着在随时会碰到的战斗中脱掉方便，长袍上所有的扣子都松开着，却用一条战带拦腰束紧。他的背上斜背着一张弓，腰里挂着一柄宝剑和一个朱漆描金的牛皮箭囊，里边插着十来支雕翎利箭。在今天人们的眼睛里，这个箭囊的颜色只能引起一种美的想象，不知道它含着坚决反叛朝廷的政治意义。原来在明朝，只准皇家所用的器物上可以用朱漆和描金装饰，别的人一概禁用。洪武二十六年，朱元璋还特别作了严格规定：军官和军士的箭囊都不准朱漆描金，违者处死。然而我们如今所看见的这位战士，从他开始起义的那年就背着这个箭囊。九年来，这个箭囊随着他驰骋数万里，纵横半个中国，饱经战阵，有的地方磨疯了，有的地方带着刀伤和箭痕，而几乎整个箭囊都在年年月月的风吹日晒、雨淋雪飘、尘沙飞击中褪了颜色。

他分明在等候什么人，注目凝神地向南张望。南边，隔着一些山头，大约十里以外，隐约地有许多火光。他心中明白，那是官兵的营火，正在埋锅造饭和烤火取暖。几天来，他们自己没休息，把官兵拖得在山山谷谷中不停地走，也不能休息。但追兵显然正在增加。无数火把自西南而来，像一条火龙似的走在曲折的山道上，有时被一些山头遮断。他知道这是贺人龙的部队。十天前，他给贺人龙一个大的挫折，并且用计把他甩脱，如今这一支官兵又补充了人马，回头赶上来了。

他站的山头较高，又刮着西北风，特别显得寒冷，哈出的热气在他的疏疏朗朗的胡子上结成碎冰。他周围的战士们大多数都穿得很薄，又脏又破，还有不少人的衣服上，特别是袖子上，带着一片片的干了的血迹，有些是自己流的，更多的是从敌人的身上溅来的。因为站得久了，有的人为要抵抗寒冷，把两臂抱紧，尽可能把脖子缩进圆领里边。有的人摇摇晃晃，矇眬睡去，忽然猛地一栽，前额几乎碰在马鬃上，同时腰间的兵器发出来轻微的碰击声，于是一惊而醒，睁开眼睛。

"弟兄们，下马休息一下吧！"骑在乌龙驹上的战士说，随即他轻捷地跳下马，剑柄同什么东西碰了一下，发出来悦耳的金属声音。

等到所有的将士们都下了马，他向大家亲切地扫了一眼，便向那棵虬枝苍劲的古松跟前走去。那儿的地势更高，更可以看清楚追兵的各处火光。

一轮明月从乌云中姗姗露出，异常皎洁。这位骑乌龙驹的战士忽然看见树身上贴着一张陕西巡抚孙传庭的告示，上边画着一个人头，与这位战士的相貌略微近似，下边写着《西江月》一首：

> 此是李闯逆贼，
> 而今狗命垂亡。
> 东西溃窜走慌忙，

四下天兵赶上。

　撒下天罗地网，

量他无处逃藏。

军民人等绑来降，

玉带锦衣升赏。

这首《西江月》的后边开着李自成的姓名、年龄、籍贯、相貌特点，以及活捉或杀死的不同赏格。这位战士把布告看完，用鼻孔轻轻地哼了一声，回头望着跟在背后的一群将士，笑着问：

"你们都看见了么？"

"都看见啦。"大家回答说，轻蔑地笑一下。

这位战士放声大笑，然后对着告示呸了一声，拔出宝剑，在告示上刷刷地划了两下。几片破纸随风飞去。

这位普通战士装束、向大家说话的人就是赫赫有名的闯王李自成。他是陕西省延安府米脂县人，农家出身，幼年替地主家放过羊，也读过私塾，学过武艺，长大了当驿卒。驿卒裁了后，在家生活无着，因负债坐过几个月的牢，出来后又去投军。不久，因上官克扣军饷，士兵大哗，他率领一股军队起义，杀了带队的将官和当地县令，投奔舅舅高迎祥，在高闯王的手下带领第八队，号称闯将。跟随高迎祥数年，他的智勇、战功、日常行事，深为众人敬佩。前年七月间高迎祥不幸牺牲，大家共推他做了闯王。他的原名叫李鸿基，在私塾读书时，老师按照当时习惯替他起了个表字叫做自成。后来他去当驿卒时就用"自成"当做大名，这在当时叫做"以字行"，本名儿反而渐渐地只有少数的亲族、邻居和少年时期的同学们还记得。

闯王离开大树，回到弟兄们中间。看见有些人倚着马鞍打盹，他望着众人说：

"一连三天，咱们不是行军就是厮杀，人马都没有得到休息。今晚大家痛痛快快睡半夜，只要明天从潼关附近冲过去，到了河南，官兵就再也包围不住咱们啦。到那时，咱们想走就走，想休息就休息，粮草也不发愁啦。"

虽然他的声调是平静的，神气是安闲的，完全是随便闲谈的样儿，但是这几句话却给每个人很大鼓舞。没有人再感到寒冷、疲倦和瞌睡了。一个叫王长顺的老战士说：

"咱们一定能冲过潼关。别说是孙传庭的官兵挡在前面，就是有刀山剑林挡在前面，也能够冲得过去。哼，咱们要没有这股闯劲儿，就不是闯王的人马！"

李自成点点头，说："说得好，说得对。这几年来咱们闯过了多少州县，闯垮了多少官兵，闯开了多少围困，扳着指头也算不清。孙传庭挡不住咱们的路！"

"闯王，听说孙传庭亲自在潼关旁边迎接咱们，真的么？"一位叫做张鼐的，只有十七岁的小将天真地笑着问。

"是的，他带着一些人马在迎接咱们。说不定洪承畴也在前边。怎么，小鼐子，有点胆怯么？"李自成故意问，他的语气、声调和眼神都流露出他对这位小将十分宠爱，含着像慈父般的感情。

"胆怯？"张鼐侧着头问，"我什么时候胆怯过？我还打算活捉孙传庭替咱们高闯王报仇哩！"

"好啊，小张鼐！你说的很对，应该跟洪承畴、孙传庭他们算算血账，替咱们高闯王报仇！"闯王拍着张鼐的肩膀说，同时想着："这孩子真不错，磨练成啦，永远也不会泄气！"

站在张鼐旁边的一个年轻战士带着很有自信的神气笑一笑，说：

"当然啦，碰上他就不会轻饶他杂种！"

有着络腮胡子的王长顺跟着丢了一句松话："我看，咱们明天会把孙传庭的人马杀得落花流水，可是不容易把他本人捉到。"

"为什么？"张鼐问，心中可有点儿不服气。

"因为咱们的马有好多天没有喂料，连草也吃不饱。老孙的马吃得饱，跑得快。"

大家都笑了起来。但是这笑声随即被一阵从南边来的马蹄声压下去了。李自成正等候一员小将，听着这阵马蹄声，他自言自语说：

"啊，来啦。"

过了不久，马蹄声愈来愈近，随即在稀疏的、落了叶子的灌木中间，在苍茫的月色下，出现了一小队人马影子。李自成的乌龙驹突然把头一抬，喷喷鼻子，萧萧地叫了一声。张鼐向走近来的小队骑兵问：

"是双喜哥么？"

"是！"一个青年的声音在马上回答。

这一队共有十来个人，回答的青年骑在最前边的一匹高大的白马上。每个人的马镫上挂着一颗或两颗血淋淋的人头，不住摆动。走上山头以后，他们都跳下马来。李双喜牵着白马走到闯王面前，禀报说：

"爸爸，周山这杂种又逃脱啦！"

"又没捉到？"

"我正要赶上他，不防从官军阵上射过来一阵乱箭……给他龟儿子逃脱啦。"

闯王顿着脚说："嘿！又给他逃脱啦！"

听说没有捉到周山，自成不由地皱皱眉头。周山原是李自成亲手提拔的将领，闯王对他十分信任，叫他担任中军①。高迎祥死后的一年之中，他的部下首领许多人顶不住官军压力，相继投降。李自成初当闯王，尽管做了很大努力，却没法阻止义军内部的分化和投降趋势。去年十月间，他率领一部分义军从陕西进入川北，连破许多州县，虽然进攻成都不克，却给朝廷很大震动。今年正月，李自成为着避免被洪承畴所督率的优势官军包围，退出川北到陇东南，又向北挺进到洮州。洪承畴一方面派曹变蛟和贺人龙等死追不放，一方面调动了许多部队堵截。几个月中，李自成为着打破官军的包围，率领着农民军从甘肃进入西番地②，在羌族游牧人的地区转来转去。农民军缺乏粮食，又不得休息，在西番地牺牲很大，仍然摆不脱官军的追赶。李自成不得已从嘉峪关的东边北出长城，到了塞外，又突然从兰州附近折转回来，猛不防突破洮州一带的官军堵击，回到陇东南的山区中化整为零，休整部队。就在西番地最艰苦的情形下，这个破落地主出身的周山对前途失去信心，勾引一起人投降了曹变蛟。从这以后，他就死心塌地为虎作伥。由于他是从农民军中混出来的，对农民军的一切内幕、作战方法，都极清楚，这就使曹变蛟如虎添翼，给农民军的麻烦更大。过去农民军对官军作战常用的许多老办法，有的根本不能再用，有的用起来效果也比较小了。每次遇到两军交战时，周山就骑在马上呼喊诱降，企图瓦解军心。李自成和他的将士们恨透了这个叛徒，常常想在战场上捉到他，可是他比狐狸还狡猾，几次都是快要捉到时给

---

① 中军——古代的所谓中军有两种意义：一种是军队中官职，其职掌类似近代军队中的副官长，有时兼管传宣军令。另一种是指军队番号，对左军、右军、前军、后军而言。周山所担任的中军属于前者。本书中写高一功为中军主将则属于后者。

② 西番地——如今的青海东部。

他逃脱。今天黄昏，自成在侄儿李过宿营之后，猜到周山会重新露面，亮着自己的牌子①劝降，所以留下双喜带着一队人等候周山，装做要送给他一封自成的书信，把他捉到。谁知这一计又没成功！

双喜看见闯王心中不高兴，赶快说："爸爸，周山虽然没捉到，可是我们把他的侄儿收拾啦，还捉到他的亲信将士十几个。"

"人呢？"闯王问。

"他侄儿当场给我刺死啦。那些捉到的，因为弟兄们气不忿，也宰啦。"

双喜说毕，把右手一招，一个亲兵走过来，俯身从白马的镫子上解开人头，扔到闯王面前。跟着，后边的十来个亲兵也都把人头解下，咕噜咕噜地扔到地上，在闯王的脚前滚成一堆。自成看了一眼，吩咐把这十几颗人头都挂到那棵松树上，让明天追在后边的官军和周山看个清楚。

人头很快地在树上挂好了。周山侄儿的头颅挂在树身上，正是贴孙传庭的那张布告的地方，其余的头颅都挂在旁边的一根横枝上。自成走近前去，重新把所有的人头扫了一眼。月光正照在人头上，连他们的鼻子眼睛都看得一清二楚。这些人，因为都长久跟随周山，所以自成连他们每个人的名字都叫得出来。他对周山侄儿的头颅注视片刻。双喜站在他的背后，愤愤地说：

"爸爸，你看，他死了以后还半张着嘴。在阵前，他比周山叫得还凶哩！"

"他叫什么？"

"还不是劝咱们的将士投降！哼，比他叔的喉咙还粗哩！"

李自成对着人头把眼睛一瞪，不由地恨恨地哼了一声，真想拔出剑来砍他几下。

离开大树，自成向双喜问道："你大哥把队伍布置妥了么？"

"我大哥已经在山口把队伍布置妥当，立了栅寨，准备了滚木礌石。"

"官兵有什么动静？"

"没有。大概他们怕中埋伏，停下来了。"

一丝不容易觉察的微笑从闯王的嘴角流露出来，一方面是对官兵的蔑视，一方面是觉得果然实现了他的希望，今晚可以让将士们休息了。他用慈爱的眼光在双喜近来显得消瘦的脸孔上打量一下，又看看他的身上，忽然从敞开的斗篷下边看见双喜的左胳膊用布条吊在脖颈上，袖子上有大片血迹。他轻

---

① 亮牌子——叫出名字，这是从前北方的江湖话。

轻地哦了一声，走近一步，问：

"你的胳膊挂彩啦？什么伤？伤了骨头么？"

"箭伤，没有伤骨头。"李双喜带着满不在乎的神气笑一笑，说，"没有啥，一只手也可以打仗，只是不能够拉弓射箭。看样儿，追赶咱们的敌人又增加啦。爸爸，要不要我回到山口？"

"算了，你跟我回老营①休息吧。请老神仙给你的伤口洗一洗，上点药，很快就会好的。你大哥知道要他马上来老营议事？"

"知道。"

"上马！"李自成向大家命令说。看着双喜上了马，他自己才上马，心中很不舒服。

双喜和张鼐都是李自成从孩儿兵中提拔起来的勇猛战将。双喜今年也是十七岁，比张鼐只大几个月，但因为他比较沉静，身材也高出半个头顶，所以他在张鼐的面前总喜欢以大人自居。自成因为他也姓李，父母和两个哥哥都给官兵杀害了，没有另外的亲人照顾，就在五年前把他收为义子。两年前，他看见双喜和张鼐在作战中特别勇敢，武艺也好，就把他们从孩儿兵营里调出来，放在自己身边，好使他们有更多的机会在战斗中锻炼，也使他们学到指挥作战的道理。他对双喜和张鼐看待得一般重，并没有远近之分。虽然在名义上只有双喜是他的养子，但人们都把张鼐也作他的养子看待。张鼐也同双喜一样，像对待父亲一般地对待他，甚至在他的面前，比双喜更会流露出孩子的顽皮本色。

"如今战将这样少，"李自成在心中说，"一个人顶几个人用，偏偏这孩子挂了彩！"

他沉默地缓辔前进，考虑着明天的作战问题，希望这一支剩下来不多的基本队伍能够尽量地保存下来，冲出敌人的包围，从潼关附近冲到河南，重新打开局面。

人马下了山头，沿着一道峡谷前进。谷中很幽暗，散乱着大大小小的石头。有时，马铁掌在石头上碰得太重，会迸出几点火星。大约走了两里远，才离开峡谷往一座小山上走去。走到山腰，重新望见月光。一会儿，他们走进一片松树林中，月光只能从松树的枝叶间漏下来水银似的花花点点。尽管

---

① 老营——当时习惯，把总部叫做老营，官军和农民军都是如此。这种习惯延续到清朝末年，在北方有些地方甚至延续到民国初年。

松涛很响，但树林里毕竟暖和得多。大约有一两千名将士露宿在这座松林中，到处是火堆，有的人正在火上做饭，有的人已经躺在火堆边睡熟了。闯王打算在这里停一下，回头对他的养子说：

"双喜，你不用跟我一起啦。赶快先回老营去，请老神仙替你的箭创上点药。"他又向张鼐望一眼，说："小鼐子，跟你双喜哥回老营休息去吧。"

两员小将听到吩咐，带着各自的亲兵飞马而去。李自成勒马离开小路，向树林深处走去。当他走近一个火堆时，烤火的人们纷纷站了起来。一位大约三十五岁上下，相貌慈善，农民装束，名叫田见秀的将领向他招呼说：

"闯王，不下来烤烤火？"

"啊，田哥，你这里倒很背风！"自成下了马说，"黄昏前这一仗，你的人马损失得多不多？"

"还好，只伤亡五十多人，赚了曹变蛟两百多。给他点教训，他就不敢硬往前追啦。"

"挂彩的弟兄们呢？"

"有几个重伤的没来得及救下来，轻伤的都跟着队伍回来啦，如今已经上了药，都在休息。"

在往日，每逢打过仗宿营时候，李自成不管自己有多么疲倦，总要到受伤的将士中间，问问这个，看看那个，有时还亲自替彩号敷药裹伤。去年夏天，有一个弟兄腿上的刀伤化了脓，生了蛆，臭气熏鼻。自成看见伤号太多，医生忙不过来，就亲自动手替这个弟兄挤出脓血，洗净伤口，敷了金创解毒生肌散，然后把创伤包扎起来。当他挤脓血的时候，连旁边的弟兄们都感动得噙着眼泪。可是现在他急于要同田见秀谈几句话，没有工夫去到受伤的将士中间。如今全军的处境十分险恶，明天就会遇到一场决定全军存亡的大战，他的心头上感到沉重。但一般将士是不容易看透他的苦闷心情的。他还像平日一样，同身边的将士们说了一阵闲话，然后笑着说：

"咱们明天四更就出发，大概今晚你们想睡两个时辰不容易啦。"

田见秀也笑着说："只要能睡一个时辰，我们就心满意足了。"

自成拉着见秀的手，继续往前走去。众人知道他们有什么密话要说，没有跟去，只有自成的亲兵头目李强带着两名亲兵远远相随。走到一个岩石下边，自成停住脚步，转过身来说：

"玉峰，如今官兵把通往河南和湖广的道路都堵死了。后有追兵，前有孙传庭亲自在潼关堵截。原来曹操答应到潼关接应咱们，咱们才从汉中一路杀奔前来。可是曹操如今一点儿音信也没有。你想，他会不会中途变卦了？”

“曹操是一个玻璃猴子。我看，他八成是没有来接应咱们。要是他带着几万人马到了潼关外边，孙传庭就不敢用全力来包围咱们。你说是么？”

自成点点头，说：“我也是这么想。咱们上当了。”

他们所说的曹操是当时农民军一位重要领袖罗汝才的绰号。两三个月前，李自成还在陇东南和汉中一带的大山中同官兵兜圈子时就派人给曹操送信，要曹操率领在河南的各家义军到潼关牵制孙传庭，迎接他进入河南。曹操当时同意按照他的计策行事。李自成得了曹操的回信，不顾官兵的重重拦截，向东杀来。两天来已进入商洛地区，离河南边界日近，才看出来官军并没有受到曹操的牵制。可是消息不灵，到底曹操为什么中途变卦，没法知道！

“奇怪，曹操的几万人马到哪里去了？”自成小声自语，又像在问田见秀。

田见秀正想说什么，看见老营的一名小校牵着一匹马，往他同闯王站立的地方走来，便把话忍住了。小校向自成说：

“禀闯王，夫人请你快回老营。”

“什么事？”闯王赶快问。

“老营里来了一个人，夫人请你立刻回去。”

“从哪儿来的人？”

“不知道。只有夫人一个人同他谈话，别的人都不许留在跟前。我只听说好像这个人是从潼关东边来的，路上还挂了彩，别的什么都不知道。”

闯王和田见秀交换了一个眼色，都猜想到这个人可能是曹操派来的，但都没有说出口，因为一则他们明白这事必须十分机密，二则也猜不透这个人所带来的消息是吉是凶。

“玉峰，我赶快回老营瞧瞧，你随后也去吧。”

自成说毕，迅速地往乌龙驹停立的地方走去。

老营驻扎的地方是一个叫做杜家寨的古老山寨，大部分坐落在向阳的半山坡上。它原来是一个大寨，有两百多户，现在剩下的房屋还不到十分之一。寨门楼也给烧毁了，在月光下还可以看见寨门上边的一块青石匾上刻着“潼南锁钥”四个大字。寨里的房屋差不多都毁了，显得很空旷，到处长满灌木和荒草，把有些小路和井口都封了。寨外，向左是悬崖、深谷；向右是森林，一直伸展到山脚下；寨的背后也是树林，连着一座高山，但有些地方被大火烧焦了。

　　老营驻扎的一座四合头院子是全村惟一比较完整的宅院，但门窗和家具也破坏很重。宅院周围，安设十几座帐篷，驻着老营的一部分骑兵；在几个路口都布着岗哨，戒备严密。近来闯王全军总管和中军主将都由高一功担任。但是由于战斗紧张，他经常不得不冲锋陷阵，对敌厮杀，所以老营里许多事情，以及属于总管职掌的许多事务，例如全军的军需、给养和财务等等，都不得不让他的姐姐高桂英替他分操许多心。就以老营宿营后的警卫工作说，本来中军的将校们都会认真布置，不至于疏忽大意，但是高夫人每天还要亲自检查一下，生怕有不够周到的地方。她常常告诫中军的将校们说：

　　"咱们平常惯用的那一套偷营劫寨、收买奸细的办法，周山这个鬼东西都学会了。常言道，不怕一万，只怕万一。大家多辛苦一点，小心没大差，备而无患。"

　　高桂英是李自成的结发妻子，今年才三十岁。虽然是农民家庭出身的姑娘，小时没读过书，但是近几年来由于肩上的担子愈来愈重，工作需要她必须认识几个字，更好地帮助丈夫，她在马上和宿营后抽空学习，已经粗通文墨。她有苗条而矫健的身体，带着风尘色的、透露着青春红润的、线条爽利的椭圆脸孔，大眼睛，长睫毛，眉宇间带着一股勃勃的英气。八九年的部队生活和她的特殊地位，养成她举止老练、大方，明辨是非，遇事果决而又心细如发。在封建时代，一个三十岁的少妇能够具备这样的德行，应该说是历史的奇迹。但是实际上又没有什么奇怪，正如她自己常说的："要不是走投无路，只好跟着男人造反，还不是一辈子围着锅台、磨台转？"

　　她是赫赫有名的、已故的农民军领袖高迎祥的侄女。高迎祥和李自成两个家族虽然不是同县，却是世亲。自成的堂伯母就是高迎祥的姐姐。依照所谓"侄女随姑"的古老风俗，迎祥的侄女嫁给了自成。高桂英既是迎祥的侄女，又是自成的夫人，加上她自己也有使人不能不敬佩的美德，所以在高迎祥和李自成所统率的这一支农民军中享有很高的威望。她自己也很重视维护高迎祥的光荣传统，有时遇到部下做事不对，她就说当年高闯王如何如何。倘若是她的弟弟高一功或其他高姓的将校们犯了错误，她就伤心地告诫他们，说："如果五叔活着，他可不允许你们这样！"有时她也称呼高迎祥的字，说"如岳叔"如何如何，把高迎祥的故事讲给他们听，要他们作为榜样。

潼关南原大战

53

李双喜请医生治了创伤，回到老营，走进上房，高夫人叫他脱掉铁甲，坐在火堆旁边。她看过了双喜的箭伤，一面询问黄昏前伏击曹变蛟追兵的战斗情形，一面等候闯王。她有一个女儿名叫兰芝，今年才十岁，连天鞍马不歇，十分困倦，一驻下来就在里间床上睡着了。两个短衣箭袖、腰束绸带、身背宝剑的姑娘，一个蹲在火边用砂锅烧开水，一个站在蜡烛旁边替双喜缝铁甲上的绽线。这个替双喜收拾铁甲的姑娘名叫慧英，今年十八岁，那个蹲在火边的叫慧梅，才十七岁。高夫人身边像这样的女亲兵原有十几个，几个月来陆续阵亡，只剩下她们两人。其余的亲兵都是男的。

忽然，小将张鼐把一个陌生的农夫领来，站立在门槛外边。他自己先进来，向高夫人小声说：

"夫人，从前队送来了一个庄稼人，他说他是从河南来的，有密书带给闯王。"

高夫人站了起来，吃惊地小声问："从河南来的？是从曹营里派来的么？"

张鼐点点头。高夫人心中有些怀疑，又问："曹操如今在哪里？"

"他不肯说明。他说他的话只能亲自对闯王说，万一见不到闯王，对你和总哨刘爷说也可以。带来的书子也不肯叫别人见。"

"好吧，让他进来见我。"高夫人接着又说，"还有，你派人飞马去禀知闯王，请他速回。"

那个陌生农民被带进屋来。高夫人向他通身上下打量一眼，看见他完全是一个逃荒人的打扮，约摸有四十岁上下，右腿似乎略微有点儿瘸。

"你到底是从哪里来的？"高夫人注视着他的脸孔问，并不立刻让他坐下去烤火。

陌生人不肯回答，微微一笑，同时向站在屋里的张鼐和男女亲兵们扫了一眼。高夫人明白了他的意思，挥手使大家出去。但双喜的右手握紧剑柄，留在门后。高夫人为使陌生人完全放心，把下巴轻轻一摆，让双喜也到院里，然后她走到方桌旁边，同陌生人隔着桌子，说：

"快说吧，你到底是干什么的？"

"我是曹帅派来的下书人。"

"曹帅在哪里？"

"曹帅潜来到崤山里边，离潼关不到二百里，要迎接闯王杀往河南。"

"他带了多少人马？"

"号称十五万，实有七八万。"

高夫人明知道曹操近来率领的是一种联合部队，也许十几万人，所以听了这句回答之后也觉得说得对头，心中暗暗高兴。但是她立刻用严峻的、极不信任的眼神逼视对方，问道：

"曹帅怎会有这么多的人马？"

陌生人被她的盘问弄得有些恼火，冷笑一下，说："曹帅自己只有三万多人马，可是自从八大王①投降朝廷之后，许多股义军都聚在曹帅的大旗下边。曹帅为要攻潼关迎接闯王，当然率领着全部人马前来。"

"都是哪一些股头随着曹帅来？"

陌生人一气说出了惠登相和王光恩等十来个重要义军首领的名字，一丝不错。高夫人又问：

"既然有七八万人马来到潼关外边，难道能瞒住官军的耳目么？"

"一直到本月初，我们的人马还都在叶县、临汝一带，前几天才连日连夜暗暗从山僻小路往西边奔来。直到我离开曹营时候，潼关的官军还是给蒙在鼓里。昨天我才听说他娘的有几千官军往阌乡开去，说不定他们得到消息啦。"

"你是哪里人？"

"我是灵宝县人，崇祯八年春天在渑池县投了曹帅。"

"沿路官军盘查很严，你怎么过来的？"

"不断有成群的河南灾民往陕西逃，我跟着灾民一道混了过来。"

"怎么这样巧，我们今晚才来到这里，你就找到了？"

"我来到洛南境已经三天。"

"窝②在什么地方？"

"离这里二十五里张家庄是我的妹妹家，我就窝在那里。"

"你是灵宝人，你妹子怎么会嫁到这里？"

"天启年间灵宝一带闹旱灾，我们一家人逃荒来陕西，把妹子卖到这里。"

高夫人对这个陌生人还不放心，正要继续盘问，陌生人突然苦笑一下，说："高夫人，我虽然从前没见过你，可是久闻你的大名。你既然这样不放心，我就不用见闯王了。书子我也不必拿出来，原封带回，交给曹帅。"说

---

① 八大王——张献忠的绰号。

② 窝——隐藏的意思，或说成窝藏，原是黑话中的词汇。

潼关南原大战

毕，他转身要走，却不禁猛地瘸了一下，疼得眉头一皱。

高夫人知道他决不是真心要走，但是不能不望着他的右腿问：

"你的腿怎么了？"

"前三四天，给三四个乡勇从背后追赶，叫我站住搜查，我偏不站住，中了他龟孙们一箭。"

"中了箭你怎么逃脱了？"高夫人又问，依然用不相信的眼光打量他。

"我从山坡上滚了下去，草很深，又是黄昏，龟孙们寻找不到我。"

陌生人解开扎着右腿的破布条，拉起破棉裤，在小腿肚上揭开膏药，让高夫人瞧，说：

"幸而没伤着骨头，足有两寸深！"

高夫人看见果然是箭伤，而且看样子伤口不浅。她露出了笑容，说：

"请你不要见怪。你从前没有来过，谁都不认识你。目前情形你是知道的，我不得不小心。就是闯王派一个生人到你们曹帅那里，曹帅也是要盘问的。把曹帅的书子拿出来吧。"

陌生人立刻把破棉裤撕开一个小口子，掏出来像枣子大小的一个东西，递给了高夫人。桂英虽然过去没有见过这种东西，但知道这就是常听说的蜡丸书。她掐开蜡丸，取出一个纸团，仔细地把它展开。这是一张非常薄的白绵纸，上边密密地写着几行小字，内容是罗汝才告诉自成知道：他已经率领十五万人马来到崤山里边，打算在十月十七日进攻潼关，分一支人马进攻阌乡；如果这时自成的人马已经到了洛南县境，务必乘机从潼关南原冲出，到潼关以东会合。虽然信中有一两个字写得潦草，她认不清楚，但全部意思她是明白的。一阵喜悦和兴奋的情绪涌上心头，她说：

"唉，谢天谢地！你来得真巧，今天恰好是十月十六！"

"确是巧，可见闯王同曹帅日后定能够打下江山。"

"啊，我一直忘记问你，你这位大哥贵姓？"

"不敢，我也姓李。"

"啊，咱们还是一家子哩！"

"不敢高攀。五百年前说不定还在一个锅里搅勺把子哩。"

高夫人愈加高兴，立刻叫亲兵头目张材进来，吩咐把客人带到厢房里烤火休息，赶快弄一点热热乎乎的东西给他充饥。当张材把这个人带走以后，高夫人又把书信拿起来看了看，坐在火边，心中十分狐疑起来。她正要第二次派人去催闯王回来，恰好一阵马蹄声来到大门外，随即看见自成匆匆地走进来了。

李自成看完了蜡丸书，又听高桂英把盘问下书人的情形谈了一遍，他的心中同桂英一样感到可疑。他的人马明天要冲到潼关附近，而曹操恰巧在同一天从东边进攻潼关！为什么时间会这么巧？会不会是孙传庭派来的奸细？

他叫亲兵把下书人叫了来，先谢了一路辛苦，跟着同他随便闲谈，有时问他的家世，问灵宝一带的风土人情，特别谈到灵宝的红枣颗大、肉多、皮薄，多么有名，还谈到灵宝西门外古函谷关老君庙的签有多么灵。他的态度是那样亲切、家常，使陌生人不由地在心中说："都说李自成很能笼络人心，果然不假。在这上，大天王可不如他！"自成又问曹操和其他老朋友们的情形，有些事他知道，有些事他说他不知道，也有些是随口胡答。自成对这些他所不知道的和随口胡答的问题也不继续追问，只暗中察言观色，心中有数。陌生人意识到闯王是在盘问他，笑着说：

"闯王，一则我不是一开始就跟着曹帅起义，二则我是无名小卒，并不常在曹帅身边，所以有些事我也说不清楚。"

"这个自然，有些事你很难知道。曹帅上个月在什么地方？"

"上个月么？"陌生人望着闯王，把含笑的眼珠滴溜溜地转了转，说，"嗨，说起这，俺们曹帅可真够朋友！上月，他知道你要往东来，他就率领着人马打到陕州、灵宝一带来接应你。后来听说你还在汉中那边，就退走啦。当时孙传庭还亲自出潼关去抵挡哩。"

"你们退到什么地方了？"

"退到临汝一带。"

"你从潼关附近过来，可知道这几天潼关的官军情况么？"

陌生人好像突然想起来一件重要事情，立刻回答说："啊，啊，我正要向你闯王禀报哩！我从潼关乡下路过的时候，听到风言风语，纷纷传说满鞑子又打进来啦，把北京城围了三面。皇上连下三道诏书，要洪承畴同孙传庭赶快勤王。又听说洪承畴已经率领人马离开西安，要从韩城那里过黄河，北上勤王。孙传庭还在潼关，可是听说也有一部分人马暗中从风陵渡过黄河啦。"

自成从火边忽地站起来，瞪着有点儿激动的大眼睛盯着陌生人，问：

"鞑子是什么时候进来的？"

"听说是上月。"

"皇上调洪承畴去勤王的话可是真的?"

"皇上叫洪承畴和孙传庭快去勤王,洪承畴已经离了西安,都是千真万确的。官军已经有很多过了黄河的话,我只是听到纷纷传言,真假不知。"

"曹帅怎么知道我这时到了此地,他决定十七日进攻潼关?"自成又突然问,眼光像两把利剑一样直逼着对方,使对方一阵心跳。

"他,他,他原不知道你恰好在这时来到这里,只是叫我在这一带等候着你。"

"那,他既然不知道我今日来到这里,怎么会决定明天进攻潼关?那不是要孤军对敌么?"

"曹帅是怎么决定的,我是他手下的小头目,人微位卑,如何得知?不过据我看,这也没什么可奇怪的。我们曹帅人马很多,不惧官军。为着朋友义气,要解救你李闯王打出陕西,他不管你现在在哪里,先攻潼关,把官军引往东边,对你李闯王就有帮助。"他仍然坐在火边不动,冷笑一下,又说,"闯王,曹帅一心要救你,你怎么这样多疑?"

"我不是疑曹帅,我是疑你!"

陌生人的正在烤火的两只手颤一下,禁不住脸色一变。但是他竭力保持镇定,慢慢地从火边站起来,笑一笑,说:

"闯王,我虽然没有在你的手下混过,可是我常听人们谈到你是'胆大如斗,心细如发'。要不是这样,你闯王也不会成这么大的气候。今日你对我有疑心,完全应该。要是我处在你闯王地位,也会犯疑。平日咱们义军常常派细作到官军里边,官军也派细作到咱们义军里来,花样多端,防不胜防。吃一次亏,长一次见识,把人都教能啦。你处在今日这样局面,自然要加倍小心。何况咱们往日没见过面,对面不相识,你怎么能够放心?来的时候,我也同曹帅说到这一点,料到你非犯疑不可。可是,闯王,请你放心吧。我来到这里,见到你,呈了密书,不再走啦。随着你打出潼关,我再回曹营销差。日后倘若你看我果有可疑,任你李闯王乱箭射死,五马分尸,随你闯王高兴。可是眼下大敌当前,后有追兵,你可千万不要三心二意,迟疑不决,误了大事!"说完这段话,陌生人立刻避开了闯王的锐利目光,转向高夫人,拿出满不在乎的神气,说:"夫人,我已经饿了一天多,请你吩咐哪位弟兄替我弄点东西吃吃吧。"

不等高夫人说话，闯王哈哈地冷笑几声，向站在门口的一群亲兵一点头，说："来，把这个奸细推出去斩了！"

登时走进几个人，抓住陌生人就向外推。陌生人并不求饶，也不申辩，一边走一边慨叹一声，说：

"我随着曹帅起义几年，没想到死在自家人手里！唉，算啦，死就死吧，不用说啦。"

一个弟兄在他的背上打了一拳，骂道："少说废话，砍掉你王八蛋的吃饭家伙已经够便宜你了！"

陌生人说："老弟，要杀就杀，何必骂人？"

当陌生人被推出门槛以后，闯王向门口走了一步，喝问："你还有什么话说？快说！"

陌生人回头望着闯王，回答说："事到如今，我还有屁话可说？我奉曹帅之命前来下书，书已下到，死而无憾。不过请闯王万不要误了大事。曹帅明日要从东边进攻潼关哩！"随即他一扭头向外走去，对弟兄们说："走，砍头去吧。讲义气的，请把活做干净点儿，免得我多受罪。"

高夫人看见自成对她使了一个眼色。她赶快向院中说道："你们把他暂且看起来，等明日五更动身时再用他的脑袋祭旗。"

院中几个人一声"遵令！"把陌生人拥出大门外了。自成向双喜望一眼，说："去，叫弟兄们弄一点东西给他吃，小心看着他，别让他逃走了。"

自成在屋里走来走去，低头不语。高夫人望望他的神色，小声问："你断定他是奸细么？"

"十成也只能断定七成。像这样事，既无凭证，怎么能完全断定？"他苦笑一下，又说，"不管他是不是奸细，咱们从他的嘴里也知道了两个重要消息。"

"你指的是满鞑子包围北京，崇祯调洪承畴和孙传庭去勤王么？还有一个什么消息？"

"还有一个消息是洪承畴已经离开西安。我看，这个消息也是真的。"

"不过，洪承畴到底离开西安去勤王还是来潼关，咱们并不知道。"

"正是这话！要是能够弄清楚就好啦。"

刚从院里回来的双喜插嘴说："爸爸，狠狠地打他一顿，还怕他不说实话？"

自成摇摇头："这个人是打不出实话来的。我用砍头吓他，他并不害怕。他分明是一个久闯江湖的亡命之徒，在孙传庭的重赏之下豁出一条性命，来做奸细。你把他打急了，他乱说一通，也不会老实招供。再说，我也没有十成把握断定他确是奸细。今晚且不打他，叫看他的弟兄们处处留心就是。"

"你怎么七成断定他是孙传庭派来的奸细？"高桂英问，"是因为进攻潼关的日期太巧么？"

自成笑一笑，在火边重新坐下，说："不光是日期太巧。你想，曹操为人十分圆滑，既然他不知道咱们的确实行踪，他肯贸然向潼关进兵么？今日与往年不同。今日官军处处占上风，曹操决不肯没有十分把握就进攻潼关。退一步说，纵然他决定十七这一天进攻潼关，他也只会带口信给我，决不会写在书子里。难道他不会想，倘若这蜡丸书在路上给官军查出来，岂不要吃大亏？他若是这么老实，就不会绰号曹操！"

高夫人也笑着点头，接着说："何况，曹操那里有很多人同咱们相熟，忽然派一个毫不相识的人来，也叫咱们不能不犯疑。"

可是尽管他们谈论着这些重大的可疑之点，同时也认为曹操仗恃自己的人马多，真的要在明天进攻潼关，并且一时粗心，把进攻日期写在密书里，也不是不可能的。至于不派一个熟人来，那也许是因为一时找不到适当的人，倒不如派一个灵宝土著人容易混过官军和乡勇的盘查。

他们相对无言，各自反复地思索着许多问题。更使他们担心的是：洪承畴到底在哪里？曹操到底在哪里？明天能够从潼关附近顺利地冲到河南么？……这一串问题重重地压在他们的心上。直到亲兵们把晚饭端来时，闯王才对左右人说了一句话：

"快去催几位大将来老营议事！"

第五章

两天以来，小而险要的潼关城，大军云集，戒备得比往日更严。潼关没有北门，只有东门、西门、南门和上南门。从前天洪承畴的人马开到了潼关以后，每个城门都派一个千总亲率兵士多人把守，严查出入。城外，所有战略要地，如通洛川和金盆坡等处，都驻满了马步军队，不仅家家户户都被军队占住，而且四郊帐幕罗列，战马成群。一到晚上，鼓角互起，马嘶不断，谁也不知道到底有多少官军。从南往北的行人都得经过层层盘诘和留难，从北往南的旅客一概不许通行。

太子太保挂兵部尚书兼右都御史衔，陕西、三边总督兼摄河南等五省军事的洪承畴是今天黄昏前来到潼关的。他来的时候，既不用仪仗执事和锣鼓开道，也不坐八抬大轿，而是穿着文官便服，骑着马，杂在一大群骑马的幕僚中间，在数百亲信的将校和卫士的前护后拥中突然而至。

两天以来，在潼关一带哄传总督已离开西安北上勤王，所以他的来到连地方官绅事前也不知道，不曾出迎。只有潼关兵备道丁启睿临时得到通知，要他不要声张，把道台衙门的大堂和签押房腾出来以备总督急用。丁启睿一声令下，整个潼关城马上静街，家家关门闭户，不许闲杂人等在街上行走。各城门加派守卫，以防意外，并派马步哨官带兵沿街巡逻。道台衙门的大门外边，增加了许多卫士，分立两行，箭上弦，刀出鞘，明盔亮甲，威武肃静。丁启睿赶快换上四品文官冠服，带领少数亲随，骑马奔出潼关西门。才走了四五里路，遇到驻扎在通洛川和金盆坡各处的几位总兵官，率领重要将领不下一百余人，并有数百亲兵和将校卫护。相见之后，一同奔至十里长亭，下马等候。不到半个时辰，洪承畴到了。丁启睿率领全体文武官员，文左武右，依照品级大小，分列官道两旁跪迎。洪承畴下马还礼，微笑点首，对大家说了几句慰勉的话，随即继续赶路，趁着暮烟四合，进了潼关城内。

潼关南原大战

　　洪承畴是万历年间的进士出身，登第时年岁很轻，从此步步青云直上，一帆风顺，几年前就做了陕西、三边总督，挂兵部尚书衔，实际上也只有五十出头年纪。多年的戎马生活使他的丰满而白皙的脸孔染上了风尘颜色。奇怪的是，他一方面统率军队镇压农民起义，纵兵杀良冒功，一方面却保持高级文官生涯所养成的服饰整洁和伪装的儒雅风度。愈是饱经世故，他愈是磨去棱角，将心中的狠毒与奸诈深藏不露，能够遇事不骄不躁，深谋远虑。正因为他有这些长处，所以手下的将领都愿意为他效力，杨嗣昌对他毫不嫉妒，而多忌多疑的皇帝也对他十分倚重。离开西安前，他接到了两次皇帝手谕和三次兵部檄文，要他督率巡抚孙传庭与在陕诸将火速将李自成一鼓歼灭，然后星夜勤王。虽然在给皇上的奏本中他总是夸大李自成的人数，叫嚷官军方面缺乏粮饷和马匹等困难，好像对胜利并无把握，但实际上他明白李自成所剩的人马不多，而且长期来疲于奔命，孤立无援，反之，官军处处都居于优势，他的奏本不过是为自己留个余地罢了。他满心希望这次在潼关一战成功，从此解除朝廷的西顾之忧，实现他数年来未竟之志。临离开西安前夕，他同几位亲信幕僚卜了课，扶了鸾，都很使他满意。他如今不仅是希望获得大胜，而且是希望把李自成、刘宗敏和高桂英等在阵前俘获，献俘阙下，让皇上大大地高兴一下。

　　到了道台衙门，他到签押房稍事休息，分别传见几位总兵和副将[①]，简单地询问了前方军情，便吩咐参将以上留下，其余的将领们立即回防。吃过晚饭不久，巡抚孙传庭率领着一大群将领从几十里以外的防地赶来了。洪承畴同孙传庭有师生之谊，对传庭的才干颇为器重。尽管孙传庭这个人锋芒太露，有时对他也争长论短，但是他总是从大处着眼，对一些不愉快的事一笑置之。把传庭让进签押房，屏退左右，他说了几句寒暄和慰勉的话，拈须笑道：

　　"白谷兄，自从逆贼高迎祥死后，陕西流贼共分四大股。四队蝎子块拓养坤一股，在去年秋天已经剿灭。大天王和过天星两股，今春也为兄台分别击溃，大天王随即投诚，过天星逃往河南、湖广一带。如今仅剩下闯贼李自成一股，尚未剿除，然亦智穷力竭，苟延时日。倘明日一战能将闯贼生擒，我兄真乃建不世之功了。"

　　孙传庭欠身说道："闯贼目下前后左右尽被官军堵住，决不令其逃脱。明

日如不能将其生擒，定必将其阵斩，以竟陕西剿贼全功，上慰宸衷，下安百姓。不过这都是仰赖恩师大人庙算①如神，调度有方，又加亲临前敌，鼓舞士气。门生碌碌无能，何功之有！"

洪承畴看见孙传庭志得意满，骄气露于辞色，也不计较，说了句"我兄太过谦了"，哈哈地笑了起来。笑过之后，他放低声音说：

"白谷兄，学生在路上接到你的密札，知道你要在潼关南原设三伏以待闯贼。看来闯贼明日上午即可窜到潼关南原，所有埋伏都已就绪了么？"

"三道埋伏都已就绪。原来兵力尚嫌不足，幸蒙恩师俯允，准将孙显祖和祖大弼两总兵所有人马调赴前敌，暂受门生节制，兵力已甚雄厚。看来逆贼纵然凶悍狡诈异常，亦难有一人漏网。"

"只要能生擒逆贼，为朝廷解西顾之忧，即学生标营人马明日亦将听我兄指挥。"

"谢恩师大人！"

"你看，闯贼会不会得知潼关南原有重兵把守，以逸待劳，他今夜改变方向，从别处冲开一条血路逃脱？"

"恩师所虑极是。不过门生已有安排，诱他前来，自投罗网。"

"有何安排？"

"曹操于上月底来到潼关外边，原为接应闯贼东出河南。因为他来得太早，被门生一剿即溃，逃至湖广向总理求抚。此事闯贼尚不知道，故敢不顾一切直向潼关奔来。门生已派人假扮曹贼奸细，携带密书去见闯贼，只云曹贼亲统大军来到灵宝以西，定于明日进攻潼关，嘱闯贼速速趁机由潼关南原杀奔河南。以门生想来，闯贼见此密书，定然喜出望外，岂肯中途折向别处逃走？"

片刻之间，洪承畴没有说话，只是拈着胡须思忖。孙传庭见他不很放心，随即说道：

"请恩师大人放心。纵令此计为闯贼识破，率死党中途折回，别寻生路，亦断难逃出官军手心。去河南，去湖广，去蓝田、渭南，所有关隘均已派重兵堵死，背后有曹变蛟与贺人龙等紧追不放，逆贼至此，已如鸟入笼中，有

---

① 庙算——是古代的军事术语，出于《孙子·计篇》。指出师作战前在朝廷上的决策。洪承畴虽不在朝廷上，但因是数省的最高统帅，且挂兵部尚书衔，所以孙传庭称他的作战方略为庙算。

翅难飞。"

洪承畴笑了起来，慢慢地说："兄如此布置周密，学生岂有不放心之理？只是李自成虽系屡败之贼，却颇有智谋，且能得部下死力，非曹操等其他流贼可比。但恐偶一疏忽，逆贼侥幸逃脱，使剿贼大业功亏一篑，上贻君父之忧，下为百姓留无穷之患。"

孙传庭半年来虽然对农民军作战连获胜利，却没有同李自成直接交过手，所以听了洪承畴的话不禁心中暗笑。但为着礼貌，他不得不唯唯称是。洪承畴又说：

"皇上的两次手诏和兵部的三次紧急檄文，你都是见到的。倘若这一战使闯贼侥幸漏网，我们就不好专心勤王了。况且，皇上为要振奋京师人心，鼓励士气，甚盼我们能将闯贼生擒，献俘阙下。倘不能将闯贼生擒或在阵上斩首，纵然大捷，也不能使皇上十分高兴。"说到这里，他从袖中取出来一封书信，递给传庭说："你看，这是杨阁部①的一封亲笔书子，昨天我在路上接到的。"

孙传庭双手接过来杨嗣昌的亲笔书信，打开一看，果然上写着皇上对陕西"剿贼"军事十分关心，切盼能将"闯贼"擒获，献俘北京，或者将李自成及刘宗敏等首级送到北京亦好。这封书子虽是写给洪承畴的，但书中对他孙传庭也颇有奖誉之词。看完信，孙传庭既感兴奋，也觉得身上的责任重大。他决计明日无论如何要将李自成擒获，以慰皇上殷殷之望。

"恩师！"他站起来说，"上赖皇帝威灵与大人亲临督战，下赖三军用命，定能擒斩逆贼，为国家除腹心之患。商洛地区村落，迭经流贼过往盘踞，多与贼互通声气，反与官兵为仇。幸潼关周围百姓人心向善，咸怀杀贼报国之志。门生已通令大小山寨、各处士绅，一俟流贼溃败，务要督率乡勇将大小山路，层层封锁，步步拦截，布下天罗地网，不使一贼逃逸。故纵令闯贼等元凶巨恶侥幸在阵前不被官军擒斩，亦难逃各处乡勇百姓之手。请大人不必担心！"

洪承畴连连点头，说："好，好。倘能如此，学生更复何忧！"他嘿嘿地笑了几声，又赶快问："刚才闻兄言已派人假扮曹贼手下细作，与闯贼送一密书，诱彼前来，此计甚佳。但闯贼是一个细心人，不知是否能瞒得过他？"

———————————

①　阁部——六部尚书兼阁臣或兼殿阁学士衔，都可以被尊称为阁部。

“此系大天王高见派去之人，能言善辩，且在曹操手下混过，对彼处情形十分熟悉，想来不会露出马脚。”

“你当面见过此人？”

“门生当面见过，并许以重赏。倘他不幸被闯贼识破，死在闯贼之手，也答应给他的家属重金抚恤。”

“大天王现在何处？”

“门生恐大人传见问话，已将他带来潼关，现在外边恭候。大人可要传他进来？”

“现在且不见他。马上召见众将，指示机宜，自有用他之处。”洪承畴向帘外叫道：“中军！”

只听帘外一声传呼，随即有一位身着副将戎服、容貌漂亮、神态英俊的青年将领掀帘而入，走到总督身边，躬身候命。洪承畴又同孙传庭说了几句话，才回头对他轻声说道：

“侍候升帐！”

今天晚上，因为是务要机密，所以平日总督升帐的那些排场，例如放炮、擂鼓奏乐、文武官员大声报名参见等仪节，统统免去，只把两年前皇帝赐的尚方剑用黄缎绣龙套子装着，摆在大堂正中的楠木条几上，靠着黑漆屏风。

洪承畴换上二品锦鸡补子大红纻丝蟒服，头戴六梁冠，腰系玉带。当他偕着孙传庭从签押房来到大堂时，被召见的文官武将都早已分左右肃立恭候，静静地毫无声音。院中虽然站立着两行武士，但也是鸦雀无声。洪承畴在中间坐定，习惯地、轻轻地咳了一声，拿眼睛向全体文武官员们扫了一遍。潼关兵备道和总兵以下的文武官员们都从这一声轻咳中感到总督大人的威严，愈加屏息，不敢仰视。随即，先由孙传庭、丁启睿等文官们按品级依次行礼，然后由武将们依次行礼。今晚虽然不是正式升帐，仪节从简，但因为把尚方剑供在中间，而洪承畴又朝服整齐，所以只孙传庭、丁启睿、几位总兵、副将和总督的几位亲信的高级幕僚有座位，几十名参将们在参拜后全体肃立。刚才洪承畴在签押房中同孙传庭晤谈时那种温文儒雅、和蔼可亲的态度，此刻变得十分威严和矜持。

想着明天就可以将高迎祥所余下的最后一股精锐“流贼”在潼关附近包围起来，很可能经过一场血战就把它全部消灭，将李自成生擒或阵斩，洪承

畴的心中从来没有像今晚这样高兴。但是多年的宦海生涯，磨练得他常常喜怒不形于色。何况他今晚的心情是复杂的，既为即将来到的胜利而高兴，也时时退一步想，担心智勇出众的李自成会冲破围困，侥幸逃脱，过些时又招集溃部，重振旗鼓。所以他的头脑很冷静，既准备着立大功，邀重赏，官上加官，入阁拜相，也不能不准备着因李自成逃脱而受皇上责备。特别是他明白，不管明天能不能生擒或阵斩李自成，只要能把这一股猖獗多年的"流贼"击溃，他都得同孙传庭率兵勤王，去与清兵作战。为着自己世受国恩，深蒙知遇，皇上命他督师勤王，他没有什么话说。可是想到这些军队粮饷短缺，马匹又少，多数将领一提起同清兵作战就显得畏缩，他的心中暗暗发愁。

　　在肃穆的气氛中，他一边想着心事，一边受着最后的几位武将参拜。参见礼毕，他正要开口说话，一点灰尘从屋梁上的废燕窝中落下来，落在他的左边袍袖上。多年的戎马生活并没有改变他的爱好清洁的老习惯，于是他用右手轻轻地掸去灰尘。随即他将了一下清秀的长须，开始说话。他首先称赞了一年多来各位将领的辛劳和战功，一再称赞孙传庭"娴于韬略"，半年来"屡建殊勋"，而如今在潼关附近总理戎机，布置周密，实不负皇上封疆重寄。尽管他的官话说得不很好，还有不少福建泉州土音，但他很善于辞令。他的这些话使孙传庭和众将官听起来十分高兴，而且感奋。说了这些奖励的话以后，他接着用沉重的语调、洗练的词句，继续说道：

　　"从天启末年以来，内忧外患，交相煎迫，迄无宁日。流贼愈剿而愈多，灾变愈演而愈烈。最近数年，百姓死亡流离，如水愈深，如火愈热，往往赤地千里，炊烟断绝，易子而食，惨不忍言。国家三百年来从未如今日民穷财尽，势如累卵。而东虏伺机内侵，日益嚣张。自今上登极以来，迄今已四次入塞，三围京师。自古攘外必先安内。倘若流贼不除，则顾内不能顾外，南宋之祸殆不可免。幸赖二祖列宗之灵，国运已有转机。巨贼高迎祥已于前年秋天伏诛，张献忠、罗汝才与射塌天等股亦先后就抚。其他各股余贼，或死或散，或观望风色，不敢似往日披猖。惟有闯贼李自成一股冥顽不灵，誓与天兵对抗，全无畏罪投降迹象。此贼近一年来迭经痛剿，疲于奔命，所余可战之贼不过数千，其余尽皆老弱妇孺。目今四面堵截，已将贼驱入网罗。望诸君激励将士，明日在阵前奋勇杀贼，一战而竟全功，勿使一贼漏网。我辈报君恩，救黎民，光前裕后，在此一战。尤望将巨贼李自成与刘宗敏等生擒，献俘阙下。纵万一不能生擒，也须将他们杀死，传首京师。皇上迭降手诏，督责甚切，望诸君勿负上意！"

全体将领不禁偷偷地向他的脸上瞟了一眼。洪承畴的脸色变得十分严峻，从蒙着虎皮的太师椅上站起来。坐着的文武大员也赶快站了起来。他望着全体将领，又说：

"明日大战，全凭孙大人指挥，本部院也要亲临督战。大小将领，凡有作战不力，临阵畏缩的，本部院有尚方剑在，决不姑息！"

将领中有人不由地向靠在屏风中间的尚方剑望了一眼。从洪承畴于崇祯八年春天挂兵部尚书衔的时候起，崇祯帝就赐他这把尚方剑，听他便宜行事，对总兵以下将领先斩后奏，可是几年来只有两次他请出尚方剑督战，第一次是前年七月间在盩厔县对高迎祥作战，第二次就是现在。而这一次他脸色的严峻，口气的坚决，是几年来所没有的，所以这一次给大家心上的震动很大。

洪承畴用炯炯的目光从每个将领的脸上扫过，看见大家都带有凛凛畏惧的神色，暗暗地感到满意，这才慢慢落座，并挥手示意叫文武大员们重新坐下。他转向孙传庭，含笑问道：

"孙大人，你对众将官有何训示？"

孙传庭也不谦辞，把眼光转向右边的一群武将。总兵们都知道他待下属比总督严厉得多，看见他要说话，刷一声全站了起来。孙传庭笑一笑，让总兵们坐下去，但是没人敢坐。他用平静而威严的声调说：

"方才制军大人的训示，望各位将每个字都记在心中。今上为不世英主，天威难测。倘若诸君作战不力，致使逆贼漏网，则不惟诸君将为军律所不容，即本抚院亦难逃罪谴。总之，说来说去只有一句话：明日一定要将李自成和刘宗敏等巨贼擒获或阵斩，不许有一人逃脱！"

总兵、副将和参将齐声答道："谨遵钧命！"

"倘若闯贼等死于乱军之中，你们也必须命令将士们仔细寻找，验明不误，割下首级，以便送往北京。"

"是！"

孙传庭颔首使总兵和副将们坐下，把眼睛转向洪承畴，等待总督的最后指示。洪承畴拈着胡须，态度又变得雍容沉静，寓紧张于悠闲。虽然他尚未入阁，但他早已在涵养所谓宰相风度。此刻他的心中仍不像孙传庭那样把明日的大战看得那么顺利，总担心李自成会突围逃走。不过目前他不能把这种担心向将领们流露出来。

"你们各位都认识李自成和刘宗敏等巨贼的相貌么？"他问。

大将们互相交换眼色，没有人即刻回答。他们有的同李自成直接交过战，有的不曾；就是直接交过战，也不一定就同李自成本人对面厮杀。至于刘宗敏、李过、田见秀等许多人，更没人全都见过。近来他们因见到孙传庭出的捉拿李自成的告示，才对李自成的相貌知道得稍微多一点，但也不是十分清楚。洪承畴见大家都不回话，就向站在身边侍候的中军说：

"传大天王高见进来！"

中军到大堂门口轻轻地吩咐一句，阶下立刻有人大声说："传大天王高见！"紧接着，二门口几个人一齐高声传呼，在大门外的影壁上发出回声。

大天王早已在大门里边的厢房中等候传见。自从投降，直到目前，孙传庭还没有给他正式官职。原答应让他做游击将军，近来根本不提了。他手下的少数旧部，有的散去，有的被拨归别人指挥，差不多快光了。他时时都担心孙传庭会要他的命，但又不能逃走，只想多卖点力气，处处表现忠心，博得孙传庭的另眼看待。如今一听见大声传呼，他不禁浑身一颤，从冷板凳上一跃而起，匆匆地整了一下衣冠，跟跄地向二门走去。站立二门口的一群武士横着刀把他挡住。一个小校仔细地把他通身打量一眼，问道：

"你就是什么大天王？"

"是，我就是大天王高见。"他低声回答，声音有点颤。

"身上带武器没有？"

他老实地把腰刀取下，交给小校。小校仍然不放心，在他的身上搜了搜，才放他走进二门。二门里是一道朱红油漆屏风，打开来是一道门，也就是所谓仪门。这道门平时不开，只有当潼关兵备道丁启睿出进时候，或丁启睿对上官或对显要客人迎送时候，这道仪门才打开。今晚因总督、巡抚和几位总兵来到，这道门打开了。大天王虽然也知道这种规矩，但是他心慌意乱，一时粗心，直冲仪门走去。小校追上去用力把他一拉，喝道："过来！你是什么东西，敢走那里！"跟着把他一推，使他跟跄地从旁边走了进去。他穿过阶下的两行武士，由中军把他带进大堂，在洪承畴的面前跪下。他的心跳得像擂鼓似的，不敢抬头，说道：

"末将高见参见制台大人！"

洪承畴问："你同逆贼李自成是表兄弟么？"

"回大人，是姑表兄弟。"

"你两个为什么闹翻了?"

"自从小的叔父高迎祥死后,小的不愿长此做贼,曾劝李自成投降朝廷。谁知他不但不听忠言,还从此疑忌小的,因此小的就同他分了手,各行其是。"

洪承畴知道这是一篇鬼话,自然不信。他拈着胡子微微一笑,点头说:

"只要你从今后洗心革面,着实为朝廷效力,朝廷自然会重用你。闯贼目今已陷绝路,插翅难逃。一俟将他或擒或斩,大军告捷,论功行赏,自然有你的份儿。"

高见赶快叩头说:"谢大人栽培!"

"高见,你可将李贼相貌仔细说出,以便明日阵前将他擒斩;即令他死于乱军之中,也好寻到尸体。"

"是,是!"

大天王把李自成的身材、相貌详细地说了一遍,还怕洪承畴和孙传庭嫌他的忠心不够,又赶快补充说:

"大人!万一李自成死于乱军之中,血肉模糊,他的尸体也有办法认出。只要看见他身上挂的箭囊和宝剑,就能够认出他来。"

"什么箭囊?"

"牛皮箭囊,朱漆描金,上画一金色小龙。"

孙传庭忍不住摇摇头,恨恨地说:"这个死贼!"

洪承畴接着问:"什么宝剑?"

"他原有两口好剑,一口叫花马剑……"

"什么花马剑?"洪承畴截住问。

"米脂县城北五里有一山洞。元朝末年高庆起义,曾在洞中屯兵。高庆骑的是一匹花马,人称花马高庆,所以后来米脂的人们就把这个洞叫花马洞。李自成才造反时候,路过故乡,有官兵追赶,同他的侄儿李过率少数人藏在洞中,得到高庆留下的一口宝剑,极其锋利,经常佩在身上,并在剑柄上镌有'花马剑'三字。"

孙传庭向众将说:"你们各位传令手下将士务要留心,凡死尸旁有花马剑者便是李贼本人。"

总兵马科接着说:"这口宝剑,末将也曾听说,确是一口好剑。去年擒获一个逆贼,曾为李贼手下头目,据他说这口宝剑每遇不义之人就咔咔有声,

跳出鞘外。这话虽不可信，但足见这剑在贼中颇为有名。"

孙传庭说："你们不管谁得到此剑，一定要献给制台大人。"

洪承畴谦逊地笑着说："迭次大捷，均赖孙大人指挥有方，亲冒锋镝。这口剑当然应该由孙大人留着，以志殊勋，昭示子孙，永为传家之宝。"

孙传庭满心高兴，站起来说："门生不敢，不敢。"

"不过离开四川之前，"大天王又说，"小的听说李自成已经把这口剑交给手下小将张鼐使用，他自己用的是另一口宝剑。"

孙传庭忙问："剑上有字么？"

"剑身上和剑鞘上都镌有'赛龙泉'三个字。"

孙传庭向众将说："你们记着，剑身上和剑鞘上都镌'赛龙泉'三个字。"

大天王补充说："这口剑虽不能说削铁如泥，也似花马剑一般锋利。因它比花马剑长了两寸，所以近来李自成格外喜欢用它。"

洪承畴又吩咐大天王把高桂英、刘宗敏、田见秀、高一功和李过等的相貌对大家说了一遍，然后点头说："下去吧。"大天王磕个头，站起来退了出去。洪承畴正要对众将说话，一个亲将匆匆进来，在中军副将的耳边咕哝一句。中军向洪承畴躬身禀道：

"请大人赶快接旨。"

"又有圣旨到？"

"是的，已经进了城门。"

"诸位随我快去迎旨！"

洪承畴说了一句，立刻从椅子上站起来，整一下衣冠就向外走。孙传庭、丁启睿率领着全体文武在他的背后紧紧跟随，边走边整衣冠。虽然大家都猜到圣旨与"剿贼"和勤王二事有关，但因为对皇帝的脾气素来害怕，所以每个人心中都七上八下，不知会受到什么严责。

洪承畴来到大门外时，送诏书的刘太监已经飞驰来到。按照通常惯例，皇帝的诏书交给内阁派官送来就行，用不着由宫中司礼监直接派太监送来。但崇祯对臣下一向多疑，纵然是对忠心耿耿、勋劳素著的洪承畴和孙传庭也不十分放心，所以他派了一名亲信太监捧诏前来，以便看一看将士们是否肯实力作战。洪承畴偕众文武分两行跪在大门外边，刘太监跳下马，从背上取下黄包袱，捧在手上，由中间甬道昂然而入，穿过仪门，走进大堂，站立在匆匆摆好的香案正中。洪承畴率领众文武赶快跟着进来，重新跪下。刘太监向众人说道：

"洪承畴、孙传庭听旨，其余文武官员退下！"

等众文武退出以后，他打开黄缎包袱，取出一个朱漆描金盘龙匣子；打开匣子，取出一个黄缎暗龙封套，又从封套中取出诏书，朗朗宣读：

奉天承运皇帝诏曰：流贼祸国，十载于兹，万姓涂炭，陵寝震惊①。凡我臣子，谁不切齿！迩来天心厌乱，运有转机。元凶巨恶，自相携贰，或次第授首于关中②，或相继就抚于汉滨③。革、左等观望徘徊于淮甸，老回回等铩羽局促于豫南，此皆待戮之囚，不足为朝廷大患。惟闯贼李自成，虽经屡败，凶焰未戢；孤军奔窜，仍思一逞。笼络有术，死党固结而不散；小惠惑人，愚民甘为之耳目。若不一鼓荡平，则国家腹心之祸，宁有底止！

朕前已迭下手诏，谆谆告谕：务将闯逆一股，火速剿灭，尤须将闯逆本犯及贼妻高氏、巨贼刘宗敏、李过、高一功、田见秀等，一一擒获，或予阵斩，断勿使一人漏网。尔洪承畴、孙传庭一向实力剿贼，卓著劳绩，朕甚嘉慰。其剿贼出力诸将，已饬吏、兵二部从速论功升赏。兹再赐尔洪承畴尚方剑一柄，阵前便宜行事。并赐内帑银④三万两，纟丝表里各二百匹，赏功银牌五百副，供阵前奖功之用。

于戏⑤！凯旋饮至⑥，古有褒功之典；执馘献俘，朕所望于今日。但有殊勋，朝廷不吝封侯之赏；倘负重寄，国法自有处罚之款。一旦将该股逆贼扫清，尔等即星夜率师勤王，不得瞻顾逗留，贻误戎机。

钦此！

诏书宣读毕，洪承畴和孙传庭叩头谢恩，山呼万岁。等洪承畴刚站起来，双手接过诏书，放在香案上，刘太监已经从身边一名小太监的手里捧来尚方

① 陵寝震惊——指崇祯八年高迎祥、张献忠、李自成等破凤阳，焚皇陵。
② 次第授首于关中——指高迎祥等在陕西牺牲。
③ 相继就抚于汉滨——指张献忠、罗汝才等在湖广投降。
④ 内帑银——宫中内库的银子，为皇帝私产，不属户部所管。
⑤ 于戏——呜呼。
⑥ 饮至——古代命将出征，凯旋归来，祭告太庙，然后饮宴，叫做饮至，也就是劳旋之宴。劳旋是"慰劳凯旋"的缩写。

剑，说道：

"钦赐尚方剑，洪承畴跪接！"

洪承畴赶快再跪下，双手接过尚方剑，又一次叩头谢恩，山呼万岁。他站起来把尚方剑捧到条几上，放在另一柄尚方剑的旁边。随即，他和孙传庭开始向刘太监道乏，互相寒暄，并把刘太监让进花厅，吩咐准备酒宴。他们又回到大堂上，传进文武官员，宣布圣旨内容。大家跪下去叩头，山呼。感激和振奋情绪交织在每个人的心头。每个人都决心在明日的大战中一显身手。

因为军情紧急，孙传庭立刻率领全体将领奔回前方。洪承畴陪刘太监吃了酒宴，留下他在潼关休息，也带着一群幕僚和亲将驰赴通洛川。他的总督大营已经在那里安扎就绪。

第六章

处理了那个下书人的事以后，高夫人就吩咐亲兵们赶快把晚饭端来。闯王望着她问：

"一功在哪里？"

"把人马安营以后，他一直在为全军的粮草事奔忙，到现在还没休息。知道你要召集大将们来老营议事，我已派人去告诉他，要他吃过饭就来这里。"

"这村里还有老百姓么？"

"老百姓当然有，可是都躲到山里去啦。听说这个寨子的老百姓还有不少，可是人人都成了惊弓之鸟，看见过人马，要打仗，还有不怕之理？我一来到就叫弟兄们寻找本村老百姓，可是只找到几个聋三拐四、留下看门儿的老头老婆，连话也说不清楚。我又叫弟兄们想办法继续寻找。只要能找到几个懂事的男人，多少总可以打听到一些消息。"

自成低头烤火，等候晚饭，心头焦灼而沉重。这商洛一带本来是闯王的熟地方，老百姓同农民军多有瓜葛。农民军把这地区叫做"软地"，官方把这地区的百姓说成"通贼"。可是三四天来，自成经过许多村村落落，老百姓都藏了起来，只留下一些老年人看守门户。只有当他的人马来得突然，百姓们逃避不及，才能够看见一些年轻的人。虽然也有胆子较大和同农民军的关系较深的人自己找上来，报告官军消息，带领路径，但毕竟为数不多。而且愈是追兵近，情况紧，愈不易遇到这样的人。自成明白，老百姓怕打仗，怕官军，也怕义军掳人、抢人、奸淫和杀人。特别是老百姓看见他的部队如今处在败势，更不敢同他的队伍接近。三四天来因为到处老百姓纷纷逃避，粮草空前困难，消息也得不到，使他苦恼万分。

近一两年来，他常常在心中琢磨着要得天下必须如何解民倒悬收买民心，为着这问题，他在不打仗的时间用功读书，要从书上多知道古人成败的道理，也喜欢找一些老年人闲论古今和民间疾苦。在军纪方面，他也比过去更加注意，还着实杀了一些犯奸淫掳掠的人。但到底怎样把队伍弄得像人们所说的"秋毫无犯"，他没能认真去做，因为一则他手下的部队不全是他的老八队，二则天天奔跑和打仗，不给他一个驻下来整军练兵的机会。有些朋友时常对他说："自成，睁只眼合只眼吧。水清了养不住鱼，谁替你卖命打仗？就是如今这样，已经比官军好多啦！"比较起来，他的队伍确实比官军好得多，所以这一年来他除抱着"打富济贫"的一贯宗旨外，也针对着老百姓痛恨官兵苦害的思想，用"剿兵安民"这句话作为号召。可是现在看来，打富济贫也好，剿兵安民也好，都显然很不够。要做到使老百姓欢迎，真不容易！

亲兵们把弄好的晚饭端上来了。摆在桌上的是半碗腌萝卜调着辣椒面，篮子里放着四个包谷面窝窝头，其余的全是蒸山芋，另外每个人面前有一碗稀饭。李自成早就饥肠辘辘，狼吞虎咽地吃下去一个窝窝头，然后端起稀饭碗喝了几口。名为稀饭，其实碗里边不见小米，在灯亮下照见人影，不如说是清水煮干野菜倒较恰切。自成一边吃山芋一边想着粮食快完了，只能勉强支持三天，而这一带又是穷山，不断地遭受天灾和兵灾，十室十空，即令找到百姓，在仓猝间根本没办法找到粮食。如果明天能够突围出去，一切困难都会有法子解开；万一两天内突围不出去，大军给养怎么办？想来想去，只有明天不惜一切牺牲突破包围，才是出路。可是潼关离这里不到一百三十里，到底官军有多少，如何布置，曹操究竟在哪里，都得不到确实消息，这个仗怎么打法？

同他在一起吃饭的是高夫人、双喜和张鼐。他不肯把自己的焦灼心情在他们的面前露出来，只在心中盘算着目前的严重局面。吃毕饭，他看几位大将还没来到，便叫双喜和张鼐在老营休息，自己带着几名亲兵出去看看。几年来他给自己立了一条规矩，在每日作战或行军宿营之后，他总要到将士们中间走走，到彩号们中间看看。愈是情况紧张，他愈要这样。因为习惯了，所以高夫人明知他今天非常辛苦，多么希望他休息一阵，却不敢开口劝他，只好任他出去。在自成走出堂屋后，她心疼地望一眼他的背影，回头来对双喜和张鼐说：

"唉，你们年纪小，以为掌着帅旗是容易的！"

李自成在寨里走了几个地方。月光下到处是他的部队，帐篷损失将完了，都露宿在火堆旁边。马都在嚼着干草。有些战士在马蹄旁边的草上躺下，缰绳挂在胳膊上，枕着鞍子，扯着鼾声。闯王嘱咐那些尚未睡去的将士们好生休息，准备明天杀出潼关。他正要往驻扎着伤号的一座破庙走去，老营的一名小校追了上来。他停住脚步转回头来，用眼睛问：

"什么事？"

小校走近他的身边，向他禀报说，大将们除总哨刘爷和郝摇旗之外都到了，夫人请他快回去。自成点点头，向回走去。小校又高兴地对他说：

"闯王，老百姓我已经找到啦。"

"已经找到啦？在哪里？找到几个？"自成站住连声问，目不转睛地望着小校。

"这地方我很熟。我在寨外边的树林中找到了一个老百姓，对他说是闯王自己驻扎在寨里，秋毫不动，不用害怕。我给了他几钱散碎银子，叫他快去后山上把老百姓统统叫回来，不要在树林里冻坏了。"

"好，好，到底把老百姓找到啦！"自成说，心中真高兴，简直像在战场上听到了重要捷报。

"闯王，你记得杜福宝么？"小校忽然问。

"记得，记得。他就是这寨里的人？"

"是的。可惜他一家人都死绝了。去年咱们从这一带路过时，我还见过他的伯父。"

自成对于部下的弟兄们有着惊人的记忆力。只要他见过一两次面，问过名字，隔许多年都不会忘。这个杜福宝原是高迎祥手下的一个弟兄，后来又跟着他，去年春天阵亡了。如今一提，他的相貌还活现在他的眼前。

"啊，杜福宝就是这寨里的人！他的伯父还活着么？"

"我刚才问了，还活着哩。这个老头子识得几个字，心中明白。要是把他找回来，准会打听到潼关的消息。"

"快把他找回来见我！"自成走了两三步，回头吩咐，"等老百姓都回来了，你回老营取三十两银子散给大家，莫忘了。"

他又向小校的脸上看一看，才赶快向老营走去。

当自成走进老营的院子时，李过、田见秀、高一功、袁宗第和刘芳亮五位大将正同高夫人坐在堂屋谈话。他们刚才谈了那个可疑的下书人，如今话题转到了清兵入塞的问题上。田见秀感慨地说：

"朝廷在长城内外驻了那么多的兵，竟会叫满鞑子随意侵犯！"

高夫人接着说："哼！朝廷不争气，胡人当然会侵犯。从崇祯登极以来，像这样的事儿，也不止一遭两遭啦。"

"妈的！"李过骂道，"卢象升不是做宣、大、山西总督么？两年前他同咱们打仗倒像是很会带兵，也有胆气，怎么挡不住鞑子入塞？"

刘芳亮解释说："鞑子是从东边来的，他在西边，远水不救近火。"

李过又说："他要是从西边出兵狠狠地打几仗，满鞑子还敢从东边入塞进攻北京么？……奇怪！"

高夫人回答说："既然朝廷无道，卢象升纵然做了宣、大、山西总督，也如同水牛掉井里，有力使不出。他的头上还压着皇上跟兵部衙门哩！"

她的话刚落音，自成进来了。虽然他是大军统帅，号称闯王，但是当时农民军中的礼节和体制还不严格，大家相处像家人一样，所以几位大将见他进来并没有起立相迎。他坐在李过对面的草墩上，还没有说话，一阵马蹄声来到大门外边停下。有一匹性情暴烈的马，在停下来以后倔强地腾跳着，旋转着，踢着，用后腿直立起来，喷着响鼻，愤怒地振鬣嘶鸣。直等鞭子从空中猛烈抽下，它才开始安静，但仍然用带铁掌的前后蹄在石头地上狠狠地刨着，蹬着。自成和大家交换了一个微笑，小声说："来了！"大家不约而同地向院里望去。高夫人站起来，把自己坐的带有靠背的小椅子腾出来给即将进来的人，转身进里间去了。随即有一个人的脚步声从大门口一路咚咚地响着进来，地皮被踏得震动，忽听见喀嚓一声，在院中踩断了一根干树枝，听声音一定比棒槌还粗。刘芳亮向院里笑着说：

"果然跟别人不同！还没见你的人影儿，先听见你的马叫。"

"可见我的枣骝马真正是好马，天天行军打仗还精神十足。"一个粗犷的声音像打雷似的在院里回答说，随即是一阵爽朗的大笑。

随着笑声，一位约三十岁年纪，身材魁梧，骨棱棱的宽脸、双目炯炯、神态剽悍、内穿铁甲、外披半旧八团花紫缎旧斗篷，头戴铜盔、腰挂双刀的将领走了进来。他的斗篷带进来一股冷风，使相离几尺远的蜡烛亮儿猛一摇晃，连着闪了几下才恢复正常。闯王望着进来的将领说：

"快坐下，捷轩。时间不早，咱们得赶快商议一下，不等摇旗了。事情不多，咱们商议定，早点休息，准备明天打仗。看情形，明天要有一场大的血战啦。"

只听小椅子猛然咯吱一声，接着又连响几下，进来的将领在火边坐定，用手中的粗马鞭敲一下膝盖，大声说：

"血战一场嘛，这股脓早该挤啦。不血战一场，孙传庭是不会给咱们让路的。咱们往潼关赶路本来就不是去看亲戚！别看他们近几个月来占上风，我刘宗敏可不服气！"

李过非常喜欢他的这种在任何情形下都不颓丧的豪迈性格，从小凳上忽地跳起，在他的肩膀上用力一拍，说：

"捷轩叔，你说得对，咱们永远不服他杂种。要是高闯王死后大家弟兄仍旧齐心共事，他洪承畴和孙传庭别想占上风！如今他们认为咱们已经被包围啦，逃不出他们的手心，等着捉拿咱们往北京献俘哩，哼！"

"他捉我的屁！……"刘宗敏本来还要骂一句粗话才能发泄出对洪承畴和孙传庭的轻蔑之感，但是一扭头看见高夫人的两位女兵，都是十七八岁的大姑娘，立在门口望他，他把另一句粗话咽下肚里，朝火堆上吐了口唾沫，冷笑几声。

高夫人从里间走出来，坐在柱子旁边，笑着说："捷轩，孙传庭还不认识你这位托塔天王，明天就要让他认识认识了。如今虽然咱们人马不多，一定得给官军一点颜色看看。这一年多来，咱们老八队还没有同孙传庭本人照脸哩。"

"你放心，他就是摆几道铜墙铁壁，咱们也要冲它个稀里哗啦。"

李自成把那个下书人的事告诉了刘宗敏。宗敏沉默片刻，把眼睛瞪得铜铃似的，望着自成说：

"你为什么不叫亲兵们把他吊起来先抽他两百鞭子？打他个皮开肉绽，还怕他不吐实话？"

自成听了他的话，微微笑着，暂不说话。刘芳亮说：

"万一他确实是曹操派来的人，打错了不是不好么？"

"怕打错了？好办，好办。事后多赏他几两银子，说几句暖心话，料他也不会有二话。在这样时候，谁敢说他不是奸细？"

自成摇头说："我看这个人是打死不会吐实话的。我拿砍头吓唬他，他面不改色，气不发喘。如果确是奸细，他准是个江湖上的亡命之徒，豁着一条性命来的，把八斤半卖给孙传庭啦。所以我叫弟兄们先把他看起来，要不了多久会弄清楚的。"他望望刘芳亮和袁宗第，问："你们两位在前队，没有得到什么消息么？"

他们说在前边几个村庄里只见到少数没有逃走的老百姓，都是上了年纪的老头老婆，问不出多少消息，不过都听到说清兵在进攻北京，潼关的官兵很多。自成转向刘宗敏，问：

"捷轩，你看咱们明天该怎样打法？"

所有的目光都集中在刘宗敏的有棱的脸孔上，等他说话。在李自成领导的这一支农民军中，他的威信和地位都在诸将之上，经常担任类似总指挥这样的重要工作。那时候没有"总指挥"这个名词，所以人们习惯地称呼他"总哨刘爷"，这"哨"字在当时是队的意思。他向大家扫了一眼，然后瞅着闯王，回答说：

"我看，情形没有什么改变，还按照你昨天决定的办法打吧。孙传庭拦在我们前边的大约不到两万人。两军相遇勇者胜。我看不难杀开一条血路。"一块燃烧着的木炭哗剥一声从火堆上爆裂出来，滚到他的两脚中间。他用指头把它迅速地拾起来，投进火堆，向大家笑着说："起小当铁匠，我这手全是老茧，不怕火烫。孙传庭这位巡抚大人一准不敢像我一样用手抓火炭。讲到对垒厮杀，咱就得变成一堆火炭，烧得他缩手缩脚。"

这是决定胜负存亡的大战前夕，参加议事的人们都明白他们所面临的情势十分险恶，但是刘宗敏的神色和口气却那么安详，好像在谈着一个将要遇到的普通战斗，没有一丝儿焦急和畏怯情绪。高夫人在心里笑着说：

"看他多沉着！这号人，天塌了也能顶起来，华山在面前倒下来也不会眨眨眼睛！"她不声不响地把椅子往前移一移，静听着他们议论。

从高迎祥到李自成，在这一支农民军中有一个好的传统：遇到重大的问题就召集众将领一起商议，谁都可以自由地发表意见。李自成的作风比高迎祥还要出色。他总是静静地听大家发言，自己很少做声；直到大家把意见说得差不多了，他才把大家的好意见挑出来，加以归纳，作出自己的最后决定。现在他比较担心的是洪承畴已经把摆在西安以南的一万多精兵撤到潼关，和孙传庭的人马会合。他皱皱眉头，用平静的声调说：

"只要洪承畴没来潼关，事情就好办。这老东西用兵狡猾。我担心他已经悄悄地来到潼关了。"他向田见秀望一眼，问："玉峰哥，你看怎么打法？"

"凡事不妨往坏处想。我也猜想洪承畴是在潼关。至于怎么打，请闯王吩咐，我没有多的意见。"田见秀谦逊地微笑着，拈着下巴颏上的短胡子，带着大智若愚的神气。

闯王把眼睛转向高一功。一功顺手在火堆上加了几块劈柴，同时考虑着当前的危险处境。看见刘宗敏的两道宽阔的浓眉一耸，嘴角流露出一丝微笑，他问：

"捷轩，你想出了什么鲜招儿？"

刘宗敏把拖在地上的斗篷角拉起来放在膝上，用马鞭子在左手宽阔的掌心上轻轻地拍了两下，那一股轻松的微笑从他的古铜色的、棱角鲜明的面部消失了。他的两道浓眉毛又在隆起的眼骨上耸了耸，说：

"闯王，你看，是不是可以趁今天夜间，冷不防给敌人一个回马枪，先把曹变蛟整一个稀里哗啦，解除后顾之忧，明天好全力北进，冲破官军的堵截？"

闯王向几位大将看了看，问："你们看怎么样？"

堂屋中的空气立刻热闹起来，大将们纷纷说出自己的意见。有人赞同刘宗敏的计策，有人不同意。不同意的理由是如今追在背后的不但是曹变蛟，而且增加了贺人龙和左光先，共有一万多人，实力很厚。况且自从翻山鹞①投降贺人龙之后，对贺人龙也不得不多加小心。再说，曹变蛟也不是个粗心大意的家伙。他作战同他的叔父曹文诏②一样勇猛，可是比曹文诏乖觉得多。即使曹变蛟会疏忽大意，周山也会提醒他。闯王在洮州、在阶州、在城固附近，几次想设下埋伏消灭追兵，不是曹变蛟自个儿有提防，就是给周山识破了。但主张来个回马枪的人们坚持自己的理由，认为与其明日前有孙传庭以逸待劳，后有追兵，腹背同时作战，不如先下手，能占一点便宜总有好处。

在众将纷纷议论中，只有高一功没有发言。他是高夫人的弟弟，本名叫高国勋，表字一功，自从在义军中有点名气，本名就少人叫了。这位二十八岁的青年，如今担任中军主将，秉性忠厚正直，沉默寡言，人们都说他"打仗时像只猛虎，不打仗像个姑娘"。高夫人在他脸上打量一眼，看见他因为过度辛苦，眼窝比往日深了，一股怜惜的感情不由地浮上心头；又看见他心事沉重的样儿，知道他一定有别的想法，她随即向自成使个眼色。自成也早已觉察出他有什么想法，这时看见桂英的眼色，就向他问道：

---

① 翻山鹞——高杰的绰号。一年前他投降了贺人龙，后来成为明末有名的四镇之一，受封为兴平伯。

② 曹文诏——明朝末年的一位名将，于崇祯八年在真宁县湫头镇陷入高迎祥和李自成农民军的包围，被杀。

"一功，你说说，今晚来个回马枪行不行？"

高一功不慌不忙地抬起头，用手掌在脸上抹了一下，正要说出他自己的不同意见，看见那个负责寻找本村百姓的小校走进来，暂时把话忍住了。小校走到自成身边说：

"闯王，老百姓找回来啦。他们听说是闯王的老营扎在村里，不再那样害怕，回来了几十口人。"

自成说："好。快取三十两银子放赈！你说的那位姓杜的老头子找到了么？"

"我把他带来啦。他还叫一个驼背老头子跟他一道来。"

"在哪儿？"

"在大门外。"

自成嘱咐大将们继续商议，赶快站起来向外走去，满心希望会从这两个老头嘴里得到些什么消息。

杜宗文老头子抄着手，夹着膀子，同那位驼背老头瑟缩地站在月亮地，心情紧张地等着闯王。一看见闯王出来，慌忙抢前一步，拱拱手说：

"闯王，你辛苦啊！老百姓如今都成了惊弓之鸟，一望见有人马来到，不管是官兵还是咱们义军，一哄而逃，巴不能变成地老鼠藏到洞里。你可别见怪啊！"

闯王笑着说："老伯，你说的哪里话！乱世年头，老百姓听说打仗，看见人马杂沓，自然都要躲藏，谁肯拿性命往刀尖儿上碰？再说，咱们义军的纪律也不好，难怪老百姓……"

杜宗文截住说："不，不。你们义军比官兵强多啦。老百姓心上有杆秤，谁好谁坏全清楚。至于你李闯王的人马，在各家义军中是个尖子。人人都这么说，可不是我老头子当着你的面故意说奉承话。"

"可是骚扰百姓，做坏事的人还是不少。"

"唉，十指尖尖有长短，树木林莽有高低，怎么能一刀斩齐？人上一百，形形色色，难免良莠不一，何况是上千上万！"

"老伯，福宝可是你的侄儿么？"

"是我的亲侄儿，听说去年春天就不在了。"

"是的，他阵亡啦。怪好一个小伙子，很可惜。"

"咱这洛南县境，你们十三家义军常从这里经过，随着起义的人很多，这两三年死的小伙子至少也有几百。两军阵上枪对枪，刀对刀，会能不死人？"

闯王点点头，叹了口气。他正要向杜宗文老头子打听消息，老头子先开了口：

"闯王，听说你叫我来，不知道什么事。我有一句话，不知敢问不敢问。"

"不要紧，问吧。"

"咱们的队伍明天要往哪里去？要往潼关么？"老头子小声问，寒冷和紧张使他的声音打颤。

闯王笑着问："你打听这做什么？"

"唉，要不是你提到福宝，我也不敢这样冒昧，问你这句话。闯王，一则提到福宝咱们是一家人，二则你是咱老百姓的救星，为百姓打富济贫，剿兵安民。人非草木，我怎肯不说实话？"

自成的心中感动，赶快说："老伯，请你快讲！"

"闯王，后有追兵，前有重兵堵在潼关，你今日的处境可不好啊！"老头子把站在背后的驼背拉了一把，推到闯王面前，说，"狗娃，闯王是咱们自家人，你快说吧，快把你听到的话说给闯王知道。别怕，说错啦闯王也不会怪罪咱们。快说！"

驼背老头很惊慌，只见胡子和嘴唇连连抽动，吞吞吐吐，却说不出一句话来。闯王越发莫名其妙，心里说："莫非他有什么冤情，要我替他伸冤报仇么？"杜宗文老头看见驼背不说话，很焦急地对他说：

"嗨，你这个人，越到你该说话的时候你越像噙着满嘴水，吐不出一句囫囵话！如今事不宜迟，别耽搁啦！"

驼背老头用恳求的眼光望着杜宗文，结结巴巴地说："三哥，就那几句话，你，你说啊。我这个拙嘴……"

杜宗文生气地说："你呀，嗨！你一辈子像一个晒干的死蛤蟆，踏在鞋底下跺三脚也不会吭一声儿。如今啥时候？还是这样，耽误大事！"

"这位是谁？"自成问。

"他是我的叔伯兄弟，按门头还没出五服。因为他起小讨饭，放牛，没进过学屋门儿，所以活到老没有起大号，到如今胡子花白啦，人们还叫他狗娃。"

"老伯，他不肯说，你就替他说了吧。"自成催促说。

"好，我就替他把事情禀报你闯王吧。狗娃今天去北乡亲戚家一趟，听说一些官兵的消息。人们说，孙抚台带了很多人马驻扎在潼关南乡，说要堵住你闯王的人马，任你插翅膀也莫想飞过。你明儿要是带人马往北冲啊，唉，可得千万谨慎！"

李自成不但没有吃惊，眼睛里反而含着笑意，等候杜老头继续说下去。一阵尖利的霜风萧萧吹过，两个老头子连打几个冷颤，越发显得瑟缩。自成向站在背后的双喜看一眼，说：

"去，取两件棉衣服来！"随即，他望着驼背老头子问，"你知道官军大约有多少人马？"

驼背打着哆嗦，好不容易地回答了一句："听说有……两三万人。"

李自成想着这数目有些夸大。据他估计，孙传庭能够集结在潼关附近的大约有一万五千到两万人马。但是即使是一万五千人马，加上背后的追兵和左右两边的堵截部队，合起来也有三万多人。他很感谢两位老头子的好意：不能大意！

"还有别的消息么？"

杜宗文用肘弯向驼背碰一下，用眼色催他快对闯王说出来。驼背的厚嘴唇嚅动几下，也用肘弯碰碰杜宗文，说：

"三哥，你说吧。"

"耽误时间！好，我替你说吧。"杜宗文抬头望着闯王的脸孔说："还有，潼关南乡的山寨同咱这儿的山寨不同。那儿一向是硬地，同你们没有拉扯，反贴门神不对脸，这你知道。"

"我知道。"

"那儿的山寨里住有富豪、乡绅，有乡勇守寨。听说孙抚台已经传谕各寨乡绅，叫他们协助官兵，把守各处险要路口，不让你的人马通过。"

棉袍拿来了。如今闯王的部队里也缺少棉衣，这是双喜自己和他的亲兵头目平常穿的两件旧蓝布棉袍。闯王把棉袍接在手里，亲自披在两位老头身上，说：

"把这两件棉袍送给你们吧。虽说旧了，到底还能够遮风挡寒。"

"这，这，"杜宗文老头闪着泪花，结结巴巴地说，"你这样惜老怜贫，我只好，只好受下。这一生没法报答，下一辈子变骡子变马报答你闯王爷的恩情！"

驼背连着"嘿嘿"两声，嘴唇和喉咙嚅动着，频频摇头却说不出一句话。

他几乎是不知所措地穿着棉袍，指头在扣扣子时颤抖得十分厉害，两行热泪扑簌簌地滚到又黄又瘦、带着很深的皱纹的脸颊上，又滚进像乱草一般的花白胡子里。

闯王笑着说："小意思，说什么感恩的话！你们可听说洪承畴如今在哪里？"

两个老头子互相望望。驼背摇摇头，说他不清楚。自成感到一点宽心，因为他想，如果洪承畴率领大军来到潼关，老百姓会有谣言蜂起的。但是他的宽心是有限度的，因为他深知洪承畴是一个诡计多端的人。

"听说满鞑子围了北京，可是真的？"他又问。

"噢！你看，你看，"杜宗文甩着手说，"这么重要的话，本来要对你闯王说的，可是你不问，我竟然会忘了！这可不是谣言，是真有其事。我还听说，万岁爷已经给制台和抚台来过圣旨，催他们进京勤王。"

"催他们进京勤王？"

"老百姓都这么纷纷传说。"

"老百姓怎么会知道来了圣旨？"

"蠓虫飞过都有影，何况是堂堂圣旨来到，能够瞒住谁？纵然孙抚台自己不说出来，他的左右也会传出来。"

闯王沉默片刻，又问："你听说曹操的消息么？"

"曹操？……"老头子想了一阵，说，"上月半间，不，上月尾吧，传说有大股义军到了陕州一带，仿佛听说是曹操率领的，要往西来。后来又听说孙抚台带着人马出关去打，打个胜仗。以后就没有听说这一股人马的下落啦。咱这儿山地闭塞，同陕州相离很远，又隔省，只是影影绰绰地听到些谣言，不清楚。"

"没有听到别的消息么？"

"没有啦。闯王爷，明天务必多多小心啊。"

"我一定小心就是。快回去安歇吧。我下次路过这里，一定派人找你。"

"唉，天不转地转。下次你闯王爷再打这里经过，只要我这把老骨头还活着，我拄棍子也要迎接你。"

闯王送老头子们走出大门外，向西南方侧耳听了一下，听不见人声，转身往上房走去。他心中盘算：孙传庭在潼关南原人马很多，崇祯有诏书调他和洪承畴去北京勤王，这看来都是确实的。这一仗怎么打法？……

自成刚走进院里，郝摇旗来了。他把最后一根鸡骨头扔在地上，对自成一拱手，喷着酒气说：

"李哥，我来迟了。"

"不算迟，正在等着你哩。快进去商议大事吧。"

这位郝摇旗名叫郝大勇。他不是李自成的嫡系将领，而是高迎祥亲手提拔起来的一员猛将。有一次农民军在作战中情况十分不利，在官军的猛攻下死伤惨重，阵地已经开始动摇。郝大勇从高迎祥身边掌旗官的手里夺过来"闯"字大旗，在马上不住地摇着大旗，狂呼着向官军的阵里冲去。那些正惊慌动摇的农民军将士一看见"闯"字大旗向前冲去，都跟在后边狂呼着向前冲杀，形成了一股不可抗拒的伟大力量。转眼之间，战场的局面完全扭转，把官军杀得落花流水。从此以后，大家给他起个绰号叫郝摇旗，本名儿倒不大有人提了。

高迎祥牺牲以后，他的余部都归自成率领。一年来死的死，散的散，也有不少投降的，如今只剩下郝摇旗这一股了。经过不断行军和战斗，他手下也只剩七百多人。一年多来，李自成对于军纪逐渐加严，但是郝摇旗的部队还是常常违反军纪，奸淫、抢劫和杀害百姓的事情不断发生。闯王只委婉地劝说郝摇旗，对他不责之过严。两三天来，自成派他不断地向武关等通向河南的关口试探官军防守情形，希望能冲往河南，都没成功。刚才他得到闯王的传知，叫他来老营议事，他正在叫亲兵们替他在火上烧一只从老百姓家里捉来的老母鸡。鸡子烧得半生不熟，他就提着上马。他的亲兵们不知从哪儿又替他弄到了一斤多白酒。他在马上一边喝酒，一边吃鸡子。等来到杜家寨，酒喝干了，一只三斤多重的老母鸡也吃完了。

拉着郝摇旗回到上房，闯王把杜宗文老头子所说的新情况告诉大家，然后问道：

"你们商议出结果了么？"

刘宗敏回答说："还是没结果。时间不早，由你决定吧。"

在自成出去这一会儿，高一功提出来一个新意见，引起来一番争论。按照高一功的意见，干脆暂时放弃往河南去的打算，避免明天同官兵在潼关附近决战，于今夜回师向南，从贺人龙的宿营地杀开一条血路奔往汉中，脱离了包围以后，再作道理。但刘芳亮和袁宗第都反对他的意见。他们担心洪承畴和孙传庭不去勤王，或只派小部分官兵勤王，而用大军尾追不舍。他们说，将士们早就抱着一个冲出潼关的决心，如今只有一鼓作气，直向前冲，军心才不会涣散。倘若回头向西南，一旦稍有不利，士气就会全垮。几个月来，人们提到西番地和陇东南的穷山荒野就摇头叹气，如果再被官军逼到那里，即令不冻死饿死，也会全军溃散。甚至目前只要说往西边去，军心就会动摇。

李自成知道了刚才争论的情形，眼睛望着火光静静地转动着，浓黑的眉毛不时耸起。过了好长一阵，他忽然用右手一挥，作了决断，下令四更吃饭，趁着月色出发，按照原计划从潼关附近冲入河南，有进无退。他把各个大将的任务交代清楚，把兵力重新调整一下，接着向郝摇旗问：

"摇旗，你手下的弟兄不多了，跟补之一起断后，对付曹变蛟同贺人龙好么？"

由于过于疲劳，也由于酒力发作，刚在火边一坐下，郝摇旗就闭着眼睛打鼾，闯王所说的话他似乎听见，又似乎没听见。如今听到闯王提到他的名儿，一乍睁开眼睛，还是睡意很浓，怔怔地向大家望了一圈，又望着闯王，问：

"自成，你说什么？"

闯王笑着说："要打恶仗了，需要你摇动大旗冲杀。"

"好哇！请你下令！"郝摇旗大声说，双目闪光，困乏和瞌睡全没有了。

"你同补之一起担任断后好不好？"

"闯王，我的哥，我刚才矇眬中听见好像你说潼关的官兵更多了，孙传庭在恭恭敬敬地迎候咱们，可是真的？"

"是真的，老孙在潼关附近排队恭迎。也许老洪也快来了。"

"人马有好几万？"

"据老百姓传说有两万多人，我看不会超过两万。"

"妥啦，我清楚啦。自成，你派我同刘哥一起在前边开路吧，别派我断后啦。"

"可是你这些天打的仗特别多，太累了。"

"当武将，遇到打仗的时候还怕累？等打过胜仗，痛痛快快地睡三天三夜！"

"好吧，"闯王说，"你就多辛苦一点，在前边开路吧。大家想想，还有什么好主意没有？"

"只要派我打头阵，我没有话说啦。"郝摇旗说了这句话，又十分困倦地

潼关南原大战

85

闭起眼睛，扯起鼾来。

大家望着他笑了一笑。刘宗敏问：

"明天这一仗不同往日，彩号怎么办？"

"轻伤的弟兄都参加作战，重伤的……"自成迟疑一下，转向高一功，问："随着老营，行么？"

高一功感到为难，因为老营的将士本来不多，明天还准备着哪里吃紧去接应哪里。他想了想，说：

"只好让他们随着老营吧。可惜我们在这里人地生疏，要是能把他们留下，窝藏一个时候，那就好啦。"

在片刻间，大家都不言语，互相望望。全军因伤重不能骑马的有两百多人，需要用门板和竹床抬着，成为行军和作战的很大累赘。明天让他们跟着老营突围，不但要使用几百名弟兄抬他们，而且给老营带来很大困难。可是不带着他们又怎么办呢？正在这时，高夫人忽然提醒闯王说：

"既然这村中的老百姓同咱们义军素有瓜葛，那个杜老头的侄儿原是咱们手下的弟兄，为什么不同杜老头商量一下？倘若这村里老百姓肯帮忙，咱们不妨多赒济老百姓一些银子。重彩号能在此地窝藏一时是上策，跟着老营走不是办法。"

"对，就这么办！"闯王说，"只要打听一下，若这寨里没有坏人，走不了风，没有比这个办法更好啦。一功，叫双喜陪着你去找杜老头，问清楚寨里底细，请他想想办法，只要窝藏三五天，事情就好办了。不管仗打的结果如何，官兵是不会长留在这一带的。他们或者跟在屁股后追咱们，或者遵旨勤王，都得离开这里。"

高一功同双喜刚走出堂屋门，闯王又想到从这里往潼关有几条路，最好走一条又近又隐蔽的小道，免得中途同一些山寨的乡勇纠缠。他嘱咐高一功在本村老百姓中找一个可靠的向导，并嘱咐谈好后把杜老头带来同他见见。

刘宗敏把膝盖一拍，说："我的办法也想出来了！对，只要找到杜老头把这第一步棋子儿走活，以后的步子就好走了。我是蓝田人，我的营里蓝田老乡很多。这些弟兄们，谁在蓝田大山里没有家？谁没有三亲六故？等到几天之后，官兵一走远，就可以把重伤的转送到蓝田山中。别说只有两百多个重伤的，再多两百也不犯愁。从我的兵里边挑那些在家乡人缘熟的，留下来二十个人好啦。"

高夫人接着说："再请尚神仙把他的徒弟留下一个来，也把药留下一些。"

闯王说："对，你想的挺周到，就这么办。"

高夫人又说："还有，把各营的眷属都集合到老营来，免得留在各营里碍手碍脚，让将士们背着一堆活包袱跟官兵血战。在高闯王活着时就定有规矩，可是总不能完全遵行。目前的处境不比往日，今夜就传知各营，明早起身以前，一定把女人孩子们送到老营来。只要老营在，我在，我不会让官兵损伤眷属们一根汗毛！"说到这里，她望着刘宗敏，改换口气，含着笑说："捷轩，你是大将，需要以身作则。把两位先后①送到老营来，舍得么？"

刘宗敏哈哈笑起来，说："我遵令送来，请嫂子放心。"

高夫人向侄儿望一眼。李过赶快说：

"婶子不说，我也要把来亨他娘送到婶子身边来。"

刘宗敏向田见秀打趣说："还是玉峰利闪，嫂子死了几年也不再娶，跟庙里和尚一样，无牵无挂。"

田见秀笑着说："天下未定，要什么家啊！"

大家又谈了一阵别的话，准备散去。自成叫高夫人把金银珠宝拿出一部分，分给刘宗敏等带在身上。虽然他没有嘱咐什么话，但是大家都明白他是怕万一会被打散，不能不预作安排。大家别了闯王和高夫人，骑马走了。

经杜宗文找村中老百姓一商量，大家虽然有点担惊害怕，但因为他们一则感激闯王的赒济，二则同农民军素有瓜葛，三则也因为官兵几次从这里经过，奸淫烧杀，无恶不作，使他们恨之入骨，所以答应替闯王窝藏彩号。过去，这个村庄不止一次替本县的大杆子②窝藏过彩号和肉票。高一功把杜宗文带到闯王面前，高兴地说：

"李哥，乡亲们答应帮忙！"

闯王笑着问："可以窝藏？咱们的彩号可不少啊。"

"行！他们说，离这里三里远有一个人迹罕到的地方，那里有一个很深的山洞，洞口在悬崖上，离谷底有三丈多高，完全被草木遮蔽，不管从山上，

---

① 先后——米脂方言称兄弟的妻子为先后。

② 杆子——明末商洛地区对本地小股农民叛乱部队叫做杆子，统治阶级则称之为杆匪。在相邻的豫西地区也是这样称呼。

潼关南原大战

从山下，都难瞧见。他们都说，把重伤员藏在洞里，本村没有底线①，没人会露口风，万无一失。别说官兵不会去那条荒谷，即令从那里走过，也绝不会知道在悬崖上有一个半里深的山洞可以藏人。"

闯王仍有点不放心，转向杜老头望了望，问："老伯，咱这寨子里有没有人跟乡勇们有瓜葛？"

"有，可是他们都逃出在外。"

老头子详细地告他说这个穷寨子在近几十年中只出过一个有头脸的人，屁股下也有几顷地，一座山场。前几年，曹操的人马打这儿过，把他的房子烧光啦，人杀了几口，他自己逃到西安府不敢回来。还有一家土财主，同北乡有来往，前年逃到华阴城去了。老营所住的宅子就是他家的。如今留在寨里的尽是穷人，同那些有钱的山寨没来往。原来有几个狗腿子，有的死啦，有的逃啦，还有一个在寨里，失了靠山，老老实实种了巴掌大一片山坡地。听了老头子这番话，闯王说：

"要是不会走风，我就把彩号留在这儿窝几天。请你老人家同乡亲们多关照，我不会忘记你们。"

"你放心，不会有风吹草动。"

闯王立刻叫高夫人拿出一百两银子，交给杜宗文，请他散给全村的乡亲们，表示他的感谢。杜老头坚决不肯受，说：

"闯王爷，你刚才已经拿三十两银子赈济全村百姓，这一百两银子我们决不受。都是自己人，说什么感谢！"

他不收下银子，闯王哪里肯依？推让了一阵，老头子只好收下，答应今晚上就分给全村，并说全村家家都在断顿儿，正没法活下去，这一百三十两银子救了全村的命。说着，他的热泪簌簌地滚了下来。闯王向一功问：

"什么时候把伤号抬送去？"

高一功回答说："马上就抬送，我已经派总管去准备，老百姓也在准备梯子、绳子。双喜要跟他们一道去亲自看看。尚子明也派了一个得力徒弟同伤号留下，可惜药少，金创药差不多都用完了。"

"多留下一点钱，想办法再凑合一点口粮留下。"

"都已经安排好了。"

---

① 底线——隐藏的奸细、暗探。

"向导呢？"闯王又问。

杜宗文老头赶快回答说："带条子的①也找好啦，闯王，就是刚才跟我来见你的背锅②狗娃。他在潼关乡下讨过三年饭，山山谷谷，村村落落，摸得透熟。"

闯王点点头，略带沉吟地说："好是好，只是年纪大了一点，怕受不了累。"

杜宗文说："闯王爷，他的年纪可不算大！他起小就受苦，一辈子没伸展一天，折磨得外貌很苍老，其实他还不到四十五岁哩。他的腿脚好，只要肚子里填饱瓢子③，翻山越岭，跟年轻人一样。"

"啊，我以为他有五十多岁呢。他家里有什么人？有老婆孩子没有？"

"屁老婆孩子，只有一个快七十岁的老母亲。他自幼讨饭，给财主放羊、放牛，大了给财主扛长工、种地，累成背锅，苦了大半辈子，连个女人也讨不起，还把三分二厘祖业地出了手。虽说自幼穷，为人倒正派，有胆量，还是个孝子。要不是有个老母亲拖住腿，他早就不是这样了。"

闯王笑着问："难道他也想造反？"

杜老头说："要不是老母亲拖住腿……嗨，别看他貌不惊人，当刀客，拉杆子，他可敢。"自成对这个向导感到满意，转向一功说："快派人送他到前哨去，叫老袁给他一匹牲口骑。"

"马上就派人送他去。"

"给他一点钱。"

"已经给了他二两银子，他不肯要，勉强他收下啦。"

闯王想到驼背是一个孝子，家中老母亲年纪很大，明天做向导又十分危险，心中感到不安。但是时间仓猝，另外怕找不到适当的人。思索片刻，他吩咐高夫人取出十两银子，交杜宗文老头子转给驼背，留给他的母亲。杜老头走了以后，高夫人说：

"咱们常常在困难时得穷百姓的接济，没想到在这里又遇到了好人。"

"到处穷人总是同咱们心连心。你们还记得么？"闯王向高夫人和高一功

---

① 带条子的——杆子黑话。将路叫做条子，称向导为带条子的。
② 背锅——土语称驼背为背锅。
③ 填饱瓢子——杆子黑话。说吃饱饭是填饱瓢子。

望望，接着说，"崇祯八年春天，咱们初到江北①，那真是人地生疏，语言不通。可是穷百姓望风相迎，惟恐咱们不去。咱们正在围攻颍州②，离凤阳还有几百里，凤阳的穷百姓就纷纷前来迎接，献上册子，上写着某家是富户，某官贪赃，某处驻扎有多少官军。要不，咱们也不会那么容易地破了凤阳，焚了当今皇上的祖坟。就从民心一点看，朱家的天下不会长久。一功，你快去矇眬片刻吧，已经三更过啦。"

"不，我等把伤号送走后才能休息。捷轩留下的二十个弟兄马上就到，我还要当面嘱咐他们些话。"

自成望望他，没再说什么，走进里间，也不解甲，困倦地倒在床上。但是想到明天的大战，他的瞌睡登时没有了。局面如此不好，也许全军的生死都决于明日一战！他静静地望着窗上的月色，听着远处传来的萧萧马嘶，脑海里在盘算着明天从潼关突围的事。

---

① 江北——明朝所说的江北指现在安徽和江苏两省长江以北的地方。
② 颍州——今安徽阜阳。

第七章

鸡叫头遍，李自成的人马就踏着苍茫月色，静悄悄地向北出发。

总哨刘宗敏同郝摇旗、刘芳亮、袁宗第等几员大将，率领着三十几员偏将，四千多名士兵走在前边。李过和田见秀率领着二十几位偏将和三千多名士兵断后。高一功率领着十几员偏将和两千多名士兵、二百多名孩儿兵，护着老营。闯王带着他的亲兵和一部分战将走在前队和老营之间。刘宗敏的两个妻子，高一功的妻子，李过的妻子和养子李来亨，还有很多将校的眷属以及保护眷属的亲兵，都骑着马随老营前进。

七八年来，高桂英一直跟着丈夫，过惯了艰苦和危险的战斗生活，可以骑烈马，也会射箭。行军时，她总是用一条红绸战带束腰，背一张牛角弓，挂一口宝剑。虽然她从来不曾很好地练过武艺，作战时也用不上她亲自冲锋陷阵，但是她在紧急的日子里很少离开过这口宝剑。她不但准备用它杀敌，也准备在万不得已时用它自尽，决不使自己落入敌手。她明白今天要杀出包围不是容易的，所以叫女儿兰芝同她骑在一匹大马上，免得母女俩被千军万马冲散。另外，她叫李过的妻子黄氏和李来亨都紧紧跟随着她。

黄氏虽然比她的婶娘小一岁，但身体比高夫人差得很远。两次怀孕都是在戎马倥偬中流了产，使她的身体吃了大亏。如今她又怀孕了四个月，而这四个月中有三个月是骑在马上奔波。两天来她时常头晕、目眩，心头跳得发慌，几乎支持不住。但是她没有把她的病情告诉任何人，避免婶母和丈夫为她操心。

她的养子李来亨却跟她完全两样。他总是精神饱满，不肯安静，像一个虎雏一样。他只有十二岁，什么也不怕，在每次打仗时总希望自己能够不受管束，跟随着义父或双喜叔冲入敌人堆中，挥着他的雪亮的短剑同官兵厮杀。由于每次快要进行血战的时候，义父总是叫他同母亲随着老营，每次官兵冲到面前时总有自家的兵将保护他，使他感到很大的遗憾和不平。为什么不让他打仗呢？真是！大人们太小看他了。那些孩儿兵，很多只比他大一两岁，顶多三四岁，他多么羡慕他们！

今天，他穿着一件为他特制的绵甲①，背着一张小小的牛角弓，腰挂着宝剑和朱漆箭囊，里边插着十几支箭，箭头和箭身合起来只有一尺五寸长。但是在六十步以内，他差不多可以百发百中。在几次战斗中，他都亲手射伤过冲到面前的敌人。他骑的是一匹蒙古骏马，鞍子和辔头用银子装饰得非常精巧。他挺着胸，略微侧着身子坐在马鞍上，左手拉着缰绳，右手提着鞭子，以严肃而略带激动的心情望着远处的高山、不尽的人马、稀疏的寒星与月光下随风招展的大旗。

尽管从春初退出川北以来，经过万里奔波，不断作战，人马损伤十之六七，衣粮都缺，但是这一万多人马仍然部伍整齐，士气很旺，保持着高迎祥时代的优良传统。小来亨策马走在这样的部队中，天真的心灵中充满了英雄气概。他非常希望今天能发生超过已往任何一次的激烈血战，好使他有机会离开养母，离开别人的保护，在官兵中间驰突冲杀，像罗虎们那些孩儿们一样。

驼背向导骑在一匹青灰大走骡上，戴一顶从父亲传下来的酱色破毡帽，身上穿着闯王昨晚送给他的旧棉袍，敞着扣子，腰里束一根用各种破布条拧成的粗绳子，在磨断的地方打着疙瘩。家里没有别的干粮可带，他在怀里揣着两个柿子面窝窝头。束腰的绳子上，左边插着大镰刀，背后插一把砍柴的短柄利斧。惹人注目的是，他一只手牵着缰绳，一只手拿着一根五尺长的栎木棍子。这棍子显然使用不少年月，磨得溜光。他年轻时替财主放过骡马，所以如今骑在大走骡上一点也不外行。他的大半辈子是在财主们的脚底下生活过来的，简直连猪狗也不如；直到今天早晨，他骑上大青骡，走在大将袁宗第的面前，背后跟着闯王的大军，而袁宗第和弟兄们都对他亲亲热热，他才第一次感觉着自己活得像一个人，活得有意思，眉头开始舒展了。

袁宗第原来听说这个驼背庄稼汉是个整天不说三句话的人，也没有多跟他说话。走着走着，忽然隔着山头传过来驴子叫声，袁宗第忍不住问：

"老乡，山那边是什么地方？"

"你可是问的长脖子②叫的地方？"驼背回头问，吐字稍微有点慢，可并

---

① 绵甲——用很多层丝绸或棉布夹着丝绵，密密地用粗线纳成，两臂过肩不及肘，下长掩膝。
② 长脖子——驴。杆子黑话。

不结巴。

"对,什么地方?"

"那是陈家湾。有人起五更套磨哩。"

"有乡勇么?"

"不多。从这儿往北去就多啦。"

停一停,袁宗第笑着问:"老乡,骑着骡子,你带一根棍子做什么?想跟我们一起打仗么?"

"打仗?"驼背嘻嘻笑起来,掂着木头棍子说,"我还从来没打过仗哩。这是花栎木棍子,又沉又结实。要是跟官兵打起来,我,我十八般武艺全不会,该不会用棍子抡!"

"好啊,用你的花栎木棍狠狠地抡!"袁宗第叫着说,这个老实农民使他感到很有趣,感情上也突然更亲近了。"大叔,打仗的时候你不要离开我,免得吃他们的亏。"

"将爷你放心,俺吃不了亏。"

"吃不了亏?"

"是啊,打死他们一个我够本儿,打死两个我赚一个,吃什么亏呢?我才不含糊!"

"大叔,我还没把你看出哩。"袁宗第说,要不是正在秘密行军,他会放声大笑起来。

驼背看见袁宗第是一个不拿架子、脾气随和的人,使他说话的胆量更壮。他告诉宗第,这根棍子跟着他已有十年,乞讨时用它打恶狗,走路时当拐杖,遇着狼时又可以防身护体。

"将爷,"他说,"俺有一次走在山路上,两只狼围着想吃我。俺用这根花栎木棍子打死了一只,余下一只也给我打跑啦。可是这棍子还没有打过人,今日说不定要尝尝新哩。"

"你一棍子就打死一只狼?"

"俺一棍子把它打倒,又几棍子才送它回老家。"

"大叔,你倒是有一手哩。"

"山里人嘛,打狼不外行。狼是铜头麻秆腰。你要是一下子打在狼腰上,准能打得它倒在地上爬不起来。"

"遇见官兵你可得打头啊。"

"那个自然。远的俺用棍子抢，近的还有斧头哩。万一斧头脱了手，还带有一把镰刀哩。"

"哎，没想到你这老头子是个老英雄。你不要回家啦，随我们往河南去好不好？"

驼背回头笑一笑，叹口气说："老娘还没下世，没人照料。要不是这，将爷，别看我有把年纪，龟孙才不跟着你们去！"

走在一起的弟兄们都对他发生兴趣，打算劝他入伙，一道往河南。有人问他：

"老乡，往河南的路你熟不熟？"

驼背有点吃惊，笑着问："兄弟，你说话不忌讳么？"

"俺们不在乎。"那个弟兄回答说。

"嘿！嘿！还是忌讳一点好。"驼背又说："往河南的条子么，不多熟。要是熟，我准定还给你们带条子，带到天边我也高兴。"

弟兄们忍不住笑了起来，不仅笑他是好人，回答得好，也笑他那么爱说黑话。原来本地杆子和各地农民队伍中都有许多词汇是犯忌讳的，用另外创造的词汇代替，一代代流传下来，叫做黑话。例如路和败露的露字同音，说成条子，带路的向导叫做带条子的；饭和犯同音，说成瓢子，而吃饭就叫做填瓢子；鸡和急同音，鸡子说成尖嘴子，鸡叫说成尖嘴子放气；鸭和押同音，鸭子说成扁嘴子。又有一些词汇并不为声音不吉利，也用另外的词汇代替，例如把狗说成皮子，狗叫说成皮子炸；小河说成带子；桥说成孔子等等，非常多。前一类词汇忌讳较严，后一类可以马虎。李自成的农民军早已"正规化"，不大讲究这种忌讳；尤其自成和他的左右将领，更少忌讳。如果他们有时也把路说成条子，那不过是顺应下级弟兄们的习惯罢了。驼背老头以为闯王的人马也像别家的人马一样说话有许多忌讳，尤其在这样危险时候，说话更得特别留神，不可"放快"①，所以他特别谨慎。听见大家都在笑，他始而奇怪，继而在心里说：

"人家闯王的人马跟杆子不同啊！"

他们又谈了一阵话，直到听见守山寨的人们的打更声和叫喊声，才把话停止了。驼背的心上稍微有点紧张，但是并不害怕。随后他的紧张消失了，

---

① 放快——偶然说出来应当忌讳的词汇叫做放快。

自己想着可笑："怎么搞的？我这半辈子还没有说过这么多的话呢！"

前哨人马越过一个山口，进入一道深深的峡谷。两边有高峰和密林，月光照射不到，很是幽暗。左边的山头上有一座山寨，寨门楼高出林杪，呈现在冷寂的月光下。整个寨子雾森森的，好像在注视着峡谷里的人马通过。从山寨里传出来守寨人们的梆子声，混合着断续的公鸡啼叫。寨墙上没有灯火，只有几点寒星挂在谯楼的一角。大家正在一边向前走，一边向山上观望，忽然听见一个守寨人用苍哑的声音叫着：

> 五更拂晓，
> 谨防劫寨，
> 把守好啊！

这最后一个字拖得很长，在四面山腰上发出回声，在霜天寒风中使人有一种凄厉的感觉。随即，这个声音问道：

"伙计们，把守得好不好？"

另一个声音回答："把守得好！"

"把守得牢不牢？"

"把守得牢！"

这些问答，带着回声，像是挑战一般地沉落到峡谷中来。队伍中有不少人开始用小声朝着山寨谩骂，有的恨恨地吐唾沫，有的在轻蔑地嘲笑。刘宗敏严厉地小声命令：

"向前后传，不许做声！"

"传，不许做声！"

这句话，向前，向后，用低沉而严肃的声音，一个接一个传了出去。传到闯王跟前，他也像普通战士一样，很习惯地重复一次。于是这一句命令就这样在他的背后通过大小将领和战士们的嘴，通过眷属们的嘴，传过中军和老营，迅速地传向后队。

霎时间，峡谷里听不见一点儿说话声音，连轻轻的咳嗽声也没有了，只有马蹄声，脚步声，枪刀剑戟的碰击声。这些声音，都混入峡谷两旁无边无际的松涛声里。

走了十几里才出了峡谷，接着是望不尽的丘陵地带。这时人马已经走了五十多里，天色也渐渐明了。再往北去就是人们所说的潼关南原，也简称潼关原，都是丘陵，并不险峻。李自成带着张鼐和一群亲兵，策马从旁边越过大队，追上刘宗敏，嘱咐他小心谨慎，提防埋伏，并指着前边七八里远的一座小山说：

"到那座山前停下来，让步兵休息一下。要是有水，就饮一饮马。"说毕，他就同张鼐和亲兵们离开大队，勒马登上路旁的高岗，等候着中军和断后部队。

早晨的太阳，像牛车轱辘那么大，像熔化的铁汁一般艳红，带着喷薄四射的光芒，从正东方的岭脊上，从若有若无的薄雾中闪出来了。它照着蒙了一层白乎乎的严霜的高原，照着在高原上肃静无声、匆匆前进的千军万马。除闯王的中军标营打着红旗外，其余各营，按照前后左右营打着不同颜色的旗帜。那些红的、黑的、白的、蓝的和紫的大小旗帜，队各一色，在起伏而曲折的丘陵间随风招展，时隐时现，看起来十分壮观。

闯王向远处凝望，不知道敌人在什么地方等待着他。这时，一幅潼关南原的山川形势图，历历如绘，出现在他的眼前。

因为行军和作战需要，他对所经过的地方都能够记得当地的山川形势，道路远近。每次驻扎下来，也喜欢向当地人询问地理和人情风俗。对于潼关附近的形势，他尤其了若指掌。这些年来，农民军常常由秦入豫，由豫入秦，如果从潼关走，都是撇开潼关县城，从关南四十里以内的地方来往。他自己曾带着人马从这里走过一趟。出潼关南门直到华山脚下，四十里开阔，尽是高原，浅山平冈，此起彼落，并无险峻之处。依山傍壑，有路可通的叫做峪。通向河南阌乡县境的峪很多，地势向东倾斜。他知道陕西巡抚孙传庭和潼关道丁启睿一年多来在这些山沟中建筑了三座大堡，每一堡相距十里，驻扎步兵二百名，又每隔三里设一个叫做墩的小碉堡，每墩驻兵二十名，都有火器。但他们是面对东方设防，企图堵住从河南来的小股起义部队。倘若人马从背后杀出，居高临下，这些堡呀墩呀，全无用处。闯王担心的不是这些墩、堡，而是听说孙传庭已经亲率重兵在这里以逸待劳。他对于洪承畴和孙传庭都不轻视，深知他们都是崇祯手下得力的统兵人才。众寡如此悬殊，劳逸如此不同，而对手又是孙传庭这样的人，他不能有丝毫大意……

自成正在想着，忽然一个小校骑着马奔上岗来，向他行一军礼，禀报说：

"后营李将爷派我来禀报闯王：曹变蛟和贺人龙的人马紧紧跟在后边，相距只有二三里，并不进攻，不知是何用意。李将爷说，请闯王吩咐前哨人马，务必多加小心。"

"已经吩咐了，"闯王说，好像他正在思索问题。"告诉李将爷，加速前进，不要同中军营离得太远。"

"遵令！"小校勒转马头，奔下岗去。

李自成心中明白，曹变蛟和贺疯子的追兵是等着前边开始厮杀的时候才进行夹攻，但是他不知道孙传庭把堵截部队布置在什么地方，也许还在远处，也许马上就会遇到。他望见前哨部队已经绕过一座小山，消失在愈来愈重的白雾里边，只偶然还可以望见刘宗敏的白旗、刘芳亮的蓝旗和袁宗第的黑旗在丛林杪上招展。

"飞马前去，"他命令身边的一个小校说，"叫前头的人马等一等，免得拉得太长。"

太阳升得更高了。它照着西边的华山。巍峨的五朵奇峰高插入云，多么壮观！多么肃穆！它照着岗头上的"闯"字大旗。旗枪的银光闪烁，大旗呼啦啦卷着晨风。它照着李自成和他的乌龙驹，他在静静地抬着头向前凝望。乌龙驹在转动着竹叶双耳，听着远处的马蹄声和马嘶声，好像它预感到就要投入战斗，兴奋地喷喷鼻子，发出来萧萧长嘶。非常奇怪，它一振鬣长嘶，别的马都不叫了。

担心前边随时会发生战斗，李自成把鞭子一挥，带着张鼐等一群偏将和亲兵们驰下岗头，随着中军营前进。又走了二三里，忽听前面一声炮响，立刻从远远的浓雾中腾起来一片喊杀声和密如连珠的炮声。"开始了。"他小声说，浓眉毛轻轻一耸，随即在乌龙驹的屁股上抽了一鞭，离开中军营，飞奔前去。

张鼐和三四百名身经百战、犷悍异常的骑兵紧紧地跟着他。举在手中的刀和剑在阳光下闪着寒光。

马蹄猛烈地踏着山石和坚硬的红色土地，像海潮，又像狂风暴雨……

第八章

　　总哨刘宗敏一面督队前进，一面察看前面地势。多年的战斗生活，锻炼得他在战场上十分机警和老练。一看前面来到一条小河，两岸林木茂密，丘陵起伏，很利于步兵作战，他的心一动，就派一个亲兵飞马通知郝摇旗、刘芳亮和袁宗第：人马暂停，派斥候向前搜索。但是已经晚了。

　　马匹一气走了六十多里路，身上冒汗。一到河边，争着饮水。步兵更是又困又渴，不顾水寒彻骨，争着弯下腰去，用手捧起水来喝几口，润一润干得冒火的喉咙。就在这队形混乱的当儿，突然一声炮响，埋伏在对岸树林中的官兵一跃而起，发出一片震天动地的喊杀声，向河滩冲杀过来。同时，一队火炮手和一队弓弩手，站在土丘上对农民军猛烈射击。霎时间，有一批农民军的骑兵和步兵倒了下去，鲜血使小河的流水变成了红色。

　　幸亏刘宗敏并没有在这种突然的袭击下惊慌失措。他不仅像当时统治阶级所承认的在作战中"鸷悍异常"，而且他也像历史上的名将一样，在危险的局面中，在纷乱的千军万马和刀光剑影中，像山岳一样屹立不动。如今，又是对他的一次考验。面前三十丈以外的河滩里已经发生了混战，自己的将士们不断地纷纷倒下，而且炮弹和利箭在他的身边和头顶飞过，密得像飞蝗一样。就在这片刻间，他看出敌人的弱点，忽然放了心。他想，如果官兵让开他的前队，拦住闯王的中军厮杀，同时从四面包围前队，那就更危险了。

　　突然，他的枣骝马的胸前中了一箭，狂跳数尺，然后倒下。当马倒下时，他敏捷地跳下来，立刻换乘一匹同样高大的黄骠马，仍然立在原地不动。有一股官兵发现了他是主将，凶猛地向他扑来，企图把他捉住，离他的面前只剩下二十步远近。簇拥在他左右的亲兵亲将都十分紧张，以为他会大喝一声冲杀过去，但是他并不在意，只用小眼角对这股扑来的官兵瞟了一下。当官兵扑到十步左右时，他回头对偏将刘体纯瞟一眼，把下巴轻轻地摆了一下，好像说："把他们赶走吧，别让他们来打扰我。"刘体纯像箭离弓弦，突然率领着一群弟兄迎击敌人，只见刀光乱闪，马匹左右腾跃，转眼间把敌人杀得狼狈而逃，马蹄下留下许多死的和伤的。刘体纯正要往对岸冲杀，只听刘宗敏叫着他的小名说："二虎，回来！"他只好勒转马头。

刘宗敏身旁的亲兵连着两个中箭，他自己的斗篷上也穿过一箭。又过片刻，他的黄骠马也中了一箭，跳起来，打了个转，颓然倒下。刘宗敏立刻换了一匹菊花青，依然停在原地。左右的亲兵亲将都担心他会中箭，但是没有人敢劝他向后退一步。他似乎没有感到左右都在为他的安全担心，却注意到大家急不可耐地想投入战斗，于是他小声说：

"都别急。沉住气。等一等。"

他继续立马河岸，稳如砥柱，竭力要看清官军的主将是谁，在什么地方，他好用"擒贼先擒王"的办法直取敌人主将。但是在一片苍茫的、滚滚流动的晨雾中很难看清官军的帅旗所在。而且敌人的气势如此凶猛，战局千钧一发，胜败决于呼吸之间，他不能多作耽搁。看见郝摇旗和刘芳亮又一次跃马跳上对岸，他的心中一喜，但转瞬间又看见他们被摆得像铜墙铁壁一般的敌人杀退回来，他的心头猛然一凉。就在这刹那间，他把斗篷刷地脱掉，向后扔去，随即听见他大吼一声，像一声晴天霹雳，菊花青随着这声霹雳腾空而起，像闪电般越过河滩，跃上对岸，直向敌人最密集的地方冲去，后边紧跟着十几名偏将和几百名骑兵。这一支人马在人数占绝对优势的官军中所向披靡，忽而向左，忽而向右，忽而杀出重围，忽而又杀进垓心，寻找官兵的主将。官兵多数是步兵，虽然也拼死抵抗，并且几次想把这一支人马包围吃掉，但总是在它的冲击下像洪水冲垮墙壁，纷纷倒下，闪开一条血路。他们的马匹常常在那些已经断气的和没有断气的、流着血在地上匍匐逃命的人们的身上践踏腾跃而过。

当刘宗敏冲入敌阵的时候，郝摇旗、刘芳亮和袁宗第不曾有片刻犹豫，率领着将士们也冲过对岸，深入敌阵，同官兵展开了一场混战。这时，官兵的炮火和弓弩都失掉作用。火炮手和弓弩手们有的退往一边，有的用刀和剑抵抗农民军的冲杀。郝摇旗同一股顽强迎战的敌人大杀一阵，把敌人杀败。他杀得性起，不再同刘芳亮等互相照应，率领着他自己的标兵追着一股敌人不放，离开了正面战场。刘芳亮和袁宗第起初还并肩作战。刘芳亮的一杆红缨枪遇到一个刺一个，不知有多少人被他的枪洞穿胸膛，有的还没有来得及招架就被他挑下马去。但是官兵仗着人数众多，随即把他同袁宗第的两千多

人马分割成几股儿，并把他紧紧地包围起来。刘芳亮同他手下的两三百名将士把官兵杀退一批，第二批跟着就蜂拥上来，总是不能够突破包围。官兵同闯王的人马曾经打过多次仗，看见这位白净面皮、英俊而漂亮的青年将领，又加上他的红缨枪和雪白战马，就是不看他的旗帜，也认出他是哪个。这时一下子把他包围得水泄不通，就从四面八方发出叫喊声："活捉刘芳亮！活捉刘芳亮！"但是尽管围得很紧，叫喊得很起劲，却不敢十分拢近。

正在寻找官兵主将的刘宗敏忽然看见刘芳亮被多过四五倍的敌人围困在一座土丘下边，就冲去解围。但当他冲到离刘芳亮一箭远近，才发现有一道几丈深的山沟横在面前，一队官兵埋伏在沟对岸的林莽中间，一跃而起，大声喊杀，炮声震地，硝烟弥漫，弹丸纷飞，加上乱箭齐发，使他的人马在片刻间有不少负伤落马，不得不后退几步。他略一察看，决定绕道过去。但是当他正要挥军从右边迂回过去，忽然看见刘芳亮杀开包围，一路向这边杀来。原来刘芳亮把人马布成一个圆阵，一面抵抗官兵的围攻，一面寻找突围的机会。看见刘宗敏在一箭外被沟岸上的火炮和弓弩挡住，他就把枪一挥，向手下的将士们说了声"随我来！"像出山的猛虎似的向一位敌将冲去。敌将举着大刀相迎，只见他的枪缨一闪，敌将手中的大刀飞出几尺远，咕咚栽下马去。官兵人马惊骇，纷纷后退，闪开一个缺口。那些站在沟岸上的火炮手和弓弩手一看刘芳亮从背后杀来，一哄逃散。

刘宗敏和刘芳亮会合以后，重新杀进官兵垓心，救出另外两三股陷入包围的人马，并且同袁宗第遇到一起。

郝摇旗也转回来，同他们会合了。他杀死了两员敌将，但是看见一员敌将骑的战马极好，想得到手里，死追不放，结果中了埋伏，一阵乱箭和炮火使他的人马成批地倒下去，登时陷于混乱。正在这时，有一股敌人从背后杀来，而刚才被他追赶的敌人也反转来向他猛扑。他大败而回，并且受了一处轻伤，手下的将士只剩了三百多名。

经过刚才的战斗，刘宗敏、刘芳亮和袁宗第三个人手下的将士也死伤了四五百名，另外有很多人负了重伤或轻伤。原来就挂过彩的，如今重又挂了彩。有不少人负伤几处，还在同官军厮杀。人员的大量伤亡，对他们十分不利。尽管他们战斗得非常勇猛，到底人数过少，总不能把官兵击溃，反而常常有被包围的危险。刘宗敏看得很清醒，敌人在这里投入作战的兵力至少有一万二千人以上，而且是精锐部队。

处在这样众寡悬殊的局面下，刘宗敏非常沉着，头脑非常清醒，丝毫没有动摇他的胜利信心。他想，只要他们能够继续在战场上保持猛冲猛打的气势，挫折敌人的锐气，一旦中军赶到，只须几百骑兵出敌不意地向官兵力量薄弱的地方猛冲一下，整个战场的形势就会改变。看准了这一点，他略微把队伍整理一下，分成两股，互相策应，专向敌人的步兵冲杀，忽东忽西，忽分忽合。他采用这样的战术把战场上的主动权稳稳地抓在手里，不断地杀伤和疲劳敌人，打乱敌人的队伍，而不再找敌人的中坚攻打。

李自成早已到河岸附近，把人马隐蔽在被疏林覆盖的土丘南面。他站在土丘上，右脚踏着一块磐石，静静地观察着战斗情形。这时，在南边几里以外也发出了喊杀声和战鼓声，使他不能不转回头来，侧起耳朵听了一阵。他判断出追击的官兵比往日增加了很多，而且他们不仅从正面，也从侧翼对李过和田见秀所率领的人马进行攻击。但是从他的神色上并没有流露出一点惊异或不安的表情，仿佛这些发生的事情全在他意料之内，而且好像是习以为常了。张鼐的大眼睛滴溜溜地望着他的脸孔，以为他马上会发出重要命令，可是他除了看见闯王的脸孔含着严峻的表情外，什么也没得到，简直猜不出主帅的心里在想着什么。

随手把头上的旧毡帽扶了一下，闯王继续向小河对岸的战场上观察。当看见刘芳亮被四面包围的时候，那肃然无声、簇拥在他的左右和背后的偏将和亲兵，包括张鼐在内，都感到心头紧张得像把攥一样，巴不得立刻冲入敌阵，把刘芳亮救出重围。然而他们用焦急的眼光向闯王的脸上望望，却仍然看不出闯王有任何表示，只是当刘宗敏遭到官兵埋伏的火炮手和弓弩手突然射击时，他的眉头猛地跳动一下。过了片刻，当看见刘宗敏安然无恙，而刘芳亮杀出包围并且杀散火炮手和弓弩手，同刘宗敏会合一处时，尽管别的几处还在苦战，却从他的眼睛里闪过了一丝欣慰的微笑。

他看出来这支官兵虽然人数众多，却有几个弱点：第一是士气不高，不像义军方面人人肯拼死冲杀；第二是指挥不灵活，也不齐心；还有第三，多是步兵，只有几百骑兵。他相信把他们击溃并不困难，等待着敌人的锐气开始衰落时，抓住要害猛力一击，就可以把敌人杀得溃不成军。但是当他从薄雾中看清敌人的旗帜时，他不禁心中一惊，暗暗叫道：

"啊，洪承畴果然来了！"

他从旗帜认出来这支拦在面前的敌人中有祖大弼和孙显祖两个总兵官的人马。这两个人都是洪承畴手下的大将。今年三四月间，当他从塞外退回陇东南时，洪承畴派祖大弼在洮州堵截，被他杀败一阵，让开了路。他只知道十天前洪承畴把祖大弼、孙显祖和另外几员大将都摆在蓝田、渭南和咸阳一带，防备他突入西安附近，没料到如今已经抢先来到潼关南原了。

李自成的吃惊丝毫没有被左右发现。人们都在十分焦急地等待着他下令过河冲杀。他向张鼐和簇拥在身边的将士们扫了一眼，看出来他们是如何地急不可耐，简直是目无强敌。他感到满意，说道："别急，咱们马上就给他们一点厉害看看。"他的声音是那样平静，那样轻微，那样随便，好像他不是在对别人说话，而是在自言自语。但是就这么十分简单和声调轻微的一句话，在张鼐和将士们的心上却发生了巨大的作用，不但更增了他们会立刻杀败敌人的信心，而且像一道准备出击的命令，使大家登时活跃起来。老兵王长顺在这样紧张而严重的时刻还不忘说笑话，小声对身旁的一位小伙子说：

"你的绳子准备好了么？"

"要绳子做什么？"小伙子转过头来问。

"看样子咱们面前不只有孙传庭，老洪也来啦。我身上只有一根麻绳，还少一根。"

小伙子对他笑一下，继续往前观望。这时有人小声惊叫：

"快救一救！那不是向导么？"

大家看见驼背骑着大青骡向河这边跑来，后边有几个骑兵追赶，几乎赶上。大青骡跃进河滩，后边的追兵仍然不放，前边又有几个步兵拦截。眼看他就要被擒，只见他的栎木棍子一扬，打倒了一个步兵，大青骡冲过河来。但几个骑兵仍在追赶，有一个骑兵追得最快，马头几乎接近大青骡的尾巴。他举起雪亮的马刀，只要再追一步，就会从驼背的背上劈下去。在此千钧一发之际，有一个伤得很重的战士突然抬起身子，从地上掷出一把短剑。前边的追兵突然身子一晃，倒下马去。几乎是同时，张鼐的一支箭射中了前边的马。马跳起来，打个回旋，挡住了另外的追骑。跟着，又一个骑兵中箭落马，其余的惊骇逃回。

"怎么只你一个人？"当驼背来到面前时，闯王问他。"没有挂彩吧？"

"我，我同大伙失散啦。一群官兵追着我，想得到咱这匹大青骡。我可不投降！"驼背喘着气说。

闯王看见他的腿上有血，棍子上也有血，又问：

"没挂彩吧？"

"不碍事。只大腿上受点轻伤。"

闯王嘱咐他去跟随老营，不再多问了。

一个由李过派来的小校骑着马从南边飞奔而至，跳下马跑上土丘，向闯王禀报说在后追赶的官兵已经开始进攻了：曹变蛟在正面进攻，贺人龙在右边，左边出现了左光先的人马。李自成点点头，向南边望了一眼，说：

"啊，知道了。回去告诉李将爷和田将爷，我随后就去。"

李过派来的小校带着闯王的吩咐，立刻下了土丘，跳上马，抽了一鞭，一溜烟向南奔去。李自成仍然停在原处，一面等候着中军到来，一面思虑着破敌之策。他已经明白，左光先看见他不能向兰草川①那边突围，已经把部队全调过来，加入追击。在洪承畴和孙传庭目前指挥的部队里边，左光先也是一位十分勇敢善战的总兵官，他的部队较有训练，战斗力仅次于曹变蛟的部队，而强于其他几位大将的部队。至于贺人龙，作战倒也勇猛，但是部队军纪很差，他刚才已经想出对付办法。想到贺人龙，他不由地想到高杰，心上飘过一缕痛恨和耻辱情绪，把牙根咬了一下。

转瞬之间，中军和老营到了。中军全是骑兵，连炊事兵都有马骑。这时因为情况紧急，不但所有的将士、孩儿兵、炊事兵以及受伤的将士都准备好随时厮杀，连所有眷属，不论老弱或妇女，都一个个手执刀剑，等待拼命。

闯王在一群偏将和亲兵的簇拥中走下土丘，跳上乌龙驹，命令李双喜同老营留下指挥中军，高一功率领五百名中军标营同他过河。

"闯王，叫我们也去吧？"孩儿兵头目罗虎激动地问，呼吸急促，眼睛里含着焦急和祈求的神色。

"你们不用去，随双喜保护老营！"闯王匆匆地命令说。"一功，跟我来！"

这时，官兵方面发现了李自成的中军已经到了河对面，在离河岸不远的土丘背后。他们赶快派来大约两千人马在河北岸摆开阵势，企图拦住闯王的援兵过河。闯王来到河边，不慌不忙地从背上取下了弓。但是张鼐赶快要求说："闯王，让我来！"自成瞟了张鼐一眼，用非常信任的口气说："好吧，先

---

① 兰草川——通往河南卢氏县的一个关口。

射死那个敌将。"张鼐搭上一支雕翎箭，不用特别瞄准，只见他两臂一举，一声弓弦响，那位在对岸挥刀呐喊的敌将已经中箭，脑壳一栽，咕咚一声滚下马去。官兵还没有来得及把中箭的将官救起，第二支箭又把旁边的旗手射下马去，一面军旗猛一摇晃，抛落河里。趁官兵这一惊慌，李自成把闪着寒光的宝剑一挥，镫子一磕，说了声"冲！"他的乌龙驹像流星般飞过河滩，跃过河水，一纵身腾空而起，上了对岸，直冲入敌人中间。张鼐和高一功紧随在闯王左右，背后是几百名偏将和骑兵。他们以不可抗拒的勇猛气势冲垮了敌人阵线，一直向敌人骑兵最多、招展着"祖"字大旗的地方冲去。凡是这股奔腾澎湃的洪流冲过的地方，只听见一片震人心魄的喊杀声，疾风骤雨般的马蹄声，武器和武器的碰击声，以及刀和剑砍在金属盔甲上和肉体上的各种声音。

祖大弼和孙显祖原以为农民军已经是疲惫之卒，又加上人数不多，不堪一击，没想到这些饥饿、疲惫的人们竟然以一当十，战斗得十分凶猛。他们以几百名骑兵和八九千步兵（其中有孙传庭的两千多人）包围刘宗敏等余剩的两千多人马已经感到很吃力，一看见"闯"字大旗就心中发慌，正想后退，恰好孙传庭又派一千五百名精兵增援上来，并且严令不许后退一步，一定得把李自成和刘宗敏擒获。祖大弼和孙显祖两位总兵的士气大振，分出一部分人马围攻宗敏，一部分人马迎击闯王。将士们既畏严令，又要立功，个个奋勇向前。

李自成看见敌人增加了援军，士气复振，就赶快把人马整顿一下，由他一马当先，继续猛冲猛攻。他很明白，如果不迅速杀败这支敌人，时间拖长，自己的人马死伤过多，加上前后不能相救，情况就会十分危险。他手下的将士们都明白这一点，所以都拼死冲杀。可是正杀到敌人垓心，与敌人的总兵官祖大弼正面交锋，胜负决于顷刻的当儿，只听铿然一声，自成手中的宝剑折为两段，那一段飞出去一丈开外。祖大弼趁这机会，把李自成和他的一部分亲兵亲将团团围住，四面进攻，大叫着"活捉闯贼"。闯王抽出短剑迎敌，极不得力。正在万分危急，忽听见张鼐在他的耳旁叫道：

"闯王，给！花马剑！"

闯王接过来花马剑，大喝一声，连刺死几个敌人，直冲到祖大弼的面前，叫道："姓祖的，休要逃跑！"随着叫声，一道寒光一闪，斜着劈了下去。祖大弼挡开了花马剑，忽然这口剑又向他的腰间刺来。他把身子一闪，躲过这一剑。他手下的一群将士帮助他迎战闯王，又形成了一次混战。杀了一阵，祖大弼看着不能取胜，官军的步兵死伤惨重，随即用骑兵作掩护，且战且退。自成也不追赶，趁机会整顿部队，准备同刘宗敏、刘芳亮和袁宗第等会合一起，让人马稍作休息。这时他才知道，小张鼐因为把花马剑给他，用短剑迎敌，在混战中被官军俘去了。

李自成在乌龙驹上向前一看，看见张鼐被捆绑着，左右两个骑兵把他夹持在马鞍上，随着祖大弼的中军走去，已经走到半里以外。官军在那里布成方阵，准备休息后重新进攻。隐约中还可以听到张鼐在敌人中间破口大骂。自成要立刻追去把他夺回，可是左右的亲将都觉得官军势盛，闯王去实在是过于冒险。老兵王长顺用力抓住他的马辔头，不放他去。自成用鞭子在王长顺的手上狠敲一下，大声说：

"怕死的都替我滚！小鼐子要不把花马剑给我，他怎么会被擒？纵然冒点风险，岂有不救之理！"

恰在这时，袁宗第率领着一队人马来到。自成从自己的亲兵亲将中匆匆地挑选了三十个人，叫袁宗第也挑选少数人，一共有四五十人，叫其余的都留在原地休息。他同袁宗第率领着这一小队骑兵杀开一条路，直冲进官军的方阵中心。祖大弼的将士们措手不及，张鼐已经被夺了回去。转眼工夫，自成的亲兵李强已经把张鼐手上的绳子割断，并把一口从敌将手中夺得的宝剑交给了他。

当闯王和袁宗第冲进祖大弼的方阵时，留下的几百名将士怎肯休息？他们一声呐喊，随着掩杀过去。祖大弼见官兵的阵容已乱，拨马便逃。袁宗第已经杀得两眼通红，络腮胡子支岔着，策马赶上，大吼一声，一铁鞭把祖大弼打落马下。他的亲兵和偏将们舍死反扑，把他救走。袁宗第手下的督尉党守素已经负了两处伤，看袁宗第把祖大弼打落马下，冲上前去，挥刀劈死了他的旗鼓官，又连着砍杀了几个人，夺得了他的大旗。正在围攻郝摇旗的孙显祖一望见祖大弼败下阵去，赶快逃走。刘芳亮在后追赶，一箭射中他的坐马，但是等刘芳亮赶到时，他已经跳上另一匹快马逃走了。孙传庭的人马也溃退了。

农民军看见官军败退，一个个精神百倍，到处追赶着官兵砍杀。俗话说，兵败如山倒，一点不假。这时官兵失去主帅，有的还在各自为战，有的完全失去了抵抗能力，像被猛虎冲散的羊群，漫山遍野地溃奔逃命，互相践踏。

有时，溃逃的骑兵冲倒和践踏步兵，而步兵愤怒地辱骂他们，砍伤马腿，或把骑兵刺下马来。步兵逃得慢，被农民军杀死最多，有一部分逃不脱的就只好投降，还有些被活捉过来。

李自成没有让他的人马追杀过远，赶快敲锣收兵。他把刘宗敏等几个大将叫到跟前，吩咐他们在前边的土山上扎营休息，整理队伍。他担心刘宗敏脾气火暴，常常杀死俘虏，宗敏手下有一名叫李友的偏将更是一个杀人不眨眼的小伙子。他想把高一功留下来处理俘虏的问题，但后边十分紧急，使他不能把一功留下。略一踌躇，他对宗敏问：

"捷轩，捉到的几百俘虏怎么办？"

"如今哪有人照看他们！"刘宗敏说，"我看，不如收拾了吧。"

"你又是这号脾气！"闯王用责备的眼光看看他，随即说："凡是被俘的，都不要伤害。"

"自成，你难道没有看见洪承畴跟孙传庭会合一起了？咱们的人手很缺，哪能抽出人照看他们！"

李自成没有做声，抬头向俘虏群望一眼，摇摇头。

"别留吧，咱们哪有干粮养活他们！"袁宗第在一旁说，睁着铜铃似的圆眼睛望着闯王。"况且，官军抓到咱们的弟兄自来不留情，剖心，挖眼睛，什么都做得出来！"

"还是杀了干净！"郝摇旗跃跃欲试地说。

正在这当儿，田见秀派的一名小校飞马来报，说官军人数众多，攻势极猛，请闯王派兵增援。李自成对郝摇旗说：

"摇旗，你带着手下的弟兄们到玉峰那里辛苦一趟，只帮他守住阵地，不可硬拼。我另有退敌之计。"

郝摇旗带着手下的人马一走，自成就向刘宗敏、袁宗第严肃地扫了一眼，说：

"高闯王就不是你们这样！我们高闯王就是因为善于收容降兵，恩待俘虏，所以很得好处。你们就不会多学学高闯王！"他看出来他提到高闯王，刘宗敏和袁宗第都不再固执，于是吩咐说："你们对他们说：谁愿意回家跟父母妻儿团聚的可以回家，可是不能再回到官兵那里。要是再回到官兵那里，下次捉到，定斩不饶。有谁愿意留下的就编在咱们队伍里边，一同剿兵安民，不得有三心二意。至于干粮，大家匀着吃。你们派人在战场上找找，官兵抛下的粮食一定不少。"

吩咐完，他立刻带着高一功、张鼐和几百名将士奔过河去。到了老营，他把中军骑兵几乎全数带去增援，只留下李双喜带着一些亲兵，平时不参加战斗的文职人员和孩儿兵守护老营。虽然追兵的压力看来很大，但是他心中有数，丝毫不慌张。他把一位叫做贺金龙的青年偏将和高夫人叫到跟前，对他们吩咐了几句话。贺金龙笑着点头说："行，行。这办法可能中！"自成又叮嘱说：

"告诉田大哥，一定要不战而搞垮贺疯子，咱们好腾出手来给左光先跟曹变蛟一点厉害看看。"说毕，他率领着中军和标营人马飞奔而去。

高夫人不敢怠慢，赶快跳下马，按照闯王的吩咐去办。她心里说："恶狗扑来，不能心疼肉包子啦。"她又想，"天哪，千万不要让闯王遇到高杰！"

她匆匆忙忙毫不吝惜地取出来许多金子、银子、绫罗绸缎、珠宝首饰，还有其他贵重东西，打成许多小包，又从腰间取下来一把短剑，交给贺金龙。这些金、银、珠宝之类的东西她都毫不心疼，惟独这把短剑，她拿出来的时候稍微迟疑一下。这是她心爱的一件东西，经常佩在身上。近来她曾经打算赏给慧英，但因为慧梅也想要，所以她暂时谁也不给，单等再得到一把名贵武器时同时赏赐。贺金龙看见她拿着短剑打量，有些舍不得，便笑着说：

"算了，夫人，这是个传家宝，留下自己用吧。"

高夫人看了他一眼，忽然心一狠，把短剑递给他，用干脆爽朗的口吻说：

"什么传家宝，拿去吧。闯王常说，自古想兴大事、立大业的真英雄都是只重人，不重宝货。只要能叫咱们打胜仗，能够突围，叫将士们少流点血，拿比这更宝贵的东西送给人也不心疼。快去吧，遵照闯王的计策相机行事。你是机灵人，能说会道，成不成就看你的了。"

把贺金龙打发走后，高夫人带着慧英、慧梅走上背后的一座土丘，遥望南边战场。因为中间隔着丘陵、小山、林木，她看不清真实情况，只能看见双方的旗尖儿在阳光下闪动，而官兵旗帜的数量很多。一阵阵的战鼓声和呐喊声从战场传来，震撼着大地，也震撼着她的心。她的心中七上八下，乱糟糟的。她多么盼望闯王去了能够使战局"化险为夷"，马上有捷报传来！

但是，她左等右等，等不到捷报，什么消息也没有。望望双方旗帜，也

看不出谁胜谁负。时间过得真慢，一刻好像一天。一功，你怎么不派人送个消息来呢？贺金龙，你们的计策可有效么？唉，多么叫人焦急啊！

怎么能放心呢？全军的命运都悬在今天的一战！再说，她也为自己的弟弟和丈夫挂心，特别是闯王。尽管她深知闯王的武艺高强，身边还有一大群亲兵亲将，但是她也明白，在沙场上不论武艺多么好，谁也说不定会有闪失。往日，每次闯王亲自参加战斗，什么时候不平安回来，她的心总是吊在半空云里，不能落实。何况今日的情形和往日不同。今日，官兵的人数比义军多几倍，还有像曹变蛟、贺人龙和左光先这些名将，还有翻山鹞高杰。她不愿往坏处想，可是坏的想法却老是不能摆脱。她相信天上有神，人间的是非善恶神全知道，所以她不断地在心中向神默祷，求上天保佑闯王和全军平安脱险。

在高夫人像一尊石像似的向南战场凝望的时候，她的侄媳黄氏，弟媳陈氏，还有几位大将的母亲和妻子都走上土丘，默默地站立在她的身边。当一阵呐喊过后，黄氏忽然看见李过营里的黑色旗帜好像在往后退，脸色刷地下来，忍不住把高夫人的袖子拉一下，紧张地低声说：

"婶子，你看！你看！……"

高夫人也心中一寒，但是她回过头来向黄氏的脸上看看，勉强一笑，用镇静的声调说：

"你跟着义军打了几年仗，什么大风大浪都经见过，怎么会这样沉不住气呀？"

"唉，我不知怎的，这颗心老是安静不下去，好像在锅里煮着似的。"

"你放心吧，咱们的人都是千锤百炼的铁汉子，会杀败官兵的。"

有一个妇人在背后怯怯地说了一句："可是咱们的人数比官兵少得多。"

高夫人回头一望，说："自古常言：兵在精而不在多。兵不精，多有什么用？"

从南边奔过来几个骑马的人，在一道山岗和树林的那边腾起来一溜黄尘。高夫人以为是闯王派人来送什么消息，心头止不住一阵狂跳。等那几匹马来到近处时，她才看清楚那头一匹马上骑的是医生尚炯，后边的几匹马上骑着他的一个徒弟和四名亲兵。

这位身材高大、瘦骨棱棱、四十开外的汉子昨晚一夜不曾休息，两只大眼窝比近些日子塌得更深，而鼻梁和眉骨也都显得更高了。他本来应该在行军时随着老营一道，但因为有一些挂彩的步兵走得慢，时常掉队，所以他就索性跟着李过的后队走。战斗开始后，他在李过和田见秀的队伍后面不远处树立了一面小红旗，上边绣着一个"医"字，为那些因负伤退下来的将士们医治。如今他知道前队战斗已停，有大批将士受伤，于是他就留下两个徒弟，自己往前面去抢救伤员。高夫人看见他来到面前，赶快一扬手叫他停下，匆匆走下土丘。他向背后的徒弟和亲兵们摆一下手，叫他们继续前去，自己却跳下马，向高夫人迎着走来。

"老神仙，后边的情形怎样？"高夫人低声问。

"夫人放心，闯王同一功一到，很快把官兵气焰压下去了。"

高夫人放下心来，又问："咱这边伤亡的人数多不多？"

"两军阵上，刀枪无情，当然有些伤亡。"

"将校们都是谁挂彩了？阵亡了？"高夫人悄声问，生怕被那些将校的家属听见。

尚炯也不隐瞒，告她说，重要将领如马世耀、谷可成和谷英叔侄等许多人都已经负伤，甚至有的负伤几处，只是因为战事万分紧急，不肯退下战场。当他报告这些将领的情况时，由于他心中实在激动，声音有点哽咽，三绺长须索索打颤。高夫人只觉心头一热，两眼登时潮湿了。她喃喃地赞叹说：

"咱们的这些兵，这些将……"

她的话没有说完，喉头突然被泪水堵塞了。尚炯伸出大拇指比了一下，笑着说：

"真不愧是闯王的部下！"

老神仙不敢多停，跳上马往北去了。许多眷属走拢来，围着高夫人打听战场上的消息。她的心中仍然忐忑不安，但是她不肯把自己的担心流露出来，带着满怀信心的神气微微一笑，说：

"你们都宽心吧，咱们的前队已经打了大胜仗，后队也马上要打胜啦。"

由于她平日的威信极高，加上她的镇静而有信心的表情，女人们都以为她已经从尚医生口里得到了可喜的报告，登时都把紧锁的双眉展开了。高夫人不愿听大家絮絮叨叨地问这问那，赶快向大家挥一下手，说：

"大家赶快抓紧时间休息，该吃干粮的就吃干粮。打完这一仗又得赶路啦。"

她打算重回到土丘上边，等候着闯王那方面的战斗消息。但是她刚走几

步，看见双喜带着一群亲兵，牵着战马，神色焦灼而激动地向她走来。她停住脚，等候双喜来到，觉得双喜有重要的话要对她说，也许是他得到了什么消息。双喜到了她的面前，像一个孩子似的咕嘟着嘴恳求说：

"妈，我在这里没有事，让我去吧。"

"往哪里去？"

双喜呼吸急促，吭吭哧哧地说："我……我爸爸和舅舅，去了一大阵，官兵的旗帜还没乱。我看情况有点不妙，不如让我赶快去吧。"

高夫人听到双喜说"情况有点不妙"，不禁背上一凉，心头上打个寒战，睁大了眼睛盯着她的养子，赶快问：

"怎么不妙？"

"咱们的人马少，利于速战，不利于缠磨的时间太久。我看，妈，不如让我去，出敌不意，拦腰插一拳，也许能够把敌阵冲乱。"双喜急急地说，不再吭吭哧哧了。

"你？"

"嗯。如今就要勇猛坚决，出奇制胜。"

"这……这太冒险啦。"

"俗话说，'骑马坐船三分险'，何况打仗，舍不得娃子逮不住狼，该下狠心时就得下狠心。妈，让我去吧！耽搁得久了更不好。"

高夫人也觉得双喜的话很有道理，但是她一时下不了决心。她打量了一下他的用布条儿吊着的左胳膊，不由地皱起眉头，说：

"你是昨晚挂的彩，只剩下一只胳膊，怎么好去打仗？"

"使剑是右手，左胳膊挂了彩没大关系。"

"可是你要带什么人去？不带人有什么用！"

"带我的亲兵去。"

高桂英望一眼站在双喜背后的十几名战士。尽管他们个个精神抖擞，毫无畏惧，但是她仍然十分踌躇。她知道，让这十几个人投进千军万马的战场中是去白送死，对战局起不了什么作用。目前在老营里，每一家眷属都有自己的几名亲兵，但没有超过十名的。她把各家眷属的亲兵扫了一眼，看见这些人们都已经自动地凑拢来，都在摩拳擦掌，跃跃欲试，并且有些人已经说出来愿意前去，但是她还是不肯下定决心。她想到战场上的事情千变万化，万一有小股官兵冲到老营来，没有了这些亲兵堵挡一阵怎么好？这担子她担负不了！当她正在踌躇不语的时候，罗虎频频地望双喜，双喜也向他丢眼色，悄悄地点点下颏。突然，罗虎走前几步，向高夫人大声说：

"我们孩儿兵愿意前去！"

高夫人一惊："你们？"

"我们去！我们去！"孩子们一片声地叫着，不待高夫人允许就纷纷上马，敏捷得像猴子一样。

看见这情形，高夫人感动得说不出话来。她实在不忍心使这些孩子们投入沙场。这些孩子们，谁是无家可归的孤儿，谁是阵亡将士的子弟，她差不多都知道；绝大部分孩子的大名和乳名她都能叫得出来。三四年来，她亲眼看着他们中间有许多人从流鼻涕的、又瘦又弱的小娃儿长成了十五六岁的、体格健壮的半桩孩子；有的，从听见喊杀声吓得啼哭的胆小鬼锻炼成勇敢的小战士，立过功劳。她经常为这些孩子们的衣服操心，为他们的病痛操心，而孩子们也把她看成自己的母亲一样。几个月来，因为几次意外的遭遇战和一次官兵直冲老营，使孩儿兵在英勇壮烈的战斗中牺牲了两三百人。她为这些阵亡的孩子们暗暗流过许多泪。她怎么能够下这个决心，派孩儿兵跟双喜一同前去？再说，按照闯王的命令，不到万不得已不许派孩儿兵上阵厮杀。如今算不算到了必须使用他们的时候呢？……

"让我们去！让我们去！让我们去杀败官兵！"孩子们在马上一片声叫着，有的激动得脸颊和脖子通红，而战马也在焦躁地蹬着蹄子。

高夫人没有做声。她望望远处战场，回头来望望在马上招展的、绣着"童子军"三个字的粉红色半旧绸旗，望望孩子们，下不了决心。双喜恳求说：

"妈，别担心，让他们跟我去吧。我管保马到成功，得胜回营。"

双喜的话还没落音，又一阵呐喊声和猛烈的战鼓声传了过来。随即，一个站在小山顶上瞭望的亲兵跑下来，喘吁吁地向高夫人禀报："好像我们左翼的旗帜在往后退。"高夫人的心上又猛地打个寒战，用决断的口气对双喜说：

"你们去吧。可是要切记着出奇制胜，冷不防打到敌人的致命地方。要是不能出奇兵攻敌不备，把你们这二百多孩子增加上去也不济多大的事。"

"妈放心。我知道了。"

双喜正要上马，早已忍耐不住的黄夫人突然说："姊子，叫我的亲兵也跟着双喜去吧，他们留在老营里也是闲着。"

高夫人点点头说："也好。留下一两个人，其余的跟双喜去吧。"她转回头望着自己的十几个亲兵说："张材、长胜、二拴，你们留下，别的都去。"

高一功的夫人陈氏和许多将校的妻子都要求让她们的亲兵也去，但是高夫人坚决地摆摆头，说：

"不用了。老营也需要人，不能太空了。"她又嘱咐双喜不要大意，然后对罗虎说："小虎子，要一切听你双喜哥的将令。虽说他只比你大两岁，可是打仗的经验他比你多得多。在平日他是你们的兄长，在打仗时他就是你们的小李将军，违令者该打该斩，他有全权。"

双喜和罗虎刚上马，高夫人忽然发现李来亨不知什么时候已经脱掉斗篷，骑在马上，夹在孩儿兵们中间。要不是他的银护心镜在阳光下特别显眼，几乎被他混过去了。她吃了一惊，严厉地喝问：

"来亨！你要做什么？"

"我跟他们一道去杀官兵！"

"下来！不准你去！"

李来亨看见高夫人的神色是那样严厉，不敢违拗，含着两眶委屈的热泪，垂头丧气地溜下马来。黄夫人已经慌张地来到他身边，把他往怀里一拉，责备说：

"一眼看不见，你就偷偷上马了！真不听话！"

李双喜说了声"起！"率领着三十多名亲兵和二百多名孩儿兵飞马向战场奔去。

高夫人望着他们翻过面前的土岭以后，吩咐各家的亲兵全部集合。她挑出极少数必须留下照料自己主人的弟兄以外，其余的四百多人编成一个队，派她的一个亲兵名叫高长胜的统带，也有临时的都尉、掌旗、部总、哨总①，以及什长和伍长等种种名色，因材授职，层层节制，井井有条。立时三刻，这一群原来不相统属的、乱糟糟的人马变成了一支组织严密、缓急管用的武装力量。当进行这个工作时，她是那么坚决、明快、胸有成竹，以及对各家的亲兵情形是那样熟悉，知人善任，比起一位老练的将军来毫不逊色。把这件事做完以后，她望一眼小来亨，看见他噘着小嘴，用手背揉着眼睛，随即用慈爱的口气说：

---

① 哨总——当时农民军中最低级的军官。

"孩子，你还太小。再过两年，我一定让你跟他们一起打仗。不要难过，快上马，跟我来！"

　　她上了马，带着李来亨，登上旁边不远一座较高的小山头，向南瞭望。

第九章

　　李自成率领着中军营和标营将士以最快的速度增援后队。翻过两道土岗，他看见漫山遍野尽是官兵的旗帜和人马，曹变蛟亲自挥着大刀，向李过的阵地冲杀，而李过拼死抵抗，仅仅能够使自己的阵线不乱。右翼方面，因为隔着一些丛林，看不清楚。左翼方面已经陷入混乱，有不少人退了下来。他吩咐高一功和张鼐带五百骑兵增援正面，帮助李过，自己带着一千五六百骑兵向左翼冲去。那些正在退下来的人们一看见闯王来到，立刻返身投入战斗。已经被敌人分别包围的将士们，正在奋勇苦斗，但已经不再打算胜利，而只是为着"多捞回一点本钱"。他们一看见"闯"字大旗，突然间呼声雷动，转守为攻，冲开了官兵包围，重新把战场的主动权夺到手里。

　　左光先的侄儿、参将左世雄，面如涂赭，绰号红面虎，在左营里是一位有名的虎将，平日左光先常夸他有"万夫不当之勇"，倚为军中长城。他追杀农民军正在十分得手，忽见闯王来到，便在马上狂呼大骂，声如虎吼，须发戟张，目眦尽裂，横刀跃马，来战自成，满以为立功封侯就在顷刻之间。不料李自成既不叫喊，也不说话，马疾手快，犹如闪电，但见寒光一晃，他还没有来得及招架，已被刺落马下，自成杀散左世雄手下人众，直取左光先的中军。

　　看见李自成带着骑兵冲杀过来，左光先立刻带着他的最精锐的标营相迎，在两座小土山中间的平川上展开了极其惨烈的血战。左光先所率领的是甘肃、宁夏骑兵，人强马壮，而他本人也是一个身经百战的总兵官，几年来在对农民军作战中获得过几次胜利，所以尽管左世雄已经阵亡，他仍然充满信心地进行战斗，企图一举击溃自成的主力，夺得首功，并为侄儿报仇。在过去他没有同李自成本人直接交过手。在战斗大约进行一刻钟以后，他不得不在心中佩服李自成果然名不虚传，真正是一位了不起的好汉。像李自成这样勇敢、沉着、机警、剑法熟练的敌将，他还是初次遇见。他同李自成有时碰到一起，单独交锋，形成将对将、兵对兵的厮杀局面；有时，因某一方的偏将和亲兵一拥上前，变成了混战局面。混战一阵，将对将和兵对兵的局面重新出现。有时我逼着你后退几步，有时你逼着我后退几步。两方面真是棋逢对手，都不能马上取胜。

尽管在进行着惨烈战斗，李自成还继续保持着相当冷静的头脑，一刻也没有忘掉整个战局。他明白时间拖长对他是很不利的：第一，农民军的人数有限，不能在一次战斗中消耗过大；第二，他的主要对手是曹变蛟，而不是左光先，如果同左光先缠得过久，正面阵地就有被曹变蛟突破的危险。当他同左光先厮杀了将近半个时辰的时候，他忽然把宝剑一挥，使他的骑兵向后撤退，他自己也拨马而走。左光先正觉得自己没法取胜，心中有点慌张，忽见李自成的人马后退，心中猛一高兴，说："到底你招架不住！"随即率领着人马追杀过来。但是他毕竟是一个很有经验的大将，看见闯王的人马在后退时部伍不乱，心中发疑，不敢认真追赶。追不远，忽见自成勒转马头，取弓在手，他心知中计，本能地把上身往鞍子上猛一伏，同时小声叫道："不好！"刚说出这两个字，只听当的一声，一箭射中他的盔尖，盔缨飞出一丈开外。他大吃一惊，勒住马头。正在这当儿，又听见嗖的一声，他身边的旗手应声落马，大旗倒在他的身上。他正在不胜惊骇，李自成率领着人马杀了回来。

如果是一般将官，在这样情形下很容易失去了迎战力量，回马而逃。即使不回马而逃，只要他惊慌失措，也会影响自己的部队，立刻瓦解。但是左光先尽管不胜惊骇，看见闯王回兵杀来，仍能大呼大叫地进行迎战，表现得非常勇敢。他手下的将士们看见主帅如此，也都有了胆量，战斗得十分顽强。不过左光先已经不希望取得胜利，只希望且战且退，使他的将士牺牲不大，最后退到一个地势较好的地方，拼死守住，不要溃败。他很明白，如果大败，可怕的不仅是多年的威望扫地，而是很可能被皇上派缇骑①逮入京城，斩首西市②，还要倾家荡产。所以他在退却时竭力保持着整齐的队形，不断地进行反扑。

李自成看清楚左光先是在苦撑，但是又不能够一下子把敌人杀得大败。

① 缇骑——明朝皇帝逮捕人的机关是东厂和锦衣卫。锦衣卫的骑校称做缇骑。去京城外逮捕文武臣僚由锦衣卫去办，不由东厂办。
② 西市——明代北京杀人的刑场在今西安门的西边，大拐棒胡同南口内。所谓西市就是指这个地方。清代刑场移于宣武门外菜市口。

这使他感到焦急和恼火。正在这时，在他的左边不远，隔着一座生满小松树的丘陵，突然腾起来一片黄色灰尘，同时听见左光先的步兵在高处大声叫着："贼又增援啦！贼又增援啦！"这支援兵冲进了左营的步兵中间，驰突砍杀，使步兵首先发生混乱，随即影响了骑兵，牵动全线。李自成想着一定是刘宗敏派刘芳亮或袁宗第前来助战，心中猛一高兴，趁着敌人的骑兵队形开始动摇，连着劈死两个敌将，又一剑洞穿了一个敌人的胸膛，杀开一个缺口，冲进了官兵阵内。他的骑兵虽然已经死伤了三四百人，但是一旦胜利到来，这一支人马就变成了一个非常可怕的、不可抗拒的伟大力量。官兵方面有组织和有秩序的退却终止了，跟着是一片混乱，争着逃命，互相践踏。左光先连斩了几个士兵，仍然制止不住全线崩溃的可怕局面，只好不再管手下将士们的性命如何，也无暇考虑名将威信、皇帝问罪等等问题，带着几十名亲兵落荒而逃。

闯王挥兵追杀了两三里路，停止再追，赶快把他的骑兵集合。收兵的锣声刚住，突然从丘陵间像旋风一样卷过来一队骑兵，来到他的面前，他才知道是双喜带着孩儿兵，而不是刘宗敏派来的人。看见双喜已经是这样善于用兵，孩子们是这样勇敢善战，而他们来得又恰是时候，他说不出有多么高兴。尽管他曾经命令双喜和孩儿兵都不要离开老营，但是他不能再责备他们。他匆匆检点一下人数，问明白孩儿兵的伤亡极轻，然后排好队形，带着大家向曹变蛟的侧翼杀去。

高夫人立马在小山头上，看着看着，忽然看见左翼战线上官兵的旗帜混乱起来，有的倒下，有的奔逃，随即又看见闯王的大旗在向前追赶。虽然距离很远，她看不清旗上的"闯"字，但是那白缨子和银枪尖却在太阳下闪着白光。原来太阳是惨淡无光的，似乎山山岗岗、枯草寒林，到处都染着凄凉的黄色，如今突然全变了，太阳是娇艳的，而大地呈现着鲜明的色彩。她的心突然从半山中落下来，不自觉地喃喃说：

"谢天谢地，又打胜了！"她转过头来，望着来亨说："亨，快下山去，给老营报信，给你妈报信，咱们在左边战场上已经得胜啦！"

激动和喜悦的热泪充满了她的眼眶，在大眼角滚动着，差点儿奔流出来。

刘宗敏因为不知道后队杀得怎样，亲自率领三百骑兵前来增援。等他奔到老营时，听说左翼已经大胜，便让队伍停住，策马奔上小山，亲自观看。

他看见左翼的战斗确实已经结束，空荡荡的看不见人马和旗帜活动；正面战场被较高的丘陵遮住，什么也看不见，但听见呐喊声和鼓声仍在继续。使他感到奇怪的是右翼，从旗帜的颜色上，他看出来是田见秀对付贺人龙，但是既没有喊杀声，也没有战鼓声，似乎官兵在缓缓后退，而我方跟着前进，并不猛追猛打。他向高夫人问：

"这边战场上是怎么回事儿？"

"刚才开始的那一阵，杀得可紧哩，后来就松了。"高夫人笑了一下，又说："闯王把贺金龙派到玉峰那里去，也许这一个计策使着了。"

刘宗敏心中明白，不觉笑了一下。他又向正面战场上听了听，说：

"曹变蛟也在后退了。闯王已经从左边杀过去，我再同田副爷①从右边杀过去，把他美美地收拾一顿。"

"好吧，机不可失。我在这里等着，看你马到成功。"

宗敏走后，高桂英仍然同男女亲兵们立马山头，向着战场瞭望。她还不晓得田见秀和高杰在阵前的见面情形，只是猜到派贺金龙去这着棋走得不错，不由地从她的带着征尘色的脸颊上绽开来一朵微笑。她望望骑马回到她身边的小来亨，叹口气说：

"唉，孩子，打仗不光要斗勇，也得斗智啊！"

当正面战场上厮杀得难解难分的时候，贺人龙也派出手下的两员猛将，一个叫周国卿，一个叫董学礼的向田见秀的阵地猛攻，都被田的手下偏将张世杰和刘希尧杀退。但是田见秀因曹变蛟率领着五千人马正在猛攻阵线的中央，情势十分危急，他不得不暗暗地抽出一半人马去支援李过，所以在右翼采取守势，禁止将士们向敌人追赶太远。周国卿和董学礼第二次攻来时，田见秀根本不出战，只命令将士们凭险呐喊，用火炮、弓弩向官兵乱射，使官兵不敢接近。周国卿和董学礼只好后退，一面飞报贺人龙，一面派偏将贺国英骂阵，想激怒田见秀出来决战。

贺国英是贺人龙的族侄，只有二十一岁，生得身材魁梧，满脸横肉，眉毛像两把笤帚一样。他起小在村中就是个顽皮孩子，打起架来天不怕地不怕，拼命猛打，非把别的孩子打败不肯住手。长大以后，因为他气力大，又会武

---

① 田副爷——田见秀的绰号。

艺，跟着贺人龙做一名亲兵。不到两三年工夫，他就因屡立战功，升为都司。他在当顽皮孩子的时候替自己起了个绰号叫万人敌，在本村和邻村很快地叫开了。来到军中以后，他的这个绰号也带了来，本名反而不响。甚至贺人龙也很少呼他本名。一遇到需要骂阵或冲锋时，贺人龙常常把他叫到面前，亲切地拍拍他的肩膀，骂道："万人敌，好小子，妈的穟，用着你啦，上吧！"或者亲自倒一大碗酒，说："来，喝下去这碗酒，好生去亮亮你娃子的本领，别给我丢人回来。"万人敌受此鼓励，倍加勇猛。如今周国卿正没办法，恰好贺人龙把他派来。周国卿大为高兴，先激他一下：

"万人敌，今日你顶好别出阵，要出阵得多加小心。田见秀左右有几个头目不是好对付的，你不一定是他们的对手。"

万人敌喷着酒气说："箅，我压根儿不把他们放在眼角！别说是他手下头目，就是田见秀本人也值不了俺的屌毛灰。让田见秀跟俺比武，要不活捉他俺不姓贺！"

"你要多少人跟你去骂阵？"董学礼问。

"只俺一个去，连亲兵也不带，多带一个人俺万人敌算是孬种。"

周国卿和董学礼商量一下，同意他一人骂阵，好把农民军引诱出来。周国卿平素有点讨厌他，心里说："好小子，倘若你吃点亏，领领教，以后就不敢在全营里趾高气扬啦。"可是董学礼担心万人敌万一出了事他自己会受到贺人龙的责备，嘱咐说：

"老弟，天外有天，你还是小心为上，不可大意。"

万人敌也不理会，挺着长矛，跃马出阵，破口大骂，单要田见秀出来比武。田见秀这时因见闯王的援兵尚无踪影，而左翼战场上连着来人告急，又把一部分人马分去救援，所以下决心对贺人龙"挂起免战牌"，任万人敌如何叫骂，只是不理。但将士们实在忍耐不住，也纷纷用粗话回骂，并要求出阵去活捉万人敌。田见秀装作没听见，干脆离开营门一箭之地，坐在马鞍上闭目养神。恰在这时，郝摇旗率领着三四百将士来到。田见秀大为高兴，立刻同郝摇旗转入田边小丘上，用鞭子指点着左翼和中央战场，商量起来。

刘希尧手下一个姓李的哨总也是个脾气暴躁的小伙子，对敌人的叫骂实在听不下去，勒马走到希尧的面前，忿忿地说：

"掌盘子的①，咱们闯王的人马什么时候受过这样气？咱们难道变成乌龟了么？你让我去把他捉来！"

刘希尧也正在恼火，本想自己出马擒万人敌，但因自己是重要将领，不能不严格遵奉田见秀的命令，只好忍气听着敌人叫骂挑战。他勒马营门，只等着万人敌来到百步之内，用箭把他射死，以泄心头之恨。但万人敌也很机警，总不到农民军的鸟铳和强弩的射程之内。希尧正在无计可施，见这个哨总请求出去捉拿万人敌，他就立刻同意了。他深知田见秀的宽厚性格，想着如果马到成功，自然可以不受责备，即令不成功，也不过把哨总痛骂几句，由他一讲情，可以不受重责。但他也知道这个哨总不是万人敌的对手，于是小声嘱咐说：

"你带十个弟兄去，要乘其不备突然冲到他身边，使他措手不及。还有，"他向田见秀方面瞟一眼，挤挤眼，又说："只当我不知道，去吧。"

李哨总立刻挑了十个弟兄，人和马都很精壮，突然开了营门，像十支箭一般向敌人冲去。万人敌是一个乖觉的人，已经防着这一手。等到李哨总等十一个人驰到他的身边时，只见他一根长矛纵横盘刺，又快又猛，转眼间被他刺倒几个，还有的带伤而回。李哨总也带了伤，仍然不肯退下，率领着余下的三个人拼命格斗，但实际上只有招架的功夫。万人敌正杀得得意，官军阵营中也大声替他喝彩，不料从农民军阵营中奔出一人，骑着五花马，手举长剑，大叫道：

"弟兄们都退下，看我来活捉这个姓贺的浑小子！"

万人敌立即撇开那四个人，横着长矛迎敌，也不说话，用矛就刺，但被来将用剑格到一旁；他跟着又刺一下，刺得更快更猛，巴不得一下子从来将的前胸捅到后胸。这次来将不用剑格，却表现出惊人的眼疾手快，用左手夺住矛，猛力一拉，同时右手中的长剑虚晃一下。万人敌在宝剑的寒光中将身子一闪，手中的长矛被夺走，扔在几丈以外。他正要拔剑，却被来将一把抓住他的腰中战带，提了过去，横放在马鞍上，同时听见骂道："不许动！你一动老子就砍掉你的八斤半！"他震惊异常，不敢挣扎，只看见马蹄飞一般地奔腾，地上的草呀石呀接连着闪过。"完了，完了！"他心里说，"再也别想活了。"当他被擒进农民军营中时，又被提起来往地上一抛。幸而抛到干枯的荒

_____

① 掌盘子的——当时农民军对负责首长的习惯称呼。

草中，没有把他的门牙碰掉。

"小子，你服气么？"马上的将领问。

"你是田见秀？"万人敌翻身坐起来，仰着头问。

"老子是郝摇旗！你服不服？"不等俘虏回答，郝摇旗在马上纵声大笑。

"我早就听说到你……"俘虏喃喃说。"快杀吧，笑个什么？老子二十年后又是一条好汉！"

这时田见秀已经走来。郝摇旗望着他问：

"怎么，田大哥，就送这小子回老家么？"

"不用急，留给闯王处理吧。"田见秀回答说，随即吩咐弟兄们把俘虏绑起来，拴在旁边的小松林中。

从战斗开始以后，贺人龙只叫参将周国卿和董学礼向田见秀攻打，自己却不上阵前。他不是不想立功，而是想等到曹变蛟和左光先快把敌人杀败时他才出马，不用过多的损兵折将就拿到胜利果实。他这半年来心中有很多牢骚，打仗时不肯像曹变蛟和左光先那样卖力。曹、左二人都早已升了总兵官，而他还是副将，这是他不愿卖力的第一个原因。曹变蛟的部队差不多有五千人马，左光先的也有三千五百人，而他的部队还不满两千五百人，这是他不愿卖力的第二个原因。他认为这两千多子弟兵是他的本钱，倘若再有重大伤亡，他就没有猴子牵了。还有第三个使他不肯卖力的原因是朝廷欠饷太多。到目前为止，他手下的官兵们已经欠饷五个月了。他很明白，纵然他自己想卖力，弟兄们也未必肯舍死拼命。

可是他正在等待曹变蛟和左光先的战斗结果，忽然得到周国卿的报告，不禁大惊。自己还没有擒斩一个"流贼"头目，平白地损失一员偏将，岂不被上司见责？他把眼睛一瞪，大声命令说："叫周、董两将军拼命攻打，不夺回万人敌提头来见！"

发出这一道严令之后，他也知道想从田见秀手中夺回万人敌并非容易，非他自己亲率将士们上阵猛攻不可，于是又大叫道："酒来！……擂鼓！排队！"

两个亲兵把早已预备好的酒坛子搬过来，替他斟了一大碗，又拿来一整只热气腾腾的熟羊腿。在震耳欲聋的战鼓声中，贺人龙一面歪着头看他的镇标营人马排队，一面大口大口地喝酒，吃肉。连喝了两大碗酒，把一只整羊腿吃去大半，他的镇标营人马也早已明盔亮甲排好队，等候出发。他扔下羊腿，扔开斗篷，刷拉一声拔出长剑，说声"上马！"一大群亲兵和将校随着他飞身上马，带着几百名骑兵和几百名步兵向田见秀的阵前奔去。

自从万人敌被擒以后，周国卿和董学礼就擂鼓呐喊，向田见秀的阵地进攻。但是他们亲眼看见一个敌将像老鹰捉小鸡似的活捉了万人敌，随后知道这个敌将就是郝摇旗，心中都有些畏惧，所以虽在阵前擂鼓呐喊，并不认真进攻。郝摇旗几次要出阵厮杀，都被田见秀阻止。见秀断定贺人龙必然会亲自出阵，率领全部精锐进攻。果然不到一顿饭工夫，贺人龙来到了。

贺人龙立马阵前，破口大骂。他仗恃人多，又乘着酒力，简直不把田见秀等放在眼里。田见秀正同郝摇旗商议如何出战，贺金龙飞马来到。他把闯王的计策对他们说出以后，郝摇旗还有点怀疑，觉得不如大家齐力杀出，把贺人龙杀一个落花流水，然后同李过并力去战曹变蛟，但是田见秀主意已定，说：

"摇旗，就用闯王的计策吧，如果不成，再同贺疯子血战不迟。目前咱们倘若能不损伤人马取胜，就是上策。"他随即用鞭子向小松林中一指，对贺金龙说："老弟，令侄贺国英在那里绑着，你去做个人情放他回去吧。"

田见秀把主力凭险埋伏，只派出两百名骑兵在小山前一字儿排开，叫郝摇旗和几位战将隐藏在这一排骑兵背后，他自己立马在大旗下边。贺人龙看见田见秀的人马如此单薄，十分轻视，挥剑跃马，直对田见秀奔来，大声喝道：

"田见秀，赶快投降！"

田见秀只带了几名亲兵，态度从容，缓辔出阵，拱拱手，面带微笑说：

"贺将军，我有几句话想与将军一谈，谈过后再同将军见个高下。"

"好，有话快说！"

"将军是米脂人，与我们李闯王同乡同里，应有同乡情谊，何苦逼人太甚？"

"呸！我是朝廷大将，你们都是流贼。我是为朝廷剿灭流贼，岂能管什么同乡情谊！"

"将军出身穷秀才，只因同义军作战有功，不满十年，升至大将。如果起义军剿灭，以后就没有立功机会。将军平时带兵不严，所到之处，烧杀淫掠，残害良民。民怨沸腾，恨入骨髓。一旦义军战败，将军对朝廷已无用处，鸟尽弓藏，兔死狗烹的时候就要到来。那时将军不惟无处立功，恐怕朝廷还要治你扰害百姓、杀良冒功之罪。因深知将军性情爽快，故敢冒昧直言，还请将军三思。”

贺人龙心里说："怪道都说田见秀在贼中很受尊重，果然有一套子！"他觉得田见秀说的话很有道理，有些话他自己在平日也同样想过。但是，他没忘自己是朝廷大将，对田见秀大声喝道："休得乱说！赶快下马投降，免得我一剑刺死！"

田见秀毫不在乎，接着说："再说，将军即使不讲乡谊，也应该讲讲族谊和戚谊。贵宗族参加起义的人很多，十三家里边就有两家的首领出在你们贺家。像赫赫有名的革里眼贺一龙是将军族弟，争世王贺锦是将军族侄，他们如今都在河南和湖广一带。我这里也有将军的近族和亲戚不少，他们都常想同将军一见。我田某决不投降，将军休作此想。等贵本家和令亲戚同将军见面之后，我愿同将军决一死战。"

田见秀说完话就退后几步。立刻从阵后走出来几十个骑马的将士，为首的一员青年将军在马上向贺人龙欠身作揖，亲热地呼唤说："四哥！好几年不见面，没想到在这儿看见四哥！"

贺人龙怔了一下，望着来将问："你是金龙？听说几年前你入了贼伙，还没有死？早该死啦，畜生！"

"别骂，四哥。几年不见，我做梦都在想着四哥。今日乍见面，好歹是你自家门儿里的兄弟，算来才出五服，门头并不远，有什么值得老哥生气的？干吗一见面就吹胡子瞪眼睛？难道咱弟兄们还要拿刀弄杖，杀得你死我活，叫祖宗在地下心中难过？"

"胡说八道！"贺人龙大声说。"你身入贼伙，罪不容诛，我不是你的四哥！看在祖先面上，我不杀你。快叫田见秀跟众贼将前来投降，不要执迷不悟，自走绝路！"

贺金龙从容地笑着说："四哥把话说差了。咱两个各行其是，各保其主，我不想劝你投降，你也不要劝我投降。可是兄弟还是兄弟，这是天生的宗族之亲，往上推几代，还是在一个锅里吃饭，同一双爷娘养的哩。四哥可以绝情，不认我这个弟弟，我可不能绝情，跟着四哥学。至于四哥说我身入贼伙，这话也不对。当年朱洪武打江山时，朝廷不也说他是贼么？朝廷无道，民不聊生，人们不造反有什么路走？我要是留在家里做庄稼，四哥，我同我妈怕早就饿死啦。即令我不饿死，也会给官兵炮制死啦。当然，四哥如今混阔啦，小百姓的死活，四哥是不关心的！"说到这里，贺金龙冷笑一声，接着说："四哥是穷秀才出身，十年前穷得没办法才投笔从戎。可是四哥，你一升了官就把穷人的苦处完全忘掉，到处纵兵害民，斩良冒功，靠着小百姓的鲜血和眼泪升大官，发大财。我这几年跟随着李闯王打富济贫，剿兵救民，活着心安理得，死后见得祖宗。四哥，咱们各自拍拍心口窝里四两肉，你休要责备我啦！"

"混蛋！尽是狗屁！"贺人龙向左右大喝："快！替我把这个小畜生绑了！"

贺金龙满不在乎地对贺人龙的左右笑着说："都别动手，我的话还没说完哩。"他又向贺人龙正色说："四哥，你虽无情，我可有义。我不能跟着你学。你想想，倘若你绑了我向朝廷献功，国英侄儿还能够活得成么？"

"国英在哪里？快快放回来饶你不死！"

"我们义军从来讲义气。大家一听说国英是我的侄儿，已经把他放了。"贺金龙回头向阵上一招手，说："国英，快回去吧，不要怕四哥责备！"

万人敌从田见秀的大旗后边走出，羞惭地往官军阵上走去。挑战骂阵的时候他是那样的狂暴和无赖，如今却低着头，没精打采。刚才他还在为自己的突然得救而庆幸，如今要他回营，他却感到无脸见人，同时也担心会受责罚。

贺人龙背后的将士们看见万人敌被放回来，大出意外，连贺人龙的心中也有点吃惊了。贺金龙趁着这时候丢开了贺人龙，向着人龙手下的两员青年将领亲热地招手叫道：

"国贤二侄，国勇六侄，你们近来都好吧？呀，我的天，今日是咱们贺家大团圆！没想到在两军阵前会看见这么多的亲人！"

他把缰绳提一提，想越过贺人龙往前走几步，但是他又怕万一贺人龙翻脸不认亲。于是他没有挪地方，又向贺国贤们一群人招着手儿，笑着说：

"来呀，往前来几步，叙叙家常。别害怕，让四哥怪罪我一个人好啦。"他又看着贺人龙，说："四哥，你别生气。连朝廷老子还爱他一族一姓，何况咱们！"

跟在贺人龙身后的亲兵爱将，大部分是姓贺的，其余的虽不姓贺，但不是沾亲，便是带故，不然也是同乡或近邻。至于贺国贤和贺国勇的亲兵们也

是一样。有人说过这话：如果把贺人龙麾下的老营将士几百口子人加以盘问，都可以找出来亲戚瓜葛，或者是直接血亲，或者是拐弯抹角的亲戚。按照贺人龙的说法，这是照顾乡亲，也是打不散的子弟兵。照他手下人们说法，这就是俗话所说的："朝里有人好做官"，"一人得道，鸡犬升天"。因此，经贺金龙一招呼，大家一拥向前，在两军阵上你呼我叫，纷纷谈话，互相寒暄，争着打听亲故消息。田见秀的骑兵也有许多米脂人，也不时搭腔说话。贺人龙喝禁了自己的将士，但是也明白在这样的情形下很难厮杀。他对田见秀大声说："田贼，你不敢同我交战，快去叫闯贼前来！"说毕，拨马自去。贺国贤和贺国勇，以及贺人龙的左右将士，不敢多停留，也跟着去了。

但是多数官兵并没跟着走。他们看见上边头头儿走后，越发没有顾忌，同农民军谈话更加亲热。有些不是米脂人的官兵也拉扯陕北延安府同乡关系，互相打听家乡情况，熟人音信。谈了一阵，贺金龙和他的亲兵们把身上的包袱解下来，取出金银、绸缎、首饰和其他贵重东西，分送给本家、亲戚和同乡作为礼物。田见秀也命令手下的将士们搬出来一些值钱的东西，送给乡亲。最后，贺金龙从腰里解下来高夫人给他的那把短剑，交给贺人龙帐下的一名姓贺的小校，说：

"这是我三年前打开凤阳皇陵时得的一把宝剑，你看，这剑柄是象牙的，镶着黄金，剑鞘是鲨鱼皮的，镶嵌着黄金、宝石和钿螺。据几位内行看过，说这是宫里边的东西，至少值三百两纹银。务请贤侄费心，替我呈给我四哥，说这是我的一点点小意思，不成敬意。日后遇见更好的宝物，另外孝敬。"

姓贺的小校因为已经接受了金龙的礼物，对这件委托满口答应照办。他把短剑拿在手里，笑嘻嘻地打量着，看见剑锋闪着寒光，而剑柄和剑鞘装饰的黄金、宝石和钿螺光彩耀眼，不觉连声叫道："嘿！嘿！我还是第一次开这个眼界！"一股口水啪哒落下来。贺金龙赶快从口袋里取出一只金钗，说：

"老侄，这个你也收下。"

"不，不。刚才八叔你已经给我不少东西了，哪能再要你的！"

"这不是给你，你收下以后我告诉你。"等到对方把金钗收下，贺金龙接着说："我知道你已成了家。遇顺便人回家乡时把这只金钗带给你媳妇，就说是我金龙八叔的一点小意思。"

收到礼物的官兵们皆大欢喜，没收到礼物的人们除羡慕外也很欢喜。在一片欢喜的气氛中互相恋恋不舍地道了别，各回本营。

田见秀料定贺人龙马上不能够对他进攻，立刻又暗中抽出来三百名骑兵交给刘希尧和贺金龙率领，往正面战场上支援李过。

　　在正面战场上，自从高一功和张鼐率领五百名骑兵加入战斗，田见秀又分过来几百名骑兵支援，开始阻止了曹变蛟的猛烈攻势。曹变蛟见敌人增加了援兵，同时从瞭望哨得到祖大弼等已经大败的报告，也担心自己吃亏，就暂时把大部分人马撤下来休息，只用小部队轮番进攻，等着左光先和贺人龙从两翼突破敌阵。知道贺人龙并不力战，他已经感到事情有点不妙，但仍然把希望寄托在左营身上。后来一见左光先被闯王杀败，而贺人龙也忽然后退，他心中大为吃惊。为着避免三面受包围，他亲自断后，把弓弩手和火炮手布置两翼，缓缓地向南撤退。当闯王率领骑兵接近曹变蛟的右翼时，曹变蛟立刻炮箭齐发，使骑兵不能前进。自成见曹兵的秩序不乱，士气不衰，为着避免牺牲人马，决定不再进攻，只监视着敌人退走。

　　这一仗，李过和田见秀所指挥的三千多人马死伤了将近一半，而闯王的中军营和标营也牺牲了五六百人。虽然官兵死伤的人数要多得多，但是由于农民军的数量有限，又不可能得到补充，这次战斗对他们的实力是一个严重打击。所以虽然胜利，闯王和几位大将的心中都不轻松。随后谈到这次对待贺疯子的办法很成功，自成的脸上才露出笑容。田见秀带着遗憾的口吻说：

　　"可惜你的计策只行了一半，还有一半没有拿出来。已经布置好要活捉翻山鹞，万一捉不住活的也要把他乱箭射死，可是他今日没有露面，不知何故。"

　　闯王没有做声，心中也觉遗憾。原来他的计策是要田见秀在阵前痛痛地责骂高杰的忘恩负义，趁高杰自觉理亏，精神缺乏准备的当儿，郝摇旗和贺金龙等突然冲出，将他捉到，以为叛主投敌者戒。由于高杰平素对田见秀很尊重，所以李自成认为这办法可以成功。如今这个该死的畜生到哪儿去了？难道离开了贺疯子的麾下么？

　　郝摇旗见自成不吭声，怕他为着高杰的事情烦恼，说道："李哥，快下令怎么办吧。大丈夫报仇十年不迟。下回遇到这个杂种，老子不会放他过山，哼！"

　　李自成让将士们稍作休息，吃点干粮，随即下令：轻伤的不离本队，重伤的跟随老营、立刻出发，继续向北急进。这时已经是未末申初时候。他希望只要在两个时辰中不再遇强大敌人，一到黄昏，他就不怕敌人追击；一夜

急行军，就可以冲到闵乡附近了。

刘宗敏率领援兵来到时，后卫部队已经开始整队出发。他简单地问明情况，不敢耽搁，又向前队奔去，临走时候，他对自成说：

"闯王，我还有话同你谈，咱们一起走吧。"

自成知道刘宗敏有重要话要对他讲，就叫高一功率领中军前进，他自己带着亲兵同宗敏飞马而去。奔了一段路，到了开阔地方，宗敏与自成并辔前进，忽然放慢速度，小声说：

"闯王，曹操的情形我已经从一个俘虏的口中问明白啦。……他妈的，真不是东西！"

"什么情形？"

"他率领九营①人马退到房县、均州大山中，如今已经向朝廷投降啦。"

自成大惊，神色一变，问："可是真的？"

"这个俘虏是孙传庭的随从，他正在战场上传达军令，受伤被俘。他的消息自然灵通。"

沉默一阵，自成心情沉重地说："曹操只图保全实力，不来接应咱们，已经是不大应该，倘再投降朝廷，不管真假，那就更不好了。"

"他这琉璃猴子，终究成不了多大气候！"

自成在马上加了一鞭，向前飞奔。刘宗敏等紧紧地跟在背后。追上老营，自成跳下乌龙驹，大声吩咐：

"把那个奸细拉来斩了！"

亲兵们立刻往路边树林中拉那个下书人，但发现在刚才战事紧张中，人们没有注意，这个人已经逃了。闯王脸色铁青，沉默片刻，没有责骂亲兵们，却冷笑两声，说：

"好吧，遇到大天王时一总算账！"

尽管已经确知洪承畴已经率兵来到潼关，同孙传庭并力挡在前面，并且也确知曹操已经在湖广投降，但目前形势使闯王没有从容回旋的余地，非拼死向前冲不可。他把鞭子一挥，中军营和老营的人马在他的面前整队启程了。

---

① 九营——崇祯十一年冬，罗汝才（曹操）率领的是一支联合部队。九营就是九家，各营的人数不同。除他自己的部队外，别的诸营并不完全服从他的指挥。除罗汝才外，较著名的还有过天星惠登相、花关索王光恩、兴世王王国宁等。这九营（股）农民军从河南来到湖北，表面向明朝投降，实际按兵观望。因部队驻扎在房县、均州一带，所以通称房均九营。

农民军的后卫部队刚刚开拔，曹变蛟和贺人龙就紧紧地追赶上来。左光先把人马整顿一下，又把原来留守在后方的人马补充上来，也随在曹变蛟的后边追赶。李自成命令李过等切勿恋战，尽速赶路，所以后边只偶尔有一些小的接触。

现在农民军已经没有了步兵。步兵一部分牺牲了，一部分因为从战场上夺得许多马匹，变成了骑兵。这样大大地加快了他们的行军速度。在一个时辰之内，他们差不多前进了五十里，把追赶他们的步兵扔在二十里以外，只有官军的骑兵一步不放地盯在背后。十月天最短，眼看就要黄昏。农民军看见太阳落在山头，刚刚松了口气，突然前边一声炮响，左右丘陵间伏兵齐起，喊杀震天。李自成这时正走在老营前边，吃了一惊，向前方和左右一望，随即拔出剑来，镇静地自言自语说：

"又开始了。"

第十章

陕西巡抚孙传庭在潼关南原预设了三道埋伏来截击李自成。第一道埋伏被农民军冲杀得纷纷溃逃，只起了消耗农民军有生力量的作用。但是这种结果，对作战有经验的孙传庭是早就料到的。他认为，如今李自成是在他布好的口袋里边寻找生路，以必死决心向前冲，头一道埋伏的地形又不够险要，自然难以将李自成包围歼灭。作战的规律总是"一鼓作气，再而衰，三而竭"。他相信经过上午的一场大战，又加上继续行军，李自成的士气已经是"再而衰"了，所以他把更大的兵力摆在这第二道埋伏上，并亲自督战。至于第三道埋伏，他只配备了少数兵力，准备截击溃散的农民军。

他虽是文进士出身，但是由于他生在尚武好斗的雁门关外，自幼习武，性喜谈兵，加上几年统兵打仗，举止言谈都不带那个时代的文人习气。今天，这位四十六岁的巡抚身披铁甲，头戴铜盔，立马高冈观望。他的四方脸孔冷如铁块，带着自信、傲慢和威严难犯的神气，使左右不敢正视。望着李自成的前队和中军在经过长期行军和上午的大战后仍然部伍整齐，他情不自禁地在心中赞叹：

"闯贼果然不凡！"

眼看着闯王的前队走进埋伏，他的心又兴奋又紧张，同时从紧闭的嘴角流露了一丝若有若无的微笑。他几乎是屏息地望着面前不远的农民军，轻轻说："刀来！"一个随从立刻把一柄大刀捧给他。他手横大刀，回头对一群将领说：

"数载经营，成功就在今天。你们必须生擒逆闯，上报朝廷，不可使一贼漏网！"

他的话刚完，只听一声炮响，几处伏兵齐起。孙传庭大吼一声，横刀跃马，冲下冈去，同时总兵马科按照预定计划，率领一支精兵直取闯王老营，企图将农民军截为两段。于是一场众寡悬殊的、两年来未曾有过的大混战开始了。

曹变蛟听见北边的杀声暴起，立刻督催诸军加速前进。左光先在右，贺人龙在左。骑兵在前，步兵随后。鼓声动地，喊杀连天。大小旗帜满山遍野，在惨淡的夕阳下随风招展。转眼之间，他们追上了李过和田见秀率领的断后部队，厮杀起来。

李自成派出贺金龙带一百骑兵去抢占左边的小山寨安顿老营之后，就带着高一功、李双喜、张鼐和中军营的全部将士投入战斗。他首先以不可抗拒的攻势向马科冲去，转眼之间把敌人的步兵冲得七零八落，跟着把马科的骑兵也冲得立脚不住，纷纷后退，使敌人企图截断老营，把农民军分别包围的计划成了泡影。马科斩了一个小校，仍不能制止住溃退形势，便只好拨马而逃。闯王追杀一阵，回头来增援前队。

刘宗敏在混战中看见了孙传庭的大纛，就撇下了面前的敌人，直向孙传庭冲去。但是离孙传庭还有一箭之地，他和他的几百名骑兵被孙传庭的标营层层地包围起来。孙传庭熟知刘宗敏在农民军中是一名犷悍善战的首领，他的地位仅次于闯王，便下令一定要捉住活的，以便献俘阙下。官兵的气焰正盛，得到这个命令，个个奋勇上前，大声叫着："活捉刘宗敏！活捉刘宗敏！"听着这种叫声，刘宗敏越发恼火，战斗得越发勇猛，像一只狂怒的狮子，一面挥动双刀乱砍，一面大声吼叫。有一个敌将刚到他的面前，猛然听见他大吼一声，马匹惊得一跳，还没有来得及招架，就被刘宗敏劈倒马下。宗敏的双手和袖子上染满鲜血，马蹄也早已被死伤者的鲜血溅污。但是孙传庭的人马众多，而且是训练有素。他杀到东边，东边的敌人纷纷后退，但阵容毫不混乱，使他没法冲破，同时西边的敌人像潮水似的涌来。当他回马去砍杀西边的敌人时，东边的敌人又杀了回来。他的身上负了几处轻伤，手下的兵将只剩下两百多人，其中一部分也负了伤。

黄昏的灰色烟流混合着马蹄践起的黄色尘埃笼罩着丘陵起伏的高原。刘宗敏相信在天黑以后就有突围的办法，一面战斗一面鼓励着身边的同伴。有一段时间，战斗得那么紧张，竟然听不见有谁呐喊，只听见武器碰武器的铿锵声，受伤者的低而短促的呼叫声，杂乱奔跑的马蹄声和脚步声。正在这时，刘宗敏听见一个熟悉的声音在叫他投降，他抬头一望，透过浓重的暮霭，发现叛徒大天王立马在前面十几丈远的小土丘上，望着他大声呼喊。刘宗敏大吼一声，胡须直竖起来，眼瞪得差不多眼眶迸裂，而他的菊花青战马同时纵

身腾跃，冲向前去。围在前边的官兵猛一惊骇，人马纷纷向两旁闪开。当他到了土丘跟前时，大天王并不同他交锋，已经逃走。他驰上土丘，没有找到大天王。官兵又像潮水似的把土丘层层地包围起来。但是官兵对刘宗敏和他的手下人都已经有点畏怯，不敢再猛烈进攻。刘宗敏也让自己的人马略作休息，等机会杀出重围。这一片战场，突然在紧张中沉寂下来。

偏将马世耀和李友紧随在宗敏左右，三匹高大的战马并排而立。这两个勇猛的小伙子也都负了轻伤，但是他们正像俗话说的，已经"杀起了性子"，对这种沉寂的局面反而感到不耐。看出来官兵的劲头儿已经衰了，马世耀望着宗敏的脸孔，小声咕哝说：

"冲出去吧？"

刘宗敏没有做声，好像没听到他的说话。李友向宗敏的脸上瞟了一眼，随即同马世耀交换了一个眼色，接着向宗敏小声请求说：

"冲吧，我在前边！"

刘宗敏仍然没有做声。对于包围他的官兵方面的情况，他比手下的将校们看得更清。尽管他是被差不多七倍的敌人包围着，但是他觉得如今敌人已经对他没有多大办法了。凭着从几个地方传过来的喊杀声音，他判断出闯王和刘芳亮等几支人马都在继续同官兵混战，杀得很起劲，因此他觉得他以二百多人把孙传庭的一千多精兵吸引在这个地方对闯王很有好处。他相信等天黑后杀出重围并不困难，除非孙传庭再增加新的人马。在这片刻里他也曾经向最坏的结局想过。他想，即使万一孙传庭增加了生力军，使他同二百多亲兵爱将杀不出去，也没有什么，最要紧的是能够使闯王突围出去，保住"闯"字大旗不倒。这样想着，他要拖住这一支陕西抚标①的打算更加坚定。

这时，许多地方都在进行着惨烈战斗，喊杀声震天动地。刘宗敏向周围四处瞭望，望不见孙传庭的大纛，心中问道："莫非他去围攻闯王么？"他忽然改变主意，向左右看了眼，将右手中的宝刀一挥，说：

"随我来！"

孙传庭本来打算先将刘宗敏的一股人马歼灭，亲自督战，悬出赏格，围攻很久，竟难如愿。正在这时，他看见李自成已经杀败了马科和几员大将，

---

① 抚标——由巡抚直接统带的军队，即"巡抚标营"的简称。

在战场上纵横驰骋，所向无敌。于是他留下一部分人马继续围攻刘宗敏，亲率手下一部分精锐将士和洪承畴派来的两千名生力军去包围闯王。

从混战发生以后，农民军虽然战斗得十分勇猛，以一当十，但由于人马过少，地形不利，加上人饥马乏，损伤十分严重，很快地被分割成许多部分，各自迎敌，不能相顾。李自成起初还能够掌握主动，寻找对象，分别杀退敌人。到了后来，这种主动权渐渐失去，东冲西闯，只是要救出被官军包围的人马，设法把部队向东边的小山头上转移。但是空前困难的局面并没有动摇他突围的信心。当孙传庭亲自横刀跃马督率三千多名精兵杀到闯王附近时，闯王的身边只剩下不到五百名骑兵。他正在掩护别的部队往小山上撤退，还有一些部队分别与官军苦战，摆脱不开。闯王手下的将士看见这种情形，大多数面现惊慌之色。有很多人只怕被大敌包围之后闯王一旦有失，全军就没有救了。李自成看出大家的心情，并且看见两个亲将同张鼐都焦急地向他的脸上望，好像是在问："是退呢还是冲杀过去？"

一眼就可以看出，孙传庭直接率领的标营人马确实训练有素。在这一片比较开阔的平地上，孙传庭的人马采取半包围的形势稳步前进，两三百骑兵配置在两翼，步兵走在中间，孙传庭和几十名亲兵亲将骑着披有铁甲的蒙古战马走在步兵前边。旌旗飘扬，战鼓动地，枪刀剑戟在夕阳的余辉中闪着寒光。李自成匆匆地对两个亲兵吩咐了几句话，他们飞马离开队伍，躲避着官军的拦截，向不同的方向驰去。

"闯王，怎么办？"小将张鼐大声问，脸皮绷得很紧，等待着闯王下令。

李自成没有做声，等待着敌人前进。在他同孙传庭之间有一条大路。在北方的黄土原野上常看见这样的大路：一年年被牛车轧，又被雨水冲刷，像一条干涸的沟，上边有七八尺宽，有的地方有一丈多宽。北方人把这样的路叫做大路沟。李自成知道这条大路沟对自己很有用处，但是它离自己的人马太近，不利于向前进攻。于是他叫将士们持箭引弓，分两批缓缓地后退二十几丈远，凭借一座土丘列成阵势，孙传庭一攻到离大路几丈远处，看见农民军引弓待发，就把人马停住。他相信只要他的人马越过大路，李自成的盔甲不全的四五百骑兵决不是他的对手。但是他想着困兽犹斗，何况李自成又是个十分骁勇善战的人。为着希望不战而消灭自成，好使他的抚标不受损失，前去北京勤王，于是他对带在身边的大天王说：

"你同闯贼是表兄弟，从前你们之间的感情很不错。如今闯贼已成釜底游

鱼，亡在顷刻。你到阵前去向他晓谕：只要他赶快投降，本抚院可以上奏朝廷，赦他一死。去！"

大天王虽然明知道李自成一定不降，但不敢说出口来，毕恭毕敬地接受命令，勒马奔至大路边上。他知道自成的箭法如神，吓得他脸色灰白，心头乱跳，但他既要故作镇静给孙传庭看，又要竭力使李自成看出来他心怀坦然，所以没到大路边就脱掉头盔，向自成遥遥招手。

"自成表弟！自成表弟！"他大声喊叫。因为双方的鼓声暂时停止，所以人们听出来他的声音中带有掩饰不住的惶恐。

"这不是大天王小子么？"有人在闯王的身边小声问。"闯王，我给他一箭吧？"

闯王回答说："等一等，听他有什么话说。"

老兵王长顺咕哝说："他这个淹死鬼，准是想勾别人下水。有话，让他娘的去鄸都城说吧，咱不听！"

但闯王不下令，谁也不敢射出一箭。大天王又大声说：

"表弟，请你往前走一走，我同你说几句话！"

自成把镫子轻轻一磕，乌龙驹向前走了四五丈远。他不让别人跟随，只有张鼐和亲兵头目李强手持弓箭跟在背后。

"你有什么话要同我说？"自成大声问。

"自成！咱们是表兄弟，又是郎舅之亲，还都是高闯王提拔的爱将，好多年同患难，有恩无怨。如今我因你兵败至此，眼看着要全军覆没，特意来向你进言。老弟，你听听愚兄的忠言吧！"

"你是想劝降么？"

"是的！我是实心实意地为你着想，请你务必听从我的话……"

"我明白。你不用说了。要让我投降，请你们孙巡抚亲自说话。"

"好，好。我请抚台大人来说话。"

大天王回去一说，孙传庭认为大概李自成有意投降，便在一大群亲兵亲将的护卫下来到路边。把大刀横在马鞍上，他傲慢地向李自成看了一眼，大声问道：

"李自成，你愿意投降么？"

"孙巡抚，历年打仗，人民死亡流离，白骨如山，我心中十分不忍。近来鞑子入塞，包围北京，深入畿辅。我李自成听到这消息不由地怒发冲冠，恨不能率领手下将士与清兵决一死战，为国家吐一口气。听说皇上有诏，要你与洪总督率师勤王。倘蒙抚台大人不弃，我李自成愿随同东征。但请抚台大人许我四件……"

"哪四件？"

"第一件，官军让开一条路，使自成暂到灵宝或阌乡，整顿人马，召集旧部，先做东征准备。第二件，朝廷发给粮草饷械，不得歧视。第三件，自成所部人马听调不听编，更不得设计消灭。第四件……"

孙传庭勃然大怒，说："尽是狗屁！外御夷狄，朝廷自有安排，何用尔流贼说话！本抚院体上天好生之德，赐尔等自新之路。倘仍执迷，死在顷刻！你还不赶快投降，更待何时？"

李自成冷笑一声，不再答话，勒转马头便走。孙传庭很担心闯王会从他的手中逃掉，赶快对麾下将士大叫说：

"有擒斩闯贼的赏银万两，官升三级！赶快追杀，不要使一贼漏网！"

顿时，战鼓与杀声并起，孙传庭的骑兵和步兵纷纷地抢越大路。大路有的地方只有二三尺深，有的地方四五尺深，甚至一人多深；有的地方坡度很抹①，有的地方很陡。当官军越过一半时，人马纷乱，前后拥挤，只有没有过来的还大体保持着严整阵容。孙传庭已经过来，顾不得整好队伍，麾军向前，要捉闯王。闯王正等待这个难得的战机。只见他把花马剑挥了一下，农民军方面的战鼓突然响起来，同时向官军射出了一排箭，一声"冲啊"！四五百骑兵随着他向前冲去。马蹄腾踏，刀剑乱闪，大路这边霎时间成了一片恐怖世界。孙传庭在开始时也惊慌失措，尤其是当闯王冲到他的面前，把他同少数亲兵亲将围在垓心猛攻时，曾经从他的脑海里闪过一个"大臣临难不苟生"，准备自刎的念头。由于他的左右将士拼死抵抗，后边的人马又蜂拥越过大路来救援前队，孙传庭很快地在大路边站稳了一片阵地，杀退了闯王的进攻。闯王因自己的人马很少，不愿意同孙传庭死拼，转回头进攻那些立脚未稳的部队。这样虽然可以杀伤较多的官兵，但也给孙传庭一个机会去组织力量进行反扑。不到一顿饭工夫，马科率领一支人马也赶到了。孙传庭依靠他的人数众多，夺得了战场上的主动地位，把李自成的人马包围起来。

混战是空前惨烈的。李自成尽管人马很少，总希望在这一战中杀败孙传

---

① 抹——陡的反义词。北方土话。

庭，以便今夜突围，所以他利用骑兵的行动迅速，忽分忽合，有时向孙传庭的步兵猛冲，有时突然直取孙传庭中军，有一次已经夺得了孙传庭的大纛，又一转眼被官军夺了回去。在混战中，他的"闯"字旗也一度被马科手下的一员小将夺去。农民军拼命去抢，双方在大旗周围死伤累累，总夺不回。农民军不见了"闯"字大旗，顿时军心动摇，而官军欢声雷动，认为自己已经胜利，到处呼喊："快投降！快投降！"在这千钧一发之际，李自成带着张鼐等十几个人像闪电般地冲来，官军挡者披靡，"闯"字大旗又回到农民军的手中。农民军重新看见高举的"闯"字大旗，爆发出一片雄壮的欢呼和喊杀声，震慑敌胆。刹那间，闯王和他的十几名亲兵亲将冲到马科面前。马科见他来势凶猛，拨马便走。只听张鼐骂了句"去你妈的！"马科的掌旗官登时被他的宝剑劈死落马。他正伸手去抓马科的大旗，被一群官兵拼死抢走了。

由于双方的人数悬殊，情形对闯王愈来愈不利了。他正在心中焦急，不知他派出的两名骑兵是否找到了刘宗敏和袁宗第，忽然看见官军背后西北角的阵容大乱，四散逃跑。他立刻带着人马向西北角冲去，随即看见一支人马杀到，刘宗敏一马当先，一双大刀在黄昏的烟霭与飞尘中闪着白光，所向无敌。李自成与刘宗敏会合之后，正准备向南杀去，将人马拉到小山头上，忽见东南角的官军也被杀开一个缺口。大约有三百左右骑兵，为首的是袁宗第，手执铁鞭挥舞，官军纷纷让开一条血路。等他奔到李自成的面前时，自成忙问：

"老营怎样了？"

"刚才有一支官兵包围了老营，混战一场，给一功救出来，送到那座小山上啦。孩儿兵和亲兵们损失不少，他妈的！"

"后队呢？"

"也来了一场混战，双方的人马都损失不少。如今曹变蛟们不再进攻了。"

"咱们的战将中有谁伤亡？"

"我不清楚，只听说摇旗挂彩了。"

自成一惊，赶快问："伤重么？"

"不清楚。"

自成看看孙传庭和马科又督率官军包围上来，立刻把骑兵整顿好，向东南且战且退。孙传庭追赶一阵，因暮霭已经很重，加之步兵疲乏，随即鸣锣收兵。李自成见官军不追，便带领着人马向小山头缓缓退去。

经过上午和黄昏前的两次大战，农民军只剩下两千多人，其中有三分之一都带了轻伤或重伤，有许多人挂了几处彩，如今退守在山寨里和小山脚下。这座山寨没有人烟，除掉一座很小的山神庙以外没一间房屋，也找不到一眼井。大概在几十年或百年以前，这里曾经住过人家，经过大乱，居民死的死，逃的逃，寨里变成了瓦砾堆，连井也填死了。很显然，孙传庭看见这是一个绝地，所以不派官兵驻守，故意让给农民军前来占领。缺水给大家带来了很大痛苦。特别是受伤的人们更需要水喝，喉咙里像冒火一样难受。

　　面对着缺水情形，李自成心情烦恼，想不出好的办法。他自己也很渴，喉咙冒火，而且浑身困乏，但是他不休息，在战士们中间走着，给大家鼓励和安慰。当战士们望见他时，想着闯王同大家一样忍受着干渴，而他比大家辛苦得多，便都用感动的目光望着他，精神振作起来，不再咒骂。那些受伤较重的弟兄，看见他走到身边，或听到他的说话声音，连呻吟也没有了。弟兄们常常凑到一起，关心地互相打听着将领们和熟人们的伤亡情形。当人们知道闯王连轻伤也没受，不但顿时放下心来，而且觉得全军还有希望，决不会完。人们在私下说：

　　"咱们闯王当然不会挂彩。人家是大命人，犯星象！"

　　但是当闯王走过以后，隔了一阵，人们的心情又焦躁不安起来，咒骂和呻吟之声又起了。

　　在月光下，李自成看见一个高大的人影，背插宝剑，腰挂药囊，手拄枪杆，一瘸一瘸地在荒草和瓦石堆中走着，向一个呻吟最厉害的伤员走去。自成叫住他，小声问：

　　"老尚，挂彩的这么多，你没有办法么？"

　　"药完了，有什么办法？"

　　闯王失望地咂一下嘴唇，望着医生默不做声。医生摇摇头，避开了闯王的眼睛。他从没有看见过自成用这种含着痛苦的眼神盯着他。几个月来，不停地行军，不断地打仗，药品大量消耗，而买到的机会不多。往往买药的人刚派出去，部队又开走了，使买药的人追赶不上。有时，买药的人被官兵或乡勇捉去，人钱两失。看着这些挂彩的弟兄们没药医治，不要说自成的心中难受，医生何尝不心里疼痛？他向前走近一步，叹口气说：

　　"好药只剩下一点儿，不能不留下来以备急用。有些受伤的将校，有些特别伤重的，我自然要给他们上一点贵重药的。"

潼关南原大战

李自成的脸上没有笑意，点了点头。

"你腿上挂的彩怎么样？"他问。"骑马碍事么？"

"这一点轻伤算得什么！几年来受这样的轻伤也不是一遭两遭，还能够挡住我骑马打仗？"

自成叹息说："你也该歇歇了。"

"闯王，如今挂彩的人太多，医生少啊。杜家寨留了一个，刚才又受伤一个，徒弟们只剩一个人啦，怎么能忙得过来？再说，有些伤重的，我不亲自动手也不行哪！可惜我教出来那个好徒弟……"

他提起来半月前牺牲的那一位得意门生，心中猛一酸，下边的话就和着热泪咽下去了。正在这当儿，一位青年将领匆匆走来，顾不得先向闯王招呼，望着医生说：

"老神仙，请你快去。我那里有一个小头目刚从战场上找到抬回来，快断气啦。"

"伤很厉害？"尚炯问。

"肚子上戳了一刀，肠子流出来啦。"

"唉，又是一个肠子流出来！走吧，只要他没有断气就有办法。"

李闯王想问一问这个受伤弟兄的姓名，但怕耽搁时间，没有张口。他正在目送着医生的背影，忽然一个小头目来到他的身边，双手捧着一件东西，说：

"闯王，快喝水。"

"水？！……从哪儿弄来的水？"闯王两眼发光，惊喜地注视着小头目捧的东西。

"离这里二里远有一条水沟。我带着两个弟兄去偷水，刚偷偷摸摸地到了沟边，就给官军的巡逻瞧见了。可是我们总算喝了水，还带回来一猪尿泡！"小头目得意地笑着，把水举得更高，说："闯王，你快喝吧，快喝吧。"

李自成正渴得十分难过，双手接过来盛水的家伙，一股冰凉的感觉登时从手心透入心脾，说不出的爽快。他又打量一眼装得满满的猪尿泡，觉得这些水简直不够他一个人解渴。他对小头目称赞说：

"好，你们真行！"

他打开捆猪尿泡口子的细麻绳，贪馋地喝了一口，在干得发疼的口腔中漱了漱，然后咽下去，一股凉爽的感觉从腹中散满全身。因为猪尿泡是士兵们平日装烧酒的东西，所以水中还带有一点儿酒气。李自成重新把嘴唇对着猪尿泡口子，正打算像"长鲸吸百川"似的痛痛快快把水喝下肚去，忽然几处伤号的呻吟声，将士们因干渴而发出的叹息声，隐约地传了过来，他的心中一动，想了一下，只再喝一小口润润嘴唇，便把猪尿泡的口子捆扎起来，原物递给小头目，吩咐说：

"快拿去吧，让那些渴得特别厉害的弟兄们都喝一口。"

"闯王，你……"

"拿走吧。我肚子有点疼，不敢多喝。"

小头目还要说话，但闯王挥手使他快去，转身走了。

一天来惊涛骇浪的战斗生活，使高夫人的脸孔比往日瘦了许多。当老营被敌人包围，发生混战的时候，她表现得稀有的勇敢和沉着。多亏她上午把各家眷属的亲兵组织成老营护卫队，在这次战斗中发挥了很大作用。当指挥老营护卫队的高长胜阵亡之后，她立刻叫医生尚炯接替了他的地位。尚炯指挥的护卫队，罗虎指挥的孩儿兵，还有一部分伤员、文职人员、年轻妇女，都以高桂英为总的首脑，根据她指示进退，保护着老营的辎重和眷属。当局势十分危险的时候，她总是用镇定的口气对周围的人们说："不要慌，不要害怕。我们的救兵马上会到，我们会把他们杀败的。"她的这些话和她脸上的坚定神色，给周围的人们增添了无限力量。有一次她的亲兵们想保护她母女俩杀出重围，她坚决不同意。"胡说！"她严厉地责备说。"我们怎么能撇下老营不管了？今天不是大家齐心齐力杀败官兵，就是一起死在这儿！"尽管在混战中老营不免受到了惨重损失，但到底支持到救兵赶来，杀退了敌人。如果她那时听了几个亲兵的话稍有动摇，老营就要瓦解了。

自从把老营撤到这座很小的荒山头上，高夫人几乎没有坐下休息，就带着两个女亲兵去帮助医生们替将士裹伤。在裹伤中间，她从慧梅的手里接到一块烤得半生不熟的马肉充饥。后来她听说这山上树林中有一座残破的山神庙，就留下两个女亲兵继续替将士裹伤，她自己怀着一颗虔敬和沉重的心，去山神庙烧香祷告。从庙前回来，又去看孩儿兵们。

经过黄昏的这场大混战，孩儿兵牺牲很大，只剩下几十个人。现在他们靠着寨墙的一角，围着三个火堆坐着，在火上烤马肉。地上铺着干枯的荒草和树叶。那些过分疲倦的和受伤的孩子们都躺在地上，其中有的已经睡熟。

看见高夫人来到，孩子们都要站起来，被她用手势阻住了。看见孩子们牺牲惨重，她的心中十分难过，往肚里咽着热泪。同孩子们说了几句话，她看见那个生得眉清目秀、聪明伶俐的王四眼睛红红的，似乎刚才哭过。她走近他的身边，拍拍他的头顶，问：

"小四儿，你刚才哭了？为什么哭了？"

小四儿因为有几个同他最好的孩子阵亡，刚才忍不住哭了一阵，如今经高夫人一问，感到不好意思，赶快藏起自己的眼睛，喃喃地掩饰说：

"我没哭。是烟熏的。"

罗虎怕王四会又忍不住哭起来，赶快插嘴说："夫人，你知道么？要不是小四儿去得快，来亨就完事了。"

高桂英点头说："可真是，多亏小四儿救了来亨。这孩子真行，真行。"

孩儿兵在黄昏前保护老营的勇猛作战情形，现在还激动着高夫人的心。在混战开始后，不仅像罗虎们这班较大一点儿的孩子们拼命冲杀，不稍后退，连小来亨也表现得非常不凡，可以看出来他长大后准定是一员了不起的虎将。在紧急时候，小来亨完全脱离了她和黄氏的管束，混在孩儿兵中同官兵战斗。那时惨烈战斗就在她的面前和左右几丈远的地方进行，所以她看得十分清楚。当李来亨第一次用自己的剑劈在一个步兵的头上，眼看着敌人在他的马前摇晃着倒了下去，他始而惊骇，继而感到新奇和兴奋，对别的孩子们大声叫着："我砍倒了一个！我砍倒了一个！"他的胆子越杀越壮，常常独自冲入敌人的步兵群里，砍杀几下，迅速地拨马而回。最后一次，当他正在呐喊着向敌人冲杀时，一支箭嗖地射中他的肩上，他突然栽下马去。看见一个骑马的官兵正要俯下身再用枪刺来亨，高夫人的心中猛一凉，想着完了，不料恰好王四赶到，从背后砍死了这个敌人。几乎同时，另一个孩儿兵也赶到跟前，把来亨从地上救了起来。可惜这个帮助王四救了来亨的孩子在混战中陷入敌人包围，英勇阵亡。

"来亨的伤不要紧吧？"王四望着高夫人问。

"不要紧。再过十天八天，又可以跟你们一起玩耍，一起打仗了。"

高夫人离开孩儿兵去找闯王，在老营的树林外碰到一起。她悄声问他：

"你打算怎么办？"

"正要同捷轩他们商量。"

"你不要耽搁时候，今晚杀不出去可不行啊！"

"打算在三更以后突围。"

"也好。人马太困乏了，就三更以后动身吧。"停一停，她又问："你打算从哪条路上突围？"

闯王一向很尊重桂英，就问："你看？"

"我看，不如来个回马枪，从南边杀开一条血路冲出去。"

闯王点点头。他向桂英的脸上打量一眼，在月光下他看出来她精神疲惫，眼窝深深地陷了下去，不禁小声说：

"你也该歇歇了。"

她摇摇头，痛苦地叹息说："没有药，没有水，挂彩的将士们都在……"她哽咽一下，没有把"痛苦呼唤"四个字说出来，接着说："你叫我怎么能不管啊！"

闯王没再说什么。他们互相望一望，各自走了。但走了几步，闯王忽然转回头来问：

"那位背锅老头还跟着老营吧？"

"他又受了一点轻伤。想不到他还能打仗，用栎木闷棍打倒了几个官兵。……你是想突围时还叫他带条子么？"

"总得有几个条子熟的人才行。"

"唉，事不宜迟啊！"

闯王嗯了一声，向老营驻扎的林中去了。

第十一章

孙传庭匆匆地吃过晚饭，不顾身上疲困，骑马到战场上巡视一周，还到李自成被围困的小山脚下一里处看了很久，对今夜要擒斩李自成满怀信心。根据他的判断，李自成经过今天的两次大战，所余剩的不会超过两千人，已经没有突围的能力。为着集中全力一鼓歼灭李自成的残余部队，他下令撤销第三道埋伏，调那里的两千生力军火速前来，听候布置。当传令官拿着令箭飞马去后，他得意洋洋地转回老营。

自从他受任陕西巡抚以来两年多的时间中，他已经为朱明王朝建立了不少功勋，在当时的封疆大吏中被视为难得的干练人才。他的才能不仅表现在指挥作战方面，也表现在与军事有关的其他方面。例如在整顿屯垦积弊、充裕军饷问题上就有出色表现，很受皇帝嘉奖。原来在二百几十年前，西安周围实行军屯，不知从什么时候起，屯田大半被豪强霸占，也有被欺隐的，无从查对。国家在需要时，要饷无饷，要兵无兵。孙传庭雷厉风行地进行整顿，只在几个月的时间内就收到很好效果，计得实额兵丁九千多名，饷银十四万多两，米麦二万多石。在整顿过程中，霸占屯田的官绅不敢公然阻挠，却唆使西安的兵痞鼓噪反对。孙传庭逮捕了一大批，当时斩了十八个，杖责了十一个，把反抗的风潮镇压下去。由于这一措施的成功和在军事上的连续胜利，他变得十分自负和骄傲，常有"剿平流贼，舍我其谁"的想法。陕西、三边总督洪承畴是他的上司，又是他的座师，他也有些不放在眼里。今天他已经把李自成杀得只剩下两千多人，包围得铁桶相似。他认为多天来希望捉到李自成献俘阙下的事已经十拿九稳地要实现，很想在马上吟一首诗来歌咏今日的战功。但刚刚思得一句，尚未凑成一联，忽然中军参将刘仁达飞马迎来，告他说制台大人马上要到老营见他，有重要话当面相谈。孙传庭断定是北京的虏情紧急，朝廷又催促他同洪承畴火速勤王。一想不久就要同清兵作战，他的诗兴全完了。

当孙传庭回到老营时候，一大群幕僚和将军在帐外迎候。他对僚属们略微点头，对其中有些人好像根本就没有看见，昂首阔步地走进大帐。他刚刚坐定，这一大群人已经跟了进来，用各种阿谀逢迎的言词称颂他神机妙算，"指挥若定"，果然使李自成陷于绝境，还称颂他如何在战场上横刀跃马，气吞河山；大旗指处，"悍贼"披靡。经此一番奉承，孙传庭把害怕同清兵作战的心理暂时放下，向几个地位较高的幕僚问：

"据各位看来，闯贼今晚能逃出我的手心么？"

"当然不能，当然不能。"几个声音同时回答。

有一个幕僚随即拿出一个斗方①，双手捧到他面前，躬身笑着说：

"这是卑职刚才写的一首七绝，敬请大人指教。"

孙传庭接过来斗方看了一眼，见诗题是《战场口占，仍用前韵，恭呈孙抚台》，随即慢声吟诵：

> 疆臣豹略妙如神，
>
> 三载功高百战身。
>
> 今夜渠魁齐授首，
>
> 君王从此不忧秦。

这位幕僚今天连这首诗已经写了四首七言绝句，歌颂孙传庭的战功，都是用十一真韵，颇得孙传庭的称赏。看了这首诗，孙传庭更加高兴，以手击案，连声叫好。其余的幕僚们跟着叫好，摇头摆脑地评论着这后一句写得如何恰切和得体。孙传庭把这首诗重吟一遍，说道：

"如此好诗，真可浮一大白！"

左右的随从们都熟知他的脾气，立刻拿出来一壶新丰名酒和一只大杯子放在他的面前，并替他斟满杯子。孙传庭也不让人，甚至连那位献诗的人也不睬，端起酒杯子一口喝干。

"拿奏稿来！"他轻轻地说了一句。

立刻，一位幕僚把早已拟好的奏稿呈到他的面前。这份奏稿前边说赖皇上威灵，将士用命，以及总督臣洪承畴指挥有方，得以次第歼灭各股"流贼"，使"闯贼"流窜计穷，陷于绝地。跟着大肆渲染一天来的战绩，把李自成方面死伤的人数夸大为"不下数万"。最后一段有几句空起来，准备等明天

---

① 斗方——明末士大夫喜欢把他们做的诗写在一种四方纸上请别人看，这种纸叫做斗方。

早晨誊清以前填上李自成及其手下重要首领何人被擒，何人阵斩，何人投降。奏稿的结尾是："所有立功将弁及出力人员，容后查明奏报。"他对于这个奏稿还算满意，只提笔把"所获甲仗无算"一句改为"贼伏尸遍野，遗弃甲仗山积，诚十年来未有之大捷"，然后他把笔向案上一扔，用威严的低声说：

"拿塘报来！"

当孙传庭阅读塘报的时候，说过奉承话的幕僚们踮着脚尖儿鱼贯退出，留下的少数人都肃静无声，注意着抚台大人的脸上表情。孙传庭对这些人们是退出去还是留下来并不注意。幕僚们很细心，总是把好的塘报放在上边，免得他先看见坏塘报，心中一厌烦，连别的塘报都不看不打紧，还说不定大发脾气。他先看的一份塘报是报告张献忠在谷城保境安民，似是实心投降。看毕这份塘报，他轻轻点点头，把塘报往地上一扔，举起酒杯子一饮而尽，又拿起第二份塘报。一个幕僚赶快弯下身子把扔在地上的塘报恭敬地拾了起来。一个亲兵同时又把杯子斟满。孙传庭心中实在畅快，不自觉地站起来，把右脚蹬在桌茵上。另一个年纪小的亲兵立刻替他掌着蜡烛。他看的这第二份塘报是报告罗汝才自从被他孙巡抚在潼关外杀败之后，率领九家"流贼"逃到房县和均州一带，向朝廷投降，愿意替朝廷保境安民，自耕自食，不要朝廷粮饷。看了这份塘报，从他的嘴角流露出一丝骄傲而得意的微笑，左手将塘报往地上一扔，右手端起杯子来一饮而尽。正在他低头拿第三份塘报时，不知道是由于他自己没注意，还是由于掌烛的小亲兵实在太困倦，打个盹儿，烛火燃烧了他的鬓发。他用手掌在鬓边一抓，将火扑灭，没有烧着几根。那个惹祸的小亲兵吓得面无人色，放下蜡烛，双膝跪下，浑身簌簌打颤。孙传庭向他看了一眼，立刻有两个亲兵过来，将小亲兵从地上拖起，推出大帐。左右幕僚们相顾失色，没人敢吭一股气儿。过了片刻，孙传庭已经坐下去阅完第三份塘报，中军刘仁达走进军帐，躬身问他对刚才的那个亲兵应如何发落。他没有抬头，没有向中军看一眼，也没有稍微踌躇，低声说出来两个字：

"斩了！"

刘仁达跪下去说："求大人恩典！姑念他整日作战，不曾休息，致有此失，饶他一死！"

孙传庭抬起头来，狠狠地向中军看了一眼，说："不要啰唆，快斩！"

"是！"刘仁达不敢再求，从地上站了起来，一边慢慢退出，一边向幕僚们递着恳求的眼色。

幕僚们互相观望，随后都用眼色要求那位因善于做诗受到巡抚另眼看待的同僚出来讲情。他走到巡抚面前，恭敬地作了一揖，说：

"请老公祖息怒。方才这个亲兵虽然罪不容诛，但请老公祖姑念他过度疲倦，实出无心，法外施仁，饶他一条小命。今日我军空前大胜，眼看闯贼全部就歼，举国欢庆，请勿以细故斩人，致成美中不足。况古语云：'大火流金'。按五行，火能克金。金者兵象，又指西方。今晚烛火烧了大人鬓发，正应在经此一战，大功告成，兵气销尽，朝廷从此无西顾之忧，与拙诗中'君王从此不忧秦'之句不期相合。此是大大的吉兆，老公祖何必动怒？"

这位幕僚的几句话使孙传庭的心中感到舒服，拈着胡须，沉吟不语。全体幕僚一见这事情有些转机，纷纷求情。孙传庭向立在旁边的一个亲兵一摆头，说：

"打他两百皮鞭！"随即又加了两个字："狠打！"

这个命令从孙传庭口中轻声地说出来，却被传令官用大声传了出去，而帐外一呼百应地向远外传去，真是威风凛凛，杀气森森，说句话山摇地动。

孙传庭继续阅读塘报。这一份塘报是报告革、左等股"流贼"在大别山中潜伏，未敢出山大掠。他没有看完，把塘报扔到地上。外边打人声和哭叫声传进帐来，但他好像并没注意，又看第五份塘报，是详细报告河南各处大灾，"土寇"蜂起。他看完后扔到地上，去看第六份。这一份塘报说淮、泗一带"土寇"蜂起。他不自觉地把眉头轻轻地皱了一下，把塘报扔到地上。第七份塘报是说清兵深入，高起潜在卢沟桥失利。他摇摇头，扔到地上。刘仁达走了进来，躬身禀道：

"禀大人，已经打过了。"

他没抬头，没用眼睛看，用鼻孔嗯了声。刘仁达蹑脚蹑手地退了出去。他看的第八份塘报是说清兵继续深入，已经到了易州和涿县一带。他把塘报往地上一扔，还有两份不再看了，叹口气说：

"满鞑子已经深入畿辅！"

替他从地上拾塘报的那位幕僚把一叠塘报放在桌上，说："大人不必过虑。今夜一战将闯贼消灭，大人即可与制台大人前去勤王。大军一到，京畿一带就马上转危为安了。"

孙传庭没有回答，举杯在手，默默地饮了半杯，把杯子抛在案上，又把下巴一摆。那个亲兵会意，把酒壶和酒杯撤走了。他深知手下的将校一听说

潼关南原大战

143

要去同清兵作战就心惊胆战，谈虎变色，加上他认为自己虽然对"剿贼"有丰富阅历，但对清兵作战从无一点把握，何况清兵的锐势正盛！但是他不愿将这话当众说出，只好默不做声。

从大帐外传进来一声吆喝："总督大人驾到！"跟着，中军匆匆进来，对他说：

"禀大人，总督大人已经来到帐外。"

没等孙传庭来得及出帐恭迎，洪承畴已经走了进来。孙传庭率幕僚们在大帐门里躬身迎接，说：

"恭迎恩师大人！"

洪承畴很随便地向大家拱拱手，说："战场之上不用多礼。你们各位今天都十分辛苦了。"

孙传庭同幕僚们赶快回答："大人才辛苦了。"

洪承畴和孙传庭坐下以后，幕僚们除一两位最亲信的、经常参与军事密议的人留下之外，其余的都退了出去。孙传庭欠身说：

"大人连日鞍马辛劳，不在通洛川大营休息，亲来敝营，不知有何训示？"

洪承畴用带有福建土音的蓝青官话说："几日来我们连奉数道圣旨，要我们速将闯贼荡平，星夜率师勤王。皇上的火爆脾气，你我都是知道的。今晚我又接到兵部十万火急檄文，催促勤王。万一逆贼漏网，不惟皇上见罪，也使我们数年心血，功亏一篑。"

"恩师放心。依门生看来，闯贼经过今日整日大战，只剩下两千多人，其中有不少是妇女、儿童和伤号，能够打仗的不过一千多人，且均疲惫万分。如今被我军重重包围，粮草断绝，水源亦无，只得杀马而食。他们已是飞走路绝，恰似釜底游鱼，或降或死，别无他途。"

洪承畴拈着胡须，成算在胸地微微一笑，说："白谷兄，你未免把情况看得太容易了。"

孙传庭不觉一惊："门生看得容易？……请大人详示。"

洪承畴说："困兽犹斗，何况是李自成与刘宗敏等？以学生看来，今夜三更，他们必然要突围出走。万一堵截不住，岂非功亏一篑，遗患无穷？"

"恩师不必过虑。门生已经准备好一封谕降书，正要请恩师过目之后，派人送往贼营。倘彼等束手就降，则我军就可以兵不血刃，降此元恶巨寇。如其不降，我军即于五更进攻，四面截击，必能一鼓歼灭，不使一贼漏网。"

洪承畴摇摇头："李自成不是肯降的人。"

"从前李自成冥顽不灵，不肯投降。如今情况不同，彼必肯降。"

"未必，未必。"

"流贼中以张献忠与罗汝才人数最多，作乱亦较闯贼为早。今张、罗二贼先后就抚，朝廷免于诛戮，前例俱在。闯贼失去呼应，以孤立无援之贼抗数省精锐官军，势穷力竭，陷入绝地，逃死无门。情况如此，故门生料其必降。在今日阵上，闯贼已露出降意了。"

"已露出降意了？"洪承畴仍然不信，注视着传庭的眼睛问。

"当时闯贼愿意投降，但求率领贼众抵御东虏。门生恐其行缓兵之计，重弄欺骗官军逃出车厢峡故智①，不准所请。我想，如今彼已知我们非陈奇瑜可比，倘派人前去谕降，赦以不死，定然自缚来归。"

洪承畴又笑了一笑，说："白谷兄既然料贼必降，不妨试试。倘彼等愿意投诚，也免得我军将士再有死伤。"

孙传庭向亲信幕僚们瞟一眼，说："拿谕降书来！"

一个亲信幕僚赶快把准备好的谕降书呈给巡抚，巡抚又转呈总督。洪承畴看了谕降书后，望着孙传庭狡猾地拈须微笑说：

"白谷兄，我看还是以你巡抚的口气谕降为好。"

"恩师以宫保部院之尊，久任总督，德高望重，威名赫震，流贼闻之丧胆，故请用恩师名义谕降，更易成功。"

洪承畴推诿说："可是我的印不曾带在身边。"

"门生立刻派人把谕降书送往大营用印。"

洪承畴见不好再推，点头说："也罢，就送到学生的大营去用印，但须派一个得力的人前去谕降才好。"

"学生打算派降贼大天王高见随中军参将刘仁达同去，恩师你看如何？"

洪承畴很明白他的用意，但故意表示诧异。因为孙传庭好胜心强，他常用大智若愚的态度对他；倘若传庭在某些问题上虚心向他请示，他就拿出来老成练达的真面目，对传庭所疑虑的问题分析入微，独具卓见。现在他看见

---

① 车厢峡故智——崇祯七年五六月间，李自成、高迎祥、罗汝才和张献忠等各路起义的部队在陕西省兴安县境误入车厢峡，四面山如刀削，只有一个口子被官军堵死。十几万人马被围困在这个绝地，粮草断绝，无法出去，又下了一个多月连阴雨，弓弦都脱了。自成用计贿赂总督陈奇瑜及其左右，伪言投降，骗陈奇瑜放他们的大军出峡，军势复振。

潼关南原大战

传庭过分自信，骄气横溢，就暂时装着糊涂，问道：

"为什么要派大天王？万一闯贼不降，恐怕连他也回不来了。"

"大天王投降以后，尚未为朝廷立功。派他前去劝降，正是给他立功机会。这种人反复无常，留下未必可靠，万一回不来，亦不可惜。"

洪承畴不再说话，只是拈须微笑。孙传庭向帐外叫：

"传中军刘参将同高见进帐！"

只听帐外一声传呼，随即大天王跟在中军参将刘仁达的背后走了进来。他们向总督和巡抚行了礼，肃立候令。孙传庭把谕降书交给刘仁达，吩咐说：

"你同高见拿着这封谕降书立刻到总督大人的行辕用印，然后去到贼营，面见闯贼，将谕降书给他，并要晓之以大义，动之以利害，叫他们立刻投降。速去，不得有误！"

中军参将刘仁达说了声"遵令！"正要退出，不料大天王高见扑通一声跪到巡抚面前，慌乱地说：

"求抚台大人恩典，小的实在不能前去，不能前去。"

"这正是你立功的好机会，为何不去？"

"李贼向来对投降朝廷的人最恨不过。如今大人叫小的前去劝降，不惟无效，恐怕小的一落入他的手中就活不成了。"

"胡说！他现在无计求生，岂敢杀害你么？本抚院倘无十分把握，决不会令你前去。你何必如此胆怯？"

"不是小的怕死，是小的深知李自成的为人……"

孙传庭的脸色一变，大喝道："本抚院军令如山，你敢抗命不前去么？"

高见在地上叩着响头，连说："小的不敢。"他想着若是不去，被孙传庭治以违令之罪，拉出砍头，倒不如硬着头皮前去，也许有一丝活路。于是他哀求说：

"小的此去，凶多吉少。倘若不幸被闯贼杀害，恳大人可怜我的老婆孩子，给他们一点抚恤，免得饥饿流离，小的在九泉之下也永感大德。"

"你放心去吧。"

高见又磕了一个响头，才随着刘仁达退出大帐。

"凡是投降的贼，都是怕死的没出息货！"孙传庭十分蔑视地骂了一句。洪承畴收敛了脸上的狡猾微笑，说："以学生看来，谕降书未必有效，还是以布置军事要紧。"

"请恩师指示。"

"白谷兄，据你看，倘若逆贼突围，将从何处冲出？"

"倘若逆贼突围，必从西南与东南两路。"

"何以见得？"

"逆贼经此一战，知大人亲率大军在北，必不敢自投死路。曹变蛟劲旅在南，倚险扎营，闯贼也不敢向南突围。西有华山，东北有潼关，正东驻有重兵把守，连飞鸟也难越过。西南为贺人龙把守，兵力较弱；东南为左光先把守，今日损兵折将很多。门生料他如想突围，必定选择这两条路冲出。"

洪承畴含笑点头："白谷兄久历戎行，果然料敌不差。有兄在此，学生何忧！军事上将如何布置？"

"请恩师下令。"

"由你巡抚下令也是一样。"

"恩师代天子总督诸军，亲莅战阵，岂有门生下令之理。"

"既然我兄如此过谦，学生就不再推辞了。可惜来不及传谕几位总兵前来，面授机宜，只好派人口传军令了。……"

洪承畴正在沉吟，一个孙传庭的亲信幕僚走前一步，躬身说："方才听说几位总兵与副将大人都来向抚台大人请示机宜，因见制台大人正在与抚台大人谈话，不敢进来，仍在外边恭候。"

"啊？这就好了！"洪承畴高兴地说。"传马科、左光先、贺人龙三位将军进帐！"

只听一声传呼，三位大将快步进帐，向总督和巡抚参见以后，肃立听令。洪承畴先说了几句慰勉的话，然后说明了今夜李自成如不投降，必会从西南或东南冲出。他命令贺人龙速将所部人马秘密地移到东南角上，与左光先协力堵截东南一路；命令马科将所部人马移到西南角上，设好埋伏，不得稍有疏忽。他因为断定李自成向西南冲出的可能性最大，所以一再说这一路特别要紧，叫孙传庭亲自率领巡抚标营精锐移驻西南角上的险要去处。最后他站立起来，说：

"诸位深受国恩，务望努力杀贼，以报皇上。倘能将李自成与刘宗敏等巨贼捉到，献俘阙下，上释九重之忧，下振军民之气，国家当不吝封侯之赏。如敢作战不力，致有一贼漏网，本总督有尚方剑在，决不宽容！"

三位大将同声回答："甘当军令！"

潼关南原大战

147

三位大将正要退出，忽然被总督叫住。洪承畴在他们的脸上扫了一眼，看见他们的神气都充满着信心，心中欣慰，但是他叮嘱说：

"各位不要因为今天我军大胜，闯贼残余无几，就有点骄傲大意。李自成智勇出众，且得部下死力，不同于其他流贼，望诸位千万要多加小心！"

"一定小心！"三将同声回答。

"还有，我听说李自成之妻高氏虽不熟悉武艺，但是为人也是智勇兼备，刚毅果决，深得众贼爱戴。诸位倘遇高氏，务必将其生擒，一同献俘阙下。"

"遵令！"

三将退出以后，孙传庭恭敬地说："门生此刻就率领标营移驻西南角上，请大人在此休息，等候闯贼投降回音。"

"好吧，白谷兄多辛苦了。学生在此稍候一时，如闯贼拒不投降，学生也要亲去兄处督战。"

"请恩师不必劳神。门生定不使一贼漏网。"

"但愿兄马到成功。"洪承畴把孙传庭送到帐外，拍拍他的肩膀，语重心长地说："白谷兄，皇上三下严诏，再赐尚方剑，其焦急的心情，可想而知。今夜如不能全歼逆贼，将李自成等阵斩或生擒，不要说影响我们勤王大事，也难免不惹皇上见责。闯贼既悍且狡，不可大意。"

"门生知道。"

洪承畴没有立刻回到帐中，站在寒风中，望着人马在苍茫的月色下匆匆移动……

第十二章

　　闯王的帐篷已经损失完，老营就设在山头上的小树林里。落叶满地，有一些乱石可以坐人。背后是一块巨大的岩石，可以挡住北风。明月徘徊林梢，地上树影婆娑。刘宗敏和几位重要将领都已到齐，围着火堆烤马肉。从宿营以后，总管就派人到战场上牵回来许多匹受伤的战马，分给各营宰了吃，老营也留了一匹。吃马肉既可以把干粮节省，在缺水的情况下也比吃干粮容易下咽。闯王还没回来，大家已经在谈论着今晚如何突围的事，刘芳亮和李过争着要打前锋。正在争着，李自成走进来了。

　　闯王刚在火边坐下，正要同大家商量如何突围，把守在山脚下的偏将马世耀走进树林，报告说：

　　"禀闯王，洪承畴派一中军参将和大天王一道，随带亲兵十名，前来下书，我叫他们在山下等候。要不要带他们上来？"

　　"大天王一道来了？"自成问，觉得意外。

　　没有等马世耀回答，郝摇旗不顾身上挂彩，一跃而起，大声骂道：

　　"畜生！竟然敢前来送死！让我去宰了他！"

　　袁宗第也愤怒地说："光宰了他还不够。给他个大开膛，看他的心是不是黑的！"

　　自成把右手轻轻一摆，说："你们都坐下，别暴跳如雷，看我的眼色行事。……世耀，书子在哪里？"

　　"在那个参将手里。他说他要亲自把书子交给你，听你的回话。"

　　"好吧，带他同大天王来见我。只准他二人上山，亲兵概不准带。"

　　马世耀走后，郝摇旗重新坐在石头上，望着闯王问："李哥，你还想让高见活着回去么？"

　　闯王没有回答他，把大家扫了一眼，说："他们是拿着老洪的书子来劝降的，咱们怎么回话？"

"怎么回话？"刘宗敏轻蔑地冷笑一下，说："杀了他们，叫老洪知道咱们是铁汉子，决不投降！"

田见秀摇头说："用不着杀下书的人。叫他们回去告诉洪承畴说咱们不投降就得了。"

"田大哥，大天王给你送了什么礼物，你还想留着他的狗命？"郝摇旗讥讽说。

田见秀笑一笑，没有回答。

袁宗第向大家说："大家看，咱们来个假降行不行？"

"假降？"李过不以为然地摇摇头。

袁宗第说："要是能骗过一时，让咱们脱离包围，未尝不可试试。怕的是洪承畴和孙传庭不会上当。"

李过说："洪承畴和孙传庭都不是陈奇瑜，别想骗住他们。咱们宁为玉碎，不为瓦全。能突围就突围，万一出不去，跟他们拼到底吧。纵然战死，浩气长存，让后世说起来也不丢人，还可给世人树一个宁死不屈的榜样，虽死犹生。像大天王这样无耻苟活，还不如死了的好！"

袁宗第拍拍胸脯说："好！补之！还是你说得对！我袁宗第从造反那天起就没打算在床上善终。咱们活是好汉，死是英雄，要投降还不如头朝下走路！"

李过接着说："何况咱们总会冲出去一些人。只要'闯'字大旗不倒，就有重振旗鼓的日子！"

刘宗敏大声说："补之说得对。还是我的主张干脆：杀了来使，立刻向官军进攻，杀开一条血路出去！"

李过说："那也用不着杀来使，玉峰叔说得对，让他们给洪承畴带一句回话好了。"

中军报告，敌将已经上山。刘宗敏将大手一挥，除他和闯王之外，所有的将领都从火边站起来，分两行肃立。这时中军牌刀手早已分作两行站队，从树林中一直排到林外。马世耀先进来，向自成禀报说敌将和大天王已经带到。自成拍一下袖头上落的木柴灰，不动声色地说：

"带他们前来。"

敌将刘仁达原以为李自成已经溃不成军，老营中乱作一团，没料到竟如此军容整肃，威严难犯，不禁心中怦怦乱跳。就在这刹那间，他觉得他大概没希望转回去了，很后悔没有向亲随人和朋友们嘱咐几句话，但又想着，不嘱咐也不要紧，巡抚大人定会抚恤他的家属。不过他尽管心中害怕，却又横了心宁死不辱使命，不在"流贼"前失去面子，所以故意装得目空一切，旁若无人地迈步前进。随在他背后的大天王高见被迫来见闯王，虽然竭力想把生死置之度外，不在众人面前流露出内心恐惧，但是不行，愈走近闯王的老营愈是面如死灰，两腿瘫软又打颤，像犯人被拖上杀场一样。两个由孙传庭派来的谕降使者就怀着这样不同的心理，紧跟在马世耀的背后，穿过两行怒目而视、刀剑闪光的牌刀手，来到闯王面前。

李自成和刘宗敏坐在岩石上一动不动，用冷冰冰的眼神望着两个使者。火在地上烧得很旺，照得他们风尘色的脸孔通红，更显得神色威严。大天王为着向大家讨好，相隔几丈远就装作亲热的样子大声招呼，连连拱手，灰白色的脸上堆着极其不自然的笑。但是没谁理他，只有闯王用鼻孔嗯了两声，算是回答他的殷勤招呼。他看见这一招并不灵，就不敢再做一声了。刘仁达抱着豁出去的决心，在火堆边立定，带着战胜者的傲慢神气，向自成问：

"你就是李闯王？"

"我就是。洪总督派你来有何贵干？"

"总督大人因见你们人马死伤殆尽，已被重重包围，插翅难飞，体上天好生之德，网开一面，谕令尔等速速投降，免遭杀戮。如若尔等执迷不悟，胆敢抗命不降，一声令下，四面大军杀上山来，玉石俱焚，老弱不留，尔等就悔之晚矣。常言道：识时务者为俊杰。请勿自走绝路，快快投降！"刘仁达用一只手把谕降书往闯王面前一送，又说："这是谕降书，你自己看看。降与不降，立刻决定，我好回禀总督大人。"

郝摇旗刷地拔出剑来，抢前一步，大声喝道："畜生！你敢如此无礼，老子斩了你的狗头！"

刘仁达猛然一惊，谕降书从手中落到地上，离火堆只有一尺多远。他本能地拔出剑来，准备抵抗。但看见在一瞬间有五六个义军将领都拔出剑来，将他和大天王四面包围，他赶快老实地插剑入鞘，并且不管恰当不恰当，从嘴里吐出来一句平日从演义小说上常见的话：

"自古'两国兴兵，不斩来使'，你们这是为何？"

大天王赶快走到刘仁达前边，一边作罗圈揖，一边求大家息怒，千万不要动武。袁宗第对他冷笑一声，吓得他的脊背猛然一凉。李自成不动声色地

将手一摆，使几位将领退回原位。刘宗敏向敌将问：

"今天我们捉到你们两个偏将，据说洪承畴和孙传庭传令，捉到闯王同我刘宗敏都有重赏，是么？"

"捉到李闯王赏银万两，捉到你赏银五千两，另外官升三级。副总兵以上并要保奏皇上，晋封侯爵。"

"听说捉到我们高夫人也有重赏？也是封侯？"

"也有重赏。不是封侯，是世袭指挥。"

"你们官军里最小的武官是把总。你可知道我们义军里像把总那样的小官是什么？"

"我听说叫做哨总。"

"对，在我们闯王的部队中叫做哨总。我不杀你，但请你回去传我刘宗敏的口谕，有人能斩洪承畴首级来降者赏一哨总，决不食言。"

刘仁达一惊，疑惑自己的耳朵出了毛病。刘宗敏还没有等他定下神来，严厉地命令说：

"把洪承畴的什么屌谕降书拾起来，双手呈给闯王！"

刘仁达顺从地俯身拾起谕降书，双手呈给闯王。他立刻后悔自己不该弯腰去拾，不该示弱，感到耻辱，但已经来不及挽回了。

李自成把谕降书看过之后，从鼻孔里轻轻地冷笑一声，把它扔到火上，望着它慢慢烧掉。刘仁达睁大眼睛，不自觉地向后退了半步，望望那正在燃烧的谕降书，又望望闯王的冷静、严肃又流露着一丝轻蔑微笑的脸孔，壮着胆子问：

"你真不投降？"

闯王慢慢地站起来，用一只脚踏在石头上，说："胜败兵家之常。我不过一时受挫，算得什么！我同你们洪总督打了几年仗，原以为他知彼知己，谁晓得他竟然不认识我李闯王是什么样人！你回去对他说，崇祯八年我同高闯王、八大王长驱东进，破凤阳，焚皇陵，是我李某的主张。要是我打算今日投降，我不会焚毁他朱家祖坟。哼，对我劝降，真是可笑！"

"可是八大王和曹操都比你的人马多，他们都投降了，你还不服气么？"

自成听了这话，向前逼近一步，哈哈大笑起来，随即说："你们以为八大王和罗汝才是真降么？你们敢说从此对他们可以高枕无忧么？他们是不是真降，他们的心中明白，你们的心中也明白。可是话再说回来，我李自成宁为玉碎，不为瓦全，也决不会像八大王和曹操那样，为着保存兵力，休养士卒，向朝廷低头，假降一时！"

刘仁达被李自成的这种威武不能屈的英雄气概和毫无通融余地的回答弄得无话可说，但又不甘心就此回去复命。他暗中用脚尖把大天王踢了一下，催他说话。大天王走前半步，愁眉苦脸地说：

"自成，我的好表兄弟，你千万不要这样任性，还是投降吧！四面官军围得水泄不通……"

自成不等大天王把话说完，突然大喝一声："住口！"大天王浑身一跳，失魂落魄地说：

"是，是。我住口，住口。"

闯王厉声问："你还有脸来见我么？你还配做我的表兄弟？枉披一张人皮！"

"自成！你，你，你不要生我的气。我投降是出于不得已啊！"

"有什么不得已？打了败仗就是不得已么？"

大天王从李自成的可怕脸色看出来自己很难活命，但仍然企图替自己辩解，能得到自成饶恕。他说如果不是他的两个儿子雷神保和三家保落到官兵手中，他也不会投降。李自成一听这话，再也按捺不住怒火，啪地打了他一个耳光，打得他趔趄地后退两步。

"有人为起义亲手杀了自己的老婆儿女，你还有脸说你的投降理由！"自成又飞起一脚把大天王踢倒地上，切齿骂道："该死的畜生！"

大天王趴在地上连声哎哟，装出一副可怜相，上气不接下气地说：

"自成，你，你怎么是这样脾气……"

闯王下令说："牌刀手，快替我绑了起来！"

立刻过来几个牌刀手，把大天王按在地上五花大绑。刘仁达一看闯王要杀大天王，立刻大声说：

"他是洪制台派来的，你们不能害他！"

闯王冷峻地回答说："这是我们的家务事，用不着你搭腔！"

郝摇旗在一旁说："连他收拾了吧，让他同大天王做个伴儿往鄋都城去！"

刘仁达不敢再做声，心中十分惶恐，但表面上还装作满不在乎的神情，甚至还流露着一丝冷笑。他心里说："不出今夜，老子就要跟你们算账！"

大天王哀求说："自成，老表，闯王，不看金面看佛面，看在如岳叔的情

面上，你抬抬手让我过去吧!"

"我正是为了你对不起高闯王，今夜才把你处死!"

大天王望着田见秀哀求说："玉峰! 玉峰! 你救救我吧!"

田见秀回答说："你是自作孽。我救不了你!"

大天王又望着高一功说："一功! 我是你的亲叔伯哥，难道就不替我讲一句情么?"

高一功冷笑一声，转过脸去，不再看他。大天王还在向左右看，希望能看见高夫人。忽然听见自成喝令"跪下!"他的两腿一软，扑通一声在自成的面前跪下，并把头低了下去。

自成问道："我问你，那个假扮曹操的下书人是谁派来的?"

"是孙抚台叫我派的。我混蛋。"

"高闯王死去不到一年你就背叛义军，率部投降，又帮助孙传庭设计陷害我同全军将士，连你的叔伯兄弟和妹妹全出卖了。你说，我该不该把你处死?"

"我该死，该死。自成，求你看在亲戚情分上，给我个快性①，我死到阴曹也感你的情。"

自成向牌刀手们吩咐："推出斩了!"

刘宗敏原想把大天王凌迟处死，但因为闯王已经说出斩首，他就不言声了。郝摇旗大声说：

"闯王，让我监斩!"

自成心中明白，点一下头，挥手催促行刑。大天王听到摇旗要监斩，不禁浑身一震。当他被人们从地上拖起来时，他恨恨地望着郝摇旗，问道：

"你小子要报私仇么?"

摇旗回答说："老子今夜只平公愤，不报私仇。走吧!"

大天王忽然变得十分凶恶，一边被推着往外走一边破口大骂。尽管几名牌刀手不住地拳打脚踢，用刀背砍他的脊背，他都不肯住口。过了片刻，郝摇旗同几个牌刀手走回来，将一颗血淋淋的人头扔在敌将面前，故意使它碰到刘仁达的靴尖。刘仁达赶快退后一步，不知闯王将如何发落他，想着也许会割掉他的耳朵或鼻子才放他回去，不禁又一阵心跳。但出乎他的意外，闯

---

① 快性——用最快的办法处死，如斩首。这样处死可以使受刑者少受痛苦。

王把人头向旁踢开，只对他冷淡地望一眼，随即吩咐说：

"马世耀，送他下山！"

招降使者走后，在片刻间人们还不能把情绪平静下来。袁宗第和刘宗敏几乎同声说："嗨，大天王这小子死得太便宜啦！"

郝摇旗哼了一声，说："由我郝摇旗监斩，还能便宜了他？我亲手替他小子开膛啦。"

李自成叫大家重新坐下，赶快商议突围的事。像往常议事一样，他自己不急着发表意见，只是先听大家说话。多数将领都主张从西南角杀出，奔往商洛山中，等洪承畴和孙传庭的人马北上后再出商洛山奔往河南；倘若万一官军不去勤王，继续追赶，他们就奔往汉中一带。提出这个主张的人们不仅想着商洛山一带人地熟悉，也认为贺人龙的人马在西南角，容易杀开一条血路。但是也有人主张从东南角杀出，奔往正南，然后转往西南。提出这个主张的是李过和田见秀。他们认为今日上午在大战中已经把左光先的精锐杀得丢盔抛甲，七零八落，而贺人龙的队伍还全师无损。两派主张都不坚持自己的意见，都要闯王决定。本来么，处在目前的情况，真正安全的计策是没有的，谁也不敢强作主张。

回师向南，奔往商洛山中，本是李自成已经想好的惟一上策。大家都不提继续向东北突围，冲往河南阌乡的话，也在他意料之中。但是弄到目前局面，他不免暗暗地后悔自己对洪承畴和孙传庭的用兵狡猾估计不足，把官军在潼关的兵力也估计不足，采取毅然北进的错误方略，致遭到这样惨败。纵然没有人说一句抱怨的话，他自己也深深地感到难过。

刘宗敏见大家的意见都说出来了，闯王仍然低着头不做声，便提醒他说：

"闯王，时候不早，该决定啦。你看从哪里突围妥当？"

自成抬起头来，向大家望一望，冷静地微微一笑，说："大家说的话都有道理，只能从贺人龙和左光先的阵地上杀出去，别的没有路可走。可是，洪承畴和孙传庭不是草包，咱们能想到的他们也会想到。我想他们一定会料到咱们会从西南或东南选择一路杀出，事先配置重兵等待我们。"

说到这里，他停顿下来，继续在心中盘算。大家觉得他的话很有道理，心上都有些沉重。自成想着最好的办法是分兵两路突围，使敌人不能够专力追赶，但看见目前精兵无多，又怕分两路兵力更弱。他正迟疑不决，贺金龙匆匆上来，走到他的面前说：

"禀闯王，我去察看敌情，看见西南和东南两处敌人调动很忙，好像有什么诡计。"

自成点点头，说："知道了。你去休息吧。"

刘宗敏向自成淡淡地一笑，说："果然不出你所料！可是尽管如此，咱们也非从西南杀出不可。应该趁他们正在调动，立脚未稳，赶快突围。闯王，请你立刻下令出发吧。"

"捷轩说得对，要趁他们立脚未稳，冲杀出去。咱们决定走西南一路……"

"请等一等！"一个声音从附近传来。

大家一抬头，看见高夫人从旁边树影中快步走出，到了闯王面前。她说："今晚突围，不比寻常。大家不管精兵和老弱缠在一起，都从一处突围，万一冲不出去，岂不要全盘输光？请闯王同大家三思！"

宗敏说："虽然分路突围最为上策，也是我军以前常用的办法，可是如今我们人数太少，能够作战的将士只有一千多名，倘若分为两路突围，力量更加单薄。快说吧，你有什么妙计？"

高夫人胸有成竹地说："虽然人少，必须分作两路。"

宗敏问："如何分法？"

"第一队，以一功的中军为主，加上明远的后军，精兵还有五六百人，连孩儿兵和老营的护卫，可以作战的约有千人之众，保老营眷属和彩号先向东南杀出。官军必以为闯王从此突围，都来追赶，然后第二队出发，向西南冲出。这第二队由前军、左军、右军和闯王的标营组成，全是精兵，大约有一千人样子。古人说，一人拼命，万人莫敌，何况你们所带的全是精兵，又是轻骑，毫无拖累，突围定能成功。"

李过忙问："婶子，你自己随着哪一队突围？"

"我一向率领老营，当然仍跟老营一道。"

李过摇摇头说："这样不行。别的眷属万一冲不出去，关系不大。你是官军悬重赏要捉到的人，万一落入敌手，怎么好呢？"

宗敏接着说："断然不能分兵！"

高夫人固执地说："必须分作两路！打仗的事，本来没有万全，何况今日？如今最要紧的是你们保闯王平安出去。只要有闯王在，这个大旗就倒不了；纵然全军覆没，也还有重振旗鼓的指望。只有分作两队，一则迷惑官军，二则你们没有拖累，才可以十拿九稳地杀开一条血路。为着迷惑官军，'闯'字大旗跟随着我，把官军引到我突围的这条路上……"

李过插言："这样不行。这样你就会冲不出包围，婶子！"

高夫人接着说："只要我和将士们上下一心，奋勇杀敌，总会杀开一条血路冲出。万一冲不出去，不碍大事；只要有闯王在，重振起义大业不难。高闯王留下的众多义军只剩咱们这一股人马了，在目前时候，舍掉我十条性命不足惜，只要能保住闯王突围成功！"

众将默默相视，没人说话。他们觉得高夫人的意见很有道理，但又很担心高夫人同老营会冲不出去。郝摇旗忽地站立起来，大声说：

"第一队既要保护老弱，又要引诱官军，决不可让嫂子率领！难道我们大将中就没有人了么？"不等别人发言，他接着拍拍胸脯说："这担子让我郝摇旗担了罢！一功同明远全都保护闯王和嫂子。只再拨几个偏将给我，我打着闯王大旗，保护老弱，从东南先杀出去，保管成功。万一杀不出去，我也会拖住官军不放，叫龟儿子们没法追赶你们，还得叫他们狠狠地死一些，血流成河！"

高一功也忽地站起来，说："摇旗，你保闯王！这担子叫我来担！"

李过站起来，争着说："叫我来！叫我来！"

刘芳亮和袁宗第也都争着要独自担起这副担子。刘宗敏见几个大将互相争执，害怕耽误时间，望着自成问：

"闯王，你快决断吧！"

闯王没有回答，望着田见秀问："玉峰哥，你觉得怎样妥当？"

田见秀回答说："让我想想。"

高夫人斩钉截铁地说："事不宜迟，请不要再争执下去！只要闯王同你们能突围出去，就能够号召义军，报仇雪恨，拯救黎民百姓。摇旗还是应该跟随闯王一路。只要有一功和明远们随我一道，准能杀开一条血路出去，大家可以放心。倘再耽搁，等官军布置已定，突围更加困难。"

当几位大将争执的时候，闯王已经考虑停当，认为采纳夫人的分兵办法比较妥当。等桂英的话一说完，他立刻站立起来，毅然说：

"我已经想好了，决定分作两路。众将听令！"

众将一齐起立，听闯王发令。闯王命令第一队由高桂英率领，刘芳亮开

路，高一功居中，率领中军与孩儿兵余部保护老营，袁宗第从前军分出来，率领二百个较强的将士断后。这一路从东南角杀出之后，转往商洛山中与第二队会合。第二队由他同刘宗敏居中指挥，李过与郝摇旗在前开路，田见秀断后，从西南角杀出，转往商洛山中。他又下令：凡是能够骑马的重伤号都带走，一部分实在不能骑马的只好留下。

"这是没有办法的事。"他用沉重的低声说，"可是把他们驮在马上也是死，不如把他们留下来，少受些罪。"

听了这几句话，有几个大将把头低了下去。高夫人心中一酸，眼眶里浮出泪花。李自成继续说：

"至于'闯'字大旗，突围时不用打，卷起来随我一道，这事儿不必争啦。今夜突围出去，假若咱们的人马给打得五零四散，那就各自找地方潜藏起来，然后想办法互通声气，慢慢往一起会合。陕西一带的官军要开往北京勤王，这局面要不了几天就会缓和。虽说敬轩①和曹操投降了，可是我想，他们决不会真心投降，朝廷也决不会放心他们。我断定敬轩迟早还要起义，与其他晚起义，不如他早起义，所以我刚才对敌将说了敬轩决非真降的话，不过想要朝廷逼敬轩早点儿动手。只要过了目前一时，敬轩不动手，咱们也会重新大干；敬轩动手，官军顾东不能顾西，咱们更要大干。这一仗，只要保住高闯王留下的大旗不倒，咱们就算打赢了。"

郝摇旗心中恍然，笑着说："怪道你刚才对敌将说那个话，我以为你是恨张献忠投降，故意替他上烂药，原来也是一计！"

自成也微微一笑，随即挥手使周围的亲兵和牌刀手全都退下，收敛了脸上笑容，对大将们说：

"打仗的事情是没有准儿的，也不能不往最坏的地方想。万一我不幸在突围的时候阵亡，你们就推捷轩做闯王。万一捷轩也不幸阵亡，你们就另外推举一个闯王。总之，一定要使'闯'字大旗不倒下去，不推倒明朝的江山永不罢休。现在已有二更天气，大家速去准备，听我的命令出发。"

高夫人向闯王要求说："且慢，请你把'闯'字大旗交给我们第一队，引诱官军。"

闯王说："今夜两队人马都要偃旗息鼓，'闯'字旗不用打了。"他转向

---

① 敬轩——张献忠的表字。

刘芳亮说："明远，你同一功保护老营，这担子很重，务必多加小心。"

"闯王放心。我人在老营也在。"

众将走出树林以后，田见秀又折转回来，小声对自成说："闯王，今天突围，确实不同往常。我想，还是让夫人随着我们，老营由一功率领就可以了。"

自成低声说："玉峰，让她仍率领老营吧。她一向率领老营，在突围时仍旧率领老营，责无旁贷。将士眷属都在老营，她怎能独自离开？再说，自从起义以来，她一直跟着我南杀北战，虽然武艺不精，在女流中也算是有胆有识。有她在老营，遇到危难之时，如何随机应变，她也可以替众将出个计谋，做个决断。吉人自有天相，让她去吧。"

高夫人接着说："田哥不必挂心我这边，你们大家保着自成杀出重围，留得大旗不倒，日后就有指望。至于我，有一功他们跟着，一定能冲得出去。"

田见秀望望闯王夫妇，不再说什么，迟疑一下，只好转身走了。闯王夫妇身边，除几个男女亲兵外，只有双喜和张鼐这两员小将跟着。闯王叹口气，望着高桂英说：

"老营跟着你一起突围，你肩上的担子不轻啊！一功同明远都太年轻，勇则有余，谋则不足；老袁更是个火爆性子。第一队能不能冲杀出去，就要靠你自己的胆气和智谋了。平日你没有离开过我，从今晚出发之后，你的身边就再也没有一个自成。遇到危急关头，你千万要沉着镇定。你沉着，你身边的将士们也就沉着了。也只有临事沉着，你才能想出办法来化险为夷。"

高桂英觉得心中阵阵酸痛，但竭力保持镇定，匆匆地说："你不用挂心我，遇到危险时我自然会随机应变。好在一功他们平日都很听从我的话。只要大家齐心，总可化险为夷。千言万语，我对你只嘱咐一句话：千万要保重自己！留得青山在……"

她的感情激动，不再说下去。闯王也觉得有许多话要嘱咐她，但又不知嘱咐什么好。正在这时，他们的独生女兰芝从附近的一个火堆边睡醒了，由一个亲兵带来。她看见父母和双喜哥的神气，恍然明白了是怎么回事儿，走到母亲身边，把脸孔埋在母亲的怀里抽咽起来。又过了片刻，桂英望着自成，正要说话，忽然听见树林里有两声凄惨的叫喊："夫人救命！夫人救命！"随即有三四个妇女披头散发地跑了过来。高夫人大惊，拔剑在手，大声问：

"什么事？"

跑在前边的一个妇女喘着气说："夫人快救命，将士们要先杀自己的老婆孩子哩！"

高夫人还没有来得及说第二句话，只见郝摇旗的女人牵着一男一女两个孩子，抱着一个包袱，从另一个方向逃了过来。但离高夫人还有几丈远，她忽然变了主意，迟疑一下，回头跪在地上，颤声哭着说：

"摇旗，你杀吧，你快杀了俺母子们吧。杀了俺们你就无牵无挂，一心一意保闯王杀出重围。你日后保闯王得了天下，请你念起咱们是结发夫妻，念起我这几年随着你吃了千辛万苦，逢到清明，到野地里给我烧化几张纸钱。你快杀吧！快杀吧！"

这女人横下心，不再害怕，直起脖子跪在地上等丈夫来杀。两个孩子见母亲这样，也都不怎么哭泣，也不逃走，跪在母亲身边等死。郝摇旗大踏步追到面前，举起剑就要往下砍，只听高夫人厉声喝道：

"住手！不许杀害眷属！"

郝摇旗的剑没有砍下来，但是他还不死心，那剑还在高举着，不肯放下。高夫人向前走了几步，神色严峻地问道：

"摇旗，你疯了？你怎么忍心杀死自己的老婆孩子？"

郝摇旗到这时才手腕一软，把剑放下来。他哼了一声，对高夫人说：

"我杀了他们免得累赘，也免得落入敌手，活着受辱。"

"既然把眷属交给我，用不着你操心！咱们义军的眷属随着丈夫起义，几年来出生入死，什么苦都吃过，也见过些大阵仗。女人们平时替你们男人家抚儿育女，打仗时替你们裹伤敷药，遇紧急时都会拿着兵器同敌拼命，为什么今晚一说誓死突围就先杀自己的老婆孩子？如果我带着他们冲不出去，临时在马上自尽不迟，决不会落入敌手，用不着你们未出师先动手杀死自己的亲人！"

这几句话说得郝摇旗低头无言，扭头便走。还有两个追眷属上来的将士也赶快走了。摇旗走出几丈远，他的女人忽然跳起来，追上去，把一件斗篷披在他的身上，扯断针线。摇旗没回头，走下山去。高夫人对眷属们说：

"老营的人马在这东南边山脚下站队，你们快牵着自己的马匹去吧。"

眷属们走后，高夫人叹口气，望着闯王说："刚才，也不知有几家眷属被杀！"

"大概死的不多。你同摇旗说话时我已经派亲兵去传知全营，不许伤害一个眷属。"

这是高夫人几年来第一次看到这种情形。她很明白，倘若不是将士们认为处境万分危险，抱定必死决心，是不会下此毒手的，于是她的热泪忍不住刷刷地流了下来。自成也很激动，但是他没有工夫多想这些事，望着桂英说：

"但愿得你能够率领老营平安冲出，同我在商洛山中见面。倘若万一冲不出去，下一步怎样办，你临时自己决定。"

高夫人抬起头来，口气坚定地说："倘若万一落入陷阱，杀不出去，我就拔剑自尽，也叫女儿随我自尽，决不受辱，更莫说叫敌人献俘北京！"

闯王转向身边的两员小将说："双喜，你留在老营，保护你妈妈突围。小啸子，你也留下。"

高夫人连忙说："不，老营不需要太多的人，叫他们跟着你吧。"

"叫他们在你身旁，缓急有点用处。"

"不，不！我身边用不着他们！"

双喜望望义父，又望望养母："妈！我同小啸子到底跟谁一道？"

"跟你爸爸一道！"高夫人用命令口气回答说："闯王，你把他们两个带去吧。马上就要出发了，你也该去看看将士们准备得如何，不要为这点小事儿耽误时间！"

"唉，随你！"闯王心中刺疼，转身走了。

双喜和张啸依依不舍地望望高夫人，转过身，正要随闯王离开树林，被高夫人叫住了。高夫人含着泪注视着双喜的大眼睛，哽咽地说：

"双喜，你原是一个孤儿，一家人有的死于官兵，有的死于天灾。从九岁上被闯王收为义子，如今你已经十七岁，成了一员武艺出众的小将。你虽是养子，可是他待你恩同骨肉。今夜突围，不同寻常。你要与爸爸战马相随，常在他的身边，不可疏忽。"

双喜噙着眼泪说："妈，你不用嘱咐，我决不离开爸爸一步。"

高夫人转向张啸说："小啸子，你在名分上虽不是闯王养子，可是多年来是我同闯王把你教育成人，同双喜一般看待，所以人们也常常看你是闯王义子。你哥哥张鼐也是跟着闯王的，不幸在三年前给官军杀死，从那时起你也成了个没有亲人的孤儿，闯王对你更加疼爱。如今你双喜哥一只胳膊中了箭伤，只能当半个人用。闯王每次遇到危险关头，总是身先士卒，独当大敌，今晚我对他很不放心。你要时时刻刻不离他的左右，小心在意！"

张鼐平时就在心中暗自盘算，如果闯王遇到危险，他甘愿舍掉自己十个性命也不许敌人伤害闯王。可是当着高夫人的面，又听着她如此嘱咐，激动得一句话也说不出来。他点点头，嗯了一声，把头一低，热泪几乎要滚了出来。高夫人把双喜重新打量一眼，又打量一下他的挂了彩的胳膊，然后抬起右手来放在张鼐的肩膀上抚摩着，轻轻地拍了几下，两行热泪在月光下簌簌地滚了下来。过了片刻，她低声催促说：

"你们快去吧，在商洛山中等我！"

两位小将不敢抬起头来看她，赶快一转身，含着慷慨的情绪和激动的眼泪走了。高夫人望着他们的背影，直到他们被树木遮住以后才转回头来，对身边的两个女兵说：

"今夜我们要血战突围。万一突围不成，我们只可血战而死，不可落入敌手，遭受侮辱。你们准备好了么？"

两个女兵齐声回答："准备好了。"

高一功匆匆来到高夫人的面前，告她说，第一队已经准备就绪，人马都已经在山脚下排好队了。高夫人用袖头拭去眼泪，冷静地问：

"你禀过闯王么？"

"禀过了。他说第一队可以动身了。"

"那就上马出发！"高夫人吩咐说，立刻带着女儿和男女亲兵们向树林边拴着一群战马的地方走去。

高夫人率领的这一队人马离开山脚向东南走了三里多路，一声呐喊，冲入左光先的营中。左光先扎营已定，并且作好了布置，所以农民军来势虽猛，却没有把官军的阵营冲乱。他们处处遇到截杀，人马损伤很大。高一功和袁宗第都在混战中负了伤。这时左光先已经知道高夫人在这支突围的部队里边，想着李自成必然是同她一道。他一方面把这一情况飞报巡抚孙传庭，一方面传令全体将士，务要活捉李自成夫妇，献俘阙下。凭仗官军人数众多，满山遍野，到处火把，到处狂呼：

"活捉李自成！活捉高桂英！……"

农民军且战且走，沿路继续死伤。刚刚把左光先的人马甩在后边，前边又被贺人龙的人马挡住去路。农民军不管男女老幼，一声呐喊，冲进贺营。虽然有总督和巡抚的森严军令，有皇帝的诏书和尚方剑，有皇帝亲信太监的监视作战，贺人龙极想立功，但无奈他的手下将士一则因欠饷太久，二则因闯王昨天派贺金龙所行的计策发生影响，多数人都不肯拼命作战。尤其那些下级武官和士兵平日满腹怨言，士气很低，如今因受了农民军中乡亲们馈赠的银子和礼物，更加怀着"手下留情"的思想。对于总督手中的尚方剑，他们根本不在乎，因为自来尚方剑只杀大官儿，杀不到他们头上。贺人龙一看手下的将士不卖力气，气得大声骂道："妈的穮，你们是拿着老子的头做人情！"但是他骂也好，以杀头威胁也好，弟兄们总是不愿拼命，遇着农民军冲到时，稍事抵挡便让开了路。贺人龙一面嘶哑着声音督战，一面派人把高杰叫到面前，严厉地命令说：

"高游击！这是你报效朝廷的千载良机，还不上前把闯贼夫妇捉来！"

因为官军粮秣困难，高杰两天来一直奉贺人龙的将令率领着他手下的二三百名骑兵到处搜罗，沿途打劫，供给大军每日食用，所以没有参加战斗。今天贺人龙因见自己的将士都不愿同李自成的人马作战，深怕洪承畴和孙传庭治他的罪，所以黄昏后把高杰火速调回，希望依靠高杰出死力，使他能够在今天这一战中建立奇功。高杰和自成同里，很早随自成起义，因为作战勇猛，深受自成倚重。自成原来有一个妾姓邢，容貌不错，粗通文墨，十分能干，替自成掌管军粮、兵器和各种军资的发放工作。高夫人因为巴不得邢氏能够在这些事情上助丈夫一臂之力，所以待她很好，从来不多管她。自成虽有一妻一妾，却不是个贪色的人，经常操心打仗和练兵，不常同邢氏住在一起。高杰常向邢氏领取银、粮、甲仗，慢慢勾引上手。怕被别人知道后性命难保，他于崇祯八年八月间偕邢氏私逃，并带走亲信将士数百，投降贺人龙。他知道自己永远不能再回义军，就死心塌地为朝廷出力，有几股农民军被他带领官军袭击，吃了大亏。贺人龙见他实心投降，连立大功，遂保他做了游击将军。可是高杰不肯同李自成的老八队直接作战，因为他知道自己的亲信都是老八队的子弟兵，倘若同老八队遇到一起，很难指望他们认真作战。投降之后，他曾经毫不隐瞒地把不愿同老八队作战的话告诉贺人龙。贺人龙并不勉强，所以每逢直接同自成交战时总调他搞别的任务。但今晚是在洪承畴和孙传庭的眼睫毛底下作战，军令如山，连贺人龙自己都凛凛畏惧，更不能由高杰的意了。

高杰不知道闯王在什么地方，但看见面前的一股人马是高桂英率领的老营。于是他把人马一字儿排开，自己勒马阵前，挡住义军去路，大声劝降。正在这时，左光先的人马和贺人龙自己所率领的人马也分头追上来了。

高夫人见情势十分危急，但不愿同高杰硬拼。她立刻把三位大将和一群偏将叫到面前，先向刘芳亮问：

"明远，你没有挂彩吧？"

"我没有，夫人。"

"好，你去堵挡左光先和贺疯子一阵，让我用计谋来对付翻山鹞，叫他让路。"

刘芳亮走了以后，高夫人命令老营同孩儿兵撤到附近的土丘旁边，隐藏起来，等候着她。她挑了贺金龙等几员没有挂彩的偏将和大约不足一百名弟兄留在身边，叫高一功和袁宗第到老营那里。但是这两位大将没有接受她的意见，同她一起留了下来。

她对身边的一位男亲兵说："张材，你的箭法好，躲在人背后把弓箭准备好。我同高杰讲话时你暗中对他瞄准，倘若他听了我的话让路就罢了，若是不肯让路，看我一挥手，你就对他射一冷箭。"她又转向一位女亲兵："慧英，你也暗中瞄准他的马。张材射人你射马，只要有一箭射中，就杀了官军的气焰。"

"是！"张材和慧英齐声回答。

她把眼睛转向贺金龙。尽管追兵的喊杀声和狂呼"活捉高桂英"的声音已经很近了，但是她十分镇静地叫了一声：

"金龙！"

"有！"贺金龙回答一声。

"你准备好，看见张材和慧英射出箭后，你就猛冲上前，趁高杰惊慌失措，将他斩了。"

"是！"

高夫人吩咐完毕，策马向前，离高杰相距不到二十步远，在月光下连对方的鼻子眼睛也看得清楚。虽然高一功和她身边的将士们很担心敌人会向她乱箭射来，但是她很明白敌人要劝她投降或生擒她献俘阙下，决不会向她放箭。她这样更向高杰走近几步，张材和慧英的箭射出去就更有把握，而且也便于贺金龙出敌不意地冲向前去。高杰是一个有勇无谋、胆大心粗的人。他看见高夫人身边的将士所剩无几，而高夫人又策马来到他的面前，误以为她定然是自知无路可逃，愿意投降。他向高夫人大声说：

"李嫂子，老八队已经完蛋啦，快投降吧！"

高夫人按捺着一肚子怒气问："你是英吾么？没想到在这里遇见了你！朝廷不是悬有重赏么？快来捉我吧，迟疑什么呢？"

"嫂子不要这样说。虽然嫂子一向待我不错，可是如今我已归顺朝廷，不能徇私情放走嫂子。请嫂子自己下马投降，免得动手。"

"英吾，你既然还有脸叫我嫂子，让我问你几句话。问过后，我是降是战，再作决定。我问你，我同自成一向待你如何？"

"李嫂子，两军阵前何必问这话？"

"七八年来，自成把你当手足相看，别人也说你是自成的心腹大将。你既拐走了邢氏，又拉走一批人投降官军，反脸成仇，杀害起义兄弟，如今又来劝我投降，想送我到北京给朝廷凌迟处死。你如此行事，别说对不起自成，难道能对得起一班朋友？能对得起咱们老八队的大小三军？你忘恩负义，禽兽不如，还有脸同我说话！"

高杰被斥责得满脸通红，说："高桂英，你休得胡说，再不投降，我就不留情面了。"

高夫人向高杰左右的将士高声叫道："老八队的众弟兄们，李闯王没有亏待过你们，有良心的都站远一点，让我同翻山鹞决一死战！"

她的话还没落音，两支箭已经从她的背后射出。慧英的箭射出稍早一秒钟，先中了高杰坐骑的右眼上边，穿透脑骨。张材本来要射他的喉咙，想一箭结果他的性命，不料因为他的马中了箭猛跳起，这一箭误中在他的护心镜上，铿然一声落地。高杰的马跟着咕咚一声倒下去，把他抛在地上。农民军早就咬牙切齿，趁着这机会同贺金龙杀了过去。高杰的二三百骑兵中有一部分听了高夫人的话拨马就走，但有一部分是高杰的死党，舍命抵挡，把高杰从地上救起。高杰跳上另外一匹马正要迎战，不知谁从后边对他放了一支暗箭，误中在他的盔上。他惊魂未定，贺金龙已到面前，一刀砍伤了他的左颊。他手下毕竟人多，把贺金龙团团围住。高杰自己怕部下有变，趁机会负伤而逃。

贺人龙趁着刘芳亮在同左光先厮杀，指挥着人马一拥过来，把袁宗第和高一功等包围起来，展开混战，罗虎害怕高夫人有失，留下一半孩儿保护老营，率领着一半拼命来救，在官军中左右冲杀，寻找高夫人。高杰的手下虽然随高杰叛变，但他们的亲戚和朋友的孩子有不少参加了孩儿兵，因此他们不忍心同这些孩子作战，一哄而退。

　　贺人龙的部队本来就不愿出力死战，一见高杰的人马纷纷退走，不知究竟，就有不少人跟着后退。贺金龙趁机杀出垓心，大声喊道："乡亲们！咱们无冤无仇，非亲即故，用不着彼此拼命！"一大群姓贺的将士听见贺金龙的呼喊，簇拥着贺人龙就往后退。贺人龙一面大骂不许退，一面却在将士们的簇拥中后退了一箭之地。等他再想追赶高桂英，高夫人早已不知去向。

　　高一功在混战中杀了一阵，看见贺人龙和高杰的人马已经后退，赶快回头来寻找姐姐，却没找到，连袁宗第和贺金龙也不知都杀往哪儿去了。遇见罗虎，询问老营情况，才知道罗虎是带着一半孩儿兵来救高夫人，对老营的情况也不清楚。他们赶快向老营方才隐蔽的土丘奔去，却不见了老营。月色下，但见满山遍野，到处是左光先的步兵和骑兵。他们在战场上跑了几个地方，都没找到。后来看见一股人马正在被左光先的人马围攻，情况十分危急，他们以为这被围困的一定是高夫人所率领的老营和卫队。不料他们冲杀过去，却看见是刘芳亮在那里苦战。他们把刘芳亮救出重围，一同在喊杀震天的战场上，在无边无涯的敌人中间左冲右突，到处寻找高夫人，却连踪影也找不到。后来他们的人马剩得更少，被左光先的骑兵冲散了。

　　刘芳亮的身边还有一百多人，好容易利用复杂的地形和树林的掩护，暂时甩掉了敌人，向一座小山脚下奔去，因为他刚才听见从那里传过来一阵杀声，想着高夫人可能会逃到那里。不料到了小山脚下，只看见小河滩上和浅浅的河水中到处都是人和马的尸体，有敌人的尸体，有农民军的尸体，其中有不少是妇女和孩子。分明是老营在这里同追兵有过一场混战，可是高夫人哪里去了？

　　刘芳亮同几个亲兵跳下马来，在死尸中到处寻找，要找一个尚未断气的农民军问一问高夫人的下落。有一种共同的心理却谁都不肯说出：他们留心看那些尸体中有没有高夫人在内，但又害怕会看见她的尸体。尸体是那样多，又加上月色不明，有一些尸体血肉模糊，他们时间紧迫，追兵已近，怎么能一一辨认？忽然，他们看见了驼背老头躺在血泊中，旁边躺着他的身中数箭、已经死了的大青骡。他只剩下奄奄一息，身上、头部和右手被砍伤，花椿木棍子已经丢失，左手中握着砍柴的短柄利斧、右手握着镰刀把。在他的前边两步远躺着两个官兵，一个人的脑袋和半个脸孔被劈开。刘芳亮俯下身认清以后，抱着他的血身子连叫几声，问他："高夫人哪里去了？"他慢慢地呻吟一声，吐出来模糊不清的三个字："都完了。"随即他的头一搭拉，停止了最后的微弱呼吸。刘芳亮放下驼背老头的死尸，站起来望望天上的星、月，望望河水，想着高夫人和老营的人们有的被杀，有的被俘，全都完了。他活着，有什么面目去见闯王？特别是想着高夫人的不幸牺牲，他欲哭无泪，恨不欲生，刷一声拔出宝剑就要自刎。多亏站在身边的一位小校眼疾手快，用力抱住了他的手腕。他一脚将小校踢倒，又要自刎。两个亲兵同时抱住了他，跟着，左右和面前的将校和亲兵们一齐跪下，劝他莫寻短见，率领大家突围，往商洛山中寻找闯王要紧。

正在这时，一个小校喘吁吁地来到他的面前，说是看见沙滩上有许多马蹄印直往东去，并有血迹往东，说不定是高夫人率领着老营的一部分人马往东去了。刘芳亮亲自到沙滩上看看，果然如小校所说，一线希望从他的心上出现。他把宝剑一挥，说：

"上马！往东寻去！"

转瞬之间，刘芳亮同将士们都上了马，像一阵疾风往东刮去，背后留下来一溜烟尘和一川月色。

第一队出发不久，闯王亲自率领的第二队跟着出发，悄悄地向西南疾进。当接近官军的营盘时候，一声呐喊，冲杀进去。官军已经有了准备，孙传庭和马科亲自率领官军，堵截义军去路。首先是火炮与弓弩齐发，使农民军受到很大损失。幸亏农民军全是轻骑，行动如风驰电掣，眨眼卷到敌人中心，短兵相接，展开混战，使敌人的火器和弓弩失去作用。他们以一当十，且战且走。官军虽然有巡抚亲自跃马督战，也没有办法把农民军拦阻，只好纷纷地给农民军让开血路。

农民军走了五六里路，已经杀出重围，遇到一条小河，人马都停下喝水。李自成检点一下人数，只剩下三百多人，而郝摇旗的人马没有跟来，不知在什么时候和什么地方给敌人截断了。

从南方传来一阵阵的喊杀声，相距大约有四五里路。李过有些焦急，向闯王说：

"二爹①，郝摇旗失散了，一定是误走到曹变蛟的阵地上，怎么办？我去救一救他？"

---

① 二爹——米脂县方言，称叔父为爹，称父亲为爸爸。李自成是李过父亲李鸿名的同胞二弟。

潼关南原大战

"算了，随他们去吧。一来我们无兵可分，二来你也没办法找到他们。"

追兵已经很近了。农民军迅速上马，肃静无声地等候着闯王下令。直到这时，这一支人员稀少、多数挂彩的队伍仍然保持着良好的纪律和秩序，并不因为官军的追到就惊慌溃逃。李自成骑在乌龙驹上，张弓注视。等看见官军的骑兵影子时，他命令说："起！"同时他连发两箭，射倒了两个走在前边的骑兵，使官军大为惊骇，纷纷停住。农民军沿着一条峡谷向南方缓缓奔去。李自成亲自带着张鼐、李双喜和亲兵断后。

前来追赶的是马科的骑兵。他们不敢猛追，但又不愿让农民军白白逃掉，所以总是相距半里上下，希望到天明时候或有乡兵拦击时候他们就一鼓向前。李自成看破了官兵企图，吩咐李过带着张鼐、任继荣和任继光等一群青年战将和二百多名骑兵留了下来，埋伏在两旁的树林里边。

马科率领着十几员战将和一千多名骑兵向前追赶，希望能够活捉闯王，建立大功。正在走着，突然听见背后发出来一阵喊杀，有两支人马从两边树林里同时拦腰杀出。他正在惊慌失措，李自成、刘宗敏和田见秀等杀转回来。他当时还企图抵抗，但是他的兵将们不知道农民军有多少人马，一哄而逃，并且把他裹在中间，拥着他不能不逃。他亲手砍死了几个兵，想制止这种混乱，但也无济于事，就只好带着一部分将校和亲兵在自己的骑兵中间乱冲，夺路而逃。农民军对着混乱的官兵大杀一阵，也不追赶，继续向前赶路。

当马科的人马正在峡谷中慌乱溃退的时候，孙传庭带着他的巡抚标营追到。他起初得到左光先的禀报，认为李自成夫妇带领老弱妇女和一部分精兵向东南突围，但当他正在亲自向东南追赶时，又接到马科的禀报，说是向西南的一股"流贼"全是精兵，并发现刘宗敏在内，可能李自成本人也在里边。他赶快回兵向西南追来。他的标营人马见马科的人马这般溃逃，以为是农民军追杀过来，也立刻惊慌后退。经他大喝几声，才算止住。

孙传庭派人把马科叫来，问问情况，但也不能断定李自成是否在这一股突围的人马里边。他正要下令穷追，从战场上连来了两个报告：一个说有人看见李自成负伤落马，藏在林中，如今正派人仔细搜索；另一个说在乱尸中发现了一个死"贼"很像李自成，身旁躺着一匹乌驳马。孙传庭向禀事的小校厉声问：

"这个死贼的身上是不是挂着朱红描金牛皮箭囊？"

"回大人，是朱红描金牛皮箭囊。"

"手中拿的可是花马剑？"

"他的右手也受了重伤，剑不知失落何处。"

"难道连剑鞘也失落了？"

"没……没有看清剑鞘上有没有字。"

"谁派你前来禀报？"

"总兵大人。"

"混蛋！……回去细查！"

小校走后，孙传庭在马上想了片刻，下令停止追赶，速将人马撤回。以他看来，马科的人马经此一败，已经成了惊弓之鸟，难望拼命追敌。别的追兵受了这一仗的影响，对农民军也有点心中畏怯，前边山路崎岖，万一再中埋伏，损兵折将，不惟影响勤王，反而要受皇上责罚。另一方面，他想着"流贼"分为两股突围，闯王未必在这一股里；如若在这一股里，前边所有山路已经有乡勇把守，定难侥幸逃出。另外，刚才连来两个报告也增加了他的幻想。他想今夜"流贼"死伤惨重，大概李自成不死即伤。想到这里，他向跟在身边的中军参将刘仁达说：

"火速通令三军，闯贼等元凶巨恶不死即伤，务须认真于死尸中及林间草丛逐处搜查，不得有误！"

孙传庭回到战场上巡视一下，看见到处都是尸体和负了重伤的人，因这一阵月色昏暗，也分不清是农民军还是官兵。他来到曾经是农民军驻扎的那座小山寨中，农民军所留下的几百个重伤号都没有了首级。这种惨无人道的现象并没有动一动他的心。他明白这是某一部官军来割掉这些重伤号的首级虚冒战功，但是这对他并没有什么坏处。他也将以假作真地上报朝廷，也让那位从北京来的刘太监看一看他的战功。所以他看了后点点头，没有说什么话，赶快策马向他的老营奔去。这时，天色已经黎明，而总督也来到他的大帐中了。

洪承畴一直在高处观战，后来听说向西南一路突围的都是农民军的精骑，他断定李自成必然在这一路，随即率领标营前往督战。但走了一段路，得到禀报，知道孙传庭和马科已经退回，他就来到孙传庭的大帐中等候。听了孙传庭把追杀情形报告以后，他心中暗暗吃惊，越发断定李自成准是率领着刘宗敏等从西南逃走了。但是转念一想，这次大战使李自成差不多全军覆没，毕竟是十年"剿贼"以来的空前大捷，皇上大概不会责备；万一责备，这责

任也是在巡抚身上。这么一想，他就没有把心中的不愉快流露出来，反而对孙传庭说了些慰勉的话。正好潼关兵备道丁启睿也来到帐中，他意味深长地说：

"丁大人，此次大捷，实为十载剿贼所未有。然闯贼与刘宗敏等或死或逃，尚不可知。学生与孙大人马上就要北上勤王，今后关中治安及查明巨贼下落，都要仰仗老先生了。"

丁启睿听出来这话中有保荐他接任陕西巡抚的意思，赶快躬身回答：

"职道一定遵命。"

随即丁启睿立刻又派许多人去传令各处山寨士绅，务须督率乡勇处处堵截，用心搜山，"不许一贼漏网"。

这次李自成伏击战虽然获得成功，杀死和杀伤了很多官军，使敌人不敢再追，但农民军也死了二三十人。在路上，又有一些原来受伤的人，因在伏击战中出了力，伤口迸裂，流血过多，加上过分疲惫，栽下马死去了。

黎明时候，李自成的人马正在崎岖的小路上前进，忽然发现前边的道路被树枝堵塞，不能通行。大家正在发疑，忽听一片锣响，从附近的树林和荒草中窜出几百乡兵，凶猛扑来，手执六七尺长的白木棍子，朝着人马乱打。农民军仓猝迎战，损失很大，只好落荒而走。走不到两三里，前边又出现了几百乡兵，截住厮杀，而背后的乡兵也呐喊着追赶过来。

刘宗敏在昨天黄昏前已经受了轻伤，夜间突围时受了两处伤，有一处箭伤在胸前，比较严重，如今精神已经委顿。而且糟糕的是，他的马也带伤了。但是当他看见一个穿红袍的人，骑着一匹甘草黄骏马，指挥乡兵进攻的时候，他的精神忽然振作，大吼一声，直向红袍奔去。那个人看他来到，回马便走。刘宗敏正在追赶，连人带马落进陷坑。红袍立刻转回，用大刀砍他。同时有十几个乡兵在岸上用枪向他猛刺，用白木棍子蒙头乱打，像落下的雨点一般。他在陷坑中狂吼如雷，挥舞双刀，使敌人的枪刀和棍棒不能近身。许多年后，这一带的人们还活龙活现地传说着当时刘宗敏的奋战情形，并说他简直不是武将，而是一个天神，又说他是蓝田某处大寺里的韦驮转世。却说刘宗敏虽然英勇抵抗，到底也无法跑出陷坑。正在万分危急，李过赶来，杀散乡兵。刘宗敏趁机会奋力一跃，出了陷坑。一看那个穿红袍的人尚在附近召集乡勇，企图反扑，宗敏不顾身上的三处伤口都在流血，大吼一声，纵跳而前，一刀把他砍下马来，抓过来甘草黄纵身骑上。他和李过已经没有一个亲兵，不敢恋战，赶快向闯王那里奔去。

随着闯王突围出来的兵将，大部分牺牲了，余下的也被打散，东一股，西一股，各自为战。他的身边只剩下双喜、张鼐、任继荣和任继光，还有少数几个亲兵。看见刘宗敏和李过来到，他用剑挥了一下，说："随着我来！"于是他在前边开路，李过殿后，一路砍杀，突破了乡兵包围，不管有路没路，望着正南奔去。走了一里多路，遇着田见秀和谷可成带着三个人从另外一条路上奔来。他们会合一起，继续前进。又走了两三里，从树林里走出来两个骑马的人，向他们呼喊。他们看见是袁宗第带着偏将李弥昌，每人的身上都染着鲜血。一看见袁宗第，自成的心中一凉，想着："老营完了！"等袁宗第走到跟前，自成问了问他们身上的创伤情形，叫大家继续前行。又走了一里多路，遇到一条山溪，他才叫停下休息，饮马，打尖，并取出医生尚炯昨晚临出发前给他的金创神效散叫受伤的人们上在伤口上，还有一种内服的丸药也让他们用凉水吃下。从看见袁宗第和李弥昌以后，直到现在，大家都憋着没有问高夫人和老营的事，为的是一则大家心中都明白老营完了，不敢打听，二则也因为他两个的伤势很重。可是大家多想知道老营的真实情况啊！路上，李过和双喜都曾经忍不住要问，被闯王用眼色阻止了。如今上过金创神效散，又吃了止疼活血的丸药，他们的伤口不疼了，精神也好些了，李自成才向宗第问道：

"汉举，老营怎么样？明远同一功的下落呢？"

袁宗第，这位二十九岁，平日在战场上叱咤风云的猛将，突然像小孩子般哭了起来。他相信老营完了，愧悔他自己没有尽到保护的责任。他心中认为，老营中有他自己的妻子牺牲了不打紧，最痛心的是高夫人和兰芝没有下落，其次是刘宗敏、李过等各位大将和一部分偏将的眷属都跟着完了。

双喜和张鼐见他一哭，知道高夫人已经是凶多吉少，都不住抹泪，但不敢哭出声来。

袁宗第抽咽说："闯王！老营给冲散了，一切完了。我没有面目见你，也没有面目见大伙儿兄弟！"

李自成安慰他说："胜败兵家常事，难过什么？你自己也受了伤，并不是没有出力。"

田见秀接着说："大家不用难过。老营不过是一时给官军冲散，过些日子就会知道下落。目前保着闯王找一个地方立脚要紧，不要为老营事弄得方寸无主。"

刘宗敏和李过也对袁宗第说几句宽慰的话。随后，李自成问了第一队的突围和失散情形，吩咐大家上马起程。

茫茫无际的冬日蓝天上，孤孤单单的一小群征雁，排成"人"字，向南飞去。蓝天下，群山中，崎岖坎坷的羊肠小路上，队伍在行进。这支剩下来的农民武装，连兵带将只有十五人，忍受着饥饿、疲惫和创伤的疼痛，心情沉重，在荒山野谷中不停地走呀走。尽管在作战中被汗水湿透的内衣冰着肌肉，冷彻心脾，但还是有人在马上昏昏睡去。地形曲折，常常没有路。他们知道这时已过中午，按照着太阳的方向前进。李自成走在最后，想着这是他起义十年来失败最惨的一次，在心中自问："难道就这样完了么？"他自己回答说："不会的。只要我李自成没战死，不投降，就不会完事。我们会重新起来的！"想着那些跟随他多年的将士们，想着那些被他当做孩子看待的孩儿兵们，想着自家妻女和老营的没有下落，他的心中十分酸楚。许多失踪人们的影子，特别是高桂英昨天夜间同他在火边说话时和临别时的音容，都浮现在他的眼前。

走着走着，天气转阴，暗云低垂，似乎要下雪的样儿。不知走了多远，人困马乏，转眼间已是黄昏。闯王想着已经到了洛南县境，也许离杜家寨没有多远，便下令在树林中一个背风的地方休息。那些受伤的将士早已支持不住，一被扶下马来，有的靠着树根，有的倒在草上，立刻睡去。李自成同几个没有受伤和轻伤的人赶快割了几堆干枯的荒草给战马充饥，又砍了许多干树枝生了一堆火。在点火之前，他小心地向四下瞭望一番，看清楚周围几里内绝无村庄，更没行人，料想决不会发生意外。

战马全不卸鞍，只把肚带松一松，好让它们吃饱。人不解甲，并且把马缰挽在胳膊上，以备万一。自成叫大家安心睡觉，他同两个没有挂彩的亲兵轮流放哨。他坐到二更时候，把亲兵李强唤醒，他才睡觉。但李强也实在疲困，坐不到一个更次，便不由自己的意，头一栽，靠在树根上睡熟了。

荒山寂寂。夜幕沉沉。林间宿鸟无声，只有枯草败叶在霜风中瑟瑟作响和战马嚼食干草的声音与偶尔从火边发出的轻轻鼾声相混合。就在这沉寂而黑暗的午夜，几百乡兵悄悄地来到附近，要将他们全部活捉或杀死。

完全出李自成和刘宗敏等的意料之外，他们下午在荒山深谷中迷失了方向，绕了许多弯，反而向西北退回来几十里，误入乡兵控制的地区。当他们来到这里不久，有两个巡逻的乡兵发现了他们的行踪，随后来到近处，躲在对面山坡上看清了他们的一切情形，奔回山寨报告。这里距山寨有十几里远，所以等寨主得到报告，集合几百乡兵拿着武器分三路来到附近，已经是三更以后。他们在一里多远的树林中聚齐，然后采取包围的形势向这一小股酣睡的农民军悄悄走来。

尽管火已经快熄了，午夜的荒山中刮着霜风，寒意刺骨，但是极度疲惫的农民军竟没有一人醒来。偶尔有人翻了一下身子。偶尔有人说了一句梦话。偶尔又有一个重彩号轻轻地呻吟一声。随即一切寂然，只有战马在静静地嚼着干草。

乡兵在树林中摸索前进，离他们只剩下半里远了。如果他们不能够及时醒来，不要片刻工夫，他们就要被扑到身边的乡兵们捆绑起来。

乌龙驹已经把地上的一堆干草吃得快完了。松了的肚带又感到紧起来了。身上重新感到有力了。但是它仍然低着头，贪馋地继续吃着，并且顽皮地探出头去，在旁边的一匹骟马的草堆上拉了一口干草，逗得骟马掉过屁股踢它一下。它正要还报骟马一蹄子，忽然仿佛听见了什么可疑的声音，立刻停止嚼草，抬起头，向着前方和左右张望，同时两只耳朵机警地左右转动。紧跟着，它似乎明白了有什么危险来到，用力拽它的缰绳。连拽几下，闯王仍没醒来。它连敌人在树林中摸索前进的黑影也看清了，于是愤怒地狂叫起来，跳着，踢着，前铁掌在石头上踏得火星乱飞。

李自成一乍醒来，忽地跃起。但周围黑漆漆的，什么也看不见。恰在这时，有一群宿鸟从附近的林中扑噜飞起。他心中恍然明白，一边拔出花马剑一边大声叫道：

"上马！"

他的声音是那样洪亮，不但这一声把他的全体将士叫了起来，而且使来到附近的敌人大吃一惊，有的人禁不住打个寒颤，向后倒退。农民军以惊人的速度紧了肚带，先把重伤号扶上战马，跟着全上了马，拔出来刀和剑。闯王把镫子一磕，同时说了声"随我来！"向着鸟儿飞去的方向奔下山坡。乡兵们齐声呐喊，打算追赶，但他们都是步兵，没法追赶得上。拦在前面的几十个乡兵见农民军来势很猛，一交手就死伤了十来个，立刻惊慌地让开了路。

这一小股人马逃出了危境以后，马不停蹄地继续前行。走到天明，遇到

一个老百姓，他们才知道昨天下半天走错了方向，而现在走的方向很对，已经进到洛南县境了。李自成叫人马稍事休息，打打尖，继续走路。他看看只剩下的十五个人，又一次在心中问道：

"难道就这样完了么？"

当天下午，李自成又遇见了高一功和两员偏将。他们都带着重伤，亲兵都死完了。第二天上午，闯王等十九人到了离潼关不远的杜家寨，停留几天，零星突围出来的将士与闯王会合。他们又继续西行，在商州西边的丛山峻岭中潜伏下来。另一路突围出来的高夫人和刘芳亮向东到了豫西崤幽山中。第二年春天，高夫人率部前来商洛山与闯王会师。

李自成在商洛山中依靠百姓，惨淡经营，粉碎官军围剿，积蓄力量；又冒着被杀害的风险，亲往谷城劝说已受招抚的张献忠重举义旗。崇祯十三年夏，李自成率义军进入鄂西郧阳山中，一场更猛烈的农民起义风暴即将来临。

卢象升以身殉国

清兵从十月下旬越过北京，由良乡趋涿州，分三路深入：一路由涞水出易州，一路由新城出雄县，一路由定兴出安肃①，有围攻保定态势。到了十一月初，清兵越保定南下，破了高阳。从前在山海关外防御清兵有功的大学士孙承宗已经七十六岁，告老在家，住在高阳城内，率家人同清兵巷战，全家牺牲。初十以后，崇祯得到了这个消息，很为震动。"虏兵这样深入畿辅，如入无人之境，怎么好啊！"他在乾清宫走来走去，不时顿脚叹息。"唉，卢象升，一点用处也没有，太负朕意！"他在心里说，把一肚子怨气都推到卢象升身上，提起朱笔下了一道谕旨，切责卢象升畏敌避战，劳师无功，并收回了尚方剑。他很想找一个人代替卢象升总督天下援兵，但苦于想不出一个适当的人。在他的心中，洪承畴是个人选，但洪承畴还在来北京的路上，缓不济急。

今天早晨，像往常一样，天不明他就起床，在一群宫女的服侍下梳洗好，穿戴好常朝冠服，然后走出养德斋②到乾清宫前边的院子里焚香拜天。行过四拜叩头礼以后，默默地祝祷一阵，回到乾清宫最西头的房间里。为着心情烦闷，他传免了皇后、太子、妃嫔和公主等的照例请安。

换了一身暗龙黄缎便袍，他在御案前坐下去批阅文书。这张御案，他已经在上边批阅了十一个年头的关于军国大事的各种文书，亲笔下过无数诏谕。但每次对着这张御案他就发愁。案上每天堆的各种奏疏和各地塘报像小山一

---

① 安肃——今徐水。
② 养德斋——在乾清宫后边，是崇祯帝睡觉的地方。

样，几乎没有一封文书会使他高兴。这些文书，有的是报告灾荒的严重情形，充满了"赤地千里"、"人烟断绝"和"易子而食"等触目惊心的字句，有的是报告"流贼"和"土寇"的骚乱，兵燹的惨象，有的是报告清兵深入畿辅后，继续前进，又破了什么州县，焚掠得如何惨重，掳去了多少丁壮和耕牛，以及某些地方官望风逃遁，某些地方官城破殉难。诸如此类的文书使他每天必须看，而又实在不愿看，不敢看。有时，他恨不得一脚把御案踢翻。

如今，他的心思特别沉重，没有马上批阅文书，低头望着御案上的古铜香炉出神。一个宫女用双手捧着一个永乐年间果园厂①制造的牡丹瓣式银胎堆漆剔红托盘，上边放着一个盛着燕窝汤的成窑②青花盖碗和一把银匙，轻轻地走进暖阁。另一个宫女从托盘上取下来盖碗和银匙，放在皇帝面前，随手把盖子揭开。崇祯瞟了这个宫女一眼，随即拿起银匙，慢慢地把燕窝汤喝完。

他从一个桃花色玛瑙雕刻的双龙护日镇尺下拿起来一张由内阁进呈请旨的名单，上边开着十个人的姓名，有的要授给这样官职，有的要授给那样官职，有的是选授，有的是迁授③。按说，在目前敌兵深入的局面下，有许多天大的紧急事在等着他，像这样一般除授升迁的事情，既然经过了吏部和内阁，他满可以不必多费心思，该同意的就批个"可"字，如果对那个人不同意就把他的名字勾掉算了。可是崇祯帝偏偏拿起来这一份不大重要的文件，这是因为他一则害怕接触那些有关战乱、灾荒的文件，二则纵然在一些小事上他也常常对臣下很不放心，养成了一个"事必躬亲"的习惯。

他拿起名单来看了几遍，不能做出决定。有些人的名字他是熟悉的，有的他并不知道。他研究着那些知道的名字，心中发生了许多疑问：这个人不是某人的同乡么？那个人不是某人的门生么？还有，这个人由御史改授主事，是不是出于某人的意思？……他思索着，猜疑着，只好把手中的朱笔放下。

正在这时，司礼监秉笔太监④王承恩拿着一个文件走了进来，恭恭敬敬地放在御案上。崇祯害怕又有了不好的军情或灾荒，狐疑地问：

"什么文书？"

---

① 果园厂——明初宫中制造御用漆器的地方，在现在北京图书馆附近。所制剔红托盘及食盒十分名贵。

② 成窑——明成化年间的御窑和官窑瓷器，简称成窑，在明瓷中最为名贵。

③ 选授、迁授——初经选取，授予官职，叫做选授。迁授是升级。

④ 司礼监秉笔太监——司礼监是宫中十二监之一，地位最为重要。秉笔太监是司礼监中一个官职，是皇帝的内廷秘书。

"启奏皇爷，这是大学士刘宇亮的奏本，刚才文书房①送进司礼监值房中来。"

"刘宇亮……什么事？"

"他因虏骑深入，畿辅糜烂，恳求万岁爷派他去督察诸镇援兵。"

崇祯猛然一喜："什么？他要去督察诸镇援兵？"

"是，皇爷。"

"读给我听！读给我听！"

王承恩拿起来刘宇亮的奏疏，用富于抑扬顿挫的声调朗诵起来。奏疏中许多句子写得激昂慷慨，充满忠君爱国的激情，使王承恩深深感动，不由地声音打颤，热血沸腾。崇祯当然也很感动，一面听一面不住地微笑点头，眼睛里闪着泪花，同时心里说："难得！难得！"当奏疏读完以后，崇祯已经做好了重大决定，果断地吩咐说：

"去，快替我拟旨，派刘宇亮代替卢象升总督天下勤王兵马。"

"卢象升呢？"王承恩怯怯地问。

"着他来京听勘！"

王承恩的心中一跳，偷偷地向皇帝的脸上瞟了一眼。他知道卢象升并没有打过败仗，皇上平时误听了高起潜和杨嗣昌的鬼话，才对卢象升做出这样的决定。但是他不敢说一个字，只好遵照皇上的吩咐出去拟旨。他刚走到乾清宫的廊下，崇祯又把他叫了回来。他躬身肃立在皇帝面前，等候着新的吩咐。但皇上什么话也没说，显然是等不及由秉笔太监代他拟旨，自己提起来象管狼毫笔，飞快地写出一个手诏：

> 首辅刘宇亮疏请督师，情词慷慨，殊堪嘉慰。着该辅臣即赴保定军前，总督诸镇，相机进剿，驱除逆虏，迅奏肤功，以安邦国。至卢象升畏葸不前，实堪痛恨，着即褫去本兼各职，来京听勘。钦此！

他把这个简单的手诏写好以后，自己看了一遍，放下朱笔，向王承恩瞟了一眼，随即又省阅别的文书。王承恩把皇上的手诏和御案上另外一叠批阅过的奏疏拿起来，恭恭敬敬地退了出去。

尽管大学士刘宇亮在崇祯的眼中并不是一个合宜的统帅人才，但是由于他已经对卢象升很不满意，又急于要改变畿辅的军事局面，就十分草率地决

---

① 文书房——属于司礼监的一个机构，专管收发文书。

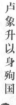

定了这样的重大问题。他一向是一个惯于聪明自恃的人，所以纵然做出最愚蠢的决定，也以为自己是天纵英明，临事果决。

他站起来，在屋里走来走去。这个暖阁里摆着两盆名贵的梅花，一盆是绿萼梅，一盆是玉蝶梅，都在盛开。但是两天来崇祯从没有注意，直到现在才突然看见，并且闻见了它们的淡淡幽香。一个宫女看见皇上望着玉蝶梅，脸上带着笑意，就指着朱红盘龙柱子旁边的一盆鲜花说：

"皇爷，这是昨天从草桥①送来的一盆牡丹，刚刚开放。"

崇祯走近花盆看了一阵，心里说："这么好的花，我竟会没有留意！"他对宫女称赞说：

"很好，雍容华贵中有无限妩媚。什么名儿？"

"听说叫芙蓉三变。"

"这名儿倒新鲜。为什么叫芙蓉三变？"

"因为它在清晨洁白如雪，巳时以后变作嫩黄，午间又变一次，粉白中带一丝红晕，宛如少女双颊，一直到夜间都是如此。"

"是草桥送来的？"

"是昨天从草桥用暖车送来的。一共送来了十盆牡丹，有姚黄、魏紫、沉醉东风、杨家一捻红……许多名色，都不如这一盆芙蓉三变最为名贵。皇后昨天下午就派都人②们把这盆牡丹送来，放在这柱子旁边。当时曾向皇爷启奏过，因皇爷总在省阅文书，没有留意。"

崇祯又看了牡丹一眼，若有所思地自言自语说："啊，草桥，这个地方还没有给虏骑焚烧？"

当十月中旬清兵攻占卢沟桥和拱极城③，把防守卢沟桥的高起潜打得大败的时候，他一连三个晚上都登上煤山向西南郊瞭望，看见到处是焚烧村镇的大火。敌人把城外所有的村镇都烧光了。他一点不知道卢象升率领不足一万人马屹立在从永定门到右安门一带，保卫这一带安然无恙。有些小胜利，卢象升自己没有上奏，杨嗣昌和高起潜也不上奏，所以崇祯帝一直被蒙在鼓里，而他周围的宫女和太监们也没人能说清楚。他在心中叹息说：

---

① 草桥——在北京南郊，离右安门十里。明朝的丰台和草桥一带都是养花和种菜的地方。农民们利用暖房和火温办法，能够在阴历十月间使牡丹盛开，在元旦供给宫中鲜黄瓜和香椿芽。

② 都人——明朝宫中称宫女为都人，是从元朝传下来的蒙古语。

③ 拱极城——即现在的宛平城。

"但愿用刘宇亮代替了卢象升，总督诸军能够改变目前的军事局面！"

天色已经大亮了。一群鹁鸽从翊坤宫①放出来，带着响哨，在紫禁城的上空盘旋一阵，向北海的白塔飞去。太阳照在乾清宫外的白玉雕栏、古铜仙鹤和鎏金铜鼎上。一个宫女把一只鹦鹉笼挂在向阳的桧松枝上，拉起青缎笼围。鹦鹉在阳光中舒展一下羽毛，看见一群太监带着乐器走来，忽然叫道：

"请皇上用膳！"

恰在这时，一个面貌漂亮的御前牌子②来到皇帝身边，请他用膳。他放下朱笔，哦了一声，站起来走出暖阁。

像平日一样，每顿饭都在他的面前摆满了几十样荤素珍馐，除非他传旨召皇后或某一妃子来乾清宫陪伴他，总是他独自寂寞地吃着，旁边站着许多小心服侍的太监和宫女，外边奏着老一套的鼓乐。对这种刻板的生活方式，他感不到一点乐趣，但是又不能不这样生活，因为不如此便不是皇帝派头，便不合一代代传下来的宫中礼法。

无情无趣地吃着早饭的当儿，他忽然想起来国库如洗、灾荒惨重和清兵深入等问题，便把筷子一扔，走回暖阁去了。

在心绪烦恼中，他重新把那张名单拿起来看了看，不再多考虑，用朱笔随便把次序改动一下。他对于这么随便一改动很得意，因为他认为这样办就可以对臣工"示以不测"，而一个英明的皇帝就得经常使臣工摸不透他的思想和脾气。他一点没有注意，经他随便把次序一改，有的本来该升迁的反而无缘无故地降级了，该初授从七品给事中的竟然意外地变成了七品御史或六品主事。后来，内阁诸臣看见这个被御笔改动了的名单大为吃惊，但也不敢问，只好执行。更可笑的是，他为要对阁臣们"示以不测"，从御案上拿起《缙绅》③随便一翻，找一个比较顺眼的名字添在名单的后边，并注上"御史"二字。后来内阁和吏部费了许多力量在北京找不到这个人，过了两个月才打听到这个人在一年前病故于福建原籍。

整个上午，崇祯没有离开乾清宫。他批阅着只能令他增加烦恼的各种文书，愁眉不展地思考问题。困倦时候，他就叫太监王承恩把奏疏或塘报读给他听。文书房把一封弹劾杨嗣昌的奏疏送了进来，他一看是翰林院编修兼东

---

① 翊坤宫——在紫禁城内西路，当时为袁妃所居。

② 御前牌子——御前近侍太监的俗称。

③ 《缙绅》——封建时代的官绅题名录，应该叫做《缙绅录》，但在明朝习惯上简称《缙绅》。

卢象升以身殉国

宫讲官杨廷麟的，不由地把眉头一皱，想道：这个大胡子的杨翰林又议论什么呢？

"把杨廷麟的疏子读给我听！"他不耐烦地低声说，向王承恩瞟了一眼。

王承恩拿起来杨廷麟的奏疏，朗朗地读起来。听着听着，崇祯的火气上来，不由地打断王承恩，问：

"他怎么说？把这句话重读一遍！"

王承恩念道："陛下有挞伐之志，大臣无御侮之才；谋之不臧，以国为戏！"

"什么话！"他不满意地说。"书生之见！下边呢？"

王承恩接着念："杨嗣昌与蓟辽总督吴阿衡内外扶同，朋谋误国，倡和议款，武备顿忘，以至于此！……"

"停！停！"崇祯从椅子上跳起来，用指头敲着御案说："什么'内外扶同，朋谋误国'，尽是胡扯！你知道，这个杨廷麟是否同什么人朋比为奸，故意攻讦大臣？"

"奴婢不知道。"

崇祯想一想，也想不出杨廷麟在朝中同什么人朋比为奸，只好说："好，念下去！"

"督臣卢象升以祸国责枢臣[1]，言之痛心。夫南仲在内，李纲无功；潜善秉成，宗泽殒命[2]。……"

崇祯把脚一顿，哼了一声，吓得王承恩的手一抖，不敢再往下念。

"太不象话！竟是肆口诋毁！"他在屋里走来走去，忿忿地问："谁是李纲和宗泽？谁是耿南仲和黄潜善？何不说秦桧在朝？难道朕是宋高宗么？……可恶！可恶！"

杨廷麟在疏中所使用的典故，使崇祯皇帝很难忍受。他想，这个杨胡子学问不错，才叫他担任讲官，怎么会这样胡乱用典，比得不伦不类？"什么话！"他心里忿然说。"赵构偏安江左，而朕虽然百般苦撑，到底还是一统天子！"他最讨厌有人把他的和议计划比成南宋对金的屈辱求和，偏偏杨廷麟硬

---

① 枢臣——此处指杨嗣昌。

② 夫南仲……殒命——耿南仲和黄潜善都是南宋初年的权臣，反对对金抗战，为宋高宗所信任。李纲和宗泽是主张抗金的两大领袖，李纲只做了七十七天宰相被免职，宗泽在开封饮恨而死，临死时还大呼："过河！过河！"

把南宋的情形拿来比！他还记得，十来天前，有一次上朝时候，就是这个杨廷麟出班跪奏："目今虏兵深入，畿辅糜烂。各路援军云集，大都观望不前，实因京师流言纷纷，不知朝廷要和要战。……"崇祯不等他把话说完，厉声问道："哪个要和？"杨廷麟回奏说："外边都在议论。"他说："既是外边议论，不是朝廷意思，何必多问！"他以为这样厉颜厉色地用话一压，杨廷麟大概不敢说什么话了，没想这个人并不罢休，大声说：

"和议一事，朝臣早已风闻。虽然陛下说和议非朝廷意思，然外间传说纷纷，必有其因。满洲土地，尺寸皆祖宗所有。按之史籍，满虏原是女真苗裔，在周为肃慎，汉、魏称挹娄，后魏称勿吉，隋、唐称靺鞨，其黑水靺鞨后称女真。所以自周以后，女真世为我中国之一部落，连努尔哈赤亦受封于本朝，为本朝守边之臣。中国自古为大一统之天下，断无向部落输款求和之理。倘万一确有议和之事，则堂堂大明，二祖列宗艰辛缔造之天下，岂不为赵氏①之续乎？"

崇祯虽然心中恼火，但又感到惭愧，不好在这个问题上惩办朝臣，所以沉默片刻，只好说："目今虏兵深入，凡我臣民都应该同仇敌忾，执干戈以卫社稷。款议出于谣言，不用再说，下去吧。"他说完这句话也赶快退朝，乘辇回宫了。

如今事隔十来天了，当时杨廷麟跪在他面前时那副倔强的神气，还是清清楚楚地浮在眼前。"唉，对这样的人真没办法！"他心里说，轻轻地做个手势，让王承恩再读下去。王承恩正在害怕皇上动怒，会给杨廷麟治罪，看见皇上又叫他读下去，稍微松了口气，赶快清一下喉咙，读道：

"乞陛下赫然一怒，明正向者主和之罪，斩佞臣之头悬之国门，以示与东夷势不两立。如此则将士畏法，咸知效忠，无有二心。召大小诸臣，咨以方略，俾中外臣工共体皇上有战无和之意，卧薪尝胆，发愤图强。更望陛下谕卢象升集诸路援师，乘机赴敌，不从中制②。此乃今日之急务也！……"

崇祯帝转过身来，一字不漏地听王承恩把杨廷麟的奏疏读完。杨廷麟的奏疏中还有一些关于军事上的具体建议，但中心的意思是反对议和，认为只有在军事上取得胜利以后才能去考虑议和。刚愎成性的崇祯虽然看出来杨廷麟的奏疏是出于忠君爱国的心，但是他讨厌杨廷麟攻击杨嗣昌，讨厌有些话

①　赵氏——指宋朝。
②　不从中制——这是古代的政治术语，即是不由宫廷干预统帅的作战计划和行动。

卢象升以身殉国

181

过于激烈，更讨厌杨廷麟替卢象升说话。他坐下去，把杨廷麟的奏疏接过来看了看，打算把它留中①，但随即打消了这个主意。他知道，他的祖父神宗皇帝常把一些不满意的奏疏留中，引起臣下不满，所以在他手中，极少采用这个办法。他竭力要做一个勤于治国、事事认真的"圣明之主"。他为着表示不同意杨廷麟的意见，提起朱笔批了几个字：

"知道了，钦此！"

按照崇祯的想法，刘宇亮早饭后看见他的手诏，当天午后就会上疏谢恩，请求陛辞，迅速驰赴战场。他想，刘宇亮虽系文臣，但听说他善于击剑，从前在翰林院供职时天天与家童以击剑比武为乐，看样儿对于用兵打仗的事情也不外行。他不求刘宇亮能够冲锋陷阵，但愿他能够以首辅的威望去到军中，使士气为之一振，诸将不再畏缩不前，各州、县不再遇见清兵就望风瓦解。只要刘宇亮做到这一点，就算是了不起的功劳，够使他满意了。在午饭前后，他两次向王承恩问："刘宇亮还没有请求陛辞么？"当王承恩回奏说刘宇亮尚未请求陛辞时，他在心中不高兴地说：

"古人'君命不宿于家'②，他怎么如此迟缓？"

约摸到未初时候，刘宇亮的谢恩疏果然送进宫来。但是这封疏叫皇上大为失望。他在疏中除向皇上谢恩之外，求皇上派他去督察诸军，代皇上鼓励士气，催促诸帅作战，而不要使他接替卢象升总督诸军。这时候，崇祯才恍然省悟，"督察诸军"和"总督诸军"是不同的。刘宇亮的原疏只是请求去督察诸军，而不是要总督诸军，只是因为他急于派人代替卢象升挽回局面，所以没有弄清，匆匆地下了手诏。可是刘宇亮又想立功又害怕直接带兵作战的心思，也给他看透了。

怎么办呢？是同意刘宇亮的请求还是维持他的手诏？他一时不能决定。恰在这时，司礼监掌印太监王德化进来，向他启奏：辅臣杨嗣昌请求召见。崇祯问：

"他有什么紧急事情？"

---

① 留中——古代的政治术语。按照正常程序，奏章经皇帝看过后，批上皇帝的意见，发到内阁和有关衙门。如果把奏疏留在宫中不发出来，给它个置之不理，便叫做留中。

② 君命不宿于家——这是古人的简化说法，意思是接受君命之后，应该赶快动身，连回家宿一夜也不行。这句话来自《礼记·曲礼》："凡为君使者，已受君命，言不宿于家。"

王德化躬身回奏："奴婢不知。可能是为大学士刘宇亮督师的事。"

崇祯明白了，心里想，听一听他们的意见也好。

"叫他到文华殿等候召见。"他说。

未末申初时候，崇祯乘辇到了文华殿。杨嗣昌已经恭候多久了。行过常朝礼以后，崇祯问道：

"先生有什么事情要奏？"

杨嗣昌重新跪下，说："臣为大学士刘宇亮督师的事求见陛下。……"

"他的疏朕已经看过了，先生的意见如何？"

"陛下一览宇亮奏疏，立即手诏嘉勉，命他迅赴前敌，代卢象升总督诸镇援军，与虏作战，足见皇上对宇亮倚畀之重，期望之殷。然宇亮以首辅之尊，假天子威灵，督察诸军，其地位实在总督之上。如仅代卢象升总督军务，其地位不过一总督耳，其所指麾者不过卢象升现有之万余残军疲卒耳。这就失去了首辅代皇上视师之意。"

"难道不让他前去督师？"

"刘宇亮原奏系请求督察诸军，而不是自任总督。况卢象升虽出师无功，贻误戎机，深负皇上委任，但目前军情紧急，不宜临敌易帅，影响军心。请皇上对象升稍示薄惩，使他仍为总督，戴罪图功，以观后效。"

"刘宇亮呢？"

"恳陛下仍按刘宇亮原疏所请，派他前去督察诸军。"

崇祯想了想，觉得杨嗣昌的话也有道理，失悔自己一时心中无主，手诏下得太急。

"好吧，"他说，"依卿所奏，前诏作罢，就派刘宇亮去督察诸军吧。"

"遵旨！"杨嗣昌说，叩下头去。

崇祯又说："目下虏骑深入，畿辅州县，望风瓦解，使朕忧心如焚。今首辅刘宇亮既愿代朕视师，朕甚嘉慰。望他早日成行，不要迟延才是。先生请起！"

杨嗣昌没有起来，说："臣尚有一事启奏陛下。"

"何事？"

"杨廷麟的弹章，蒙皇上发交内阁，臣已见到。臣以驽钝之材，负皇上委任之重，实在罪该万死。皇上天恩高厚，不加诛戮。臣非草木，能不感激涕零！只要有利于国，臣即粉身碎骨，亦所甘心。"

"此事朕自有主张，卿不必放在心上。"

"臣生逢圣朝，深受知遇之恩，对此不惟毫不介怀，且愿趁此为陛下举荐贤材，为国效力。"

"你要举荐什么人？"

"臣拟举荐杨廷麟为兵部职方司①主事，佐卢象升赞画军务，以展其平生所学。"

"行兵作战的事，他可懂得？"

"杨廷麟平日颇留心经世之学，对古今兵略亦甚熟悉，非一般儒臣可比。目前军情紧急，需才孔殷。如能使他去帮卢象升运筹帷幄，佐理军事，较之他供职翰林院，更可发挥长才，为国效力。"

崇祯见杨嗣昌态度诚恳，毫无报复思想，心中大为称赞，面带微笑说：

"卿能捐除私怨，为朝廷推荐人才，有古大臣之风，实堪嘉慰。朕知道杨廷麟是一个敢说话的骨鲠之臣，只是有些偏激而已。"

"陛下圣明，深知廷麟，故不加以肆口攻讦之罪。其实廷麟只是误听了流言蜚语，不明实情，其用心倒是极好的。"

皇帝点点头，说："好吧，就依卿奏，改授他职方司主事，着他迅赴卢象升军前赞画。"

"遵旨！"

杨嗣昌从文华殿退了出来，穿过一条夹道，回到内阁，先走进首辅刘宇亮的房间里，把见皇上的经过说了一遍。刘宇亮十分高兴，连连拱手，感谢他的帮忙。当他把举荐杨廷麟的事情说出以后，刘宇亮和别的几位走来打听消息的辅臣，齐声称赞他有古大臣之风。地位仅次于首辅的薛国观是一个很有心计的人，看穿了杨嗣昌举荐杨廷麟的真正目的是要把这个敢说话的翰林官赶出朝廷，送到兵凶战危的地方。但是他笑着拱手说：

"文弱兄，难得，难得！俗话说，'宰相肚里行舟船'，此之谓也。"

杨嗣昌回答说："学生同伯祥原有通家之谊，心中实无芥蒂可言，且对他的学问、风骨，一向也是钦佩的。三十几岁的人，难免不有些火气。学生不但不会放在心里，以后还要大大地借重他哩。"

"难得！难得！"同僚们齐声说。

---

① 职方司——兵部的一个重要机构，掌管天下图籍，各地道里远近的记载，各地兵额数字。

杨嗣昌回到自己的房间，在长班的服侍下换去朝服，坐进太师椅里，接过来一杯香茶，喝了一口，嘴角露出来一丝冷笑，心里说：

"杨胡子，去到卢总督军中赞画吧，莫在朝廷上乱放空炮。到军中叫你领教领教，同满鞑子打仗不是容易的！"

崇祯皇帝仍然在文华殿，一边随便翻阅《资治通鉴》，一边等候着王承恩替他拟旨。不大一忽儿，王承恩把拟好的上谕稿子捧了上来。这稿子包含两件事：一是派首辅刘宇亮督察诸军，一是改授杨廷麟为兵部职方司主事，赴卢象升军前赞画。崇祯把稿子看了看，提笔改了两个字，加了一个内容，就是严厉责备卢象升畏敌不前，辜负国恩，着即免去兵部尚书衔，降为侍郎，继续任事，以观后效。

"马上发出去，不要耽误！"他说，疲倦地向椅背靠去。

他本来很需要留在文华殿休息一阵，但是在乾清宫的御案上还放着许多重要的文书等他处理，如何能够休息？于是他打个哈欠，站起身来，低声说：

"回乾清宫去！"

乾清宫的御案上除原有的尚未批阅完的文书之外，又新来了两份紧急塘报。他拿起来上边的一份塘报，见是从潼关来的，没有马上打开来，心里想，也许是李自成和刘宗敏等"巨贼"的死尸已经找到了？原来他希望最好是能够将自成等擒获，在午门举行献俘大典，以振奋军心和民气，其次是阵上斩首，验明无误。没想到潼关南原大战之后，李自成夫妇和他们手下的重要首领竟然杳无下落。虽然官军确实大捷，"流寇"确实全军覆没，但因为没有捉到李自成及其手下重要首领，他终觉放心不下。孙传庭在报捷的奏疏中说李自成等看来已死于乱军之中，正在寻找尸首。他对这句话一直半信半疑，疑其未必，但又愿其真能如此。好在是冬天，高原气候又特别冷，战场死尸一时不能腐化，总可以查一个水落石出。如今他在打开塘报之前，心中很希望找到了李自成等的尸首。但是他的这个希望只在心上一闪就消逝了。他想，如果是找到了"逆贼"的尸首，新任陕西巡抚和潼关道都会有急奏到京，岂止一纸紧急塘报？在这一转念间，他的心头上登时笼罩了一层暗云，但又不得不怀着忐忑的心情打开塘报。他一看，像一瓢冷水浇头，不禁浑身一颤，颓然靠在椅背上。

站在旁边的宫女看见皇上的神色改变，赶快捧一杯香茶放在他的面前。

过了片刻，崇祯拿起来第二份塘报，见是从河南府来的，不看内容也知道报的什么事。但是事已至此，他只好打开看了。站在他身旁的太监和宫女看见他的神色更加难看，眼睛里燃烧着怒火，鬓角有一条青筋轻轻跳动。他们提心吊胆，屏息无声，踮着脚尖儿退了出去。不料他们刚刚退出，就听见哗啦一声，皇上把手中的茶杯摔碎。于是他们赶快跑进来，环跪在崇祯面前，颤声说道：

"请皇爷息怒！"

"叫杨嗣昌来！快！快！"

一个御前牌子奉旨刚奔到乾清宫的日晶门口，又被他命另一个太监追赶去叫了回来。他想，今天把杨嗣昌叫进宫来也没有用，无兵可调，他有什么办法？他深恨孙传庭，恨得咬牙切齿，忽地从龙椅上跳起来，把跪在地上的宫女踢了一脚，喝道："起去！"于是他六神无主，在乾清宫绕柱彷徨，几乎撞倒了芙蓉三变。过了好长一阵，他重回御案坐下，提起朱笔，打算下道手谕，将洪承畴严加责问，官降三级，将孙传庭逮捕进京，交刑部从重议罪。但又想了想，把笔放下了。

洪承畴和孙传庭已经率领五万勤王兵出了娘子关，进入畿辅。崇祯明白，如果在这时将洪承畴降级处分，将孙传庭逮京问罪，这一支勤王兵说不定就会瓦解。况且，他想着大臣中威望高，经验多，将来能够替他坐镇辽东抵御清兵的只有洪承畴，他最好还是原谅他的小过，使他更知道感恩图报。至于孙传庭，他决不宽恕他，只是目前还不是时候。等到清兵退走之后，他再把孙传庭叫进京来，治他的罪。

他重新把两份塘报拿起来看了看，心头上怒气消了一些，却感到无比的焦急和沉重。他扔下塘报，靠在椅背上，仰视空中，自言自语地小声说：

"唉，怎么办呢？原来闯贼并没有死，逃往崤函山中！他既然能够进袭潼关和灵宝县城，可见不是全军覆没。河南到处都是饥民。这一股漏网逆贼倘不迅速扑灭，星星之火可以燎原！……天哪，怎么办呢？"

想来想去，他叫一个太监去传谕兵部，檄催潼关道和副将贺人龙火速出关"剿贼"，务期在崤函山中将"残贼"一鼓扑灭，"勿使滋蔓"。这个太监刚走，秉笔太监王承恩拿着一封奏疏进来，恭恭敬敬地放在御案上边。

"谁的奏本？"崇祯问。

"是高起潜的。"

"什么事儿?"

"他奏卢象升拥兵避战,坐视虏骑深入,畿辅糜烂。"

崇祯把眼睛一瞪,拿起来高起潜的奏疏略略一看,便明白了全部内容,恨恨地骂道:

"卢象升……真是该死!"

王承恩明晓得高起潜的话多不可靠,暗暗替卢象升叫屈,但嘴里却不敢吐露一字。

第十四章

　　一个月前，卢象升初到昌平的时候，他抱着一腔忠君爱国的热情同杨嗣昌碰，同高起潜碰，什么都不怕。一个多月的时间使他尝了不少苦头，领了不少教，开始明白了他自己是碰不过他们的，这些人依仗着皇上的宠信像大山一样地压在他头上。他想战，但又处处受到掣肘。皇上不但不支持他，反而生他的气，几次严旨切责，降了他的级，还几乎把他撤职，召回北京去听候勘问。他现在时常提心吊胆，害怕突然接到一道圣旨，把他革职拿问，使他在沙场上尽忠报国的机会顿成泡影。皇上的脾气他是知道的，像这样的事情谁说不会发生呢？

　　阴历十一月中旬，卢象升在庆都县境同清兵相遇，打了一个胜仗，割了一百多个首级。这虽然不是多么了不得的胜利，但使他非常高兴。多天来在一部分将士中存在的畏敌怯战情绪开始有一点儿扭转。他召集诸将，歃血誓师，要继续迎击敌人。就在这天黄昏，他接到邸报，大吃一惊，不由地叹口长气。

　　这份邸报上有两件事都和他有关连。一件是杨廷麟上疏弹劾杨嗣昌，被杨嗣昌玩个花招，一方面保荐为兵部主事，一方面谪发军前赞画。他把杨廷麟的奏疏读了两遍。如果在一个月前，他一定会感到痛快淋漓，拍案叫绝，拔剑起舞，但是他现在却没有那样感觉，反而深为不安。他指着奏疏中"南仲在内，李纲无功；潜善秉成，宗泽殒命"两句话，对一位僚友说：

　　"这两句话痛快倒痛快，可是徒招当事之忌，有何益处？伯祥毕竟是个书生！"

　　另一件事是皇上派刘宇亮督察诸军。他知道刘宇亮并不懂军事，平日也不是对清兵主战的人，但居首辅，只会唯唯诺诺，不敢有所主张。如今他自请督察诸军，不过是打算做一个代天子"临戎"的模样，博取皇上欢心。清兵继续深入，他没有直负重责；一旦清兵退走，又得算他首辅督察的首功。

卢象升深切感到，在杨嗣昌和高起潜之外添了一个刘宇亮掣他的肘，他的处境就更加困难。

隔了一天，他又收到一份邸报，简直像在他的头顶上打个炸雷。密云巡抚赵光抃捉获了一个奸细梁四，供称太监邓希诏、高起潜和辽东总兵祖大寿曾经合谋投降清兵。赵光抃根据梁四的口供奏闻皇上，引起京城里人心波动。皇上大怒，立刻把赵光抃逮捕进京。赵光抃做密云巡抚是卢象升举荐的。想着赵的被逮，杨的谪发军前，他不禁叹息说：

"两公危，我从今以后越发难以安生了。天乎！天乎！敌人并不可怕，可怕的是……"他没有把话说完，又深深地叹息一声。

两天以后，杨廷麟从兵荒马乱中驰至军中。虽然来了一位知己朋友，多了一个膀臂，但卢象升并没有特别高兴。他的处境确实如他自己所料的，越来越坏，使他开始对一切都感到灰心，只求早早地战死沙场。

这时候，他的部队到了保定附近，既无饷银，也无粮草。上书兵部，如同石沉大海。叫清苑县预备粮草，根本不理。卢象升写了一道手谕派人送给清苑知县，上边说："如再复迟延，致三军枵腹当敌，当以军法从事！"清苑知县左某倚靠总监军高起潜的势力，不但仍然置之不理，并且挑唆高监军来书责备象升说："我公屯兵坚城之下，不进不退，后之大事将何以济？"卢象升率领着饥疲的将士转移到真定，希望能得点接济。不料真定巡抚张其平见杨嗣昌和高起潜都排挤他，也紧闭城门，不让一人进城。军中已经快要绝粮，士兵每天只能吃一顿稀饭，有时连一顿也吃不上，不得不靠草根、树皮和着很少的杂粮充饥。起初张其平答应接济一天的粮食，但是卢象升派官员前去领粮，从中午候到黄昏，从东门转到南门，不开城门，从里边传出话来："天色已晚，只有折色银一千两，没有粮食。"随即把银子从城头缒了下来。

乡村和市镇上的老百姓既怕清兵，也怕官兵，一听说军队来到就纷纷逃跑，所以卢象升得到一千两银子却无处购粮。有些士兵在军官的默许下，夜间分成小股，悄悄地离开营盘，到乡村去寻觅草料，出现了抢劫和奸淫行为。于是老百姓对官军越发痛恨和害怕。凡官军所到之处，百姓逃得越发干净，逃得更远。卢象升从前在同农民起义军作战的那些年月里，对于官军的扰害良民，种种不法情况，他早已熟见熟闻，莫可如何，常常只好装聋作哑。但目前是在同清兵作战，这样失掉民心的现象使他感到害怕和忧虑。由于不敢责问手下的将领，怕激出意外变故，他只好将大事化小，下令逮捕了两个士

兵，然后集合全军将士，噙着泪把他们斩首示众。

为着阻止敌人继续深入，他在真定、巨鹿和赵州之间连着袭击敌营，常常小有斩获，但只是扰乱性质，无关胜败。因为粮饷匮乏，孤军无援，军心愈来愈显得动摇。到处有人唉声叹气和怒骂朝廷，抢劫的事情继续发生，还有人开小差。一天夜里，卢象升的老营扎在一个破庙里，他和杨廷麟睡在一个土炕上。杨廷麟本来抱着满腔热情来到军中，想对卢象升有所帮助，可是几天来他也是一筹莫展。他比在京时了解的事情更多，对朝廷更加失望，更加不满，常常在心里问道："难道大明的气数要完了么？"卢象升坐在土炕上处理了一些公事，忽然望着他说：

"伯祥，你明白么？我们差不多临到绝境了。"没有等廷麟说话，他接着说："我带兵多年，身经百战，还没有遇到过这样局面。你瞧瞧，弟兄们骨瘦如柴，每天还要打仗，还要奔波。大家都明白是在等死，不是死于锋刃，便是死于饥疲。如今使大家没有四散的是一点报国之心，而朝廷不惟不知鼓励士气，反而用各种办法来瓦解军心，沮丧将士们的报国热情。这样下去，有些人是会铤而走险的。只要有一队人马鼓噪而去，全军不瓦解也差不多了。伯祥，局势岌岌，如何是好！"

杨廷麟从土炕上跳下来，说："我也担心不能够支持多久。两军对垒之际，安危生死判在呼吸，如何能使将士们枵腹作战？目前只有一个办法，就是移兵畿南三府①，筹募粮草，休养士马，待半月之后，寻敌决战。不然以饥疲之卒，当虎狼之敌，难免覆没，于国何益？"

卢象升摇摇头，苦笑一下，没有做声。杨廷麟接着说：

"畿南三府虽然也有匪、旱之灾，但还不十分残破，民心也未失去。如能移军广、顺，号召士民，则不但粮草无匮乏之虞，兵马亦将会四处云集。从前金人南下，太行山义民蜂起，结寨自保，与金对抗。无奈南宋朝廷立意主和，使岳飞北伐之谋不行，太行山与冀南父老痛哭绝望，诚为千古恨事，言之痛心。公平生以岳少保自勉，何不承岳少保遗志，联络畿南三府父老，共御强虏？在畿南三府士民，既是救国，也是保家，必能闻风响应，执干戈为公前驱。"

杨廷麟的这番话在目前就军事说确是上策，但是这一点并没有打动卢象

①　畿南三府——顺德府、广平府、大名府，都在现今河北省南部。

升的心，倒是他的慷慨激昂的感情使卢象升深受感动。卢象升沉默一阵，叹口气说："伯祥，你的主意虽是上策，但我实不能用。我只能用下策，派人向绵竹①作秦庭之哭②。"

"既是上策，为何不用？"

"这还不明白？"卢象升突然觉得胸中一阵刺疼，站起来，在土炕边低着头来回地踱了几步，然后接着说："一个月来，枢臣与权珰蒙蔽主上，疏、揭③交攻，环顾中外人情④，尽伏危机，以相嫁祸。弟以待罪之身，暂统军务，常不知何时就逮。倘若移师广、顺，则朝廷必加以临敌畏怯之罪，不出数日就会有缇骑前来。与其死于西市，何若死于沙场？"

"可是，纵然公不惜死于沙场，与国何益？"

"但求问心无愧，不负皇上足矣。"

卢象升的心里充满了悲愤和灰暗情绪，竭力不让热泪从眼角滚落。他背过烛光，又来回踱了起来。杨廷麟在小桌上猛捶一拳，大声说：

"难道国家要亡在这班人的手里不成？我不信……"

卢象升陡地转过脸来，向杨廷麟摆了一下脑袋，不让他说下去。在这刹那间，东厂侦事人李奇的影子浮上了他的心头。他不替自己担心，而是担心他的朋友会说出一些不满朝廷的话，被什么人添枝加叶，报进京城。他向杨廷麟的面前走了一步，说：

"伯祥兄，我想拜托你去保定一行，如何？"

"当然乐于效命。不过，你是要我去向绵竹作秦庭之哭么？我看未必能得到他的接济。"

"尽人事以听天命吧。你在京中同他还有些来往，把军中的困难情形向他陈明，也许会打动他的心。我说过这是下策，但目前只有这一条路子。"

"何时动身？"

"事已万分急迫，愈早动身愈好。你这几天十分辛苦，今夜休息一宿，明日五更动身如何？"

杨廷麟想了一下，说："既然军情如此紧急，我今夜就动身吧。请赶快写

---

① 绵竹——刘宇亮是四川绵竹人。明朝士大夫习惯，对内阁辅臣一级的大臣不称其名，称其籍贯。
② 秦庭之哭——楚国京城郢都被吴国攻破，申包胥到秦国求救，哭了七天七夜，求来了救兵。
③ 揭——即揭帖，奏本的一种。
④ 中外人情——朝中朝外的人情。此处实际上指杨嗣昌（朝中）和高起潜（朝外）。

卢象升以身殉国

手书一封，由我面呈绵竹，再以言词动之。"

"你还是睡一晚上。"

"不，事不宜迟，说去就去。"

"这你就太辛苦了！"卢象升拱拱手，表示他的感激。

约摸三更时候，杨廷麟拿着卢象升的手书，带着他的一个家人和卢象升拨给他的四名可靠士兵出发了。卢象升把他送出营外，握着手互嘱珍重。杨廷麟策马走了几步，感到很不放心，又勒转马头，叮咛说：

"公一身系国家安危，千万勿作孤注一掷。畿南为我公旧治①，民心可用，务望留意。"

卢象升点点头，说："兄快走吧，不必以弟为念。大丈夫既然以身许国，七尺微躯不敢私有。成仁取义之理，略知一二。以一死上报君恩，在弟犹嫌其少耳。"

他目送着六匹马在昏暗的星光下走了以后，又过了一阵才转回营去。他已经决心战死沙场，想着这次同故人相别恐怕就是永诀，心中有点难过。明知刘宇亮不会给他什么援助，他之所以派杨廷麟前去，固然是抱着"尽人事听天命"的想法，但更重要的是要把廷麟打发走，替国家保存一个有用的人才。这后一点想法，杨廷麟是无从知道的。

卢象升送走杨廷麟的当天夜里，得到兵部的紧急文书，说是据山西塘报，清兵西趋山西，太原危急，命令卢象升督师驰援。象升明明知道清兵就在冀中平原攻城破寨，烧杀淫掠，并没有往山西移动，仅仅派少数游骑作为疑兵，佯装有西窥山西之势，却引起了太原官绅的惊慌。他把檄文投在炕上，心里说：

"将在外，君命有所不受。杨嗣昌于数百里之外，事事牵着我的手脚，这可奈何！"

虽然他自己决定不接受兵部的命令，可是他手下的大同总兵王朴也直接得到了兵部檄文。王朴手下的将士早就不愿随着他受苦拼命，一听说山西危急，兵部来了檄文，都要回去保护家小，鼓噪起来。不用分说，把王朴扶到马上，拥着他往西而去。

―――――――――

① 旧治——指卢象升曾做过大名兵备道，治理过畿府。

卢象升所率领的三个总兵官，以王朴的人马最多。王朴走后，虎大威、杨国柱两个总兵官的部队和象升自己的标营，连同不能作战的人员在内，合起来仅有六千多人。第二天中午，他率领着这几千残兵，开到南宫县境，在荒野中扎营立寨。各营都派出一些人挖掘草根，拿回来洗净，切碎，和着很少的杂粮充饥。卢象升也吃同样的东西。他知道清兵下一步或者深入畿南，或者由这里向山东掳掠，所以他打算在这里使人马稍微休息一下，明天到巨鹿找敌人进行大战。这时高起潜带了将近两万人马到了鸡泽，离这里只有几十里路。他赶快写了封恳切的亲笔信，派一名小校飞马送去，请高起潜也把军队开往巨鹿，以便互相声援，分散敌势。

他刚把使者派出，有畿南三府的几百父老代表来到营外，要求见他。卢象升听到禀报，赶快走出营门，接见了父老代表，问他们前来何事。从代表中走出一位体格健壮的老人，飘着花白长须。象升一看，并非别人，正是巨鹿的爱国志士姚东照，腰间挂着他不久前赠的宝刀。姚自清兵入塞后，到处奔走联络，号召抗御清兵，保家卫国，在畿南三府百姓中深孚众望，所以大家推举他代表大家同总督说话，他还不知道卢象升已经降级，所以一开口就称他"尚书大人"。他声音洪亮地说。

"尚书大人，天下汹汹，快有十年了。满鞑子已经数次入塞，杀我人民，掳我丁壮，淫我妻女，焚我屋舍。凡我大明臣民，都应该同仇敌忾，与敌周旋。无奈虏骑所至，我兵不战自溃，州、县望风瓦解，实在令人痛心！大人不顾万死，屡挫凶锋，以为天下表率。可恨奸臣在内，大人一片孤忠，反被嫉恨。上下千里，空腹驰逐，徘徊荒野，竟连吃一顿饱饭也不能得！唉，天哪，像这样，如何能对抗强敌！"

姚东照的声音哽咽和打颤，不能不停顿一下。周围的人们，不管是父老代表或象升的麾下将士，听到这里，都感到喉咙堵塞，心里憋得难过。有人低下头去，有人悄悄地向总督的脸上瞟了一眼，看见他两眼潮湿，神色激动，从嘴角流露出一丝苦笑，等着老头子继续说话。

"听说今天五更，三军鼓噪，大同总兵王大人借口出关①去救山西，带着他的人马走了。将要临敌决战，竟然发生此事。大人只剩下几千个饥饿疲惫的人马，如何能杀败鞑子？请大人听从愚计，赶快移军广平、顺德一带，征募粮

---

① 出关——当时畿辅北部的人们说出关是指出居庸关和山海关，畿南的人们说出关是指出固关。

卢象升以身殉国

草，召集义师。我们三府子弟一向报国有心，投效无门，一旦知道大人来到，人人会踊跃慷慨，同心齐力，听从大人指挥，虽肝脑涂地亦所不辞！只须大人振臂一呼，我敢断言，数日之内，人们会背着干粮，云集麾下，十万人不难召集。如此岂不远胜于大人只臂无援，独抗强敌，徒然送死？望大人三思！"

老人的句句话都打在卢象升的心上。他很明白，如果采纳这位老人的意见，不但能免遭全军覆没的危险，还可以取得胜利。想起来杨廷麟给他的忠告，他在心里说："三府民心果然可用！"然而他毕竟是一个封建士大夫出身的总督，虽然知道畿南民心可用，却不明白应该如何将老百姓的力量因势利导，充分使用。在他的思想中，抗击异族入侵只能是朝廷和文臣、武将的事，而百姓们仓猝集合，虽有敌忾之心，毕竟是乌合之众。他深知三府百姓平日与官府势如水火，人心思乱，处处潜伏危机，所以很担心倘若畿辅百姓都起来同清兵作战，纵然一时能帮助他将清兵赶跑，也会给朝廷带来"殷忧"。倘若有"无赖之徒"乘机作乱，他何以上对朝廷？岂不是一波未平，一波又起？到那时，他将不是死于战场，而是死于西市。他没有多犹豫，向姚东照等父老们拱拱手说。

"暾初先生，各位父老！我十分感谢父老们的隆情高义！象升十年来身经百战，未尝败衄，然今日情势如此，惟有一死报国！"

听了他的话，群众的情绪更加激动，纷纷地劝他移军广、顺，整顿兵马。一个农民老人揩揩眼泪，大声说：

"总督大人！你不要以为老百姓是无知愚民。只要大人移军广、顺，军民齐心，还怕不能够打败敌人？难道大人不信咱三府老百姓会拿起刀枪来保家卫国？大人，光想着一死救国可不是办法，如何打胜敌人要紧！"

卢象升摇摇头说："唉，今日象升虽名为总督，实际只有疲卒数千。大敌由西边冲来，我既无援兵，又无粮草，千里转战，已经力竭。可是事事都由中制，动遭掣肘，夫复何言！象升旦夕就要战死沙场，不必连累畿南三府的父老兄弟！"

姚东照大声说道："死有重于泰山，有轻于鸿毛。不能击败鞑虏，徒死何益？"

听了这几句话他很感动，但是他心中明白，如果他移军广、顺，朝廷一定会说他是逃避敌人，把他逮捕进京，到那时他纵然有一百张嘴也无处替自己申辩。但他是朝廷大臣，这样话不能对百姓父老说出口，只能回答说：

"象升身为朝廷大臣，何能违背圣旨，擅自移军就食？见危授命，死而无憾！"

"可是'将在外，君命有所不受'。"

"不惟君命难违，且总监大人即在数十里外。诸君虽出自一片好心，然象升倘以违抗圣旨、临敌畏怯的罪名，死于西市，千古含冤，何如慷慨跃马，死于炮火锋镝之间！象升死志已决，请父老们不必再讲了！"

父老们明白了他的苦衷，有人摇头不赞成，有人叹息，有人失望顿足，也有人因军情危急，朝廷昏暗，卢象升徒然就死，激愤难忍，不禁失声痛哭。象升和他身边的将士们看见百姓哭，也都忍不住淌下热泪。姚东照向他的面前走近一步，慷慨陈说：

"大人，自从崇祯二年以来，如今是东虏第四次入犯，比以往更加深入。每次虏骑入犯，京城戒严，朝廷束手无策，听任虏骑纵横，蹂躏畿辅。州、县官吏只会闻风逃窜，不敢固守城池。地方上乡绅巨室，也是闻风先逃，从无人肯为国家着想，全无忠君爱国之心，更莫说号召百姓共保桑梓。官军来到，对虏骑畏如虎豹，对百姓凶如豺狼。每次虏骑入犯，所过之处，房屋被焚，妇女被奸淫，耕牛、农具、牲畜、财物被抢掠，很多人被杀死，很多人被掳走。我们小百姓上不能依靠朝廷，下不能依靠官府，既怕虏兵，也怕官兵。可是光害怕不是办法，所以我们号召三府子弟，保家卫国，与虏骑周旋。百姓们因见朝廷畏敌主和，各路官军名为勤王，实为扰民，只有大人肯与虏兵一战，所以不愿看着大人徒然捐躯，无益于国，愿意助大人一臂之力。望大人勿失三府民心，勿挫三府民气！"

卢象升说："曒初先生，自从虏骑初次入犯，你就力主号召畿辅百姓保家卫国，故素有义士之称。但今日象升为国尽节，势所必然。决战就在眼前，象升只知为皇上效命疆场，生死早已置之度外。三府父老盛情爱护，象升惟有感激而已。"

"大人，听说虏骑正在向南来，请大人暂时退兵，稍避凶锋，缓十日与虏决战如何？"

"为何？"

"如大人能在十日内不与鞑子决战，东照与三府父老就可以率领数万子弟前来助大人一臂之力。"

象升抓住姚东照的手，把他拉到几步之外，用潮湿的、十分激动的眼睛

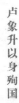

卢象升以身殉国

195

望着他，叹口气说：

"暾初先生！我的处境你还不完全明白。我感谢你的好意，可是我怎么能等待十天呢？"

"为什么不能等待？"

"第一，学生已被朝廷夺去了尚方剑和尚书职衔，不知何时会有缇骑来逮入京师问罪。万一在十日之内学生被逮入京师，倒不如赶快与虏一战，宁为国殇，胜死于诏狱①多多。第二，看虏骑趋向，分明拟深入山东，截断运河，威胁济南，倘不趁早迎击，挫其气焰，则山东数十州县必将望风瓦解。到那时，不惟朝廷将治学生以纵敌深入之罪，即学生亦将何以对山东百姓？第三，"象升放低声音说，"目前官军士气不振，畏敌如虎；自王朴走后，军心更为动摇。这所剩的数千饥饿疲惫之师因感学生一片忠君爱国之心和平日赤诚相待，暂时不忍离去，勉强可以一战。稍缓时日，军心瓦解，学生纵然想战也不可得矣。"

"那么候我五日如何？"

"五日？……不行，不行。"

"倘若五日不行，请大人务必候我三日！"

卢象升虽然判断不出三日，也许就在明日，清兵就会来到，过三日百姓的增援已无济于事，但是他不好再拒绝姚东照的好意，于是回答说：

"好吧，你们快回去号召三府子弟不令虏骑长驱南下。三日之内，我这里会有消息。我看，虏骑行军甚疾，常如骤风急雨，恐怕你们想助我一臂之力已经来不及了。我明天将稍向西南移动，以便与高监军大军靠近。巨鹿为先生桑梓，但愿我们能够在巨鹿再次相见。"

他同姚东照回到众人面前。父老们把随身带来的少数粮食拿出，献给象升。一位父老颤抖着雪白的胡子说：

"大人，我们因来得仓猝，又不知是否能遇到大人，所以带来的粮食不多，只算是略表三府百姓的一点心意。如大人移军广、顺，我们三府百姓为抵御异族入犯，尚有忠义之气。虽然日子很苦，把自己下锅的粮扫数拿出，都很高兴；只要能毁家纾难，甘心情愿。"

附近乡村和南宫城内的有钱人家早就逃避一空，只剩下一些无力逃迁的

---

① 诏狱——由皇帝下诏令逮捕下狱，称为诏狱。在明朝，一般由东厂或锦衣卫执行逮捕，下入镇抚司狱中。

穷苦百姓。他们听说卢象升决心同清兵作战，军中已经绝粮，三府父老们前来献粮，也纷纷把埋在床头的，藏在墙洞里和窖里的各种杂粮都拿出来，送到营门外。一位满面菜色的农民老太婆兜着一手巾枣子，挂着拐杖，喘吁吁地赶来。她两眼流着泪，用双手把枣子捧给象升，说：

"大人，连年又是大旱，又是蝗虫，还加上兵荒马乱，老百姓家家缺粮。我这个孤寡老婆没有别的东西，把这一点红枣送给大人煮煮吃，多杀几个鞑子。"

"老大娘，你没有儿子么？"

"唉，苦命！儿子都没啦！上次鞑子来到这一带，一个儿子被杀，一个给掳了去，杳无音信！"老婆子哭着说。"朝廷老子养那么多兵，只会骚扰良民，谁肯出力打仗？末梢年，老百姓活该遭殃。在劫啊，有啥法子？"

卢象升不肯收她的枣子，但老婆子哪里肯依，只好留下。

这天晚上，卢象升心绪纷乱，不能安眠。三更以后，他带着人马离开营寨，向巨鹿县迎击敌人。中午时候，部队到了巨鹿县的贾庄。得到探报，有几千清兵快到附近。他叫将士们站成一个圆圈，然后他勒马站在中间的土丘上，向四面拜了四拜，说：

"将士们，今天我们就要同敌人相遇了。我与诸位同受朝廷厚恩，今日正是我们为朝廷效命的日子。我们怕的是不能够为国战死，不怕不能得生。宁作断头将军，战死沙场，不能辜负国恩，临敌畏缩。纵然我们今天为国战死，也使敌人不敢再轻视我们，并使千万志士闻风兴起。弟兄们，随我前进！"

说完以后，他把五明骥的镫子一磕，带着标营人马，向敌人的方向奔去。虎大威和杨国柱两位总兵官的人马紧紧地随在后边。走了十来里路，见北方烟尘蔽天，觱篥声阵阵传来。象升策马朝着尘埃飞扬的敌营奔去。虎帅担任左翼，杨帅担任右翼。刚一接仗，右翼兵马受不住敌人骑兵的冲击，稍向后退。虎大威立刻从左边扑上去，象升也舞刀跃马大呼，向前冲杀。一时三军振奋，杀得清兵大败，四散奔逃。附近没有逃迁的村民自动地纠合成群，拿着锄头和白木棍子，把那些落荒而逃的清兵打死不少。

黄昏前，卢象升率领将士们退回贾庄，准备明天同清兵的主力决战。派往鸡泽送信的小校已经转来，知道高起潜不肯发兵相助，象升恨恨地叹口气，一句话也没有说。

　　三更时候，月色苍茫，觱篥声突然从四面吹响起来。卢象升走出军帐，四面一听，知道已经被敌人四面包围。他非常镇静，好像这结局早在他的意料之内，只是仍不免在心中遗憾地说：

　　"高起潜的关宁铁骑离这儿只有五十里，假若能够赶来，给敌人一个内外夹击，该多好啊！"

　　第二天是十二月十二日。敌人在拂晓前从西边又来了一万多骑兵，连昨夜来到的有三万以上，把卢象升的营寨围了三重。过了一会儿，天色大明，但天气昏霾，日色惨淡，刮着冷风。突然，觱篥声、炮声和喊声大作，开始从四面向明军猛攻。虎大威守西面，杨国柱守东面，南北两面由副将等官防守。在四面紧要地方，架好大炮。卢象升往来指挥，炮不乱发。这些炮手的名字他全记得，他叫谁谁就点放。有一次当他正在指挥开炮时候，炮手中流矢阵亡，而敌人像潮水似的涌了近来。他立刻跳下马，抓住火绳，连开两炮，打死了一批敌人。第二个炮手赶来，从他的手中接住火绳，他才重新上马，赶往另一个最危急的地方督战。

　　自辰至未，敌人猛攻不退。象升营内的火药和铅弹完了，箭也完了。他的脸孔被硝烟熏黑，衣服被烧破几处，并被流矢穿透了几个洞洞。西南角的敌人，听见象升营中的炮声齐暗，扛着四面红旗，冲了进来。这时营中炮烟弥漫，几丈远看不见人。象升大呼杀贼，在潮水一般的清兵中左右冲杀。忽然看见虎大威被敌人包围，支持不住，他冲了上去，大叫说：

　　"虎将军！今天是我辈为国尽忠的日子，不要怕死！杀呀！杀呀！"

　　虎大威杀开一条血路，同他会师，挽着象升的马缰劝他突围。他不肯突围，用刀向虎大威扬一扬，大声说："放手！"虎大威放了手，立刻有一大群敌人把他们冲散了，以后再也没有会合的机会。

　　经过半天的攻守战和半个时辰的混战之后，卢象升的将士死伤惨重，剩下的不多了。贾庄外边不远有一座蒿水桥。战场已经由贾庄移到蒿水桥边，实际上也只是些零星战斗。明兵这一堆，那一团，被敌人分割包围，坚持着最后的战斗。这种战斗，既不是为着胜利，也不是为着突围，而是受一个十分单纯的愿望所支配，就是要在自己倒下之前多杀死一个或几个敌人，死不投降。

　　虎大威和杨国柱都负了伤，不知什么时候已突围走了。家人顾显一直跟在卢象升的身边，负了十几处伤，栽下马去，失了知觉。过了片刻，他突然抬起头，睁开血红的眼睛，但是他没有再看见总督和五明骥。正在这时，有一群敌骑从他的面前奔过。他从地上拾起短剑，用力向敌人掷去，恰好刺中了一个敌人的头部。敌人大叫一声，栽下马去。"老子又赚了一个！"顾显在喉咙里骂了一句，倒下去死了。

卢象升已经受了三处箭伤和两处刀伤。他的身边只剩下宣府参将张岩、掌牧官杨陆凯和二十几个骑兵，而且都负伤了。他率领着二十几个人杀到蒿水河边，被宽阔的河水拦住。冰不厚，已经有几匹马踏破了冰凌陷在河里。对岸有一个穿红袍的敌将带着一起人用乱箭射来。象升的左胸上又中了一箭。他拔出箭，大吼一声，五明骥腾空一跃，跳过了两丈多宽的河水。敌将大吃一惊，回马便逃。象升连砍死两个敌人。如果他这时向南奔去，会很容易地脱离战场。但是他没有这个想法。他回头一看，发现跟着他的二十几个人都不曾过来，正在被十倍以上的敌人围攻。他又吼叫一声，同时把镫子一磕。五明骥好像懂得主人的意思，打个转身，踏着蹄子，喷鼻，奋鬣，愤怒地叫了一声，一纵身跳回到河水这边，往敌人的垓心冲去。卢象升因为流血太多，感到自己快要不能支持，快要死了。他一面砍杀，一面呼喊着下边的话，鼓励他的将士，也鼓励他自己：

"将军断头，勇士捐躯，就在此时！杀！杀！……弟兄们，用劲儿杀呀！……"

他的背上又中了一刀，身子猛一摇晃，几乎栽下马去。但是他赶快用左手扶住马鞍，回身砍死了一个敌人。他把自己的人马救出来，重新来到蒿水河边，背水作战。这时，他的身边只剩下五六个人，参将张岩和大部分弟兄都死了。掌牧官杨陆凯骑着千里雪，紧随在他的身边。千里雪的洁白的身上被鲜血染污几片，有些血是杨陆凯的，也有些是从敌人的身上迸过来的。杨陆凯负伤很重，困惫不堪，衰弱地对卢象升说：

"大人，你快跳过河走吧，我在此挡住敌人！"

卢象升似乎没有听见他的话，又似乎在鼓励他，重复着叫：

"将军断头，勇士捐躯，就在此时！"

战斗又继续了一阵。五明骥的一条前腿突然中了流矢，打个前栽。卢象升翻身落马。但他挣扎着站了起来，徒步迎战。一群敌人骑兵包围着他，要他投降。他一面抵抗，一面愤怒地说："堂堂大明，只有断头将军，没有投降将军！"但声音已经很弱，很低，不能连贯。片刻之间，他的头上又连中两

卢象升以身殉国

199

刀，一刀在后脑，一刀在脸上。他大叫一声，倒了下去，把大刀抛得很远。他的耳膜上还在响着刀剑声和喊杀声，而他自己像做梦一样，模模糊糊地觉得自己仍在战斗，仍在呼喊。不过，他又模糊地知道自己受了重伤，躺在地上，血正在向外奔流。他还想挣扎起来，再杀死一两个敌人，可是他挣扎不动，哼了一声，失去知觉。

杨陆凯也从马上栽下来，离卢象升躺卧的地方只有几尺远。他以为象升还没有死，赶快挣扎着爬过去，用自己的血身子遮盖着总督。敌人不知道那第一个倒下去的、穿着小兵号衣的勇猛战士就是卢象升，所以没有割取他的首级。但他们非常恨他，尽管看见他已经死了，还用乱箭射他，为死伤的伙伴报仇。杨陆凯在箭雨中紧紧地抱着总督，没有叫喊，也没有动一动。他死了，背上中了二十四箭，还有许多箭落在他的周围，深深地插入土中。

当卢象升落马之后，五明骥昂着头，吃惊地向周围望望，不知道发生了什么事情。随即它明白自己受了伤，而主人也离开它了，它又失望又愤怒地冲出重围，几乎将一个敌方骑兵冲倒。一群敌人看见它是一匹稀见的骏马，从四面围上来，打算把它捕获。它昂着头，抖抖鬃毛，兀立不动，连喷几个鼻子，望着蒿水长叫一声。等敌人走近身边时，它突然狂怒地跳了起来，踢倒了一个敌人，跛着一条前腿向旷野奔去。几个清兵仍不死心，继续追它。它跑到蒿水的转弯地方，徘徊起来。一眨眼工夫，几个清兵又追到了。它打算纵身跳过河去，但因为它的前腿负伤，而这地方的河身又特别宽，它在离岸两丈远的地方落下水里。它正在挣扎着往对岸浮去，清兵射了几箭，把它射死。

三天以后，在一个夜间，杨廷麟赶到战场上寻找卢象升的尸体。

他没有看见刘宇亮。卢象升的手书还揣在他的身上，刘宇亮在安平风闻清兵将到，吓得面无人色，急急慌慌地逃往晋州。晋州知州陈宏绪同城中士民歃血盟誓，不让刘宇亮一兵一卒进城。刘宇亮大怒，一面上疏请旨将陈宏绪逮京问罪，一面往真定逃去。杨廷麟到了保定，正要往真定追赶，忽闻卢象升全军覆没，放声大哭，就连明彻夜往贾庄奔来。

贾庄一带方圆几里的范围内，成了个死亡世界，到处是人和马的尸体。明兵固然绝大部分阵亡了，清兵也在这场恶战中死了几千。杨廷麟正在设法寻找卢象升的尸首，忽然从附近传过来一匹战马的萧萧悲鸣。他身边的一个弟兄原是跟着卢象升多年的亲兵，激动地说：

"老爷！老爷！这是千里雪的叫声！"

他们向着战马嘶鸣的地方跑去，果然看见一匹雄骏的白马昂首兀立在月光下，似乎在等待他们。等他们走近它时，它一扭头跑开了，在远远的荒野上停下来，又发出苍凉而悲哀的嘶鸣。他们又按着声音追去，而它又跑了。它这样跑了几次，萧萧地叫了几次，最后来到蒿水岸上，不再动了。杨廷麟同随从们来到白马身边，首先发现了杨陆凯的死尸，随后从杨的死尸下找到了另一个人的尸首。虽然象升的面部被砍伤，血肉模糊，但是那个老兵一看见他的头上束的白网巾，号衣里边的麻衣，就抱着尸首大哭起来，说：

"这就是我们的老爷！我们的总督！"

他们把象升的血衣脱下，看见总督印还绑在肘后。

杨廷麟等正在收拾卢象升和杨陆凯尸首的当儿，忽听人声嘈杂，自远而近，并有很多灯笼火把，使他们大为惊异。等他们跳上马向前迎去一看，看见来的人都是畿南百姓装束，手执各色武器，也有拿着锄头和白木棍子的，在月光下黑压压地望不见边儿。经他们一问，才知道是姚东照来寻找卢象升的尸首的。原来姚东照回去一天多工夫就号召了两三万人，汰去老弱，挑选了七八千人，正要连夜往贾庄赶来，恰有一支清兵南下，如入无人之境。其实敌人只有两千多骑兵，利用明军畏怯避战，才敢离开主力，孤军长驱，冲到巨鹿与广宗之间，到处焚烧房屋，奸淫抢掠，掳走男女人口。姚东照等父老号召的义勇百姓埋伏在广宗城北，突然将清兵从中间截断，四面呐喊，八面围攻，一阵混战杀死了清兵三百多人，夺回了很多人口和耕牛。清兵不敢恋战，向东逃去。打过了这一仗，姚东照等重整队伍，奔救卢象升来。等他们赶到蒿水桥战场，卢象升已经阵亡三天了。

姚东照一看见卢象升的尸首，不禁失声痛哭，说："大人！你要等三天与虏兵决战，断不会兵败身亡。是朝廷将你逼死的啊！"数千爱国百姓对朝廷的无道更为清楚，有人忍不住用很粗鲁的话诅骂朝廷，骂兵部尚书杨嗣昌，骂总监军太监高起潜，也有不少人惋惜卢象升只懂得一个"愚忠"，落得如此下场。有一个人在看过卢象升的尸首后大声骂道：

"这算是什么世界，什么朝廷！不肯为国打仗的人受到皇上宠信，愿意为国打仗的人反而受到责备，不给援军，不给粮饷，逼死沙场，高兴了敌人！"

卢象升的亲兵并没有死尽。有一个名叫郑奎的亲兵带着重伤逃出来，驰

卢象升以身殉国

马到了北京，向兵部禀报总督的阵亡经过。杨嗣昌亲自召见了他，听了他的详细禀报以后，问：

"杨赞画死了没有？"

"他没有死。卢总督前一天派他往保定去啦。"

杨嗣昌感到遗憾，不再问下去，起身走了。他不相信卢象升真的死了，派了三个人去贾庄察探实情。有一个叫做俞振龙的回来禀报说卢总督确实阵亡，被诬以禀报不实的罪名，吊了三天三夜，打了几百鞭子，希望他说出卢象升是逃跑了，没有下落。但俞振龙决不说谎。他在临死时候，对着审讯他的官员说：

"唉，天道神明，不要冤枉忠臣！"

杨廷麟回到北京，把军中的曲折实情，上奏皇帝。杨嗣昌代皇帝拟了一道上谕，责他所奏不实，将他降了级，贬到江西①去做个小官。正如卢象升估计那样，清兵主力已由畿辅转掠山东，未经战斗就破了济南。齐鲁大地虽然又一次惨遭清兵的屠杀和掠夺，但京畿一带已无清兵，崇祯皇帝暂时又舒了一口气，北京城内又恢复了往日的平静，老百姓在惊魂稍定之中，度过了一个欢乐的灯节。

---

① 贬到江西——顺治二年清兵下江南，他在江西从事抗清活动。次年守赣州，被清兵围攻半年。十月四日城破，他投水自尽。

张献忠谷城起义

春天，谷城城外的江水静静地流着。一春来没有战争，这一带的旱象也轻，庄稼比往年好些。香客还是不断地从石花街来来往往，只是比冬闲期间少了一些。小商小贩，趁着暂时出现的太平局面大做生意，使谷城和老河口顿形热闹。但是关于张献忠不久就要起事的谣言在城市和乡村中到处传着。人们都看出来，这样的平静局面决不会拖延多久。众人的看法是有根据的：第一，朝廷迟迟不打算给张献忠正式职衔；曾传说要给他一个副将衔却没有发给关防，更不曾发过粮饷。这不是硬逼着张献忠重新下水么？第二，张献忠日夜赶造军器，天天练兵，收积粮食，最近从河南来的灾民中招收一万多人。这不是明显地准备起事？第三，张献忠才驻扎谷城时节，确实不妄取民间一草一木，后来偶尔整治几个为富不仁的土豪，但并不明张旗鼓。近来公然向富户征索粮食和财物，打伤人和杀人的事情时常出现。这难道不是要离开谷城么？还有第四，张献忠的士兵们也不讳言他们将要起事。他们说，他们的大帅原是一心一意归顺朝廷，可是朝廷不信任，总想消灭他，而地方上的官绅们又经常要贿赂，把大帅的积蓄要光了，大帅只好向将领们要，弄得将领们都想起事。

政府方面只有"剿贼"总理熊文灿不认为献忠会"叛变"，也害怕听到献忠要"叛变"的话。为着安抚张献忠的心，他还把说献忠坏话的人重责几个。可是总兵官左良玉心中很亮，宁肯违反总理的心意，暗中把自己的军队集结起来，准备一有风吹草动，他就向谷城进攻。

在政府官吏中对张献忠的动静最清楚的还有谷城知县阮之钿。在四月底到五月初的几天里，他看见张献忠的起事已像箭在弦上，而近在襄阳的熊总理硬是如瞽如聋，不相信献忠要反，他为此忧虑得寝食不安，一面暗中派人上奏朝廷，一面考虑着劝说献忠。他是一个老秀才，原没有做官资格，因为偶然机会，受到保举，朝廷任他做谷城知县，所以时时刻刻忘不下皇恩浩荡，决心以一死报答皇恩和社友①推荐。虽然他明白劝说不成有杀身之祸，还是要硬着头皮去捋捋虎须，掰掰龙鳞。端阳节的上午，听说张献忠已经在调动人马，并将辎重往均州、房县一带急运，他就以拜节为名，穿了七品公服，坐上轿子，去见献忠。拜过节后，话题转到外边的谣言上，他站起来，紧张得手指打颤，呼吸急促，说：

"张将军，关于外间谣传，真假且不去管。学生为爱护将军，愿进一句忠言，务望将军采纳。"

献忠知道他要说什么话，故意打个哈欠，说："好我的父母官，有话直说嘛，何必如此客气？快坐下。我老张洗耳恭听！"

阮之钿重新坐下，欠着身子，竭力装出一副笑容，说："将军是个爽快人。学生说话也很直爽，请将军不要见怪。"他停一停，打量一下献忠的神色，一横心，把准备好的话倒了出来："将军前十年做的事很不好，是一个背叛朝廷的人。幸而如今回过头来，成了王臣，应该矢忠朝廷，带兵立功，求得个名垂竹帛，流芳百世。将军岂不见刘将军国能乎？天子手诏封官，厚赏金帛，皆因他反正后赤诚报效，才有如此好果。务请将军三思，万不可再有别图，重陷不义，辜负朝廷厚望。若疑朝廷不相信将军，之钿愿以全家百口担保。何嫌何疑？何必又怀别念？请将军三思！"

平日张献忠对阮之钿十分厌恶，只因时机不到，不肯给他过分难堪。今天正好是个机会，再不用给他敷衍面子。他挤着一只眼睛，以极其轻蔑的神气望着知县，嘲笑说：

"噢，我说怎么搞的，清早起来，左眼不跳右眼跳，心想一定会有什么重大的事儿要发生，原来是老父母大人疑心我张献忠要反！"随即他向后一仰，靠在椅子上放声大笑，长胡子散乱在宽阔的胸前。

阮之钿突然脊背发凉，脸色灰白，慌忙站起，躬着身子说："学生不敢。学生

---

① 社友——明末知识分子结社的风气很盛，同社人称为社友，书信中称做社兄。阮之钿是复社中人，他的被保举也得自复社的力量。

不敢。之钿是为将军着想，深望将军能为朝廷忠臣，国家干城，故不避冒昧，披沥进言。之钿此心，可对天日，望将军三思！"

"咱老张谢谢你的好意！我这个人是个大老粗，一向喜欢痛快，不喜欢说话转弯抹角，如今咱就跟你说老实话吧。话可有点粗，请老父母不要见怪。"

"好说。好说。"

"刚才你说什么？你说我张献忠前十年没有做过好事，这一年投降朝廷才算是走上正道？是不是这么说的？"

"是，是。学生之意……"

"你甭说啦，我的七品父母官！我对你说实话吧，前十年我张献忠走的路子很对，很对，倒是这一年走到茄棵里啦。你们朝廷无道，奸贪横行，一个个披的人皮，做的鬼事，弄得民不聊生，走投无路。咱老子率领百姓起义，杀贪官，诛强暴，替天行道，为民除害，这路子能算不对？要跟着你们一道朘削百姓，才是正路？胡扯！"

"请将军息怒。"阮之钿两腿发软，浑身打颤说。

张献忠把桌子一拍，跳了起来，指着知县的鼻子说："你这个'老猛滋'，你这个芝麻子儿大的七品知县，也竟敢教训老子！"

"学生不敢。学生实实不敢。"阮之钿的声音有点哆嗦，脸上冒汗，不敢抬头。

献忠又说："这一年来，上自朝廷，下至你们这些地方官儿，对我老张操的什么黑心，难道我不知道？既然朝廷相信咱张献忠，为什么不给关防？不发粮饷？没有粮饷，难道要我的将士们喝西北风活下去？哈哈，你以为咱老张稀罕朝廷的一颗关防？咱老子才不稀罕！什么时候老子高兴，用黄金刻颗大印，想要多大刻多大，比朝廷的关防阔气得多，你们朝廷的关防，算个屁，不值仨钱！"

"将军之言差矣。学生所说的是三纲五常……"

张献忠截断他说："你得了吧！你们讲的是三纲五常，做的是男盗女娼。什么他妈的'君为臣纲'，倒是钱为官纲。连你自己也不是不想贪污，只是有我八大王坐镇谷城，你不敢！"

"请将军息怒。之钿虽然不才，大小是朝廷命官，请将军不要以恶言相加。"

"怎么？你是朝廷命官，老子就不敢骂你？我杀过多少朝廷命官，难道就

不能骂你几句？龟儿子，把自己看得怪高！你对着善良小百姓可以摆你的县太爷的臭架子，在我张献忠面前，趁早收起。你听听我的骂，有大好处，可以使你的头脑清爽清爽。可惜你妈的听的太晚啦，伙计！哼哼，别说你是朝廷的七品小命官，连你们的朝廷老子——崇祯那个王八蛋，咱老张也要破口大骂他祖宗八代哩！你呀，算什么东西！"

到这时候，阮之钿想着读书人的"气节"二字，也只好豁上了。他开始胆大起来，抬起头望着献忠说：

"将军，士可杀而不可辱。学生今日来见将军，原是一番好意，不想触犯虎威，受此辱骂。学生读圣贤书，略知成仁取义之理，早置生死于度外。将军如肯为朝廷效力，学生愿以全家百口相保，朝廷决不会有不利于将军之事。请将军三思！"

献忠用鼻孔哼了一声，说："像你这样芝麻子大的官儿，凭你这顶乌纱帽，能够担保朝廷不收拾我张献忠？你保个屁！你是吹糖人儿的出身，口气怪大。蚂蚁戴眼镜，自觉着脸面不小。你以为你是一县父母官，朝廷会看重你的担保？哈哈，你真是不认识自己，快去尿泡尿照照你的影子！"

"请勿以恶言相加。"

"再说，你在咱老子面前耍的什么花招？拍拍你的心口，你真想以全家百口保朝廷不收拾俺张献忠么？"

"之钿所言，敢指天日。"

"呸，胡说！哪是你全家百口？你的家住在桐城，只带了两个仆人来上任，连你的姨太太也没有带来，谈什么全家百口！我今日实话对你说：老子反不反是两个字，用不着谁担保。你想向崇祯奏老子一本，你就奏吧。你想向熊总理告我一状，你就告吧。老子不在乎！从今天起，你这个老杂种不能够离开谷城一步。你要想私自逃走，老子就宰了你这个'老猛滋'。妈妈的，滚！"献忠把脚一跺，向亲兵大叫："来人呀，送客！"

张献忠派亲兵把阮之钿"护送"回县衙门，随即把他严密地监视起来，不准他同外边通消息。他从来没有受过这么大的侮辱，回去后又怕又气，躺在床上长吁短叹，不吃东西。他知道自己决无生理，又希望死后留名，就挣扎着跳下床来，向北拜了四拜，然后在墙壁上题了四句歪诗：

> 读尽圣贤书籍，
> 成此浩然心性。

勉哉杀身成仁，

无负孝廉方正①。

谷邑小臣阮之钿拜阙恭辞

他只怕张献忠退出谷城后，谷城的官绅士民没有注意到他的尽节绝命诗，所以把字体写得很粗大，并写在显眼地方。由于心慌手颤，笔画不免有点潦草，章法也不能讲究。到了深夜，他还是想逃出去，但知道前后院都有张献忠派人把守，就打消了这个念头。

端阳节的第二天，即公元一六三九年六月六日，在明末农民战争史上是一个相当重要的日子。天刚破晓，就有人遵照张献忠的命令在大街小巷敲锣，通知百姓在两天内迁出城去，免受官军残害。其实老百姓在昨晚就已经得到消息，家家户户一夜未眠，准备逃难。许多老太婆看见大乱来到眼前，把心爱的老母鸡连夜宰杀，炖炖让全家吃了。从早晨开了城门起，老百姓就扶老携幼，挑挑背背，推推拉拉，络绎出城。有的人把家口和东西运到船上，顺水路逃走。有的人去乡下叫来驴子、轿子，向山中逃避。张献忠下了严令：对于老百姓逃难用的船只、车辆、牲口和轿子，一概不准扣留，也不准取老百姓一针一线。

张献忠天不明就出城去布置军事，防备官军进攻。回来以后，他吩咐人去请监军道张大经，并派人打开官库，运走库中银钱，又打开监狱，放了囚犯。不大一会儿，张大经坐着轿子来了。献忠迎出二门，躬身施礼。张大经慌忙拉住他，喘着气说：

"敬轩将军！学生虽然在此监军，但一向待将军不薄。今日将军起义，学生不敢相阻。区区微命，愿杀愿放，悉听尊裁。"

献忠哈哈大笑，连声说："哪里话，哪里话！日后还要多多借重哩！"走到厅上，献忠请张大经坐下，自己也在主位坐下，笑着问道："张大人，朝廷无道，天下离心，如蒙不弃，愿意同咱张献忠共图大事，日后决不会对不起你。倘若你还是想做明朝的官儿，俺张献忠也不勉强，马上送你离境。张大人，愿意共图大事么？"

①　孝廉方正——两汉时候，朝廷取用人才，行的是地方荐举制度。孝廉方正是当时荐举的科目。阮之钿是荐举出身，所以他在绝命诗中说"无负孝廉方正"。

张大经前几天就已经风闻献忠将要起事，只是他知道自己已经被献忠暗中监视，没法逃出谷城。关于是尽节还是投降，他心中盘算了无数回，总是拿不定主意。如今他明白献忠说愿意送他出境的话并非真心，如其死在刀下，妻子同归于尽，不如活下去，与献忠共图大事，也许还有出头之日。倘若张献忠兵败，他不幸被官军捉获，只要他一口咬死他是被张献忠挟持而去，并未投贼，还可以说他自己几次图谋自尽，都因贼中看守甚严，欲死不能，这样，也许未必被朝廷判为死罪。目前上策只有走着瞧，保住不死要紧。经献忠逼着一问，他就站起来说：

"敬轩将军！大明气运已尽，妇孺皆知。学生虽不敢自称俊杰，亦非不识时务之辈。只要将军不弃，学生情愿追随左右，共图大事，倘有二心，天地不容！只有今后学生奉将军为主，请万不要再以大人相称。"

"好哇！这才是自家人说的话！至于称呼么……"献忠将着大胡子想了一下，忽然跳起来说："有了！俺姓张，你也姓张，五百年前是一家，咱们就联了宗吧。从今以后，你就是我的大哥啦。哈哈哈哈！……"

张大经说："今日承蒙垂青，得与将军联宗，不胜荣幸。大经碌碌半生，马齿徒长，怎好僭居兄位？"

"你不用谦虚啦。既然你比俺大几岁，你当然就是哥哥。在今日以前，你是朝廷四品命官，要不是俺张献忠手下有几万人马，想同你联宗还高攀不上呢！"

"好说！贤弟过谦。"

"可惜王瞎子这宝贝如今不在谷城，要不然，咱老子一定也拉他起义。"

"可见他命中注定只能做山人，不能际会风云，随将军干一番大的事业。"

献忠十分高兴，大呼："快拿酒来，与大哥喝几杯！请王举人和潘先生都快来吃酒！"

王秉真和潘独鳌随即来了。王秉真看见张大经已经投降，心中不免暗暗吃惊，不知所措地向张大经躬身一揖，在八仙桌边坐下。潘独鳌是内幕中人，同徐以显共同参与这一策划，所以也向张大经一揖，却笑着说：

"恭贺道台大人，果然弃暗投明，一同起义。今日做旧朝叛臣，来日即是新朝之开国元勋。"

张大经慌张还礼，说："学生不才，愿随诸公之后……"

献忠截断说："大家都是一家人，休再说客气话。今日的事儿忙，赶快吃酒要紧。"

正饮酒间，献忠想起来一件事，向侍立左右的亲兵问："林铭球①这龟儿子还没有收拾么？"

张大经的心中一惊："老张要杀人了！"但因为近来他同林铭球明争暗斗，所以也心中暗喜，望着献忠说：

"这位林大人也真是，到谷城没多久，腰包里装得满满的。我做监军道的佯装不知，并没有向朝廷讦奏他，他反而常给我小鞋穿。"

献忠又向左右问："去收拾他的人还没回来么？"

他的话刚出口，就有两个偏将提着一颗血淋淋的人头进来。他们一个叫马廷宝，一个叫徐起祚，都只有二十多岁，原是总兵陈宏范派他们带了三百人马驻扎谷城监视张献忠的，如今也随着献忠起义。马廷宝大声禀道：

"禀大帅，林铭球的狗头提到，请大帅验看！"

张大经猛吃一惊，望见血淋淋的、十分撕熟的人头，心头一阵乱跳，顿起了兔死狐悲之感，但随即又暗自庆幸平日处世较有经验，没有得罪献忠，刚才也没有拒绝献忠的……

潘独鳌忽然望一眼张大经说："这就是贪官的下场！"

献忠用嘲讽的眼神望望林铭球的头，轻轻地骂了声"龟儿子"，向张大经得意地一笑，随即向马廷宝吩咐说：

"叫弟兄们提去挂在他龟儿子的察院门口吧，旁边写几个字：'贪官的下场'。"他最后又乜斜着眼睛非常轻蔑地瞟一下林铭球的头，对马廷宝和徐起祚笑着说："来吧，你们两位快来坐下吃酒。可惜，咱们再也不能敬巡按大人一杯啦。"

这两个偏将是在官军里混出来的，一向在长官前连大气儿也不敢出。虽然他们常同献忠坐在一起吃酒，倒不拘束，但怎么敢同道台大人坐在一个桌上吃酒呢？献忠见他们推辞，随即跳起来，一把拉着一个，往椅子上用力一按，说：

"咱们今天还都是挂的红胡子，戴的雄鸡翎，不管大哥二哥麻子哥，都是弟兄。等咱们打下江山，立了朝纲，再讲究礼节不迟。你们别拘束，开怀畅饮吧。道台大人从今天起已经不再是道台大人，是咱张献忠的大哥啦。"替两

---

① 林铭球——湖广巡按衙史，张献忠的"顶头上司"。

个偏将倒了酒，他坐下问："你们去杀林铭球这龟儿子，他可说什么话了？"

徐起祚回答说："他看见我们，知道要杀他，吓得浑身筛糠，哀求饶命。他说，只要你张大帅留下他的性命，他愿意立刻动本，向皇上保你镇守荆、襄。"

献忠骂道："放他娘的屁！他以为老子还会上当哩！可惜他的姨太太在两个月前去襄阳啦。要是那个小婊子在这里，你们倒不妨留下来，做你俩谁的老婆。"献忠快活地哈哈大笑，向全桌大声叫道："来，大伙儿痛饮一杯，要喝干！"

等大家举杯同饮之后，张献忠笑着问王秉真："好举人老爷，你怎么好像是魂不守舍？看见林铭球的头有点不舒服？造反就得杀人，看惯就好啦。跟着咱老张造反是很痛快的。来，王兄，我敬你一杯！"

王秉真勉强赔笑，赶快举杯，却因为心中慌乱，将杯中酒洒了一半。张献忠看在眼里，佯装不觉，只在心里嘲骂一句：

"这个胆小鬼，没有出息！"

张献忠原是海量，频频向同桌人敬酒。当他向张大经举起杯子时，快活地说：

"这一年半，我张献忠在谷城又当婆子，又当媳妇。从今日起，去他娘的，再也不做别人的媳妇啦。"他哈哈大笑，同张大经干了杯，又用拳头捶着桌子，大声说："他娘的，咱老子一年多来天天像做戏一样，今儿可自由啦！再也不让朝廷给咱套笼头啦！快，把老子的玛瑙杯子取来！"

张献忠有一只很大的桃花色玛瑙酒杯，把儿上刻着龙头。这是他几年前攻破凤阳皇陵时所得的心爱的宝物之一，平日生怕损坏，只有当他最高兴的时候才拿出来用。如今他用大玛瑙杯子连喝了两满杯，情绪更加兴奋，对同坐的几位爱将和僚友说：

"熊文灿这个老混蛋一年多来把咱老子当成刘香，当成郑芝龙，从咱老子身上发了大财。老子没工夫找他算账，崇祯会跟他算账。从今天起，他的八斤半就在脖颈上不稳啦。来，咱们再痛饮三杯，杯杯见底儿，底儿不干的受罚！"

大家异口同声地表示同意。尽管有人酒量不佳，但为着给献忠助兴，也愿意慷慨奉陪。干杯以后，献忠更加兴奋，接着说：

"老子今日叫住在襄阳的文武官儿们和乡绅们猛吃一惊，十几天以后，住在北京城的崇祯和他的大臣们也会吃不下饭，睡不好觉。这一年多，老子在谷城这个小池子里闷得心慌，从今后要把大海搅翻！"他自己饮了半杯酒，脸色变得很严肃，说："想起来在谷城搞的这件事，老子一辈子后悔不完。什么话！我西营八大王南征北战，硬是在战场上拼了十来年，一时计虑不周，听了薛瞎子的话，坏了我一世威名。从今往后，倘若有谁敢劝说老子再玩这一手，老子砍他的头，活剥他的皮！"

潘独鳌来到谷城较早，知道薛瞎子去北京活动原是张献忠希望打通首辅薛国观的门路派他去的，近来自己后悔起来，却将错误全推到别人身上，心中觉得好笑。但是他深知献忠有一个护短的毛病，只好频频点头，随即劝解说：

"不过，大帅也不必将这事放在心上。大丈夫能屈能伸，能方能圆，倘若不是对朝廷虚与委蛇，如何能息马谷城，养精蓄锐？"

张大经也说："自古成大事者有经有权，不计一时荣辱。敬轩将军在谷城这一段，只是一时行权，外示屈节，内而整军经武，以图大举。今日重新起事，天下豪杰定当刮目相看，闻风兴起。将来大业告成，书之史册，亦无愧于古人。"

献忠叹口气说："关于谷城这一章，从今后不再提啦。都怨薛瞎子这个龟儿子为着他自己想洗手，趁老子在南阳受了重伤，在老子面前日夜撺掇。他去北京后不知弄的什么鬼，到如今不见回来。等他回来，老子至少得打他五百鞭子，把驴屎塞进他的嘴里，看他以后还敢胡撺掇！"

大家哈哈地大笑起来，把张献忠的怒气笑散了。献忠提起酒壶替张大经满斟一杯，满脸堆笑说：

"宗兄，你原是朝廷命官，也是俺张献忠的上司，今日你肯扔掉乌纱帽，抛撒祖宗坟墓和一家人，屈驾相从我一道造反，共建大业，这是你瞧得起咱老张。咱老张一百个感激。咱是一个粗人，读书不多，请你在军国大事上莫吝指教。"

张大经赶快说："不敢，不敢。敬轩将军如此谦逊，反而叫学生不好意思。今日学生既然追随将军起义，定当竭智尽忠，为将军效犬马之劳。纵然刀镬在前，决不后退一步。从今天起，学生与朝廷已一刀两断，一切惟将军之命是从。"

献忠虽然心中并不相信张大经的话，却故意大声称赞说："好哇！这才是

识时务，够朋友！"随即向张大经敬了一杯，回头对亲兵们说：

"快拿稀饭、馒头。早饭后还有紧要事儿哩！"

早饭后，他叫马廷宝和徐起祚去准备拆毁城墙，随即又叫马元利去向阮之钿索取县印，并将他"收拾"了。吩咐毕，他带着潘独鳌、张大经和王秉真到一个清静地方，围着一张方桌坐下，对张和王说：

"老潘替我写了一通飞檄草稿，老徐看过了，改了几句，现在请你们两位看看，改定后就可以马上发抄了。"他转向潘独鳌："老潘，把你的稿子拿出来请他们赶快看看。抄手都准备停当了么？"

潘独鳌回答说："十几个抄手都送在石花街庙中等着，稿子一改定就飞骑送去。我自己也去石花街，亲自监督抄写。"

张大经问："为何不在城中誊抄？"

张献忠说："城中兵荒马乱，所以我叫老潘派兵押送抄手们去石花街庙中等候，安心抄写。"

潘独鳌已将稿子从怀中取出，问道："张监军，你先看？"

张大经接住稿子，看着看着，不禁出了一身热汗。多年的世故阅历，使他心中决定不对潘独鳌的稿子作一字修改。看完以后，脸上极不自然地挂着微笑，将稿子转给王秉真。张献忠一直拈着长胡子，半闭着一只眼睛，留心观察张大经的惊骇神情，分明看透了他的五脏六腑，觉得有趣，同潘独鳌交换了一个嘲笑眼色，又望着王秉真的脸上挤挤眼，笑着问：

"王举人，你也出了一头汗，要扇子么？"

王秉真继续看稿子，慌忙回答："不要，不要。啊啊，厉害！真厉害！"

献忠问："什么厉害？"

王秉真看完稿子，右手轻轻颤抖着，将稿子送还潘独鳌，左手抹一下脸上的热汗，抬起头来，望望献忠又望望潘独鳌，瞠目结舌，半天说不出话来。献忠越发觉得有趣，问道：

"你们两位看怎么样？还可以么？"

张大经一则感情上猛然间扭不过来，二则害怕将来他万一落到官军手中会罪上加罪，下定决心不说出一字褒贬，经张献忠这么一问，他慌张地点点头。王秉真回答说：

"啊呀，这个，这个……我看这个檄文实在厉害，厉害。"

献忠逼问一句:"光厉害还不算,骂得痛快么?"

"这个,这个……"

献忠将长胡子一抛,身子向椅靠背上猛一仰,哈哈大笑,声震屋梁。笑过之后,他重新坐直身子,向他嘲笑说:

"老潘写这么好的文章,你们二位竟然不能赏识!咱老张以往也出过檄文,发过布告,可是都只骂贪官污吏、乡宦土豪。这次我叫老潘替我写的檄文,说明我为什么反出谷城。我不只骂一骂混蛋官绅,还狠狠地骂了当今的无道朝廷,对崇祯也扫了几笔,很不恭维。这篇文章好就好在一竿子捅到底,骂到了皇帝头上。怎么,不是骂得很痛快么?"

王秉真喃喃地说:"这檄文一发出,以后就,就就,再也没有回旋余地啦。"

"怎么?你以为我以后还打算再唱'屯谷城'这出戏么?咱老子再也不唱这出窝囊戏了!既然是真正起义嘛,留什么回旋余地!难道我老张还不……"他本来要说"还不如李自成么?"但是他忽然觉到说失了口,不应该对部下说出来李自成高明,随即打个顿,改口说:"明白非推倒明朝的江山才能够救民水火?妈的,过去这一年半,咱老张身在谷城,眼观天下,并没有白吃闲饭。咱练了兵,也长了见识。这道檄文就是要昭告各地军民:我张献忠从今后率领西营将士一反到底,反到北京为止。从今以后,朝廷一定会专力对我张献忠用兵,在告示上明白写着:别人都可赦,惟有张献忠不赦。"献忠笑一笑,说:"崇祯不赦咱,咱老子也不赦他哩。今后究竟是谁的天下,咱跟他走着瞧。"

张大经说:"敬轩将军英明,潘先生的文笔亦佳。"

献忠又哈哈地笑了几声,说:"老兄,你的苦衷我明白,不勉强你提笔改动啦。你自幼读圣贤的书,受孔孟之教,灌了满脑袋瓜子愚忠愚孝的大道理,靠这一套大道理进学,中举,中进士,然后做官,食君之禄,步步高升,做了襄阳监军道。你一向都为着自己的功名富贵感激朝廷的深仁厚泽,皇恩浩荡,这是很自然的。如今你不得已跟着咱老张起义,本来有点儿勉强;看见檄文上痛骂朝廷,直指皇帝有罪,你就在心中转不过弯儿啦,就惶恐万分、汗流浃背啦。哈哈,宗兄,我说的是实话吧?"

张大经赶快说:"敬轩将军所言学生苦衷,洞照肺腑。"

献忠转望着王秉真说:"性一,你虽然还没有食君之禄,可是脑袋瓜子里

装的东西也一样。算啦，我也不请你修改啦，老潘，这飞檄的末尾几句你再念一遍，让我们再琢磨琢磨。"

潘独鳌重新读出了飞檄的末尾几句：

> 朝廷凡百举措，莫非倒行逆施；苛暴昏乱，无与比伦。而缙绅贪如饕餮，以百姓为鱼肉；官兵凶逾虎狼，视良民为仇敌。献忠目触身接，痛恨切齿。爰于谷城重举义旗，顺天救民。大兵到处，只诛有罪。凡是开门迎降，秋毫无犯；倘敢婴城拒守，屠戮无遗。特此飞檄远近，咸使知闻！

张献忠拧紧长胡子听完以后，突然一松手，满意地笑着，拍了拍潘的肩膀，转向张大经和王秉真问：

"这一段文章没有直指崇祯皇帝骂，你们说怎么样？还要修改么？"

张大经赶快说："不错，不错。"

王秉真跟着说："好，好，痛快淋漓！"

张献忠将眼珠转动一阵，说："老潘，有几个字儿你得改一改。'朝廷'这两个字从今往后咱们不要再用啦。啥他娘的朝廷，净是一群民贼！何况，咱既要对它革命，它就不配是咱的朝廷。要改，要改。"

大家都觉得献忠的话有道理，可是一时不明白对大明中央政府不称朝廷，另外有什么恰当称呼。潘独鳌向张大经问：

"用'伪朝'二字如何？"

张大经沉吟说："恐怕不妥吧。我们敬轩将军尚未建号改元，怎么能称大明为伪朝呢？"

王秉真也不赞成，摇摇脑袋。

张献忠看见他们三个有学问的读书人都作了难，心中竟然转不了弯儿，有点可笑，便忍耐不住说：

"他娘的，这还不好办？他们的朝廷不是全国百姓的朝廷，只是朱家一姓和狐群狗党们的朝廷，从今往后，咱们只称它朱朝得啦。嗨，亏你们三位都是满腹经纶的人！"

大家的心中蓦然一亮，连声说好，互相看看，哈哈地大笑起来。他们都在心中佩服张献忠确实聪明过人，因而受到献忠的奚落也很高兴。献忠又说道：

"伙计们，这檄文上的'官兵'二字也改改吧，连前边的统统改成'贼兵'。从今往后，咱们大西兵现称义兵，以后要称天兵①，要把朱朝的官兵称做贼兵，把朱朝的文武官员们称做贼官。"

大家同时点头说："是，是。很是。"

献忠说："老潘，你赶快骑马往石花街去吧。要赏给抄手们一点银子，不要亏待他们。"他等潘独鳌匆匆出去，站起来又说："老王，你出去等着，我一会儿要请你帮忙。谷城士民都知道你王举人写一笔好字儿，常为乡绅大户写匾额，写屏对，写石碑。那些都是替官绅富人歌功颂德，不是真话。今日我请你写点东西，全写真情实话。"

王秉真问："要我写什么？"

张献忠笑着说："别急呀。待一会儿我会把活儿交代清楚哩。"他转望着张大经："宗兄大人，你快回衙门去准备动身。你的随从兵丁都不会打仗，我已经派去了二十名弟兄给你，由一名小校率领，随时保护宗兄大驾。这些弟兄在缓急时很顶用，以后就算是你身边的亲兵啦。走，咱们都走吧。今天我可要忙坏了。"

献忠要往城上察看，匆匆而去。张大经和王秉真互相望望，各怀着七上八下的心情向外走去。

阮之钿听说张献忠已经起事的消息，知道自己死期已至，赶快服毒自尽。但药性尚未发作，马元利已经来到，向他索印。他摇摇头，不说话，也不交出。马元利把嘴一扭，旁边两个兵一人砍一刀，登时结果了他的性命。他的仆人赶快把县印交了出来。

张献忠忽然想起来应该审问阮之钿如何暗中向朝廷上本奏他要起义，所以没在城上停留就骑马赶来。看见阮之钿已死，他多少有点遗憾，心里说："收拾得太快了。"他看看墙上题的绝命诗，忍不住笑起来，对马元利说：

"妈的，咱老子说他是吹糖人儿出身的，果然不差！他连举也没中，竟说他'读尽圣贤书'，临死还要吹！"

大家都笑了起来。

"大帅，这座衙门留下么？"马元利问。

"衙门从来没做过一件好事，净会苦害老百姓，给我放把火烧他娘的吧。"

马元利一挥手，立刻有几个弟兄欢天喜地点火去了。

---

① 天兵——古人称王师为天兵。从崇祯十六年起，张献忠在正式文告中就称自己的军队为天兵。

张献忠谷城起义

张献忠亲眼看着大堂起了火，才从县衙门退了出来。在衙门外遇见张文秀抱着令箭，带着一队骑兵巡逻，他问：

"文秀，有人趁火打劫么？"

"禀父帅，连百姓的针头线脑也没有人敢拿。"

"好娃儿，你要小心点。有谁抢了老百姓一根屌毛，你不严办，老子可要砍你的脑袋瓜子。人过留名，雁过留声，懂么？"

"孩儿懂得，请父帅放心。"

"懂就好。这一年零五个月，谷城老百姓待咱们不赖，咱们也不能对不起人家。不管谁骚扰百姓，你娃儿手里有令箭，就地正法，先斩后奏！"

"孩儿遵命。"

张文秀走后，他回到自己的辕门外，下了马，站在大街上，派人把举人王秉真叫来，说：

"性一，老兄的字写得呱呱叫，在谷城大大有名，快把咱张献忠为什么要反的话写在这照壁上，让谷城父老兄弟们瞧瞧吧。别写中间，写一边，空出来的地方还要写别的哩。"

王秉真的心中十分踌躇，出了一身汗。近几天他知道献忠要起事，想逃走，却没机会，并且怕即令自己能逃走，好大一处宅子也搬不走，会被献忠一把火烧得精光。刚才张献忠叫他看潘独鳌写的檄文稿子，将他吓得浑身冒出热汗，庆幸自己没有动笔改一个字。现在叫他执笔在照壁上替献忠写告白，他很怕日后更不能脱离献忠，重回朝廷方面。但他又不敢不写，只得硬着头皮接受任务，吃吃地问道：

"请示大帅，怎么写呢？"

"怎么写？咱老张为什么要反你还不明白么？用不着我再说，你替咱老张编一编。我要想说得话你全知道。我急着要到城上看看。你们就写吧，我待会儿来看。"说毕，他带着一群亲兵往城上去了。

这个大照壁是几天前用石灰搪好的，一片雪白。当时众人都不知道他为什么快要反出谷城了还叫泥瓦匠搪照壁，现在才恍然明白。王秉真在屋中想了一阵，拟了一个稿子，拿去请张大经看了看，共同推敲，改了改，然后回到照壁下边，用大笔在照壁的右端写起来。过了一阵，献忠从城上回来了，站在街心，拈着长须，把已经写出的看了一遍。因为按照习惯没有断句，献忠虽然字都认识，可是念起来不免吃力。他说：

"嗨，伙计，怎么不点句呢？这是叫老百姓看的，可不是光叫几个举人、秀才看的。点点句，点点句。重要句子旁边打几个圈圈儿。"

王秉真只得遵照献忠的吩咐点了句，加了一些圈圈。献忠高兴了，拍拍他的肩膀说：

"举人，请大声念念，让大家听听！"

"尚未写完哩。"举人说。

"念出来让大家弟兄们先听听，再写。"

王秉真拈着胡须，摇晃着脑袋，朗朗念道：

> 为略陈衷曲，通告父老周知事：献忠出自草野，粗明大义，十载征战，不遑宁处，盖为吊民伐罪，诛除贪横，冀朱朝有悔祸之心，而苛政有所更张也。去岁春正，屯兵兹邦，悯父老苦于兵革，不惜委曲求全，归命朱朝，纵不能卖刀买牛，与父老共耕于汉水之上，亦期保境安民，使地方得免官兵之荼毒。不意耿耿此心，上不见信于朝廷，下不见谅于官绅。粮饷不发，关防不颁，坐视献忠十万之众，将成饿乡之鬼。而总理熊文灿及大小官吏，在野巨绅，以郑芝龙待献忠，日日索贿，永无餍足。献忠私囊告罄，不得不括及将弁。彼辈之欲壑难填，而将弁之积蓄有尽。忍气吞声，终有止境。……

"下边呢？"献忠问。

"还有十几句，马上就写在照壁上。"王秉真回答，打量着献忠神气，心想他一定会十分满意。

献忠向左右望望，笑着问："你们都听了，怎么样，嗯？"

许多声音："好极！好极！"

献忠哈哈地笑了起来，说："道理说得很对，就有一点儿不好。"

王秉真赶快问："大帅，哪点不好？"

献忠说："你们这班举人、秀才，一掂起笔杆儿就只会文绉绉的，写出些叫老百姓听起来半懂不懂的话。要是你们少文一点儿，写出来的跟咱老张说的话差不多，那就更好啦。啊，性一老哥，下边还有一大串么？"

"还有十几句。"

"我看，甭写那么多啦。你给我直截了当地写吧：'官逼我反，不得不反。国家之官坏国家之事，可恨，可恨！献忠虽欲不反，岂可得乎？'就这么写出来算啦。"

张大经因为路过，不声不响地站在张献忠的背后观看，不觉小声叫着："好，好！敬轩将军收的这一句十分有力！"

献忠笑着说："别见笑。俺这个只读过两年书的大老粗，跟你们举人、秀才在一起泡得久啦，也'之乎也者'起来啦。"说毕，纵声大笑，调皮地用手指扭着长须。

王秉真虽然觉得从"官逼我反，不得不反"到"可恨，可恨"，都有点欠雅，而且音调也不够畅达，但他同张大经一样，很欣赏结尾一句收得很有力，比他准备的十几句话好得多。他不能不佩服献忠有过人的聪明。把这几句写毕，他转回头来问：

"大帅，下边还写什么？"

"总管手里有个账单子，你照着写吧，可不要漏掉一笔账。"

总管早已站在旁边，这时赶快把一个清单交给王举人，举人一看，上边开着熊文灿和许多官绅的名字，每个名字下边写着某月某日受了什么贿赂，数目若干。于是他在文章的后边添了一句：

今将受贿人姓名开列于左，并记明受贿月日及数目若干，俾众咸知。

当王秉真才写了三个人的受贿账目时，献忠忽然把账单子夺过去，看了看，要过笔来，把张大经的名字勾了去，回头对总管笑了笑，说：

"妈的，你龟儿子也够粗心啦。他如今是咱们自家人，这几笔账勾销了吧，用不着写出来向众人张扬。"

张大经满脸通红，不好再看下去，勉强笑一笑，由四名亲兵护卫着，向他姨太太住的公馆去了，心中暗暗地感激献忠。

献忠把笔和账单子又交给举人，请他接着往下写，自己回老营去了。五丈长的粉壁差不多写满了，才把清单抄完。早有许多老百姓围了上来，探着头看。有识字的人小声念出来，不识字的人用心静听。念完账单以后，人们发出来啧啧的惊叹和小声辱骂。张献忠从辕门里走出来，看看账单很清楚，也没遗漏，对王秉真点头笑笑，又对老百姓说：

"你们瞧瞧，上自总理大人，下至地方绅士，都说咱张献忠是贼，可是他们连贼也不如。他们是贼身上的虱子。这一年多，我身上的血可给他们吸了不少。难道他们比贼高贵些？"

老百姓笑起来，提着那些官绅们的名儿骂。突然有人在张献忠的背后问：

"敬轩将军，这些账是你写给大家看，还是打算日后讨还呢？"

献忠回头一看，抓着方岳宗的手大声说："啊呀，老方，你也在这里看！"他快活地大笑一阵，接着说："当然不要了。不过，俗话说：亲虽亲，财帛分。写出来让谷城百姓都瞧瞧，免得日后这班官绅老爷们假撇清，昧着良心说他们没有受贿。"说到这里，他忽然转向王秉真，叫着说："举人！举人！我想起来啦，请你在后边注上一笔：只有襄阳道王瑞枏没有受我张献忠的贿，只他一个！"

方岳宗点点头说："对，对，应该加上一句。像这样不受贿的官儿，如今是凤毛麟角了。"

王秉真写了一句："襄阳道王瑞枏，不受献忠贿者止此人耳。"献忠看了，点点头，又对王秉真挤挤眼睛，表示很满意，说：

"可见咱张献忠决不冤枉一个居官清白的人！虽说王瑞枏几次同左良玉定计要杀咱老子，可是人家不受贿，这一点就叫人尊敬。"他拍一下方岳宗的肩头，问："怎么，方兄，还不赶快搬出谷城么？"

"已经派人下乡去叫佃户们赶快拉牛车来运东西，大概晚半天才能赶来。舍下人口多，东西多，怕今晚不能出城了。"

"你要早点走，有什么困难就来找咱。"献忠又拉住王秉真，凑近他的耳朵小声说："伙计，这照壁上都是你亲笔写的字，想赖也赖不掉。怎么，还不肯死心塌地跟俺老张下水么？"

"哪里，哪里。我一定跟随大帅。"王秉真又出了一身汗。

献忠对着举人挤着眼睛笑一笑，匆匆地离开众人，骑上马出城布置去了。

虽然左良玉在五月初六日的下午就知道张献忠已经起事，但是不敢贸然向谷城进攻。他一面飞禀总理，一面继续集结队伍，等待机会。到第二天，他慢慢向谷城移动，并派出少数部队向城郊试探。

初七日下午，城里的居民绝大部分都逃走了，没有逃的只是极少数无力迁移的人，或者是舍不得房屋和东西的老年人，还有的是受了主人之命留下来看家的老仆人。街上看不见行人，显得空虚而凄凉。农民军仍在拆城，为着怕官军的奸细混进城来，各城门都锁了。张献忠得到报告，知道左良玉和罗岱的人马已经向谷城移动，但是他并不急着离开，仍在西城上督率着将士拆城。

方岳宗因昨天佃户来的牛车不够，今天上午又叫来两辆，所以全家老小

几十口直耽误到今天下午申刻时候才动身出城。谁知一到西城门，城门落锁，不能出去。他同守城门的弟兄们说了许多好话，遭到守城门的弟兄们坚决拒绝。一个陕西口音的头目瞪着眼睛说：

"不行！没有大帅的令箭，谁也不能出进！"

"我叫方岳宗，同大帅很熟……"

"你同大帅熟有什么用？这是军令！"小头目挥着手说："站远！站远！走开，车辆后退！没有令箭就是不开门，你是天王老子也不行！"

献忠偶一回头，看见西大街上扎着五六辆牛车，十几乘小轿，几匹牲口，车上拉着东西，轿子里都坐着女人和孩子，另外有许多人跟在车后。他向城墙下边问：

"是谁家还没出城？"

方岳宗听见是献忠的声音，赶快从城门下退到大街上，抬头一看，喜出望外，大声说：

"敬轩将军救我！敬轩将军救我！"

"嗨！你还没有出城么？"

"没有呀！你看，家里人多，一直耽搁到现在！"

献忠吩咐守门的弟兄们快把城门打开，让方府老小出城，并对方岳宗说：

"再耽误片刻，我一离开这儿，你就逃不出去啦！"

方岳宗一家人出城以后，张献忠又派人在城里敲锣叫喊，催居民即速出城，免遭官军屠戮。他不放心，亲自骑着马在几条背街上巡视一趟。走到一家门外，听见里边有女人和小孩子的哭声，他停住马，派一个亲兵进去看看。过了片刻，亲兵出来报告说这一家没有男人，只有一个寡妇带着三个小孩子，还有一个年老的婆母，等着亲戚从乡下来接，没有等到，所以全家抱着哭泣。献忠没有做声，跳下战马，弯腰走进破板门，一直往茅屋里走。婆媳俩知道他是张献忠，赶快止住哭，慌得不知所措。献忠说：

"不要怕，不要怕。你们城外可有亲戚？"

老婆婆抽咽着回答说："大帅，我女婿住在西乡，离城十八里，昨儿就托人带口信儿，原说今儿来接俺们，可是没来。你看我们这一家，老的老，小的小，没有一个男人，出不去城，只有等死！"说毕，又哭了起来。

献忠在三个小孩子的身上打量一眼，又打量一下一些破破烂烂的衣服都已包好，放在床上。他踌躇片刻，对一个亲兵头目说：

"木生，派两个弟兄牵三匹牲口送她们到亲戚家去。送去后不必转回城，在去石花街的路上等我。"

老妇和媳妇始而吃惊，随即跪下磕头，连说："感谢大帅恩典，救俺一家老小的命！"献忠挥一下手，没有做声，走出板门，骑上马往别处去了。

当天黄昏，张献忠率领着殿后部队离开谷城，向石花街进发。二更以后，他到了设在石花街附近的老营。石花街是卧佛川和古洋河汇合的地方，也是一个军事冲要，所以张献忠打算在这里停留两三天，等待从襄阳来的追兵。从石花街往西去是通向武当山、均州、郧阳、白河、兴安和汉中的要道，往西南通往房县、兴山、归州和巴东。献忠的老营驻扎石花街西南，靠近往房县的山路旁边。他刚进老营寨中，张可旺就向他禀报：王秉真在黄昏后逃走了。献忠一怔，瞪大眼睛问：

"真是逃了？"

张可旺说："来到这里后，他趁着兵荒马乱，离开老营，带着一个仆人开小差了。"

徐以显用平淡的口吻说："性一这人，舍不得祖宗家业，又念念不忘他是举人，原无心追随大帅起义。我早就料到他迟早会逃，不过没有想到他逃得这样快。"

可旺又说："孩儿听说王举人逃了之后，本想派几支弟兄追赶，务要把他捉回。可是军师说他既然跟咱不是一条心，就让他滚开拉倒，不主张派人追赶。父帅，要不要派人将他捉回？"

张献忠心中很不高兴，捋着大胡子思索片刻，忽然脸上露出来轻蔑的笑容，把大胡子一抛，说：

"就听军师的话，不用追他狗日的啦。咱们起义，不是拉人赴席。愿意干的跟老子来。贪生怕死，留恋家业，或是跟朱家朝廷割不断恩情的，滚他娘的去。大年初一逮兔子，有它过年，无它也过年！"

左良玉害怕中了埋伏，过了两天才进入谷城，大肆抢劫，杀死了一些没有逃走的居民报功，放火烧毁了许多房屋。

塘马带着关于张献忠起事的紧急文书，文书上插着羽毛，在五月初六的晚上从襄阳出发，沿途更换，日夜不停，越过新野，越过南阳，越过许昌、开封和大名，直向北京奔去。半个中国都被张献忠谷城起义的消息震动了。

崇祯的忧郁

　　崇祯十二年的春天，崇祯的心情是特别阴郁的。西苑中依然像往年一样冰雪融化，柳绿桃红，春水和天光争蓝，燕子和黄莺齐来，可是崇祯却没有心情来玩。由于他不来，皇后和妃嫔们自然都不来了。农民战争正在酝酿着新的高潮，紫禁城中又一年失去了春天。

　　三月上旬，清兵毫无阻拦地退出长城。每次清兵入塞，所到之处，城乡残破，人口锐减，生产不易恢复。这次入犯，时间在半年以上，攻破了畿辅和山东七十多个州、县，大肆烧杀，劫掠，掳走了五十多万丁壮人口，并且攻破山东省会济南，掳走了分封在济南的鲁王及其全家。崇祯很明白，畿辅和山东一带是国家的根本重地，经过这次掠夺，没有十年以上的太平日子不能够恢复元气。可是，议和不成，满洲决不会叫你休养生息。这次满洲兵入塞距上次入塞仅隔两年。谁晓得他们什么时候还会再来？边军不管用，武将怕死，他们什么时候想来就来！

　　但是比较起来，最使他日夜忧心的还是张献忠和李自成的问题。他不知道谷城的局面能够拖延多久，深怕一旦谷城有变，湖广和河南震动，中原大局又难得收拾了。对于李自成的依然活着，他非常恨孙传庭的不中用，认为他是"虚饰战功，纵虎贻患"。倘若再过不久李自成的羽毛丰满，如何是好？

　　自从三月中旬奉先别殿①悬挂了母亲遗容，崇祯每当心中有说不出的空虚、绝望和愤懑，无处排遣，便对着母亲遗容，默默流泪。其实，他对于母

---

　　① 奉先别殿——奉先殿的配殿。奉先殿即明朝皇帝的家庙：在紫禁城外的叫做太庙，即今劳动人民文化宫所在地；在紫禁城内的叫做奉先殿。崇祯的生母姓刘，生前地位很低，是太子宫中的一个淑女，所以她的神主只能供在奉先别殿。

亲是什么样子，一点儿也不记得。他的母亲姓刘，十六岁被选进宫来，做了太子朱常洛的淑女。淑女在太子的成群侍妾中地位很低，所以她没有引起太子的注意。在宫中郁郁地过了两三年，忽然有一天被太子看上了，叫太监用牙牌把她召到兴龙宫住了一晚，后来生下一个儿子，就是现在的崇祯皇帝。从那次接近太子之后，她几乎被太子忘记了。生下儿子，她的不幸的地位仍然没有多大改变，只好在冷宫中长斋念佛，消磨岁月。等到崇祯五岁时候，大概她不小心对太子流露出不满情绪，惹动太子大怒，命她自尽。当时太子朱常洛很不得父亲万历皇帝的宠爱，常常有被废掉的危险，所以他严禁东宫的人们将这件事传扬出去。其实，就是在东宫也只有极少数的人知道刘淑女是怎样死的。

农民战争的打击使他的精神中不断增加悲观和痛苦，而这种没法对朝臣们倾吐的心情和一种孤独之感，一齐转化为对母亲的孝思，或者换句话说，通过对母亲的孝思排遣他的不能告人的悲观和孤独的心情。崇祯八年春天，农民军焚烧凤阳皇陵以后，他在宫中大哭几次，内心的痛苦更深，就叫一位擅长画像的翰林院待诏每日到他外祖母家去沐手焚香，为他的亡母画像。费了两年多的时间，多次易稿，直到去年冬天清兵逼近北京的时候才描绘成功。

在描绘太后遗容的过程中很少有确实依据。因为她自从选入宫中以后就没有再同娘家人见过面，如今隔了二十多年，连崇祯的外祖母（如今被封为瀛国太夫人）也记不清她的模样。宫中有一个傅懿妃，和崇祯的母亲同为太子朱常洛的淑女。她说她住的宫同崇祯母亲住的宫相邻，相见的次数较多，还仿佛记得一些。她在几千个宫女中指点这个人的鼻子有点像，那个人的眼睛有点像，又另外一个人的下巴有点像……司礼监把被挑出来的众多宫女陆续送到瀛国府，再由瀛国太夫人参加意见，指示画师，揣摩着画，画画改改。

奉迎太后遗容入宫要举行重大典礼，所以一直等到清兵退走以后，才由礼部拟具仪注，由钦天监择定吉日，用皇太后的銮驾和仪仗把黄绫装裱的画像从正阳门送进宫来。礼部尚书率领文武百官都在大明门外跪接。崇祯率领太子和两个较大的皇子在午门外跪接。皇后周氏率领公主和妃嫔们在皇极门外跪接。由于崇祯的母亲在生前并未封后，所以不能把她的画像送进奉先殿正殿，而只能悬在配殿。行过祭礼，崇祯把一些曾在父亲宫中生活过的老宫女叫来看，问她们像不像太后真容。她们当着他的面异口同声地回奏说十分相像，但在背后，有的说有点儿像，有的说完全不像。后来崇祯因想着他母

崇祯的忧郁

223

亲在死前两年中长斋念佛，又命画师另画一幅遗容，具天人之姿，戴毗卢帽，穿红锦袈裟，坐莲花宝座。通过别人的画笔，将他的母亲更加美化和神圣化了。

当时的众多文武朝臣，对于崇祯性格的几个方面如刚愎、猜疑等都很熟悉。不管朝臣对他的性格中几种表现都有意见，甚至在他死后作为他导致亡国的重要因素，但是共同肯定的一点是认为他秉性刚毅，所以南明朝廷曾给他上一个谥叫做毅宗。在当时封建士大夫眼中的所谓刚毅，就是指他在农民战争的冲击下始终顽强地拼死挣扎，决不后退，直到国亡家破，自尽煤山。其实朝臣们很少知道他在农民战争的打击下精神上多么悲观和软弱。在崇祯十五年以前，这悲观和软弱的一面只在深宫中秘密流露，特别是在奉先偏殿悬挂的母亲画像前流泪较为经常。一到上朝时候，他就变成一个十分专断、威严、不可触犯的君主，使许多朝臣在上朝时两腿打颤。

三月下旬的一天，他从奉先偏殿回到乾清宫，眼睛仍然红润，心情略觉安静，坐在御案前省阅文书。先看了洪承畴请求陛辞的奏疏，又看了孙传庭请求召对的奏疏，他随即传谕明天上午在平台同时召见他们。刚才在奉先偏殿中他显得十分软弱，现在忽然满脸都是杀气。

洪承畴已经改任蓟、辽总督，专负责对满军事。崇祯和满朝文武都认为他是一位资历深、威望高、可以担负辽东重任的统帅人才，对他寄予很大期望。洪承畴明知道困难重重，但是他深感皇帝知遇之恩，决心到关外整顿军务，替皇上稍解东顾之忧。

等洪承畴和孙传庭行过常朝礼，崇祯向洪承畴问了几句话，无非是关于起程时间和一切准备如何等等，至于今后用兵方略，在不久前两次召对时已经谈过，用不着今天再问。他又向洪承畴勉励几句，期望他早奏捷音。叫洪承畴起来后，崇祯收敛了脸上的温和神色，冷冷地小声叫：

"孙传庭！"

"微臣在！"孙传庭跪在地上不敢仰视，恭候皇上问话。

有片刻工夫，崇祯望着他并不问话。这种异乎寻常的沉默使他的心中忐忑不安。去年冬天，他同洪承畴率师勤王，来到北京近郊。那时卢象升已经战死，朝廷升他为总督，挂兵部右侍郎兼右佥都御史衔，代象升总督诸路援军，并赐尚方剑。可是他同杨嗣昌的关系没有搞好，又得罪了高起潜，被皇帝降旨切责。崇祯叫洪承畴进京陛见，并使大臣郊劳①，却不许他进京陛见。清兵退出以后，崇祯采纳了杨嗣昌的建议，任洪承畴为蓟、辽总督，把陕西勤王军全部交洪承畴率领去防备满洲。孙传庭非常反对把陕西勤王军全部留下，上疏力争，说这一部分陕西兵决不可留，倘若留下，陕西的"贼寇"就会重新滋蔓，结果无益于蓟、辽边防，只是替陕西的"贼寇"清除了官军。他还说："且秦兵之妻孥蓄积皆在秦，久留于边，非哗则逃，将不为吾用而为贼用，是又驱兵从贼也。"孙传庭的反对留陕西勤王兵防守蓟、辽，原来也有一部分私心。他认为洪承畴既然改任为蓟、辽总督，陕西、三边总督的遗缺，朝廷一定会叫他升补。他要求把陕西勤王兵放回陕西，固然是为今后的"剿贼"军事着想，也是为他自己着想。没有这些军队，他将来回陕西，手中就没有猴子牵了。崇祯目前急于要稳定关外局势，决意将这一部分人马交给洪承畴，所以对于孙传庭的意见置之不理。

孙传庭是个非常骄傲自负的人，一向对杨嗣昌代皇帝筹划的用兵方略很瞧不起。由于他没有能够像洪承畴那样受到郊劳和召见，对杨嗣昌更加不满，决心同杨嗣昌斗一下，所以在清兵退走之前他就上疏说："年来疆事决裂，多由计画差谬。待战事告竣，恳皇上一赐陛见，面陈大计。"经过力争陕兵回陕的斗争失败，他渴望陛见的心情更加迫切。如今果然蒙召对了，但皇上叫他的口气是那么严厉，是不是会允许他把许多有关国家大计的话痛快奏陈呢？他俯首屏息，诚惶诚恐，一面静候皇上问话，一面向象牙朝笏上偷眼瞧看那上边用工整的小楷写着他要面奏的方略要点。

向孙传庭打量了片刻之后，崇祯怒容满面，用威严的声音说："孙传庭，朕前者命你巡抚陕西，协助洪承畴剿办流贼，三年来虽然不无微劳，但巨贼李自成及刘宗敏等并未拿获，遗患无穷。去冬潼关南原之战，汝连疏告捷，均言闯逆全军覆灭，尸积如山。欺饰战绩，殊属可恨！朕今问汝：闯逆现在何处？"

皇上的震怒和责问，孙传庭完全没有料到，简直像冷不防当头顶挨一闷棍。尽管他的性格十分倔强，也不由地轰然出了一身冷汗，脸色灰白，四肢微微颤栗。他鼓着勇气回答说：

"微臣前奏闯贼全军覆灭，确系实情，不敢有丝毫欺饰，有总督臣洪承畴

---

① 郊劳——古代大将或统帅凯旋回朝或勤王来京，皇帝亲自或派大臣出郊慰劳，叫做郊劳，为很大的恩宠。

可证。"

"强辩!"崇祯把御案一拍,又问:"你不惟没有将闯贼拿获,连其重要党羽如刘宗敏、田见秀、高一功、李过等均一并漏网。汝奏疏中所谓'逆贼全军覆灭,非俘即亡',不是欺饰是什么?"

孙传庭竭力保持镇定,回答说:"微臣在君父之前,何敢强辩。去冬十月,臣与督臣亲赴潼关,麾兵围剿,设三伏以待贼。经一日一夜奋战,确实将逆贼全军击溃,死伤遍野,遗弃甲仗如山。闯贼及其重要党羽虽未就擒,但想来多半死于乱军之中。后因臣星夜率师勤王,不暇找获巨贼死尸,献首阙下,上慰君父之忧,下释京师臣民之疑,实为一大恨事。"

"你知不知道逆贼渠魁均已漏网?"

"臣率兵到了山西以后,闻有零星余贼逃入商洛山中。为着斩草除根,免遗后患,臣当即一面奏闻陛下,一面派副将贺人龙带兵折回潼关,向商洛山中认真搜剿。至于说渠贼均已漏网,臣实不知。"

"哼哼,你还在做梦!"崇祯从御案上拿起来几份奏疏和塘报,扔给孙传庭,愤愤地说:"你看看,这就是你潼关大捷的结果!"

听说李自成等确已"漏网",又看见皇上扔下几份文书,孙传庭又一阵心惊胆战。他手指颤栗地捡起文书,捧在手中,匆匆地浏览一下"引黄",心中完全明白。他把一叠文书恭敬地递给立在一旁的太监,然后向皇上叩头说:

"臣自勤王以来,虽然日夜奔波于畿辅与山东各地,无暇多探听余贼情况,但有的塘报,臣亦见到。以愚臣看来,倘若逆闯确实漏网,可忧者不在崤函山中,而在商洛山中。那一股进扰潼关与焚烧灵宝城关的残寇只是假借闯贼旗号,决非闯贼本人。倘若官军舍商洛而不顾,厚集兵力于崤函山中,恐怕上当不浅。"

"你怎么知道在崤函山中的不是闯贼本人?"

"闯贼倘若未死,定必潜伏起来,待机而动,决不会于残败之余,养息尚且不暇,而胆敢打出逆贼大旗,故意惹动官军追剿。"

"可是别的残余为什么要打出逆贼旗号,惹动官军追剿?"

"臣近来远离剿贼军中,不敢妄加推断。但臣与逆贼周旋三年,深知逆贼狡计甚多,常常以虚为实,以实为虚。揆情度理,在崤函山中打着闯贼旗号者决非闯贼本人。"

"胡说!这股逆贼神出鬼没,连挫官军。看其用兵诡诈情形,必为闯贼本人无疑。且有人亲眼看见闯贼蓝衣毡帽，骑乌驳马立于大旗之下，更有何疑？"

"虽然如此，愚臣仍不敢信其为真。"

"地方奏报，证据确凿，汝说不可凭信，岂非当面欺哄君父，希图逃避罪责？"

"臣束发受书，即以身许国。崇祯九年，蒙陛下付微臣以剿贼重任，臣无时不思竭尽犬马之力，以报圣上知遇之恩，何敢面欺君父？"

"汝身负剿贼重任，竟使全数渠贼漏网，尚不认罪，一味狡辩，实在可恶。汝既知报朕知遇之恩，何不将逆贼拿获，而遗君父西顾之忧？"

"倘非连奉诏书，星夜勤王，臣定然四处搜索，不使一贼漏网。"

"胡说！替我拿下！"

登时有两个锦衣力士①把孙传庭从地上拖起，褫去衣冠，推了出去。洪承畴赶快跪下，连连叩头说：

"陛下！孙传庭虽然有罪，恳陛下念他数年剿贼，不无微劳。虽奏报有欺饰之处，但闯逆在潼关全股瓦解，亦系的情②，并无虚夸，恳陛下……"

崇祯不等他把话说完，冷笑一下，说："卿不用替他求情。卿身任总督，亲临潼关督战，竟使元凶漏网，论法也不能辞其责。但朕念你功大过小，不予深究，反将东边重任交卿去办。望卿今后实心任事，不要像孙传庭一样，辜负朕之厚望。"

洪承畴又叩头说："微臣受命剿贼，未能铲除逆氛，克竟全功，致闯贼目前死灰复燃，实在罪该万死。皇上不惟免予重谴，又使臣督师蓟、辽，拱卫神京。如此天恩高厚，使微臣常为之感激涕零。微臣敢不粉身碎骨，以报陛下！然目前正当国家用人之际，孙传庭素娴韬略，亦习战阵，于疆吏中尚属有用之材。伏乞圣上息雷霆之怒，施雨露之恩，暂缓严罚，使其戴罪图功，不惟孙传庭将畏威怀德，力赎前愆，即三军将士亦必闻而感奋。"说毕，叩头不止，几乎叩出血来。

崇祯虽然很气孙传庭没有将李自成等擒斩，但也知道他是个有用之材。听了洪承畴的话，他沉默片刻，说道：

"好吧，姑准卿奏，饶了他这一次。起去吧。"等洪承畴谢恩起去，崇祯

① 锦衣力士——锦衣卫的一种下级武官，皇帝上朝和出宫时随驾侍卫。替皇帝打旗的也是他们。
② 的情——确实情况。

向旁瞟一眼，吩咐说："叫孙传庭回来！"

过了片刻，孙传庭又穿好衣冠，被太监带了进来，重新在离开御案大约一丈远的方砖地上跪下，身子俯得很低。崇祯望着他说：

"孙传庭，朕姑念你平日尚肯实心任事，饶你这次作战不力之罪，仍着你总督河北、山东军务，以观后效。"

孙传庭叩头谢恩，仍然伏地不起。

"下去吧。"崇祯轻声说。

孙传庭又叩了头，爬起来低着头退了出去。尽管他的身体十分结实，年纪只有四十七岁，但当他步下丹墀时，却像老人一样，脚步不稳，几乎跌了一跤。

洪承畴又回答了皇帝几句问话，叩头退出。他是一个深通世故的老官僚，心中清楚，今日皇上之所以对孙传庭如此严责，一部分是孙传庭自己招的，一部分也是故意借他陛辞的时候，来个杀鸡吓猴，让他看点颜色。因此他本来还想对皇上提出一点小小的恳求，也不敢说出口来。他刚出皇极门，一个太监从里边追出，口传圣旨说皇上明日正午在平台赐宴，并谕文武百官于明日下午在朝阳门外为他饯行。他跪地听旨，叩头谢恩，山呼万岁。但是在他感激皇恩浩荡之余，心中反觉惴惴不安，仿佛预感到什么不幸在等待着他。他深知皇上恩威莫测，倘若他此去防备满洲无功，只能为皇上尽节，死在辽东，别想再回朝廷。而权衡一切，此去成功的希望实在微乎其微。

孙传庭回到公馆，觉得耳朵里嗡嗡响着，家人同他说话他也听不清楚。他不吃午饭，不许别人打搅他，独坐书房发闷。看看昨夜在朝笏上写的那些小字，叹了口气。

由于精神上受的打击太大，孙传庭回到保定驻节地，耳朵竟然聋了，请求辞官回籍。崇祯不信，命保定巡抚杨一俊就近察看真伪，据实奏闻。杨一俊回奏说孙传庭的耳聋是真。崇祯大怒，说他们朋比为奸，派锦衣旗校将他们一起逮捕进京，下到狱中。满朝人都知道孙传庭因耳聋下狱冤枉，却无人敢替他上疏申救。

到了四月中旬以后，朝廷得到确实消息，知道李自成从潼关南原突围后就潜伏在商洛丛山中，那个扮做闯王模样，立马"闯"字大旗前，出现在潼关城下，佯做攻城的队伍和以后又夜袭灵宝，……贺人龙误以为李自成确在豫西，上奏朝廷，而今证明在豫西活动的只是高桂英和刘芳亮一支人马。虽然事实证明了孙传庭的推测是对的，但崇祯并不释放他，因为一则崇祯是个刚愎成性、从不承认错误的人，二则他很恨孙传庭不曾将李自成和所有重要的农民军领袖捕获或阵斩。自从知道了李自成在商洛山中的活动情况以后，他对国事更加忧愁，常常夜不成寐，脾气也变得更加暴躁。

五月下旬，又是崇祯的一个不眠之夜。

已经二更过后了，乾清宫院中静悄悄的，只有崇祯皇帝和值夜班的太监、宫女们还没有睡。整个紫禁城也是静悄悄的，只是每隔一会儿从东西长街①传过来打更的铜铃声②，节奏均匀，声音柔和，一到日精门和月华门附近就格外放轻，分明是特别小心，生怕惊了"圣驾"。崇祯在乾清宫正殿的西暖阁省阅文书，时常对灯光凝神愁思，很少注意到乾清宫院外的断续铃声。一个宫女轻脚轻手地走到他的身旁，跪下说道：

"启奏皇爷，夜深啦，请圣驾安歇吧。"

崇祯好像没听见，继续省阅文书。过了一阵，跪在地上的宫女又说了一遍。他仍然没有抬头，一边拿着朱笔在一封奏疏上批旨，一边小声说："知道了。"他在奏疏上的批语也是这同样的三个字，好像他不是在回答宫女，而是在无意中念出来他的批语。宫女不敢再打扰他，从地上站起来，悄悄地退了出去。又过了一阵，甜食房的太监送来了一碗燕窝汤，由宫女捧到他的面前。他打个哈欠，揉揉眼睛，把燕窝汤吃下去，随即离开御案，走出了乾清宫大殿。但是他没有马上去睡，在丹墀上漫步片刻，然后抬头仰视天象。天上一片蔚蓝，下弦月移近正南，星光灿烂，并无纤云。他读过灵台③藏的秘抄本《观象玩占》和《流星撮要》等书，还看过刻本《天官星历》，所以能认出不少星星。他先找到紫微垣十五星，随后找到代表帝座的紫微星。大概是由于心理作用，他觉得紫微星有些发暗，而天一星的茫角很大，闪闪动摇。据那些关于占星术的书上说，这是天下兵乱的征象。看过星星，他的心头更加沉重，深深地叹一口气。几个宫女和太监垂手恭立近处，互相交换眼色，却没人敢去劝他就寝。

---

① 东西长街——在紫禁城中有几条南北长巷，紧挨乾清宫东边的长巷叫东一长街，再东边的叫东二长街；紧挨乾清宫西边的长巷叫西一长街，再西边的叫西二长街。

② 铜铃声——明代皇城和紫禁城内打更摇铜铃，到清代改为敲梆子。

③ 灵台——紫禁城中的一个迷信机构，有几十个太监，日夜轮流观看星象和云气变异，据实呈报司礼监掌印太监，上奏皇帝。

他缓步走下丹陛，在院中吸了几口新鲜空气，一直走到乾清门。正在这时恰好一个刻漏房的太监抱着时辰牌走了进来。尽管从万历末年以来，宫中打更和报时都依靠从西洋传进来的自鸣钟，但是文华殿后边的刻漏房依然照旧工作。每交一个时辰，值班太监抱着一尺多长、四寸多宽的青地金字时辰牌送进乾清门，换下一个时辰牌带回文华殿，凡路上遇到的行人都得侧立让路，坐着的都得起立。崇祯正要转身往回走，忽然看见抱时辰牌的太监来到，便停住脚步问道：

"什么时辰了？"

抱时辰牌的太监躬身回奏："已经交子时了，皇爷。"

崇祯因为再有两个多时辰就得上早朝，早朝后还得带着皇后和田、袁二妃去南宫烧香，便决意赶快就寝。他走到乾清宫大殿背后披檐下的养德斋，在宫女们的服侍下脱了衣服，上了御榻。可是过了一阵，他忽然想到还有许多重要的文书没有看，便重新披衣下床，吩咐一个宫女去把没有看过的一叠文书都拿到养德斋来。当重新开始省阅文书时，他叫服侍他的宫女和太监都去休息。值班的宫女们都退到对面的思政轩中坐地休息，不敢远离；太监们只留下两个人，其余都回到乾清门左右的值房去了。留下的这两个太监在养德斋的外间地上铺了两条厚褥子，上放貂囊，和衣睡在里边。

正看文书，他不由地又想到陕西方面。上月下旬，他连接陕西疆吏奏报，说是从去年冬天以来，李自成就在商洛山中收集残部，招兵买马，打造武器，积草屯粮，准备大举；并且赈济饥民，笼络民心，从事屯垦，似有长期据守商洛山中模样。他非常恨陕西地方文武大员的糊涂无用，竟敢长期不明"贼情"，养虎遗患。他已经把新任陕西、三边总督郑崇俭和巡抚丁启睿严旨切责，命他们迅速调兵进剿。目前他们进剿的情形如何？能不能趁李自成羽毛未丰，一举将他扑灭？……

崇祯想一阵，批阅一阵文书，眼睛渐渐地矇眬起来。他在梦中看见郑崇俭来的奏捷文书，心中十分高兴；又看见熊文灿的一封奏疏，是关于张献忠的，但奇怪，他总是看不明白。他把这封奏疏扔到案上，生气地说：

"糊涂，张献忠是不是真心受抚？"

窗上已经现出微弱的青色曙光。从紫禁城外传过来隐约的断续鸡啼。御案上的宣德小香炉已经熄灭。一座制作精巧的西洋自鸣钟放在紧靠御榻的雕花嵌螺红木茶几上，正在滴答滴答地走着，突然，一个镀金小人儿用小锤在一个小吊钟上连续地敲了几下。几乎就在钟响的同时，从玄武门①上传过来缓缓的更点声：先是报更的鼓声四下，跟着是报点的铜云板敲了三下，声音清远而略带苍凉。

一个太监乍然惊醒，赶快从貂囊中爬出来，蹑脚蹑手地去把珠帘揭开一点儿，向里边悄悄窥探，看见皇上俯在御案上轻轻打鼾，手中的象管朱笔落在一封文书上。他小心地把朱笔拾起来放在珊瑚笔架上，小声细气地叫道：

"皇爷，请到御榻上休息！"

崇祯睁开眼睛。铜云板的余音若有若无，似乎在窗纱上轻轻震颤。他望望西洋自鸣钟，看见快到他平日起床拜天的时候，便吩咐传都人侍候梳洗。太监又躬身奏道：

"皇爷，你又是通宵未眠，还是请圣驾到御榻上稍躺片刻吧！万岁为国事这样焦劳，常常废寝忘餐，圣体如何能支持得了？请到御榻上休息会儿吧！"

"不要啰唆，快传都人们侍候梳洗！"

一声传呼，那些专门服侍皇上梳洗穿戴，以及侍候早朝的宫女和太监都进来了。有一个专门在早晨替皇上梳头的宫女，在乾清宫中俗称管家婆②的，捧着一个剔红堆漆圆盒，里边放着铜镜、篦子和象牙梳子等物，第一个躬身走进了养德斋来。

梳洗罢，穿戴整齐，崇祯按照每日惯例到乾清宫大殿的前边拜天，然后，传免了皇后、妃嫔、太子和皇女们的请安，匆匆地吃了尚膳监送来的素点，便乘辇前去上朝，正式开始了他这一天的忙碌而烦恼的皇帝生活。

每次上朝，总是听到一些不顺心的和难以解决的问题，使他退朝后更加烦闷。今天上朝时候，户部臣详细面奏各处官军欠饷的情形很严重，每日催饷的文书不断飞来，急于星火，可是国库如洗，没法应付。另有几个科、道官③请求对清兵焚掠残破的畿辅和山东各州、县赶快赈济，抚辑流亡，使劫余百姓得以早安生业。但军饷尚且没有着落，赈济款从何谈起！不到巳时，崇祯就怀着十分沉重的心情退朝。

---

① 玄武门——紫禁城的北门在明代叫做玄武门，义取玄武星是北方星宿。清代因避康熙帝讳（名玄烨），改称神武门。
② 管家婆——明代每一后妃宫中宫女众多，其中有一个宫女掌管诸事，好像众宫女的头儿，俗称管家婆。
③ 科、道官——六科给事中和十三道御史的统称。都是言官。明代把全国领土划为十三行省。十三道即十三省，沿袭唐朝旧称。

崇祯的忧郁

为着今天要去南宫①烧香，他三天来就素食斋戒。现在下朝回来，一面传旨皇后和田、袁二妃来乾清宫，一面又一次浑身沐浴。后妃们一来到，他就带着她们乘辇出了东华门。除司礼监掌印太监王德化和一大群太监和宫女簇拥外，没有任何仪仗，尽可能不让外边的臣工知道。

恰在这时，文书房太监把几封十万火急的文书送到养心殿内司礼监掌印太监和秉笔太监的值房中来。掌印太监王德化不在，由几个秉笔太监看了一下，一个个大惊失色。王承恩在这几位轮值的秉笔太监中名次最前，就由他拿着这几封火急文书追出东华门。

近几年，崇祯身上的变化实在很大。在他即位后最初几年，国家虽有内乱和外患，但大局尚未糜烂，他希望做一代"中兴英主"的信心很强，锐气很盛。那时他对于日蚀、星变、怪风、霪雨等等自然界不正常现象虽然也心中戒惧，却不像近几年来这样害怕。八九年前，有一个朝臣因旱涝成灾，上疏言事，批评朝政，措词过于激切。他很恼火，在上朝时训斥说："尧有九年之涝，汤有七年之旱，并不闻尧与汤何失德！"但是近几年，任何不正常的自然现象他都认为是五行灾异，也就是上天给他的告戒和国运的不祥之兆，胆战心惊，彷徨不寐。在即位之初，他并不很迷信佛、道两教，倒是受了当时礼部尚书徐光启②的影响，和天主教有些接近。近两三年来，他对于佛、道、鬼、神越来越迷信了。

还有二月初五，清兵正在山东时候，北京城发生了一次地震。虽然地震是常见的自然现象，明朝在北京地区已经发生过多次地震，毫不足奇。永乐年间是明朝国力鼎盛时期，短短的十八年中，南京震了六次，北京震了两次，而南京的五次地震都在永乐帝迁都之前。无奈从西汉以来，以董仲舒为代表的儒家就将地震同人事联系起来，而这种迷信思想深入人心，也深入崇祯的心。崇祯认为北京是大明帝国的首都，就在皇帝的脚下，从他登极至今就发

---

① 南宫——在北京城南池子一带有一片宫殿建筑，称做南宫、南内，也叫南城。这一大片宫殿，到清代全毁了。

② 徐光启——上海徐汇人，生于明嘉靖四十二年，死于崇祯六年（1562—1633）。他是我国最早的天主教徒，最早接受西洋科学的学者，精通数学、历法、测量、水利、农业、火器（早期枪炮）制造等方面的学问，是我国古代杰出的科学家。崇祯五年曾做到礼部尚书兼东阁大学士，内阁辅臣。

生了两次较大地震①，可不预兆他的江山不稳么？司礼监掌印太监经常据实转奏灵台太监观察到的星象和云气变异，十之八九都是不吉利的。这样就更增加了他的忧愁。尽管他口头上说他是"中兴英主"，心中却渐渐明白"中兴"无望，甚至常有可能亡国的预感。尤其是洪承畴和孙传庭费尽力气竟不能将李自成扑灭在潼关附近，国运在他的心中更加清楚。

他愈是觉得人事努力很难指望，愈是想靠神灵保佑国运。今年春天，他瞒着朝臣，命僧道录司②暗中挑选了几十位佛、道两教的名德法师在南宫建醮。他还传旨召江西龙虎山张真人来京建醮，但因路途遥远，尚未赶到。从三月中旬以来，他时常忙里偷闲，带着周后和田、袁二妃，去南宫烧香祈祷。但是这样的事情如何能瞒住群臣？不免有一些言官上疏劝谏，请他不要迷信僧、道，做这种无益的事。他心中很痛苦，有时想着自己既是一位英明君主，自然不应该迷信僧、道、鬼、神，使得后世议论。可是他又想着国事日非，无术挽救，除非上天见怜，有什么法儿使国家转危为安，否极泰来？

有一次他对自己说："唉，建醮，建醮！这些言官怎知道朕的苦心！朕非昏庸之主，只是势不得已，向上天为民请命耳！"

后来又有一位言官上了一道奏本，措词比较率直，说南宫靠近太庙，每日钟、鼓、铙、钹之声聒耳，使祖宗为之不安。祖宗不安，何能祈福禳灾？崇祯没有生气，提起朱笔批道："朕之苦心，但愿佛、天、祖宗知，不愿人知。"过了一夜，当这个奏本要发出宫时，他重新看看御批，自觉批语不雅，不似帝王的话，便涂了去，改批"留中"二字，不再发出。

过了四月以后，他因为事忙，一直再没有去南宫烧香。前几天他接到山西巡抚和布政使的联名奏疏，说山西某地天雨血③，某地发生地震，倒塌了许多房屋，压死了不少人、畜。他非常震惊，心中说道："前年元旦日蚀，今年京师和山西地震，又雨血，灾异如此，实在可怕。"又想道，西汉哀帝时发生日蚀和地震，大臣们对策上言，说这是不寻常的灾异，果然不久西汉就亡了。何况如今不仅日蚀、地震，天又雨血！想到这里，又想想当前大局，不觉出了一身冷汗。他根据皇历选择了一个宜于斋戒祈禳的日子和时刻，亲至南城

① 两次较大地震——上一次地震发生于崇祯元年二月十日。
② 僧道录司——管理全国和尚、道士的衙门。
③ 天雨血——地上的红色尘土被大风刮起，送到几百里或上千里以外，随雨降下，古人不明白其中道理，误认为是"天雨血"，很不吉利。

烧香。择定了吉日良辰，他吩咐司礼监替他准备青词①表文，并事先传谕在南城的僧、道们知道。

现在崇祯偕同周后、田妃、袁妃，分乘小辇，穿过文华殿西夹道，出了东华门，顺着护城河东边的青石御道向南走去。三个月来，北京城多风多沙，今日难得的天气晴朗，阳光明媚。虽然今天已交五月下旬，但北京城的前半晌并不炎热，微微的南风清爽宜人。河岸上，一长排绿柳映水，柔丝摇曳。两只黄鹂在柳枝间穿来穿去，发出婉转柔和的叫声。护城河转弯处有一座用太湖石叠成的假山，四面槐柳簇拥，绿阴森森。几枝盛开的石榴花横在太湖石上，分外鲜红。从这里往西去，有一条松柏夹着的石板路，通往太庙的后角门；往南，不远处有一道红色高围墙，上覆黄色琉璃瓦，从红墙中露出巍峨的宫殿和高大的古松，并传出钟、磬和梵呗之声。护城河中水色湛清，微波上闪耀着金色的太阳，水底荡漾着三四片白色云影。崇祯已经有许多天没有出过紫禁城，这时不由地心情一爽，眼睛里露出来一丝笑意。好像种种苦恼，都暂时从他的心上离开了。

三乘辇继续向南行去，过了片刻，来到了南宫的正门外边。

南宫的大部分都是英宗时代的建筑物。一百七十年来不断修缮、油漆、增建，十分美丽。南宫大门外有许多高大的白皮松，遮天蔽日。三乘黄色小辇在白皮松中间的汉白玉甬道上停住，早有一群高僧、道士和执事太监在道旁跪接。崇祯带着皇后和两位妃子缓步走上雕龙玉阶，进了宫门，在一片松树下盘桓一阵，然后走进南风门。这里有许多花木，并排有三座宝殿：中间的是龙德殿，左边的是崇仁殿，右边的是广智殿。他们在龙德殿休息一下，受了僧、道们的朝拜，吃了一杯茶，然后由执事僧、道和太监们在前引导，向内走去。正在这时，王承恩身穿没有补子的青素宫纱贴里②，头戴用马尾编结的烟墩帽③，上缀宝石、明珠，右手拿着一把专为遮太阳用的蓝绢洒金大撒扇④，左手袖着十万火急的机密文书，匆匆地从紫禁城中赶来。他必须先向印公⑤王德化禀明，才敢启奏皇上。可是王德化正引着皇上和娘娘们往里边走，

---

① 青词——道教向玉皇焚化的表文写在青色纸上，叫做青词。
② 贴里——太监所穿的一种有褶的长衣，夏季用纱。今天因皇帝斋戒祈祷，所以太监们只穿青素衣服。青素衣服没有补子。
③ 烟墩帽——下有宽的直檐，顶略尖。
④ 撒扇——即折叠扇。太监所用的大撒扇，柄有一尺多长，只用来遮太阳，不能扇风取凉。
⑤ 印公——太监们对掌印太监的尊称。

他不好贸然赶去说话。他的心中很急，鬓边冒出豆子大的汗珠，只好在龙德殿旁徘徊，偷眼望着皇帝神色安闲地穿过飞虹牌楼，缓步踏上飞虹桥。

　　崇祯难得今天有一点闲情逸致，站在弓形的飞虹桥上，欣赏白玉栏杆和栏板上的精致雕刻，还指着那些刻得栩栩如生的水族动物叫皇后欣赏。一会儿，他率领后妃们走下桥，穿过戴鳌牌楼，向左右的天光、云影二亭望一眼，登上一座堆垒得十分玲珑的秀丽假山。山上有一个圆殿叫做乾运殿，东边是凌云亭，西边是御风亭。他在山上稍作盘桓，想着这山上的圆殿和亭子都是英宗复辟后添建的，那时虽有也先之患，经过土木之变，但国家的根子依然强固，全不似如今这样风雨飘摇。想到这里，不由地满怀怆然，无心再看景致，连乾运殿也懒得进去。

　　他同后妃们绕过乾运殿，下了秀丽山，来到佳丽门。全体僧道官和名德法师都在甬道的两旁跪接。崇祯和后妃们从他们中间穿过，走进佳丽门，踏上白玉雕龙台阶，进到永明殿中坐下。众僧躬身低头，双手合十，从永明殿的左边，众道士从右边，分向建醮的地方走去，连一点脚步声也不敢发出。过了片刻，从永明殿后边传过来钟声、鼓声、磬声、木鱼声、云板声、铜笛声等等，还有和尚道士的唪经声，组成了肃穆庄严的音乐合奏。王德化走到崇祯面前，躬身奏道：

　　"皇爷，开醮了。"

　　崇祯没做声，立刻从龙椅上站起来，怀着虔敬的心情向外走去。周后、两位妃子、宫女们和太监们，肃静地跟在他的背后。永明殿的背后是一个小院，一色汉白玉铺地，有十几株合抱的苍松和翠柏，虬枝横空。其中有一株古松上缠绕着凌霄，在苍翠的松叶间点缀着鲜艳的红花。院子中间搭着一座高大的白绸经棚，旗幡飘飘；莲花宝座上供着檀香木雕刻的释迦如来佛像。棚外悬一黄缎横幅，上题："敕建消灾、弭寇、护国、佑民、普渡众生法会"。后妃们暂留在经棚外边。崇祯帝先进经棚，在释迦前上了香，焚了黄表，拜了四拜，跪在黄缎拜垫上默默祈祷，求佛祖大发慈悲，帮助他消灭各地"流贼"，降罚满洲，并且不要再降水、旱、蝗、疫诸灾，保佑他的国运昌隆。当默祷结束时他觉得还不够，又特别祝祷几句，求佛祖感化张献忠等洗心革面，实心投诚，并且使官军将漏网的李自成早日擒获，除掉朝廷后患。他求神心诚，禳灾情切，虽没出声，却禁不住喉咙哽塞，热泪满眶。祝祷毕，他站起来退到一旁，看着皇后和妃子们依次进来礼佛。

在崇祯跪佛前虔诚祝祷当儿，王德化留在经棚外边，恭立侍候。一个太监来到他的身边，凑近他的耳朵小声说："宗主爷，王秉笔有事面禀。"他转过头去，看见王承恩神色不安地立在永明殿后，心中不禁一惊。他使个眼色不让王承恩来到经棚前边，自己赶快踮着脚尖儿走了过去，悄声问："什么紧急大事？"王承恩行了礼，从袖中掏出文书递给他，小声说："请宗主爷的示，这些十万火急的文书是否现在就奏明皇上？"王德化把几封文书匆匆一看，大惊失色。想了一下，他把文书交给王承恩，悄声吩咐说："拿回宫去，此刻万不能让万岁知道。纵然天塌下来，也要等皇爷烧过香回到宫中，咱们再向他启奏。"

王承恩不敢说什么，悄悄走了。

从建有佛教法会的院落往北，绕过假山，穿过有雕栏的白玉小桥，又是一座圆殿，描金盘龙匾额上题着"环碧"二字。周围绿水环绕，花木繁茂，苍松数株，翠竹千竿。这是南宫最后和最幽静的地方，再往北几丈远便是覆盖着黄瓦的红色宫墙。道坛设在环碧殿中，叫做"敕建三清普临、降妖、伏魔、消灾、弭乱醮坛"。崇祯走进环碧殿，叩拜了玉皇大帝，焚了青词，照例默祷一阵，然后退出。皇后和两个妃子依次烧香出来。他们到永明殿中休息，吃了点心，起驾回紫禁城去。

当崇祯走进东华门时，恰有一个部僚正在会极门接本①。忽然听见太监传呼："圣驾回宫！"他慌忙躲入文华门内西值房，隔着窗隙窥探。崇祯一扫眼瞧见了他。转入文华殿西夹道以后，崇祯派一个小太监回来，用温和的口气嘱咐他出去后不要乱说。这时崇祯的心境十分平静，脾气变得十分好，脸上挂着若有若无的笑意。

回到乾清宫，他刚刚换过衣服，端着茶碗喝了一口香茶，王承恩走到面前，躬身将几份文书放在御案上，胆怯地说：

"启奏皇爷，张献忠又反了。"

崇祯的手猛一颤抖，茶碗落在御案上，溅湿了文书。他正要询问详情，不料王承恩低头避开他的眼睛，又小声说：

"据陕西、三边总督郑崇俭飞奏，陕西的局面也变了。"

"怎么，张献忠入陕西了？"崇祯跳起来问。"官军何不堵截？"

---

① 会极门接本——会极门即左顺门。文书房太监将批过红的奏本在此发出。内阁和各部、院等衙门派官员在此接收，叫做接本。

"不是，皇爷。是李自成在商洛山一带起事了。"

崇祯两眼发直，颓然坐进椅子里，过了好久才喃喃吐出半句话：

"我早就担心……"

又过了一阵，他才稍微镇静，叫王承恩将几封火急奏本读给他听。当他听到熊文灿奏报说已命左良玉、罗岱等率楚、豫官军"追剿"张献忠，正候捷报，他摇摇头，用鼻孔冷笑一声，对王承恩说：

"给熊文灿这个该死的老东西下一道严旨切责，叫他戴罪视事，以观后效。倘若不能将献贼剿除，加重论罪！"

"遵旨！"

"郑崇俭的本上怎么说？快念！"

郑崇俭除奏报李自成重新树起大旗之外，也奏报农民军中疾疫流行，李自成和刘宗敏等重要"渠魁"都卧病不起。他还奏称他已经"亲赴武关，督军进剿，不难将逆贼一网打尽"。崇祯听毕，仿佛看见了新的希望，点点头，又对王承恩说：

"替朕拟旨，着郑崇俭迅速进剿，不得迟误！"

杨嗣昌出京督师

第十七章

　　崇祯天天盼望着湖广和陕西两方面的官军在他的严旨切责下会有所振作，不日就会有进剿张献忠和李自成的捷奏到京。但是一直到了八月中旬，只知道两处都在"进剿"，而捷报仍然渺茫。他天天怀着希望和恐惧，心情焦灼，夜不成寐。中秋节过后两天，他在平台召对阁臣，谈到用兵遣将，事事失望，不禁深深地叹口气，怀着一腔愤懑说：

　　"朕不意以今日中国之大，竟没有如关云长、岳武穆一流将才！"没等到阁臣回话，他又接着说："朕早已看出来熊文灿没有作为，剿抚无方，敷衍时日，致使张献忠盘踞谷城，势如养虎。但以封疆事重，朕不肯轻易易人。谷城之变，朕还是不肯治他的罪，仍望他'失之东隅，收之桑榆'。没想到因循至今，三月有余，军事尚无转机，深负朕望！"

　　阁臣们见崇祯怒形于色，一个个十分惶恐，不敢抬头。杨嗣昌赶快跪下说：

　　"熊文灿剿抚乖方，致有谷城之变，贻误封疆，辜负圣上倚畀之深。臣当时无知人之明，贸然推荐，实亦罪不容诛。但目前鄂西与商州两处大军云集，正在进剿，日内想可有捷报到来。恳陛下宽心等待，不必过于忧虑。"

　　崇祯沉默片刻，说道："好吧，且等着两处捷报。"

　　回到乾清宫，他像热锅上的蚂蚁，坐立不安。他已经决定惩办熊文灿，但是差谁去襄阳主持"剿贼"军事呢？遍想满朝大臣，竟没有一个适当的人。他知道，从才干说，杨嗣昌要比熊文灿高出许多倍，但中枢也不能缺少他这样的人。两年来有些机密大计，特别是对满洲的议和问题，崇祯连首辅也不让知道，只同杨嗣昌秘密商议和暗中进行，而杨嗣昌也完全执行他的主张，任劳任怨。像这样君臣契合，很不易得。倘若把杨嗣昌派去湖广，有谁到中枢来代替他？同满洲议和的事由谁担当？倘若不派他去，"剿贼"军事不但决难于短期收效，甚且将不可收拾。左思右想，没有主意。后来他忽然想道："何不到大光明殿抽个签问一问军事顺利与否，再做决定？"主意拿定，他就缓步走往坤宁宫，同周后闲话一阵，然后告诉周后：他想明天带她和田、袁二妃去大光明殿烧香求签，要她准备。周后只见他每日为国事心情郁郁，寝食不安，前天的中秋节又传免了百官和命妇朝贺，很担心长此下去会损伤身体。现在一听皇上说要去大光明殿烧香求签，她就趁机说道：

"大光明殿是嘉靖皇爷修炼的地方，想来那里的签一定很灵。明日陛下前去降香，定能得到好签。今年春天，因陛下心绪欠佳，没有去西苑游幸，白白辜负了湖光春色。眼下西苑中秋景如画，天气也很清和。明日陛下何不率领臣妾与田、袁二妃于烧香抽签之后，顺便游玩几个地方？"

"也好，你就给她们传旨吧。"

周后十分高兴，立刻命宫女们分头去承乾宫和翊坤宫向田、袁二妃传旨，叫她们今晚斋戒沐浴，准备明天随驾到大光明殿烧香，并在西苑游玩一天。她又命一长随太监传谕尚膳监，要御膳房早点准备，明日做几样皇上平日最喜欢吃的菜肴送到瀛台，同时也要甜食房预备甜食和糕点，特别嘱咐不要忘记皇上最喜欢吃的虎眼窝丝糖。她又吩咐坤宁宫管事太监明日一早派人骑马去西郊玉泉山取新鲜泉水，以便在西苑为皇上沏茶。

第二天上午，崇祯率领周后和田、袁二妃，在大群太监和宫女的簇拥中，乘辇出玄武门，顺着护城河北岸的御道西去。坐在辇上，他还在想着湖广和陕西方面的军事，盼望着今天能得到捷报。走到团城旁边时，他命一个长随奔回紫禁城中对司礼监掌印太监王德化传旨：倘若湖广和陕西方面的捷报到来，立即到瀛台向他奏明，不必等他回宫。

一到金鳌玉蝀桥，左右太液池水波荡漾，蒲苇瑟瑟，一片清秋景象。一阵凉风吹来，崇祯的头脑猛然一爽。他望望琼华岛，心想今日没有工夫登琼华岛，等去大光明殿降过香以后不妨先来团城休息一阵，一览西苑全景，然后再去瀛台用膳。于是他向一个随辇侍候的长随轻声说：

"降香后先来团城上吃茶休息。你去传谕王德化：如有湖广捷报，可送到

杨嗣昌出京督师

团城上来。"

过了玉蛛牌坊，大光明殿已经不远了。这是一座富丽巍峨的建筑，坐落在西安门内，如今府右街的西边。那个享尽人间安富尊荣的嘉靖皇帝，妄想长生不死，几十年不理朝政，在这里从道士陶真人炼丹修仙。当年不知花去了多少钱粮，耗费了多少人力，在这里建成一大片壮丽宫殿，而大光明殿耸立在这一建筑群的正中间，里边供着玉皇大帝的七宝云龙牌位。从嘉靖以后，历代皇帝都每年正月初九、十二月二十五，亲来烧香。但在另外的日子，如果有特别原因，或由于皇上的一时高兴，也会来此祈祷，或起个醮坛闹腾几天。

昨天得了司礼监的通知，道士们连夜做好了一切准备。从金鳌玉蛛桥的西头经玉熙宫①前边继续往西，直到大光明殿，一路打扫得特别干净，有些稍嫌低洼的地方还铺了黄沙。当四乘龙凤辇经过玉熙宫前边时，三百多名在此学习官戏②的大小太监在执事太监的率领下跪在御道旁边接驾，口呼"万岁"。四乘龙凤辇一过酒醋局胡同南口，就看见道官和方丈带领全体上百名道士都跪伏在大光明殿的山门外，恭迎圣驾。

崇祯和后妃们下了辇，进去稍作休息，就去玉皇牌位前依次拈香。一时钟鼓齐鸣，玉磬丁冬，既热闹而又肃穆。但见七宝云龙牌位前蜡烛辉煌，香烟缭绕，焚化的青词和黄表冉冉上升，飞近彩绘绚丽的承尘。崇祯先拈香，虔诚地跪在黄缎拜垫上叩了头，默祷一阵，然后轻声说："签来！"跪在一边侍候的方丈赶快从神几上双手捧起景泰蓝盘龙签筒，重新跪下，对着皇帝把签筒摇了三下。崇祯从里边抽出一根签，交给方丈，然后站立起来。白须垂胸的老方丈把签筒放回原处，照签号取了一张用黄麻纸印的签票，跪下去，捧呈崇祯。崇祯怀着惴惴不安的心情接到手中，看见"第二十六签 中平"一行字，始而感到失望，继而感到有些放心了。这时，只要不是下等签，他就会感到一些满意，何况这比"中下"还略胜一筹。当皇后和二妃分别拈香时，他退出圆殿，站在一株白皮松的下边展视神签，细琢磨签中诗句，不禁心头又沉重起来。

皇后和两位妃子烧过香，走出大殿，看见崇祯的手中拿着签票，在松树

---

① 玉熙宫——如今的北京图书馆老馆就是玉熙宫的旧址。

② 官戏——明代宫中的所谓官戏，包括院本、水嬉、过锦戏三种。水嬉又写作"水戏"，是水上的傀儡戏。

下边徘徊，眉头上堆着心事。周后害怕他抽到坏签，赶快走到他的面前，小声问道：

"皇上，那签上怎么说的？"

崇祯没有回答，把签票装入袖中，向太监们吩咐：

"往团城上看看！"

一会儿工夫，四乘龙凤辇重过了金鳌玉蝀桥，在团城旁边停下。崇祯和后妃们从左边的洞门磴道上了团城。团城上面在明末只有一座圆殿叫承光殿，是就元朝的仪天殿加以重修。承光殿前原有三株大松树，是金朝栽植的，已经有几百年了。崇祯初年将两株枯死的连根挖去，铺为平地。现在太监们就在剩下的一株古松下摆了桌子和皇帝、皇后的临时御座，旁边还有替田妃和袁妃摆的椅子。崇祯本来是要在团城上看西苑全景的，只因签上的诗句很不如意，使他欣赏湖山秋色的兴趣没有了。他颓然坐在御座上，叫周后也坐下，注目云天，若有所思，脸色阴沉。周后的心中七上八下，小声问：

"皇上，签上到底是怎么说的？"

崇祯从袖中掏出签票，递给皇后，说："你自己看看，有几句不大好解。"

周后拿着签票，见上面是一首七言律诗：

> 春回大地草芊芊，
> 又见笙歌入画船。
> 关塞天寒劳戍卒，
> 江山日暖尚烽烟。
> 玉楼辜负十年梦，
> 宝镜空分孤影妍。
> 莫怨深宫音问少，
> 一声清唳雁飞还。

自来签上的诗句，多半是若即若离，在似可解与似不可解之间。大光明殿是专为宫中的需要而建的。七八十年以前，那些有学问的道士们在编制签文时为着适合宫中的情形，特别花费了一番心血。就以上边这首签诗说：首联二句非常空洞；颔联二句与国家大事有关，但是和前后的诗句的意思并不连贯；颈联和尾联四句又转到宫怨上，似乎对那些失宠的妃嫔们和不得出头的宫女们表示同情，可是又不至于触犯忌讳。民间的签文在诗后一般都附有

"解曰"，用三字句或四字句的散文明白地告诉抽签人科举能否得中，谋事能否得成，做官是否顺利，婚姻如何，出外吉利否，做生意是赔是赚，病情是吉是凶，打官司胜负如何，等等。宫里的签上没有"解曰"，因为像上边这些问题，在皇帝、后妃、皇子、皇女、宫女和太监身上大部分都不适用。虽然有些太监暗中做生意，有些妃子想得到皇上恩宠，有些宫女想知道有没有出头之日，但这些问题都不好在签诗上明白回答，只能让抽签人凭着一首涵义朦胧的律诗瞎猜。

周后将签诗看了一阵，觉得后几句分明有点不吉利，也不免心上凄然。田妃和袁妃都站在周后背后，共看签诗。田妃是一个十分聪明的人，看完后心上也觉沉重。但是宫廷中自古来充满着勾心斗角，纵然是夫妇间也没有多的实话，做妃子的惟一的希望是固宠，惟一的职责是想法儿使皇帝心头高兴。她故意嫣然一笑，说：

"请皇上、皇后两陛下宽心，这个签虽不很好，倒也不坏。依臣妾看来，玉皇指示甚明：从此国运当有转机了。"

崇祯说："卿试解释一下，让朕与皇后听听。"

"万一臣妾解释得不是，请皇上和皇后两陛下恕臣妾无知妄言，不要见罪。"

"你快坐下解释吧，"周后微笑说，"都是一家人，没有外人听见，你就是解释错了，皇上也不会怪你。袁妃，你也坐。今日陪皇上来西苑游玩，但求愉快舒畅，用不着过分拘礼。"

田妃谢了座，双手接过签诗，坐下说："依臣妾猜详，这第一句所说的'春回大地'，乃是指国运有了转机。春为万物复苏与生长之季，百虫惊蛰，草木向荣。这样诗句，问病则主病愈，问国运则主国运渐次转佳。请陛下试想，这第二句的'又见笙歌入画船'可不是指的天下重见太平景象么？从崇祯初年以来就没有这种太平景象，如今又将有了，所以用'又见'二字。"

崇祯频频点头，说："这头两句朕也是这般猜详，不会有错，只是下边的几句话不像是吉利的。"

"请陛下放心。其实这后几句也没有什么不吉利。这第三句的意思只是说塞外尚有虏警，却没说虏势猖獗，风声紧急。第四句比较好，是说国运已有转机，几处战乱也快要荡平了。"

"是这样解释么？"

"是的，陛下，这'江山日暖'四字照应第一句的'春回大地'，确实指国运已渐转佳。'尚烽烟'只是说尚有烽烟未靖，可见既非烽烟遍地，也非战乱方兴未艾。本来么，国家好像害了一场大病，如今病势回头，就要渐渐痊愈，可是尚有一些毛病，需要继续医治。"

　　崇祯又不禁微笑点头说："解得好，解得好。"随即又急着问："这五六两句呢？"

　　"陛下十余年来宵旰忧勤，盼望天下早日太平，万民安业，但天下太平尚未到来，所以这第五句说'玉楼辜负十年梦'。陛下为千古尧舜之君，具恫瘝①万民之怀，可惜……"

　　"你只管大胆直说，不用顾虑。"

　　"可惜文武臣工不能替陛下分忧，也不能体念陛下孜孜求治的苦心。陛下好像一个绝世佳人，对镜自怜，不免有形单影只之感，所以这第六句是'宝镜空分孤影妍'。"

　　崇祯和周后不约而同地含笑点头，称赞她解说得好。她又接着说：

　　"皇上身居九重，心怀万里，日日夜夜都在盼望着好的消息，好比妃嫔和都人们想知道家乡亲人的音信。皇上所盼望的好消息会很快来到，所以这签上最后两句说：'莫怨深宫音问少，一声清唳雁飞还。'"

　　崇祯苦笑说："我看这后两句诗分明说盼望消息也是枉然。来的不是好消息，只是孤雁一声，岂非盼望落空了么？"

　　田妃说："请陛下不要过虑。以臣妾愚昧之见，这最后一句诗用的是鸿雁捎书的典故，所以'雁飞还'就是有消息到来。皇上盼望的是什么消息？是军情捷报。有此一句诗，可知捷奏马上就会来到。"

　　周后连忙说："但愿照你所解的这样！"

　　崇祯的心头上稍稍地开朗起来。遗憾的是神签上并没有告诉他派杨嗣昌督师如何，使他仍不能赶快决定。他站起来，凭着女墙，向西南望去，金海中确是湖山如画。北边的蕉园，南边的瀛台，丹桂盛开，古木参天。有许多假山奇石，亭台楼阁，离宫别殿，曲槛回廊，黄瓦红墙，倒影入水，如真似幻。但崇祯看着看着，思想离开了眼前风景，转到对张献忠和李自成的军事上去。正在这时，一个司礼太监送来了一封郑崇俭的飞奏，说他已从西安到

────────────

　　①　恫瘝——病痛、疾苦。古代帝王常用以表示对百姓疾苦的关怀。

了商州，召集诸将面授进兵方略，激励将士杀"贼"立功。又说：商洛山中士民一闻大军"进剿"，莫不暗中响应，争相联络，愿助官军杀"贼"。奏疏最后说，他今夜就动身前往武关，亲自督率将士进剿，商州方面由抚臣丁启睿指挥，直逼"闯逆"老营；蓝田方面，官军同时出动，使"流贼"首尾不能相救。崇祯看完这封飞奏，登时高兴起来，抬头向西南天上望去，神驰疆场，仿佛看见万山重叠的商洛山地区处处是官军旗帜，一队一队的官军正在分头前进。凝思片刻，他低下头来，看看郑崇俭拜发①奏疏的日期，计算一下。他是一个平日对公文非常留心的人，从商州来的飞奏需要多少天，他都清楚。他一看拜发奏疏的日期是七月十八日，知道这一飞奏在路上耽搁了十来天，不禁有点生气，但随即又在心中原谅说，路上遇着大雨，山路桥梁冲断，稍有耽误也是难免的。他继续想道：既然这封飞奏在路上有耽搁，倘若郑崇俭进剿顺利，今天应该有奏捷的文书到了。

遥想着将士们在沙场鏖战，崇祯忽然动了骑马的兴致。那些伺候他的太监们，每天揣摩他的脾气，惟恐有伺候不到的地方。今天秋高气爽，他们就猜到他可能会一时高兴，同田妃驰马消遣，所以把他较喜爱的四匹御马鞴好鞍子，牵在北海大门外的一株槐树下伺候。崇祯凭着城垛向左边的大槐树下望一眼，轻声说："晴秋试马，亦乐事也！"随即面带十分稀有的微笑，走下团城。

崇祯的四匹御马都是外表骏美，脾性温驯。当日御马监的太监们按照这两个条件替他从上千匹马中仔细挑选，选出这四匹御马，每日也只训练它们如何跑得平稳，顺从人意，既不训练它们跳越障碍，也不训练它们听到炮声和呐喊而镇静如常。崇祯替这四匹马起了四个十分别扭但他认为是十分典雅的名字：太平骗、玉龙媒、吉良乘、璇台骏。平日他偶然在宫中骑马，总是骑璇台骏，但现在他为要取个吉利，却命太监把吉良乘牵到面前。他踏着朱漆描金楠木马杌，跳上吉良乘，从太监手中接过玉柄马鞭，沿着中南海和护城河之间的驰道南去，开始是缓辔徐行，随后抽了一鞭，让吉良乘平稳地奔驰起来。跑了一个来回，在团城下勒住了马。尽管他是一个蹩脚的骑手，但太监们和宫女们都向他齐呼万岁。一名御前太监扶着他下了马，躬身说：

"皇爷骑术如此精绝，真是英武天纵！"

---

① 拜发——奏疏誊好以后，供在案上，焚了香，上疏的官员跪下叩头，然后发出。所以上疏又叫做拜疏，奏疏发出叫做拜发。

在太监们和宫女们的欢呼万岁声中，崇祯偶然望见附近一株古槐上有一个乌鸦窝，窝里蹲着一只乌鸦。他叫一个替他照管弹弓的太监赶快把弹弓和盛泥丸的黄缎小口袋递给他。他掏出泥丸，对准乌鸦弹去。只听弓弦一响，泥丸从乌鸦窝的旁边飞过，乌鸦惊飞，同时几片半黄色的干槐树叶飘然下落。一个太监起初把槐树叶错当成被弹子打落的乌鸦羽毛，欢呼万岁，所有团城上下的大群太监和宫女也跟着欢呼。站在崇祯背后的一个太监首先看清楚那飘落的只是树叶，怕皇上不高兴，赶快说道：

"皇爷的弹弓打得真准，弹子紧挨乌鸦的头飞过去，相差不过二指！"

崇祯把弹弓和弹子囊交给太监，兴致致地步上团城，命田妃下去骑马。在他的妻妾中，周后对玩耍的事情都不大喜欢，也不会骑马。袁妃勉强可以骑马，但不熟练。其他妃嫔，很少有机会陪侍崇祯游玩，今天都没有来。田妃是一个多才多艺的人，也会骑马。听了崇祯吩咐，她赶快躬身说声："领旨！"又向皇后两拜，便在承乾宫的女官和贴身宫女们的簇拥中下了团城。她心中非常机灵，刚才见皇帝不骑璇台骏而骑吉良乘，就猜到皇帝的心思，于是她也不骑别的马而要了太平骢。崇祯有点不放心，凭着城垛问道：

"卿往年随朕驰马总是骑的玉龙媒。玉龙媒最为老实，今日何以不骑它了？"

田妃在黄缎绣鞍上欠身回答："臣妾想着李自成与张献忠不日即将被官军扑灭，天下从此太平，故今日特意骑太平骢取个吉利。"

崇祯心中喜悦，连声说好，又回头望望周后和袁妃。周后虽然不高兴田妃为人太乖觉，但是她笑着对崇祯说：

"但愿剿贼顺利，早见捷报，应了贵妃①的话。"

田妃的母亲原是妓女出身，弹唱骑马都会，所以田妃在幼年时候学会了骑马和弹琵琶，进宫后曾随驾来西苑骑过多次，只是她将入宫前会骑马这一点一直瞒着崇祯。近来她风闻她父亲田宏遇做了不少坏事，皇帝因她的缘故隐忍着不曾治罪，所以她要趁此机会，不顾危险买得皇帝高兴，稳固宠爱。宫廷中的争斗她非常明白，万一她有一天失了宠，那些平日争风吃醋的人们趁机在皇帝面前进谗言，献媚倾轧，不但会使她和她的一家立时失去了富贵荣华，连性命也难保全。现在她不用宫女搀扶，踏上马机，体态轻盈地纵身

---

① 贵妃——田妃当时已经晋封贵妃。

杨嗣昌出京督师

上马，扬鞭向西华门疾驰而去。跑着跑着，她照着太平骢的屁股上抽了一鞭，使太平骢四蹄腾空，飞奔起来。她的两耳边风声呼呼，心中暗暗抱怨她的父亲说："唉！你只知道自己是皇亲国戚，在京城胡作非为，怎知道我在宫中是在刀尖底下生活！"过了西华门，马蹄渐慢，她把左边的黄丝缰轻轻一拉，右手中的鞭梢一扬，太平骢立即转回，重新平稳地奔跑起来。回到团城下边，她扶着宫女下马，登上团城，向崇祯和周后躬身说：

"臣妾两年不曾来西苑骑马，控驭不灵，恳皇上同娘娘陛下恕罪。"

崇祯说："卿入宫后方学骑马，竟能如此娴熟，虽老手不及！"

周后接着说："今日皇上骑的是吉良乘，难得你又挑选上太平骢，都很吉利，看起来真的会来捷报了。皇上，是么？"

崇祯点点头："说不定今日就有陕西的捷奏到京。"他因为眼前出了些吉利兆头，游兴突然变得很浓，不等田妃坐下休息，就对左右的太监说："起驾到瀛台去！"

四乘龙凤辇和大群太监、宫女过了西华门，然后向西转，约走两三百步，入西苑门，过一道朱栏板桥，走不远又过一道桥，便登上瀛台。这儿三面临湖，有一些蓼渚芦港。荷叶已经开始凋残，在西风中瑟瑟打颤，而岛中的梧桐树也不住地有干枯的叶子向地上和水面飘落。这种萧条秋意，在远处是望不清的。崇祯同后妃们到了涵元殿吃茶休息，随后命宫女们将棋盘摆在昭和殿前边的澄渊亭上，要同田妃下棋。

尽管周后不喜欢他对田妃过分宠爱，但是难得见他出来玩耍散心，生怕他闷坏了身体没法照管这八下起火的江山，今天反而希望他单独同田妃玩个痛快。她向崇祯说明她要去大高玄殿①降香，就拉着袁妃起身走了。

周后和袁妃带着几个贴身宫女和小答应，坐着有黄缎凉篷的凤头凤尾御舟走在前边，其余的宫女和太监分坐在后边的两只船上。御舟上有四名小太监拿着划桨，在船头两旁划船，一个年纪较大的在船后掌舵。他们都是训练有素、专门在西苑太液池上伺候游幸的。两年多来，崇祯因国事不遂心，不曾前来，皇后和几位妃子自然也都没来。驾船的小太监每天没事可干，找别的太监一起赌博；那个掌舵的太监有一个"菜户"②也在西苑的某一宫中，

① 大高玄殿——清代因避康熙帝讳，改名大高元殿。

② 菜户——太监与宫女结成假夫妻，俗称菜户。这种事起自汉朝，在明朝宫中也是合法的。

每天除赌博外就同自己的"菜户"吃酒玩耍。他们平日闲得十分不耐，如今见皇上和皇后带着田、袁二位娘娘来到西苑，好像遇到了一件天大的喜事，用心伺候，将御舟划得又快又稳。一位坤宁宫的随侍女官见周后心情郁悒，跪在船头奏道：

"启奏皇后娘娘陛下，难得陛下与袁娘娘乘舟游湖，又值天朗气清，丹桂飘香。后船上都人们带有几色乐器，要不要命她们奏乐助兴？"

周后一心想着签上的诗句，哪有闲心听宫女奏乐？但为着取个吉利，便轻轻地点一下头。这个女官立刻走到船尾，望着后边的一只船上大声传谕。司乐女官跪下领旨之后，随即吩咐掌乐女官奏乐。这位掌乐女官向众宫女眼波一转，在鼓架上拿起鼓槌，轻敲三下，登时奏起来一派细乐。周后对袁妃笑一笑，说：

"这可不是'又见笙歌入画船'么？"

袁妃说："臣妾也正在思忖，果然应了签上的话。"

周后叹口气说："但愿田贵妃猜详得不错，国运从此有了转机，好似春回大地一般。"

"依臣妾看来，田娘娘的猜详不会有错。请娘娘陛下放宽心怀，不必为国事担忧。"

"唉，我这些年也不清楚外边到底闹腾成什么样儿，只见皇上总是劳心焦思，寝食不安，我的心也跟着不得一日舒展！"

御舟在金鳌牌楼的附近靠岸。太监们把用一只空船载来的两乘大小不同的凤辇放在皇后的御舟船头，抬皇后和袁妃往大高玄殿。这个庙宇也是嘉靖皇帝常来修炼的地方，建筑也十分壮丽。因为它在煤山与团城中间，距离玄武门不远，所以崇祯也时常带着皇后和妃子们前来祈祷。周后去年特下了一道懿旨，命在道经厂①学习法事的宫女们在这里建醮禳灾。这几十个宫女都穿着鹤氅，长期同女道士们一起念诵道教经咒。每逢初一或十五，倘若风顺，天色将明，更漏未歇，大内寂静，钟磬和铙钹声会飞越紫禁城头，隐隐约约地传入坤宁宫。

周后为表示自己的虔心敬意，命凤辇在大高玄殿的大门外停下。这里，面向护城河有一座牌楼，东西也各有一座。她抬起头来看看东边牌楼上所写

_____

① 道经厂——宫中太监的一个机构，专掌道教念经、建醮、祈禳等事。

杨嗣昌出京督师

的"孔绥皇祚"和西边牌楼上所写的"弘佑天民"。嘉靖时候由奸相严嵩所写的这八个大字又经过一番油漆,焕然一新。往日周后来此降香,对这八个字都只是泛泛看一眼,不很注意,但今天却给她一些特殊感觉,仿佛这真是对于国运的吉利预言。

女道士和穿着鹤氅的宫女们都跪在大门外边接驾,山呼万岁。周后偕袁妃缓步走进山门,在庙院中小立片刻,欣赏着高大的松柏和左右两座十分精巧玲珑的、宫中俗称为九梁十八柱的琉璃亭,又看看左右钟鼓楼和东西配殿。在坤宁宫闷久了,来到这庙院中竟然也使她感到新鲜。等接驾的女道士和学道的宫女们回到正殿跪下以后,她才同袁妃继续走,踏上白玉台阶,进入正殿,依次在三清①像前烧香,祝祷国泰民安,皇上万寿无疆。正殿背后另有一进院落,正中间是五间雷坛殿,东西各有一座配殿。再往后又是一院,神殿是两层楼,上圆下方,象征古人想象中的"天圆地方"。上层圆殿悬一匾,题"乾元阁";下层方殿悬一匾,题"坤贞宇"。圆殿中有一圆形高台,上有朱漆神龛,中坐玉皇大帝塑像,长须垂胸,庄严肃穆,此是为皇帝和皇后祈雨之处。周后常听说河南、陕西、山东和畿辅连年大旱,但灾情严重到什么情形,她不清楚,只知道这事很可怕,往古有许多朝代的末梢年都是天灾与人祸交至,最后土崩瓦解,不可收拾。现在她特意同袁妃来到这最后一进院落,偕袁妃在方殿中拜过后土之神,要登上圆殿。虽然太监和宫女们认为楼梯又窄又高,劝她不必上去,但皇后怀着为国祈福的诚心,一定要上去礼拜玉皇。从方殿后边登上圆殿,没有一个窗户,梯道里十分黑暗。宫女们前后打着羊角宫灯,周后和袁妃扶着事先擦得干干净净的红漆扶手,又有宫女前后搀扶,转了半圈,微喘着登上乾元阁,在钟磬声中点焚表,向玉皇跪下叩头,祈祷甘霖。礼毕,走出圆殿,凭着栏杆,默默地伫立片刻,不知道自己的诚心能不能感动上苍。

她们重新乘御舟回到瀛台时,崇祯与田妃刚刚下完一盘棋。周后看见他面有喜色,低声问:"皇上赢了?"

崇祯笑着说:"朕国事鞅掌②,棋艺生疏,勉强赢了田妃一棋,好不容易。"

田妃赶快说:"皇上胸富韬略,谋虑深远,步步有法,臣妾望尘莫及。"

---

① 三清——道教的三个神,即所谓玉清元始天尊、上清灵宝道君、太清太上老君。

② 鞅掌——繁忙。

周后对着田妃会心地微微一笑,说:"你的棋艺在宫眷中虽然十分出众,但怎能比得皇上高明?"

崇祯由于他的皇帝身份,从来没有可能同北京城中的高手下棋。就是大臣中有几个会下棋的,限于君臣间界限森严,他也不能召什么人进宫对弈。像这样事,他连一个念头也不曾起过。偶尔奉召和他对弈的只有皇后、妃嫔们,还有一两个如王德化这样的大太监。太监同他下棋时只能跪着。从皇后到太监,人人都希望使他愉快,谁敢使他输棋?崇祯是一个非常主观自信的人,从来没有想到别人在他的面前输棋都是故意的,反而以为自己天生聪明,虽不经常下棋,棋艺却高明非凡。他还常把下棋比做用兵,认为自己胸有韬略,所以棋艺无敌。有时他也心中感慨:倘若武将们如同棋子一样听话,依照他的方略"剿贼",张献忠和李自成等早该扫荡净尽了。这时他的棋兴未尽,命袁妃同他下盘象棋。宫女们立刻撤去围棋盘,换上一个嵌金线的沉香木象棋盘和一副象牙棋子。刚才他同田妃下棋时也不曾忘掉对张献忠和李自成的军事,现在他叫太监点一支香,说他要在香灼完之前杀败袁妃。在举起棋子之前,他暗中向神灵默祝:如果他能在香灼完之前赢了袁妃的棋,陕西和湖广就会有捷报飞来。

袁妃先跪下谢恩,然后请崇祯先走第一步。不管在围棋上或象棋上,她都比田妃差得远,但是比不常有时间下棋的崇祯还是高明一些。她开始时故意让崇祯吃去一个炮,然后认真下棋,一步不让,不大一会儿就逼得崇祯由攻势转为守势,并且渐渐地不能支持。周后有点发急,心中责备袁妃过于老实,频频向袁妃递眼色,无奈袁妃全不理会。左右的宫女们也都捏了一把汗,只怕皇上输了棋会影响今天的愉快游玩。倘若是皇后同袁妃下棋,田妃看见皇后招架不住,常常会代皇后出几个鲜着,转危为安,转败为胜。但崇祯下棋正像他处理军国大事一样,独断专行,刚愎自用,最忌别人提出来与他不同的高明意见,因此田妃站在一旁干着急,不敢做声。她们都不知道崇祯在开始走棋前心中默祝的话,倘若她们知道,简直会吓坏了。

短香只剩下二指长了。崇祯的棋势仍无起色。他自己十分焦急,眉头紧皱,脸色难看。他不仅不能容许别人赢了他的棋,而且他害怕一输棋就真的得不到湖广和陕西方面的捷报。周后又气袁妃,又怕她惹出大祸,却想不出使袁妃聪明让棋的办法。恰好有一只小猫走来,她赶快向田妃使个眼色。田妃会意,赶快将小猫抱到膝上,准备一旦到皇上快输时就将小猫放出,蹬乱

杨嗣昌出京督师

棋盘。但她和周后又担心这样做也可能使皇上更加恼怒。她们正在无计可想，忽见袁妃一步疏忽，把一个最得力的肋车给皇上吃了，整盘棋势陡然大变，对袁妃十分不利。又过片刻，袁妃又一疏忽，丢掉了一个沉底炮，接着，一个过河卒也被吃了。袁妃勉强支撑一阵，终于败在崇祯手里。周后的心中猛一轻快，暗暗叫道："袁妃也够聪明！"她揩去了鼻尖上急出的汗珠，同田妃交换了一个含而不露的微笑。田妃将膝上的小猫放手，那小猫轻轻地跳到地上跑了。

经过苦战，转败为胜，使崇祯特别高兴，何况又想着很快会接到战事捷报！这双重的高兴，使崇祯这样经常郁郁寡欢的人突然放声大笑，望着周后和田、袁二妃说：

"袁妃的棋艺大有长进，但在朕的手下毕竟不行！"

田妃说："陛下是中兴圣主，旷古稀有，天生英武，挽回国运尚且不难，况此棋艺小道，何足挂齿！"

崇祯更加高兴，吩咐立刻传膳。尚膳监的太监们将酒宴早已准备好了，一声传呼，便由太监和宫女们摆好在澄渊亭上。这儿有人工设计的自然景色：附近有竹篱、茅舍、几片水田；湖岸上立着橘槔，晾着鱼网。偏偏凑巧，这时水边卧着一对鸳鸯，浅水中有一只白鹤用一条腿静静地立着，一动不动。崇祯从生下来到现在，向远处只到过昌平皇陵，没见过南方农村景色，而皇后和妃子们自从进宫以后也没有出过紫禁城。他们都感到十分新鲜和有趣。为着不惊动水鸟，不扰乱"田园"的幽静，他在进膳前传免了照例的奏乐。

午饭后，稍作休息，崇祯带着后妃们离开金海，乘辇到玉熙宫看戏。他平日最爱看的是过锦戏。这种戏每一出都很短，大概有一百多个剧目，雅俗皆备。雅的来自院本①，且不去谈。俗戏取材于市井生活，扮演骗子如何行骗，嘲笑笨拙的婆娘，痴呆的丈夫，或扮演狡猾的商贾，刁赖的泼皮，民间词讼和行贿，以及各种杂耍。雅俗相较，俗戏节目较多，也较有趣。宫中扮演这种俗戏，原有三种用意：第一是要皇帝和皇子们看了戏知道一些民间的风俗人情和所谓"民间疾苦"，第二是寓讽谏于娱乐之中，第三是逗引皇帝和后妃们快活一笑。因为有这三种目的，所以钟鼓司的太监们和教坊的艺人们

---

① 院本——金、元两代流传下来的剧本。院是行院的缩语。金、元时代同行的聚处叫做"行院"，类似后来的梨园公会。

有时将一些与现实生活有关的主题或题材编成短剧。

这一天艺人们先演了两出比较高雅的院本，然后演了一出《双骗案》，引得崇祯和周后不住微笑。接着演了一出新编的小戏，是凭空杜撰湖广官军大捷，擒住了张献忠，农民军全部消灭。这个戏是连夜编排成的，希望博得崇祯的高兴。崇祯看过后果然大为高兴，立即命赏赐十两银子。尽管就一个皇帝说这样的赏赐实在太少，但是全体艺人们还是跪下叩头谢恩，山呼万岁。

天下事常常出现巧合，必然的事件通过偶然的形式表现出来。三个月前，当崇祯带着皇后和田、袁二妃正在南宫降香时，张献忠谷城起义和李自成重树大旗的警报飞进宫中。今天当他在西苑同袁妃下棋刚刚获胜时，十几封十万火急的军情奏报送到司礼监设在养心殿内边的值房。其中最使王德化和王承恩等几个值班的秉笔太监震惊的是熊文灿和郧阳巡抚分别奏报官军在房县以西的罗猴山进军失利，死伤了一两万人，军需遗弃很多，豫军著名的战将罗岱被俘，左良玉仓皇溃退。另外的重要军情是郑崇俭和丁启睿分别奏报向商洛山进剿失利。不过，官军因为在商洛山没有损失大将，李自成的义军一时也无力突围，所以战败的实际情形被大大地隐瞒了。其他军情奏报是关于革里眼、左金王和老回回等在皖西、鄂东和豫南一带的活动，以及豫东、皖北和山东境内的"土寇蜂起"，到处攻城破寨。王德化不敢立即到西苑奏闻，直到探知皇帝和后妃们已经用毕午膳，才只带着熊文灿的一封急奏来到玉熙宫，而吩咐王承恩把其余的紧急奏疏和塘报都放在乾清宫的御案上。

崇祯正在高兴，偶一回头，看见王德化神色不安地立在背后，不禁心中吃惊，忙问："有什么紧急军情？"

王德化走到他的身旁，躬着身子，把奏疏双手呈上。崇祯略微一看，登时脸色灰白，起身向里走去。周后大惊，忙同田妃和袁妃离座，跟了进去。

戏停演了。大家面面相觑。玉熙宫中变得死一般的寂静。过了一阵，从玉熙宫的内殿中传出崇祯的一句谕旨：立即起驾回宫。

在回宫的路上，崇祯认真地考虑差杨嗣昌去湖广督师的问题，但仍然不能决定。在澄渊亭上同田、袁二妃下棋连胜，在玉熙宫看活捉张献忠的过锦戏，这些愉快的事虽然才过去不久，却好像已经隔了多时了；又好像做了两场离奇的短梦，现在从梦中惊醒了。他在心中痛苦地自嘲说：

"朕在棋盘上同二妃连战皆捷，在疆场上竟一蹶不振！"

他下决心要改变目前湖广和陕西的军事状况，把张献忠消灭在川、陕、

杨嗣昌出京督师

251

楚交界地方，把李自成消灭在商洛山中。但是他认为，要改变不利的军事状况，就得把杨嗣昌放出京去，把统帅各省"剿贼"军事的重担全交给他。他反复考虑，心中矛盾，向自己问道：

"现在就放杨嗣昌出京么？"

第十八章

从西苑回来的第二天，崇祯下旨，将熊文灿削职，听候勘问，将总兵左良玉贬了三级，将另一个总兵张任学削籍为民。这天下午，他在文华殿召见杨嗣昌密商大计。

近几天来，杨嗣昌看出来皇帝有意派他去湖广督师，又想留他在朝廷"翊赞中枢"。他自己也把这问题考虑再四，拿不定最后主意。他很明白自己近几年身任本兵，对内对外军事上一无成就。几个月前因清兵入塞，破名城，掳藩王，损主帅，皇上为舆论所迫，不得已将他贬了三级，使他戴罪视事。不料如今熊文灿又失败了，而文灿是他推荐的。若不是皇上对他圣眷未衰，他也会连累获罪。春天，他建议增加练饷①每年七百三十万两，随田赋征收，以为专练民兵之用，遭到朝廷上多人反对。如今练饷马上就要开征，必然会引起举国骚乱。可是编练数十万民兵的事，决难实施。倘若练饷加了之后而练兵的事成了泡影，他就不好下台。近一年来，朝野上下骂他的人很多，他很清楚。虽然他全是遵照皇上的旨意办事，但是一旦皇上对他的宠信减退，朝臣们对他群起抨击，皇上是决不会替他担过的。如其到那时下诏狱，死西市，身败名裂，倒不如趁目前皇上宠信未衰时自请督师。他相信自己的做事练达和军事才能都比熊文灿高明得多，加上皇上的宠信，更加上以辅臣之尊，未出师就先声夺人，成功是有指望的。但是他也想到目前将骄兵惰，兵饷两缺，加上天灾人祸弄得人心思变，大江以北几乎没一片不乱土地。万一出师无功，将何以善其后呢？

形势急迫，不管对崇祯说，对杨嗣昌说，这个问题都必须赶快决断。在文华殿召对时候，双方都在揣摩对方心思。崇祯先问了问军饷问题，随即转到湖广和陕西军事方面，叹口气说：

---

① 练饷——崇祯十二年六月，朝廷以练新兵为名，决定在已经很重的田赋上增加七百三十万两银子，名为练饷。

"朕经营天下十余年，用大臣大臣渎职，用小臣小臣贪污，国家事遂至于此，可为浩叹！如今决定拿问熊文灿，置之重典，以为因循误事、败坏封疆者戒。洪承畴尚能做事，但他督师蓟辽，责任艰巨，无法调回。举朝大臣中竟无可以代朕统兵剿贼之人！"

杨嗣昌赶快跪伏地上说："熊文灿深负陛下倚任，拿问是罪有应得，就连微臣亦不能辞其咎。至于差何人赴湖广督师，请陛下早日决断。倘无适当之人，臣愿亲赴军前，竭犬马之力，剿平逆贼，借赎前愆，兼报陛下知遇之恩。"

崇祯点点头说："倘先生不辞辛劳，代朕督师剿贼，自然甚好。只是朝廷百事丛脞①，朕之左右亦不可一日无先生。湖广方面究应如何安排，倘若先生不去，谁去总督诸将为宜，须要慎重决定，以免偾事。先生下去想想，奏朕知道。"

杨嗣昌回家以后，把崇祯的话仔细体会，认为这几句话既是皇上的真实心情，也未必不含有试试他是否真心想去督师的意思。他找了几位亲信幕僚到他的内书房中秘密计议。幕僚们都认为既然皇上有意叫他前去督师，不如趁早坚决请行，一则可以更显得自己忠于王事，二则暂且离开内阁，也可以缓和别人的攻击。至于军事方面，幕僚们是比较乐观的。他们认为官军在数量上比农民军多得多，像左良玉和贺人龙等都是很有经验的名将，问题只在于如何驾驭。熊文灿之所以把事情弄糟，是因为既无统帅才能，使诸将日益骄横，又一味贪贿，受了张献忠的愚弄。在这些方面，熊文灿实不能同杨嗣昌相提并论。他们认为，杨嗣昌以辅臣之尊前往督师，又有皇上十分宠信，只要申明军纪，任何骄兵悍将都不敢不听从指挥。只要战事不旷日持久，能够在一年内结束，国家还是有办法供应的。听了幕僚们的怂恿，杨嗣昌的主意完全拿定。他比幕僚们高明一点，不一味想着顺利成功，也想着战事会旷日持久，甚至失利。他想，目今国势艰难，代皇上督师剿贼是大臣义不容辞的事，万一不幸军事失利，他就尽节疆场，以一死上报皇恩。不过这种不吉利的想法，他没有告诉任何一个幕僚知道。

两天以后，崇祯见到了杨嗣昌的奏疏，情词慷慨，请求去湖广督师剿贼。他仍然因中央缺少像杨嗣昌这样的大臣，将无人负责同满洲秘密议和，犹豫

————————————

① 丛脞——烦杂、零乱。

很久。直到八月底，又接到湖广和陕西两地军事失利的奏报，他才下最后决心，命司礼监秉笔太监替他拟了一道给杨嗣昌的谕旨。他提笔改动几句，再由秉笔太监誊写在金花笺纸上，当天发了出去。那谕旨写道：

> 间者，边陲不靖，卿虽尽瘁，不免为法受罚[1]。朕比因优叙，还卿所夺前官。卿引愆自贬，坚请再三，所执甚正，勉相听许。朕闻《春秋》之义：以功覆过[2]。方今降徒干纪，西征失律[3]；陕寇再炽，围师无功。西望云天，殊劳朕忧！国家多故，股肱是倚；以卿才识，戡定不难。可驰驿往代文灿，为朕督师。出郊之事，不复内御[4]。特赐尚方剑以便宜诛赏。卿其芟除蟊贼，早奏肤功！《诗》不云乎："无德不报[5]。"贼平振旅[6]，朕且加殊锡焉[7]。

杨嗣昌接到圣旨是在八月二十八日上午，下午就上疏谢恩并请求召对。第二天晚上，崇祯在平台召见了杨嗣昌和首辅薛国观，吏部尚书谢升，户部尚书李待问，新任兵部尚书傅宗龙，讨论调兵和筹饷等问题。他面谕兵、户二部尚书，必须按照杨嗣昌所提出的需要办理，不得有误，又问谢升：

"杨嗣昌此行，用何官衔为宜？"

吏部尚书回奏："臣以为用'督师辅臣'官衔为宜。"

崇祯觉得这个官衔很好，点头同意，随即把杨嗣昌叫到面前，声音低沉地说：

"朕因寇乱日急，不得已烦先生远行。朕实不忍使先生离开左右！"

杨嗣昌跪在地上，感激流泪说："微臣实在很不称职，致使寇乱、虏警，接连不断，烦陛下圣心焦劳。每一念及，惶悚万分。蒙皇上赦臣不死之罪，用臣督师，臣安敢不竭尽驽骀之力，继之以死！"

崇祯听到"继之以死"几个字，不觉脸色一寒，心上登时出现了一个不

---

① 为法受罚——指几个月前清兵入塞，破名城，掳宗藩，损上将，崇祯在舆论压力下将杨嗣昌贬了三级，戴罪视事。但这一句措词含义，实际上为杨嗣昌开脱，指出这次受罚不完全是真正有罪，而是因为他当时任兵部尚书，按法不得不然。

② 以功覆过——拿功劳掩盖罪过。

③ 方今……失律——前一句是说张献忠谷城起义，后一句是说往西追剿的官军在罗猴山打了败仗。

④ 不复内御——等于"不从中制"。

⑤ 无德不报——在此处的意思是有功就有奖赏。这句诗出于《诗经·大雅》。

⑥ 振旅——班师。

⑦ 且加殊锡焉——将给予不一般的奖赏。

杨嗣昌出京督师

吉的预感，默然片刻，慢慢地说：

"卿去湖广，既要照顾川、楚，也要照顾陕西，务将各股流贼克期歼灭。闯贼于溃败之余，死灰复燃。虽经郑崇俭将他围困于商洛山中，却未能将他剿灭，陕西事殊堪忧虑。听说闯贼行事与献贼大不相同，今日不灭，他日必为大患。卿目前虽以剿献贼为主，但必须兼顾商洛。对闯贼该进剿，该用间，卿可相机行事。总之不要使闯贼从商洛山中逸出。倘若万一闯贼从商洛山中窜出，亦不要使彼与献贼合股或互相呼应。不知先生对二贼用兵有何良策？"

杨嗣昌回答说："使二贼不能彼此呼应，更不能使二贼合股滋扰，十分要紧。陛下所谕，臣当钦遵不忘。兵法云'亲而离之'①，况闻二贼素来彼此猜忌，实不相亲。目前用兵，也就是要将他们分别围剿，各个歼灭。至于应如何迅速进兵，方为妥当，臣今日尚难预度。容臣星夜驰至襄阳，审度情势，然后条上方略，方合实际。"

崇祯说："先生驰赴襄阳，对剿灭献贼之事，朕不十分担忧。朕方才所谕，是要先生对闯贼内部用间。倘能使闯贼内部火并，诱使其手下大头领叛闯反正或杀闯献功，此系上策。不然，闯贼善于团结党羽，笼络人心，凭险顽抗，而秦军士老兵疲，何日能剿灭这股凶贼？要用间，要用间。"

杨嗣昌赶快说："皇上英明天纵，烛照贼情。臣至襄阳，当谨遵皇上所授方略，对闯贼部下设计用间。目前也只有这着棋，能致闯贼死命。至于如何用间，臣已有了主意。"

"先生有何好的主意？"

"闯贼原有一个总管名叫周山，前年反正，颇具忠心，时思报效朝廷，现在曹变蛟军中，驻防山海关附近。俟臣到襄阳之后，如就近无妥人可用，即檄调周山去襄阳。臣询明贼中实情，面授机宜。"

崇祯点头说："好，好。卿还有什么需要？"

杨嗣昌奏道："从前贼势分散，故督饷侍郎②张伯鲸驻在池州③，以便督运江南大米。今官军云集于川、楚交界与陕西南部，距离池州甚远。请命督饷侍郎移驻湖广用兵之地，方好办事。"

"卿说得是，即叫兵部办理。"崇祯说毕，向傅宗龙望了一眼。

---

① 亲而离之——语见《孙子·计篇》。意思是说：敌人若内部团结，就设计离间他们。
② 督饷侍郎——明末朝廷因军事需要，专设一兵部侍郎，负责督运军饷，称为督饷侍郎。
③ 池州——今安徽贵池县。

杨嗣昌又说："左良玉虽然战败，但其人有大将之才，他麾下的兵也还可用。乞皇上格外施恩，封他为'平贼将军'①，以资鼓励。"

崇祯对左良玉本来很不满意，甚至暗中怀恨，但是他立刻表示同意说："可以，就封他为'平贼将军'，以资鼓励。"

杨嗣昌又提出些关于调兵遣将的问题，凡是他所请求的，崇祯无不同意。多少年来，崇祯对督师大臣从没有像这样宠信，言听计从。杨嗣昌最后说："臣闻古者大臣出征，朝闻命夕即上道。一应随从、厩马、铠仗等项，均望各主管衙门从速发给，俾微臣不误启程。"

崇祯十分高兴地说："卿能如此，朕复何忧！所需一切，朕即谕各有司即日供办。"

这时已经有二更多天。诸大臣向崇祯叩了头，由太监提着宫灯引导退出。崇祯把新的希望寄托在杨嗣昌身上，含着微笑，乘辇往坤宁宫去。

崇祯心头上的一股欣慰情绪并没有持续多久。尽管他还不到三十岁，但治理国家已经有十二年了。十二年中无数的挫折给了他相当多的痛苦经验，使他对任何事不敢抱十分希望，现在对杨嗣昌的督师也是如此。在坤宁宫坐下以后，他一面同周后说话，一面继续想着杨嗣昌的受命督师，于欣慰中不免发生了疑虑和担忧。可是不指望杨嗣昌又能够指望谁呢？

过了一天，崇祯下旨恢复杨嗣昌原来的品级，赐他精金百两，做袍服用的大红纻丝表里②四匹，斗牛衣③一件，赏功银四万两，银牌一千五百个，纻丝和绯绢各五百匹，发给"督师辅臣"银印一颗，饷银五十万两。宫廷和主管衙门办事从来没有像这样迅速，崇祯本人也很少像这般慷慨大方。杨嗣昌深深明白皇上对湖广和陕西军事有多么焦急，而对他的期望是多么殷切。他当天就上疏谢恩和请求陛辞，并于疏中建议七条军国大计。

崇祯对他的建议全部采纳，当晚派遣太监传旨：明天中午皇上在平台赐宴，为他钱行。

第二天是九月初四。

---

① 平贼将军——明朝总兵官是武一品，在官阶上不能再提升。如作重大奖励，或封侯、伯等爵位，或荫其子孙，或给予某种将军称号。某种将军称号虽非爵位，也不能世袭，但因为不易获得，所以被视为特殊荣誉。"平贼将军"称号在正德七年（公元1512年）给过仇钺一次。

② 纻丝表里——纻丝就是缎子。表里指袍面子和袍里子。

③ 斗牛衣——补子上绣着斗、牛两星宿图案的蟒袍。

午时一刻，杨嗣昌由王德化引进平台后殿，在鼓乐声中随着鸿胪寺官的鸣赞向皇帝行了常朝礼。光禄寺官在殿中间摆了两席：一席摆在御案上，皇帝面向南坐；一席摆在下边。杨嗣昌又一次跪下叩头谢宴，然后入席，面向北坐。崇祯拿着自己面前的玉斝举一举，表示向督师辅臣敬酒。杨嗣昌离开座位，跪在地上，双手捧着自己的酒杯，毕恭毕敬地送到唇边，轻轻地咂了一下，不敢认真喝下去，却把酒浇在地上，哽咽说："谢万岁皇恩！"音乐停止了。崇祯问了几句关于他启程的话，又吩咐太监敬他三次酒。王德化望望皇帝，转向鸿胪寺官使个眼色。鸿胪寺官走出殿门，说声"奏乐！"随即殿庑下又奏起来了庄严的音乐。

杨嗣昌不知为什么又突然奏乐，赶快站立起来，离席垂手躬身而立。

一个小太监双手捧着一个很大的黄绫云龙长盒，走到他的面前站住，用眼睛向他示意，王德化尖声说：

"杨嗣昌赶快谢恩！"

杨嗣昌忽然明白，赶快跪下去叩头谢恩，山呼万岁，然后捧接锦盒。

崇祯说："先生出征，朕写诗送行，比卿为周之方叔①、汉之亚夫②。愿先生旌麾所指，寇氛尽消，不负朕的厚望。"

杨嗣昌又一次叩头谢恩，山呼万岁，用颤抖的双手打开锦盒，取出御制诗。旁边的太监替他捧住锦盒。他将一卷正黄描金云龙蜡笺展开，上有崇祯亲题七绝一首，每字有两寸见方，后题"赐督师辅臣嗣昌"七个字，又一行字是"大明崇祯十二年己卯九月吉日"。蜡笺上盖有"崇祯御笔"和"表正万方之宝"两颗篆体阳文朱印。杨嗣昌颤声朗诵：

盐梅③今去作干城，
上将威严细柳营。
一扫寇氛从此靖，
还期教养遂民生。

朗诵毕，杨嗣昌一边拜，一边流泪，却哽咽得说不出一句话来。

---

① 方叔——周宣王时的大臣，曾经平了荆蛮（长江流域的一个部族）的叛乱。
② 亚夫——即周亚夫，西汉名将，文帝时防御匈奴，驻军咸阳细柳地方，称为细柳营。景帝时他又带兵平七国之乱。
③ 盐梅——上古时调味品很简单，主要靠盐和梅子。在醋发明之前，想吃酸味，就加点梅子进去。据说殷高宗命傅说为相时就拿盐和梅两种东西比贤相的重要。

赐过御诗后，赐宴的仪式就算完毕，撤去酒肴。光禄寺和鸿胪寺的官员们首先退了出去。随即崇祯挥一下手，使太监们也退出去。他叫杨嗣昌坐近一点，声调沉重地说：

"目今万不得已，朕只好让先生远离京城。剿贼成败，系于先生一身。不知先生临行前还有何话要对朕说？"

杨嗣昌站起来说："臣以庸材，荷蒙知遇，受恩深重，惟有鞠躬尽瘁以报陛下。然臣一离国门，便成万里；有一些军事举措，因保机密，难使朝廷尽知，不免蜚语横生，朝议纷然，掣臣之肘。今日臣向陛下辞行，恳陛下遇朝议掣肘时为臣做主，俾臣得竭犬马之力，克竟全功。"

"本朝士大夫习气，朕知之最悉。先生可放心前去，一切由朕做主。"

杨嗣昌又说："兵法云：'兵贵胜，不贵久。''夫兵久而国利者，未之有也。'然以今日情势而言，欲速胜恐不甚易。必须使官军先处于不败之地，而后方可言进剿，方可言将逆贼次第歼灭。"

"如何方能使官军先处于不败之地？"

"目前官军将骄兵惰，如何能以之制贼？微臣此去，第一步在整肃纪律，使三军将士不敢视主帅如无物，以国法为儿戏，然后方可以显朝廷之威重，振疲弱之士气，向流贼大举进剿。"

崇祯点头说："正该如此。"

杨嗣昌又奏："襄阳控扼上游，绾毂数省，尤为豫楚咽喉，故自古为军事重镇，为兵家所必争。万一襄阳失，则不惟豫、楚大局不堪设想，甚且上而川、陕，下而江南，均将为之震动。臣到襄阳后，必先巩固此根本重地，然后进剿。总之，目前用兵，志欲其速，步欲其稳，二者兼顾，方为万全。至于其他详细安排，俟臣到襄阳后再为条陈。"

"先生说的很是。以目前剿贼军事说，湖广的襄阳确是根本重地，十分要紧。"崇祯用手势使杨嗣昌坐下，停一停，又说："得先生坐镇襄阳，指挥剿贼，朕稍可放心。只是东虏势强，怕他不待我剿贼成功，又将大举入犯。"

"是，臣所虑者也正在此。"

"倘若东虏入犯，如何是好？"

"辽东各地，北至黑龙江外，皆祖宗土地，满洲亦中国臣民。只因万历季年，朝廷抚驭失策，努尔哈赤奋起为乱，分割蚕食，致有今日。以臣愚见，抚为上策。只有对东虏用抚，羁縻一时，方能专力剿贼。俟流贼剿除，国家再养精蓄锐，对满洲大张挞伐不迟。"

"我看傅宗龙未必能担此重任。"

"臣之所以荐傅宗龙任本兵，只是因为他熟知军旅，非为议抚着想。若将来对东虏议抚，陈新甲可担此重任。陈新甲精明干练，实为难得人才。"

"卿当时何不荐陈新甲担任本兵？"

"陈新甲资望较浅，且非进士出身，倘若即任本兵，恐难免招致物议。现新甲已任总督，稍历时日，皇上即可任他做本兵了。"

崇祯点头说："过些时朕用他好了。至于东虏方面，朕以后相机议抚。皇先生专意剿贼，不必分心。流贼为国家腹心之忧，千斤重担都在先生肩上。"

杨嗣昌离开座位，跪下叩头说："臣世受国恩，粉身不足以报。此去若剿贼奏捷，则朝天有日；若剿贼无功，臣必死封疆，决不生还。"

这"必死"二字说得特别重，连站在殿外的太监们都听得清楚。崇祯的脸色灰白，又一次在心上起了个不吉的预感。停了片刻，他说：

"已令大臣们明日在国门外为卿饯行。朕等待卿早日饮至①，为劳旋之宴。"

杨嗣昌辞出以后，崇祯命太监把今日御宴上所用的金银器皿统统赐他，另外还赐他宫中所制的御酒长春露和长寿白各一坛。如今他把"剿灭流贼"、拯救危局的希望全放在杨嗣昌的身上了。

赐宴的次日清早，杨嗣昌进宫陛辞，随即带着大批僚属、幕宾、卫队、奴仆，前呼后拥地启程。文武百官六品以上由首辅薛国观率领着在广宁门外真空寺等候。这座寺庙虽然算不得十分壮丽，但在明代后期也大有名气。世宗嘉靖皇帝从湖广钟祥来北京继承皇位，群臣就是在这里接驾。供嘉靖临时休息的黄缎帐殿设在寺的西边。万历六年六月，大学士张居正由故乡回京，皇帝在寺内赐宴。今天文武大臣奉旨郊饯督师辅臣，仍用这个有历史意义的地方，使人特别感觉着皇恩隆厚，意义重大。因为文武大臣人数众多，在偌大的一座寺院中临时搭起了布棚，摆满了桌椅。寺门外，车、马、轿子、各色执事人等，兵丁和奴仆，像赶会似的，沿大路两旁两三里长的地方填得满满的。杨嗣昌的轿子一到，三品以下官在寺门外半里远的地方躬身肃立迎接，

---

① 饮至——古时皇帝慰劳将帅凯旋归来的隆重典礼。

首辅、众阁臣、六部尚书和侍郎，都察院左右都御史以及所有三品以上官都在山门外边迎接。杨嗣昌距寺门半里远，在三声礼炮和鼓乐声中下轿，对那班三品以下官拱手还礼，以示谦逊，然后重新上轿，直抬到山门外边。

因为是钦命百官为他饯行，所以杨嗣昌在寺院中先向北叩头谢恩，然后入席就座。他说了几句逊谢的话，就由薛国观等大臣率领全体文武同僚敬酒三杯。从今天郊饯仪式的隆重和所到文武大臣人数的众多，充分表现出朝廷对杨嗣昌此行特别重视，好像国运能否中兴都系于他的一身。尽管有人对他的成功不敢完全相信，但在此时此地也只能举起杯来向他说几句恭维的话。为着杨嗣昌王命在身，酒宴并没有拖延多久。他望着北京城"叩谢天恩"，然后向大家辞别，上轿登程，向卢沟桥方向奔去。

此处属宛平县境，所以宛平知县事先赶来，率领城中士绅，在东门外道旁跪接，俯伏在地，不敢仰视。杨嗣昌在轿中没有理会，只隔着亮纱窗向他们瞟了一眼。等他的幕僚们骑着马跟着他的轿子都过去以后，这一群地方官绅才从飞腾的黄尘中站立起来。他们平生第一次看见以内阁辅臣之尊出京督师，想着大概在军事上会有转机了。

几百幕僚、家人和护卫兵丁簇拥着督师辅臣的绿呢八抬大轿，像一阵风似的穿城而过。到了卢沟桥上，杨嗣昌吩咐停轿。一个家人趋前一步，替他打开轿帘。他从轿中走出，靠着栏杆，把右手放在一只石狮子头上，遥望西山景色。他是很迷信风水的，不免感慨地在心中问道："看，这一道龙脉从山西奔来，千里腾涌，到北京结了穴，郁郁苍苍，王气很盛，故历金、元和本朝都以北京为建都之地，难道如今这王气竟暗暗消尽了么？不然何以国运如此不振？"向西山一带望了一阵，他把头转过来，怀着无限的依恋心情，向北京的方向望去，在树色和尘埃中，似乎隐隐约约地望见了北京城头，还有一个在远树梢上耸出的雄伟影子，大概是广宁门的城楼。这些灰暗的影子后边是几缕白云。他想象着紫禁城应该在白云下边。忽然想到自己出来督师"剿贼"，也许永远不能再回京师，不能再看见皇上。想到这里，他不禁满怀凄怆，随即向身旁的家人吩咐：

"伺候上轿！"

杨嗣昌沿路不敢耽搁，急急赶路。轿夫们轮流替换，遇到路途坎坷的地方他就下轿乘马。每日披着一天星星启程，日落以后方才驻下。每隔三天，他就向朝廷报告一次行程。自来宰相一级的大臣出京办事，多是行动迟慢，

沿途骚扰，很少像他这样。所以单看他离京以后"迅赴戎机"的情形，满朝文武都觉得他果然不同，就连平日对他心怀不满的人也不能不认为他到襄阳后可能把不利的军事局面扭转。至于崇祯，他平日就认为杨嗣昌忠心任事，很有作为，如今每次看见杨嗣昌的路上奏报，感到很大欣慰。

当时从北京去襄阳的官道是走磁州、彰德、卫辉、封丘、开封、朱仙镇、许昌、南阳和新野。他在开封只停留半天，给地方长官们发了一道檄文，晓谕朝廷救民水火的"德意"，勉励大家尽忠效力。二十九日夜间到了襄阳，以熊文灿的总理行辕作为他的督师辅臣行辕。在他从开封奔赴襄阳的路上，他用十万火急的文书通谕湖广巡抚、郧阳巡抚以及在荆、襄、郧阳和商州一带驻防的统兵大员，包括总兵、副将和监军，统统于九月底赶到襄阳会议，并听他面授机宜。这些火急文书都交给地方塘马以接力的方法日夜不停地飞马传送。宁可跑死马匹，文书不许在路上滞留。这些被召集的文官武将，除少数人因驻地较远和其他特殊原因外，接到通知后都不敢怠慢，日夜赶路，奔赴襄阳。一般的都能够提前到达，来得及在樊城东郊十五里的张家湾恭迎督师。从这件事可以看出来杨嗣昌以辅相之尊，加上为天子腹心之臣，出京后先声夺人，说出的话雷厉风行。

倘若是别的大臣，经过二十多天披星戴月的风尘奔波，到襄阳后一定要休息几天。但是杨嗣昌不肯休息，到襄阳的第二天就召见了湖广巡抚和其他几个大员，详询目前军事和地方情形，并且阅览了许多有关文书。仅仅隔了一天，他就在行辕中升帐理事。从他到襄阳的这一天起，明朝末年的国内战争史揭开了新的一章。

第十九章

　　按照古老风俗，十月初一是一个上坟的节日。襄阳家家户户，天色不明就焚烧冥镪、纸钱和纸剪的寒衣。城内城外，这儿那儿，不时发出来悲哀哭声。但是督师行辕附近，前后左右的街巷非常肃静。自从杨嗣昌到了襄阳，这一带就布满岗哨，不许闲人逗留，也不许有叫卖声音。今天因为要召开军事会议，更加戒备森严，实行静街，断绝行人往来。那些靠近行辕的居民，要出城扫墓的只好走后门悄悄出去；想在家中哭奠的，也不敢放声大哭。

　　辕门外，官兵如林，明盔亮甲，刀枪剑戟在平明的薄雾中闪着寒光。一对五六丈高的大旗杆上悬挂着两面杏黄大旗，左边的绣着"盐梅上将"，右边的绣着"三军督司"，这都是在一天一夜的时间中由裁缝们赶制成的。另外，辕门外还竖立着两行旗，每行五面，相对成偶，杆高一丈三尺，旗方七尺，一律是火焰形杏黄旗边，而旗心是按照五方颜色。每一面旗中心绣一只飞虎，按照所谓五行相生的道理规定颜色，例如代表东方的旗帜是青色，而中间的飞虎则绣为红色，代表南方的则是红旗黄飞虎，如此类推。这十面旗帜名叫飞虎旗，是督师行辕的门旗。这一条街道已经断绝百姓通行，连文武官员的马匹也都得离辕门左右十丈以外的地方停下。

　　咚、咚、咚三声炮响，辕门大开。从辕门到大堂，是深深的两进大院，中间一道二门。二门外站着八个卫士；从二门里到大堂阶下，宽阔的石铺甬路两旁也站着两行侍卫。两进院子里插着许多面颜色不同、形式各别的军旗，按照五行方位和二十八宿的神话绣着彩色图案。二门外石阶下，紧靠着左边的一尊石狮子旁树了一面巨大的、用墨绿贡缎制成的中军坐纛，镶着白绫火焰形的边；旗杆上杏黄缨子有五尺长，上有缨头，满缀珠络为饰；缨头上露出银枪。大纛的中心用红色绣出太极图，八卦围绕，外边是斗、牛、房、心等

等星宿。大堂名叫白虎堂，台阶下竖两面七尺长的豹尾旗①，旗杆头是一把利刃。这是军机重地的标志。门外竖了这种旗子，大小官员非有主将号令不许擅自入内，违者拿办。在明朝末年，主帅威令不行，军律废弛，成了普遍情形。所以杨嗣昌今天开始升帐理事就竭力矫正旧日积弊，预先指示僚属们认真做了一番布置，以显示督师辅臣的威重，使被召见的文官武将们感觉到这气象和熊文灿在任时大不相同，知所畏惧。

第一次鸣炮后，文武大员陆续进入辕门，在二门外肃立等候。郧阳巡抚和商洛地区的驻军将领都因路远没有赶到，如今来到的只有驻在二百里以内的和事先因公务来到襄阳的文武大员。第二次炮响之后，二门内奏起军乐。杨嗣昌身穿二品文官仙鹤补服，腰系玉带，头戴乌纱帽，在一大群官员的簇拥中从屏风后缓步走出。他在正中间围有红缎锦幛的楠木公案后边坐下，两个年轻而仪表堂堂的执事官捧着尚方剑和"督师辅臣"大印侍立两旁，众幕僚也分列两旁肃立侍候。承启官走到白虎堂前一声传呼，二门内应声如雷。那等候在二门外的文武大员由湖广巡抚方孔昭领头，后边跟着监军道、总兵、副将和参将等数十员，文东武西，分两行鱼贯而入。文官们按品级穿着补子公服，武将们盔甲整齐，带着弓箭和宝剑。文武大员按照品级，依次向杨嗣昌行了报名参拜大礼，躬身肃立，恭候训示。

杨嗣昌没有马上训话，也没让大家就座。因为今天是十月朔日，他先率领全体文武向北行四拜贺朔②礼，然后才命文武官员就座。军乐声停止了。白虎堂中和院中寂静异常。杨嗣昌拈拈胡须，用炯炯目光向大家扫了一遍，随即慢慢地站起来。所有文武大员都跟着起立，躬身垂手，屏息无声，静候训示。杨嗣昌清一下喉咙，开始说话，他首先引述皇帝的口谕，把大家的剿贼无功训诫一顿，语气和神色十分严峻，然后接着说：

"本督师深荷皇上厚恩，畀以重任，誓必灭贼。诸君或世受国恩，或为今上所识拔，均应同心戮力，将功补过，以报陛下。今后剿贼首要在整肃军纪，有功必赏，有罪必罚。如有玩忽军令、作战不力者，本督师有尚方剑在，副将以下先斩后奏，副将以上严劾治罪，决不宽贷！"

众将官震惊失色，不敢仰视。杨嗣昌又训了一阵话，无非勉励大家整饬军纪，为国尽忠，救百姓于水火之中，成国家中兴之业，等等。关于今后作

---

① 豹尾旗——长条形，上绣花纹，像豹子尾巴一样。
② 贺朔——文武官员，逢每月初一向皇帝行礼致贺，叫做贺朔。

战方略，他只说为机密起见，随后分别训示。全体到会的文武大员都对杨嗣昌的辅臣气派和他的训话留下深刻印象，感到畏惧，也感到振奋。训话毕，杨嗣昌又用威重的眼光向大家扫了一遍，吩咐大家下去休息，等候分别传见，然后离开座位，向大家略一拱手，在幕僚们的簇拥中退回内院。众文武大员躬身叉手相送，等他走了以后才从白虎堂中依次肃然退出。大家不敢离开督师行辕，等候传见。过了片刻，只见承启官走出白虎堂高声传呼：

"请湖广镇总兵左大人！"

总兵左良玉是辽东人，今年三十九岁，体格魁梧，紫铜色面皮。十年以前，他在辽东做过都司，因在路上劫了国家运往锦州的军资，犯法当斩。同犯丘磊是他的好朋友，情愿牺牲自己救活他，独自把罪案承担下来。左良玉由主犯变为从犯，挨了二百军棍被革职了。过了很久，无事可做，他跑到昌平驻军中做了一名小校。由于他的武艺、勇敢和才干样样出众，渐渐地被驻守昌平的总兵官尤世威所赏识。崇祯四年八月，清兵围攻大凌河①很急，崇祯诏昌平驻军星夜赴援。当时侯恂②以兵部侍郎衔总督昌平驻军，守护陵寝，并为北京的北面屏障。接到上谕后，侯恂苦于找不到一个可以胜任率兵赴援的人。只有尤世威久历战阵，但昌平少不得他。他正在无计，尤世威向他保荐左良玉可以胜任，只是左良玉目前是个小校，无法统率诸将。侯恂说："如果左良玉真能胜任，我难道不能破格替他升官么？你去告他说，就派他统兵前去！"

当天夜里，尤世威亲自到左良玉住的地方找他。他一听说总兵大人亲自来了，以为是逮捕他的，大惊失色，对自己说："糟啦，一准是丘磊的事情败露啦！"他想逃走已经来不及，慌忙藏到床下。尤世威用拳头捶着门，大声说：

"左将军，你的富贵来啦，快拿酒让我喝几杯！"

左良玉觉得很奇怪，从来不曾梦想到有朝一日会有人称他将军。开门以后，尤世威把事情的经过对他说了，他仍然手足无措，颤栗不止，过了片刻才稍稍镇定下来，扑通跪到尤世威面前。尤世威也跪下去一条腿，把他搀起来。恰在这时，侯恂亲自来了。

---

① 大凌河——指大凌河城，在辽宁锦州东北数十里处，为明朝山海关外的军事重镇。
② 侯恂——河南商丘人，字若谷，即侯方域的父亲。

第二天早晨，侯恂在辕门内大集诸将，当着众将的面以三千两银子给左良玉送行，又赐他三杯酒，一支令箭，说道：

"这三杯酒是我以三军交将军，给你一支令箭如同我亲自前去。"他又望着出征的将领说："你们诸位将军一定要听从左将军的命令，他今天已经升为副将，位在诸将之上。我保荐左将军的奏本，昨夜就拜发了。"

左良玉出辕门时向侯恂跪下去，用头叩着石阶，发誓说："我左良玉这次去大凌河倘若不能立功，就自己割掉自己脑袋！"

他率领几千将士驰赴山海关外，在松山和杏山①打了两次胜仗。不过一年多的时光，他从一个有罪的无名小校爬上总兵官的高位。最近几年他一直在黄河以南和长江以北的广大中国腹地同农民军作战，尤其河南和湖广两省成了他主要的活动地区。自从曹变蛟随洪承畴出关以后，在参加对农民军作战的总兵官中，以他的兵力最强，威望最高。因此，尽管平素十分骄横，军纪很坏，扰害百姓，杀良冒功，两个月前又在罗猴山打了败仗，贬了三级，但杨嗣昌仍不得不把希望指靠在他的身上，所以离京前请求皇上封他为"平贼将军"，而今天首先召见的也是他。

承启官引着左良玉穿过白虎堂，又穿过一座大院，来到一座小院前边。小院的月门外站着两个手执宝剑的侍卫，刚才插在白虎堂阶前的豹尾旗已经移到此处。从月门望进去，竹木深处有一座明三暗五的厅堂，虽不十分宏敞，却是画栋雕梁，精致异常。堂前悬一朱漆匾额，上有熊文灿手书黑漆"节堂"二字。左良玉对于自己的首被召见，既感到不胜宠荣，又不免提心吊胆。在熊文灿任总理时，这地方他来过多次，但现在来竟异乎寻常地心跳起来。忽听传事官传报一声："左镇到！"随即从节堂中传出一声"请！"一位中军副将自小院中迎出，而另一位侍从官赶快打起节堂的猩红缎镶黑边的夹板帘。左良玉紧走几步，一登上三层石阶就拱着手大声禀报："湖广总兵左良玉参见阁部大人！"进到门里，赶快跪下行礼。

杨嗣昌早已决定要用"恩威兼施"的办法来驾驭像左良玉这样的悍将，所以对他的行大礼并不谦让，只是站起来拱手还礼，脸孔上略带笑容。等左良玉行过礼坐下以后，杨嗣昌先问了问近来作战情况，兵额和军饷的欠缺情况，对一些急迫问题略作指示，然后用略带亲切的口气叫道：

---

① 松山、杏山——松山指松山堡，在锦县南。杏山指杏山驿，在锦县西南。

"昆山①将军！"

左良玉赶快起立，叉手说："不敢，大人。"

"你是个有作为的人，"杨嗣昌继续说，也不让左良玉坐下，"所以商丘侯先生拔将军于行伍之中，置之统兵大将之位，可谓有识人之鉴。不过自古为大将者常不免功多而骄，不能振作朝气，克保令名于不坠。每览史书，常为之掩卷叹息。今日正当国家用人之时，而将军亦正当有为之年。日后或封公封侯，名垂青史，或辜负国恩，身败名裂，都在将军自为。今上天纵英明，励精图治，对臣工功过，洞鉴秋毫，有罪必罚，不稍假借，想为将军所素知。罗猴山之败，皇上十分震怒，姑念将军平日尚有战功，非其他怯懦惜死的将领可比，仅贬将军三级，不加严罚，以观后效。本督师拜命之后，面奏皇上，说你有大将之才，兵亦可用，恳皇上格外降恩，赦免前罪，恢复原级，并封你为平贼将军，已蒙圣上恩准。在路上本督师又上疏题奏，想不久平贼将军印即可发下。将军必须立下几个大功，方能报陛下天覆地载之恩，也不负本督师一片厚望。"

左良玉跪下叩头说："这是皇上天恩，也是阁部大人栽培。良玉就是粉身碎骨，也难报答万一。至于剿贼的事，末将早已抱定宗旨：有贼无我，有我无贼。一天不把流贼剿灭干净，末将寝食难安。"

"昆山请起。请坐下随便叙话，不必过于拘礼。"

"末将谢座！"

杨嗣昌接着说："将军秉性忠义，本督师早有所闻。若谷先生不幸获罪，久系诏狱。听说昆山每过商丘，不避嫌疑，必登堂叩拜太常卿碧塘老先生②请安，执子弟礼甚恭。止此一事，亦可见将军忠厚，有德必报，不忘旧恩。"

左良玉回答说："倘没有商丘侯大人栽培，末将何有今日。末将虽不读诗书，但听说韩信对一饭之恩尚且终身不忘，何况侯府对末将有栽培大恩。"

杨嗣昌点点头表示赞许，拈须微笑说："本督师与若谷先生是通家世交。听说若谷先生有一位哲嗣名方域，表字朝宗，年纪虽轻，诗文已很有根柢。昆山可曾见过？"

"三年前末将路过商丘，拜识这位侯大公子。"

---

① 昆山——左良玉的字。上级长官称部属的字，表示亲切和客气。
② 碧塘老先生——侯恂的父亲名执蒲，字碧塘，天启时官太常卿，因忤魏忠贤罢归。

"我本想路过河南时派人去商丘约朝宗世兄①来襄阳佐理文墨，后来在路途上听说他已去南京，殊为不巧。"停了片刻，杨嗣昌忽然问道："据将军看来，目前剿贼，何者是当务之急？"

"最要紧的是足兵足饷。"

杨嗣昌又问："足兵足饷之外，何者为要？"

"武官不怕死，文官不爱钱。"

杨嗣昌明白左良玉所说的文官爱钱是对熊文灿等有感而发，轻轻点头，说："昆山，你说是'武官不怕死，文官不爱钱'，确是十分重要，但还只是一个方面。依我看来，目前将骄兵惰，实为堪虑。倘若像今日这样，朝廷威令仅及于督抚，而督抚威令不行于将军，将军威令不行于士兵，纵然粮饷不缺，岂能济事？望将军回到防地之后，切实整顿，务要成诸军表率，不负本督师殷切厚望。倘能一扫将骄兵惰积习，使将士不敢以国法为儿戏，上下一心，戮力王事，纵然有一百个张献忠，一千个李自成，何患不能扑灭！"

当杨嗣昌说到"望将军回到防地之后"这句话时，左良玉赶快垂手起立，心中七上八下。等杨嗣昌的话一完，他赶快恭敬地回答说：

"末将一定遵照大人钧谕，切实整顿。"

"将军年富力强，应该趁此时努力功业，博取名垂青史。一旦剿贼成功，朝廷将不吝封侯之赏。"

左良玉听了这几句话大为动容，诺诺连声，并说出"誓死报国"的话。他正等待杨嗣昌详细指示作战方略，却见杨嗣昌将茶杯端了一下，说声："请茶！"他知道召见已毕，赶快躬身告辞。杨嗣昌只送到帘子外边，略一拱手，转身退回节堂。

回到公馆以后，左良玉的心中又欣喜又忐忑不安。他知道朝廷和杨嗣昌在剿贼一事上都得借重他，已经封他为"平贼将军"，并且杨阁部特别提到与商丘侯家是通家世谊，显然是表示对他特别关心和亲近的意思，这一切都使他感到高兴。但是他同时想到，杨嗣昌与熊文灿确实大不相同，不可轻视，而自己的军队纪律不好，平日扰害百姓，杀良冒功，朝廷全都晓得，倘再有什么把柄落在阁部手里，岂不麻烦？他吩咐家人安排家宴庆贺受封平贼将军，却没有把自己的担心流露出来。

---

① 世兄——明清时期，士大夫对通家子侄的客气称呼。

左良玉离开节堂以后，杨嗣昌匆匆地分批召见了巡抚方孔昭，几位总兵、监军、副将和十几位平日积有战功的参将，其余的大批参将全未召见。午饭后，他稍作休息，便坐在公案边批阅文书。传事官在节堂门外踌躇一下，然后掀帘进来，到他的面前躬身禀道：

"方抚台同各位大人、各位将军前来辕门辞行，大人什么时候接见？"

杨嗣昌嗯了一声，从文书上抬起头来，说："现在就接见，请他们在白虎堂中稍候。"

这班来襄阳听训的文武大员，从前在熊文灿任总理时候也常来襄阳开会和听训，除非军情十分紧急，会后总要逗留一些日子，有家在此地的就留在家中快活，无家的也留在客馆中每日与同僚们招妓饮酒，看戏听曲，流连忘返。有些副将以下的官在襄阳玩够了，递手本向总理辞行，熊文灿或者不接见，或者在两三日以后传见。由于上下都不把军务放在心上，那些已经辞行过的，还会在襄阳继续住几天才动身返回防地。杨嗣昌一到襄阳就知道这种情形，所以他在上午分批接见文武大员时就要大家星夜返防，不得任意在襄阳逗留。

全体文武大员由巡抚方孔昭率领，肃静地走进白虎堂，分两行坐下等候。他们根据官场习气，以为大概至少要等候半个时辰以上才能够看见杨嗣昌出来，没想到他们刚刚坐定，忽然听见一声传呼："使相①大人驾到！"大家一惊，赶快起立，屏息无声。杨嗣昌身穿官便服，带着几个幕僚，仪态潇洒地从屏风后走了出来。就座以后，他嘱咐大家固守防地，加紧整顿军律，操练人马，以待后命。话说得很简单，但清楚、扼要、有力。随即他叫左右把连夜刻版印刷成的几百张告示拿出，分发众文官武将带回，各处张贴。这份告示的每个字几乎有拳头那么大，内容不外乎悬重赏擒斩张献忠和李自成，而对于罗汝才则招其投降。众将官接到告示，个个心中惊奇和佩服。一退出白虎堂，大家就忍不住窃窃私语，说阁部大人做事真是雷厉风行，迅速万分。等他们从行辕出来，看见各衙门的照壁上、十字街口、茶馆门外、城门上，已经到处粘贴着这张告示，老百姓正在围观。

杨嗣昌回到节堂里同几个亲信幕僚研究了襄阳的城防问题，日头已经平西了。他决定趁着天还不晚，也趁着襄阳百姓还不认识他的面孔，亲自去看

---

① 使相——唐、宋两朝，皇帝常派宰相职位的文臣出京作统帅或出镇一方，称为使相。"使"是节度使的简称。明朝官场中也沿用使相这个词称呼那些以辅臣身份督师的人。

杨嗣昌出京督师

一看襄阳城内的市容，看一看是否有许多散兵游勇骚扰百姓，同时也听一听百姓舆论。幕僚们一听说他要微服出巡，纷纷劝阻。有的说恐怕街巷中的秩序不很好，出去多带人暗中护卫则不机密，少带人则不安全。有人说他出京来一路上异常劳累，到襄阳后又不曾好生休息，劝他在行辕中休息数日，以后微服出巡不迟。但是杨嗣昌对大家摇头笑笑，回答说：

"嗣昌受恩深重，奉命督师剿贼，原应鞠躬尽瘁，岂可害怕劳累。《诗》不云乎？'王事靡盬，不遑启处。'① 今日一定要亲自看看襄阳城内情形，使自己心中有数。"

他在家人服侍下脱去官便服，换上一件临时找来的蓝色半旧圆领湖绉绿绵袍，腰系紫色丝绦，戴一顶七成新元青贡缎折角巾，前边缀着一块长方形轻碧汉玉。这是当时一般读书人和在野缙绅的普通打扮，在襄阳城中像这样打扮的人物很多。只是杨嗣昌原是大家公子出身，少年得志，加上近几年又做了礼、兵二部尚书，东阁大学士，位居辅臣，这种打扮也掩盖不住长期养成的雍容、尊贵与威重气派。他自己对着一面大铜镜看一看，觉得不容易遮掩百姓眼睛，而亲信幕僚们更说不妥。他们在北京时就风闻熊文灿任总理时候，襄阳城内大小官员和地方巨绅都受了张献忠的贿赂，到处是献忠的细作和坐探，无从查拿，所以他们很担心杨嗣昌这样出去会露出马脚，万一遇刺。杨嗣昌随即换上了仆人杨忠的旧衣帽，把这一套衣帽叫杨忠穿戴。他们悄悄地出了后角门，杨忠在前他在后，好像老仆人跟随着年轻的主人。杨忠清秀白皙，仪表堂堂，顾盼有神，倒也像是个有身份的人。中军副将和四名校尉都作商人打扮，暗藏利刃，远远地在前后保护。杨忠也暗藏武器。杨嗣昌走过几条街道，还走近西门看了一阵。他看见街道上人来人往，相当热闹。虽然自从他来到后已经在重要街口加派守卫，并有马步兵丁巡逻，但街上三教九流，形形色色，仍很混杂；有一条巷子里住的几乎全是妓女，倚门卖俏，同过往的行人挤眉弄眼；城门盘查不严，几乎是随便任人出进。这一切情形都使杨嗣昌很不满意。他想，襄阳是剿贼根本重地，竟然如此疏忽大意，剿贼安能成事！

黄昏时候，杨嗣昌来到了襄阳府衙门前边，看见饭铺、茶馆和酒肆很多，十分热闹，各色人等越发混杂，还有不少散兵游勇和赌痞在这一带鬼混，而

---

① 王事靡盬，不遑启处——语出《诗经》，意译就是："君王的差事没办完，忙得我起坐不暇。"盬，音gǔ。

衙门的大门口没有守卫，二门口只有两个无精打采的士兵守卫，另外有两个吊儿郎当的衙役拿着水火棍。他的心中非常生气，叹息说："熊文灿安得不败！"他决定赶快将老朽无能的现任知府参革①，在奉旨以前就便宜处置②，举荐一位年轻有为的人接任知府，协助他把襄阳布置得铁桶相似。他一边这么想着，就跟在杨忠的背后进入一家叫做杏花村的酒馆。当他们走到一张桌子边时，杨忠略微现出窘态，不知如何是好。杨嗣昌含着微笑使个眼色叫他大胆地坐在上首，自己却在下首坐定，向堂倌要了酒菜和米饭。随即，作商人打扮的中军副将和校尉们都进来了。中军副将单独在一个角落坐下，四个校尉分开两处坐下。杨嗣昌是一个十分机警的人，一坐下就偷偷地用眼睛在各个桌上瞟着，同时留心众人谈话，饮酒吃饭的客人几乎坐满一屋子，有的谈官司，有的谈生意，有的谈灾荒，而更多的人是谈阁部大人的来到襄阳督师和今天张贴出来的皇皇告示。大家都说，皇上要不是下了狠心也不会钦命杨阁部大人出京督师，又说阁部大人来襄阳后的一切作为果不寻常，看来剿贼军事从此会有转机。杨嗣昌听到人们对他的评论，暗暗感到高兴。他偶一转眼，看见左边山墙上也粘贴着他的告示，同时也看见不少人在注意那上边写的赏格，并且听见有人说：

"好，就得悬出重赏！你看这赏格：活捉张献忠赏银万两，活捉李自成赏银也是万两……"

这杏花村酒馆是天启年间山西人开的。自从熊文灿做了"剿贼总理"，驻节襄阳，杏花村生意兴隆，财源茂盛，前后整修一新，成为襄阳城内最大的一个馆子。这馆子里的大小伙计多是秦、晋两省的人。它的管账先生名叫秦荣，字华卿，是延安府安塞县人，年纪在四十五岁上下，来到此地已经十几年了。自从张献忠驻扎谷城以后，他同献忠就暗中拉上了乡亲瓜葛，这店中的堂倌中也有暗中替献忠办事的。东家一则因秦、晋二省人在外省都算同乡，二则处此乱世，不得不留着一手，所以他对秦华卿等人与献忠部下暗中来往的事只好佯装不知。当晚生意一完，关上铺板门，秦华卿就将一个年轻跑堂

---

① 参革——上本参奏（弹劾），给以革职处分，叫做参革。

② 便宜处置——按正常程序，知府任免须要通过吏部衙门，并在形式上要经皇帝批准。此处写杨嗣昌决定一面弹劾旧官一面举荐新官接事，这叫做便宜处置，是皇帝给的特权。给尚方剑也象征这种特权。

的叫到后院他住的屋子里，含着世故的微笑，小声问：

"今晚大客堂中间靠左边的一张桌子上曾来了两位客人，上首坐的人二十多岁，下首坐的不到五十，你可记得？"

跑堂的感到莫名其妙，带着浓重的陕北口音说："记得，记得。你老问这两位客人是什么意思？"

秦华卿只是微笑，笑得诡秘，却不回答。跑堂的越发莫名其妙，又问：

"秦先儿，你到底为啥直笑？"

"我笑你有眼不识泰山，怠慢了要紧客官。"

"我的爷，我怎么怠慢了要紧客官？"

"你确是怠慢了要紧客官。我问你，你为什么对下边坐的那位四十多岁的老爷随便侍候，却对上首坐的年轻人毕恭毕敬？"

跑堂的笑了，说："啊，秦先儿，你老是跟我开玩笑的！"

"我怎么是跟你开玩笑的？"

"你看，那坐在上首的分明是前日随同督师大人来的一位官员，下边坐的是他的家人。咱们从来没有看见过他们来过，所以决不是总理衙门的人。据我看，这年轻官员的来头不小，说不定就是督师大人手下的一位重要官员或亲信幕僚，奉命出来私访。要是平时出来，一定要带着成群的兵丁奴仆，岂肯只带着一个心腹老仆？就这一个老仆人，他为着遮人眼目也没作仆人看待，还让他坐在同一个桌子上吃酒哩！"

秦华卿微微一笑，连连摇头，小声说："错了，错了！完全错了！"

跑堂的感到奇怪："啊？难道我眼力不准？"

"你的眼力还差得远哩！"秦华卿听一听窗外无人，接着说："今晚这两个客官，坐在上首的是个仆人，坐在下边的是他的主人，是个大官儿，很大的官儿。如果我秦某看错，算我在江湖上白混了二十年，你将我的双眼挖去。"

跑堂的摇摇头，不相信地笑着问："真的么？不会吧。何以见得？"

"你问何以见得？好，我告诉你吧。"秦华卿走到门口，开门向左右望望，退回来坐在原处，态度神秘地说："他们一进来，我就注意了，觉得这二位客人有点奇怪。我随即看他们选定桌子后，那年轻人迟疑一下。那四十多岁的老爷赶快使个眼色，他才拘拘束束地在上首坐下。这就叫我看出来定有蹊跷。你跑去问他们要什么菜肴，吃什么酒。那年轻人望望坐在下边的中年人，才说出来一样菜，倒是那中年人连着点了三样菜，还说出要吃的酒来。这一下子露出了马脚，我的心中有八成清楚了。等到菜肴摆上以后，我一看他们怎样拿筷子，心中就十成清楚了。我是久在酒楼，阅人万千，什么人不管如何乔装打扮，别想瞒过我的眼睛！"

跑堂的问："秦先儿，我不懂。你老怎么一看他们拿筷子就十分清楚了？"

秦华卿又笑一笑，说："那后生拿起筷子，将一双筷子头在桌上蹾一下，然后才去夹菜，可是那中年人拿起筷子就夹菜，并不蹾一下，这就不同！"

"我不明白。"

"还不明白？这道理很好懂。那后生虽然衣冠楚楚，仪表堂堂，却常常侍候主人老爷吃饭，侍候筵席，为着将筷子摆得整齐，自然要将筷子头在桌上轻轻蹾一下，日久成了习惯。那中年人平日养尊处优，给奴仆们侍候惯了，便没有这个习惯。再看，那后生吃菜时只是小口小口地吃，分明在主人面前生怕过于放肆，可是那中年人就不是这样，随随便便。还有，这两位客人进来时，紧跟着进来了五个人，都是商人打扮，却分作三处坐下，不断抬头四顾，眼不离那位老爷周围。等那位老爷和年轻仆人走时，这五个人也紧跟着走了。伙计，我敢打赌，这五个人分明是暗中保镖的！你想，那位四十多岁的官员究竟是谁？"

跑堂的已经感到有点吃惊，小声问："你老的眼力真厉害，厉害！是谁？"

秦华卿说："这位官员虽说的北京官话，却带有很重的常德口音。这，有八成是……"他凑近青年堂倌的耳朵，悄悄地咕哝出几个字。

跑堂的大惊，对他瞪大了眼睛："能够是他么？"

"我猜有八成会是他。他要一反熊总理的所作所为，要认真做出来一番大事，好向皇上交差，所以他微服出访，亲眼看看襄阳城内情形，亲耳听听人们如何谈论！"

"啊呀，真厉害！看起来这个人很难对付！"

秦华卿淡淡一笑，说："以后的事，自有张敬轩去想法对付，用不着你我操心。此刻我叫你来，是叫你知道他的厉害，决非熊文灿可比。听说他今天白天召见各地文武大员，十分威严。你再看，他已经悬出赏格：捉到张敬轩赏银万两，捉到李闯王也赏银万两。趁着督师行辕中咱们的人还在，你要杀一杀他的威风。你做得好，日后张敬轩会重重赏你。"

"你要我如何杀他的威风？"

秦华卿本来是成竹在胸，但是为着他的密计关系十分重大，万一考虑不

周，事情败露，会使许多人，包括他自己在内，死无葬身之地，所以低下头去，紧闭嘴唇，重新思索片刻，然后对着后生的耳朵悄悄地咕哝一阵。咕哝之后，他在后生的脊背上轻拍一下，推了一把，小声说：

"事不宜迟，趁着尚未静街，去吧！"

杨嗣昌回到行辕，在节堂里同几位亲信幕僚谈了很久，大家对军事都充满乐观心情。幕僚辞出后，杨嗣昌又批阅了不少重要文书，直到三更才睡。

天不明杨嗣昌就起了床，把昨晚一位幕僚替他拟的奏疏稿子看了看，又改了几个字，才算定稿，只等天明后命书吏誊清，立即拜发。他提起笔来给内阁和兵部的同僚们写了两封书信，告诉他们他已经到了襄阳，开始视事，以及他要"剿灭流贼"以报皇上厚恩的决心。他在当时大臣中是一位以擅长笔札出名的，这两封信写得短而扼要，文辞洗炼，在军事上充满自信和乐观。写毕，他把昨天张贴的告示取两份，打算给兵部和内阁都随函附去一份。他暗暗想着，悬了如此大的赏格，也许果然会有人斩张献忠和李自成二人的首级来献。他正在这么想着，又提起笔来准备写封家书，忽然中军副将进来，神色张皇地把一张红纸条放在他的面前，吃吃地低声说：

"启禀大人，请看这个……"

杨嗣昌一看，脸色大变，心跳，手颤，手中的京制狼毫精品斑管笔落在案上，浓墨污染了梅花素笺。中军拿给他看的是一个没头招贴，上边没写别的话，只用歪歪斜斜的字体写道：

有斩杨嗣昌首级来献者赏银三钱

他从没头招贴上抬起眼睛，直直地望着中军，过了片刻，略微镇定，声色严厉地问道：

"你在什么地方揭到的？"

"大堂上、二堂上、前后院子里、厨房、厕所，甚至这节堂月门外的太湖石上，到处都贴着这种没头帖子。"

杨嗣昌一听说这种没头帖子在行辕中到处张贴，心头重新狂跳起来，问道：

"你都撕掉了么？"

"凡是找到的，卑职都已撕去；粘得紧，撕不掉的，也都命人用水洗去。如今命人继续在找，请大人放心。"

杨嗣昌惊魂未定，面上却变得沉着，冷笑说："这还了得！难道我的左右尽是贼么？"

"请大人不必声张，容卑职暗查清楚。"

"立刻查明，不许耽误！"

"是，大人！"

"你去传我口谕：值夜官员玩忽职守，着即记大过一次，罚俸三月。院内夜间守卫及巡逻兵丁，打更之人，均分别从严惩处，不得稍存姑息！"

"是，大人！"

中军退出后，杨嗣昌想着行辕中一定暗藏着许多张献忠的奸细，连他的性命也很不安全，不胜疑惧。他又想着这行辕中大部分都是熊文灿的旧人，不禁叹口气说：

"熊文灿安得不败！"

一语刚了，仆人进来禀报陈赞画大人有紧要公事来见。杨嗣昌说声"请"，仆人忙打起帘子，一位姓陈的亲信幕僚躬身进来。杨嗣昌自己是一个勤于治事的人，挑选的一些幕僚也都比较勤谨，不敢在早晨睡懒觉。但是幕僚像这样早来节堂面陈要事，却使他深感诧异。他不等这位幕僚开口，站起来问道：

"无头帖子的事老兄已经知道了？"

"知道了，大人。"

"可知道是什么人贴的？"

"毫无所知。"

"那么老兄这么早来……？"

幕僚走近一步，压低声音说："阁部大人，夜间三更以后，有几个锦衣旗校来到襄阳。"

杨嗣昌一惊："什么！要逮熊大人么？"

"是的，有旨逮熊大人进京问罪。"

"何时开读①？"

"卑职一听说锦衣旗校来到，当即赶到馆驿，请他们暂缓开读。熊公馆听说了，送了几百两银子，苦苦哀求暂缓开读。他们答应挨延到今日早饭后开

---

① 开读——锦衣旗校逮捕官吏时对着被捕的人宣读圣旨，叫做开读。被捕者要跪着听旨，还要叩头谢恩。

杨嗣昌出京督师

读。夜间因阁部大人已经就寝，卑职未敢前来惊动。不知大人对熊大人有何言语嘱咐，请趁此刻派人前去嘱咐；一旦开读，熊大人便成罪臣，大人为避嫌起见，自此不再同熊宅来往为宜。皇上是一个多疑的人，不可不提防别人闲言。"

杨嗣昌出京前就知道熊文灿要逮京问罪，但是没想到锦衣旗校在他出京之后也跟着出京，而且也是星夜赶程。他想着皇上做得如此急速，足见对熊文灿的"剿抚两失"十分恼恨，逮进京城必斩无疑。杨嗣昌对这事不仅顿生兔死狐悲之感，而且也猜到皇上有杀鸡吓猴之意，心中七上八下，半天没有做声。熊文灿是他举荐的，如今落此下场。如果他自己将来剿贼无功，如何收场？他到襄阳之后，曾同熊文灿见过一面，抱怨熊弄坏了事，现在没有别的话可再说的。过了一阵，他对幕僚说：

"皇上圣明，有罪必罚。我已经当面责备过熊大人贻误封疆，如今没有什么要嘱咐的话。"

等这位亲信幕僚退出后，他拿起那张没头帖子就灯上烧毁，决意用最迅速的办法整肃行辕，巩固襄阳，振作士气，打一个大的胜仗，以免蹈熊文灿的覆辙。

第二十章

三个多月以后，到了崇祯十三年正月下旬。已经打过春十多天了，可是连日天气阴冷，北风像刀子一样。向阳山坡上的积雪有一半尚未融化，背阴坡一片白色。

一天清晨，尽管天气冷得老鸹在树枝上抱紧翅膀，缩着脖子，却有一队大约五十人的骑兵从太平店向樊城的方向奔驰，马身上淌着汗，不断从鼻孔里喷出白气。这一小队骑兵没有旗帜，没穿盔甲，马上也没带多的东西，必要的东西都驮在四匹大青骡子上。队伍中间的一匹菊花青战马上骑着一位不到四十岁的武将，满面风尘，粗眉，高颧，阔嘴，胡须短而浓黑。这时战马一个劲儿地用碎步向前奔跑，他却在马鞍上闭着眼睛打瞌睡，魁梧的上身摇摇晃晃。肩上披的茄花紫山丝绸斗篷被风吹开前胸，露出来茶褐色厚绒的貉子皮，也不时露出来挂在左边腰间的宝剑，剑柄的装饰闪着金光。

六天以来，这一队人马总在风尘中往前赶路，日落很久还不住宿，公鸡才叫头遍就踏着白茫茫的严霜启程。白天，只要不是特别崎岖难行的山路，他们就在马上打瞌睡，隔会儿在马屁股上加一鞭。从兴安州①附近出发，千里有余的行程，抬眼看不尽的大山，只是过石花街以东，过了襄江，才交平地。一路上只恐怕误了时间，把马匹都跑瘦了，果然在今天早晨赶到。有些人从马上一乍醒来，睁开困倦的眼睛看见襄、樊二城时，瞌睡登时散开了。那位骑在菊花青战马上的武将，被将士们的说话声惊醒，用一只宽大而发皱的手背揉一揉干涩的眼皮，望望这两座夹江对峙的城池和襄阳西南一带的群山叠嶂，不由地在心里说：

"他娘的，果然跟老熊在这儿时的气象不同！"

几个月前，当左良玉在罗猴山战败之后，这位将军曾奉陕西、三边总督

---

① 兴安州——今陕西安康。

郑崇俭之命来襄阳一趟，会商军事。那时因军情紧急，他只在襄阳停留了两个晚上。回去后他对郑崇俭禀报说：虽然襄樊人心有点儿惊慌，但防守的事做得很松。现在他距离这两个城市还有十里上下，可以看见城头上雉堞高耸，旗帜整齐，远远地传过来隐约的画角声，此伏彼起。向右首瞭望，隔着襄江，十里外的万山上烟雾蒸腾，气势雄伟。万山的东头连着马鞍山，在薄薄的云烟中现出来一座重加整修过的堡寨，雄踞山头，也有旗帜闪动。马鞍山的北麓有一座小山名叫小顶山，离襄阳城只有四里，山头上有一座古庙。他上次来襄阳时，曾抽空儿到小顶山上玩玩，看了看山门外大石坡上被好事者刻的巨大马蹄印，相传是刘玄德马跳檀溪后，从此经过时的卢马留的足迹。现在小顶山上也飘着旗帜，显然那座古庙里也驻了官军。从小顶山脚下的平地上传过来一阵阵的金鼓声，可惜傍着江南岸村落稠密，遮断视线，他看不见官军是在操演阵法还是在练功比武。

这一些乍然间看出来的新气象，替他证实了关于杨嗣昌到襄阳以后的种种传闻，也使他真心实意地敬佩。但是他实在困倦，无心多想下去，趁着离樊城还有一段路，又朦朦胧胧地打起瞌睡。过了一阵，他觉得他的人马停住了，面前有争吵声，同战马的喷鼻声和踏动蹄子声混在一起。随后，争吵声在他耳边分明起来，原来有人向他的手下人索路引或公文看，他的中军和亲兵们回答说没路引，也没带别的公文，不叫进城，互相争吵。他完全醒了，虎地圆睁双眼，用米脂县的口音粗声粗气地对左右说：

"去！对他们说，老子从来走路不带路引，老子是从陕西省兴安州来的副将贺大人！"

守门的是驻军的一个守备，听见他是赫赫有名的陕西副总兵贺人龙，慌忙趋前施礼，赔着笑说：

"镇台大人路上辛苦！"

贺人龙衔着眼睛问："怎么？没有带路引和正式公文就不叫老子进城？误了本镇的紧急公事你可吃罪不起！"

"请镇台大人息怒。大人不知，自从阁部大人来到襄阳，军令森严，没有路引或别的正式公文，任何人不准进襄、樊二城，违者军法不饶。倘若卑将连问也不问，随便放大人进城，不惟卑将会给治罪，对大人也有不便。"

贺人龙立刻缓和了口气说："好家伙，如今竟是这么严了？"

"实话回大人说，这樊城还比较松一些，襄阳就更加严多了。"

"怎么个严法呢?"

"自从阁部大人来到之后,襄阳城墙加高了三尺且不说,城外还挖了三道壕堑,灌满了水,安设了吊桥。吊桥外安了拒马叉,桥里有箭楼。每座城门派一位副总兵大人把守,不验明公文任何人不许放进吊桥。"

"哼,几个月不来,不料一座襄阳城竟变成周亚夫的细柳营了。"贺人龙转向中军问:"咱们可带有正式公文?"

"回大人,出外带路引是小百姓的事,咱们从来没带过什么路引。这次是接奉督师大人的紧急檄令,星夜赶来请示方略,什么文书也没有带。"

贺人龙明白杨嗣昌非他人可比,不敢莽撞行事,致干军令。沉吟片刻,忽然灵机一动,从怀里掏出来副总兵官的大铜印对站在马前的守备连连晃着,说:

"你看,这就算我的路引,可以进城么?"

守备赶快回答说:"有此自然可以进城。卑将是奉令守此城门,冒犯之处,务恳大人海涵。"

贺人龙说:"说不上什么冒犯,这是公事公办嘛。"他转向随从们:"快进城,别耽误事!"

从后半夜到现在已经赶了九十里,人困马乏,又饥又渴,但是贺人龙不敢在樊城停留打尖。他们穿过一条大街,下到码头,奔过浮桥。一进到襄阳城内,他不等人马的驻处安顿好,便带着他的中军和几名亲兵到府衙前的杏花村漱洗和早餐。他上次来襄阳时曾在这里设宴请客,整整一天这个酒馆成了他的行馆,所以同这个酒馆的人们已经熟了。现在他一踏进杏花村,掌柜的、管账的和一群堂倌都慌了手脚,一句一个"大人",跟在身边侍候,还有两个小堂倌忙牵着几匹战马在门前遛。尽管他只占了三间大厅,但是整个酒馆不许再有闲人进来。贺人龙一边洗脸一边火急雷暴地大声吩咐:

"快拿酒饭来,越快越好!把马匹喂点黄豆!"

当酒饭端上来时,贺人龙自居首位,游击衔的中军坐在下首。闻着酒香扑鼻,他真想痛饮一番,但想着马上要晋谒督师大人,只好少饮为妙,心中不免遗憾。看见管账的秦先儿亲自在一旁殷勤侍候,他忽然想起来此人也是延安府人氏,十年前来湖广做买卖折了本,流落此间,上次见面时曾同他叙了同乡。他笑着问:

"老乡，上次本镇请客时叫来侑酒的那个刘行首①和那几个能弹会唱的妓女还在襄阳么？"

"回大人，她们都搬到樊城去了。"

"为什么？"

"自从杨阁部大人来到以后，所有的妓女都赶到樊城居住，一切降将的眷属也安置在樊城，襄阳城内五家连保，隔些日子就清查一次户口，与往日大不同啦。"

贺人龙点点头说："应该如此。这才是打仗气象。"

"不是小的多嘴，"秦先儿又低声说，"从前熊大人在此地时太不像样了。阁部大人刚来的时候，连行辕里都出现无头帖子哩。"

贺人龙在兴安州也听说这件事，并且知道后来竟然没查出一个奸细，杨嗣昌怀疑左右皆贼，便将熊文灿在行辕中留下的佐杂人员和兵丁淘汰大半，只留下少数被认为"身家清白"的人。但是像这样的问题，他身为副总兵，自然不能随便乱谈，所以不再做声，只是狼吞虎咽地吃着。秦先儿不敢再说话，同掌柜的蹑手蹑脚地退了出去。

过了一阵，贺人龙手下的一名小校面带惊骇神色，从外边走了进来。贺人龙已经吃毕，正要换衣，望着他问：

"有什么事儿？"

"回大人，皇上来有密旨，湖广巡抚方大人刚才在督师行辕被逮了。"

贺人龙大惊："你怎么知道的？"

"刚才街上纷纷传言，还有人说亲眼看见方抚台被校尉们押出行辕。"

"你去好生打听清楚！"

从行辕方面传过来三声炮响和鼓乐声，贺人龙知道杨嗣昌正在升帐，赶快换好衣服，率领着中军和几个亲兵，骑马往行辕奔去。这是他第一次来晋谒权势烜赫的督师辅臣，心情不免紧张。

今天是杨嗣昌第二次召集诸路大将和封疆大员大会于襄阳。预定的升帐时间是巳时三刻，因为按五行推算，不但今日是黄道吉日，而这一刻也是一天中最吉利的时刻，主大将出师成功。三个多月来，他已经完成了一些重要

---

① 行首——班头，多指妓女。行，音 háng。

工作，自认为可以开始对张献忠进行围剿了。倘若再不出兵，不但会贻误戎机，而且会惹动朝中言官攻讦，皇上不满。特别是这后一点他非常害怕。近来，有两件事给他的震动很大：一是熊文灿已经在北京被斩，二是兵部尚书傅宗龙因小事违旨，下入诏狱，传闻也将处死。这两个人都是他推荐的，只是由于皇上对他正在倚重，所以不连带追究他的责任。他心中暗想，虽说他目前蒙皇上十分宠信，但是他已远离国门，朝廷上正有不少不懂军事的人在责备他到襄阳后不迅速进兵，万一再过些天，皇上等得不耐，圣眷一失，事情就不好办了。所以他在十天前向各处有关文武大员发出火急的檄文，定于今天上午在襄阳召开会议，面授进兵方略。

　　升帐之前，他派人把方孔昭请到节堂，只说有事相商。方孔昭是桐城人，对杨嗣昌说来是前辈，在天启初年曾因得罪阉党被削籍为民，崇祯登极后又重新做官，所以在当时的封疆大吏中资望较高。他从崇祯十一年春天起以右佥都御史衔巡抚湖广，一直反对熊文灿的招抚政策，在督率官军对农民军的作战中得过胜利，这样就使他对熊文灿更加鄙视。杨嗣昌来到襄阳督师，他虽然率领左良玉等由当阳赶来参见，心中却不服气。一则他认为熊文灿的招抚失败，贻误封疆，杨嗣昌应该负很大责任；二则他一向不满意杨嗣昌在朝中倚恃圣眷，倾轧异己。杨嗣昌见他往往不受军令，独行其是，也明白他心中不服，决心拿他开刀，替别人做个榜样。恰巧一个月前方孔昭在麻城和黄冈一带向革里眼和左金王等义军进攻，吃了败仗。杨嗣昌趁机上本弹劾，说他指挥失当，挫伤士气，请求将他从严治罪。同时，他举荐素以"知兵"有名的宋一鹤代方孔昭为湖广巡抚。崇祯为着使杨嗣昌在军事上能够得心应手，一接到他的奏本就准，并饬方孔昭交卸后立即到襄阳等待后命。崇祯自认为是一位十分英明的皇帝，其实从来对军事实际形势都不清楚，多是凭着他的主观愿望和亲信人物的片面奏报处理事情，所以他只要听说某一个封疆大吏剿贼不力就切齿痛恨。他把方孔昭革职之后，隔了几天就给杨嗣昌下了一道密旨，命他将方孔昭逮送京师。杨嗣昌接到密旨已经两天，故意不发，要等到今天在各地文武大员齐集襄阳时来一个惊人之笔。

　　方孔昭已经上疏辩冤，但没有料到皇上会不念前功，把他逮入京师治罪。杨嗣昌把他请进节堂，让了座，叙了几句闲话，忽然把脸色一变，站起来说："老世叔，皇上有旨！"方孔昭浑身一跳，赶快颤栗跪下。杨嗣昌从袖中取出密旨，宣读一遍，随即有两名校尉进来把方孔昭押出节堂。杨嗣昌送到节堂

门外，拱手说："嗣昌王命在身，恕不远送。望老世叔路上保重。一俟上怒稍解，嗣昌自当竭力相救。"方孔昭回头来冷冷一笑，却没说话。杨嗣昌随后吩咐家人杨忠取五百两银子送到方孔昭在襄阳的公馆里作为他的人情。

三声炮响过之后，奏起鼓乐。杨嗣昌穿好皇上钦赐的斗牛服，在幕僚们的簇拥中离开节堂，到白虎堂中坐定。白虎堂没有多少变化，只是飞檐下多了一个黑漆金字匾额，四个字是"盐梅上将"。屏风上悬挂着用黄绫子装裱的御制诗，檀木条几上放着一个特制的小楠木架，上边插着皇帝钦赐的尚方剑。白虎堂前一声吆喝，众将官和监军御史在新任湖广巡抚宋一鹤的率领下由二门外鱼贯而入，行参见礼。熊文灿的被斩，傅宗龙的下狱，方孔昭的革职，本来已经给大家很大震动，明白皇上在军事上下了最大决心。不到半个时辰前方孔昭被突然逮京治罪，更使大家十分惶恐。因此，虽然今天督师行辕的仪卫比上次并未增加，可是在大家的感觉上，气氛似乎更为严重。

第一个进白虎堂报名参见的是宋一鹤。他的年纪不到四十岁，身穿四品文官①云雁补子红罗蟒袍，头戴乌纱帽，腰系素金带。这个人以心狠和谄媚为熊文灿所信任，现在又以他的"知兵"受到杨嗣昌的重用。说到心狠，他曾经有一次用毒药毒死了一千多个被骗受抚的义军将士。自从杨嗣昌到襄阳后，为要避嗣昌父亲杨鹤的讳，他每次呈递手本总把自己的名字写成宋一鸟。如今宋一鹤躬身走进白虎堂，在离开杨嗣昌面前的公案约五尺远的地方跪下，高声自报职衔：

"卑职右佥都御史、湖广巡抚宋一鸟参见阁部大人！"

杨嗣昌点头微笑，说声"请起"。站立在左右的幕僚们和随侍中军全都心中鄙笑，暗中交换眼色。特别是江南籍的幕僚们因"鸟"字作屌字解释，读音也完全一样，在心中笑得更凶。宋一鹤叩了个头，站起来肃立左边。看见杨嗣昌和他的亲信幕僚们面带微笑，他的心中深感荣幸。

等众将官和监军等参拜完毕，杨嗣昌正要训话，忽然承启官走进白虎堂，把一个红绫壳职衔手本呈给中军。中军打开手本一看，赶快向杨嗣昌躬身禀道：

"兴汉镇②副总兵官贺人龙自兴安赶到，现在辕门外恭候参见。"

---

① 四品文官——明朝的巡抚未定品级，一般挂金都御史衔，故为正四品文官。清朝巡抚地位较高，定为从二品，挂侍郎衔的为正二品。

② 兴汉镇——陕西兴安州和汉中府在明末曾暂时划为一个军区，称为兴汉镇。

杨嗣昌喜出望外，略微向打开的手本瞟了一眼，说了声"快请!"中军随着承启官退出白虎堂，站在台阶上用洪亮的声音叫：

"请!"

"请!!"二门口几个人齐声高叫，声震屋瓦。

咚，咚，几下鼓声，雄壮的军乐重新奏起来。

贺人龙全副披挂，精神抖擞，大踏步走进二门，在两行肃穆无声、刀枪剑戟闪耀的侍卫武士中间穿过，向大厅走去。他见过朝廷的统兵大臣不少，并且在洪承畴手下几年，可是看见像这样威风的上司还是第一回。他一边往里走一边心中七上八下，暗暗地说："好大的气派，不怪是督师辅臣!"等他报名参拜毕，就了座，杨嗣昌于严肃中带着亲切的微笑问：

"兴安距均州是七百里，距此地千里有余，山路险恶，将军走了几天?"

贺人龙起立回答："末将接奉钧檄，即便轻骑就道。一路星夜奔驰，不敢耽搁，一共走了六天。"

"将军如此鞍马劳累，请下去休息休息。"

"末将不累，听训要紧。听训后末将还有陕西方面的剿贼军情面禀。"

杨嗣昌心中高兴，点点头说："也好，将军只好多辛苦了。"

看见贺人龙千里赴会，又对答如此恭顺，杨嗣昌不由地想起左良玉来。上次左良玉从当阳来会，他曾用心笼络，想使这位骄横成性的大将能够俯首帖耳地听他驱使，为朝廷效劳。没想到左良玉调到郧西一带，恢复原级，由朝廷加封为"平贼将军"，颁给印绶之后，竟然又骄横如故。这次他召集诸路大将来会，左良玉不愿以櫜鞬礼晋见①，借口军情紧急，竟然不来，只派他手下的一位副将前来。一个要扶植和依靠贺人龙的念头就在这一刻在他的心上产生了。

杨嗣昌向全场扫了一眼，开始训话。所有文武大员都立即重新起立，垂手恭听。他首先说明，三个月来之所以没有向流贼大举进剿，一则为培养官军锐气，二则为准备粮饷甲仗，三则为使襄阳这个根本重地部署得与铁桶相似，使流贼无可窥之隙。如今诸事准备妥善，官军的锐气也已恢复，所以决定克日进兵，大举扫荡，"上慰皇上宵旰之忧，下解百姓倒悬之苦"。说到这

_____

① 以櫜鞬礼晋见——古代武将晋见上司行礼，应该全身披挂，才算十分尊敬。不但要戴着盔，穿着铠甲，还要背着弓箭。用这套装束行礼叫做"櫜鞬（gāo jiān）礼"。櫜是盛箭的，又叫做箙；鞬是盛弓的，又叫做弢。

里，杨嗣昌又向大家扫一眼，声色俱厉地接着说：

"可是，三个月来，诸将与监军之中，骄玩之积习未改；藐视法纪，违抗军令，往往如故。本督师言之痛心！岂以为尚方剑无足轻重耶？如不严申号令，赏罚分明，将何以剿灭流贼！"

众将军和监军御史们惊惧失色，不敢仰视。杨嗣昌特别向左良玉派来的副将脸上扫了一眼，然后把含着杀气的眼光射在一位四十多岁的将军脸上，厉声喝问：

"刁明忠！本督师命你自随州经承天①赴荆门，你何故绕道襄阳？"

副将刁明忠两腿颤栗跪下说："回阁部大人，末将有老母住在襄阳，上月染病沉重，所以末将顺路来襄阳探亲。"

"不遵军令，律当斩首。左右，与我绑了！"

不容分辩，立刻有几个武士将刁明忠剥去盔甲，五花大绑，推出白虎堂。全体武将和监军御史谁身上没有许多把柄？都吓得面色如土，不知所措。总兵陈宏范资望最高，年纪最长，已经须发如银，带头跪下求情。跟着几位总兵、副将，大群参将，也都跪下，连贺人龙也不得不随着大家跪下。杨嗣昌本来无意杀刁明忠，害怕会激变他手下的亲信将士投入义军，然而他并不马上接受大家的求情，狠狠地说：

"数年来官军剿贼无功，多因军纪废弛，诸将常以国法为儿戏。如不振作，何能克敌制胜！斩一大将，本督师岂不痛心？然不斩刁明忠，将何以肃军纪，儆骄玩？非斩不可！"

陈宏范叩头说："目今出师在即，临敌易将，军之大忌。万恳使相大人姑念刁明忠此次犯罪，情有可原，免其一死，使他戴罪图功。"

"哼！汝等只知刁明忠来襄阳原为探母，情有可原，却忘记军令如山，凡不听约束者斩无赦。为将的若平日可以不遵军令，临敌岂能听从指麾，为朝廷甘尽死力！今日本督师宁可挥泪斩将，决不使国法与军威稍受损害。诸君起去！"

宋一鹤正在一旁察言观色，忽然瞥见杨嗣昌身边的一位幕僚向他以目示意，他赶快向杨嗣昌躬身叉手说：

---

① 承天——今湖北钟祥县。

"阁部大人！刁明忠身为大将，干犯军令，实应斩首。昔孙子①三令五申之后，吴王有宠姬二人不听约束，斩之以徇，然后军令整肃。大人代皇上督师，负剿贼重任，更非孙子以妇人小试兵法可比。刁明忠不遵军令，实属可恨，按律该斩。但恳大人念他平日作战尚称勇敢，不无微劳，贷其一死，使他戴罪立功。倘不立功，二罪俱罚。千乞大人开恩！"

"请大人开恩！"全体监军和幕僚一齐叉手说。

杨嗣昌沉默片刻，说："好吧，姑念他是初犯，准诸君所请，法外施仁，免他一死。重责一百鞭子，革职留用，戴罪效力。诸位将军请起！"

刁明忠挨过鞭子以后，被架回来跪下谢恩。杨嗣昌望着他问：

"刁明忠，你以后还敢藐视军令么？"

"末将永远不敢。"

"下去！"杨嗣昌的眼光转向文官班中："殷太白！"

"卑职在！"兴山道监军佥事殷太白惊魂落魄地从班中走出，跪到地上。

杨嗣昌问："殷太白，你两次违反军令，该当何罪？"

殷太白叩头说："卑职误干军令，前已陈明原委，不敢有一毫欺饰……"

"不许狡辩！绑出去！"

"求阁部大人恩典！求阁部大人恩典！"

"立斩！"

众文武大员一则已经替刁明忠讲过情，二则看见杨嗣昌正在盛怒，都不敢出班讲话。尤其几个监军御史各人自顾不暇，只有筛糠的份儿，哪有说话的勇气？等殷太白被武士褫去衣冠，推出白虎堂以后，杨嗣昌对众文武宣布了殷太白两次违反军令的罪款。其实二条罪款都不是多么了不得的大事，在当时官军中比这些更严重几倍的罪行天天发生，杨嗣昌心中尽知，只是因为殷太白是文官，手中无兵，可以借他的一颗头替自己树威罢了。他离开座位，向北拜了四拜，从楠木架上请下来尚方剑，脱去黄绫套，露出来镂金的鲨鱼皮鞘和镀金剑柄，向一位随侍亲将说：

"接剑！"

青年亲将跪下去，双手接了尚方剑，捧出大堂。过了片刻，他捧剑回来，跪下禀道：

① 孙子——名武，春秋时齐国人，在吴国为将，所著《孙子》（又称《孙子兵法》、《兵法》）十三篇为我国古代兵法的不朽名著。

杨嗣昌出京督师

"禀大人，殷太白已在辕门外斩讫！"

中军代接了尚方剑，插入黄绫套，放回原处。杨嗣昌望望大家，声音低沉地说：

"本督师并非好杀，实不得已。我深知殷太白是一个有用人才，罪亦不重。但今日非承平之世，不可稍存姑息，所以只得忍痛斩他。倘若死者有灵，九泉下必能谅我苦衷。"说到这里，他的眼泪簌簌地滚落下来，回头吩咐中军，将殷太白的尸首用好的棺木装殓，对其在襄阳的妻子儿女好生抚慰，资助还乡。吩咐毕，他向湖广巡抚宋一鹤望了一眼，不再做声。

宋一鹤明白杨嗣昌为什么望他一眼，尽管他心中认为殷太白死非其罪，却赶快欠身说道："没有霹雳手段，不显菩萨心肠。使相大人执法从严，不过为早日剿灭流贼，佐皇上中兴之业，救斯民于水火耳。为国为民苦衷，昭如天日。昔孔明挥泪斩马谡，马谡死而不怨。陈寿《三国志》称孔明：'善无微而不赏，恶无纤而不贬。……邦域之内，咸畏而爱之，刑政虽峻而无怨者，以其用心平而劝戒明也。'大人实为今日之诸葛武侯，敢信殷太白九泉下必无怨言。"

听了宋一鹤的阿谀话，杨嗣昌的心中感到舒服。他向宋一鹤点点头，又向全体文武扫了一眼，等待别人说话。众人看透了杨嗣昌滥用斩刑，想借殷太白的头颅树威，既心中不平，也兔死狐悲，都不肯像巡抚那样说话，一个个低头不语。一个监军道从刚才的震栗失色中恢复了镇静，在心中说：

"可惜你不是诸葛武侯，殷太白并非马谡！"

杨嗣昌不再等待，又向大家扫了一眼，接着训话："去年十月间，革、左诸贼掠叶县，陷沈丘，焚项城四关，又犯光山。副将张琮与刁明忠率禁旅剿贼，斩首一千余级。本督师立即称诏颁赏，如今刁明忠藐视军令，即予严惩，决不宽贷。这就是有功必赏，有罪必罚。望诸君以殷太白、刁明忠为戒，恪遵军令，努力杀贼，勿负朝廷厚望，勿负国恩！"

众文武肃立，齐声回答："谨遵钧谕！"

杨嗣昌向中军瞟了一眼。中军会意，立即挥手使那些侍立在白虎堂中和飞檐下的校尉、武士和仆人等全体回避，连阶下的武士也退后几丈以外。杨嗣昌开始指示进兵方略，虽然声音不高，但十分清晰。他首先说明当时农民军分为四大支：张献忠势力最强，在楚、蜀与陕西交界处屯兵养锐；曹操和过天星等数股人马较多，散布在南漳、房县、远安、兴山四县之间的广大区城，与张献忠互相呼应；革、左数营从大别山中出来，出没于随州、应山、麻城、黄冈一带，目的在从后边牵制从襄阳西进的官军；李自成人数最少，且大半都在病中，被围于商洛山中。杨嗣昌说明了四大支农民军的分布情形以后，接着说：

"在这四股逆贼之中，最可虑者是献、闯二贼。献贼狡黠慓悍，部伍整齐，且有徐以显等衣冠败类为之羽翼，实为当前心腹大患。古人云：'擒贼先擒王。'只须用全力剿灭献贼一股，则曹贼可不战而抚。革、左诸贼，素无远图，不过是癣疥之疾耳。至于闯贼，虽两年来迭经重创，目前又陷于四面被围，然此人最为桀骜难制，不可以力屈，亦不可以利诱，观其行事，可算得是群贼中之枭雄。望诸君万勿以此贼力弱势穷而忽之。倘不将此贼扑灭，则必为国家大患。故目前用兵方略：对献贼是全力围剿，务期一鼓荡平。对闯贼是加紧围困，防其逃逸，用计诛之。倘不能用计诛之，当俟荡平献贼之后，再移师扫荡商洛。至于曹操、革、左诸贼，暂且防其流窜，一旦献、闯授首，彼等即无能为矣。对此作战方略，诸君有何高见？"

众人唯唯称是，确实佩服这个集中兵力，先献后闯的作战方略。杨嗣昌见无人提出不同意见，就更进一步说出对张献忠的用兵计划。他说：

"献贼虽有数万之众，但真正精兵不过两万人。献贼与闯贼，狡黠慓悍相似，但深浅大不相同。自从罗猴之战以后，献贼骄气横溢，视官军如无物。凡用兵，将骄则备疏，轻敌则易败。本督师已严檄蜀抚邵捷春将入蜀各处隘口严密防守，断献贼入蜀之路；檄秦督郑崇俭沿汉水设防，断其入秦之路；湖广大军自东面促之，使之不得回头逃窜。此为圆盘围剿，点滴不漏之计。左总兵与贺副将当乘献贼骄而不备之际，突然进兵，直捣巢穴。至于详细用兵机宜，本督师将另行分别指示。诸君立大功，成大名，在此一举，本督师有厚望焉。今午敬备水酒，一为诸位洗尘，二为预祝成功。在入席之前，请各位去看看军需武库。"

杨嗣昌说毕，退入节堂休息。全体文武大员等他走后才从白虎堂鱼贯退出，由他的中军和一位幕僚引导，参观了粮食和武库。大家看见杨嗣昌在短短的三个月中调集的粮食和甲仗堆积如山，足供防守襄阳数年之用，不能不十分惊佩，同时对于打仗也增强了胜利信心。参观毕，回到白虎堂中赴宴。杨嗣昌在鼓乐声中几次向大家举杯劝酒，目的是要大家既畏其威，也怀其德。他还单独向贺人龙敬一杯酒，慰劳他一个月前在川、陕交界处打了一个小胜

仗。贺人龙感到说不出的荣幸，心中十分激动，但在使相面前，不敢放怀痛饮。杨嗣昌看见诸将感奋，脸上露出满意的微笑。

所有到会的文武大员，或单独，或分批，都按照杨嗣昌的幕僚们排好的次序，由他在节堂召见，面授机宜。在接见时，他对有的人确实提出些具体指示，而对有的人也仅仅询问了一些情况，勉励几句。他深知做官人们的心理：只要被他督师辅臣召见，给点好颜色，再给几句慰勉的话，就会受宠若惊，愿意出力做事。他事先叫人把皇帝赠他的御制诗用双钩影摹法刻版印刷了很多张，都用黄绫装裱，檀木为轴，每一个被召见的文武大员都送给一幅，外加新从北京运到的兵部职方司刊本《练兵实纪》①一部。

杨嗣昌把召见贺人龙的时间安排在第二批，而且是单独召见，以表示特别看重。自从到襄阳以来，他遍观诸将，能够有些作为的实在很少，贺人龙虽然有许多缺点，毕竟还是一员战将，手下有不少降兵降将，实力仅次于左良玉。一个多月前，贺人龙在兴安州境内遇到张献忠派出来的小股打粮部队，截住厮杀，获得小胜，作为一次大捷报功。杨嗣昌明知贺人龙报功不实，但是正要利用他的战功上奏朝廷。贺人龙畏威怀德，所以在兴安州一接檄召，便星夜奔来襄阳。

在节堂中接见贺人龙时，杨嗣昌的态度特别亲切，同上午相比，如同两人。他像同世交子弟闲话一样，问了问贺人龙的家庭情形，"投笔从戎"②的经过，然后才问到部队人数和粮饷情形。当贺疯子说到部队欠饷三个月时，他立即答应催秦督郑崇俭照发。关于如何向张献忠进攻的问题，他做了一些补充指示，无非是要贺人龙在兴安、平利一带凭险防守，使张献忠不能逃入陕西境内，并分兵协同左良玉深入扫荡。他因贺人龙是米脂人，与李自成同里，又打过多年仗，所以对李自成的情形问得特别详细。后来他又问道：

"贺将军，依你看来，目前秦军将商洛山紧紧围困，除感到兵力不足外，还有何项困难？为何不能将闯贼一鼓荡平？"

贺人龙恭敬地欠身回答："末将愚见，除兵力不足外尚有三点困难。"

"哪三点？"

"第一，李自成盘踞之地，四面有崇山峻岭，易守难攻。第二，李贼在商

---

① 《练兵实纪》——戚继光著，共九卷，附杂集六卷。
② 投笔从戎——贺人龙是以秀才从军发迹的。

洛山中打富济贫，笼络人心，故山中军事机密不易探明，且有从贼百姓助他作战。第三，李贼平日粗衣恶食，与士卒同甘苦，故能上下一心，至死不散。"

杨嗣昌拈须微笑，说："闯贼在商洛山中确实防守严密，也能笼络人心，不过我已经有制闯之策了。"

"大人神机妙算，自然有擒闯之策。敢请明示方略。"

"你专力对付献贼，不必为剿闯军事分心。商洛山中不日定有捷报。"

贺人龙心中半信半疑，但偷看杨嗣昌的神情，分明对胜利很有把握。他忽然想起来曾听说降将周山在一个半月前自山海关外曹变蛟的军中回来，奉杨嗣昌之命去到商州，莫非这个人快要建立惊人之功么？他只能胡乱猜想，不敢多问；又谈了一阵，起身告辞。杨嗣昌把贺人龙送出节堂，拍拍他的肩膀说：

"贺将军，戮力杀贼，不要辜负朝廷。俟将军再打几个胜仗，我一定保奏将军如左帅一样。"

贺人龙赶快转过身来躬身叉手说："感谢大人栽培！"

回到住处，贺人龙立刻叫亲兵们拿来热酒佳肴，拉两位亲将陪他痛饮，并赏给每一个随侍左右的亲兵一大杯酒。正饮到三分酒意，忽然笑着骂道：

"他妈的，今日本镇十分高兴，可惜没有个弹唱侑酒的人！"

一个亲兵赶快说："大人，方才我到杏花村要酒菜，陈掌柜悄悄告我说，那位刘行首今日午后回襄阳来探亲戚，晚上没有走。她听说大人在此，十分高兴，只恨不能前来伺候。"

贺人龙瞪大眼睛："怎么，她回到襄阳来了？"

"是的，大人，她今晚未出襄阳。"

"可知她在什么地方？"

"杏花村的陈掌柜知道。"

"快去，趁静街以前，叫一乘小轿把她抬来。"

"怕的是督师大人知道了……"

"咱不敲锣打鼓，他又深居行辕，如何得知？"

"怕的是他下边耳目众多。"

"他手下人同本镇素无嫌怨，谁管这种屁事，招惹麻烦？快去，用轿子把那个姓刘的抬来助兴！"

这天晚上，贺人龙过得非常快活。他对杨嗣昌一方面暂时"畏威怀德"，一方面却开始暗中破坏着他的纪律。第二天，他吩咐亲将们把带来的贵重礼物分送给杨嗣昌的左右亲信，并在襄樊置办了一些苏杭绫罗绸缎，时兴物品，准备带回送人。下午，杨嗣昌的一位亲信幕僚前来看他，对他说阁部大人对他十分倚重，决定即日拜本上奏，保他升任总兵；如果他再打一个大胜仗，阁部大人将奏请皇上将左良玉的"平贼将军"印夺来给他。他听了后又振奋，又感激，巴不得插翅飞回防地，使出全力打一胜仗，不使杨嗣昌失望。因为明天五鼓就要启程回防，申时以后他去督师行辕辞行。杨嗣昌留他吃晚饭，又说了些勉励的话，并说保他升任总兵的题本已经拜发。看来杨嗣昌今天的心情十分愉快，对未来军事胜利确有把握。在贺人龙临走时，杨嗣昌对他含笑说：

"商州方面，今日有密报前来，大约不出一月，就有人将李自成、刘宗敏等人首级送到襄阳。剿灭献贼之事，单看将军与左将军努力了。"

紫禁城内外

第二十一章

被围困的局面有两种：在崇祯十三年的春天，张献忠曾被包围在川、陕、鄂交界地方，李自成继续被围困在商洛山中，人人都看得清楚，但是崇祯皇帝被层层围困在紫禁城中，却不曾被人们看清楚。他自己只知道拼命挣扎，却对被层层围困的形势并不认识。

三月上旬的一个夜晚，已经二更过后了，崇祯没有睡意，在乾清宫的院子里走来走去。两个宫女打着两只料丝宫灯，默默地站在丹墀两边，其他值班伺候的太监和宫女远远地站立在黑影中，连大气儿也不敢出。偶尔一阵尖冷的北风吹过，宫殿檐角的铁马发出来丁冬声，但崇祯似乎不曾听见。他的心思在想着使他不能不十分担忧的糟糕局势，不时叹口长气。彷徨许久，他低着头，脚步沉重地走回乾清宫东暖阁，重新在御案前颓然坐下。

目前，江北、湖广、四川、陕西、山西、河南、山东、河北……半个中国，无处不是灾荒惨重，无处不有叛乱，大股几万人，其次几千人，而几百人的小股到处皆是。长江以南，湖南、江西、福建等地也有灾荒和骚乱，甚至像苏州和嘉兴一带的所谓鱼米之乡，也遇到旱灾、蝗灾，粮价腾踊，不断有百姓千百成群，公然抢粮闹事。自他治理江山以来，情况愈来愈糟，如今几乎看不见一片安静土地。杨嗣昌虽然新近有玛瑙山之捷，但是张献忠依然不曾杀死或捉到，左良玉和贺人龙等都不愿乘胜追剿，拥兵不前。据杨嗣昌的迭次飞奏，征剿诸军欠饷情况严重，军心十分不稳。虽然军事上已经有了转机，但如果军饷筹措不来，可能使剿贼大事败于一旦，良机再也不会有了。

紫禁城内外

291

他想，目前只有兵饷有了着落，才能够严厉督责诸军克日进剿，使张献忠得不到喘息机会，将他包围在川、陕、鄂交界的地方歼灭，也可以鼓舞将士们一举而扫荡商洛山。可是饷从哪儿来呢？加征练饷的事已经引起来全国骚动，在朝中也继续有人反对，如今是一点加派也不能了。他在心中自问：

"国库如洗，怎么好呢？"

而且目前国事如焚，不仅仅杨嗣昌一个地方急需粮饷。一连几天，他天天接到各省的紧急文书，不是请饷，便是请兵。蓟辽总督洪承畴出关以后，连来急奏，说满洲方面正在养精蓄锐，准备再次入关，倘无足饷，则不但不能制敌人于长城以外，势必处处受制，要不多久就会变成不可收拾的局面。现在他又来了一封紧急密疏，说他自从遵旨出关，移驻辽东以来，无时不鼓舞将士，以死报国，惟以军饷短缺，战守皆难。他说他情愿"肝脑涂地，以报皇恩"，但求皇上饬令户部火速筹措军饷，运送关外，不要使三军将士"枵腹对敌"，士气消磨。这封密疏的措词慷慨沉痛，使崇祯既感动，又难过。他将御案上的文书一推，不由地长吁短叹，喃喃地自语说：

"饷呵，饷呵，没有饷这日子如何撑持？"

这一夜，他睡得很不安稳，做了许多噩梦。第二天早晨退朝之后，他为筹饷的事，像热锅台上的蚂蚁一样。想来想去，他有了一个比较能够收效的办法，就是叫皇亲贵戚们给国家借助点钱。他想，皇亲们家家"受国厚恩"，与国家"休戚与共"。目前国家十分困难，别人不肯出钱，他们应该拿出钱来，做个倡导，也可以使天下臣民知道他做君父的并无私心。可是叫哪一家皇亲做个榜样呢？

崇祯平日听说，皇亲中最有钱的有三家：一家是皇后的娘家，一家是田贵妃的娘家，一家是武清侯李家。前两家都是新发户，倚仗着皇亲国戚地位和皇后、田妃都受皇上宠爱，在京畿一带兼并土地，经营商业，十几年的光景积起来很大家产，超过了许多老的皇亲。武清侯家是万历皇帝的母亲孝定太后的娘家，目前这一代侯爷李国瑞是崇祯的表叔。当万历亲政①之前，国事由孝定太后和权相张居正主持，相传孝定太后经常把宫中的金银宝物运往娘家，有的是公开赏赐，有的是不公开赏赐，所以直至今日这武清侯家仍然十分富有，在新旧皇亲中首屈一指。在这三家皇亲中能够有一家做个榜样，其

---

① 万历亲政——万历皇帝朱翊钧即位时只有十岁，受他的母亲监护。到他十六岁结婚后，她母亲才不再监护；到万历十年张居正病故，才由他直接掌管朝政。

余众家皇亲才好心服，跟着出钱。但是他不肯刺伤皇后和田妃的心，不能叫周奎和田宏遇先做榜样。想来想去，只有叫李国瑞做榜样比较妥当。又想着向各家皇亲要钱，未必顺利，万一遇到抵制，势必严旨切责，甚至动用国法。但是这不是寻常事件，历代祖宗都没有这样故事①，祖宗们在天之灵会不会见怪呢？所有的皇亲贵戚们会怎么说呢？这么反复想着，他忽然踌躇不决了。

第二天，华北各地，尤其是京畿一带，布满了暗黄色的浓云，刮着大风和灰沙。日色惨白，时隐时现，大街上商店关门闭户，相离几丈远就看不清人的面孔。大白天，家家屋里都必须点上灯烛。大家都认为这是可怕的灾异，在五行中属于"土灾"，而崇祯自己更是害怕，认为这灾异是"天变示儆"，有关国运。他在乾清宫坐立不安，到奉先殿向祖宗烧香祷告，求祖宗保佑他的江山不倒，并把他打算向皇亲借助的不得已苦衷向祖宗说明。他正在伏地默祷，忽听院里喀嚓一声，把他吓了一跳，连忙转回头问：

"外边是什么响声？"

一个太监在帘外跪奏："一根树枝子给大风吹断了。"

崇祯继续向祖宗祷告，满怀凄怆，热泪盈眶，几乎忍不住要在祖宗前痛哭一场。祝祷毕，走出殿门，看见有一根碗口粗的古槐枝子落在地上，枝梢压在丹陛上还没移开。他想着这一定是祖宗不高兴他的筹饷打算，不然不会这么巧，不早不晚，偏偏在他默祷时狂风将树枝吹断。这一偶然事件和两年前大风吹落奉先殿的一个鸱吻同样使他震惊。

大风霾②继续了两天，到第三天风止了，天也晴了。气温骤冷，竟像严冬一样，惜薪司不得不把为冬天准备的红箩炭全部搬进大内，供给各宫殿升火御寒。在上朝时候，崇祯以上天和祖宗迭次以灾异"示儆"，叫群臣好生修省，挽回天心，随后又问群臣有什么措饷办法。一提到筹措军饷，大家不是相顾无言，便是说一些空洞的话。有一位新从南京来的御史，名叫徐标，不但不能贡献一个主意替皇上分忧，反而跪下去"冒死陈奏"，说他从江南来，看见沿路的村落尽成废墟，往往几十里没有人烟，野兽成群。他边说边哭，劝皇上赶快下一道圣旨罢掉练饷，万不要把残余的百姓都逼去造反。跟着又有几位科、道官跪奏河南、山东、陕西、湖广、江北各地的严重灾情，说明想再从老百姓身上筹饷万万不可。崇祯听了科、道官们的跪奏，彷徨无计，

---

① 故事——与"先例"同义。这是当时朝廷上的习用词。

② 大风霾——刮黄沙尘，天昏地暗，古人叫做大风霾。

十分苦闷，同时也十分害怕。他想，如今别无法想，只有下狠心向皇亲们借助了，纵然祖宗的"在天之灵"为此不乐，事后必会鉴谅他的苦衷。只要能筹到几百万饷银，使"剿贼"顺利成功，保住祖宗江山，祖宗就不会严加责备。

他打算在文华殿召见几位辅臣，研究他的计划。可是到了文华殿他又迟疑起来。他担心皇亲国戚们会用一切硬的和软的办法和他对抗，结果无救于国家困难，反而使皇亲国戚们对他寒心，两头不得一头。他在文华殿里停留很久，拿不定最后主意。这文华殿原是明代皇帝听儒臣讲书的地方，所以前后殿的柱子上挂了几副对联，内容都同皇帝读书的事情有关，在此刻几乎都像是对崇祯的讽刺。平日"勤政"之暇，在文华殿休息的时候，他很喜欢站在柱子前欣赏这些对联，但今天他走过对联前边时再也没有心情去看。他从后殿踱到前殿，好像是由于习惯，终于在一副对联前边站住了。他平日不仅喜欢这副对联写得墨饱笔圆，端庄浑厚，是馆阁体中的上乘，也喜欢它的对仗工稳。如今他忍不住又看了一遍。那副对联写道：

四海升平　翠幄雍容探六籍
万几清暇　瑶编披览惜三余

看过以后，他不禁感慨地说："如今还有什么'四海升平'，还说什么'万几清暇'！"他摇摇头，又背着手走往文华后殿。正要踏上后殿的白玉台阶，一抬头看见了殿门上边悬的横匾，上写着："学二帝三王①治天下大经大法。"这十二个字分作六行，每行二字，是万历皇帝的母亲孝定太后的御笔。她就是武清侯李国瑞的姑祖母。崇祯感到心中惭愧，低头走进了后殿的东暖阁，默然坐了很久，取消了为向戚畹借助的事召见阁臣。

崇祯怀着十分矛盾和焦急的心情回到乾清宫，又向御案前颓然坐下，无心省阅文书，也不说话，连听见宫女和太监们在帘外的轻微脚步声都感到心烦。他用食指在御案上连写了两个"饷"字，叹了口气。当他在焦灼无计的当儿，王承恩拿着一封文书来到面前，躬身小声奏道：

"启奏皇爷，有人上了一本。"

---

①　二帝三王——二帝指尧、舜，三王指夏禹、商汤和周文王、武王。这是儒家所理想的上古君主。

"什么人上的本？"

"是一个太学生，名叫李琏。"

崇祯厌烦地说："我不看。我没有闲心思看一个太学生的奏本！"

王承恩又小声细气地说："这奏本中写的是一个筹措军饷的建议。"

"什么？筹措军饷的建议？……快读给我听！"

李琏在疏中痛陈他对于江南目前局面的殷忧。他首先说江南多年来没有兵燹之祸，大户兼并土地，经营商业，只知锦衣玉食，竞相奢侈，全不以国家的困难为念。他指出秦、晋、豫、楚等省大乱的根源是大户们只知朘削小民、兼并土地，致使贫富过于悬殊。即使在丰收年景，小民还不免啼饥号寒；一遇荒歉，软弱的只好辗转饿死路旁，强壮的就起来造反。他说，今日江南看起来好像很平稳，实际上到处都潜伏着危机；如不早日限制富豪大户兼并土地，赶快解救小民的困苦，那么秦、晋、豫、楚瓦解崩溃的大祸就会在江南同样出现。他在疏中要求皇上毅然下诏，责令江南大户自动报出产业，认捐兵饷，倘有违抗的，就把他的家产充公，一点也不要姑息。另外，他还建议严禁大户兼并，认真清丈土地，以平均百姓负担。这一封奏疏很长，还提到历史上不少朝代都因承平日久，豪强兼并，酿成天下大乱，以致亡国的例子，字里行间充满着忠君忧国之情。

崇祯听王承恩读完这封奏疏，心中很受感动，又接过来亲自细看一遍。关于清丈土地的建议，他认为缓不济急，而且困难较多，没有多去考虑，独对于叫江南大户输饷一事觉得可行，也是目前的救急良策。当前年冬天满洲兵威胁京师的时候，卢象升曾建议向京师和畿辅的官绅大户劝输军饷，他也心动过，但不像现在更打动他的心。江南各地确实太平了多年，异常富庶，不像京畿一带迭遭清兵破坏，且连年天灾不断。他想，目前国家是这般困难，这般危急，叫江南大户们捐输几个钱，使国家不至于瓦解崩溃，理所应该。但是，冷静一想，他不能不踌躇了。他预料到，这事一定会遭到江、浙籍的朝臣反对，而住在大江以南的缙绅大户将必反对更烈。如今国家岁入大半依靠江、浙，京城的禄米①和民食，以及近畿和蓟、辽的军粮，也几乎全靠江、浙供应，除非已经到无路可走，万不得已，最好不惹动江、浙两省的官绅大户哗然反对，同朝廷离心离德。但是他又舍不得放弃李琏的建议。考虑再三，

---

① 禄米——发给文武百官的俸米。

他提起朱笔批道：

> 这李琎所奏向江、浙大户劝输军饷一事，是否可行，着内阁与户部臣详议奏来。
>
> 钦此！

倘若崇祯在御批中用的是坚决赞同的口气，南方籍的大臣们尽管还会用各种办法进行抵抗，但也不能不有所顾忌。而且，倘若他的态度坚定，那些出身寒素的南方臣僚和北方籍的臣僚绝大部分都会支持他。但他用的是十分活动的口气批交内阁和户部大臣们"详议"，原来可以支持他的人们便不敢出头支持。过了几天，内阁和户部的大臣们复奏说李琎的建议万不可采纳，如果采纳了不但行不通，还要惹得江南各处城乡骚动。他们还威胁他说，如今财赋几乎全靠江南，倘若江南一乱，大局更将不可收拾。这些大臣们怕自己的复奏不够有力，还怕另外有人出来支持李琎，就唆使几个科、道官联名上了一本，对李琎大肆抨击。这封奏疏的全文已经失传了，如今只能看见下面的两段文字：

> 李琎肆业太学，未登仕籍，妄议朝廷大政，以图邀恩沽名。彼因见江南尚为皇上保有一片安静土，心有未甘，即倡为豪右报名输饷之说，欲行手实籍没之法①。此乃衰世乱政，而敢陈于圣人之前。小人之无忌惮，一至于此！

根据乾清宫的御前近侍太监们传说，崇祯看了这几句以后，轻轻地摇摇头，从鼻孔里哼了一声，不自觉地小声骂道："这般臭嘴乌鸦！"显然，他很瞧不起这班言官，不同意他们说李琎的建议一无可取。停了一阵，他接着看下边一段妙文：

> 夫李琎所恶于富人者，徒以其兼并小民耳。不知郡邑之有富家，亦贫民衣食之源也。若因兵荒之故，归罪富家，勒其多输，违抗则籍没之，此秦始皇所不行于巴清②，汉武帝所不行于卜式③者也。此议一倡，亡命无赖之徒相率而与富家为难，大乱从此始矣。乞陛下斩李琎之头以为小

---

① 手实籍没之法——令业主自报田产以凭征税，叫做"手实"。所报不实便将田产充公（籍没）。此法最早出现于唐朝，宋朝也实行过。

② 巴清——即巴寡妇清。秦始皇时为大富媪，巴（今四川东部）人，名清。

③ 卜式——西汉时人，以经营牧羊致富。

人沽名祸国者戒！

看完了这一封措词激烈的奏本，崇祯对他们坚决反对李琎的建议感到失望，但是很欣赏那一句"不知郡邑之有富家，亦贫民衣食之源也"。他点点头，在心里说："是呀，没有富人，穷人怎么活呢？谁给他们田地去种？"他从御案前站起来，在暖阁里走来走去，考虑着如何办。过了一阵，他决定把这个奏本留中，置之不理。对李琎的建议，他陷于深深的苦闷之中：一方面他认为这个建议在目前的确是个救急之策，一方面他害怕会引起江南到处骚动，正像这班言官们所说的"亡命无赖之徒相率而与富家为难"。富家大户自来是国家的顶梁柱，怎么能放纵无业小民群起与大户为难？他决定不再考虑李琎的建议，而重新考虑向皇亲们借助的事。他认为别的办法纵然可行，也是远水不解近渴，惟有皇亲们都住在"辇毂之下"，说声出钱，马上就可办到。但这是一件大事，他仍有踌躇，于是对帘外侍候的太监说：

"叫薛国观、程国祥来！"

当时有七位内阁辅臣，崇祯单召见薛国观和程国祥是因为薛是首辅，程是次辅。另外，他还有一个考虑。薛国观是陕西韩城人，与江南大户没有多的关系，程国祥虽是江南上元人，却较清贫。当朝廷上纷纷反对向江南大户借助军饷时，只有他二人不肯说话，受到他的注意。他希望在向皇亲们借助的事情上他们会表示赞助，替他拿定主意。他今天召见这两位辅臣的地方是在宏德殿，是乾清宫的一座配殿，在乾清宫正殿西边，坐北向南。他之所以不在乾清宫正殿的暖阁里召见他们，是因为他看见每日办公的御案上堆的许多文书就不胜心烦，没有等到他们进宫就跑出乾清宫正殿，来到宏德殿，默默坐在中间设的盘龙御座上，低头纳闷。

过了一阵，薛国观和程国祥慌忙来了。他们不知道皇上突然召见他们有什么重大事情，心中七上八下。在向皇上跪拜时候，薛国观误踩住自己的蟒袍一角，几乎跌了一跤，而程国祥的小腿肚微微打颤，连呼吸也感到有点困难。赐座之后，崇祯叹口气，绕着圈子说：

"朕召见先生们，不为别的，只因为灾异迭见，使朕寝食难安。前天的大风霾为多年少有，上天如此示儆，先生们何以教朕？"

薛国观起立奏道："五行之理，颇为微妙。皇上朝乾夕惕，敬天法祖，人神共鉴。古语云：'尽人事以听天命。'皇上忧勤，臣工尽职，就是尽了人事，

天心不难挽回。望陛下宽怀，珍重圣体。"

崇祯说："朕自登极至今，十三年了，没有一天不是敬慎戒惧，早起晚睡，总想把事情办好，可是局势愈来愈坏，灾异愈来愈多，上天无回心之象，国运有陵夷之忧。以大风霾的灾异说，不仅见于京师一带，半月前也见于大名府与浚县一带。据按臣韩文铨奏称：上月二十一日大名府与浚县等处，起初见东北有黑黄云气一道，忽分往西、南二方，顷刻间弥漫四塞，狂风拔木，白昼如晦，黄色尘埃中有青白气与赤光隐隐，时开时阖。天变如此，怎能叫朕不忧？"

薛国观又安慰说："虽然灾异迭见，然赖皇上威灵，剿贼颇为得手。如今经过玛瑙山一战，献贼逃到兴归山中，所余无几，正所谓'釜底游鱼'，廓清有日。足见天心厌乱，国运即将否极泰来。望陛下宽慰圣心，以待捷音。"

崇祯苦笑一下，说："杨嗣昌指挥有方，连续告捷，朕心何尝不喜。无奈李自成仍然负隅于商洛山中，革、左诸贼跳梁于湖广东部与豫南、皖西一带，而山东、河南、河北到处土寇蜂起，小者占据山寨，大者跨州连郡。似此情形，叫朕如何不忧？加上连年天灾，征徭繁重，百姓死亡流离，人心思乱。目前局面叫朕日夜忧虑，寝食难安，而满朝臣工仍然泄泄沓沓，不能代朕分忧，一言筹饷，众皆哑口，殊负朕平日期望之殷！"

薛国观明白皇上是要在筹饷问题上征询他的意见，他低着头只不做声，等待皇上自己说出口来，免得日后一旦反复，祸事落到自己头上。崇祯见首辅低头不语，使一个眼色屏退了左右太监，小声说：

"目前军事孔急，不能一日缺饷。国库如洗，司农①无计。卿为朕股肱大臣，有何良策？"

薛国观跪下奏道："臣连日与司农计议，尚未想出切实可行办法。微臣身为首辅，值此民穷财尽之时，午夜彷徨，不得筹饷良策，实在罪该万死。"

"先生起来。"

等薛国观叩头起来以后，崇祯不愿再同薛国观绕圈子说话，单刀直入地问："朕欲向京师诸戚畹、勋旧②与缙绅借助，以救目前之急，卿以为如何？"

薛国观事先猜到皇上会出此一策，心中也有些赞同，但他明白此事关系

---

① 司农——户部。
② 戚畹、勋旧——戚畹与戚里同义，即皇亲国戚的代称。勋旧指因先人有大功勋而受封世袭爵位的世家。

重大，说不定会招惹后祸。他胆战心惊地回答：

"戚畹、勋旧，与国同休，非一般仕宦之家可比，容臣仔细想想。辅臣中有在朝年久的，备知戚畹、勋旧情况，亦望皇上垂询。"

崇祯明白他的意思，转向程国祥问："程先生是朝中老臣，在京年久，卿看如何？"

程国祥在崇祯初年曾做言官，颇思有所建树，一时以敢言知名。后来见崇祯猜疑多端，刚愎任性，加上朝臣中互相倾轧，大小臣工获罪的日多，他常怕招惹意外之祸，遇事缄默，不置可否，或者等同僚决定之后，他只随声附和，点头说："好，好。"日久天长，渐成习惯。由于他遇事不作主张，没有权势欲望，超然于明末的门户斗争之外，所以各派朝臣都愿他留在内阁中起缓冲作用，更由于他年纪较大，资望较深，所以他在辅臣中的名次仅排在薛国观的后边。因为"好，好"二字成了他的口头禅，同僚们替他起个绰号叫"好好阁老"。刚才进宫之前，一位内阁中书跪在他的面前行礼，哭着说接家人急报，母亲病故，催他星夜回家。程国祥没有听完，连说"好，好"。随后才听明白这位内阁中书是向他请假，奔丧回籍，又说"好，好"，在手本上批了"照准"二字。此刻经皇帝一问，他心中本能地警告自己说："说不得，可说不得！"不觉出了一身汗，深深地低下头去。崇祯等了片刻，等不到他的回答，又问：

"卿看向戚畹借助还是向京师缙绅大户借助？要是首先向戚畹借助，应该叫谁家做个榜样？"

程国祥跪在地上胆怯地说："好，好。"

崇祯问："什么？你说都好？"

"好，好。"

"先向谁家借助为宜？"

"好，好。"程的声音极低，好像在喉咙里说。

"什么？什么好，好？"

"好，好。"

崇祯勃然大怒，将御案一拍，厉声斥责："尔系股肱大臣，遇事如此糊涂，只说'好，好'，毫无建白，殊负朕倚畀之重！大臣似此尸位素餐，政事安得不坏！朕本当将尔拿问，姑念尔平日尚无大过，止予削职处分，永不录用。……下去！"

薛国观见崇祯盛怒，不敢替同僚求情，也有心将程国祥排出内阁，换一个遇事能对他有帮助的人，所以只不做声。程国祥吓得浑身颤栗，叩头谢恩，踉跄退出。回到家中，故旧门生纷来探问，说些安慰的话。国祥不敢将皇上在宏德殿所说的话泄露一句，提到给他的削职处分，只说"好，好"。当晚奉到皇上给他的削职处分的手谕，他叩头山呼万岁，赶快上了一封谢恩疏，亲自誊写递上。但是谢恩拜发之后，他忽然疑心自己将一个字写错了笔画，日夜害怕崇祯发现这个错字会给他重责，竟致寝食不安，忧惧疑成疾，不久死去。

却说程国祥从宏德殿退出以后，崇祯问薛国观想好了没有。国观看出来崇祯很焦急，左右更无一人，赶快小声奏道：

"借助的办法很好。倘有戚畹、勋旧倡导，做出榜样，在京缙绅自然会跟着出钱。"

崇祯叹口气说："这是一个不得已的办法，但怕行起来会有阻碍。"

薛国观躬身回奏："在外缙绅，由臣与宰辅诸臣倡导；在内戚畹、勋旧，非陛下独断不可。"

"你看，戚畹中谁可以做个倡导？"

"戚畹非外臣可比，臣不如皇上清楚。"

崇祯又问："武清侯李国瑞如何？"

"武清侯在戚畹中较为殷富，由他来倡导最好。"

"还有哪一家同他差不多的？"

薛国观明知道田妃和周后的娘家都较殷富，但是他不敢说出。他因武清侯同当今皇帝是隔了两代的亲戚，且风闻崇祯在信王府时曾为一件什么事对武清侯不满意，一直在心中存有芥蒂，所以他拿定主意除武清侯家以外不说出任何皇亲。

"微臣别的不知，"薛国观说，"单看武清侯家园亭一项，也知其十分殷富。他家本有花园一座，颇擅林泉之胜。近来又在南城外建造一座更大的花园，引三里河的水流进园中，真是水木清华，入其园如置身江南胜地。这座新花园已经动工了好几年，至今仍在大兴土木。有人说他有数十万家资，那恐怕是指早年的财产而言，倘若是他家今日散在畿辅各处的庄子、天津和江南的生意都算进来，一定远远超过此数。"

崇祯恨恨地说："没想到朕节衣缩食，一个钱不敢乱用，而这些皇亲国戚竟不管国家困难，如此挥霍！"停了片刻，他又说："李国瑞是朕表叔。今日倘非国库如洗，万般无奈，朕也不忍心逼着他拿出银子。"

"戚畹中哪一家同皇上不是骨肉至亲？总得有一家倡导才好。"

"卿言甚是，总得有一家倡导才好。朕久闻神祖幼时，孝定太后运出内帑不少。今日不得已叫他家破点财，等到天下太平之后，照数还他。不过此事由朕来做，暂不要张扬出去。"

薛国观退出以后，崇祯的眉头舒展了。他想，如果李国瑞能拿出银子，做个榜样，其他皇亲、勋旧和缙绅就会跟着拿出银子。京城里的榜样做好，外省就好办，几百万银子不难到手，一年的军饷就有了着落。他近来对薛国观有许多不满意地方，倒是赞助他向戚畹借助一事使他满意。

但是当崇祯在回乾清宫正殿时候，抬起头来无意中望见正殿内向南悬挂的大匾，不觉心中一动，刚才的决定登时动摇了。这匾上写的"敬天法祖"四个大字，是在崇祯元年八月间他吩咐当时擅长书法的司礼监掌印太监高时明写的。他望望这个匾，不能不想到祖宗朝都没有强迫戚畹借助的事。有三天时间，他为此事陷入了矛盾之中。但是这三天中，各地请饷请兵的奏疏像雪片飞来，逼得他毫无办法。恰巧到了第三天，他收到李国臣的一本密奏，内中说："臣先父所留之家产不下四十万，臣当得其半。今请全献陛下，助国家充军饷，以尽臣之微忠。"这个李国臣就是李国瑞的庶兄，一向挥霍无度，常常为花钱事同武清侯李国瑞闹家庭纠葛。他同乾清宫的太监有认识的，起初风闻皇帝有向戚畹和缙绅借助的打算，他就动了念头；嗣后听说崇祯已决定在李国瑞的头上开刀，他就赶快上了这个密本，想趁机一则向李国瑞泄愤，二则赚得皇帝高兴。崇祯平日依靠东厂的侦察，对各家皇亲的阴私事知道很多，所以他看了李国臣的密奏之后，轻轻骂道："不是东西！"然而他的犹豫也终止了。他将司礼监掌印太监王德化叫到面前，吩咐他立刻亲自去武清侯府，口传密旨，要李国瑞借助十万银子。王德化一出去，他就坐在御案前，对着旁边几上的九重博山宣炉，凝视着缥缈的轻烟出神，心中问道：

"会顺利么？嗯？"

乾清宫中的太监很多，本来用不着由王德化这个地位最高的太监头儿亲自去武清侯府传旨。崇祯满心希望第一炮顺利打响，所以破例派司礼监掌印太监亲自出马。约摸过了一个时辰，王德化回来了。崇祯急着问：

"怎么样，他愿意借助十万银子么？"

王德化躬身说："奴婢不敢奏闻。请皇爷不要生气。"

"难道李国瑞竟敢抗旨？"

"方才奴婢去到武清侯府，口传圣旨，不料李国瑞对奴婢诉了许多苦，说他只能拿出一万两银子，多的实在拿不出来。奴婢不敢收他的银子，回宫来请旨定夺。"

"什么！他只肯拿出一万两？"崇祯把眼睛一瞪，猛一跺脚，骂道："实在混账！可恶！竟敢如此抗旨！"

王德化本来也想趁机会在李国瑞身上发笔大财，不料他去传旨之后，李国瑞只送给他两千银子，使他大失所望。他当时冷笑说："皇上国法无私，老皇亲的厚礼不敢拜领！"说毕，拂袖而去。如今见皇上动怒，他赶快又说：

"是的，李国瑞如此抗旨，实在太不为皇上和国家着想了。"

"他都说些什么？"

"他向奴婢诉苦说，连年灾荒，各处庄子都没有收成。在畿辅的几处庄子前年给满兵焚掠净尽，临清和济南的生意也给全部抢光。他本来还打算恳求皇上赏赐一点，没想到里头反来要他借助。他还说，皇上要是不体谅他的困难，他只有死了。"

崇祯在乾清宫大殿中走来走去，眼睛冒火，把太监们和宫女们都吓得屏息无声。他痛苦地想道："我用尽了心血苦撑这份江山，不光为我们朱家一家好，也为着大家好。皇亲国戚世受国恩，与国家休戚相关。这个江山已经危如累卵，你做皇亲的还如此袖手旁观，一毛不拔！"一件不愉快的旧事突然浮上心头，更增加他的愤恨。这事已经过去十五年了。那时崇祯还是信王。虽系天启皇帝的同父异母兄弟，却因为魏忠贤和客氏擅权乱政，他住在信王府中也每天提心吊胆。为着给魏忠贤送一份丰厚的寿礼，信王府一时周转不灵，派太监去向武清侯借三万两银子，言明将来如数归还。谁知李国瑞对派去的老太监王宏诉了许多苦，只借给五千两。崇祯自幼就是心胸狭窄的人，这件事在当时狠刺伤了他的自尊心，直到他即位两年后还怀恨难忘，打算借机报复。后来年月渐久，国事如焚，这件事才在他的心头上淡了下去。这次向李国瑞借助军饷，原来丝毫也没有想到报复，不料李国瑞竟敢抗旨，这笔旧账就自然也在心头上翻了出来。

"一遇到我借钱，他总是诉苦！"他站住脚步，回头来对王德化说，"像他这号人，给他面子他不要，非给他个厉害看看他才会做出血筒子！"

"奴婢也看他是一个宁挨杠子不挨针的人。"

"去，告他说，要他赶快拿出二十万两银子，少一两也不答应！"

王德化走后，崇祯恨恨地冷笑一声。他从乾清宫大殿中走出来，走下丹陛，在院中徘徊。对于李国瑞的事，已没有转圜余地，非硬着手腕干下去不行，倘若虎头蛇尾，不但以后别想使皇亲、勋旧和缙绅们拿出一两银子，而且他做皇帝的尊严和威权也将大大受损。可是一想到不得不给武清侯严厉处分，他又在心里产生许多顾虑。正在这时，一阵北风徐徐吹来，同时传过来隐约的钟、磬声。大高玄殿的钟、磬声在大白天是传不到乾清宫的。崇祯感到奇怪，向一个太监问：

"这是什么地方的钟、磬声？"

"启奏皇爷，今天是九莲菩萨的生日，英华殿的奉祀太监和都人们在为九莲菩萨上供。"

崇祯一惊，说："我竟然忘记今天是她老人家的生日！"

九莲菩萨就是孝定太后。太后生前在英华殿吃斋礼佛多年，常坐一个宝座，刻有九朵莲花。宫中传说她死后成神，称她为九莲菩萨或九莲娘娘。除在奉先殿供着她的神主之外，又在英华殿后边建筑一殿，替她塑了一尊泥像，身穿袈裟，彩绘贴金，趺坐九莲宝座，四时祭奠，一如佛事。崇祯幼年曾亲眼看见她在英华殿虔诚礼佛，给他的印象很深。如今回忆着她的生前音容，想象着她会震怒，不能不加重了他对李国瑞问题的顾虑。

按照封建礼法，孝定太后已经死了二十多年，逢到她的生日，不必再由皇帝和皇后去上供，而事实上多年来崇祯已经不在她的生日去上供了。但今天崇祯的心情和平日很不同，他吩咐一个御前太监去坤宁宫传旨，要皇后率领田、袁二妃速去英华殿后殿代他献供。

命李国瑞献出二十万两银子的严旨下了以后，崇祯一方面等待着李国瑞如何向他屈服，一方面命东厂提督太监曹化淳和锦衣卫使吴孟明派人察听京城臣民对这件事有何议论，随时报进宫中。为着"天变可畏"和各地灾情严重，崇祯在两天前就打算斋戒修省，只是想来想去，筹饷事没有一点眉目，他没法丢下不管，去静心过斋居生活。如今为着李国瑞的问题深怕祖宗震怒，很觉烦闷，才只好下定决心修省，希望感动上苍。于是他从昨晚起就开始素食，通身沐浴，今早传免上朝，并吩咐一个御前太监去传谕内阁和文武百官：

他从今天起去省愆居静坐修省三日，除非有紧急军国大事，一概不许奏闻。吩咐毕，他在宫女们的服侍下匆匆地换上青色纯绢素服，先到奉先殿向列祖列宗的神主上香祈祷，又到奉先别殿①向他的母亲孝纯太后的神主祷告，然后乘辇往省愆居去。

省愆居在文华殿后边，用木料架起屋基，离地三尺，四面通透悬空，象征着隔离尘世。在天启朝，省愆居不曾启用过，栏杆和木阶积满灰尘，檐前和窗上挂着蜘蛛网，木板地上散满了蝙蝠粪，屋前甬道旁生满荒草。到了崇祯登极，重新启用，经常收拾得干干净净。今天他走进省愆居向玉皇神主叩毕头，坐下以后，本来要闭目默想，对神明省察自己的过错，却不料心乱如麻，忽而想着这个问题，忽而想着那个问题。

中午，崇祯用的是最简单的素膳。虽然御膳房的太监们掌握着祖宗相传的成套经验，瞒上不瞒下，把一些冬菇、口蘑、嫩笋、猴头、豆腐、面筋、萝卜和白菜之类清素材料用鸡汤、鸭汤、上等酱油、名贵作料，妙手烹调，味道鲜美异常，素中有荤，但是因为崇祯心中烦闷，吃到嘴里竟同嚼着泥土一般。他随便动动筷子，就不再吃，只把一碗冰糖银耳汤喝了一半。太监小心地撤去素膳，用盘子捧上一盅茶。因为是在斋戒期间，用的茶盅也不能有彩绘，而是用的建窑贡品，纯素到底，润白如玉，比北宋定窑更好。崇祯吃了一口茶，呆呆地望着茶盅出神。茶色嫩黄轻绿，浮着似有似无的轻烟。轻烟慢慢散开，从里边现出来李国瑞的可厌的幻影和孝定太后坐在莲花宝座上的遗容。他的心一动，眼睛一眨，幻象登时消失。

他不能不关心军饷问题，特别是关心李国瑞的问题，不可能静心省察自己的过错。越是想着这些事，他越是不能在省愆居枯坐下去，决定将三天的斋戒修省改为一天，而对这一天也巴不得立刻红日西坠，快回乾清宫去处理要务。

由于常常睡眠不足，他禁不住在椅子上矇眬入睡。他做了一些奇奇怪怪的梦，都与军饷有关。后来梦见成千上万的官军围着杨嗣昌的辕门鼓噪索饷。他看见杨嗣昌仓皇走出，百般抚慰，官兵鼓噪更凶，眼看就要酿成大祸，忽然杨嗣昌奔进宫来，到他的面前伏地叩头，恳求火速筹措军饷，而鼓噪声好像已经冲进皇城，逼近紫禁城外。他一惊而醒，出了一身冷汗。他隔着窗子

---

① 奉先别殿——奉先殿的配殿。

望望太阳，不过申末酉初，觉得白日悠悠，这一天竟是特别的长！

一个近侍太监用银盆端来大半盆温水，跪在他的面前，另一个太监将一块素色贡缎盖在他的腿上，然后替崇祯将袖子卷起。像这样事情，平日都是宫女服侍，今日因为斋戒修省，宫女们不能跟随前来，只好全由太监来做。尽管这些近侍太监都是十七八岁的青年，面貌姣好，服饰华美，动作轻盈，崇祯仍不免觉得他们笨手笨脚，伺候得不能如意。他无可奈何，俯下身子洗了脸，轻轻地叹息一声。他究竟是为着太监们伺候得不如意而叹气，还是为着国事不遂心而叹气，没人知道。当盥洗的银盆和盖在腿上的素缎拿走以后，另一个小太监走来，在面前跪下，双手将一个永乐年间果园厂制的嵌着螺钿折枝梅花的黑漆托盘举起来。崇祯从托盘上取下茶杯，漱了口，仍旧放回盘中。回头向另一个大太监问：

"王德化在什么地方？"

"启奏皇爷，王德化刚才来到文华殿前边值房中等候问话，因皇爷修省事大，不敢贸然前来，奴婢也不敢启奏。"

这神秘的小木屋只供皇帝修省，不能谈论国事。崇祯想了会儿，决定破例在修省中离开一时，去文华殿问一问王德化，然后回来继续修省。他向玉皇的神主叩了三个头，便走出木屋了。

崇祯一到了文华后殿，向龙椅上一坐，便吩咐一个小答应将王德化唤到面前，焦急地问：

"昨天第二次传旨之后，李国瑞可有回奏么？"

王德化躬身回答："启奏皇爷，李国瑞尚无回奏。"

"可恶！他家里有何动静？"

"午饭后曹化淳进宫来，因知皇爷正在修省，不敢惊驾，又出宫了。据化淳对奴婢言讲：自前日第一次传旨之后，李国瑞本人虽然待罪府中，不敢出头露面，却暗中同他的亲信门客、心腹家人，不断密议，也不断派人暗中找几家来往素密的皇亲、勋旧，密商办法。"

"商议什么办法？"

"无非是如何请大家向皇爷求情。但是皇亲、勋旧们将如何进宫求情，尚不清楚，横竖不过是替他向皇爷诉苦，大家也顺便替自己诉苦。"

"哼哼，我向谁诉苦呵！都是哪几家皇亲同李家来往最密？"

　　王德化明知道同李家关系最密的是皇后的父亲周奎，但是他决不说出。他并不是害怕素来不问朝政的皇后，更不是害怕周奎将来会对他如何报复，而是害怕皇上本人变卦。倘若在这件大事上他全心全意站在皇帝一边，将来皇上一旦变卦，后悔起来，他就会祸事临头。所以他笼统地回奏说：

　　"李国瑞是九莲娘娘的侄孙，世袭侯爵，在当今戚畹中根基最深，爵位最高，家家皇亲都同李府上来往较密，不止一家两家。"

　　崇祯又问："京师臣民可知道这件事么？"

　　"启奏皇爷，世界上没有不漏风的墙，京师臣民都已经哄传开了。"

　　"臣民们有何议论？"

　　"据曹化淳向奴婢说，东厂和锦衣卫两衙门的打探事件的番子听到满城臣民都在纷纷议论，称颂陛下英明神圣，这件事做得极是。大家都说，这些年国家困难，臣民尽力出粮出饷，替皇上分了不少忧，他们这些深受国恩的皇亲国戚们早该报效了。如今皇上英明果断，叫他们为国出点钱，合情合理，大快人心。"

　　"还有什么议论？"

　　王德化知道皇亲中还有种种议论，但他不敢让崇祯知道，回答说没有别的议论了。崇祯叫他退出，又吩咐一个太监到内阁去将薛国观叫来。内阁在午门内左边，文华殿正南不远，所以薛国观很快就被叫来了。崇祯望着跪在地上的首辅问：

　　"朕昨日已二次严谕李国瑞为国输饷，为臣民做个榜样。看来李国瑞有意恃宠顽抗，大拂朕意。据先生看来，下一步将如何办好？在朝缙绅中有何看法？"

　　在这件案子上，薛国观是站在在朝的缙绅一边。两三天来，他接触到朝中同僚很多，不管是南方的或北方的，尽管平日利害不同，门户之见很深，惟独在这件事情上心中都同情皇帝的苦衷，赞成向戚畹开刀。他们希望皇上从戚畹和勋臣中筹到数百万银子以济军饷，使剿贼军事能够顺利进行，不必再向他们要钱；倘若万一皇亲和勋臣们用力抵抗，使皇上的这著棋归于失败，皇上也不好专向他们借助了。薛国观自然不肯将在朝缙绅的想法向崇祯说出，抬头奏道：

　　"在朝缙绅都知道当前国库如洗，皇上此举实出于万不得已。但事关戚畹，外臣不便说话，所以在朝中避免谈论。以臣看来，这一炮必须打响，下一步棋才好走。望陛下果断行事，不必多问臣工。"

崇祯点点头，又问了两件别的事，便叫薛国观退出去了。现在知道了京师臣民都对他衷心支持，称颂他的英明，使他增加了决心：如果李国瑞胆敢顽抗，就给以严厉处治。他担心几家较有面子的皇亲会出来替李家讲情，破坏他的捐饷大计。他越想越不放心，更没有心情回到木屋中继续独坐修省，便闷闷地踱出文华门，甩甩袍袖，乘辇回乾清宫去。

他刚刚换了衣服，坐在乾清宫大殿东暖阁的御案前边，王德化把李国瑞的一封奏疏同一叠别的文书捧送到他的面前。他原以为二次传旨之后，李国瑞尽管暗中有所活动，但无论如何不能不感到惶恐，上表谢罪。只要李国瑞上表谢罪，肯拿出十万两银子作个倡导，他不惟不再深究，还打算传旨嘉勉。万没想到，李国瑞在密本中不但对他诉苦，还抬出来孝定太后相对抗，要他看在孝定的情分上放宽限期，好使他向各家亲戚挪借三万两银子报效国家。崇祯看毕这封密奏，向王德化问道：

"这是才送来的？"

"是的，皇爷。"

"你看了么？"

"奴婢看过。"

崇祯将脚一跺："哼，三万两，他倒说得出口！"

"是的，亏他说得出口。"

"朕倒要瞧瞧他胳膊能扭过大腿！"

这一件不愉快的事使崇祯连晚膳也吃不下。所好的是今日因为斋戒修省，晚膳只有十来样素菜，进膳的时候免掉了照例奏乐，耳边十分清静，他还能勉强地吃一点。刚刚用过晚膳，近侍太监奏称新乐侯刘文炳和几位皇亲入宫求见，现在东华门内候旨。崇祯想着他们一定是为替李国瑞求情而来，问道：

"还有哪几家皇亲同来？"

"还有驸马都尉巩永固，老皇亲张国纪，老驸马冉兴让。"

崇祯想道，倒是皇后的父亲周奎知趣，没有同他们一起进宫。他本来不打算见他们，但又想张国纪和冉兴让都是年高辈尊的皇亲，很少进宫，不妨听听他们说些什么。于是他沉吟片刻，吩咐说：

"叫他们在文华殿等候！"

第二十二章

　　武清侯的事件给在京戚畹中的震动很大，他们感到恐慌，也愤愤不平。有爵位的功臣之家，即所谓"勋旧"，也害怕起来。他们明白，皇上首先向戚畹借助，下一步就轮到他们。再者，戚畹和勋旧多结为亲戚，一家有难，八方牵连。所以那些在京城的公、侯、伯世爵对戚畹都表示同情，暗中支持，希望武清侯府用各种办法硬抗到底。皇亲们经过紧张的暗中串连，几番密商，推举出四个人进宫来替李家求情。其中班辈最高的是万历皇帝的女婿、驸马都尉冉兴让，已经六十多岁，须发如银。其次比较辈尊年长的是懿安皇后①的父亲、太康伯张国纪。他一向小心谨慎，不问外事，也不敢多交游。这次因为一则有兔死狐悲之感，二则李国瑞家中人苦苦哀求，周奎又竭力怂恿，不得不一反往日习惯，硬着头皮进宫。大家都知道崇祯的脾气暴躁，疑心很重，所以四个人在文华殿等候时候，心中七上八下，情绪紧张。

　　崇祯来到文华后殿，坐在宝座上了。四位皇亲首先在文华门的甬路旁跪着接驾，随即来到文华后殿向皇帝行了一跪三叩头礼。崇祯赐坐，板着脸孔问他们进宫何事。他们进宫前本来推定老驸马冉兴让先说话，他一看皇上的脸色严峻，临时不敢做声了。新乐侯刘文炳是崇祯的舅家表哥，本来是一个敢说话的人，但是他的亡妹是李国瑞的儿媳，因为有这层亲戚关系，也不便首先开口。驸马都尉巩永固是崇祯的妹夫，在这几个人中年纪最小，只有二十五岁，秉性比较爽直，平日很受崇祯宠爱。看见大家互相观望，都不敢开口，他忍不住起立奏道：

　　"臣等进宫来不为别事，恳陛下看在孝定太后的情分上，对李国瑞……"

　　崇祯截断他的话说："李国瑞的事，朕自有主张，卿等不用多言。"

　　巩永固又说："皇上圣明，此事既出自乾断，臣等自然不应多言。但想着

----

① 懿安皇后——天启的皇后张氏，崇祯的嫂子。

孝定太后……"

崇祯用鼻孔轻轻冷笑一声，说："朕就知道你要提孝定太后！这江山不惟是朕的江山，也是孝定太后的江山，祖宗的江山。朝廷的困难，朕的苦衷，纵然卿等不知，祖宗也会尽知。若非万不得已，朕何忍向戚畹借助？"

刘文炳壮着胆子说："陛下为国苦心，臣等知之甚悉。但今日朝廷困难，决非向几家戚畹借助可以解救。何况国家今日尚未到山穷水尽地步，皇上对李国瑞责之过甚，将使孝定太后在天之灵……"

崇祯摇头说："卿等实不知道。这话不要对外人说，差不多已经是山穷水尽了。"他望着四位皇亲，眼睛忽然潮湿，叹口长气，接着说："朕以孝治天下，卿等难道不知？孝定太后是朕的曾祖母，如非帑藏如洗，军饷无着，朕何忍出此一手？自古忠臣毁家纾难，史不绝书。李国瑞身为国戚，更应该拿出银子为臣民倡导才是，比古人为国毁家纾难还差得远哩！"

年长辈尊的驸马都尉冉兴让赶快站起来说："国家困难，臣等也很清楚。但今日戚畹，大非往年可比。遍地荒乱，庄田收入有限。既为皇亲国戚，用度又不能骤减。武清侯家虽然往年比较殷实，近几年实际上也剩个空架子了。"

崇祯冷冷地微笑一下，说："你们都是皇亲，自然都只会替皇亲方面着想。倘若天下太平，国家富有，每年多给皇亲们一些赏赐，大家就不会叫苦了。"

皇亲们都不敢再说话，低着头归还座位。崇祯向大家看看，问道：

"你们还有什么话说？"

大家都站立起来，互相望望，都不敢做声。巩永固知道张国纪是决不敢说话的，他用肘碰了一下老驸马冉兴让，见没有动静，只好自己向前两步，跪下奏道：

"臣不敢为李国瑞求情，只是想着李国瑞眼下拿二十万两银子实有困难。陛下可否格外降恩，叫他少出一点，以示体恤，也好使这件事早日了结？"

关于这个问题，崇祯也曾反复想过。他也明白如今要的这个数目太大，李国瑞实在不容易拿出来，但他不愿意马上让步，要叫李国瑞知道他的厉害以后再讨价还价。他冷笑说：

"一钱银子也不能少。当神祖幼时，内库金银不知运了多少到他们李家。今日国家困难，朕只要他把内库金银交还。"他转向冉兴让，问："卿年高，

紫禁城内外

309

当时的事情卿可记得?"

冉兴让躬身回答说:"万历十年张居正死,神祖爷即自掌朝政,距今将近六十年。从前确有谣传,说孝定太后常将内库金银赏赐李家。不过以臣愚见,即令果有其事,必在万历十年之前,事隔六十年,未必会藏至今天。"

"六十年本上生息,那就更多了。"崇祯笑一笑,接着说:"卿等受李家之托,前来讲情,朕虽不允,你们也算尽到了心。朕今日精神疲倦,有许多苦衷不能详细告诉卿等知悉。你们走吧。"

大家默默地叩了头,鱼贯退出。但他们刚刚走出文华门,有一个太监追出传旨,叫驸马巩永固回文华后殿。其余的皇亲们都暂时不敢走,等候召见。大家起初在刹那间都觉诧异,还有点吃惊。随即冉兴让和张国纪二人同时转念一想,认为一定是皇上改变了主意,李国瑞的事情有了转机,不觉心中暗喜,互相交换眼色。

崇祯已经离开御座,在文华后殿的中间走来走去,愁眉不展,一脸焦躁神气。看见巩永固进来,他走到正中间,背靠御案,面南而立,脸色严峻得令人害怕。巩永固叩了头,怀着一半希望和一半忐忑不安的心情跪在地上,等候问话。过了片刻,崇祯向他的妹夫问:

"皇亲们对这件事都有什么怨言?"

巩永固猛然一惊,叩头说:"皇亲们对陛下并没有一句怨言。"

"哼,不会没有怨言!"停一停,崇祯又说:"万历皇爷在世时,各家老皇亲常蒙赏赐。到了崇祯初年,虽然日子大不如前,朕每年也赏赐不少。如今反而向皇亲们借助军饷,岂能没有怨言?"

巩永固确实听到了很多怨言,最大的怨言是皇亲们都说宗室亲王很多,像封在太原的晋王、西安的秦王、卫辉的潞王、开封的周王、洛阳的福王、成都的蜀王、武昌的楚王等等,每一家都可以拿出几百万银子,至少拿出几十万不难,为什么不让他们帮助军饷?有三四家拿出银子,一年的军饷就够了。皇上到底偏心朱家的人,放着众多极富的亲王不问,却在几家皇亲的头上打算盘!就连巩永固自己,也有这样的想法。然而他非常了解皇上的秉性脾气,纵然他是崇祯的至亲,又深蒙恩宠,也不敢将皇亲们的背后议论说出一个字来。他只是伏地不起,默不做声。

崇祯见他的妹夫不说话,命他出去。随即,他心情沉重地走出文华殿,乘辇回乾清宫去。

已经是鼓打三更了，他还靠在御榻上想着筹饷的事。他想，今晚叫几位较有面子的皇亲碰了钉子，李国瑞一定不敢继续顽抗；只要明日他上表谢罪，情愿拿出十万、八万银子，他还可以特降皇恩，不加责罚。他又暗想，皇后的千秋节快要到了，向皇亲们借助的事最好在皇后的生日之前办完，免得为这件事闹得宫中和戚畹都不能愉快一天。

　　武清侯李国瑞因见替他向皇帝求情的皇亲们碰了钉子，明白他已经惹动皇上生气，纵然想拿出三五万银子也不会使事情了结。在几天之内，他单向皇上左右的几位大太监如王德化、曹化淳之流已经花去了三万银子，其他二三流的太监也趁机会来向他勒索银子。李国瑞眼看银子像流水似的花去了将近五万两，还没有一两银子到皇上手里，想来想去，又同亲信的清客们反复密商，决定只上表乞恩诉苦，答应出四万银子，多一两银子也不出了。他倚仗的是他是孝定太后的侄孙，当今皇上的表叔，又没犯别的罪，皇上平白无故要他拿出很多银子本来就不合道理，他拿不出来多的银子不犯国法。有的皇亲暗中怂恿李家一面继续软拖硬顶，一面想办法请皇后和东宫田娘娘在皇上面前说句好话。大家认为，只要皇后或十分受宠的东宫娘娘说句话，事情就会有转机了。

　　一连几天，崇祯天天派太监去催逼李国瑞拿出二十万两银子，而李国瑞只有上本诉穷。崇祯更怒，不考虑后果如何，索性限李国瑞在十天内拿出来四十万两银子，不得拖延。李国瑞见皇帝如此震怒和不讲道理，自然害怕，赶快派人暗中问计于各家皇亲。大家都明白崇祯已经手忙脚乱，无计可施，所以才下此无理严旨。他们认为离皇后千秋节只有十来天了，只要李国瑞抱着破罐子破摔，硬顶到千秋节，经皇后说句话，必会得到恩免。还有人替李国瑞出个主意：大张旗鼓地变卖家产。于是武清侯府的奴仆们把各种粗细家具、衣服、首饰、字画、古玩，凡是能卖的都拿出来摆在街上，标价出售，满满地摆了一条大街。隔了两天，开始拆房子，拆牌楼，把砖、瓦、木、石、兽脊等等堆了两条长街。在什物堆上贴着红纸招贴，上写着："本宅因钦限借助，需款火急；各物贱卖，欲购从速！"这是历朝从来没有过的一件大大奇闻，整个北京城都哄动起来。每天京城士民前往武清侯府一带观看热闹的人络绎不绝，好像赶会一般，但东西却无人敢买，害怕惹火烧身。士民中议论纷纷，有的责备武清侯这样做是故意向皇上的脸上抹灰，用要死狗的办法顽

抗到底；有的说皇上做得太过分了，二十万现银已经拿不出来，又逼他拿出四十万两，逼得李武清不得已狗急跳墙；另外，一天清早，在大明门、棋盘街和东西长安街出现了无名揭帖，称颂当今皇上是英明圣君，做这件事深合民心。

这些情形，都由东厂提督太监曹化淳报进皇宫。崇祯非常愤怒，下旨将李国瑞削去封爵，下到镇抚司狱，追逼四十万银子的巨款。起初他对于棋盘街等处出现的无名揭帖感到满意，增加了他同戚畹斗争的决心。但过了一天，当他知道舆论对他的做法也有微词时，他立刻传旨东厂和锦衣卫，严禁京城士民"妄议朝政"、暗写无名揭帖，违者严惩。

崇祯原来希望在皇后千秋节之前顺利完成了向戚畹借助的事，不料头一炮就没打响，在李国瑞的事情上弄成僵局。尽管他要对皇亲们硬干到底，但是他的心中未尝不有些失悔。在李国瑞下狱的第二天，他几乎感到对李国瑞没有办法，于是他将首辅薛国观召进乾清宫，忧虑地问道：

"李国瑞一味顽抗，致使向戚畹借助之事不得顺利进行。不意筹饷如此困难，先生有何主意？"

薛国观心中很不同意崇祯的任性做法，但他不敢说出。他十分清楚，戚畹、勋旧如今都暗中拧成了一股绳儿，拼命抵制皇上借助。他害怕事情一旦变化，他将有不测大祸，所以跪在地上回答了一句模棱两可的话：

"李国瑞如此顽抗，殊为不该。但他是孝定太后的侄孙，非一般外臣可比。究应如何处分，微臣不敢妄言。"

听了这句回答，崇祯的心中十分恼火，但忍耐着没有流露。他决定试一试薛国观对他是否忠诚，于是忽然含着微笑问：

"先生昨晚在家中如何消遣？"

薛国观猛然一惊，心中扑通扑通乱跳。他害怕如果照实说出，皇上可能责备说："哼，你是密勿大臣，百官领袖，灾荒如此严重，国事如此艰难，应该日夜忧勤，不遑宁处，才是道理，怎么会有闲情逸致，同姬妾饮酒，又同清客下棋，直至深夜？"他素知东厂的侦事人经常侦察臣民私事，报进宫去。看来他昨晚的事情已经被皇上知道了，如不照实说出，会落个欺君之罪。在片刻之间，他把两方面的利害权衡一下，顿首说：

"微臣奉职无状，不能朝夕惕厉，加倍奋发，以纾皇上宵旰之忧，竟于昨晚偶同家人小酌，又与门客下棋。除此二事，并无其他消遣。"

"先生可是两次都赢在'卧槽马'上？"

"不过是两次侥幸。"

崇祯不再对首辅生气了。他满意薛国观的回答同他从东厂提督太监曹化淳口中所得的报告完全相符，笑着点点头说：

"卿不欺朕，不愧是朕的股肱之臣。"

薛国观捏了一把汗从乾清宫退出以后，崇祯陷入深深的苦恼里边。两天来，他觉察出他的亲信太监王德化和曹化淳对此事都不像前几天热心了，难道是受了皇亲们的贿赂不成？他没有抓到凭据，可是他十分怀疑，在心中骂道：

"混蛋，竟没有一个可信的人！"

恰在这时，曹化淳来了。他每天进宫一趟，向皇上报告京城内外臣民的动态，甚至连臣民的家庭阴事也是他向宫中奏报的材料。近来他已经用了李国瑞很多银子，又受了一些公、侯勋臣的嘱托，要他在皇上面前替李国瑞多说好话。今天他在崇祯面前直言不讳地禀奏说：满京城的戚畹、勋旧和缙绅们为着李国瑞的事人人自危，家家惊慌。曹化淳还流露出一点意思，好像李国瑞并不像外边所传的那样富裕。

听了曹化淳的禀奏，崇祯更加疑心，故意望着曹化淳的眼睛，笑而不语。曹化淳回避开他的目光，低下头去，心中七上八下，背上浸出冷汗。他虽然提督东厂，权力很大，京中臣民都有点怕他，但他毕竟是皇帝的家奴，皇帝随时说一句话就可以将他治罪，所以他极怕崇祯对他起了疑心。过了一阵，崇祯忽然问道：

"曹伴伴①，日来生意可好哇？"

曹化淳大惊失色，俯伏在地，连连叩头，说："奴婢清谨守法，皇爷素知，从不敢稍有苟且。实不知皇爷说的是什么事情。"

崇祯继续冷笑着，过了好长一阵，徐徐地说："你要小心！有人上有密本，奏你假借东厂权势，受贿不少，京师人言藉藉。"

"奴婢冤枉！奴婢冤枉！皇爷明鉴，奴婢实在冤枉！"曹化淳连声说，把头碰得咚咚响。

看见曹化淳十分害怕，崇祯满意了，想道："这班奴婢到底是自家人，不

---

① 伴伴——明代宫中习惯，皇帝对年纪较长、地位较高的太监称呼伴伴，表示亲密。

敢太做坏事。”为着使曹化淳继续替他忠心办事，他用比较温和的口气说：

“朕固然不疑心你，不过你以后得格外小心。万一有人抓住你的把柄，朕就护不得你了。”

“奴婢死也不敢做一点苟且之事。”

“既然你不敢背着朕做坏事，那就好了。”

“万万不敢！”

“李国瑞下狱后情形如何？”

李国瑞正在患病，曹化淳本来打算向皇帝报告，但此刻怕皇上疑心他替李国瑞说话，不敢照实说出。他跪着奏道：

“他很害怕，总在叹气、流泪。别的情形没有。”

“你同吴孟明好生替朕严追，莫要姑息！”

“是，一定严追！”

李国瑞虽然下狱，但是李府的亲信家人和几家关系最密的皇亲们却按照商量好的主意，暗中加紧活动。他们已经知道，如若不是有薛国观的赞同，皇上未必就决定向戚畹借助。他们还风闻两个月前，有一天崇祯在文华殿召见薛国观，议论国事。当崇祯谈到朝廷上贪贿成风时，薛国观回答说：“倘使厂、卫得人，朝士安敢如此！”当时王德化侍立一旁，他原是东厂提督太监转为司礼监掌印太监，吓了一身冷汗。从那天以后，王德化和曹化淳都有意除掉薛国观。皇亲们现在决定：一方面利用王德化和曹化淳赶快除掉薛国观，使朝廷上没有一个大臣敢支持皇上向戚畹借助；另一方面，他们正在利用嘉定伯府和锦衣都督田府对皇后和田贵妃暗中求情。由于皇后的性情比较庄严，对她不能随便通过太监传话，所以皇亲们首先打通了承乾宫的门路。

近来，田宏遇曾经几次派总管暗中送礼给承乾宫的掌事太监，托他转恳贵妃在皇上面前替李国瑞说话。李国瑞家也给这个掌事太监送了不少银子。田妃深知崇祯最厌恶后妃们过问外事，但无奈她父亲几次托太监向她恳求，使她不好完全拒绝，心中十分为难。昨晚田皇亲府派人进献四样东西：一卷澄心堂纸，一册北宋精拓《兰亭序》，一方宋徽宗的二龙戏珠端石砚，一串珍珠念珠。这四样东西使田妃十分满意。田妃心想这澄心堂纸是南唐李后主所造的名贵纸张，在北宋已很难得，欧阳修和梅圣俞都曾写诗题咏，经过七百年，越发成了珍品，宫中收藏的已经找不到，不料田皇亲府有办法找来一卷送给她画画。北宋拓《兰亭序》虽然在宫中不算稀罕，但是她近两年来正在临摹此帖，喜欢收集不同的名贵拓本，这一件东西也恰恰投合了她的爱好。那一方端石砚通体紫红，却在上端正中间生了一个"鸲鹆眼"，色呈淡黄，微含绿意。砚上刻了两条龙，一双龙头共向"鸲鹆眼"，宛如戏珠。砚背刻宋徽宗手写铭文，落款是"大宋宣和二年御题"。那一串念珠是一百单八颗珍珠用金线穿成，下边一颗大如小枣，宝光闪灼，十分难得，而最罕见的是四颗黑珍珠，色如浓漆，晶莹照人。田妃近来不知怎地常有"人生如梦"和"祸福无常"的想法，对佛法顿生兴趣，有时背着皇帝焚香趺坐，默诵《妙法莲花经》。如今忽然得到这串念珠，真是喜出意外。她一点没有料到这四样东西都是武清侯府的旧藏，用她父亲田宏遇的名义献进承乾宫来。每一样东西都用锦匣装着，匣上贴着红色洒金笺，上边一行写道："承乾宫贵妃娘娘赏玩"。下边一行写道："臣田宏遇叩首恭进"。田妃把这四样东西欣赏、把玩很久，爱不释手，一股思念父母的感情涌上心头。母亲已经于前年死了，而父亲已十二年没见面了。明朝宫廷的家法极严，没有后妃省亲的制度。田妃只知道自从她成为皇上的宠妃以后，她的父母搬到东城住，宅第十分宏敞，大门前有一对很大的铁狮子，京城士民都将那地方叫做铁狮子胡同，但是她自己除看见过母亲一次之外，从来没机缘再见一家骨肉。甚至每次家中派人送东西进宫也只能到东华门内，不能到承乾宫同她见面。如今对着父亲送来的四样东西，在一阵高兴过后，跟着是心中酸楚，连眼圈儿也红了。

这时，宫女和别的太监都不在田妃身边。承乾宫掌事太监吴祥进来，向她躬身低声奏道：

"启禀娘娘，刚才老皇亲派来陈总管对奴婢说：李国瑞在狱中身染重病，命在旦夕，恳求娘娘早一点设法垂救。"

田妃没有做声，想了一阵，仍然感到为难，挥手使吴祥退出。替李国瑞说话还是不说？思前想后，她拿不定主意。她临着《兰亭序》写了二十多个字，实在无情无绪，便放下宫制斑管狼毫笔，走到廊下，亲自教鹦鹉学语。忽然宫门外一声传呼：

"万岁驾到！"

随着这一声传呼，在承乾宫前院中所有的宫女和太监都慌忙跑去，跪在甬路两边接驾，肃静无声。田妃来不及更换冠服，赶快走到承乾门内接驾。崇祯在田妃的陪侍下一边看花一边往里走去，忽然听见画廊下又发出一声喧

呼："万岁驾到！"他抬头一看，原来是一只红嘴绿鹦鹉在鎏金亮架上学话，不觉笑了，回头对田妃说：

"卿的宫中，处处有趣，连花鸟也解人意，所以朕于万几之暇，总想来此走走。"

田妃含笑回答："皇上恩宠如此，不惟臣妾铭骨不忘，连花鸟亦知感激。"

她的话刚说完，鹦鹉又叫道："谢恩！"崇祯哈哈地大笑起来，一腔愁闷都散了。

崇祯爱田妃，也爱承乾宫。

承乾宫的布置很别致。田妃嫌宫殿过于高大，不适合居住，便独出心裁，把廊房改成小的房间，安装着曲折的朱红栏杆，雕花隔扇，里面陈设着从扬州采办的精巧家具和新颖什物，墙上挂着西洋八音自鸣钟。嫌宫灯不亮，她把周围护灯的金丝去掉了三分之一，遮以轻绡，加倍明亮。她是个十分聪明的人，用各种心思获得崇祯的喜欢，使他每次来到承乾宫都感到新鲜适意。她非常清楚，一旦失宠，她和她的家族的一切幸福都跟着完了。当时因为到处兵荒马乱，交通阻塞，南方的水果很难运到北京，可是今天在田妃的桌子上，一个大玛瑙盘中摆着橘子和柑子。屋角，一张用螺钿、翡翠和桃花红玛瑙镶嵌成采莲图的黑漆红木茶几上放着一个金猊香炉，一缕轻烟自狮子口中吐出，袅袅上升，满屋异香，令崇祯忽然间心清神爽。

崇祯每次于百忙中来到田妃宫中，都会感到特别满意。田妃也常常揣摸他的心理，变换着宫中的布置。今天，崇祯在靠窗的一张桌子上看见了一个出自苏州名手的盆景，虽然宜兴紫砂盆长不盈尺，里面却奇峰突兀，怪石嶙峋，磴道盘曲，古木寒泉，梵寺半隐，下临一泓清水，白石粼粼。桌上另外放着一块南唐龙尾砚，上有宋朝欧阳修的题字。砚旁放着半截光素大锭墨，上有"大明正德年制"六个金字，"制"字已经磨去了大半。砚旁放着一个北宋汝窑秘色笔洗，一个永乐年制的剔红嵌玉笔筒，嵌的图画是东坡月夜游赤壁。桌上还放着一小幅宣德五年造的素馨贡笺，画着一枝墨梅，尚未画成。崇祯向桌子上望了望，特别对那个紫檀木座上的盆景感到兴趣。他端详片刻，笑着说：

"倘若水中有几条游鱼，越发有趣。"

田妃回答说："水里是有几条小鱼，皇上没有瞧见。"

"真的？"

田妃嫣然一笑，亲自动手将盆景轻扣一下。果然有几条只有四五分长的小鱼躲在悬崖下边，被一些绿色的鱼草遮蔽，如今受到惊动，立即活泼地游了出来。崇祯弯着身子一看，连声说好。看了一阵，他离开桌子，背着手看墙上挂的字画。田妃宫中的字画也是经常更换。今天在这间屋子里只挂了两幅画，都是本朝的名家精品：一幅是王冕的《归牧图》，一幅是唐寅的《相村水乡图》。后者是一个阔才半尺、长约六尺余的条幅，水墨浓淡，点缀生动；杨柳若干株，摇曳江干；小桥村市，出没烟云水气之中。画上有唐伯虎自题五言古诗一首。相村是大书画家兼诗人沈石田住的地方。石田死后，唐寅前去吊他，在舟中见山水依然，良友永逝，百感交集，挥笔成画，情与景融，笔墨之痕俱化。崇祯对这幅画欣赏一阵，有些感触，便在椅子上坐下去，叫宫女拿来曲柄琵琶，弹了他自制的五首《访道曲》，又命田妃也弹了一遍。

趁皇上心情高兴，田妃悄悄告诉宫女，把三个孩子都带了进来。登时，崇祯的面前热闹起来。崇祯这时候共有五个男孩子，两个女儿。这五个儿子，太子和皇三子是周后所生，皇二子和皇四子、皇五子都是田妃所生。皇二子今年九岁，皇四子七岁。他们都已经懂得礼节，被宫廷教育弄得很呆板。在奶子、宫女和太监们簇拥中进来以后，他们胆怯地跪下给父亲叩头，然后站在父亲的膝前默不做声。皇五子还不满五周岁，十分活泼，也不懂什么君臣父子之礼。崇祯平日很喜欢他，见了他总要亲自抱一抱，放在膝上玩一阵，所以惟有他不怕皇上。如今他被奶子抱在怀里，跟在哥哥们的后边，一看见父亲就快活地、咬字不清地叫着："父皇！父皇……万岁!"奶子把他放在红毡上，要他拜，他就拜，因为腿软，在红毡上跌了一跤。但他并不懂跪拜是礼节，只当做玩要，所以在跌跤时还格格地笑着。崇祯哈哈大笑，把他抱在膝上，亲了一下他的红喷喷的胖脸颊。

崇祯对着美丽多才的妃子和爱子，暂时将筹不到军饷的愁闷撇在一边。他本有心今天向田妃示意，叫她的父亲借助几万银子，打破目前向戚畹借助的僵局。现在决定暂不提了，免得破坏了这一刻愉快相处。"叫田宏遇出钱的事，"他心里说，"放在第二步吧。"然而田贵妃却决定趁着皇上快活，寻找机会大胆地替李国瑞说一句话。她叫宫女们将三个皇子带出去，请求奉陪皇上下棋消遣，想让崇祯在连赢两棋之后，心中越发高兴，她更好替李国瑞说话。不料崇祯刚赢一棋，把棋盘一推，叹口气，说要回乾清宫去。田妃赶快站起来，低声问道：

"陛下方才那么圣心愉快，何以忽又烦恼起来？"

崇祯叹息说："古人以棋局比时事，朕近日深有所感！"

田妃笑道："如拿棋局比时事，以臣妾看来，目前献贼新败，闯贼被围，陛下的棋越走路越宽，何用烦恼？"

崇祯又啧啧地叹了两声，说："近来帑藏空虚，筹饷不易，所以朕日夜忧愁，纵然同爱卿在一起下棋也觉索然寡味。"

"听说不是叫戚畹借助么？"

"一言难尽！首先就遇着李国瑞抗旨不出，别的皇亲谁肯出钱？"

"李家世受国恩，应该做个榜样才是。皇上若是把他召进宫来，当面晓谕，他怎好一毛不拔？"

"他顽固抗旨，朕已经将他下到狱里。"

田妃鼓足勇气说："请陛下恕臣妾无知妄言。下狱怕不是办法。李国瑞年纪大概也很大了，万一死在狱中，一则于皇上的面子不好看，二则也对不起孝定太后。"

崇祯不再说话，也没做任何表示。虽然他觉得田妃的话有几分道理，但是他一向不许后妃们过问国事，连打听也不许，所以很失悔同田妃提起此事。他站起来准备回乾清宫，但在感情上又留恋田妃这里，于是背着手在承乾宫中徘徊，欣赏田妃的宫中陈设雅趣。他随手从田妃的梳妆台上拿起来一面小镜子。这镜子造得极精，照影清晰。他看看正面，又看看反面，于无意中在背面的单凤翔舞的精致图案中间看见了一首七绝铭文：

> 秋水清明月一轮，
> 好将香阁伴闲身。
> 青鸾不用羞孤影，
> 开匣当如见故人。

崇祯细玩诗意，觉得似乎不十分吉利，回头问道："这是从哪里来的镜子？"

田妃见他不高兴，心中害怕，躬身奏道："这是宫中旧物，奴婢们近日从库中找出来的。妾因它做得精致，又是古镜，遂命磨了磨，放在这里赏玩。看这小镜子背面的花纹图样，铭文格调，妾以为必是晚唐之物。"

"这铭文不大好，以后不要用吧。"

田妃恍然醒悟，这首诗对女子确有点不吉利，赶快接过古镜，躬身奏道：

"臣妾一向没有细品诗意，实在粗心。皇上睿智天纵，烛照万物。这小镜子上的铭文一经圣目，便见其非。臣妾谨遵谕旨，决不再用它了。"

崇祯临走时怕她为此事心中不快，笑着说："卿可放心，朕永远不会使卿自叹'闲身''孤影'。卿将与朕白发偕老，永为朕之爱妃。"

田妃赶快跪下叩头，说："蒙皇上天恩眷爱，妾愿世世生生永侍陛下。"

崇祯把田妃搀了起来，又说："卿不惟天生丽质，多才多艺，更难得的是深明事体。朕于国事焦劳中每次与卿相对，便得到一些慰藉。"

田妃把崇祯送走以后，心中有一阵忐忑不安，深怕自己关于李国瑞的话说得过于明显，会引起皇上疑心。但是她又想着皇上多年来对她十分宠爱，大概会听从她的意见，而不会对她有什么疑心。她又想，后天就是中宫的千秋节，阖宫腾欢，连皇上也要跟着快活一天，只要皇上趁着高兴把李国瑞从狱中释放，一天乌云就会散去。

午膳以后，崇祯略睡片刻，便坐在御案前处理军国大事。虽然筹饷的事情受到阻碍，但是首辅薛国观对他的忠心，连家中私事也不对他欺瞒，使他在愁闷中感到一些安慰。他默坐片刻，正要批阅文书，王德化和曹化淳进来了。他望着他们问：

"你们一起来有什么事？"

曹化淳叩了头，站起来躬身说："奴婢有重要事密奏，乞皇爷不要生气。"

崇祯感到诧异，赶紧问："密奏何事？"

王德化向左右使个眼色，那侍立在附近的太监和宫女们都立刻静悄悄地退了出去。

"到底有什么大事？"崇祯望着曹化淳问，以为是什么火急军情，心中不免紧张。

曹化淳跪下说："启奏皇爷，奴婢侦察确实，首辅薛国观深负圣眷，贪赃不法，证据确凿。"

"啊？薛国观……他也贪赃么？"

"是的，皇爷。奴婢现有确实人证，薛国观单只吞没史蓥的银子就有五万。"

"哪个史蓥？"

"有一个巡按淮扬①的官儿名叫史蓥，在任上曾经干没了赃罚银和盐课银三十余万，后来升为太常寺少卿，住在家乡，又做了许多坏事，被简讨②杨士聪和给事中张焜芳相继奏劾……"

"这个史蓥不是已经死在狱中了么？"

"皇上圣明，将史蓥革职下狱。案子未结，史蓥瘐死狱中。史蓥曾携来银子十余万两，除遍行贿赂用去数万两外，尚有五万两寄存在薛国观家，尽入首辅的腰包。"

"有证据么？"

"奴婢曾找到史蓥家人，询问确实，现有史蓥家人刘新可证。刘新已写了一张状子，首告薛国观干没其主人银子一事。"曹化淳从怀中取出状子，呈给崇祯，说："刘新因是首告首辅，怕通政司不收他的状子，反将受害，所以将状子递到东厂，求奴婢送达御览。"

崇祯将状子看过以后，忽然脸色铁青，将状子向御案上用力一摔，将脚一跺，咬牙切齿地说：

"朕日夜焦劳，志在中兴。不料用小臣小臣贪污，用大臣大臣贪污。满朝上下，贪污成风，纲纪废弛，竟至如此！王德化……"

王德化赶快跪下。

崇祯吩咐："快去替朕拟旨，着将薛国观削职听勘！"

"是，奴婢立刻拟旨。"

王德化立刻到值房中将严旨拟好，但崇祯看了看，却改变了主意。在刚才片时之间，他恨不得杀掉薛国观，借他的一颗头振刷朝纲，但猛然转念，此事不可太急。他想，第一，薛国观究竟干没史蓥银子多少，尚需查实，不能仅听刘新一面之词；第二，即令刘新所告属实，但史蓥原是有罪入狱，在他死后干没了他的寄存银子与贪赃性质不同；第三，目前为李国瑞事正闹得无法下台，再将首辅下狱，必然使举朝惊慌不安，倒不如留下薛国观，在强迫戚畹借助一事上或可得他与廷臣们的助力。他对王德化说：

"重新拟旨，叫薛国观就这件事好生回话！"

王德化和曹化淳退出以后，崇祯又开始省阅文书。他看见有李国瑞的一

---

① 淮扬——明朝的扬州府和淮安府合称淮扬。

② 简讨——翰林院官名。本作"检讨"，明末因避崇祯帝讳，改写为"简讨"，入清朝仍写作"检讨"。

本，以为他一定是请罪认捐。赶快一看，大失所望。李国瑞仍然诉穷，说他在狱中身染重病，恳求恩准他出狱调治。崇祯想起来上午田贵妃对他所说的话，好生奇怪。默想一阵，不禁大怒，在心中说：

"啊，原来田妃同外边通气，竟敢替李国瑞说话！"

他将李国瑞的奏本抓起来撕得粉碎，沉重地哼了一声，又将一只成窑茶杯用力摔到地上。那侍立附近的宫女和太监都吓得脸色灰白，不敢抬头望他。在他盛怒之下，他想到立刻将田妃"赐死"，但稍过片刻，他想到这样做会引起全国臣民的震惊和议论，又想起来田妃平日的许多可爱之处，又想起来她所生的三个皇子，特别是那个天真烂漫的五皇子，于是取消处死田妃的想法。沉默片刻，他先命一个太监出去向东厂和锦衣卫传旨，将李国瑞的全部家产查封，等候定罪之后，抄没入官。关于如何处分田妃，他还在踌躇。他又想到后天就是皇后的生日。他原想着今年皇后的生日虽然又得像去年一样免命妇朝贺，但是总得叫阖宫上下快快活活地过一天，全体妃、嫔①、选侍和淑女都去坤宁宫朝贺。在诸妃中田妃的地位最高，正该像往年一样，后天由她率领众妃、嫔向中宫朝贺，没想到她竟会做出这事！怎么办呢？想了一阵，他决定将她打入冷宫，以后是否将她废黜，看她省愆的情况如何。于是他吩咐一个御前太监立刻去承乾宫如何传旨，并严禁将此事传出宫去。这个太监一走，他心中深感痛苦，自言自语说：

"唉，真没想到，连我的爱妃也替旁人说话。我同李国瑞斗，斗到我家里来啦！"他摇摇头，伤心地落下泪来。

田妃刚才打发亲信太监出宫去将她已经在皇上面前替李国瑞说话的事情告诉她的父亲知道，忽然一个宫女慌忙启奏说御前太监陈公公前来传旨，请娘娘快去接旨。随即听见陈太监在院中高声叫道："田娘娘听旨！"她还以为是关于后天庆贺中宫千秋节的事，赶快整好凤冠跑出，跪在阶下恭听宣旨。陈太监像朗诵一般地说：

"皇上有旨：田妃怙宠，不自约束，胆敢与宫外互通声气。姑念其平日尚无大过，不予严处，着即贬居启祥宫，痛自省愆。不奉圣旨，不准擅出启祥宫门！除五皇子年纪尚幼，皇上恩准带往启祥宫外，其余皇子均留在承乾宫，不得擅往启祥宫去。钦此！……谢恩！"

---

① 嫔——明代皇帝的妻妾的名号是：皇后、皇贵妃、贵妃、妃、嫔、才人、婕妤、昭仪、美人、昭容、选侍、淑女。但嫔以下的等级不十分清楚。

"谢恩！"田妃叩头说，声音打颤。

田妃突然受此严遣，仿佛一闷棍打在头上，脸色惨白，站不起来。两个宫女把她搀起，替她取掉凤冠，收拾了应用东西，把九岁的皇二子和七岁的皇四子留在承乾宫，自己带着皇五子，抽咽着走出宫门。明朝末年，每到春天，宫女们喜欢用青纱护发，以遮风沙。田妃临出宫时，向一个宫女要了一幅青纱首帕蒙在头上，皇二子和皇四子牵着她的衣裳哭。她挥挥手，叫两个太监将他们抱开。她熟悉历代宫廷掌故，深知不管多么受宠的妃子，一旦失宠，最轻的遭遇是打入冷宫，重则致死或终身没有再出头之日。一出承乾宫门，她不知以后是否有重回东宫的日子，忍不住以袖掩面，小声痛哭起来。

当天晚上，秉笔太监王承恩来乾清宫奏事完毕，崇祯想着王承恩一向奏事谨慎，颇为忠心，恰好左右无人，小声问道：

"你知道近来戚畹中有何动静？难道没有一个人愿意为国家困难着想么？"

王承恩躬身奏道："奴婢每日在宫中伺候皇爷，外边事虽然偶有风闻，但恐怕不很的确。况这是朝廷大事，奴婢如何敢说？"

"没有旁人，你只管对朕直说。"

王承恩近来对这事十分关心，眼看着皇帝被孤立于上，几个大太监背着皇上弄钱肥私，没有人肯替皇上认真办事，常常暗中焦急。可是他出自已故老太监王安门下，和王德化原没有深厚关系，近两年被提拔为秉笔太监，在德化手下做事，深怕王德化对他疑忌，所以平日十分小心，不敢在崇祯面前多说一句话。现在经皇上一问，他确知左右无人，趁机跪下说：

"此事关乎皇亲贵戚，倘奴婢说错了话，请陛下不要见罪。目前各家皇亲站在皇爷一边的少，暗中站在李国瑞一边的多。……"

崇祯截住问："朕平日听说李国瑞颇为骄纵，一班皇亲们多有同他不和的，怎么如今会反过来同他一鼻孔出气？"

"这班皇亲贵戚们本来应该是与国家同休戚，可是在目前国家困难时候肯替国家输饷的人实在不多。他们害怕皇上勒令李国瑞借助只是一个开端，此例一开，家家都将随着拿出银子，所以暗中多站在李家那边。"

"呵，原来都不愿为国出钱！"崇祯很生气，又问道："廷臣们对这事有何议论？"

"听说廷臣中比较有钱的人都担心不久会轮到缙绅输饷，不希望李国瑞这件事早日有顺利结果；那些比较清贫的人，明知皇上做得很对，可是都抱着一个明哲保身的想法，力持缄默，没有人敢在朝廷上帮皇爷说话。"

"他们既然自己没钱，将来号召缙绅输饷也轮不到他们头上，为何他们也畏首畏尾，不敢说话？"

"古人说：疏不间亲。皇上虽然将李国瑞下了狱，可是他们有不便说话之处。"

崇祯心中很愿意看见有一群臣工上疏拥护他这件事做得很对，但是这意思他没法对王承恩说出口来。他想，既然有一班臣工们担心他在这事上虎头蛇尾，所以才大家缄默，冷眼观望，他更要把李国瑞制服才行。不然，他在文武群臣眼中的威信就要大为损伤，以后诸事难办。

"你知道内臣中有谁受了李家贿赂？"他突然问。

王承恩吃了一惊。他害怕万一有人窃听，不敢说出实话，伏地奏道：

"奴婢丝毫不知。"

"难道没有听到一些儿传闻？"

"奴婢实在不曾听到。"

崇祯沉默片刻，说："知道你不会欺朕，所以朕特意问你。既然宫中人没有受李家贿赂的，朕就放心了。下去吧。"

王承恩叩了一个头，退出了乾清宫大殿，在檐前的一个鎏金铜像旁边被一位值班的随堂太监拉住。这位随堂太监是王德化的心腹人，姓王名之心，在宫灯影下对承恩含笑低语说：

"宗兄在圣上面前的回答甚为得体。"

王承恩的心中一惊，怦怦乱跳，没有说话，对王之心拱手一笑，赶快向丹墀下走去。因为国家多故，怕夜间有紧急文书或皇上有紧急召唤，秉笔太监每夜有一人在养心殿值房中值夜，如内阁辅臣一样。今夜是王承恩轮值，所以他出了月华门就往养心殿的院子走去。在半路上遇着王德化迎面走来，前后由家下太监随侍，打着几盏宫式料丝灯笼。王承恩带着自家的小太监肃立路旁，拱手请安并说道：

"宗主爷①还不回府休息？"

王德化说："今日皇上生气，田娘娘已蒙重遣，我怕随时呼唤，所以不敢

---

① 宗主爷——明代太监们对司礼监掌印太监的尊称。

擅归私宅。再者，后天就是中宫娘娘的千秋节，有些该准备的事情都得我亲自照料。"

"国家多事，宗主爷也真够辛苦。"

"咱们彼此一样。刚才皇上可问你什么话来？"

王承恩不敢隐瞒，照实回明。王德化点点头，走近一步，小声嘱咐说：

"皇爷圣心烦躁，咱们务必处处小心谨慎。"

"是，是。"

看着掌印太监走去几丈远，王承恩才敢往养心殿的院落走去。他自十二岁进宫，如今有十六年了，深知在宫中太监之间充满了互相嫉妒、倾轧和陷害，祸福无常。在向养心殿院子走去的路上，他心中庆幸自己刚才在皇上前还算小心，不曾说出来王德化和曹化淳等人受贿的事，在下台阶时不留意踏空一脚，几乎跌跤。

崇祯在问过王承恩以后，不再疑心左右的太监们有人受贿，心中略觉轻松些儿。但是军饷的事，李国瑞的事，田妃的事，薛国观的事，对满洲的战与和……种种问题，依然苦恼着他。他从乾清宫的大殿中走出来，走下丹墀，在院中独自徘徊，没有什么地方可去，感到十分寂寞和愁闷。过了一阵，他屏退众宫女和太监，只带着一个小答应提着宫灯，往坤宁宫走去。

为着灾荒严重，战火不止，内帑空虚，崇祯在十天前命司礼监传出谕旨：今年皇后千秋节，一应命妇入宫朝贺和进贡、上贺笺等事，统统都免。但是在降下上谕之后，皇后的母亲、嘉定伯府丁夫人连上两本，请求特恩准她入宫朝贺，情词恳切。崇祯因皇后难得同母亲见面，三天前忽然下旨特许丁夫人入宫，但贺寿的贡物免献。他想，既然命妇中还有皇后的母亲入宫朝贺，就不应过分俭啬。

坤宁宫有三座大门：朝东，临东一长街的叫永祥门；朝西，临西长街的叫增瑞门；进去以后，穿过天井院落，然后是朝南的正门，名叫顺贞门。崇祯过了交泰殿，到了永祥门外，不许守门的太监传呼接驾，不声不响地走了进去。他原想突然走进坤宁宫使周后吃一惊，并且看看全宫上下在如何准备后天的庆贺。但是走到了顺贞门外，他迟疑地停住脚步。去年虽然皇后的千秋节也免去命妇朝驾，但永祥、增瑞两座门外和东、西长街上都在三天前扎好了彩牌坊，头两天晚上就挂着许多华贵的灯笼，珠光宝气，满院暖红照人。今年虽然也扎有彩坊，却比往年简单得多，华灯稀疏。他的心中一酸，回身从增瑞门走了出去，默默地回到乾清宫，在堆着很多文书的御案前颓然坐下。

　　一个太监见皇上自己没说今晚要住在什么地方，就照着宫中规矩，捧着一个锦盒来到他的身边跪下，打开盒盖，露出来一排象牙牌子，每个牌子上刻着一个宫名。如果他想今夜宿在什么宫中，就擎出刻有那个宫名的牙牌，太监立刻拿着牙牌去传知该宫娘娘梳妆等候。可是他跪了好大一会儿，崇祯才望望他，厌烦地把头一摆。他盖好锦盒，怯怯地站起来，屏息地退了出去。整个乾清宫笼罩着沉重而不安的气氛，又开始一个漫漫的长夜。

第二十三章

黎明时候，崇祯照例起床很早，在乾清宫院中拜了天，回到暖阁中吃了一碗燕窝汤，便赶快乘辇上朝。这时天还没有大亮，曙色开始照射在巍峨宫殿的黄琉璃瓦上。因为田妃的事，他今天比往日更加郁郁寡欢，在心中叹息说："万历皇祖在日，往往整年不上朝，也很少与群臣见面，天启皇哥在日，也是整年不上朝，不亲自理事，国运却不像今日困难。我辛辛苦苦经营天下，不敢稍有懈怠，偏偏不能够挽回天心，国家事一日坏似一日，看不见一点转机。朕为着筹措军饷保此祖宗江山，不料皇亲国戚反对，群臣袖手旁观，连我的爱妃也站在外人一边说话！唉，苍天！苍天！如此坐困愁城的日子要到何时为止呢？"过了片刻，他想着督师辅臣杨嗣昌和兵部尚书陈新甲都是能够替他做事的人，新甲正在设法对满洲议和，难得有这两个对内对外的得力大臣，心中稍觉安慰。

今天是在左顺门上朝，朝仪较简。各衙门一些照例公事的陈奏，崇祯都不愿听；有些朝臣奏陈各自故乡的灾情惨重，恳求减免田赋和捐派，他更不愿听。还有些臣工奏陈某处某处"贼情"如何紧急，恳求派兵清剿，简直使他恼火，在心中说："你们身在朝廷，竟不知朝廷困难！兵从何来？饷从何来？尽在梦中！"但是他很少说话，有时仅仅说一句："朕知道了。"然后他脸色严峻地叫户部尚书和左右侍郎走出班来问话。因为他近来喜怒无常，而发怒的时候更多，所以这三个大臣看了他的脸色，都不觉脊背发凉，赶快在他的面前跪下。崇祯因向李国瑞借助不顺利，前几天逼迫户部赶快想一个筹饷办法，现在望着这三个大臣问道：

"你们户部诸臣以目前军饷困难，建议暂借京师民间房租一年。朕昨晚已经看过了题本，已有旨姑准暂借一年。这事须要认真办理，万不可徒有扰民之名，于国家无补实际。"

户部尚书顿首说："此事将由顺天府与大兴、宛平两县切实去办，务要做到多少有济于国家燃眉之急。"

崇祯点点头，又说："既然做，就要雷厉风行，不可虎头蛇尾。"

他又向兵部等衙门的大臣们询问了几件事，便退朝了。回到乾清宫，换了衣服，用过早膳，照例坐在御案前省阅文书。他首先看了薛国观的奏本，替自己辩解，不承认有吞没史䔲存银的事。崇祯很不满意，几乎要发作，但马上又忍住了。他一则不愿在皇后千秋节的前一天处分大臣，二则仍然指望在向戚畹借助这件事情上得到薛国观的一点助力。在薛国观的奏书上批了"留中"二字之后，他恨恨地哼了一声，走出乾清宫，想找一个地方散散心，消消闷气。一群太监和宫女屏息地跟随背后，不敢让脚步发出来一点微声。到了乾清门口，一个执事太监不知道是否要备辇侍候，趋前一步，躬身问道：

"皇爷要驾幸何处？要不要乘辇？"

崇祯彷徨了。从乾清宫往前是三大殿，往后走过交泰殿就是皇后的坤宁宫，再往后是御花园。他既无意去坤宁宫看宫女和太监们为着明日的千秋节忙碌准备，更无心情去御花园看花和赏玩金鱼。倘在平日，他自然要去承乾宫找田妃，但现在她谪居启祥宫了。袁妃那里，他从来兴趣不大；其余妃嫔虽多，他一向都不喜欢。停住脚步，抬头茫然望天，半天默不做声。正在这时，忽然听见从东边传来一阵鼓乐之声。他回头问：

"什么地方奏乐？"

身边的一个太监回奏："明日是皇后娘娘陛下的千秋节，娘娘怕明日的事情多，今日去奉先殿给祖宗行礼。"

"啊，先去奉先殿行礼也好！"崇祯自言自语说，同时想起来皇后是六宫之主，他应该将处分田妃的原因对她说明，并且也可告诉她，由她暗嘱她的父亲嘉定伯周奎献出几万银子，在戚畹中做个榜样。这样一想，便走出乾清门了。

从乾清宫去奉先殿应该从乾清门退回来，出日精门往东，穿过内东裕库后边夹道就到。但是因为他心思很乱，就信步出了乾清门，然后由东一长街倒回往北走。到日精门外时，他忽然迟疑了。他不愿去奉先殿打乱皇后的行礼，而且也不好在祖宗的神主前同皇后谈田妃的事和叫戚畹借助的事。于是他略微停了片刻，继续往北走去。太监们以为他要往坤宁宫去，有一个长随赶快跑到前面，要去坤宁宫传呼接驾。但崇祯轻轻说：

"只到交泰殿坐一坐，不去坤宁宫！"

紫禁城内外

在交泰殿坐了片刻，他的心中极其烦乱，随即又站立起来，走出殿外，徘徊等候。过了一阵，周后从奉先殿回来了。周后看见他脸色忧郁，赶快趋前问道：

"皇上为何在此？"

"我听说你去奉先殿行礼，就在这里等你。"

周后又胆怯地问："皇上可是有事等我？"

"田妃谪居启祥宫，你可知道？"

"我昨日黄昏前就听说了。"周后低下头去，叹了口气。

"你知道我为什么处分她？"

"皇上为何处分田妃，我尚不清楚。妾系六宫之主，不能作妃嫔表率，致东宫娘娘惹皇上如此生气，自然也是有罪。但愿皇上念她平日虽有点恃宠骄傲的毛病，此外尚无大过，更念她已为陛下养育了三个儿子，五皇子活泼可爱，处分不要过重才好。"

"我也是看五皇子才只五岁，所以没有从严处分。"

"到底为了何事？"

"她太恃宠了，竟敢与宫外通声气，替李国瑞说话！"

周后恍然明白田妃为此受谴，心中骇了一跳。自从李国瑞事情出来以后，她的父亲周奎也曾暗中嘱托坤宁宫的太监传话，恳求她在皇帝面前替李国瑞说话。她深知皇上多疑，置之不理，并申斥了这个太监。今听崇祯一说，便庆幸自己不曾多管闲事。低头想了一下，她壮着胆子解劝说：

"本朝祖宗家法甚严，不准后妃干预宫外之事。但田娘娘可能受她父亲一句嘱托，和一般与宫外通声气有所不同。再者，皇亲们都互有牵连，一家有事，大家关顾，也是人之常情。田宏遇恳求东宫娘娘在皇上面前说话，按理很不应该，按人情不足为奇。请皇上……"

崇祯不等皇后说完，把眼睛一瞪，严厉责备说："胡说！你竟敢不顾祖宗家法，纵容田妃！"

皇后声音打颤地说："妾不敢。田妃今日蒙谴，也是皇上平日过分宠爱所致。田妃恃宠，我也曾以礼制裁，为此还惹过皇上生气。妾何敢纵容田妃！"

崇祯指着她说："你，你，你说什么！"

皇后从来不敢在崇祯的面前大声说话，现在因皇帝在众太监和宫女面前这样严厉地责备她，使她感到十分委屈，忽然鼓足勇气，噙着眼泪颤声说：

"皇上，你忘了！去年元旦，因为灾荒遍地，战火连年，传免了命妇入宫，只让宫眷们来坤宁宫朝贺。那天上午，下着大雪。当田妃来朝贺时，妾因气田妃一天比一天恃宠骄傲，有时连我也不放在眼里，皇上你又不管，就打算趁此机会给田妃一点颜色看看，以正壶范。听到女官传奏之后，我叫田妃在永祥门内等候，过了一阵才慢慢升入宝座，宣田妃进殿。田妃跪下叩拜以后，我既不留她在坤宁宫叙话，也不赐坐，甚至连一句话也不说，瞧着她退出殿去。稍过片刻，袁妃前来朝贺，我立刻宣她进殿。等她行过礼，我走下宝座，笑嘻嘻地拉住她进暖阁叙话，如同姐妹一般。田妃这次受我冷待，本来就窝了一肚子气，随后听说我对待袁妃的情形，更加生气。到了春天，田妃把这事告诉皇上。皇上念妾与皇上是信邸患难夫妻，未曾震怒，却也责备妾做得有点过分。难道是妾纵容了她么？"

平日在宫中从来没有一个人敢反驳崇祯的话。他只允许人们在他的面前毕恭毕敬，唯唯诺诺。此刻听了皇后驳他的话，说是他宠惯了田妃，不禁大怒，骂了一句"混蛋"，将周后用力一推。周后一则是冷不防，二则脚小，向后踉跄一步，坐倒地下。左右太监和宫女们立刻抢上前去，扑倒在地，环跪在崇祯脚下，小声呼喊："皇爷息怒！皇爷息怒！"同时另外两个宫女赶快将皇后搀了起来。周后原来正在回想着她同皇帝在信王邸中是患难夫妻，所以被宫女们扶起之后，脱口而出地叫道："信王！信王！"掩面大哭起来。宫女们怕她会说出别的话更惹皇上震怒，赶快将她扶上凤辇，向坤宁宫簇拥而去。崇祯望一望脚下仍跪着的一群太监和宫女，无处发泄怒气，向一个太监踢了一脚，恨恨地哼了一声，转身走向乾清宫。

回到乾清宫坐了一阵，崇祯的气消了。他本想对皇后谈一谈必须向戚畹借助的不得已苦衷，叫皇后密谕她的父亲拿出几万银子作个倡导，不料他一阵暴怒，将皇后推到地上，要说的话反而一句也没有说出。他后悔自己近来的脾气越来越坏，同时又因未能叫皇后密谕周奎倡导借助，觉得惘然。他忍着烦恼，批阅从各地送来的塘报和奏疏，大部分都是关于灾情、民变和催请军饷的。有杨嗣昌的一道奏本，虽然也是请求军饷，却同时报告他正在调集兵力，将张献忠和罗汝才围困在川、鄂交界地方，以期剿灭。崇祯不敢相信会能够一战成功，叹口气，自言自语说：

"围困！围困！将谁围困？年年都说将流贼围困剿灭，都成空话。国事如此，朕倒是被层层围困在紫禁城中！"

周后回到坤宁宫，哭了很久，午膳时候，她不肯下床用膳。坤宁宫中有地位的宫人和太监分批到她寝宫外边跪下恳求，她都不理。明代从开国之初，鉴于前代外戚擅权之祸，定了一个制度：后妃都不从皇亲、勋旧和大官宦家中选出，而是从所谓家世清白的平民家庭（实即中产地主家庭）挑选端庄美丽的少女。凡是成了皇后和受宠的妃子，她们的家族便一步登天，十分荣华富贵。周后一则曾在信邸中与崇祯休戚与共，二则她入宫前知道些中等地主家庭的所谓"平民生活"，这两种因素都在她的思想和性格中留下烙印。平时她过着崇高尊严的皇后生活，这些烙印没有机会流露。今天她受到空前委屈，精神十分痛苦，这些烙印都在心灵的深处冒了出来。她一边哭泣，一边胡思乱想。有时她回想着十六岁被选入信邸，开始做信王妃的那段生活，越想越觉得皇上无情。有时想着历代皇后很多都是不幸结局，或因年老色衰被打入冷宫，或因受皇帝宠妃谗害被打入冷宫，或在失宠之后被废黜，被幽禁，被毒死，被勒令自尽……皇宫中夫妻无情，祸福无常。

大约在未时过后不久，坤宁宫的掌事太监刘安将皇后痛哭不肯进膳的情形启奏崇祯。崇祯越发后悔，特别是明日就是皇后的千秋节，怕这事传出宫去，惊动百官和京城士民，成为他的"盛德之累"。他命太子和诸皇子、皇女都去坤宁宫，跪在皇后的面前哭劝，又命袁妃去劝。但周后仍然不肯进膳。他在乾清宫坐立不安，既为国事没办法焦急，也为明天的千秋节焦急。后来，眼看快黄昏了，他派皇宫中地位最高的太监王德化将一件貂褥、一盒糖果，送到坤宁宫。王德化跪在周后面前递上这两件东西，然后叩头说：

"娘娘！皇爷今日因为国事大不顺心，一时对娘娘动了脾气，事后追悔不已。听到娘娘未用午膳，皇上在乾清宫坐立不安，食不下咽，连文书也无心省览。明日就是娘娘的千秋节，嘉定伯府的太夫人将要入宫朝贺，六宫娘娘和奴婢们都来朝贺。恳娘娘为皇上，为太夫人，也为明日的千秋节勉强进一餐吧！"

周后有很长一阵没做声，王德化也不敢起来。她望望那件捧在宫女手中的貂褥，忽然认出来是信王府中的旧物，明白皇上是借这件旧物表示他决不忘昔年的夫妻恩情，又想着明日她母亲将入宫朝贺，热泪簌簌地滚落下来，然后对王德化说：

"你回奏皇上，就说我已经遵旨进膳啦。"

"娘娘陛下万岁！"王德化叫了一声，叩头退出。

周后尽管心中委屈，却一刻没有忘掉她明天的生日。虽说因为国运艰难，力戒铺张，但宫内宫外的各项恩赏和宫中酒宴之费，估计得花销三四万银子，对皇上只敢说两万银子，不足之数由她私自拿出一部分，管宫庄①的太监头子孝敬一部分。她将坤宁宫掌事太监刘安叫到面前，问道：

"明天的各项赏赐都准备好了么？"

刘安躬身说："启奏娘娘陛下，一切都准备好了。"

周后又问："那些《金刚经》可写成了？"

管家婆②吴婉容从旁边躬身回答："原来写好的一部经卷已经装潢好了，今日上午送进宫来。因娘娘陛下心中不快，未敢恭呈御览。其余的二十部，今日黄昏前都可以敬写完毕，连夜装潢，明日一早送进宫来，不误陛下赏赐。"

周后轻声说："呈来我看！"

吴婉容躬身答应一声"遵旨！"向旁边的宫女们使个眼色，自己退了出去。一个宫女赶快用金盆捧来温水，跪在皇后面前，另外两个宫女服侍她净手。吴婉容也净了手，然后捧着一个长方形的紫檀木盒子进来，到周后面前跪下，打开盒盖。周后取出经卷，眼角流露出一丝若有若无的笑意。这经卷是折叠式的，前后用薄板裱上黄缎，外边正中贴一个古色绢条，用恭楷写着经卷全名：《金刚般若波罗蜜经》。打开经卷，经文是写在裱过的黄色细麻纸上，字色暗红，字体端正，但笔力婉弱，是一般女子在书法上常有的特点。周后用极轻的声音读了开头的几句经文：

"如是我闻：一时，佛在舍卫国，祇树给孤独园，与大比丘众，千二百五十人俱。……"

她显然面露喜色，掩住经卷，交给旁边一个宫女，对刘安称赞说："难得这都人有一番虔心！"

刘安躬身说："她能发愿刺血写经，的确是对佛祖有虔诚，对娘娘有忠心。"

周后转向管家婆问："我忘啦，这都人叫什么名字？可赏赐了么？"

吴婉容跪奏："娘娘是六宫之主，大事就操不完的心，全宫中的都人在一万以上，自然不容易将每个名字都记在心中。这个刺血写经的都人名叫陈顺

---

① 宫庄——垄断在皇家手中的大量土地统称皇庄，其中直接归坤宁宫及其他宫所有的称为宫庄。

② 管家婆——明代后妃宫中众宫女的头儿。

娟。前天奉娘娘懿旨，说她为娘娘祈福，刺血写成《金刚经》一部，忠心可嘉，赏她十两银子。奴婢已叫都人刘清芬去英华殿称旨赏赐。陈顺娟叩头谢恩，祝颂娘娘陛下洪福齐天，万寿无疆。"

周后又说："另外那二十个刺血写经的都人，每人赏银五两。她们都是在宫中吃斋敬佛的，不茹腥荤，每人赏赐蜜饯一盒。陈顺娟首先想起来为本宫千秋节发愿刺血写经，做了别的都人表率，可以格外赏她虎眼窝丝糖一盒。"

"是，领旨！"吴婉容叩头起身，退立一旁。

刘安跪下奏道："启奏娘娘陛下，隆福寺和尚慧静定在明日自焚，为皇爷、皇后两陛下祈福，诸事都已安排就绪。"

周后在几天前就知道此事，满心希望能成为事实，一则为崇祯和她的大明的国运祈福，二则显示她是全国臣民爱戴的有德皇后，连出家人也甘愿为她舍身尽忠，三则皇上必会为此事心中高兴。她望望刘安，轻轻叹息一声，说：

"没想到和尚是方外之人，也有这样忠心！他可是果真自愿？"

刘安说："和尚虽然超脱尘世，遁入空门，到底仍是陛下子民。忠孝之心，出自天性，出家人也无例外。慧静因知皇爷焦劳天下，废寝忘食，娘娘陛下也日夜为皇爷分忧，激发了他的忠义之心，常常诵经念咒，祈祷国泰民安。今值皇后陛下千秋节将临，如来佛祖忽然启其阿耨多罗三藐三菩提[1]心，愿献肉身，为娘娘祈福，这样事历朝少有。况和尚肉身虽焚，却已超脱生死，立地成佛，这正是如来所说的'入无余涅槃而灭度之'[2]的意思。"

周后心中高兴，沉默片刻，说："既然如此，我也不必下懿旨阻止了。"

刘安又说："娘娘千秋节，京师各寺、观[3]的香火费都已于昨天赏赐。隆福寺既有和尚自焚，应有格外赏赐布施，请陛下谕明应给银两若干，奴婢遵办。"

周后心中无数，说："像这样小事，你自己斟酌去办，用不着向我请旨。"

刘安说："这隆福寺是京中名刹，也很富裕，不像有些穷庙宇等待施舍度日。不论赏赐布施多少，都是娘娘天恩；赏的多啦，也非皇爷处处为国节俭

---

① 阿耨多罗三藐三菩提——这是梵语音译，义译是"无上正等正觉"，也就是佛教所谓真性、佛性。

② 入无余涅槃而灭度之——意即入于不生不死，除灭化度（连用佛法感化超度也不需要了）。这是佛教想象人死后入于"不生不死"的境界。

③ 观——读去声。道教的庙宇称为观。

之意。以奴婢看来，可以格外恩赏香火费两千两，另外赏二百两为慧静的骨灰在西山建塔埋葬。"

周后点点头，没再说话。她在心中叹息说："如今有宫女们虔心敬意地刺血写经，又有和尚献身自焚，但愿能得西天佛祖鉴其赤诚，保佑我同皇上身体平安，国事顺遂！"

刘安叩头退出，随即以皇后懿旨交办为名，向内库领出两千二百两银子，自己扣下一千两，差门下太监谢诚送往隆福寺去，嘱长老智显老和尚给一个两千二百两银子的领帖。谢诚又扣下五百两银子，只将七百两银子送去。智显老和尚率领全体和尚叩谢皇后陛下天恩，遵照刘安嘱咐写了收领帖交谢诚带回。智显长老确实不在乎这笔银子，他只要能够同坤宁宫保持一条有力的引线就十分满意，何况因举行和尚自焚将能收到至少数万两银子的布施。

次日，三月二十八日，皇后的生日到了。

天色未明，全北京城各处寺、观，钟磬鼓乐齐鸣，僧、道为皇后诵经祈福。万寿山（景山）西边的大高玄殿和紫禁城内的英华殿，女道士们和宫女们为着表现对皇后特别忠心，午夜过后不久就敲钟击磬，诵起经来。从五更起，首先是太子，其次是诸皇子、皇女，再其次是各宫的妃、嫔、选侍等等，来到各色宫灯璀璨辉煌、御烟缥缈、异香扑鼻的坤宁宫中，在鼓乐声中向端坐在正殿宝座上的皇后朝贺。在崇祯的众多妃嫔中，只有袁妃有资格进入殿内行礼，其余的都按照等级，分批在丹墀上行礼。前朝的妃子都是长辈，礼到人不到。懿安皇后是皇嫂，妯娌伙本来可以来热闹热闹，但她是一个年轻的寡妇，一则怕遇到崇祯也来，叔嫂间见面不方便，二则她一向爱静，日常不是写字读书，便是焚香诵经，所以也不来，只派慈庆宫的两位女官送来几色礼物，其中有一件是她亲手写在黄绢上的《心经》①，装裱精美。周后除自己下宝座拜谢之外，还命太子代她赴慈庆宫拜谢问安。田妃谪居启祥宫省愆，不奉旨不能前来，只好自称"罪臣妾田氏"上了一封贺笺。皇五子慈焕由奶子抱着，后边跟着一群小太监和宫女，也来朝贺。周后虽然平日对田妃的恃宠骄傲感到不快，两宫之间曾经发生过一些风波，但是前日田妃因李国瑞的事情蒙谴，她心中暗暗同情，是她们的家运和国运将她们的心拉近了。如今

―――――――――――――――――――――

① 《心经》——全名为《般若波罗蜜多心经》，简称《心经》。

看见田妃的贺笺和五皇子，她不禁心中难过。她把慈焕抱起来放在膝上，玩了一阵，然后吩咐奶子和宫女们带他往御花园玩耍。

一阵行礼之后，天色已经大亮了。周后下了宝座，更衣，用膳。稍作休息，随即有坤宁宫的管家婆吴婉容请她将各地奉献的寿礼过目。这些寿礼陈列在坤宁宫的东西庑中，琳琅满目。在宫内，除懿安皇后和几位长辈太妃的礼物外，有崇祯各宫妃嫔的礼物。宦官十二监各衙门掌印太监、六个秉笔太监、宫中六局执事女官，以及乾清宫、坤宁宫、慈庆宫、承乾宫、翊坤宫、钟粹宫等重要宫中的掌事太监和较有头脸的宫女，太子和诸皇子、皇女的乳母，都各有贡献，而以王德化和秉笔太监们最有钱，进贡的东西最为名贵。东厂提督和一些重要太监，在京城以外的带兵太监和监军太监，太和山提督太监、江南织造太监，也都是最有钱的，贡物十分可观。所有在外太监，他们的贡物都是在事前准备好，几天前送进宫来。周后随便将礼物和贡物看了看，便回到正殿，接受朝贺。当时宫里宫外的太监和宫女约有两万左右，但是有资格进入坤宁宫院中跪在丹墀上向皇后叩头朝贺的太监不过一千人，宫女和各宫乳母不过四五百人。太监和宫女中有官职的，像外廷一样，都有品级。今日凡是有品级的，都按照宫中制度穿戴整齐，从坤宁宫院内到东、西长街，一队一队，花团锦簇，香风飘荡。司礼监掌印太监俗称内相，在宫中的地位如同外朝的宰相，所以首先是王德化向皇后行三跪九叩大礼，其次是东厂提督太监曹化淳，然后按衙门和品级叩拜贺寿，山呼万岁。太监行礼以后，女官照样按宫中六局衙门和品级行礼，最后是各宫奶母行礼。坤宁宫院内的鼓乐声和赞礼声，坤宁宫大门外的鞭炮声，混合一起，热闹非常。足足闹腾了半个多时辰，一阵朝贺才告结束。周后回到坤宁宫西暖阁，稍作休息，由宫女们替她换上大朝会冠服，怀着渴望和辛酸的心情等候着母亲进宫，但是也同时挂心隆福寺和尚自焚的事，怕有弄虚作假，成了京师臣民的笑柄。她将刘安叫到面前，问道：

"隆福寺的事可安排好了？"

刘安躬身回奏："请娘娘陛下放心，一切都已经安排就绪。在隆福寺前院中修成一座台子，上堆干柴，柴堆上放一蒲团。慧静从五更时候就已登上柴堆，在蒲团上闭目打坐，默诵经咒，虔心为娘娘祈福。京中士民因从未看见过和尚自焚，从天一明就争着前去观看，焚香礼拜，布施银钱。隆福寺一带人山人海，拥挤不堪。东城御史与兵马司小心弹压，锦衣卫也派出大批旗校兵丁巡逻。"

周后又问："宫中是谁在那里照料？"

刘安说："谢诚做事细心谨慎，十分可靠，奴婢差他坐镇寺中照料，他不断差小答应飞马回宫禀报。"

周后转向吴婉容问："那些刺血写经的都人们，可都赏赐了么？"

吴婉容回答："奴婢昨晚已经遵旨差刘清芬往英华殿院中向她们分别赏赐。她们口呼万岁，叩头谢恩。"

周后向刘安问："隆福寺定在几时？"

刘安回答："定在巳时过后举火，时候已经到了。"

周后低声自语说："啊，恰巧定在一个时间！"

　

隆福寺钟、磬、笙、箫齐奏，梵呗声调悠扬，气氛极其庄严肃穆。大殿前本来有一个一人多高的铸铁香炉，如今又在前院正中地上用青砖筑一池子，让成千成万来看和尚自焚的善男信女不进入二门就可以焚化香、表。在二门内靠左边设一长案，有四个和尚照料，专管接收布施。香、表已经燃烧成一堆大火，人们还是络绎不绝地向火堆上投送香、表。长案后边的四个和尚在接收布施的银钱，点数，记账，十分忙碌，笑容满面。巳时刚过，在北京城颇受官绅尊敬的老方丈智显和尚率领全寺数百僧众，身穿法衣，在木鱼声中念诵经咒，鱼贯走出大殿，来到前院，将自焚台团团围住，继续双手合十，念诵经咒不止。前来观看的士民虽然拥挤不堪，却被锦衣旗校和东城兵马司的兵丁从台子周围赶开，离台子最近的也在五丈以外。也有人仍想挤到近处，难免不挨了锦衣卫和兵马司的皮鞭、棍棒，更严重的是加一个在皇后千秋节扰乱经场的罪名，用绳子捆了带走。

慧静和尚只有二十三岁，一早就趺坐在柴堆顶上的蒲团上边。他有时睁开眼睛向面前台下拥挤的人群看看，而更多的时间是将双目闭起，企图努力摆脱生死尘念，甚至希望能像在禅堂打坐那样，参禅入定。然而，他不仅完全不能入定，反而各种尘念像佛经上所说的"毒龙"，猛力缠绕心头。一天来他的喉咙已哑，说不出话。他现在为着摆脱生死之念和各种思想苦恼，在心中反复地默默念咒：

"揭谛揭谛，波罗揭谛。波罗僧揭谛。菩提萨婆诃！"

他常听他的师父和别的有功德的老和尚说，将这个"般若波罗蜜多咒"默诵

几遍，就可以"五蕴皆空①"，尘念尽消。但是他念到第五遍时，忽然想起来他的身世、他的父亲、他的母亲和一双兄妹……

他俗姓陈，是香河县大陈庄人，八岁上遇到大灾荒，父母为救他一条活命，把他送到本处一座寺里出家。这个寺也很穷。他常常随师父出外托钵化缘，才能勉强免于饥寒。十二岁那年，遇到兵荒，寺被烧毁，他师父带着他离开本县，去朝五台，实际就是逃荒。他随师父出外云游数年，于崇祯六年来到北京，在隆福寺中挂搭。他师父的受戒师原是隆福寺和尚，所以来此挂搭，比一般挂搭僧多一层因缘。寺中执事和尚因他师徒俩做事勤谨，粗重活都愿意做，又无处可去，就替他们向长老求情，收他们作为本寺和尚。慧静自从出家以后，就在师父的严格督责下学习识字，念经，虽在托钵云游期间也不放松。他比较聪慧，到隆福寺后学习佛教经典日益精进，得到寺中几位执事和尚称赞。十八岁受戒，被人们用香火在他的头上烧成十二个小疤瘌。他的师父来到隆福寺一年后就死了。在隆福寺的几百和尚中，和世俗一样勾心斗角，并且分成许多等级，一层压一层。他师徒二人在隆福寺中的地位很低。尽管他学习佛教经典十分用功，受到称赞，也不能改变他所处的低下地位，出力和受气的事情常有他的份儿，而有利的事情没有他的份儿。他把自己的各种不幸遭遇都看成是前生罪孽，因此他近几年持律②极严，更加精研经、论，想在生前做一个三藏俱足③的和尚，既为自己修成正果，死后进入西方极乐世界④，也为着替他的父亲和兄、妹修福，为母亲修得冥福。

自从他出家以后，只同父亲见过一面。那是五年前，父亲听说他在隆福寺，讨饭来北京看他。听父亲说，他母亲已经在崇祯七年的灾荒中饿死了；哥哥给人家当长工，有一年清兵入塞被掳去，没有逃回，至今生死下落不明；他的妹妹小顺儿因长得容貌俊秀，在她十四岁那一年，遇着"刷选"宫女，家中无钱行贿，竟被选走，一进宫就像是石沉大海，永无消息。他无力留下他的父亲，也无钱相助，只能同父亲相对痛哭一场，让父亲仍去讨饭。

十天前，寺中长老对他说皇后的千秋节快到了，如今灾荒遍地，战乱不

---

① 五蕴皆空——佛教的所谓五蕴是指：身体的物质存在；感觉；意念和想象；行为；对事物的认识、判断。佛教徒想做到这一切全不存在，就叫做五蕴皆空，也就是寂灭、涅槃的意思。

② 律——佛教的戒律。

③ 三藏俱足——佛教的"经"、"律"、"论"三部分称为三藏（音 zàng）。精通这三部分就叫做三藏俱足。

④ 西方极乐世界——佛教所幻想和宣传的乐土，又称净土，类似基督教所宣传的天国、天堂。

止，劝他献身自焚，为皇后祝寿，为天下百姓禳灾。跟着就有寺中几位高僧和较有地位的执事和尚轮番劝他，说他夙有慧根，持律又严，死后定可成佛升天；他们还说，芸芸众生，茫茫尘世，堕落沉沦，苦海无边，实在没有什么可以留恋的，不如舍身自焚，度一切苦厄，早达波罗蜜①妙境。他们又说，他自焚之后，骨灰将在西山建塔埋葬，永为后世僧俗瞻仰；倘若有舍利子②留下来，定要在隆福寺院中建立宝塔，将舍利子珍藏塔中，放出佛光，受京城官民世代焚香礼拜。经不住大家轮番劝说，他同意舍身自焚。但是他很想能够再同他的父亲见一次面，问一问哥哥和妹妹的消息。他不晓得父亲是否还活在世上，心想可能早已死了。为着放不下这个心事，三天前他流露出不想自焚的念头。寺中长老和各位执事大和尚都慌了，说这会引起"里边"震怒，吃罪不起，又轮番地向他劝说，口气中还带着恐吓。虽然他经过劝说之后，下狠心舍身自焚，但长老和各位执事大和尚仍不放心。昨夜更深人静，台上的木柴堆好了，特意将柴堆的中间留一个洞，洞口上放一块四方木板，蒲团放在木板上，悄悄地引他上去看看，对他说，倘若他临时不能用佛法战胜邪魔，尘缘难断，不想自焚，可以趁着烟火弥漫时拉开木板，从洞中下来，同台下几百僧众混在一起诵经，随后送他往峨眉山去，改换法名，别人绝难知道。由于他几天来心事沉重，寝食皆废，精神十分委顿。昨天长老怕他病倒，亲自为他配药，内加三钱人参。他极其感动，双手合十，口诵"南无阿弥陀佛③!"服药之后，虽然精神稍旺，可是他的喉咙开始变哑。连服两剂，到了昨日半夜，哑得更加厉害，仅能发出十分微弱的声音。别人告他说，大概是药性燥热，他受不住，所以失音。

暮春将近中午的阳光，暖烘烘地照射在他的脸上。他又睁开眼睛，向潮涌的人群观望。忽然，他看见了一个讨饭的乡下老人很像他的父亲，比五年前更瘦得可怜，正在往前挤，被别人打了一掌，又推了一把，打个趔趄，几乎跌倒，但还是拼命地往前挤。他不相信这老人竟会是他的父亲，以为只是佛家所说的"幻心"，本非实相。过了片刻，他明白他所看见的确实是父亲，

---

① 波罗蜜——梵语音译，意译就是彼岸。宗教称灵的世界为彼岸，即人欲净尽的世界，是与尘世（此岸）相对而说的。

② 舍利子——和尚的身体焚化后偶尔在骨灰中遗留的小结晶体，一般多为白色，也偶尔有黑色和红色的。

③ 南无阿弥陀佛——"南无"是梵语音译，有归命、敬礼等义。"阿弥陀"也是梵语音译，意译就是无量，含有无量寿和无量光二义。"南无阿弥陀佛"是佛教徒常用的一句颂词。

完全不是"幻心"。他的心中酸痛，热泪奔流，想哭，但不敢哭。他不想死了，不管后果如何也要同父亲见上一面！

他正在心中万分激动，想着如何不舍身自焚，忽然大寺中钟、鼓齐鸣，干柴堆周围几处火起，烈焰与浓烟腾腾。他扔开蒲团，又拉开木板，发现那个洞口已经被木柴填实了。他透过浓烟，望着他的父亲哭喊，但发不出声音。他想跳下柴堆，但是袈裟的一角当他闭目打坐时被人拴在柴堆上。他奋力挣扎，但迅速被大火吞没。最后，他望不见父亲，只模糊地听见钟声、鼓声、铙钹声、木鱼声，混合着几百僧众的齐声诵赞：

"南无阿弥陀佛！"

当隆福寺钟、鼓齐鸣，数百僧众高声诵赞"南无阿弥陀佛"的时候，坤宁宫又一阵乐声大作，四个女官导引周后的母亲丁夫人入宫朝贺。

往年命妇向皇后朝贺都是在黎明入宫。今天因命妇只有丁夫人一人，而皇后又希望将她留下谈话，所以命司礼监事前传谕嘉定伯夫人。已时整进西华门，已时三刻入坤宁宫朝贺，并蒙特恩在西华门内下轿，然后换乘宫中特备的小肩舆，由宫女抬进右后门休息。她所带来的仆从和丫环一概不能入内，只在西华门内等候。等到已时三刻，由坤宁宫执事太监和司仪局女官导引，并由两个服饰华美的宫女搀扶，走向增瑞门。然后由一位司赞女官①将丁夫人引入永祥门，等候皇后升座。趁这机会，丁夫人偷偷地向坤宁宫院中扫了一眼，只见在丹陛下的御道两边立着两行宫女，手执黄麾、金戈、银戟、黄罗伞盖、绣氅、锦旗、雉扇、团扇、金瓜、黄钺、朝天镫②等等什物，光彩耀日，绚烂夺目。她的心中十分紧张，不禁突突乱跳。

有两个女官进入坤宁宫西暖阁，奏请皇后升座。皇后一声不响，在一群肃穆的女官的导从③中出了暖阁。她想到马上就可以看见母亲，心中十分激动。等她升入宝座以后，四对女官恭立宝座左右，两个宫女手执绣凤黄罗扇立在宝座背后，将两扇互相交叉。十二岁的太子慈烺和皇二子、皇三子侍立两旁。一位面如满月的司赞女官走出坤宁宫殿外，站在丹墀上用悦耳的高声

① 司赞女官——属尚仪局（女官六局之一）。另外太监也有赞礼官。担任这一类官职的，容貌和声音都经过特别挑选。

② 朝天镫——仪仗的一种，即镫仗。形似倒立马镫，铜制，鎏金，下有长柄。

③ 导从——在前边的是导，在后边的是从。

宣呼："嘉定伯府一品夫人丁氏升陛朝贺！"恭候在永祥门内的丁夫人由宫女搀扶着，毕恭毕敬地穿过仪仗队，从旁边走上汉白玉雕龙丹陛，俯首立定。尽管坤宁宫正中间宝座上坐的是她的亲生女儿，但如今分属君臣，她不敢抬头来看女儿一眼。周后还是几年前见过母亲一面，如今透过丹墀上御香的缥缈轻烟看出来母亲已经发胖，加上脚小，走动和站立时颤巍巍的，非有人搀扶不行，远不似往年健康，不禁心中难过。她向侍立身旁的一位司言女官小声哽咽说："传旨，特赐嘉定伯夫人上殿朝贺！"懿旨传下之后，丁夫人激动地颤声说："谢恩！"随即由宫女们搀扶着登上九级白玉台阶，俯首走进殿中，在离开皇后宝座五尺远的红缎绣花拜垫前站定。从东西丹陛下奏起来一派庄严雍容的细乐，更增加了坤宁宫中的肃穆气氛。在丁夫人的心中已经将李国瑞的事抛到九霄云外，提心吊胆地害怕失仪，几乎连呼吸也快要停止。

丁夫人依照司赞女官的鸣赞，向皇后行了四立拜，又跪下去叩了三次头。另一位立在坤宁宫门外的司赞女官高声宣呼："进笺！"事先准备在丹墀东边的笺案由两个宫女抬起，两个女官引导，抬到坤宁宫正殿中。这笺案上放着丁夫人的贺笺，照例是用华美的陈词滥调恭祝皇帝和皇后千秋万寿，国泰民安。贺笺照例不必宣读。司赞女官又高声赞道："兴！"丁夫人颤巍巍地站起来，又行了四立拜。

当看着母亲行大朝贺礼时，周后习惯于君臣之分，皇家礼法森严，坐在宝座上一动也不能动，但是心中感到一阵难过，滚落了两行眼泪。等母亲行完大礼，她吩咐赐座。丁夫人再拜谢恩就座，才敢向宝座上偷看一眼，不期与皇后的眼光遇到一起，赶快低下头去。

站在门槛外边的司礼监掌印太监王德化怕皇后一时动了母女之情，忘了皇家礼仪，赶快进来，趋前两步，躬身奏道：

"朝贺礼毕，请娘娘陛下便殿休息。"

周后穆然下了宝座，退入暖阁，在一群宫女的服侍下卸去大朝会礼服，换上宫中常服：头戴赤金龙凤珠翠冠，身穿正红大袖织金龙凤衣，上罩织金彩绣黄霞帔，下穿红罗长裙，系一条浅红罗金绣龙凤带。更衣毕，到偏殿坐下，然后命女官宣召嘉定伯夫人进内。丁夫人又行了一拜三叩头的常朝礼，由皇后吩咐赐座、赐茶，然后才开始闲谈家常。周后询问了家中和亲戚们的一些近况。丁夫人站起来一一躬身回奏。在闲话时候，丁夫人一直心中忐忑不安，偷偷观看皇后的脸上神色，等待着单独同皇后说几句要紧体己话的机会。

周后赏赐嘉定伯府的各种东西，昨日就命太监送去，如今她回头向站在背后的吴婉容瞟一眼，轻声说："捧经卷来！"吴婉容向别的宫女使个眼色，自己轻脚快步出了便殿。另外两个宫女立刻去取来温水、手巾，照料丁夫人净手。随即吴婉容捧着一部黄绫封面的《金刚经》回来，在丁夫人面前向南而立，声音清脆地说："嘉定伯夫人恭接娘娘恩赏！"丁夫人赶快跪下，捧接经卷，同时叫道："恭谢娘娘陛下天恩！"吴婉容含笑说："请夫人打开经卷看看。"丁夫人恭敬而小心地将经卷打开，看见用楷书抄写的经文既不像银朱鲜红，也不是胭脂颜色，倒是红而发暗。吴婉容没有等她细看，便将经卷接回，说："谢恩！"丁夫人赶快伏地叩头，口呼"娘娘陛下万岁"，然后由两个宫女搀扶起身，行了立拜。皇后重新赐座以后，对她的母亲说：

"今年千秋节，因国家多事，一切礼仪从简，该赏赐的也都省去了十之七八。难得有一些都人怀着一片忠心，刺血写经，为我祈福。先由一个名叫陈顺娟的都人写了一部《金刚经》，字体十分清秀，我留在宫中。随后又有二十名都人发愿各写一部，我就拿出十部分赐几家皇亲和宫中虔心礼佛的几位年长妃嫔，另外十部日后分赐京城名刹。但愿嘉定伯府有这一部难得的血写经卷，佛光永照，消灾消难，富贵百世。"

丁夫人起身回答："上托娘娘洪福，臣妾一家安享富贵荣华。今又蒙娘娘赐了这一部血写经卷，必更加百事如意，不使娘娘挂心。"

吴婉容在一旁向皇后说道："启奏娘娘陛下，方才的这部《金刚经》已交太监送往西华门内，交嘉定伯府入宫的执事人收下，恭送回府。"

周后轻轻点头，又对她的母亲说："隆福寺还有一个和尚舍身自焚，为本宫和皇上祈福，这忠心也十分难得。"

丁夫人说："隆福寺今日有和尚舍身自焚，几天来就轰动了京城臣民。像这样历代少有的盛事，完全是皇上和娘娘两陛下圣德巍巍，感召万方，连出家人也激发了这样忠心！"

周后面露喜色，叹息说："但愿佛祖保佑，从今后国泰民安。"

丁夫人一再上本恳求入宫朝贺，实为着要当面恳求皇后在皇帝前替武清侯府说句好话。京城里各家有钱的皇亲也都把希望寄托在她的这次进宫。趁着皇后面露喜色，丁夫人赶快将话题引到在京城住家的亲戚们身上。刚谈了几句闲话，忽听永祥门有太监高声传呼："接驾！"随即院中鼓乐大作。周后赶快离座，带着宫女们到院中接驾去了。

崇祯因昨夜几乎通宵未眠，今天的脸色特别显得苍白。到正殿坐下以后，他看见周后的眼睛红润，感到诧异，问道：

"今天是你的快活日子，为什么难过了？"

周后笑着说："我没有难过。只因为轻易看不见我的母亲，乍然看见……"

"她已经来了？"

"已经来了。"

"叫过来让我见见。"

崇祯升了宝座。丁夫人被搀过来行了常朝礼，俯伏在地。崇祯赐座，赐茶，随便问了几句闲话。丁夫人不敢在皇上面前久留，叩头出去。宫女们引她到坤宁宫东边的清暇居休息。

崇祯留在坤宁宫同皇后一起吃寿宴。在坤宁宫赐宴的有皇太子、诸皇子和十二岁的长平公主[①]，另有袁贵妃和陈妃。皇亲中的命妇只有丁夫人。妃以下各种名号的嫔御也就是一般所说的姬妾，都没有资格在坤宁宫赐宴，也不需要她们来坤宁宫侍候。皇后另外赐有酒宴，由尚膳监准备好，送往各人宫中。长辈方面，如刘太妃和懿安皇后等，皇后命尚膳监各送去丰盛酒席，并命皇太子前去叩头。各位前朝太妃和懿安皇后又派宫女来送酒贺寿。皇太子、诸皇子、公主、袁妃、陈妃、丁夫人等都依次向皇帝和皇后行礼，奉觞祝寿。各等名号嫔御，也依次来坤宁宫行礼奉觞。然后是王德化、曹化淳、六位秉笔太监、各监衙门的掌印太监、宫中六局掌印女官，以及乾清、坤宁、慈庆、承乾、翊坤、钟粹等重要宫中的掌事太监和女官，也都依次前来行礼奉觞。但是地位较低的嫔御，所有执事太监和女官，都不能进入殿中，只分批在殿外行礼。他们在鼓乐声中依照赞礼女官的鸣赞行礼，跪在锦缎拜垫上向皇帝和皇后献酒。女官从他们的手中接过来华美的黄金托盘，捧进殿中，跪在御宴前举到头顶。另有两个女官将盘中的两只玉斝取走。又有一对女官换两只空的玉斝放在盘子上。一般时候，崇祯和周后并不注意谁在殿前行礼和献觞，那些玉斝中的长春露酒也都由站在身边侍候的宫女接过去倾入一只绘着百鸟

---

① 长平公主——崇祯的长女。

朝凤的大瓷缸中。倘若崇祯和周后偶然向殿外行礼献觞的人望一眼，或一露笑脸，这人就认为莫大恩宠。在太监中，也只有王德化、曹化淳等少数几个人得到这种"殊遇"。

吴婉容在太监们献酒时候，退立丹墀一边，等候偶然呼唤。一个身材苗条的宫女笑嘻嘻地用托盘捧着一个大盖碗来到她的面前，打开描金盘龙碗盖，轻声说：

"婉容姐，请你尝一尝，多鲜！皇爷和娘娘只动动调羹就撤下来了，还温着呢。"

吴婉容一看，是一碗嫩黄瓜汤，加了少许嫩豌豆苗，全是碧绿，另有少许雪白的燕窝丝和几颗红色大虾米。她笑一笑，摇摇头不肯尝，小声赞叹说："真是鲜物！"

身材苗条的宫女说："如今在北京看见嫩黄瓜确实不易，所以听御膳房的公公①们说，这一碗汤就用了二十多两银子。"

"怎么这样贵？"

"听说尚膳监管采买的公公昨天在棋盘街见有人从丰台来，拿了三根嫩黄瓜，要十两银子一根。采买公公刚刚说了一句价钱太贵了，那人就自己吃了一根，说：'我不卖啦，留下自己吃！'采买公公看这人也是个无赖，怕他会真的把三根都吃掉，只好花二十两银子将两根买回，为的是今日孝敬娘娘吃碗鲜汤，心中高兴。外加别的佐料，所以这一碗汤就花去了二十多两。"

吴婉容伸伸舌头，笑着说："真是花钱如水！好，请费心，将这碗汤放到我的房里桌上去吧。"

又一个宫女来到吴婉容的身边，将她的袖子一拉，凑近她的耳朵小声嘀咕几句。她的脸色一寒，向另外两个宫女嘱咐一声，便走出坤宁宫院子，往英华殿的院子跑去。

住在英华殿院落中吃斋诵经的陈顺娟本来就体弱多病，近两个月刺血写经，身体更坏，十天前就病倒了。为着皇后的千秋节来到，没有人在皇后前提到此事。陈顺娟原是坤宁宫中宫女，同吴婉容感情不错，去年因为久病，自己请求到英华殿长斋礼佛。今日英华殿掌事太监因见她病势沉重，怕她死

---

① 公公——对于年长的太监一般尊称公公。但是有官职的太监另有称呼。

在宫中，要送她去内安乐堂①。虽然她苦苦哀求留下，但碍于宫中规矩，未蒙准许。她又要求在出宫前同吴婉容见一面，得到同意。吴婉容看见她躺在床上，脸色蜡黄，消瘦异常，不禁心酸。她握住吴婉容的手，滚下热泪，有气无力地说：

"吴姐，他们今天要送我到安乐堂去，这一生再也看不见你了。"她哽咽不能成声，将婉容的手握得更紧。

吴婉容落泪说："你先去安乐堂住些日子，等娘娘陛下高兴时候我替你说句话。她念你刺血写经的忠心，大概会特下懿旨放你出去。你出去，趁年纪还轻，不管好歹许配了人家，也算有出头之日，不枉这一年长斋礼佛，刺血写经！"

陈顺娟哭着说："吴姐啊，我已经不再想有出头之日了！我大概只能挣扎活两三天；三天后就要到净乐堂②了！"

二人握手相对而泣。过了一阵，陈顺娟从枕下摸出一包银子，递给婉容，说：

"吴姐，你知道我是香河县离城二十里大陈庄人。我入宫时候，虽然家中日子极苦，父母却是双全。我原有两个哥。我的二哥八岁出了家，后来随师父往五台山了。我一进深宫八年，同家中割断音信。这八年，年年灾荒，不知家中亲人死活。八年来每次节赏的银子我都不敢花掉，积攒了十几两银子，加上皇后陛下昨天赏赐的十两银子，共有二十三两三钱……"

吴婉容突然不自觉地小声脱口而出："一碗黄瓜汤钱！"

陈顺娟一愣："你说什么？"

吴婉容赶快遮掩说："我想起了别的事，与你无干。你要我将这二十三两三钱银子交给谁？"

陈顺娟接着说："我的好姐姐，你也是小户人家出身，同我一样是苦根上长的苗子，所以你一向对我好，也肯帮助别的命苦的都人。你在坤宁宫中有面子，人缘也好。请你托一个可靠的公公，设法打听我一家人的下落，将银子交给我的亲人。这是救命钱，会救活我一家人的命。我虽死在这不见天日的地方，也不枉父母养育我到十四岁！"陈顺娟抽泣一阵，忽然注意到从坤宁

① 内安乐堂——在金鳌玉蝀桥西，棂星门北，羊房夹道。明朝这一带是宫中禁地。凡宫女有病、年老或有罪，送至内安乐堂住下。如不死，年久发往外浣衣局劳动。

② 净乐堂——在西直门外不远地方。凡宫女和太监死后如无亲属在京，尸首送此焚化。

紫禁城内外

343

宫院中传来的一派欢快轻飘的细乐声，想起来酒宴正在进行，便赶快催促说："吴姐，你快走吧。一时娘娘有事问你，你不在坤宁宫不好。"

吴婉容噙着泪说："是的，我得赶快回去。还有二十个刺血写经的都人姊妹，听说有的人身体也不好，可是我来不及看她们了。"

陈顺娟说："我临走时她们会来送别的，我替你将话转到。她们也都是希求生前能够蒙皇后开恩放出宫去，死后永不再托生女人，才学我刺血写经。再世渺茫难说，看来今生也难有出头之日！"她喘口气，又说："听说今日隆福寺有一个和尚为替娘娘陛下祈福，舍身自焚，看来我们的刺血写经也算不得什么。"

吴婉容心中凄然，安慰说："你们的忠心已蒙皇后赏识，心中高兴。至于慧静和尚的舍身自焚，自然也是百年不遇的盛事，娘娘当然满意。"

陈顺娟的心中猛一震动，睁大眼睛问："那和尚叫什么名字？"

"听说名叫慧静。"

陈顺娟更觉吃惊，浑身发凉。但她随即想着二哥随师父去五台山没有回来，与隆福寺毫无关系，天下和尚众多，法名相同的定然不少，就稍微镇静下来，有气无力地说：

"吴姐，你快走吧！"

吴婉容叹一口气，洒泪而别。刚到坤宁门外，遇到了谢诚从隆福寺回来，同刘安小声谈话方毕。她同谢诚是对食，说话随便，轻轻问道：

"谢公公，和尚自焚的事情如何？"

谢诚说："已经完啦。恰好他的老子从香河县讨饭来京看他，要是早到半日，这事会生出波折。"

吴婉容的心一动，忙问："这和尚不晓得他老父亲来京么？"

"他老父刚到，火就点着了。我站在近处，看见他举止异常，好像是望见了他的父亲，可是已经晚啦。"

"他难道不呼喊他的父亲？"

谢诚用极低的声音说："他头两天误吃了喑药，喉咙全哑了，叫不出也哭不出声。"

吴婉容的眼睛一瞪，将脚跟一跺，低声说："你，还有隆福寺的老和尚，什么佛门弟子，高僧法师，做事也太——太——太狠啦！"

谢诚使眼色不让她多说话，随后嘲讽说："世间事……你们姑娘家懂得什么!"

吴婉容一转身走进坤宁门，将银子交给一个宫女暂时替她收起来，然后定定神，强作出满面喜悦，走上丹墀，站在坤宁宫正殿檐下的众宫女中间侍候。她偷眼望见皇上替皇后斟了一杯酒，带着辛酸的心情笑着说：

"如今国事大不如昔，事事从俭，使你暂受委屈。但愿早日天下太平，丰丰盛盛地替你做个生日。"

皇后回答说："但愿从今往后，军事大有转机，杨嗣昌奏凯回朝，使皇上不再为国事忧心。"

宴毕，崇祯匆匆去平台召见阁臣，商议军国大事。袁妃等各自回宫。周后带着母亲来到西暖阁，重叙家常。这儿是她的燕坐休息之处，在礼节上可以比便殿更随便一些，女官们不奉呼唤也不必前来侍候。丁夫人见田贵妃果然没有来坤宁宫，证实昨天关于田娘娘受谴的传闻，使她对于自己要说的话不免踌躇。谈了一阵家常闲话，她看左右只有两个宫女，料想说出来不大要紧，便站起来小声细气地说：

"臣妾这次幸蒙皇帝和皇后两陛下特恩，进宫来朝贺娘娘陛下的千秋节，深感皇恩浩荡，没齿不忘。家中有一件小事，想趁此请示陛下懿旨。"

周后有点不安地望着母亲："同李皇亲家的事有关么？"

"是，娘娘陛下明鉴。臣妾想请示娘娘陛下……"

"唉！皇上为此事十分生气。倘若是李家让你来向我求情，你千万不要出口。"

丁夫人吓了一跳，心中凉了半截。在入宫之前，人们已经暗中替她出了不少主意，替她设想遇到各种不同情况应该如何说话，总之不能放过朝贺皇后的这个极其难得的机会。丁夫人怔了片刻，随即决定暂不直接向皇后求情，拿一件事情试探皇后口气。她赔笑说：

"臣妾何人，岂敢在陛下前为李家求情。"

"那么……是什么事儿？"

"李皇亲抗旨下狱，家产查封。他有一个女儿许给咱家为媳，今年一十五岁，尚未过门。此事应如何处分，恳乞陛下懿旨明示。"

周后想了一下，叹口气说："人家当患难之际，我家虽然不能相助，自然也无绝婚之理。可用一乘小轿将这个姑娘取归咱家，将来择吉成亲。除姑娘

穿的随身衣裙之外，不要带任何东西。"

"谨遵懿旨。"丁夫人的心中凉了，知道皇上要一意孤行到底，难以挽回。

周后又嘱咐一句："切记，不要有任何夹带！"

丁夫人颤声说："臣妾明白，决不敢有任何夹带。"

周后又轻轻叹口气，说："皇上对李家十分生气，对你们各家皇亲也很不满意。你们太不体谅皇上的苦衷了！"

丁夫人心中大惊："娘娘陛下！……"

周后接着说："皇上若不是国库如洗，用兵吃紧，无处筹措军饷，何至于向皇亲国戚借助？各家皇亲都是与国同体，休戚相共。哪一家的钱财不是从宫中赏赐来的？哪一家的爵位不是皇家封的？皇上生气的是，国家到了这样困难地步，李皇亲家竟然死抗到底，一毛不拔，而各家皇亲也竟然只帮李家说话，不替皇家着想。皇上原想着目前暂向皇亲们借助一时，等到流贼剿灭，国运中兴，再大大赏赐各家。他的这点苦心，皇亲们竟然无人理会！"

丁夫人望望皇后脸上神色，不敢再说二话。恰在这时，司仪局女官进来，跪在皇后面前说：

"启奏娘娘陛下，嘉定伯夫人出宫时刻已到，请娘娘正殿升座。"

周后为着向皇亲借助军饷一事，弄得相持不下，单从这一件事上也露出败亡征兆，她肚里还有许多话想对母亲说出，但碍于皇家礼制，不能让母亲多留，只好哽咽说：

"唉，妈，你难得进宫一趟，不知什么时候咱母女再能见面！"

丁夫人含泪安慰说："请陛下不必难过。要是天下太平，明年元旦准许命妇入宫朝贺，臣妾一定随同大家进宫，那时又可以同娘娘陛下见面了。"

"但愿能得如此！"

丁夫人向她的女儿跪下叩头，然后由宫女搀扶着，退到坤宁宫丹陛下恭立等候。

周后换上凤冠朝服，走出暖阁，在鼓乐声中重新升入宝座。太子和皇子、皇女侍立两旁。众女官和执事太监分两行肃立殿门内外，另外两个宫女打着交叉的黄罗扇立在宝座背后。一个司仪女官走到丹陛下宣呼：

"嘉定伯夫人上殿叩辞！"

丁夫人由两个宫女搀扶着走上丹墀，又走进正殿，在庄严的乐声中随着司仪女官的唱赞向她的女儿行了叩拜礼，然后怀着失望和沉重的心情退出，毕恭毕敬地穿过仪仗，被搀出坤宁门，不敢回头看一眼。乐声停止，周后退入暖阁，更衣休息。掌事太监刘安进来，向她启奏隆福寺和尚慧静舍身自焚的"盛况"。周后问：

"慧静临自焚时说什么话了？"

刘安躬身说："慧静至死并无痛苦，面带微笑，双手合十，稳坐蒲团，口念经咒不止，为皇爷和娘娘两陛下祈福。真是佛法无边，令人不可思议！"

周后满意，轻轻点头，从眼角露出微笑，刚才心上的许多不快都消失了。她挥手使刘安退出，重新净手，打开陈顺娟用血写的经卷，看着一个个殷红的字，想到刘安的话，又想着自己定会福寿双全，唤起了虔诵佛经的欲望，随即轻声念道：

"如是我闻……"

李国瑞在狱中听说田贵妃为他的事只说了一句话就谪居启祥宫，皇后不敢替他说话，十分惊骇，感到绝望，病情忽重，索性吞金自尽。锦衣卫使吴孟明同东厂提督太监曹化淳秘密商定，只向崇祯奏称李国瑞是病重身亡，隐瞒了自尽真相，以便开脱他们看守疏忽的责任。崇祯得知李国瑞死在狱中的消息，心中很震动，赶快到奉先殿的配殿中跪在孝定太后的神主前焚香祈祷，求她鉴谅。他仍不愿这件事从此结束，想看看皇亲们有何动静。过了一天，他把曹化淳叫进宫来，问他李国瑞死后皇亲们有何谈论。曹化淳因早已受了皇亲们的贿赂和嘱托，趁机说："据东厂和锦衣卫的番子禀报，皇亲和勋旧之家都认为皇上会停止追款，恩准李国瑞的儿子承袭爵位，发还已经查封的家产。"崇祯将曹化淳狠狠地看了一眼，冷笑一下，说：

"去，传谕锦衣卫，将李国瑞的儿子下狱，继续严追！"

曹化淳跪下说："启奏皇爷，奴婢听说，李国瑞的儿子名叫存善，今年只有七岁。"

"啊？才只有七岁？……混蛋，还没有成人！"

崇祯无可奈何地摇摇头，叫曹化淳起去。过了片刻，他吩咐将李府的管事家人下狱，家产充公。猜到皇亲们会利用李国瑞的死来抵制借助，他下决心要硬干到底，非弄到足够的军饷誓不罢休。他又向曹化淳恨恨地问：

"前些天京中士民说皇亲们在同朕斗法，可是真的？"

曹化淳躬身说："前几天百姓中确有此话，奴婢曾经据实奏闻。"

崇祯冷笑一声，说："朕是天下之主，看他们有多大本领！将李家的案子了结以后，看哪一家皇亲、勋旧敢不借助！皇亲们同朕斗法？笑话！"

他摆一摆下颏使曹化淳退出去，然后从椅子上跳起来，在乾清宫中激动地走来走去。

　　由于杨嗣昌的督师，明朝政府在对农民起义的军事上有了一些起色，暂时还居于优势。到崇祯十三年夏秋之间，将张献忠和罗汝才为首的几支农民军逼到川东，四面围堵，大部分已经投降，罗汝才也正在准备投降，被张献忠及时阻止。张献忠为摆脱明军压力，拉着罗汝才奔往四川腹地。李自成销声匿迹，不再为人注意。然而这只是局部的表面现象。实际上，明朝政权从来没有像在崇祯十三年夏秋间陷入全面的深刻危机。从军事上来看，十三年来崇祯一直陷于既要对付大规模农民起义，又要对付日趋强大的清朝的军事压力。到了目前阶段，四川战事胜负未决，前途变化莫测，而山东、苏北、皖北、河北南部、四川北部和河南、陕西各地，到处有农民战争。山东西部、南部和徐州一带的农民大起义，严重威胁着明朝中央政权赖以生存的南北漕运①。在山海关外，崇祯为防备清兵再次南下，催促洪承畴指挥十几万大军向松山、杏山和塔山一带进兵，谋解锦州之围，但是军心不齐，粮饷补给困难，几乎等于是孤注一掷。从财政经济来看，长江以北的半个中国，尤其是黄河流域各省，由于长期战乱，官军纪律败坏，烧杀淫掠，官府横征暴敛，加上各种天灾人祸，农业生产受到极大破坏，人民死亡流离，往往村落为墟，人烟断绝。到了十三年夏秋之间，不但黄河中下游和淮河流域各省的旱灾和蝗灾特别惨重，而且朝廷所依赖的江南也发生了旱灾和蝗灾，苏州府等地粮价飞涨，城市中发生了多起抢粮风潮。在这种情况下，朝廷的军费开支反而增加，所以财政方面确实快到了山穷水尽地步。军事和财政经济两方面的严重危机，加深了朝廷上的政治危机，一方面表现为崇祯皇帝因借助军饷问题同皇亲、勋旧展开的明争暗斗，另一方面因对拯救危亡的看法不同，崇祯同一些朝臣发生直接交锋。

----

　　①　漕运——明代将江南大米和其他物资从运河运往北京，称为漕运，为朝廷生命所系。

对于当时明王朝所面临的空前危机，皇亲和勋旧这一个只讲究养尊处优的阶层感受最浅，而在朝臣中却有很多人比较清楚，有些人深为国事担忧。受全面危机的压力最大的是崇祯皇帝。现在他正在为克服这一可怕的危机而拼命挣扎，不过有时他还在幻想做一个"中兴之主"，口头上也时常这么说。尽管他不敢想，更不肯说有亡国可能，但这种深藏在心中的无限忧虑和时常泛起的悲观情绪使他更变得刚愎任性，心狠手辣，决不允许任何朝臣批评和阻碍他的行事。

抄家的上谕下了以后，锦衣卫和东厂自然是雷厉风行，趁机发财。住在京城的所有皇亲、勋旧越发兔死狐悲，人人自危。大地主官僚们也担心将来轮到向他们借助，都觉得皇帝未免太任性行事。但廷臣们都害怕皇上震怒，不敢进谏，只是冷眼看这事将如何结局。皇亲们却不能等待，赶快联名上了一封奏疏，恳乞皇上开恩，念李国瑞已死狱中，停止抄家，使其子存善袭爵，以慰孝定太后在天之灵。崇祯一向迷信鬼神，想到孝定太后，心中不免犹豫，打算借着十几家皇亲联名上疏求情的机会赶快转圜，暂停抄家。但过了半天，他想不出另外的措饷办法，各地军事形势又逼得他坐立不安，想来想去，还是决定寸步不让，非将这第一炮打响不可。他在奏疏上用朱笔批"留中"二字，扔向一旁，心中叹息说："唉，你们这班皇亲国戚、勋旧世家，真是糊涂！你们的富贵自何而来？倘若朕的江山不保，你们不是也跟着家破人亡？皮之不存，毛将焉附！"他又暗恨薛国观，倘若不是他当时赞同向李国瑞头上开刀，另外想一个筹饷办法，何至于今日进退两难！

又过三天，他正在乾清宫中发闷，秉笔太监王承恩送来了一叠文书。他先看了几封奏疏，都是攻击杨嗣昌的，说了一些杨嗣昌的短处，认为他督师剿贼很难成功。其中有詹事府少詹事黄道周的一封奏疏，措词特别激烈。他抨击杨嗣昌加征练饷，引荐陈新甲做兵部尚书是为暗中同满洲议和准备，又攻击杨嗣昌继母死后没有回原籍奔丧守孝，而是"夺情视事"。崇祯看了前几封奏疏已经很生气，看了黄道周的奏疏更加愤怒，在心中恨恨地说：

"这个黄道周，才回京不久，竟敢上疏胡言，阻挠大计，博取清直敢言之名，殊为可恶！"

他没有批语，也没有心情再看别的奏疏，站起来来回走动，脚步特别沉重。忽然，他忍不住叹口气，说出一句话：

"朕的为国苦心，黄道周这班人何曾知道！"

黄道周和崇祯一样，一心要维护摇摇欲倒的明朝江山，但是他坚决反对崇祯的几项重大措施。他不敢直接批评皇帝，只好激烈地批评杨嗣昌的误国。他反对加征练饷，在一定程度上代表了中小地主阶级的利益，但中心目的是害怕朝廷为此而失尽人心，将广大没有造反的百姓逼迫到造反的路上。崇祯为同意加征练饷的事，在去年已引起朝议哗然，但这是出于形势所迫，好比明知是一杯鸩酒，也只好饮鸩止渴。崇祯在心里说："你们这班朝臣，只会放空炮，没有一个人能想出更好的办法！"关于同清朝秘密议和的事，崇祯最忌讳有人说出，而偏偏黄道周在疏中公然抨击。崇祯一直认为：满洲人原是大明臣民，只是到了万历中叶以后，因边臣"抚驭"失策，才有努尔哈赤之叛，逐渐酿成近二十年来之祸。如今同满洲暗中议和实是万不得已。宋与金的历史，对崇祯说来，殷鉴不远，而他绝不愿在臣民心目和后代史书中被看成是懦弱无能的君主。自从前年由杨嗣昌和高起潜主持，开始暗中同清方议和，他就不许用"议和"一词，只许用"议抚"一词。黄道周在疏中直然不讳地批评杨嗣昌同满洲议和，深深地刺伤了他这个自认为"天下共主"和"千古英主"的自尊心，何况他迫切希望赶快能够同满洲休兵罢战，暂时摆脱两面用兵的困境，以便专力围剿农民起义军。这是他的至关重要的救急方略，不料黄道周竟然如此不达事理，不明白他的苦心！他看得很清楚，满朝大臣中没有一个人在做事干练和通权达变上能够比得上杨嗣昌的。他不允许任何人借弹劾杨嗣昌的题目干扰加征练饷和对满方略，更不许在目前川、鄂一带军事胜利在望的关键时刻，有谁肆无忌惮地攻讦杨嗣昌，要将他赶下台去。他回到御案前重新坐下，又向黄道周的奏疏望了一眼，偏偏看到了抨击杨嗣昌"夺情"的几句话，不禁从鼻孔冷笑一声，心中说：

"朕以孝治天下，这样事何用你妄肆攻讦！自古大臣死了父母，因国事鞅掌，出于皇帝诏旨，不守三年之丧，'夺情视事'或'夺情起复'的例子，历朝皆有，连卢象升也是'夺情'！倘若杨嗣昌和陈新甲都去守三年之丧，你黄道周能够代朕督师么？能够任兵部尚书么？……可笑！"

他又从御案上拿起来一封奏疏，是礼部主事吴昌时讦奏薛国观纳贿的事。吴昌时原是行人司的一个行人，这行人是正九品的低级闲官儿；没有什么大的出息。朝廷遇到颁行诏敕，册封宗藩，慰问，祭祀，出使藩夷等事，派行人前往或参加。去年，吴昌时趁着京官考选的机会，托人向薛国观说情，要求帮助他升转为吏科给事中。薛国观收下他的礼物，口头答应帮忙，但心中

很轻视他这个人。考选结果，吴昌时升转为礼部主事，大失所望。吏部是一个热衙门，全国官员的除授、调任、升迁、降职和罢免，都归吏部职掌。吏科给事中虽然按品级只是从七品，却在朝廷上较被重视，是所谓"言官"和侍从之臣，不但对吏部的工作有权监督，且对朝政有较多的发言机会，纳贿、敲诈、勒索的机会较多，前程也宽。礼部主事虽然是正六品，但礼部是个冷衙门，而主事是"部曹"，即事务官，所以反不如从七品的给事中受人重视。吴昌时没得到他所理想的职位，认为是薛国观出卖了他，怀恨在心，伺机发泄。近来他风闻皇上因李国瑞的事对薛国观心怀不满，并且皇戚们同几个大太监暗中合谋，要将薛国观逐出朝廷，他认为时机到来，上疏揭发薛国观的一件纳贿的事，尽量夸大，进行报复。崇祯正想借一个公开题目将薛国观逐出内阁，看了这封弹章，不待审查清楚，也不待薛国观自己奏辩，便决定从严处分。他立刻提起朱笔，写了一道手谕：

> 薛国观身任首辅，贪渎营私，成何话说！着五府、九卿、科、道官即速议处奏闻！

崇祯命一个太监立刻将手谕送出宫去，又继续批阅文书。有十来封奏疏都是畿辅、山东、河南、陕西、湖广和江南各省地方官吁请减免钱粮和陈报灾情的奏疏，其中有一本是畿辅和山东士民一千多人来到京城上的，痛陈这两省地方连年灾荒，加上清兵焚掠和官军供应浩繁的情况。他们说："百姓生计，已濒绝境；倘不速降皇恩，蠲免新旧征赋，杜绝苛派，拨款赈济，则弱者辗转死于道路，而强者势将群起而走险，大乱将愈不堪收拾矣。"崇祯看完了这个奏本，才知道畿辅和山东士民有千余人来到京城上书，一时不知道应如何处理。恰巧东厂提督太监曹化淳来乾清宫奏事，崇祯就向他问道：

"曹伴伴，畿辅和山东有千余士民伏阙上书，你可知道？"

曹化淳躬身回奏："奴婢知道。这一千多士民在三天前已经陆续来京，第一次向通政司衙门递本，因有的奏本不合格式，有的有违碍字句，通政司没有收下。他们重新联名写了一本，今日才送到御前。"

"都是真的良民么？"

"东厂和锦衣卫侦事番子随时侦察，尚未见这些百姓们有何轨外言行。他们白天有人在街上乞食，夜间就在前门外露宿街头。五城御史与五城兵马司随时派人盘查，亦未闻有不法之事。"

崇祯向站在身边伺候的秉笔太监王承恩问："朕不是在几个月前就降旨恩

免山东和畿辅的钱粮了么？"

秉笔太监回奏："皇爷确实免过两省受灾州、县钱粮，不过他们的本上说'黄纸虽免，白纸①犹催'。看起来小民未蒙实惠。"

崇祯不再问下去，挥手使曹化淳和王承恩退出。他知道百姓们所奏的情形都是真的，然而他想：目前军饷无着，如何能豁免征派？国库如洗，如何有钱赈济？他提起朱笔，迟疑一阵，在这个本上批道：

> 览百姓每②所奏，朕心甚悯。着户、兵衙门知道，究应如何豁免，如何赈济，妥议奏闻。百姓每毋庸在京逗留，以免滋事，致干法纪。
>
> 钦此！

他下的这一道御批只是想把老百姓敷衍出京，以免"滋事"。他深感样样事都不顺心，无数的困难包围着他，不觉叹口长气。为图得心中片刻安静，他竭力不再想各省灾荒惨重的问题，略微迟疑一下，另外拿起一封洪承畴从山海关上的奏本。每次洪承畴的奏疏来到，不是要饷，就是要兵，使他既不愿看，又不能不看。现在他怀着惴惴不安的心情看完引黄，知道是专为请求解除吃烟的禁令，并没有提兵、饷的事，才放心地打开奏疏去看。原来在半年以前，他认为"烟"和"燕"读音相同，"吃烟"二字听起来就是"吃燕"，对他在北京坐江山很不吉利，便一时心血来潮，下令禁止吃烟，凡再吃烟和种植烟草的杀头。但烟草从吕宋传进中国闽、广沿海一带已经有八十年以上历史，由戚继光的部队将这种嗜好带到长城内外，也有七十年的历史，所以他的上谕不但行不通，反而引起驻扎在辽东的将士不满。现在洪承畴上疏说"辽东戍卒，嗜此若命"，请求他解除禁烟之令，仍许北直和山东民间种植，并许商人自浙、闽贩运。崇祯将这封奏疏放下，心中叹道：

"吃烟，吃烟！难道真有人来吃燕京？唉，禁又禁不住，不禁又很不吉利！"

两天以后的一个早晨，五凤楼上传出来第一通鼓声。文武百官陆续进入端门，都到朝房等候。有些人在窃窃私语，议论着新增的练饷所引起的全国

---

① 黄纸、白纸——黄纸指皇帝诏书，白纸指地方官吏的文书、告示等。
② 每——同"们"。元、明人常把"们"字写成"每"字。"们"是当时人民群众新造的字，尚不十分流行。

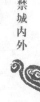

舆论哗然，百姓更加同朝廷离心的情况；有的在闲谈着湖广和四川等地的战争消息；还有人在谈论着近来的满洲动静。但人们今天最关心的是练饷。尽管许多人嘴里不谈，心上却挂着这件大事。他们避而不谈，只是怕惹祸罢了。

今天是常朝，比每天"御门决事"的仪制隆重。早在五更之前，六只大象就已经由锦衣官押着身穿彩衣的象奴从宣武门内西城根的象房牵到，在午门前的御道两侧悠闲地走动着。午门上二通鼓响过之后，六只大象自动地走到午门的前边，站好自己位置，每一对左右相同，同锦衣旗校一起肃立不动。三通鼓响过以后，午门的左右偏门掖门一齐打开了（中门是御道，平时不开）。一队锦衣将军、校尉和旗手走进午门，在内金水桥南边，夹着御道，分两行整齐排列，肃立不动。校尉手执仪仗，旗手专执旗帜。同时担任仪仗的一群太监从宫中出来，在丹墀下边排班站定。班尾是两对仗马，金鞍、金镫、黄丝辔头、赤金嚼环。尽管崇祯在上朝前总是乘辇，从不骑马，但是四匹漂亮而驯顺的御马总是在三六九上朝前按时牵到伺候，成为仪仗的组成部分。另外四个太监拿紫檀木雕花马凳，以备皇帝上马时踏脚，站在仗马旁边。夹着丹陛左右，肃立着两行扈驾侍朝的锦衣将军，穿铁甲，佩弓、矢、刀、剑、戴红缨铁盔帽。又过片刻，午门上钟声响了。文武百官匆匆地从朝房中走出，从左右掖门入内。当最后一个官员进去以后，一对一对大象都把鼻子互相搭起来，不许再有人随便进去。

文武百官到了皇极门外，按照文东武西，再按照衙门和品级区别，排成两班，恭立在丹墀之上。四个御史官分班面向北立，负责纠仪。

当文武百官在五更入朝时候，一千多畿辅和山东士民由二十几位老人率领，来到长安右门外边。曾经率领乡里子弟打过清兵的姚东照老先生也参加了。他们绝大部分是濒于破产的中小地主，但他们所代表的利益大大超出了他们所属的阶级，也反映了农民、中小商人和手工业主的利益。昨天上午他们见到了皇上的御批，使他们大为失望。他们这一群老人当即又写了一封痛陈苦情的奏本，送往通政司。通政司因皇上已有旨叫他们"毋庸逗留"京城，且见奏本中有些话说得过于激切，不肯收下。他们不管如何恳求，都无用处。他们无奈，便趁着今天是常朝的日子，头顶奏本，"伏阙上书"。古代的所谓阙就是宫门。拿明朝说，就是午门。但如今老百姓向皇帝"伏阙上书"，不惟望不见午门，连承天门也无法走近，只能跪伏在长安右门以外。明代的文武官员多住西城，从长安右门入朝。百姓们原希望有哪位内阁辅臣、都察院左右都御史或哪位尚书、侍郎大人怜念小民，收下他们的奏本带进宫去，呈给皇上，谁知守门的锦衣官兵压根儿不许他们走近长安右门，用水火棍和刀、剑将他们赶散。一见大官来到，把他们赶得更远。长安右门外有一座登闻鼓院，小厅三间向东，旁有一小楼悬鼓，有科、道官员在此轮流值日。按照明朝法律规定：百姓有冤，该管的衙门不替申理，通政司又不为转达，百姓一击登闻鼓，值日官员就得如实上报皇帝。但是今天，登闻鼓院附近站立的锦衣旗校特别多，一个个如狼似虎，打得百姓们不能走近。百姓们见长安右门不行，就从棋盘街转过大明门，来到长安左门。在这里，他们遇到的情形一样。有些老人已经完全绝望，但有些老人仍不死心。他们率领大家避开中间的路，跪得离东长安门稍远一点，见从东城上朝的官员过尽，只好恳求守门的锦衣官员收下他们的奏本送进宫中。锦衣官员惟有斥骂，并不肯收。他们想，就这样跪下去，迟早会有人怜悯他们，将他们"伏阙上书"的事上奏皇帝。他们跪得很乱。有人过于饥饿，跪不稳，倒了下去。有人身体虚弱得很，发出呻吟。

在紫禁城内，文武百官排班站定以后，有一个太监走出皇极门，手中拿一把黄丝静鞭，鞭身一丈三尺，梢长三尺，阔有三寸，用蜡渍过，安着一尺长的朱漆木柄，上刻龙头，涂以金漆。他走至丹墀一角站定，挥起静鞭在空中盘旋几下，用力一抽。鞭声清脆，响彻云霄。连着挥响三次，太监收起静鞭，走下丹墀站定。于是，午门内寂静无声，仪仗森森，气象肃穆。

过了片刻，内官传呼"驾到！"崇祯头戴翼善冠，身穿圆领绣龙黄罗袍，面带忧容，在一大群服饰华美的太监们的簇拥中乘辇出来。由翰林、中书、科、道各四人组成的导驾官员，从皇极门导驾而出，步步后退，将龙辇导向御座。文武百官躬身低头，不敢仰视。崇祯下了辇，升入御座，这御座在当时俗称金台。在他的面前是一张有黄缎绣龙围幛的御案。离御案三尺远有一道朱漆小栏杆，以防某一个官员正跪在地上奏事时突然扑近御座行刺。当崇祯坐下以后，有三个太监，一人擎着黄缎伞盖，两人擎着两把黄罗扇，从东西两边陛下上来，站在崇祯背后。他们将黄伞盖擎在御座上边，那两把黄罗扇交叉着擎在他的身后，警惕地保卫着他的安全。如果看见哪一个臣工在御案前奏事时妄想行刺，两个执黄罗扇的太监只须手一动，一道铁线圈会自动落下，从扇柄上露出利刃。原来还有九个锦衣力士手执五把伞盖和四把团扇，立在御座背后和左右。后来因为皇帝对锦衣力士也不放心，叫他们都立在丹

陛下边。在"金台"背后和左右侍立的，如今只有最亲信的各种执事太监了。

仪表堂堂、声音洪亮的鸿胪寺官高唱："入班行礼！"随即文武百官面向金台，依照鸿胪寺官的唱赞，有节奏地行了一拜三叩头的常朝礼，然后分班侍立。一位纠仪御史跪下奏道：

"今有户部主事张志发，平身起立时将笏落地，事属失仪，合当拿问。请旨！"

崇祯因昨夜几乎通宵未眠，精神疲倦，只低声说了一两句话，群臣都未听清。一位容貌丰秀、身穿圆领红罗朝服、蓝色鹦鹉补子，腰束镶金带，专管上朝传宣的随堂太监，从御座旁向前走出几步，像女人的声音一般，朗朗传旨：

"皇上口谕：姑念他事出无心，不必拿问；着即罚俸三月，以示薄惩。谢恩！"

崇祯手足浮动，似乎十分焦急，心不在焉地看见一位年约六十多岁的老臣从班中踉跄走出，匍匐跪下，颤声奏道："微臣朝班失仪，罪该万死。蒙陛下天恩浩荡，不加严罚，使微臣生死难报，敬谨叩谢皇恩！"然后他流着泪，颤声高呼："万岁！万岁！万万岁！"崇祯仍然心不在焉，脸上除原来的忧郁神色外，没有别的表情。

当张志发谢恩站起来的时候，崇祯的眼光正在向左边文臣班中扫去。他没有看见首辅薛国观，明白他是因为受了弹劾，"注籍"① 在家。又一位鸿胪寺官跪到面前，向他启奏今日在午门外谢恩和叩辞的文武官员姓名和人数，同时一个随侍太监将一张红纸名单展开，放在御案上。他仅仅向名单扫了一眼，又向午门外望了一下。因为距离午门远，他只看见左右两边门洞外都跪伏着人。鸿胪寺官随即起身，退了几步，面向午门高呼："午门外谢恩叩辞官员行礼！"当午门外的文武官员们正在依照另一个鸿胪寺官的唱赞，遥遥地向他行五拜三叩头礼时，他又向午门外望一眼，跟着抬起头来，望了望午门的城头和高楼。暗云低沉，雷声不住。他忽然又重复了经常在心头和梦中泛起的渺茫希望：要是杨嗣昌能够成功，将张献忠和李自成拿获解京，他率领太子和诸皇子登上午门"受俘"，该有多好！

又是照例地五府、六部等衙门官跪奏例行公事，崇祯都不大在意。他正

---

① 注籍——朝臣受了弹劾，如果情节较重，就不再上朝，在家等候处理，在大门上贴"注籍"二字，避免与人来往。

要向群臣宣布对薛国观的处罚，忽然听见从远处隐隐约约地传过来嘈杂的人声，这在承天门附近是极其稀有的现象。他猜到定是那畿辅和山东来的"无知愚民"不肯离去，不禁皱皱眉头，心中怒恨，想道："他们竟敢抗旨，仍在京师逗留！"但是他没有忘记要臣民们看他是"尧、舜之君"，所以他忍着心中怒气，将户部尚书和侍郎们叫到面前，带着悲天悯人的神色，慢慢说道：

"朕一向爱百姓犹如赤子。有些州、县灾情实在太重的，你们斟酌情形，钱粮是否应该减免，详议奏闻。"随着一阵南风，东长安门的隐约人声继续传来。他忍不住问："这外边的人声可是上书的百姓么？"

跪在地上的户部尚书李待问抬头奏道："是山东和畿辅的百姓父老，因灾情惨重，征派不止，来京城吁恳天恩，豁免征派，火速赈济。"

崇祯又一次将眉头皱起，沉默片刻，对站在身旁的一个太监说："你去口传圣旨：百姓们所奏的，朕已知道了。朕深知百姓疾苦，决不许地方官再事征派。至于赈济的事，已有旨着各有司衙门从速料理，不得迟误。叫百姓们速回原籍，不许逗留京师，滋生事端，致干法纪，辜负朕天覆地载之恩。"

他随即叫五府、九卿、科、道官来到面前。霎时间，被叫的朝臣们在御案前的小栏杆外跪了一片，连轻声的咳嗽也没有。他的脸色格外冷峻，充满怒气，眉宇间杀气腾腾。众文武官深知他喜怒无常，都把头低下去，等候着不测风云。有些胆小的朝臣，不禁小腿肚轻轻打颤。天色已经大亮，乌云比黎明前那一阵更浓，更低，压着五凤楼脊。天边响着沉闷的雷声。他向天上望望，又向群臣扫了一眼，说：

"朕叫你们会议薛国观应如何处分，昨日看你们议后所奏，颇从轻议，显系姑息。薛国观身任首辅，不能辅朕振刷朝政，燮理阴阳，佐朕中兴，反而营私贪贿，成何话说！本应拿问，交三法司①从严议罪；姑念他其他恶迹尚不显著，着即将他削籍了事，不许他逗留京师。你们以后做事，决不要学他的样儿！"

众文武叩头起去，退回朝班。有些朝臣本来有不少重要事要当面陈奏，因见皇上如此震怒，便一声不响了。冷场片刻，崇祯正要退朝，忽然远处的人声更嘈杂了，而且还夹杂着哭声。他大为生气，眼睛一瞪，说：

"锦衣卫使在哪里？"

---

① 三法司——都察院、刑部、大理寺，统称三法司。

紫禁城内外

357

锦衣卫使吴孟明立刻从武臣班中走出，跪到他的面前。他先向群臣们感慨地说：

"朕自登极以来，敬天法祖，勤政爱民，总是以尧、舜之心为心，务使仁德被于四海。只因国事杌陧，朕宵衣旰食，总想使天下早见太平，百姓们早登衽席。今日赋税科派较重，实非得已。不想百姓们只看眼前一时之苦，不能替朕的万世江山着想。"他转向吴孟明说："你去瞧瞧，好生晓谕百姓，不得吵闹。倘若仍敢故违，统统拿了！"

那些使皇帝生气的一千多百姓代表从天不明就"伏阙上书，跪恳天恩"，跪过长安右门又跪长安左门，得不到一位大臣的怜悯，收下他们的奏本送到皇帝面前。他们只能望见外金水桥和桥前华表，连承天门也不能完全望见。上朝时，他们听见了隐约的静鞭三响，随后就一切寂静。好像紫禁城是一个极深的海，而他们远远地隔在海外。长安门、承天门、端门和午门，每道门是一道隔断海岸的大山，使人望而生畏，无法越过。人们的腿跪得麻木，膝盖疼痛。有些人只好坐下，但多数人仍在跪着。有的人想着家乡惨状，呼天无门，在绝望中默默流泪。过路人愈聚愈多，在他们的背后围了几百人，有的完全是看热闹，有的深抱同情，不断地窃窃私语。几次因守卫长安左门的锦衣旗校要驱散众人，发生争吵。突然，一个太监走出，用尖声高叫："有旨！"所有坐着的赶快跪下，连那些看热闹的人们因躲避不及，也慌忙跟着跪下。太监口传了"圣旨"以后，转身便走。百姓们有的跪在后边，心中惊慌，并未听清"圣旨"内容，只听清"钦此"便完了。但多数人是听清了的，等太监一走，不禁失声痛哭。姚东照老头子登时心一横，虎地跳起，抢过来奏本自己捧着向长安左门追去，大声呼叫："公公！公公！"只见一道红光一闪，一个锦衣旗校一棍子打在他的头上。他的眼前一黑，天旋地转，身子摇晃，倒在地上，那一字一泪的哀痛奏本仍然紧握在他的手中，而鲜血从头上奔流。老百姓见此情形，胆小的起来乱跑，胆大的扑向前去救他，并且叫道："你们打死人了！打死人了！"锦衣旗校怕百姓冲进长安左门，一齐向前，用力狠打，赶散百姓，并且逮捕了二十几个人，说他们在宫门外聚众暴乱，送进狱中。东长安街上，一片奔跑声，呼打声，哭叫声。很多商店见街上大乱，赶快关门。胆大的人们聚立在远处观看，有些老人滚下热泪，有些人摇头叹气，姚东照被几个上书百姓冒死救出，抬到东江米巷一个僻静地方放下。大家把他围着；有的含着悲愤的眼泪，有的发出恨声。他醒了过来，睁开眼睛望望大家，叹一口气。他知道自己的伤很重，快要死了。一句话从他的心上蹦出："大明不亡，实无天理！"但是不肯说出口，跟着又昏过去了。……

锦衣卫使吴孟明走出东长安门时，"伏阙上书"的百姓已经被驱散了，地上留下了几只破鞋和撕碎的奏本。他命令一位锦衣卫指挥同知率领锦衣旗校会同五城兵马司务须将来京上书的山东、畿辅百姓驱逐出内外两城。

当吴孟明走下皇极门丹墀时候，崇祯正要退朝，忽然从文臣班中走出来一位五十多岁的老臣，到御案前的朱红栏杆外跪下。崇祯一看是前日上疏反对加征练饷和攻击杨嗣昌的黄道周，立刻动起火来。不等这位老臣张口，他神色严厉地问：

"你的奏本朕已看过，另有何事要奏？"

黄道周伏地说："微臣求皇上停征练饷，严惩杨嗣昌以谢天下。布宽仁之政，收拾已溃之人心。"

崇祯因为生气，手脚更加浮动，说："朕因为虏、寇猖獗，兵、饷俱缺，故去年不得已用辅臣杨嗣昌之议，增加练饷。朕何尝不爱民如子？何尝不深知百姓疾苦？然不征练饷即无法更练新兵，不更练新兵即无法内剿流寇，外御东虏，不得已采纳杨嗣昌之议，暂苦吾民一时。尔等做大臣的，处此国家困难之日，不务实效，徒事攻讦，深负朕意。今嗣昌代朕在外督师，沐雨栉风，颇著辛劳。原来在房县一带的九股流贼，已经纷纷请降；献贼自玛瑙山败后，也成了釜底游鱼，与罗汝才被困于鄂西川东一带，不得逃逸。李自成仍被围困在商洛山中，不日即可就歼。倘朝廷内外不和，动辄掣肘，必将使剿贼大事，功亏一篑。你前日疏中说杨嗣昌建议加征练饷是流毒天下，如此肆意攻讦，岂是为国家着想？"他转向群臣，接着说："朕切望文武臣工，不论在朝在外，都能和衷共济，万不要各立门户，徒事攻讦。"

崇祯满以为他的这些话可以使黄道周不再与他廷争，也使别的朝臣不敢跟着说话。但是黄道周既没有被说服，也没有被他压服。黄道周的性格非常倔强，又自幼熟读儒家的经史书籍，只想着做个忠臣，学古代那些敢言直谏之士，把"文死谏，武死战"的话当做了为臣的金科玉律，很喜欢苏轼的诗句"居官死职战死绥"。更重要的一点，他出身寒门，又常被贬斥，接近地主阶级的下层。明代末年，朝廷实行了"一条鞭"的聚敛办法，将丁役钱和一切苛捐杂派都并入田赋征收。大地主多为豪绅之家，既享有免役权，也能借官府和胥吏舞弊，将

部分田赋负担转嫁到无权无势的中小地主身上。这一阶层和有少量土地的农民，既是官府敲剥聚敛的对象，也是大户进行土地兼并的对象，加上战乱和天灾，随时都有境况沦落，甚至倾家破产和死亡流离的可能。这一阶层加上有少量土地的农民，在人数上仅次于佃农和雇农，所以他们的动向会影响明朝的存亡。崇祯皇帝将豪绅大户看成国家的支柱，而黄道周却将中小地主加上有少量土地的农民看成国家的支柱。他所说的"小民"，就是指的这两个阶层的人，都是直接担负着加征田赋之苦。听了崇祯的话以后，他觉得自己的一片忠心没被皇上理解，立即抬起头来说：

"陛下！臣前日疏中云'杨嗣昌倡为练饷之议，流毒天下，民怨沸腾'，实为陛下社稷着想，为天下百姓着想，并非有门户之见，徒事攻讦。臣二十年躬耕垅亩，中年出仕，两次削夺，今已五十余矣。幸蒙陛下圣恩宽大，赦臣不死，使臣得以垂老之年，重瞻天颜。臣即竭犬马之力，未必能报皇恩于万一；如遇事缄默，知而不言，则何以报陛下？何以尽臣职？增加练饷一事，实为祸国殃民之举。臣上月来京，路经江北、山东、畿辅，只见遍地荒残，盗贼如毛，白骨被野。想河南、陕西两省情况，必更甚于此。盗贼从何而来？说到究底，不过是因为富豪倚势欺压盘剥，官府横征暴敛，使小民弱者失业流离，饿死道旁，而强者铤而走险，相聚为盗。臣上次削夺之后，归耕田园，读书讲学，常与村野百姓为伍，闻见较切，参稽往史，不能不为陛下社稷忧。请陛下毅然下诏，罢练饷以收民心，斩杨嗣昌之头以为大臣倡议聚敛者戒！"

崇祯厉声说："你是天子近臣，不能代朕分忧。别人拿出筹饷练兵办法，你说是祸国殃民之举，这不是徒事攻讦是什么？加征练饷是朕亲自裁定。你说这个办法不好，哪是你的好办法？"崇祯怒不可遏，将桌子一拍，喝道："说！"

满朝文武见皇帝如此震怒，个个惊恐失色，替黄道周捏了一把冷汗。紫禁城上空滚动着沉闷的雷声。黄道周前天上疏时已经将最坏的结果作了估计，所以现在他只是想着这正是忠臣死谏的时候，心中并无生死顾虑，倔强地望着皇帝，慷慨回奏：

"臣自幼读圣贤书，考历代治乱兴亡之由，深知今日政事，以苛察聚敛为主。苛察繁则人人钳口，正气销沉；聚敛重则小民生机绝望，不啻为渊驱鱼，为丛驱雀。臣今日尚见有山东与畿辅百姓伏阙上书，他日必将失尽人心，连愿意前来上书的人也没有了。杨嗣昌的加征练饷办法是使朝廷饮鸩止渴……"

崇祯截断他的话头，说："休再啰唆！朕因流贼猖獗，东事日急，内外交困，不得不百计筹饷。不料朕向戚畹借助，戚畹抗旨；向百姓加赋，百姓怨言。你是天子近臣，也对加征练饷肆口诋毁，比为鸩毒。哼哼，成何话说！你如此诋毁练饷，试问你有何良策助朕筹饷练兵，以救目前危急？不筹饷，不练兵，罢掉杨嗣昌，派你代朕督师，你能将张献忠、李自成诸贼迅速剿灭或献俘阙下，清国家腹心之患？你不顾朕日夜为国事焦忧，妄肆攻讦，忠君爱国之心何在？哼！"

黄道周说："臣今日所言者，正是出自一片忠君爱国之心。流贼祸国，致劳宸忧，臣何尝不欲食其肉而寝其皮。至于东虏为患，臣平日既忧且愤，独恨杨嗣昌只知与东虏暗中议款，全忘《公羊》'尊王攘夷'之教。今日人心溃决……"

崇祯又截断说："我问你有何好办法筹饷练兵！"

黄道周说："大抵额设之兵，原有额饷。如今兵多虚冒，饷多中饱。但求认真实练，则兵无虚冒，饷自足用。所以核实兵额，禁绝中饱，即可足兵足饷。若兵不实练，虚冒与中饱如故，虽另行措饷，搜尽百姓脂膏，亦无裨益。目前不是无饷练兵，而是缺少清白奉公、认真做事的人。如得其人，则利归公家；不得其人，则利归私室。今日百姓负担之重，为祖宗列朝数倍。皇上深居九重，何能尽知？左右近臣，有谁敢据实奏闻！因陛下天威莫测，使耿介者缄口不言，怕事者唯唯诺诺，而小人则阿谀奉承。皇上左右之人，动不动就称颂陛下天纵英明，明察秋毫，而实在背后各自为私，遇事蒙混，将陛下孤立于上。行间每每掩败为胜，杀良冒功；到处人心涣散，不恨贼而恨兵；官以钱买，将以贿选。凡此种种，积弊如山，皇上何曾洞知？今日臣不避斧钺之诛，冒死直言，恳皇上三思！"

崇祯按捺着一腔怒火，又问："你如何说今日百姓负担之重为祖宗列朝数倍？"

道周说："万历时，因辽东军事日急，于正赋之外，每年增抽五百二十万两，名曰辽饷，百姓已经不堪其苦。皇上御极之初，又增加辽饷一百四十万两。崇祯十年，杨嗣昌定了三个月灭贼的期限，增剿饷二百八十万两，原说只征一年。陛下皇皇诏书中也说'暂苦吾民一年耳'。今已四年，并未停征。不意去年又加征练饷七百三十万两。合辽饷、剿饷、练饷共一千六百七十万两，均在正赋之外。请皇上勿再竭泽而渔，杀鸡取卵，为小民留一线生机！"

崇祯被刺到疼处，想大发作，但因为黄道周是当时全国闻名的儒臣，素为清议所推重，只好再忍耐一下。他用手在御案上毫无目的地画来画去，过了片刻，冷笑说：

"你所说的尽是书生之见，知经而不知权。你只看百姓目前负担很重，不知一旦流贼肃清，即可长享太平之乐。你只看练饷增赋七百三十万两，数目很大，不知赋出于土田，土田尽归有财有势之家所有。百亩田只增银三四钱，不惟无害于小民，且可以稍抑富豪兼并。"

黄道周立即回奏："国家土田，确实兼并成风，富者田连阡陌，贫者无立锥之地。然历朝田赋积弊甚深，有财有势者上下其手，多方欺隐，逃避征赋，土田多而纳粮反少；贫家小户则不敢欺隐，无力逃避，不惟照实纳粮，且受势豪大户转嫁之苦，往往土田少而纳粮反多。况田赋之外，每遇差科①，贪官污吏放富欺贫。故富者愈富，贫者愈贫。昔日中产之家，今多化为贫民，不恨贼而恨官府。陛下说增加田赋可以稍抑大户兼并，这是杨嗣昌去年面奏皇上之言，真是白日说梦，以君父为可欺，以国事为儿戏！"

崇祯喝道："不必再说，下去！"他看见黄道周不肯起去，便接着训斥说："国事日非，大臣们应该和衷共济，方不负朝廷厚望。你遇事攻击杨嗣昌，岂非私心太重，忽忘国家困难？如此晓晓争辩，泄汝私恨，殊失大臣体统！"

黄道周说："臣只知为百姓生计着想，为皇上社稷着想，不知何谓私心。"

崇祯说："朕听说你平日讲学常讲天理人欲，徒有虚名！朕闻凡事无所为而为者，谓之天理；有所为而为者，谓之人欲。多一分人欲便损一分天理。天理人欲，不容并立。三年前汝因不获入阁，遇事即攻击杨嗣昌，难道是无所为么？"

崇祯自认为是以孔孟之道治天下，而黄道周是当时有名的理学大儒，所以故意拾取宋儒朱熹常讲的"天理人欲"的牙慧，批评黄道周，好像忽然找到了一件锋利武器。然而黄道周今天在他面前犯颜廷争的是万分急迫的实际问题，所以不愿多谈"天理人欲"的道理，倔强地回答说：

"臣，臣，臣如何可以不言？臣读书数十年，于天人义利之辨，稍有所知。惟以忠君爱民为心，不以功名爵禄为怀。臣多年躬耕田垅，胼手胝足，衣布衣，食粗食，清贫自守，不慕荣利，天下人所共闻，岂因未曾入阁而始

---

① 差科——差役和杂派。差，音 chāi。

攻訏昌!"

崇祯自知责备黄道周有点理亏,虽然神色仍然十分严峻,却用稍微缓和的口气说:"清白操守,固是美德,但不可傲物,不可朋比。古人说伯夷为圣之清者,你比伯夷如何?朕知道你有操守,故屡次将你斥逐,究竟还想用你。没想到你偏激矫情,任性放肆,一至于此!姑念你是讲官①,这一次宽恕了你。以后不准再攻訏大臣,阻挠大计。下去吧!"

黄道周担心朝政这样下去,将有亡国之祸,所以才昧死直陈,希望有所挽救。他是宁死也不愿看见大明亡国的。现在见皇上并不体谅他的忠心,又不许他继续说话,他几乎要痛哭起来,大声说:

"陛下!臣句句话都是为君为国,不存半点私心。'夫民犹水也,水能载舟,亦能覆舟'。臣恐陛下如此一意孤行,必将使人心尽失,四海鼎沸,国事更不可收拾!"

"出去候旨!"

"征练饷,祸国殃民。臣今日不言,臣负陛下,亦负天下万民。陛下今日杀臣,陛下负臣!"

黄道周虽然没有明言将会亡国,但是崇祯十分敏感,从"臣负陛下"四个字听出来这种含意,不禁勃然大怒,动了杀他的心,拍案喝道:

"黄道周!尔如此胡搅蛮缠,争辩不止,全失去臣子对君父体统,实在可恶!你自以为名望甚高,朕不能治你的罪么?哼!少正卯也是闻人,徒以'心逆而险,行僻而坚,言伪而辩,记丑而博,顺非而泽',不免孔子之诛。今之人多类此者!"

"臣平日忠孝居心,无一毫偏私,非少正卯一类人物。"

崇祯一想,黄道周是个大儒,确实不是少正卯一类人物,所以尽管十分震怒,却是表现了破天荒的容忍,打算把黄道周喝退出朝,再议他一个罪名,贬他到几千里外去做个小官,永远不叫他重回朝廷。他怒视着黄道周,厉声喝道:

"黄道周出去!"

黄道周叩头起来,两腿酸麻,艰难地扭转身,踉踉跄跄地向外走去。崇祯望着他的脊背,想着自己对国事万般苦撑竟不能得他这样的大臣谅解,不

---

① 讲官——为皇帝讲书的官。

由地叹口气，恨恨地说：

"黄道周一生学问，只学会一个'佞'字！"

道周立刻车转身，重新跪下，双手按地，花白的长须在胸前索索颤抖。他沉痛而倔强地说：

"皇上说臣只学成一个'佞'字，臣愿把'忠、佞'二字对皇上剖析一下。倘若说在君父前独立敢言算是佞，难道在君父前谗诌面谀为忠么？忠佞不别，邪正淆矣，如何能做到政事清明！"

"你不顾国家急难，不思君父忧劳，徒事口舌之争以博取敢谏之名，非'佞'而何？"

"陛下所信者唯杨嗣昌。先增剿饷，继增练饷，均杨嗣昌所建议。杨嗣昌对东房不知整军经武，大张挞伐，只一味暗中求和。他举荐陈新甲为本兵，实为继续向东房议和计。似此祸国殃民，欺君罔上之人，而陛下宠之，信之，不以彼为佞臣。臣读书一生，只学会犯颜直谏，并未学会逢迎阿谀，欺君罔上，竟被陛下目为佞臣。……"

崇祯大喝道："给我拿了！如此狂悖，拿下去着实打！"

登时上来几个锦衣力士将黄道周从地上拖起来，推了出去。崇祯拍着御案咆哮说：

"着实打！着实打！"

满朝文武都震惊失色，颤栗不止，连平日与黄道周毫无来往的人们也害怕他今天会死于廷杖①之下。黄道周被踉跄地拖出午门，摘掉朝冠，扒掉朝服，推倒在地。他想着自己死于廷杖之下不足惜，可惜的是大明的国运不可挽回了。于是他挣扎着抬起头来，向午门望一眼，没有说别的话，只是喘着气呼喊两声：

"天乎！天乎！"

从文班中慌忙走出一人，年约四十多岁，中等身材，身穿六品文官的鹭鸶补服，到御案前一丈多远的地方跪下，叩个头，呼吸急促地说：

"乞皇上姑念黄道周的学问、操守为海内所钦，今日在皇上面前犯颜直谏，纯出于忠君爱国赤诚，宽饶了他。倘若黄道周死于杖下，反而成就了他

---

① 廷杖——明朝皇帝往往在朝廷殿阶下用棍子打朝臣，名叫廷杖。中叶以后，行刑处移到午门外边。

的敢谏之名，垂之史册亦将为陛下圣德之累。"

崇祯认得他是户部主事叶廷秀，厉声说："黄道周对君父狂悖无礼，杀之不足蔽其辜。你竟敢替他求情，定是他的一党！"

叶廷秀叩头说："臣与黄道周素不相识。"

"胡说！既敢为他求情，必是一党。拿下去着实打！"

不容分辩，叶廷秀登时被锦衣拿了，拖往午门外边。叶廷秀因在户部做官，对于农村崩溃情形知道较深，平日较一般朝臣头脑清醒。本来他想趁机向皇上陈述他对国事的看法，竟然连一点意见也没有来得及说出口来。

左都御史刘宗周由于职掌都察院，对朝廷敝政知道得较多且深，又因不久前从他的故乡绍兴来京复职，沿途见闻真切。处处灾荒惨重，人心思乱，以及山东和江北各地农民起义势如燎原，给他的震动很大，常怀着危亡之感。现在文武百官都吓得不敢做声，他一则不愿坐视大明的江山不保，二则想着自己是左都御史，不应该缄口不言，于是迈着老年人的蹒跚的步子走出班来，跪下叩头。他还没有来得及张嘴说话，崇祯愤愤地问：

"你是想替他们求情么？"

刘宗周回答说："叶廷秀虽然无罪，但因为他是臣的门生，臣不敢替他求情。臣要救的是黄道周。道周于学问无所不通，且极清贫，操守极严，实为后学师表。臣知陛下对道周并无积恨在心，只是因他过于戆直，惹陛下震怒，交付廷杖。一旦圣意回转而道周已死于廷杖之下，悔之何及！"

"黄道周狂悖欺君，理应论死！"

"按国法，大臣论死不外三种罪：一是谋逆，二是失封疆，三是贪酷。道周无此三罪。此外，皇上平日所深恶痛绝者是臣工结党，而道周无党。道周今日犯颜直谏，是出自一片是非之心，如鲠在喉，不得不吐，丝毫无结党之事。如说道周有党，三尺童子亦不肯信。臣与道周相识数十年，切知他实在无党。"

"今日不打黄道周，无法整肃朝纲。你不必多说，下去！"

"臣今年已六十三岁，在世之日无多……"

"下去！"

"愿陛下……"

"下去！"

"愿陛下为尧、舜之主，不愿陛下有杀贤之名。陛下即位以来，旰食宵

衣，为国忧勤，至今已十三年了。然天下事愈来愈坏，几至不可收拾，原因何在？臣以为陛下求治太急，用法太严，颁布诏令太繁，进退天下士太轻。大臣畏罪饰非，不肯尽职；一二敢言之臣，辄蒙重谴；故朝廷之上，正气不伸，皇上孤立。"

"胡说！朕何尝孤立？从万历以来，士大夫喜好结党，互相倾轧，已成风气。朕对此深恶痛绝，不稍宽容。这正是要伸正气，正士风。汝素有清直之名，岂能不知？显系与黄道周一鼻孔出气！……下去！"

"臣今日不将话说出来，死也不退。"

"你还要唠叨些什么？"

"臣以为目前大局糜烂，其症结在正气不伸，皇上孤立，故天下有人才而不得其用，用而不能尽其力；有饷而不能养兵，额多虚冒；有将而不能治兵，有兵而不能战，常以杀良冒功为能事。黄道周适才所奏，虽过于戆直，然实为救国良药。古人云，良药苦口利于病，忠言逆耳利于行。陛下若想收已失之人心，必须以尧、舜之心行尧、舜之政。若仍严刑峻法，使直言者常获重谴；日日讲聚敛，使百姓生机愈困；则天下事不堪问矣！"停了停，咽下去一股热泪，他抬起头继续说："陛下痛愤时艰，锐意求治，而二帝三王之道未暇讲求。……"

"非是朕不讲求，而是诸臣负朕。"崇祯忽然转向内侍问："黄道周打了没有？"

王德化跪下回奏："现在就要行刑。"

"快打！不要姑息！"崇祯回头来望着刘宗周，气呼呼地说："你们这班有名望的儒臣，只会把错误归给朝廷，博取高名。今日朕不责你，你也莫再啰唆。下去！"

"既然陛下重责黄道周，臣愈不能不将话说完。说出之后，虽死无憾。"

"你如此执拗，着实可恼！好吧，等打了黄道周、叶廷秀之后，再容你说。暂且起去！"

"臣话未说完，死不起去。"

"那你就跪着等候。"

雷声在紫禁城的上空隆隆响着。午门外的西墀下早已做好了行刑的准备，只是锦衣卫使吴孟明和监刑的东厂提督太监曹化淳想着皇上听了左都御史刘宗周的求情可能赦免黄、叶二人的廷杖，所以迟迟没有动刑。如今一声吆喝，廷杖就开始了。

作为崇祯的心腹和耳目,曹化淳坐在午门前的西墀上,监视行刑。吴孟明坐在他的右边,指挥行刑。大约有三十名东厂太监和锦衣卫的官员侍立在他们左右。在西墀下边站着一百名锦衣旗校,穿着有很多褶儿的猩红衣服,手执朱红大棍。黄道周被脸朝下按在地上。他的手和脚都被绑牢。有四个人用绳子从四面牵拽,使他的身子不能转动。当崇祯在金台上说出来"快打,不要姑息"的话以后,立刻就由随侍太监将这句话传出午门。吴孟明知道刘宗周求情不准,便对众旗校厉声吩咐:

"搁棍!"

"搁棍!!"站在下边的一百名旗校同声呼喊,声震午门。

喊声刚住,一个大汉从锦衣旗校队中走出,将一根红漆大棍搁在黄道周的大腿上。吴孟明喝一声"打!"下边一百名旗校齐声喝"打!"开始打起来。打了三下,吴孟明为着怕曹化淳在皇上面前说他坏话,大声喝:"着实打!"一百名旗校齐声喝:"着实打!"每打五下换一个行刑的人,仍像从前一样地吆喝一次"着实打"。吴孟明深知黄道周是当代大儒,不忍心使黄道周立刻死于杖下,所以总不喝出"用心打"三个字。如果他喝出这三个字,行刑的旗校只须几棍子就会结果道周的性命。曹化淳明白吴孟明的意思,他自己同黄道周也素无积怨,并不说话。

黄道周的脸碰在地上,鼻子和嘴唇碰破,斑白的胡须上染着鲜血。在受刑中他有时呼喊"苍天!苍天!"有时呼喊"太祖高皇帝"或"二宗列祖",却没有一句哀怜求饶的话。他的叫声逐渐衰弱。被打到四十棍以后,便不知道疼痛,不省人事,只仿佛听见远远的什么地方有微弱的吆喝声,同时仿佛觉得两腿和身子随着每一下打击震动一下。又过片刻,他的感觉全失了。

锦衣旗校用凉水将黄道周喷醒,因皇帝尚无恩旨赦免,只好再打。打到六十棍时,黄道周第二次死过去了。监刑太监曹化淳吩咐停刑,走到皇帝面前请旨,意思是想为黄道周留下来一条性命。崇祯的怒火丝毫未消,决心要把黄道周处死,给那些敢触犯"天威"的大小臣工做个样子。他只向曹化淳瞟了一眼,冷冷地说:

"再打二十!"

黄道周又一次被人用凉水喷醒,听说还要受杖,他只无力地呼叫一声:

"皇天后土！……"

廷杖又开始了。黄道周咬紧牙关，不再做声，心中但求速死。吴孟明有意关照，所以这后来的二十棍打得较轻。打过之后，黄道周的呼吸只剩下一股游丝般的幽幽气儿。人们按照廷杖老例，将他抬起来向地上摔了三次，然后往旁边一扔。虽然吴孟明使眼色叫大家轻轻摔，但是摔过之后，他第三次死了过去。一个旗校又替他喷了凉水，过了很久才看见他慢慢苏醒。

叶廷秀被打了一百棍子。亏他正在壮年，身体结实，只死去一次。等曹化淳报告两个罪臣都已经打毕，崇祯只轻轻说了两个字："下狱！"然后把愤怒的眼睛转向刘宗周。这个老臣在地上跪有半个多时辰了。

"你还有什么话说？"崇祯用威胁的口气问。

刘宗周抬起头来说："方才午门外杖责二臣，喊声动地，百官颤栗。今日对二臣行刑，天暗云愁，雷声不歇，岂非天有郁结之气不能泄耶？黄道周学养渊深，并世无二；立身行事，不愧古人；今以垂老之年蒙此重责，故天地为之愁惨。臣不为道周惜，而为陛下惜，为国法惜，也为天下万世惜！"说到这里，他觉得鼻子很酸，喉咙壅塞，几乎哽咽起来，只好略停片刻，然后接着说："昔魏征面斥唐太宗，太宗恨之，曾想杀之而终不肯杀，反且宠之，重之。汉武帝恶汲黯直谏，将汲黯贬出长安，实则予以优容。陛下既然想效法尧、舜，奈何行事反在汉、唐二主之下？这是老臣所惶惑不解的！至于……"

崇祯不等他说完就大声喝道："尽是胡说！听说汝平日讲学以诚敬为主。对君父如此肆意指责，诚敬何在？"

宗周说："臣在朝事君之日不多，平日岁月大半在读书讲学，也确实以诚敬为主，并着重慎独功夫。数十年来身体力行，不敢有负所学。臣向来不以面从为忠，故今日不避斧钺，直言苦谏。在君父面前当言不言，既是不诚，亦是不敬。臣今生余日无多，愿趁此为陛下痛陈时弊……"

崇祯将御案一拍，喝道："不准多说！尔与黄道周同恶共济，胆敢当面责备君父，实在可恶之极！着即革职，交刑部从重议罪。给我拉下去！"

刘宗周被拖出午门以后，崇祯在心中悻悻地说："唉，没想到朝纲与士风竟然如此败坏！这些大臣们目无君父，不加严处，如何了得！"他向内臣们瞟一眼，无力地低声吩咐：

"宣诸臣近前来，听朕面谕。"

文武百官听了宣召，无声地走到栏杆前边。勋戚、内阁辅臣和六部尚书靠近栏杆立定，其余百官依次而立，班次不免稍乱。御史和鸿胪官股栗屏息，忘记纠仪。全体朝臣除宽大朝服的窸窣声和极其轻微的靴底擦地声，没有任何别的声音。崇祯向大家的低垂着的脸孔上看了看，没有马上说话。刚才他的眼睛里愤怒得好像要冒出火来，现在虽然怒气未消，但多了些痛苦和忧郁神色。他心中明白，尽管他把黄道周和叶廷秀行了廷杖，把刘宗周交刑部议罪，尽管他也看得出如今恭立在他面前的文武百官大部分吓得脸色灰白，连大气儿也不敢出，但是他知道自己的雷霆之威并没有慑服黄道周等三个人，也没有赢得百官的诚心畏服。他从大家的神色上感觉到自己是孤立的，似乎多数文武还不能真明白他的苦衷。在平日上朝时他说话往往口气威严，现在他忽然一反往常，用一种很少有的软弱和自责的口气说：

"自朕登极以来，内外交讧，兵连祸结，水旱洊臻，灾异迭见。朕夙夜自思：皆朕不才，不能感发诸臣公忠为国之心；不智，不能明辨是非邪正，忠奸贤愚；不武，不能早日削平叛乱，登吾民于衽席。此皆朕之德薄能寡，处事不明，上负神明，下愧百姓，故'皇天现异，以戒朕躬'！"

百官很少听到皇上在上朝时说过责备自己的话，很多人都心中感动。但是大家也都明白他此刻如此，另一个时候就会完全变个样儿，所以只有一个朝臣向崇祯说几句阿谀解劝的话，别人都不做声。

崇祯喝了一口茶，又说："人心关系国运，故有时人心比天心更为可怕。有一等人，机诈存心，不能替君父分忧，专好党同伐异，假公济私。朝廷不得已才行一新政，他们全不替国家困难着想，百般阻挠，百般诋毁。像这等人，若论祖宗之法，当如何处？看来这贼寇却是易治，衣冠之盗甚是难除。以后再有这等的，立置重典。诸臣各宜洗涤肺肠，消除异见，共修职掌，赞朕中兴，同享太平之福。"

全体文武跪奏："谨遵钦谕！"

崇祯叫大家起来，又戒谕他们不要受黄道周和刘宗周二人劫持，同他们一样目无君父，诽谤朝廷，阻挠加征练饷，致干重谴。最后，他问道：

"你们诸臣还有什么话说？"

几位阁臣趁机会跪下去为刘宗周求情，说他多年住在绍兴蕺山①讲学，只是书生气重，与黄道周原非一党，请皇上对他宽宥。崇祯说：

---

① 蕺山——在绍兴北郊，上有蕺山书院，为刘宗周讲学地方。

"自从万历以来，士大夫多有利用讲学以树立党羽与朝廷对抗，形成风气，殊为可恨。这刘宗周多年在蕺山讲学，是否也有结党情形？"

一位阁臣奏道："刘宗周虽在蕺山讲学多年，天下学者尊为蕺山先生，尚未闻有结党情形。"

崇祯想了想，说："念他老耄昏聩，姑从诸先生之请，暂缓议罪。他身居都宪，对君父如此无礼，顿忘平生所学。着他好生回话。如仍不知罪，定要加重议处，决不宽容！"

他还要对叶廷秀的事说几句话，但是刚刚开口，一阵狂风夹着稀疏的大雨点和冰雹，突然来到。五凤楼上，雷电交加。一个炸雷将皇极门的鸱吻击落，震得门窗乱动。那个叫做金台的御座猛烈一晃，同时狂风将擎在御座上的黄罗伞向后吹倒。崇祯的脸色一变，赶快站起，在太监们的簇拥中乘辇跑回乾清宫。群臣乱了班次，慌张地奔出午门。那威严肃穆的仪仗队也在风、雨、冰雹、雷电中一哄跑散。

回到乾清宫以后，崇祯对于刚才雷震皇极门，动摇御座，以及狂风吹倒黄罗伞这些偶然现象，都看做大不吉利。他的心情十分灰暗，沉重，只好去奉先殿向祖宗的神灵祈祷。

第二十五章

刘宗周侥幸没有交刑部议罪，回到家中。朝中的同僚、门生和故旧有不少怕事的，不敢前来探看；有的只派家人拿拜帖来问问情况，表示关怀。但是亲自来看他的人还是很多。这些人，一部分是激于义愤，对刘宗周怀着无限的景仰和同情，由义愤产生胆量；一部分是平日关系较密，打算来劝劝刘宗周，不要再触动上怒，设法使这件事化凶为吉。刘宗周深知皇上多疑，耳目密伺甚严，对所有来看他的人一概不见，所有的拜帖一概退回，表示自己是戴罪之身，闭门省愆。

从朝中回来后，他就一个人在书房中沉思。家人把简单的午饭替他端到书房，但他吃得很少，几乎是原物端走。刘宗周平日照例要午睡片刻，所以在书斋中替他放了一张小床。今天，他躺下去不能成寐，不久就起来，时而兀坐案前，时而迈着蹒跚的脚步踱来踱去，不许家人打扰。起初，家人都以为他是在考虑如何写本，不敢打扰他；到了后半晌，见他尚未动笔，全家人都感到焦急和害怕起来。他的儿子刘汋字伯绳，年约四十上下，在当时儒林中也稍有名气，随侍在京。黄昏前，他奉母命来到书房，毕恭毕敬地垂手立在老人面前，说道：

"大人，我母亲叫儿子前来看看，奉旨回话之事不宜耽搁；最好在今日将本缮就，递进宫去，以释上怒。"

宗周叹口气说："我今日下朝回来，原是要闭户省愆，赶快写本回话，然默念时事，心情如焚，坐立不安。你回后宅去对母亲说：如何回话，我已想定，今晚写本，明日天明递进宫去，也不算迟。"

刘汋不敢催促父亲，又说："母亲因皇上震怒，责大人好生回话，心中十分忧惧。她本要亲自来书斋看看父亲，儿子因她老人家感冒才好，今日风雨交加，院中积水甚深，把她老人家劝住。她对儿子说，自古没有不是的君父，望大人在本上引罪自责，千万不必辩理。国事败坏如此，非大人只手可以回

天；目前但求上本之后，天威稍霁，以后尚可徐徐进谏。"

宗周痛苦地看了儿子一眼，说："读书人如何在朝中立身事君，我全明白，不用你母亲操心。"

刘汋低下头连答应两个"是"字，却不退出。他心中有话，不知是否应该禀告父亲。老人看出他似乎欲言又止，问道：

"你还有什么话想说？"

刘汋趋前半步，低声说："大人，从后半晌开始，在我们公馆附近，以及东西街口的茶楼酒肆之中，常有些形迹可疑的人。"

老人的心中一惊，随即又坦然下去，慢慢问道："你如何知道？"

"儿子出去送客，家人上街买东西，都曾看见。左右邻居也悄悄相告，嘱咐多加小心。儿子已命家人将大门紧闭，以后再有朝中哪位老爷来公馆拜候，或差人送拜帖前来，一概不开大门。"

刘宗周点点头，感慨地说："想必是东厂和锦衣卫的人了。"

"定然是的。"

"皇上如此猜疑大臣，如此倚信厂、卫，天下事更有何望！"停了一会儿，老人又对儿子说："圣怒如此，我今日不为自身担忧，而为黄、叶二位性命担忧。晚饭后，你亲自去镇抚司衙门一趟，打听他们受刑以后的情况如何。"

"大人，既然圣上多疑，最恨臣下有党，儿子前往镇抚司好么？"

"满朝都知我无党。此心光明，可对天日。你只去看一看石斋先生死活，何用害怕！"

刘汋见父亲意思坚决，不敢做声，恭敬退出。关于上本回话的事，他只好请母亲亲来婉劝。

到了晚上，刘宗周开始起草奏疏。窗子关得很严。风从纸缝中打阵儿吹进，吹得灯亮儿摇摇晃晃。他的眼睛本来早就花了，因灯亮儿不断摇晃，写字越发困难。倘若是别的大臣，一定会请一位善做文章的幕僚或门客起个稿子，自己只须推敲推敲，修改一下，交付书吏缮清。但刘宗周自来不肯这样。他每次上本，总是怀着无限诚敬，自己动笔，而且先净手，焚香，然后正襟危坐，一笔不苟地起稿。何况这封疏关系重大，他更不肯交别人去办。

他刚刚艰难地写出两段，他的夫人冒着雨，由丫环梅香搀扶着，来到书房。他停住笔，抬起头望了望，问道：

"这么大的雨，满院都是水，你感冒才好，来做什么？"

老夫人颤巍巍地走到书桌旁边坐下，轻轻地叹口气，说："唉，我不放心呀！今日幸亏众官相救，皇上圣恩宽大，没有立刻治罪，叫你下来回话。你打算如何回话？"

"你放心。我宁可削职为民，断不会阿谀求容，有负生平所学，为天下后世所笑。"

老夫人忧愁地说："唉，天呀，我就知道你会要固执到底！这样岂不惹皇上更加震怒？"

他故意安慰她说："皇上是英明之主，一时受了蒙蔽，此疏一上，必能恍然醒悟。"

"虽说皇上圣明，也要防天威莫测。万一他不醒悟怎么好？"

"忠臣事君，只问所言者是否有利于国，不问是否有利于身。当国势危急之日，不问自身荣辱，直言极谏，以匡朝廷之失，正是吾辈读书人立朝事君之道。朝廷设都御史这个官职，要它专纠百司①，辨明冤枉，提督各道②，为天子耳目风纪之官。我身为都宪，倘遇事唯唯诺诺，畏首畏尾，不能谏皇上明正赏罚，不能救直臣无辜受谴，不能使皇上罢聚敛之议，行宽仁之政，收既失之人心，不惟上负国恩，下负百姓，亦深负平生所学。"

"你说的道理很对，可是，我怕……。唉，你已经是六十多岁的人啦，还能够再经起一次挫折？如蒙重谴，如何得了啊！"

"正因为此生余日无多，不能不忠言谏君。"

"我怕你早晨上本，不到晚上就会像石斋先生一样。今日下半天，东厂和锦衣卫侦事件的人们就在附近不断窥探；听仆人们说，直到此刻，夜静人稀，风雨不住，还时有形迹可疑的人在门前行动。圣心猜疑如此，全无优容大臣之意，我劝你还是少进直谏吧。留得性命在，日后还有报主之日。"

"胡说！纵死于廷杖之下，我也要向皇上痛陈时弊。你与我夫妻数十年，且平日读书明理，何以今日如此不明事理？去吧，不要再说了！"

老夫人见他动了怒，望着他沉默一阵，用袖子揩揩眼泪，站了起来。她还是想劝劝丈夫，但是话到嘴边又咽了下去，摇摇头，深深地叹息一声，然后扶着丫环的肩膀，颤巍巍地离开书房，心中想到：一场大祸看来是逃不脱了！

---

① 百司——指所有衙门，也指百官。

② 各道——指全国十三道御史和按察使。

刘宗周拨大灯亮，继续起稿。他深知大明江山有累卵之危，而他宁死也不愿坐视局势日非而缄口不言。他想着近些年皇上重用太监做耳目；把心腹太监派去监军，当做国家干城；又以严刑峻法的刑名之学作为治国大道，不但不能使政治清明，反而使政令陷于烦琐。这样，就只能使国事一天比一天坏，坏到今日没法收拾的局面。……想到这些，他愤慨而痛心，如同骨鲠在喉，非吐不快，于是直率地写道：

> 耳目参于近侍，腹心寄于干城；治术杂刑名，政体归丛脞。天下事日坏而不可收拾！

窗外的雨声越发大了。雷声震耳，房屋和大地都被震动。闪电时时照得窗纸猛然一亮。灯光摇摆不停。刘宗周放下笔，慢慢地站起来，在布置得简单而古雅的书房中走来走去。许许多多的重大问题都涌现心头，使他十分激动，在心中叹道："如此下去，国家决无中兴之望！"他越想越决意把朝廷的重大弊政都写出来，纵然皇上能采纳十分之一也是好的。他一边迈着蹒跚的步子踱着，一边想着这封疏递上以后会不会被皇上采纳，不知不觉在一个书架前站住，仿佛看见自己被拖到午门外，打得血肉狼藉，死于廷杖之下，尸首抬回家来，他的老伴伏尸痛哭，抱怨他不听劝阻，致有此祸……

过了一阵，他把抚着白须的右手一挥，眼前的幻影登时消失。他又踱了几步，便回到桌边坐下，拿起笔来，心中一阵刺痛。一种可能亡国破家的隐痛，过去也出现过，而此时更为强烈。他不由地脱口而出地小声说：

"写！我一定要照实地写！"

他正在写着崇祯皇帝的种种错误行事，朝廷的种种弊政，突然一个特别响的霹雳在窗外爆炸，震得灯亮儿猛地一跳，几乎熄灭。狂风夹着倾盆大雨猛洒在屋瓦上、葡萄架上、庭院中的砖地上，发出海潮似的声音。刘宗周望望窗子，想着今夜北京城内不知会有多少人家墙倒屋塌，不觉叹口气说：

"不是久旱，便是暴雨成灾！"

他想起来前年秋天从浙江奉召来京时在长江以北所见的城乡惨象。淮河以南，几百里大水成灾，白浪滔天，一望无际，许多村庄仅仅露出树梢和屋脊。入山东境，大旱百日以上，禾苗尽枯，而飞蝗由微山湖荒滩上向东南飞翔，所过之处遮天蔽日，寸草不留。沿运河两岸，流民成群，男女倒毙路旁的到处可见。离运河十里之外，盗匪多如牛毛。尽管灾荒如此严重，但官府征派，有加无已。加上兵勇骚扰，甚于土匪。老百姓逃生无门，很多人只得投"贼"。到京之后，在召对时向皇上扼要奏陈，当时皇上也为之动容，深致慨叹。随后不久，畿辅和山东又经受了清兵烧杀掳掠的浩劫。他想，倘若朝政不认真改弦易辙，这风雨飘摇的江山还能够撑持多久？

他迅速走回桌旁坐下，加了两根灯草，提起笔来。可是他的眼睛昏花得实在厉害，低头看纸像隔着一层雾。勉强写了几个字，感到很吃力，心中说："唉，真是老了！上了这一本，即令不蒙重谴，再向皇上痛切进言的时候就没有啦！"忽然鼻子一酸，热泪盈眶，面前的什物全模糊了。

刘宗周正苦于写字艰难，书房门响了一下，刘汋进来，回身将雨伞放在门外，将门掩好。晚饭后，他到一位都察院的官员家里，约这位平日同镇抚司有熟人的官员陪他一道，去镇抚司狱中探听黄道周和叶廷秀二人情形，刚刚回来。老人一见他进来，没等他开口就急着问：

"石斋先生的情形如何？"

"还好。儿子亲自到了北司①探听，听说因为得到锦衣卫使吴大人的关照，狱中上下对他和叶先生都另眼相看，不会给他们苦吃。"

"我担心石斋受这样重杖，入狱后纵然不再吃苦，也不会活几天了。可惜，他的绝学②还没有一个传人！"

"请大人放心。厚载门③外有一位医生姓吕名邦相，善治棒伤，在京城颇有名气。这位吕先生已经八十多岁，早已不再行医。今日听街坊邻居谈论石斋先生为谏征练饷事受了廷杖，性命难保，就雇了一乘小轿到了北司，由孙子搀扶着进到狱中，替石斋先生医治。他在石斋先生的伤处割去许多烂肉，敷了药，用白布裹了起来，又开了一剂汤药。据北司的人们说，只要七天内不化脓溃烂就不要紧了。"

"谦斋的伤势不要紧吧？"

"叶先生的伤也不轻，不过有吕先生医治，决无性命危险。请大人放心。"

刘宗周啊了一声，略微有点放心。叶廷秀是他的得意门生，在学问上造

① 北司——锦衣卫所属管监狱的衙门有北镇抚司和南镇抚司。通常所说的镇抚司狱即属于北镇抚司。
② 绝学——黄道周在哲学思想上属于主观唯心主义，在当时以精于《易经》著称，被认为有独到的研究。
③ 厚载门——元代皇城的北门叫做厚载门，明代改称北安门（清代改称地安门），但当时人们习惯上仍称为厚载门。

诣很深，自从天启中成了进士，十几年来在朝做官，立身行事不辜负他的教导。尤其叶与黄确实素无来往，今天在皇上盛怒之下敢于挺身而出，救护道周，这件事使刘宗周极其满意。想了一下，他对儿子说：

"谦斋做了多年京官，家中人口多，一向困难，如今下狱，定然缺钱使用。你明天给他家里送三十两银子，见他的老母和夫人安慰几句。"

刘汋恭敬地答应一声，随即问道："大人要不要吃点东西？"

"不用。快去净净手来，我口授，你替我写。我毕竟老了，在灯下越发眼花得不能写字！"

刘汋还没有走，丫环梅香打着明角灯，把书房的门推开了。后边是老夫人，由一个打伞的丫环搀扶着，而她自己端着一小碗莲子汤，愁眉深锁地走了进来。刘汋赶快迎上去，用双手接住小碗，说道：

"下着雨，你老人家吩咐丫环们端来就行了，何必亲自送来？"

老夫人向丫环挥一下手，说："你们把灯笼放下走吧。"望着丫环们走后，她回头来噙着眼泪对儿子说："趁着雨已经下小了，我来看看你父亲，今晚再服侍他一次。我服侍他几十年，万一这封疏惹皇上震怒，我再想服侍他也不能了。"

刘汋望望母亲，又望望父亲，双手捧着莲子汤碗放到父亲面前，转回头来安慰母亲说：

"你老人家不必担心。皇上圣明，明天看见儿父的疏，圣怒自然就息了。"

"唉，妄想！伴君如伴虎，何况你父亲耿介成性，如今他不但不认罪，还要痛陈朝廷的弊政！"

刘宗周不愿让夫人多说话，对儿子说："汋，你把母亲送回后宅休息，净过手快来写字！"

老夫人很想坐在书房中陪着老头子熬个通宵，但是她知道老头子决不答应，而且她也不愿在这大难临头的时候徒然惹老头子生气。几十年来，她在儒家礼教的严格要求下过生活，是一位标准的贤妻良母，如今既然丈夫不听她的劝告，又不愿她留在身边，她只好离开书房。当儿子搀着她慢慢地走出书房时，她忍不住回头望望丈夫，低声说："莲子汤快凉啦，你快吃吧。"她的心中一酸，两行热泪簌簌地滚落下来，轻声地自言自语说："遇着这样朝廷，有什么办法啊！"回到后宅上房，她在椅子上颓然坐下，对儿子哽咽说：

"你父亲的本明日递进宫去，定会有大祸临头。你今夜能劝就劝劝他不要多说朝廷不是，如不能劝，就连夜做点准备。"

刘汋的脸色灰白，勉强安慰母亲说："请母亲不要过于担忧……"

刘汋净了手，回到书房。宗周在书架前来回踱着，用眼色指示他在桌边坐下。他不敢坐在父亲常坐的椅子上，用双手将父亲所著的《阳明传信录》一书从桌子右端捧起来放到别处，然后搬一个凳子放在桌子右首，恭恭敬敬地坐了下去。把父亲已经写出的部分奏稿看了一遍，他不由地出了一身热汗，站起来胆怯地说：

"大人，你老人家这样对陛下回话，岂不是火上浇油，更激陛下之怒？"

刘宗周在圈椅上坐下去，拈着花白长须问："屈原的《卜居》你可背得出来？"

"还能够背得出来。"

"屈子问卜人道：'宁正言不讳以危身乎？将从俗富贵以偷生乎？'假若是问你，你将何以回答？"

刘汋垂手恭立，不敢回答，大珠汗不住从鬓边滚出。

老人说："像黄石斋这样的人，敢在皇上面前犯颜直谏，正是屈子在《卜居》中所说的骐骥。你要你父亲'宁与骐骥亢轭①乎？将随驽马之迹乎？'"

刘汋吞吞吐吐地说："皇上的脾气，大人是知道的。恐怕此疏一上，大人将有不测之祸。"

老人说："我也想到这一点。可是流贼之祸，方兴未艾；东房窥伺，犹如北宋之末。我只想向皇上痛陈求治之道，改弦易辙，似乎尚可收桑榆之效。都察院职司风宪，我又身居堂官②，一言一行都应为百官表率。古人说：'疾风知劲草。'又云：'岁寒知松柏之后凋！'遇到今日这样大关节处，正要见大臣风骨，岂可苟且求容！"

"大人的意见自然很是。不过，皇上一向不喜欢逆耳之言……"

"住口！今日国势如此危急，我不能为朝廷正是非，振纪纲，使皇上行尧舜之政，已经是罪该万死，岂可再畏首畏尾，当言不言？我平生讲学，惟在'诚'、'敬'二字。言不由衷，欺骗皇上，即是不诚不敬。事到今日……（他本想说已有亡国之象，但没有说出口。）如果我只想着明哲保身，我这一

_____

① 亢轭——亢同"抗"，亢轭是并驾齐驱的意思。

② 堂官——主管长官，掌印堂。

生所学，岂非尽伪？死后将何以见东林诸先烈于地下？你的话，真是胡说！"

"儿子不敢劝大人明哲保身，只是……"

老人严厉地看儿子一眼，使他不敢把话说完，然后叹了口气，很伤心地说："我教你半生，竟不能使你成为君子之儒！读圣贤书，所学何事？遇到大关节处，竟然患得患失，亏你还是我的儿子！"

刘汋垂手而立，低着头，不敢看父亲，不敢做声；汗珠直冒，也不敢用手擦。过了一阵，见父亲不再继续斥责，虽然心中实认为父亲过于固执和迂阔，但也只得喃喃地说：

"请大人不要生气。儿子见道不深，一时错了。"

"你不是见道不深，而是根本没有见道。以后好生在践履笃实处下功夫，不要光记得书上的道理。坐下去，听我口授，写！"

等儿子坐下以后，刘宗周没有马上口授疏稿，忽然伤心地摇摇头，用沉痛的浙东口音朗诵出屈原的四句诗①：

> 余固知謇謇之为患兮，
> 忍而不能舍也。
> 指九天以为正兮，
> 夫惟灵修②之故也。

停了片刻，他把已经想好的一些意见对儿子慢慢地口授出来，而一经出口，便成了简练有力的文章。虽然他提不出一个裕饷强兵的建议，但是他的每一句话都指出了当时朝廷所推行的有害于民、无救于国的政令和积弊，许多话直率地批评到皇帝身上。过了一阵，他停下来望着儿子问：

"都写了么？"

"都写了。"刘汋实在害怕，随即站起来看看父亲的激动神色，大胆地问："大人，像这样责备朝廷的话敢写在疏上么？"

"只要有利于国，为什么不敢说？咳，你又怕了！"

"皇上刚愎好胜，讳言时弊，大人深知。像这般痛陈时弊的话，虽出自一片耿耿忠心，也恐不能见谅于上，徒招不测之祸。请大人……"

---

① 四句诗——这是《离骚》中的诗句。
② 灵修——指君王。

"杨椒山①劾严嵩，杨大洪②劾魏阉，只问是非，不问祸福；杀身成仁，为天地留正气。何况今日并无严嵩、魏忠贤，而今上又是大有为之君，我身为大臣，岂可缄默不言？坐下去，接着写吧。"

他每口授一段便停下，叫儿子念一遍让他听听，然后接着口授。幸亏他的老眼昏花，看不见儿子的手在微微打颤。全疏口授毕，他叫儿子从头到尾慢慢地读一遍，修改了一些用字和句子，又口述了贴黄内容，然后叫儿子拿出书房请门客连夜誊清。

窗外雨已停止，只是天上还不断地响着遥远的雷声。鸡叫头遍的时候，刘汋把誊好的奏疏拿进书房，叫醒坐在圈椅中刚刚朦胧睡去的老人，将疏捧到他的面前。他用双手接住，在灯下仔细地看了一遍，又看看本后贴黄，全部恭楷端正，点画无一笔误，然后轻声说道：

"随我到正厅去！"

刘宗周由儿子打着灯笼引路，来到正厅，面北恭立。老仆人不等吩咐就端来了一盆清水，整理香案。刘宗周先把奏疏摆在香案上，净手，焚香，向北行了一拜三叩头礼，然后叫仆人赶在黎明时候到会极门将奏疏递进宫去。这时，彻夜未曾合眼的老夫人由一个丫环扶着，从后宅来到正厅，看着丈夫"拜表"，不敢吭声；等仆人捧疏离去，不禁落下热泪，长叹一声。刘宗周望望她，想对她说一句安慰的话，但一时不知怎么说好，转身回书房去，等待着皇上治罪。

昨日黄昏因为下雨，乾清宫中更加昏暗，一盏一盏的宫灯全都点了起来。一个太监来到崇祯身边，问他是否"用膳"。他摇摇头，说道："急什么！"随即他想到曹化淳应该进宫来了，抬头问道：

"曹化淳还没来么？"

"曹化淳进宫多时了。只因皇爷正在省阅文书，不敢惊驾，在值房等候呼唤。"

"叫他来！"

曹化淳每天黄昏前照例要进宫一趟，有时上午也来，把崇祯所需要知道的事情秘密奏闻。有时没有重要事情，倘若皇帝高兴，他就把侦事番子们所

---

① 杨椒山——杨继盛字仲芳，号椒山。嘉靖时弹劾奸相严嵩十大罪，受廷杖，下狱，被杀。
② 杨大洪——杨涟字文儒，号大洪，天启时弹劾魏忠贤二十四大罪，惨死狱中。

禀报的京师臣民的隐私事告诉皇帝，而崇祯对臣民的隐私细故也很感兴趣。为着使东厂太监起到耳目作用，夜间只要曹化淳写一纸条，隔着东华门的缝隙投进来，立刻就会送到乾清宫。现在他望着跪在面前的曹化淳，问道：

"你知道黄道周这个老家伙在狱中说些什么话？"

曹化淳回答说："据侦事番子禀报，黄道周抬进镇抚司时，看见狱门上有'白云库'三个字，叹口气说：'这是周忠介和周宗建①两先生死的地方！'"

"可恶，他把自己比做周顺昌他们了。还说了些什么话？"

"他进狱后又说了一句话，奴婢不敢奏闻。"

"他又说了句什么话？你快说出吧，我不罪你。"

"他说：'皇上是尧、舜之君，老夫得为关龙逄、比干②足矣。'"

崇祯大怒，把御案一拍，骂道："可恶！这个老东西把朕视为桀、纣之君，真真该死！该死！"

"请皇爷息怒，不要同他一般见识。"

"刘宗周在做什么？都是什么人前去看他？"

"听说刘宗周回家以后，闭门省愆，谢绝宾客。有些同僚和门生前去探问，他全不接见。"

"哼，他只要畏惧知罪就好。我等着他如何回话！"

晚膳以后，他考虑着对黄道周如何处治。他曾经想过将黄道周移交刑部以诽谤君父的罪名问斩，但随即觉着不妥，那样，不但会有许多人上本申救，而他自己在史册上将留下杀戮儒臣的恶名。反复想了一阵，他忽然有了主意，就在一张小黄纸条上写道：

> 黄道周、叶廷秀，即予毕命，只云病故。谕吴孟明知道！

他把这个密谕看了看，外加密封，叫一个亲信的御前太监马上去亲手交给吴孟明，不许让任何人知道。

吴孟明捧着密旨一看，吓得脊背上冒出冷汗。将传密旨的御前太监送走以后，他一个人在签押房中盘算。他想，黄、叶二人都是有名的朝臣，而黄更是当代大儒，海内人望，不惟桃李满天下，而且不少故旧门生身居显要。

---

① 周忠介、周宗建——周顺昌谥号忠介，天启朝吏部主事。周宗建是天启朝御史。二人均被魏忠贤惨杀于镇抚司狱中。

② 关龙逄、比干——关龙逄因谏夏桀王被杀，比干因谏殷纣王被杀。

如果把他们二人在狱中害死，他不但生前受举国唾骂，死后也将遗臭万年。况且，皇上的脾气他非常清楚：做事常常反复，自己又不肯落半句不是。倘若过些时朝局一变，有人替黄道周和叶廷秀鸣冤，皇上是决不会替他吴某受过的。到那时，他怎敢把密旨拿出来替自己剖白？不管将来朝局怎样变，只要正气抬头，他都会落到田尔耕和许显纯①的下场。这太可怕了。可是现有皇上密旨，怎敢违抗？

吴孟明彷徨很久，思前想后，决定暂不执行密旨。他看见密旨上并没有限他今晚就将黄等结果，事情还有挽回余地。当夜他就写好一封密疏，五更时派长班到会极门递进宫中。疏中有这样的话："即令二臣当死，陛下何不交付法司明议其罪，使天下咸知二臣死于国法？若生杀出之卫臣与北司，天下后世谓陛下为何如主？"天色刚明，他就找东厂太监曹化淳去了。

在崇祯朝，锦衣卫和东厂都直接对皇帝负责。但吴孟明认为曹化淳毕竟是皇上的家奴，所以对曹化淳处处表示尊敬，不敢分庭抗礼。遇到有油水的大案子，他受贿多了，也不惜分给东厂太监。另外，东厂的把柄很多，瞒不住吴孟明，曹化淳也怕得罪了他，说不定什么时候自己也会吃亏。因此他对吴孟明也很好，遇事互相维持。他听了吴孟明谈了皇上的密旨以后，也赞同吴的谨慎处理，并答应亲自进宫去探一探皇上看过吴的回奏以后有什么动静，如果皇上对吴不满，他就设法相救。

吴孟明的密奏恰恰打中了崇祯的忌讳。崇祯一心要让后世称他为圣君，为英明之主，像这样命锦衣卫暗中害死两个儒臣，载之史册，确实不算光彩。可是昨天黄道周廷争的倔强劲儿，实在使他痛恨，而叶廷秀竟然敢替他说话，公然偏党，也不可饶。想来想去，不处死这二人他实不甘心。他正在沉吟，曹化淳进宫来了。平日，他把东厂和锦衣卫倚为心腹和耳目，但是对它们都不是完全放心，时常利用这两个机构互相监视。现在他有点疑心吴孟明受了廷臣嘱托，不完全是替他的"圣名"着想。听曹化淳奏完了几件事情之后，崇祯问他：

"曹伴伴，你同吴孟明常来往么？"

曹化淳躬身奏道："东厂与锦衣卫，一属内臣，一属外廷，只有公事来往，并无私人来往。"

---

① 田尔耕、许显纯——都是魏忠贤的心腹爪牙。田任锦衣卫使，许掌北镇抚司。崇祯登极后将他们杀了。

"朕想问你，吴孟明这个人办事如何？"

"俗话说，知子莫若父，知臣莫若君。陛下天纵英明，烛照幽隐，自然对吴孟明十分清楚。据奴婢看来，吴孟明倒是个小心谨慎、肯替陛下做事的人。"

"你知道吴孟明受贿么？"

曹化淳心中吃惊，说道："历朝锦衣卫使，不受贿的极少。自陛下登极以来，历任锦衣卫使尚不敢干犯法纪。奴婢也曾密饬侦事人暗中访查，尚未听到吴孟明贪贿情节。既然皇爷问起，奴婢再多方密查就是。"

崇祯没有做声。曹化淳也不敢多说一个字。他一走，崇祯就派原来给吴孟明送密旨的亲信太监去把密旨要回，由他亲自烧毁。

他决定把黄道周和叶廷秀的案子暂且搁下，让他们在镇抚司狱中吃苦，不杀也不放。想着近来他自己肝火很旺，在上朝时容易暴怒，有时对臣工拍案喝责，还有些事处置时不暇三思，事过不免后悔，所有这些，传到后世都会是"圣德之玷"。左思右想，满怀烦恼，不觉长叹。他把王德化叫到面前，说道：

"你派人到翰林院去，把近两年的《起居注》①取进宫来，替朕好生看看。倘有记得不实之处，务必仔细改正，以存信史。"

王德化完全懂得他的意思，奏道："皇爷是尧、舜之君，敬天法祖，勤政爱民，可为万世人君楷模。倘史臣们有记载不实之处，奴婢自当谨遵钦命，细心改正。"

崇祯又想了想，说："你替我传谕史官们，国家大政，有内阁红本②及诏谕在，日后修实录③可为依据。从今日起，这《起居注》不用记了。"

王德化走后不久，刘宗周的奏疏就送到了崇祯面前。同时送来的，还有一本是兵部题奏的陕西巡抚的紧急军情塘报。崇祯先拿起刘宗周的本，在心中说：

"哼，这个本到如今才送进宫来！我倒要看看你怎样回话！"

崇祯没有料到，刘宗周在疏中不但不向皇帝引罪自责，反而批评了朝廷

---

① 《起居注》——记载皇帝日常言行的册子。
② 红本——官员的奏疏统称"本"，经皇帝（或司礼监秉笔太监代他）用朱笔批过的叫做红本，存在内阁。
③ 实录——每一皇帝死后，史官们把这一朝的大事编纂成书，叫做实录。

的许多弊政，甚至直接批评了君父。崇祯还没有看完这封大胆的奏疏，已经怒不可遏，提起朱笔，想批交刑部从重议罪，但是忍一忍，将笔放下，继续看下去。刘宗周批评皇上经常用诏狱对待臣民，每年亲自断狱数千件，失去了"好生之德"。在政事上不顾大体，苛求琐屑末节，使政体挫伤。对地方官吏不问别的，只看完不成钱粮的就予以治罪，于是做官的越发贪污，为吏的越发横暴，逃避田赋的情况越发严重。对百姓"敲扑"繁多，使民生越发凋敝。用严刑峻法和沉重聚敛苦害百姓，所以盗贼一天比一天多。在军事上，他批评说：由皇上派遣太监监视军务，使封疆之臣没法负起职责。于是总督和巡抚无权，而武将一天比一天怯懦。武将怕死，士兵骄横，朝廷的威令行到督、抚身上也无济于事。朝廷勒限平贼，而军中每日杀良冒功，老百姓越发遭受屠戮。他接着恳求撤销监视太监，增加地方官的责任，征聘天下贤士，惩办贪酷官吏，颁布维新的政令。他最后恳求说：

> 速旌死事督臣卢象升而戮误国奸臣杨嗣昌以振纪纲。释直臣黄道周以开言路。逮一贯杀良冒功之跋扈悍将左良玉以慰中原之民心。停练饷之征，下罪己之诏，以示皇上维新之诚。断和议之念以示有敌无我。防关以备反攻①。防通、津、临、德②以备虏骑南下。

崇祯看完奏疏，不觉骂了一句："该死！"这一段奏疏中最刺痛他的话是要求他"下罪己之诏"。他想，国势如此，都是文武诸臣误国，他自己有什么不是？难道十三年来他不是辛辛苦苦地经营天下，总想励精图治，而大小臣工辜负了他的期望？其次最刺伤他的话是关于同满洲议和的问题。刘宗周像黄道周一样在奏疏中竟然使用"和议"二字，这是有意刺他，而且不但替已经死去的卢象升说话，还想阻挠今后再同满洲进行"议抚"，反对他的谋国大计。他在盛怒之下，在御案上捶了一拳，一跃而起，在乾清宫中绕着柱子走来走去。他一边走一边恨恨地想：如今国事败坏至此，没有人肯助他一臂之力，反而只看见皇亲们对他顽抗，大臣们对他批评，归过于他，老百姓不断来向他"伏阙上书"，而各地文官武将们只会向他报灾，报荒，请饷，请兵，请赈！

---

① 防关以备反攻——关指山海关。当时山海关仍是明朝对付清兵的重镇，支援辽东各城，而对历次南下清兵起到一定的牵制作用。这句话是建议加强山海关的防务，使以后南下的清兵不能从南边进攻（反攻）山海关。

② 通、津、临、德——即通州、天津、临清、德州，都是当时明朝对付南下清兵的战略要地。

他不管刘宗周对朝政的激烈批评正是要竭忠维护他的大明江山，决定对刘宗周从严处分，使臣工们不敢再批评"君父"。于是他回到御案，提起朱笔，在刘的奏疏后边批道：

> 刘宗周回话不惟无丝毫悔罪之意，且对朝廷狂肆抨击，对黄道周称为直臣，为之申救。如此偏党，岂堪宪职①？着将刘宗周先行革职，交刑部从重议罪！

阁臣们和刑部尚书、侍郎等进宫去跪在崇祯面前替刘宗周恳求从宽处分，情辞恳切。随后辅臣们也一起进宫求情，反复劝谏。崇祯的气慢慢消了，只将他"从轻"处分。

经大臣们尽力营救，次日早饭过后，刘宗周接到了削籍的"圣旨"。大臣削籍，本来可以一走了事，用不着去午门前叩辞皇帝，称做"辞阙"。但是刘宗周尽管对朝政十分失望，对皇帝却怀着无限忠心。他所属的大地主阶级和他这样数十年沉潜于孔孟之道的儒臣，同腐朽透顶的大明帝国有着血肉关系，也是大明帝国的真正支柱。他想着自己以后很难再回朝廷，担心自己的生前会遭逢"黍离之悲"②，于是就换上青衣小帽，到午门前边谢恩。他毕恭毕敬地跪在湿地上，向北五拜三叩头，想着国事日非，而自己已是暮年，这次回籍，恐怕以后再没有回朝奉君之日了。想到这里，两行热泪夺眶而出，几乎忍不住痛哭失声。

朝中的同僚、属吏、门生和故旧，知道刘宗周削了职，就要离京，纷纷赶到公馆看他，还要为他饯行。他一概不见，避免任何招摇。在他去午门谢恩时，已经吩咐家人雇了一辆轿车在公馆后门等候。这时他同夫人暗暗地走出后门，上了车，出朝阳门赶往通州上船。

运河上黄水暴涨，浊浪滔滔。幸喜新雨之后，炎热顿消，清风徐来。他穿一件半旧的湖绉圆领蓝色长袍，戴一顶玄色纱巾，像一般寒士打扮，坐在一只小船上，悠然看着运河两岸景色，对夫人说："我常想回蕺山书院，今日蒙恩削籍，方得如愿！"绍兴北乡蕺山一带秀丽的山光水色，那些古老的寺院建筑和王羲之的遗迹，从前师徒朋友们读书论道的生活，历历地浮现在他的眼前。过了一刻，他想起来黄道周和叶廷秀尚在狱中，将来未知死活，十分

---

① 宪职——指都御史的官职。
② 黍离之悲——亡国的悲痛。

放心不下。又想着自己一片忠心报主，原想对时事有所匡救，竟然削籍而归，忧国忧民的心愿付之东流，不禁心中刺疼。在离开午门时，他曾经于感怀万端中想了几句诗，现在他就磨墨展纸，提笔足成七律一首：

望阙辞君泪满袪，
孤臣九死罪何如！
常思报主忧怀切，
深愧匡时计虑疏。
白发萧萧清禁外，
丹心耿耿梦魂余。
蕺山去国三千里，
秋雨寒窗理旧书。

他把这首诗琅琅地读了两遍，加上一个《谢恩口占》的题目，交给夫人去看。他心中明白：各地民变正在如火如荼，绝无办法扑灭，杨嗣昌必将失败，以后局面更难收拾，他回到家乡未必能过着著书讲学的安静生活，说不定会做亡国之臣。他也明白：倘若不幸国破君亡，他素为"纲常名教"表率，到时候只能为国尽节，断无在新朝苟活之理。想到这地方好像预感到天崩地陷，既恐怖又伤心，默默不语。于是他手扶竹杖，独立船头，向着昌平十二陵一带的山色凝望。本朝二百七十年的盛衰史涌现心头，怀古思今，怆然泣下。

崇祯常常疑心臣下结党，对刘宗周也很不放心。他想着刘宗周不仅在全国士林中声望很高，而且在朝中故旧门生很多，又官居左都御史高位，不会没党。他叫东厂和锦衣卫加紧侦伺，只要查出京城中有人为宗周大事饯行，或说出抱怨朝廷的话，立即拿办。所以当刘宗周走的这天，东厂和锦衣卫的侦事番子布满了刘宗周的住宅附近以及从北京到通州运河码头。刘宗周从通州开船之后，曹化淳和吴孟明分别将他出京的情况面奏崇祯。崇祯这才放了心。他向吴孟明问：

"薛国观离京了么？"

吴孟明回奏说："薛国观今天早晨离京，回他的韩城原籍，携带行李很多。他系因贪贿罪削职回籍，所以朝中同僚无人敢去送行，只有内阁中书王陛彦前去他的住宅，在后门口被守候的锦衣旗校抓到，下到镇抚司狱中。"

崇祯说："要将这个王陛彦严刑拷问，叫他供出薛国观的纳贿实情。凡平

日与薛国观来往较多的朝臣，都须暗中侦明他们是不是也通贿了。近两三天中，京师臣民中有何议论？"

吴孟明知道：皇亲们听说薛国观削职回籍，暗暗称快。士民中有各种议论，有的批评朝廷无道，摧残敢言直臣，有的批评黄道周和刘宗周都是书呆子，不识时务，只懂得"愚忠"二字，还有的批评皇帝刚愎任性，不讲道理，今后国事更不可为。东厂和锦衣卫在这两天内已经抓了十几个妄议朝政的士民，将有的人打得半死，有的人罚了款，有的人下到狱中。但是所有百姓们议论朝政的话和抓人的事，吴孟明都不敢向崇祯奏明，反而胡诌说京城百姓都称颂皇上英明，对国事有通盘筹划，可惜黄道周和刘宗周只凭书生之见，不体会皇上的治国苦心，当面归过君父，受处分是理所当然。崇祯听了吴孟明的胡诌，心中略觉轻松，叫吴孟明退出。但他又怕受吴的欺瞒，等曹化淳进宫时又向曹化淳询问京城百姓的议论。曹、吴二人原是商量好的，所以曹的回奏几乎同吴的话完全一致。崇祯很喜欢曹化淳的忠诚，心里说："内臣毕竟是家奴，比外臣可靠！"他重新考虑着军饷问题，绕着乾清宫的柱子不停走动，自言自语地说：

"军饷，还得用借助办法。李国瑞的家产已经抄没了，下一次叫哪一家皇亲开头呢？"

第二十六章

一转眼，又是两个月过去了。

在这段时间里，崇祯得到飞奏，知道李自成已经从商洛山中突围出来，奔往鄂西。他很生气，下旨切责陕西、三边总督郑崇俭防范不严，使围歼李自成的事"功败垂成"。他又命杨嗣昌火速调兵围堵，不让李自成与张献忠在鄂西一带会合。但是他也明白，如今不管他的圣旨如何严厉，在行间都不能切实遵办。所以除为筹饷苦恼之外，又增添了新的忧虑。

崇祯认为，经过他对李国瑞家的严厉处分，如今再提借助，皇亲们决不敢再事顽抗。但他没有将重新向皇亲们借助的主意找任何大臣密商，而只在无意中对一两个亲信大太监露了口风。

崇祯的这个机密打算，很快地传到了戚畹中间，引起来很大惊慌。皇后也知道了。她不是从崇祯身边的亲信太监口中知道的，而是因为派坤宁宫的刘太监去嘉定伯府赏赐东西，嘉定伯周奎悄悄地向刘太监询问是否知道此事，刘太监回到坤宁宫后，就将这个消息以及戚畹人人自危情形，暗向皇后奏明。周后又命刘太监向皇帝身边的亲信太监暗中打听，果然不差，使她不能不格外地忧虑起来。

近些日子，她本来就在为田妃的事情忧虑。为田妃忧虑，也有一半是为她自己的命运忧虑。自从田妃谪居启祥宫后，她看出来皇上越发每日郁郁寡欢。在一个月前，他在所谓"万几之暇"，也常来坤宁宫玩玩，或者晚上留住在坤宁宫中，以排遣他的愁闷情怀。可是近来他总是独自闷在乾清宫中，除上朝和召见大臣外就埋头省阅文书，有时在宫中独自走来走去。坤宁宫他虽然还来，但是比往日稀少了。至于别的宫院，他更少去，也不宣召哪个妃嫔到乾清宫的养德斋去。为着撑持这一座破烂江山，周后自然担心崇祯会闷出病来。更使她担心的是皇上可能下诏选妃。这事情在宫中已经有了一些猜测，乾清宫的宫女们也看出来皇上已有此意。周后决不希望再有一个像田妃那样

的美人入宫。田妃虽然很美，但是田妃原是她同皇帝在崇祯元年一起从众多入宫被选的姑娘中选出来的，所以田妃始终对她怀着感恩的心情，尽管有时恃宠骄傲，却不敢过于放肆。再者，她比田妃只年长一岁，这也是田妃不能够专宠的重要原因。她今年已经三十岁了，倘若皇上再选一个像田妃那样美丽而聪明的妃子进宫，年纪只有十七八岁，就可能独占了皇上的心。这样的前途使她想着可怕。她十分明白，从来皇帝的宠爱是最不可靠的。就拿田妃说，那一天上午皇上还去承乾宫散心，告诉田妃说她永远不会失宠，可是下午就将她贬居冷宫。周后还听到乾清宫的宫女们传说，当时皇上十分震怒，曾有意将田娘娘"赐死"，至少削去她的贵妃称号，后来想到她所生的几个皇子和皇女，才转了念头，从轻处分。田妃的遭遇，难道不会落到她正宫娘娘的身上？自古以来，皇后被废黜，被杀害，或只顶一个皇后的空名义而过着幽居生活的并不少啊！

当周后正在忧心忡忡的日子，崇祯即将再次向戚畹借助的消息传到了她的耳中，就使三股忧虑缠绕到一起了。她心中盘算，再一次借助，皇上一定会命她的父亲在戚畹中做个倡导。她听说，上次借助从武清侯府开始，戚畹和勋旧就有闲言，说皇上放过有钱的至亲，却从远亲头上开刀，未免不公。她知道她父亲是一个十分吝啬的人，在借助的事上决不会做一个慷慨的出血筒子。倘若惹皇上震怒，很可能迁怒于她。倘若她的父亲受到严厉处分，更会牵连到她作为皇后的处境。一旦她的处境不利，皇上又选了稚年美慧的宠妃，不但她自己的命运更可怕，连她的儿子的太子地位也会摇动。田妃有时虽然使她不高兴，但毕竟不是赵飞燕一流女子。倘若宫中进来一个像赵飞燕那样的人，她同田妃就会落得像许皇后和班婕妤①的可怜下场。这么想着，她开始同情并且喜欢起田妃来了。

想了两天，周后决定一面暗中嘱咐她的父亲千万不要惹皇上生气，另一方面，她必须赶快解救田妃，使皇上和田妃和好如初。她早就明白，皇上很想念田妃，只是因为没有人从中替田妃求情，所以皇上不肯将田妃召回，才生出重新下诏选妃的念头。倘若这时候由她出面转圜，不惟皇上会对她高兴，也将使田妃永远对她感恩。

这是一个淡云笼罩的夏日，略有北风，并不太热。用过早膳以后，周后

---

① 许皇后和班婕妤——许是汉成帝的第一个皇后，班是妃子（婕妤是妃下边的一种名号）。后因赵飞燕入宫受宠，许后被废，赵立为后，班也失宠，退侍太后于长信宫。

命宫女刘清芬送几件东西往太子居住的钟粹宫中，看太子是否在读书，然后传谕备辇，要往永和宫去。坤宁宫的掌事太监刘安感到诧异，躬身奏道：

"永和宫中虽然如今百花盛开，也很凉爽，只是不曾好生布置。娘娘陛下突然前去赏花，恐有不便。可否改日前去？"

周后说："不要布置，我马上前去瞧瞧。"

刘安熟知皇后平日看花总要约袁妃一道，忙问："要宣袁娘娘一起去么？"

"不用。谁都不要告诉！"

于是周后上了凤辇，在一大群太监和宫女的簇拥中出了坤宁宫。所有的太监和宫女对皇后的如此突然决定去永和宫看花，也不约其他娘娘陪侍，都觉十分奇怪。

周后在永和门外下了凤辇，在百花丛中巡视一遍，作了一些指示，叫掌管永和宫养花的太监头儿按照她的"懿旨"重新布置，限在三天以内完成。她出了永和宫，想就近亲自去太子宫中看看。她想确实知道太子是否每日读书，所以她不许太监们前去传呼接驾，而且叫随驾的大部分太监和宫女都回坤宁宫去。当她快到钟粹宫时，原去钟粹宫送东西的宫女刘清芬迎面来到，跪在道旁接驾。皇后问道：

"长哥在做什么？"

刘清芬迟疑一下，回答说："长哥刚才读了一阵书，此刻在院中玩耍。"

皇后没再说话。凤辇也未停留，一直抬进钟粹宫二门以内。等钟粹宫的太监喊出"接驾"二字，她已经从凤辇中走下来，望着慌忙跪在地下接驾的太子和许多太监、宫女，一言不发，神气冷若冰霜。过了一阵，她回头来向刘清芬严厉地问：

"长哥显然是早就在院中打闹玩耍，你怎么敢对本宫不说实话？"

刘清芬虽然只有十六岁，但熟知宫中规矩森严，皇后一句话就可以将她置于死地。看见皇后如此盛怒，她伏俯地上，浑身哆嗦，不敢回答。周后望着太子冷笑一声，回头对刘清芬说：

"我知道你的错误不大，姑且从宽处分。你自己掌嘴！"

刘清芬用左右手连打自己脸颊，不敢轻打，大约每边脸打到十下，两颊和两掌已经红肿，方听见皇后轻声说："起去！"她赶快叩了三个头，口呼"谢恩！"爬起来退到后边。周后这时已经坐在一把椅子上，对着太子责备说：

"你是龙子龙孙，金枝玉叶，今日已为长哥，日后就是天下之主，怎么能同奴婢们摔起跤来？皇家体统何在？你虽然年纪尚小，也应该处处不失你做太子的尊严。就令是别的皇子，就令是尚未封王的皇子，也应该知道自己是龙子龙孙！"

周后不再深责太子，因为她认定主要错误是在太子左右的太监和宫女身上。她重新望一望刚才同太子摔跤并将太子摔倒后压在下边的那个小太监，叫他抬起头来。那是一个面貌俊秀、身材匀称、生着一双虎灵灵大眼睛的十二岁孩子，吓得脸色煞白。周后问道：

"你个小贱人知道是跟谁摔跤么？"

小太监伏俯地上说："回奏娘娘陛下，奴婢是跟长哥殿下摔跤。奴婢该死！奴婢该死！"

周后说："哼哼，你也知道他是长哥殿下！你们这班小贱人在侍候长哥读书之暇，陪着长哥玩耍是可以的，但怎么敢同他摔跤？怎么敢将他摔倒后压在他的身上？他虽小，可是东宫之主，国之储君；你是服侍他的奴婢！"

小太监连连叩头说："奴婢该死！奴婢该死！"

周后回头对随侍前来的刘安说："将他拉出宫去，乱棍打死！"

小太监一听说要将他处死，哀哭恳求皇后开恩，并哭求太子替他求情。太子慈烺平日最喜欢同这个小太监一起玩耍，赶快向皇后叩头恳求说：

"恳母后陛下开恩！刚才的事，都是孩儿不是。这个小奴婢原不敢同孩儿摔跤，是孩儿骂他几次，他才跟孩儿摔跤的。"

周后向慈烺看了一眼："不许多嘴！"她又催身边的掌事太监说："快命人将他拉出宫去，赶快处死！"

钟粹宫全体太监和宫女都明白太子所说的是实话，都跪在地上求皇后息怒开恩，留这个小太监一条"微命"。但周后盛怒未息，既不说赦免小太监的死，也不叫太子起来。刚才被责罚打自己嘴巴的小宫女刘清芬，两颊还在火辣辣地发疼，但确实知道小太监无罪，忍不住轻轻将吴婉容的衣襟拉了一下，用含泪的眼睛恳求她赶快跪下去替小太监说话乞恩。但是平日同她像亲姊妹一般相好的吴婉容竟然一动不动。她第二次拉一下吴的衣襟。"管家婆"回头来看她一眼，紧紧地咬着下嘴唇，同时将大眼睛半闭一下。这是暗号，使刘清芬恍然明白。这位被皇后信任的大宫女平日深恐几个同她亲密的宫女们获罪，曾暗中叮嘱她们：皇后陛下每当皇上来坤宁宫住宿时，就现出一副温柔贤良的面孔，太监和宫女们在她的面前多说几句话并不碍事；当皇后对着众多宫眷、命妇、太监和宫女摆出十分端庄高贵的面孔时，大家在她的面前言语动作就得格外谨慎；另外当皇后心中烦恼或者当什么人触犯皇后的尊严时候，谁在她的面前一不小心就会祸从天降，切记不要轻易说话，纵然天塌下来也只装没有看见。吴婉容还同大家姊妹们约定了几个暗号，以便互相关照，希望大家在这动辄得咎的深宫里平安无事，日后或许能熬到个出头之日。现在刘清芬看见"管家婆"姐姐的暗号，心头一凉，不觉浑身打个寒战，暗中悲痛小太监死得冤枉。

　　幸而由于钟粹宫中全体太监和宫女的叩头乞恩，周后没有再催促将小太监拉去处死。她不愿这件事闹得太大，会传到乾清宫中，对她和太子都有不利。但是她也不愿意让这个小孩子长留在太子身边。她看见这孩子脸孔清秀，眼有神采，口齿伶俐，倘若自幼就同慈烺狎昵惯了，等到慈烺登极之后，必会引导慈烺玩耍游乐，由他来擅权乱政，像魏忠贤那样。趁着众人替他乞求开恩，她宣旨饶他一死，罚他去昌平守陵，永远不许进宫。她正等着这个小太监叩头谢恩，没想到这小孩竟然哭着说：

　　"伏奏娘娘陛下，恳陛下赐奴婢在宫中自尽，不去昌平守陵。"

　　周后诧异，问道："你为什么宁愿死不去守陵？"

　　有片刻工夫，这小太监伏地不语，只是哭泣。原来他是河间府人，明朝太监多出在河间一带。三年以前，他的父亲因为家中日子不好过，在亲戚们的暗中撺掇之下，将他捆绑起来，不管他如何呼天叫地，哭死哭活，被大人们硬是按着他净了身①。半年之后，一位亲戚将他带来北京，转托与宫中太监有瓜葛的乡亲帮忙，将他送进宫中，去年又被挑选来钟粹宫，服侍太子。他虽然年龄不大，却是一个十分聪明有志气的孩子。刚被净身之后，他才九岁，曾几次打算跳井自尽，被大人发觉了，对他看守很严。入宫以后，他改换了打算。想着父母若不是日子十分困难，也不会先卖了他的姐姐，后来又对他下此毒手。他也看见，母亲在他净身后哭过多次，有时在夜间将他哭醒。所以后来他为着能够养活父母和弟妹们，反而希望能够进入皇宫。进宫以后，他听说几年前同乡中有两个人净身后不曾选上，只好住在皇城内有堂子②的佛寺中为前来洗澡的太监擦背，这种人俗称"无明白"，勉强混碗饭吃，因而他

---

① 净身——阉割。

② 堂子——即澡堂，明代又叫做混堂。

对自己的能够进宫感到庆幸。去年被挑入钟粹宫，他越发高兴，小心翼翼地服侍太子，对长辈太监也极恭顺，只求日后在宫中有个好的出路，挣钱养活父母和弟妹们的心愿不致落空。如今一听皇后说要将他送往昌平守陵，他觉得这样就一切完了，不如早死为好。周后见他竟敢以一死来对抗"懿旨"，愈不愿他将来再回到太子身边，对坤宁宫掌事太监说：

"这小贱人既然不愿去昌平守陵，你们就送他去西山守陵吧。"

刘安和几个较年长的太监都知道所谓去西山守陵，是守景帝陵或什么王、妃、公主等坟，远不如在昌平十二陵做一个守陵太监有出息。大家又赶快替他求情并责备他说："娘娘陛下已经开恩，饶你不死，口降懿旨送你去昌平守陵，真是天恩高厚，你还不赶快谢恩！"小太监明白皇后的"懿旨"已无可改变，只好叩头谢恩，又向太子叩头，向坤宁宫和钟粹宫的掌事太监叩头，然后由一个太监带着他收拾了行李，离开钟粹宫。

当小太监离开的时候，周后才命太子起来，随即对那个看太子摔跤的宫女说："你比长哥年长三四岁，我原以为你比较懂事，又读过书，所以挑选你服侍太子。今日长哥同奴婢摔跤，十分失体，你不但不曾谏阻，反而看见长哥跌倒后拍手大笑。你知罪么？"

这个宫女早已看透了宫中的处处虚假，人与人勾心斗角，争风吃醋，彼此倾轧，动不动就会大祸临头，所以在皇后处分那个无辜小太监时她已经打好了主意，一经问她是否知罪，她就立刻叩头回答：

"奴婢罪该万死，恳乞娘娘陛下开恩超生。奴婢愿去大高玄殿做女道士，每日焚香诵经，恭祝皇上和皇后两陛下万寿无疆。"

周后看着这个宫女面目俊俏，又比太子年长，生怕她再过两年会勾引太子"宠幸"，所以也巴不得使她趁早离开太子宫中，所以听了她的回奏，当即点头说：

"你愿意去大高玄殿学道修行，也是好事。本宫恩准了你，马上就叫人送你前去。刚才的罪，恩予免究。"

宫女叩头谢恩，又照例向太子叩头，向一些有地位的太监和宫女叩头，然后去收拾自己的东西。

周后又另外处分了几个宫女和太监。因为钟粹宫的掌事太监王明礼平日老成忠实，当太子同小太监摔跤时他正往乾清宫送太子近来所写的仿书，周后到后才回，所以周后只将他申斥一顿，未予责罚。周后吩咐所有太监和宫女不许将这事传到乾清宫，然后回坤宁宫去。

第二天上午，崇祯实在烦闷得要死，来到坤宁宫中。周后陪着他站在院子里看宫人们采茉莉，心中打算着要帮助田妃的事。正在这时，忽然从天空落下来一阵悦耳的银铃声，引得她和崇祯都仰头观看。天上湛蓝如海，没有纤云，但见一群鹁鸽，大部分洁白如雪，夹杂着少数灰色的、杂色的，在宫殿的上边盘旋，愈飞愈高，向西苑的方向飞去，最后连几点淡淡的影子也融进太空，只有隐约的银铃声还没有完全消失。他们都知道这一群鹁鸽是袁妃放的。她在翊坤宫为着排遣寂寞，养了一群鹁鸽，修了一座放鸽台，每当风日清和的早晨，亲自站在台上放鸽。周后看过鸽群飞往西苑以后，对崇祯含笑说：

"皇上，你刚才说你在乾清宫闷得心慌，想去一个什么地方散散心又觉得无处可去。袁妃那里，陛下一个月难得去一次，别的宫中陛下更不肯去，难道这三宫六院就没有一个可以解闷的地方？"

崇祯摇摇头，苦笑一下，叹口长气。他几乎想说出来他对川、鄂一带战事迟迟没有重大捷报和军饷困难的情况，但是话到口边就咽下去了。他是决不许后妃们过问国事的，也不许她们打听。周后不敢直接提起田妃，先从袁妃引头，说：

"我记得皇上去年夏天有一晚在翊坤宫看见袁妃在月下穿一件天水碧蝉翼纱宫衫，觉得很美，第二天皇上还对我赞不绝口。你今天既然很闷，懒得省阅文书，何不到翊坤宫玩玩，让袁妃再穿了那一件天水碧宫衫让皇上瞧瞧？"

"唉，到翊坤宫也不能使我解闷。"

"袁妃和田贵妃同时入宫，是我同皇上亲自挑选的。论容貌，袁妃虽不是国色，可也是不易多得。只是她性情过于敦厚一些，不善于先意承旨，所以皇上有时觉得她不十分有趣。其实，这恐怕正是她的长处。"周后打量了一下崇祯的神色，又笑着说："哟，我又想起来一个人儿，她一定能够替皇上解闷。派都人去把她召来好么？"

"你说的是谁？"

皇后赔笑说："此人虽然平时有恃宠骄傲的毛病，且不该为李家事说了错话，但罚在冷宫省愆已经有两个多月，深自悔罪。在众多妃嫔中只有她多才多艺，琴、棋、书、画都会，又能先意承旨。我将她召来当面向陛下谢罪好

么?"

崇祯的心中很想看见田妃,但是他知道田妃为替李家说一句话蒙谴的事早已传了出去,不如让她在启祥宫多住些日子,好使李家和那些皇亲们不敢抱任何妄想。沉吟片刻,他慢慢地回答说:

"我今天事多,等几天吧。"

崇祯刚说完这句话,王德化来到坤宁宫,向他启奏巩驸马和几位皇亲入宫求见,在文华殿前候旨。崇祯问:

"有哪些皇亲同来?"

"有新乐侯刘文炳,老皇亲张国纪,老驸马冉兴让。"

"他们来是为李国瑞的儿子求情么?"

"大概是的。"

"去,向他们传旨:倘若是为李存善的事,不要见我!"

王德化走后,崇祯想到了田妃所生的五皇子慈焕。他非常喜爱这个五岁的孩子,常常在烦闷的时候命宫女到启祥宫传旨,叫奶母和宫女们将慈焕送到乾清宫来玩耍一阵。近七八天因为五皇子患病,他没有再看见,心中确实想念,每天总要命太监或宫女到启祥宫询问病情。昨天得知慈焕的烧已减退,仍由太医们每日两次入宫,悉心医治。他现在向皇后问道:

"今日慈焕的病可又轻了一些?"

周皇后回答:"今早田妃命都人前来启奏,说慈焕昨晚服药之后,虽然回头,尚未完全退烧。"

崇祯生气地说:"这太医院的人们真是该死,竟然不能将这孩子的病早日治好!"

皇后笑着说:"皇上也听说京城有'三可笑'的谚语:'光禄寺的茶汤,武库司的刀枪,太医院的药方。'这几天,都是太医院使①亲率四名御医给慈焕诊病,斟酌脉方,非不尽心,可惜他们这些官儿们的本领反不如民间郎中。限于皇家的祖宗规矩,民间郎中自来不能召进宫来。"

崇祯经皇后提起那三句京城谚语,也略微笑了笑,随即无可奈何地摇摇头。周后为着替崇祯解闷,命宫女们将范选侍和薛选侍召进坤宁宫,为皇上弹琵琶。她们学琵琶都是田妃教的,被认为是田妃的"入室弟子"。崇祯不听

---

① 太医院使——太医院的主管官,也是御医。

则已，听她们弹过一曲《汉宫秋月》后反触起许多心事，不胜怅惘。周后趁机小声问道：

"皇上，你要是觉得她们弹得不好，我叫都人去将田娘娘召来为皇上弹一曲解闷如何？"

崇祯摇摇头，没有做声，脸上也没有一丝默然同意的表情。周后命两位选侍去便殿吃茶，又挥退左右的宫女和太监，向崇祯说：

"皇上，你一身系天下安危，如此终日寡欢，万一有损圣体，这个艰难局面如何支撑？"

崇祯不语，只轻轻叹口长气。

周后想了想，觉得机不可失，又说："听说永和门百花盛开，比往年更好。我吩咐奴婢们布置一下，后天同袁妃陪侍皇上去赏花如何？"

崇祯不好辜负周后的好意，点头同意。

周后送走崇祯以后，正要休息，忽然看见钟粹宫的掌事太监王明礼在院中同刘安私语。她命宫女将王明礼叫到面前，问他有何事启奏。王明礼来坤宁宫本来是要向皇后启奏那个被罚去昌平守陵的小太监昨天出了北安门①后，奋身投入御河，打捞不及，已经死了。但是刘安对他说："娘娘陛下这两日正在心烦，这是什么芝麻子儿大的事，也值得前来启奏！"所以他跪在皇后面前堆着笑容奏道：

"今早奴婢听乾清宫的御前牌子说，昨晚皇爷于万几之暇，看了长哥的十天仿书，圣心喜悦，龙颜含有笑容。奴婢不敢隐瞒，特来启奏娘娘陛下。"

周后信以为真，微微一笑，随即吩咐吴婉容拿出一些绸缎匹头和各种糖果，派四个宫女拿去赏赐钟粹宫的宫女和太监，另外也赏赐太子一些东西。

两天以后，周后用过早膳，在宫女们的服侍下换好衣服。明代历朝宫眷的暑衣遵照"祖制"，从来没有用纯素的，素葛也只有皇帝用，其余的人，包括皇后在内，都不敢用。两年前周后偶然用白纱做了一件长衫，不加任何彩饰，穿了以后请崇祯看。崇祯不但没有责备，反而十分喜欢，笑着说："真像是白衣大士！"从此，不但周后喜欢在夏天穿纯素的纱衫和裙子，而且所有的宫眷们都仿效起来，把将近三百年的宫中夏衣的祖宗制度稍稍改变。

---

① 北安门——清代改称地安门。

夜间微雨已晴，宫槐格外浓绿。皇后穿着纯素衫裙，不戴凤冠，只用茉莉花扎成一个花球，插在云鬟上；襟上也戴了一个小花球，用珍珠围绕一圈。宫女们打扮得花枝招展，擎着作简单仪仗用的羽扇、团扇和黄罗伞，捧着食盒，簇拥着皇后的凤辇来到乾清宫。袁妃已经在日精门外恭候。走进乾清宫同崇祯见了面，一同乘辇往永和门。在永和门下辇之后，崇祯走在前边，后边跟着周后、袁妃，一大群太监和宫女，缓步踱入花园。这儿不但有很多奇花异草，争芬斗妍，还有许多盆金鱼，都是些难得的名品。在花园的一角有一个茶豆架，下边放着一张藤桌，四把藤椅。藤桌上放着一把时壶①和四个宜兴瓷杯。按照封建贵族和士大夫的趣味说，这布置也算得古朴风雅，颇得幽野之趣。一道疏篱将茶豆架同花园隔开，柴门半掩。柴门上绕着缠松。竹篱上爬着牵牛。那些门、竹篱和茶豆架，都是周后依照自己幼年时候在老家宜兴一带所得的印象，吩咐永和宫的养花太监们在春天用心布置的。今天按周后的预先吩咐，在小花园一角的古松下，太湖石边，放了一张檀木琴桌，上边摆着一张古琴，一个宣德铜香炉，另外放一个青花瓷绣墩。

崇祯在宫中生活，到处是繁缛的礼节，单调而庄严的黄瓦红墙，案上又是看不完的各种不愉快的文书，忽然来到这样别致的一个地方，连说"新鲜，新鲜"。周后趁着他有些高兴，含笑说：

"皇上，难得今日赏花，可惜三宫②中独少东宫田妃。她在启祥宫省愆多日，颇知悔过，也很思念陛下。我叫都人去把她召来，一同赏花如何？"

崇祯不说不行，也不说行。周后同袁妃交换了一个微笑的眼色，立刻派宫女用袁妃的辇去接田妃。

田妃很快地乘辇来了。衣裙素净，没有特别打扮，仅仅在鬓边插了一朵相生粉红玫瑰。她向皇帝和皇后行了礼，同袁妃互相福了福，拉着袁妃的手立在皇后背后。崇祯望望她，登时为她的美丽心中一动，但表面上仍然保持着冷淡神情，只是不自觉地从嘴角泄露出一丝若有若无的笑意。田妃回避开他的眼光，低下头去，努力不让眼泪滚出。周后满心想使崇祯的心中愉快，说：

"田贵妃，今日难得皇上来永和门赏花消遣，你给皇上弹奏一曲何如？"

---

① 时壶——明朝中叶，宜兴人时大彬以制造茶壶著名，其所制茶壶被人们称为时壶，明末为收藏家所珍视，每一壶值百两银子以上。

② 三宫——明代承乾宫为东宫娘娘所居，翊坤宫为西宫娘娘所居，合坤宁宫（中宫）为三宫。

田妃躬身回答："谨遵懿旨。"随即她对随侍的一个宫女吩咐："快去启祥宫将我的琵琶取来。"

周后说："不用取琵琶。坤宁宫有旧藏古琴一张，原是北宋内廷珍物，上有宋徽宗御笔题字。我已命都人摆在那株松树下边，你去试弹一曲。这张古琴留在我那里也没有用，就赐给你吧。"

"谢皇后陛下赏赐！"田妃跪下哽咽说，趁机会滚出来两串热泪。

田妃走到太湖石边坐下，定了弦，略微凝神静坐片刻，使自己心清气平，杂念消退，然后开始弹了起来。她对于七弦琴的造诣虽不如对琵琶那样精深，但在六宫妃嫔和宫女中没有第二个人可以及得上她。她为着使崇祯高兴，先弹了一曲《烂柯游》。这支琴曲是崇祯在前几年自己谱写的，听起来枯燥、沉闷、单调、呆板，令人昏昏欲睡，但是等田妃弹毕，所有随侍左右的太监和宫女都向崇祯跪下齐呼："万岁！万岁！"稍停一下，田妃重调丝弦，接着弹了一曲《昭君怨》。人们听着听着，屏息无声，只偶尔交换一下眼色。从皇帝、皇后，下至宫女，没有人动一动，茶豆叶也似乎停止了摆动，只有田妃面前的宣德铜香炉中袅袅地升着一缕青烟。弹毕这支古曲以后，田妃站起来，向崇祯和周后躬身说：

"臣妾琴艺，本来甚浅，自省您以来，久未练习，指法生疏，更难得心应手。勉强恭奏一曲，定然难称圣心，乞皇上与皇后两陛下恕罪。"

周后向崇祯笑着问："皇上，你觉得她弹的如何？"

"还好，还好。"崇祯点头说，心中混合着高兴与怅惘情绪。

周后明白田妃故意弹这一支古宫怨曲来感动皇上，她担心皇上会因此心中不快，赶快转向田妃说：

"我记得皇上平日喜欢听你弹《平沙落雁》，你何不弹一曲请皇上听听？"

田妃跪下说："皇后陛下懿旨，臣妾岂敢不遵。只是因为五皇子的病，臣妾今日心绪不宁，实在不适宜弹《平沙落雁》这样琴曲。万一弹得不好，乞两位陛下鉴谅为幸。"

崇祯忙问："慈焕的病还不见轻么？"

田妃哽咽说："这孩子的病忽轻忽重，服药总不见效。这几天，臣妾天天都在为他斋戒祷告。"

崇祯决定立刻去看五皇子的病，便不再看花听琴，带着皇后、袁妃同田妃往启祥宫去。

五皇子慈焕刚刚退了高烧，从昏迷中醒了过来。崇祯和周后都用手摸了摸病儿的前额，又向乳母和宫女们问了些话。他在启祥宫坐了一阵，十分愁闷，命太监传谕在南宫建醮的一百多名僧道和在大高玄殿的女道士们都替五皇子诵经禳灾。

这天晚上，崇祯又来到启祥宫一趟。看见五皇子病情好转，只有微烧，开始吃了一点白糖稀粥，并能在奶母怀中用微弱的声音向他叫一声"父皇"，他的心中略觉宽慰，立刻命太监到太医院去，对太医院使和参加治疗的四位御医分别赏赐了很多东西。他本来想留在启祥宫中，但因为田妃正在斋戒，他只好仍回乾清宫去。

田妃在五皇子住的屋子里坐到二更时候，看着他的病情确实大轻，睡得安静，才回寝宫休息。又过了许久，玄武门正打三更。启祥宫中，除几个值夜的宫女和太监之外，所有的人都睡熟了，十分寂静。明朝宫中的规矩极严。宫眷有病，太医不能进入宫中向病人"望，闻，问，切"，只能在宫院的二门外听太监传说病情，然后处方。五皇子是男孩，可以由太医们直接切脉诊病。为着太医们不能进入启祥宫的二门，田妃从他患病开始就将他安置在二门外的西庑中，叫奶子和四个贴身服侍的宫女陪着他住在里边。其余服侍五皇子的宫女们都住在内院。东庑作为每日太医们商议处方和休息的地方，并在东庑中间的墙上悬挂着一张从太医院取来的画轴，上画着一位药王，腰挂药囊，坐在老虎背上，手执银针，斜望空中，而一条求医的巨龙从云端飞来，后半身隐藏在云朵里边。每日由奶子和宫女们向神像虔诚烧香。太监们多数留在承乾宫，少数白天来到启祥宫侍候，晚上仍回承乾宫去。如今半夜子时，在这二门外的院落中，只有奶子和两个在病儿床边守夜的宫女未睡。奶子命一个宫女蹑脚蹑手地走到院中，听听田妃所住的内院中没有一点声音，全宫中的宫女都睡得十分踏实，于是奶子变得神色紧张，使了一个眼色，同两个脸色灰白、心头乱跳的宫女向暗淡的灯影中消失了。

院中月光皎洁，黑黢黢的树影在窗上摇晃。屋中，黑影中有衣服的窸窣声，紧张的悄语声。一丝北风吹过，窗外树叶发出飒飒微响，使悄语声和衣服的窸窣声登时惊得停止。屋中出奇的寂静，静得瘆人。过了片刻，她们重新出现在慈焕的床边，但已经不是奶子和宫女，而变成了一位身穿袈裟模样的女菩萨和两个打扮奇怪的仙女。她们将慈焕摇醒，使他完全清醒地睁开眼睛。在一盏明角宫灯①的淡黄色的光亮下，病儿看清楚这三个陌生可怕的面孔和奇异的装束，大为惊恐，正要大哭，一个仙女怒目威吓说："不许哭！你哭一声我就咬你一口！"病儿不敢哭了，只用恐怖的眼睛望着她们。装扮菩萨的奶子注视着病儿的眼睛，用严厉的口气说："我是九莲菩萨。我是九莲菩萨。皇上待外家刻薄，我要叫他的皇子们个个死去，个个死去。"她说得很慢，很重，希望每个字都深印在小孩的心上。说过三遍之后，她问："你记住了么？"这声音是那么冷酷瘆人，使病儿不觉打哆嗦，用哭声回答："记……记住了。"旁边一个宫女严厉地问："你记了什么？学一遍试试！"病儿颤抖地学了一遍。另一个宫女威吓说："记清！九莲菩萨要叫你死，也叫个个皇子都死！"病儿再也忍耐不住，哇一声大哭起来。一个宫女将他身上的红罗被子一拉，蒙住了他的头。病儿不敢探出头来，在被中怕得要死，大声哭叫。过了一阵，蒙在他头上的被子拉开了。他重新看见床边站着最疼爱他的奶母和两个最会服侍他的都人。他哭着说："怕呀！怕呀！"浑身出汗，却又不住哆嗦。奶子将他抱起来，搂在怀中，问他看见了什么。病儿一边哭一边断断续续地说他看见了九莲菩萨，并将九莲菩萨的话反反复复地述说出来。奶子和两个值班的宫女都装做十分害怕，一再叫病儿说清楚。病儿看见他的奶母和宫女们也都害怕，越发恐怖，又连着重复几次。奶子赶快将另外几个年长的宫女都叫起来，大家都认为五皇子确实看见了孝定太后显灵，围着他没有主意。田妃被哭声惊醒，命一个宫女跑来询问。奶子慌忙跟着这个宫女进入田妃寝宫，奏明情况。田妃大惊，随着奶子和宫女奔了出来。

不管田妃和奶子如何哄，如何向神灵祈祷许愿，病儿一直不停地哭，不断地重复着九莲菩萨的话，但愈来声音愈嘶哑，逐渐地变得衰弱，模糊，并且开始打颤地手脚悸动，随后又开始浑身抽搐。大家慌忙将解救小儿惊风的丸药给他灌下去，也不见效。折腾到天色黎明，病儿的情况愈不济事了。田妃坐在椅子上绝望地痛哭起来，趁着皇上上朝之前，命一个宫女往乾清宫向崇祯奏明。

崇祯刚在乾清宫院中拜过天，吃了一碗燕窝汤，准备上朝，一眼扫到御案上放的一个由司礼监秉笔太监昨夜替他拟好的上谕稿子，内容叫在京的各家皇亲、勋旧为国借助。他因为还要在上边改动几个字，口气要严厉一点，

---

① 明角宫灯——用白色羊角薄片粘接起来做的灯笼。

以防皇亲们妄图顽抗，所以他暂时不叫文书房的太监拿去誊缮。他心中想道：

"我看再不会有哪家皇亲敢违抗朕的严旨！"

当他步下丹墀，正要上辇时候，忽见启祥宫的一个宫女惊慌跑来，跪在他的面前说五皇子的病情十分严重，已经转成惊风。崇祯大惊失色，问道：

"你说什么？昨晚不是已经大好了么？为什么突然转成惊风？"

跪在地上的宫女回答说："五皇子殿下昨晚确实大好了，不料三更以后，突然大变。起初惊恐不安，乱说胡话，见神见鬼，随即发起烧来。如今已经转成惊风，十分不好。"

崇祯骂道："混蛋！五岁的小孩，知道什么见神见鬼！"

他来不及叫太监备辇，起身就走。一群太监和宫女跟在背后。有一个太监赶快走到前边，向启祥宫跑去。出月华门向北走了一箭多远，崇祯才回头来对一个太监吩咐：

"快去午门传谕，今日早朝免了。"

田妃跪在启祥宫的二门外边接驾。因为前半夜睡得迟，又从半夜到现在她受着惊恐、绝望和痛苦的折磨，脸色憔悴苍白，眼皮红肿，头发蓬乱。崇祯没有同她说话，一直往五皇子住的地方走去。

五皇子躺在床上，正在抽风，神志昏迷，不会说话。因为皇上进来，奶子和几个宫女都跪在地上，不敢抬头。崇祯俯下身子看一看奄奄一息的病儿，又望望哭得像泪人儿一样的奶子，询问病情为什么竟变得如此突然。奶子和宫女们都俯地不敢回话。田妃在一旁躬身哽咽说：

"陛下！太医们昨日黄昏曾说，再有一两剂药，慈焕就可痊愈。为何三更后突然变化，臣妾也很奇怪。臣妾到二更时候，见慈焕病情确实大轻，睡得安静，才回寝宫休息。刚刚睡熟，忽被哭声惊醒，随即听都人们说慈焕半夜醒来，十分惊惧不安，如何说些怪话。臣妾赶快跑来，将慈焕抱在怀中，感到他头上身上发烧火烫，四肢梢发凉，神情十分异常，不断说些怪话。臣妾害怕他转成惊风，赶快命奶子将婴儿镇惊安神回春丹调了一匙，灌了下去，又用针扎他的人中。谁知到四更天气，看着看着转成了惊风……"

"为什么不早一点奏朕知道？"

"臣妾素知皇上每夜为国事操心，睡眠很晚，所以不敢惊驾，希望等到天明……"

崇祯不等田妃说完，立刻命一个太监去传太医院使和医官们火速进宫，然后又责问田妃：

"你难道就看不出来慈焕为什么突然变化？真是糊涂！"

田妃赶快跪下，颤栗地哽咽说："臣妾死罪！依臣妾看来，这孩子久病虚弱，半夜里突然看见了鬼神，受惊不过，所以病情忽变，四肢发冷，口说怪话。"

"他说的什么怪话？"

"臣妾不敢奏闻。"

"快说出来！"

"他连说：'我是九莲菩萨，我是九莲菩萨。皇上待外家刻薄，我要叫他的皇子们个个死去。'"田妃说完，伏地痛哭。

崇祯的脸色如土，又恐怖又悲伤地问："你可听清了这几句话？"

田妃哭着说："孩子说话不清，断断续续。臣妾听了几遍，听出来就是重复这两句话。"

崇祯转向跪在地上的奶子和几个宫女们："你们都听见了么？"

奶子和宫女们以头触地，颤栗地回答说"是"。崇祯明白这是为着李国瑞的事，孝定太后"显灵"，不禁捶胸顿足，哭着说："我对不起九莲菩萨，对不起孝定太后！"他猛转身向外走去。当他出了启祥宫门时，又命一个太监去催促太医们火速入宫，并说：

"你传我口谕：倘若救不活五皇子，朕决不宽恕他们！"

他回到乾清宫，抓起秉笔太监昨夜替他拟的那个上谕稿子撕毁，另外在御案上摊了一张高约一尺、长约二尺、墨印龙边黄纸，提起朱笔，默思片刻，下了决心，写了一道上谕：

> 朕以薄德，入承大统。敬天法祖，陨越是惧。黾勉苦撑，十有三载。天变迭见，灾荒荐臻。内有流寇之患，外有胡虏之忧。百姓死亡流离，千里为墟。朕中夜彷徨，五内如焚；避殿省愆，未回天心。近以帑藏枯竭，罗掘术穷，不得已俯从阁臣之议，而有借助之举。原期将伯助我[1]，稍纾时艰；孰意苦薄皇亲，弥增朕过。忆慈圣[2]之音容，宁不悲痛？闻表叔之薨逝，震悼何极！其武清侯世爵，即着由国瑞之子存善承袭，传之

---

① 将伯助我——语出《诗经》，意译是：请长者助我。
② 慈圣——指孝定太后。

万代，与国同休。前所没官之家产，全数发还。于戏①，国家不幸，事多乖张；皇天后土，实鉴朕衷！

他在慌乱中只求挽救慈焕性命，竟不管外戚封爵只有一代，传两三代已是"特恩"，他却写成了"传之万代"的糊涂话。他将亲手写成的上谕重看一遍，命太监送往尚宝司，在上边正中间盖一颗"皇帝之宝"，立刻发出。太监捧着他的手诏离开乾清宫后，崇祯掩面痛哭。他不仅仅是为爱子的恐将夭折而哭，更重要的是他被迫在皇亲们的顽抗下败阵，还得对孝定太后的神灵低头认错，而借助的事情化为泡影。

哭了一阵，崇祯乘辇去奉先殿祈祷，又哭了一次。他特别在孝定太后的神主前跪着祈祷和哭了很久。离开奉先殿以后，他匆匆乘辇往启祥宫，但是刚过螽斯门②，就听见从启祥宫传出来一阵哭声。他知道五皇子已经死了，悲叹一声，立刻回辇往乾清宫去。

已经是仲秋天气，紫禁城中的槐树和梧桐树开始落叶，好似深秋情景。一天午后，崇祯在文华殿先召见了户部尚书李待问，询问借用京城民间房租一年的事，进行情况如何。关于这事，京城中早已议论纷纷，民怨沸腾。从崇祯八年开始，就在全国大城市征收间架税（即近代所谓房捐），虽然别的城市没有行通，北京城里有房产的一般平民却每年都得按房屋的多寡和大小出钱。如今要强借房租一年，所以百姓们都把"崇祯"读做"重征"。那些靠房租生活的小户人家更是心中暗恨。但是李待问不敢将实情奏明，只说还算顺利。随即崇祯又召见了兵部尚书陈新甲，密询了对满洲议和的事，知道尚无眉目，而川、鄂交界一带的军情也没有多大进展。他回到乾清宫，对着从全国各地来的军情和报灾文书，不禁长叹。他暂时不看堆在案上的这些文书，将王承恩叫到面前，吩咐去找礼部尚书传他的口谕，要将五皇子追封为王，命礼部速议谥号和追封仪注回奏。王承恩刚走，已经迁回承乾宫一个月的田妃跟着皇后来了。田妃对他叩了头，跪在地上没有起来。皇后说：

"皇上，承乾宫今日又出了两桩意外的事，贵妃特来向陛下奏明，请旨发落。"

---

① 于戏——即"呜呼"的另一写法。
② 螽斯门——紫禁城内西二长街的南门，启祥宫在它的紧西边。

崇祯突然一急，瞪着田妃问："什么意外的事？"

田妃哽咽说："臣妾罪孽深重，上天降罚，一些不祥之事都出在臣妾宫中。自从慈焕死后，他的奶母神志失常，经常哭泣，近日回家治病，没想到竟然会在今日五更自缢而死。她的家人将她自缢身死的事报入臣妾宫中不到半日，有两个原来服侍慈焕的都人也自缢死了。"

崇祯感到吃惊，也很纳罕。他明白这件事很不平常，宫中像这样半日内三个人接连自尽的事从来没有，必然有特别文章。打量田妃片刻，觉得不像与她有什么关系。他忘叫田妃起来，只顾猜想，却百思不得其解。他根本没有想到，李国瑞的家人和另外一家皇亲暗中买通了五皇子的奶母，又经过奶母买通了两个宫女，玩了这一诡计。奶子原以为现拿到一万多两银子与两个宫女分用，对五皇子也无大碍，等五皇子十岁封了王位，她就以亲王奶母的身份享不尽荣华富贵。不意久病虚弱的五皇子竟然惊悸而死，更不意曹化淳前天晚上派人到她的家里去敲诈五千两银子，声言要向皇上告密，所以她就上吊死了。消息传进承乾宫，那两个宫女认为事情已经败露，也跟着自尽。曹化淳虽然侦查出一点眉目，但因为这案子牵涉几家皇亲，包括田妃的娘家在内，还牵涉到承乾宫的一个太监，此人出于他的门下，所以就对崇祯隐瞒住了。

崇祯从椅子上跳起来，急躁地来回走动。他害怕这事倘若在臣民中传扬开去，不管人们如何猜测，都将成为"圣德之累"。这么一想，他恨恨地跺跺脚，叹口长气。于是命田妃起来，然后对皇后说：

"奶子抚育慈焕五载，义属君臣，情犹母子。一旦慈焕夭殇，她悲痛绝望，为此而死，也应予优恤表彰。可由你降一道懿旨，厚恤奶子家人，并命奶子府①中供其神主，以资奖励。那两个自尽的都人，对五皇子志诚可嘉。她们的遗体不必交净乐堂焚化，可按照天顺前宫人殉葬故事②，好生装殓，埋在慈焕的坟墓旁边，就这样发落吧。"

周后和田妃领旨退出乾清宫，尽管都称颂皇上的处置十分妥当，却没有消除她们各自心中的迷雾疑云。

---

① 奶子府——明代供应宫中奶母的机关，经常准备有四十名奶母住在里边。地址在东安门北边，今灯市西大街即其所在地。

② 宫人殉葬故事——故事即旧例。明朝前期，每一皇帝死后都有许多宫眷（妃子和宫女）殉葬。到英宗临死时，谕令不要宫眷殉葬，从此终止了这一野蛮制度。天顺为明英宗第二个年号。

　　黄昏时候，锦衣卫使吴孟明来到乾清宫，向崇祯禀报薛国观已经于今天下午逮到北京，暂时住在宣武门外一处僧舍中。崇祯的脸色阴沉，说：

　　"知道了。你暂回锦衣卫候旨。"

　　两个月前，薛国观被削籍为民，回陕西韩城原籍。崇祯心中明白关于薛国观贪贿的罪案，都难坐实，所以仅罚他赃银九千两。在当时贪污成风，一个大臣即令确实贪贿九千两，也是比较小的数目，没有处死的道理。只是由于五皇子一死，崇祯决定杀他以谢孝定太后"在天之灵"，命锦衣飞骑追往他的原籍，将他逮进京来。

　　晚上，浓云密布，起了北风，淅淅沥沥地下起雨来。约摸二更时候，崇祯下一手诏将薛国观"赐死"。将近三更时候，奉命监视薛国观自尽的御史郝晋先到僧舍。薛国观仓皇出迎，问道：

　　"君半夜冒雨前来，皇上对仆有处分么？"

　　郝晋说："王陛彦已有旨处决了。"

　　薛猛一惊："仆与王陛彦同时处决么？"

　　郝晋说："不至如此。马上就有诏来。……"

　　郝晋的话还未说完，一位锦衣卫官带着几名旗校到了。那锦衣卫官手捧皇帝手诏，高声叫道：

　　"薛国观听旨！"

　　薛国观浑身颤栗，立即跪下，听锦衣官宣读圣旨。圣旨写不出将他处死的重大罪款，只笼统地说他"贪污有据"。手诏的最后写道："着即赐死，家产籍没。钦此！"薛国观听到这里，强装镇定，再拜谢恩，随即从嘴角流露出一丝冷酷的微笑，说："幸甚！幸甚！倘若不籍没臣的家产，不会知道臣的家底多大！"他直到现在还不知道自己被处死的真正原因，于是从地上站起来，叫仆人拿出一张纸摊在几上，坐在椅子上提笔写了一行大字：

　　　　谋杀臣者，吴昌时也！

　　锦衣旗校已经在屋梁上绑好一根丝绳，下边放着三块砖头。郝晋因见丝绳很细，说道：

　　"相公①身子胖大，恐怕会断。"

　　薛国观起初对于死十分恐怖，现在好像看透了一切，也预料崇祯未必有

---

　　① 相公——古人对宰相的称呼。

好的下场，心情忽然镇定了。他从椅子上站起来，亲自站在砖头上将丝绳用力拉了三下，说："行了。"郝晋和锦衣旗校们没有人能理解他在临死的片刻有些什么想法，只见他似乎并无戚容，嘴角又一次流露出隐约的冷笑。他将脖子伸进丝绳套里，将脚下的砖头踢倒。

崇祯登极十三年来杀戮的大臣很多，但杀首辅还是第一次，所以他坐在乾清宫的御案前批阅文书，等候锦衣卫复命。三更过后不久，两个值班的司礼监秉笔太监走到他跟前，启奏锦衣卫官刚才到东华门复命，说薛国观已经死了，并将薛国观临死时写的一句话摊在御案上。崇祯看了看，问道："这吴昌时好不好？"虽然两位秉笔太监和侍立身边的两个太监都知道吴昌时在朝中被看成是阴险卑鄙的小人，但他们深知皇上最忌内臣与外廷有来往，处处多疑，所以都说不知道，不曾听人谈过。

因为薛国观已经"赐死"，崇祯认为他已经替五皇子报了仇，已经对得起孝定太后的在天之灵，心中稍觉安慰。但立刻他又想到军饷无法筹措，纵然抄没薛国观的家产也不会弄到多少钱，心头又转而沉重起来，怅惘地暗暗感慨：如果薛国观像严嵩等那样贪污得多，能抄没几百万两黄金和几千万两银子也好了！思索片刻，他将一大堆吁请减免征赋的奏本向旁边一推，不再去看，提起朱笔给户部写了一道手谕，命该衙门立即向全国各地严催欠赋，不得姑息败事。

他又想应该在宫中撙节一切可以撙节的钱，用在剿灭张献忠和李自成的军费上。从哪儿撙节呢？想来想去，他想到膳食费上。不久前他看见光禄寺的奏报：他自己每月膳费一千零四十六两，厨料在外，制造御酒灵露饮的粳米、老米、黍米都不算在内；皇后每月膳费三百三十五两，厨料二十五两八钱；懿安皇后相同；各妃和太子、皇子们的膳费也很可观。但是他不能削减皇后的膳费，那样会影响懿安皇后。皇后不减，各妃和太子、皇子等自然也不能减少。他只能在自己的膳费上打主意。他想到神宗朝御膳丰盛，为列朝所未有，却不支光禄寺一两银子。那时候内臣十分有钱，御膳由司礼监掌印太监、秉笔太监、东厂提督太监轮流备办，互相比赛奢侈。每个太监轮到自己备办御膳，还收买一些十分名贵的书画、玉器、古玩，进给万历皇帝"侑馔"，名为孝顺。天启时也是如此。他登极以后，为着节省对办膳太监的不断赏赐，同时也因为他深知这班大太监们的银子都来路不正，才把这个旧例禁止。可是现在他怀念这一旧例。他想着这班大太监都明白目前国家有多么困

紫禁城内外

难，命他们轮流备办御膳，可以不必花费赏赐。想好以后，他决定明天就告诉王德化，仍遵祖制由几个地位高的内臣轮月备办御膳，免得辜负内臣们对他的孝顺之心。

他带着未看完的一叠文书回到养德斋。该到睡觉的时候了。但是他的心情极坏，又想起来向戚畹借助这件事，感到懊悔，沉重地叹息一声，恨恨地说：

"薛国观死有余辜！"停一停，又说："要不是有张献忠、李自成这班流贼，朕何以会有今日艰难处境！"

不知什么时候，崇祯在苦恼中朦胧入睡。值夜的宫女小心地把他手中的和被子上的一些文书收拾一下，放在檀木几上，又替他把身上的黄缎盘龙绣被盖好。因为门窗关闭很严，屋里的空气很不新鲜，令人感到窒息。她不声不响地走到窗前，看看御案上宣德炉中的龙涎香已经熄灭，随即点了一盘内府所制黑色龙盘香。一股细细的青烟袅袅升起，屋里登时散满了沁人心脾的幽香。她正要走出，忽听崇祯愤怒地大声说道："剿抚两败，贻误封疆，将他从严惩处！"她吓了一跳，慌张回顾，看见皇上睡得正熟，才端着冰凉的宣德炉，踮着脚尖儿走了出去。

窗外，雨声淅沥，雷声不断。雨点打在白玉阶上，梧桐叶上，分外地响。风声缓一阵，紧一阵，时常把雨点吹过画廊，敲在窗上，又把殿角的铁马吹得丁丁冬冬。崇祯因为睡眠不安，这些声音时常带进梦中，扰乱心魂。四更以后，一阵雷声在乾清宫的上边响过。他从梦中一乍醒来，在风声、雨声、闷雷声和铁马丁冬声中，听到一个凄惨的颤栗哭声，以为听见鬼哭，惊了一身冷汗。定神细听，不是鬼哭，而是从乾清宫院外传来的断续悲凄的女子叫声：

"天下〰〰太平！……天下〰〰太平！……天下〰〰太平！……"

他明白了。宫中为使用需要，为宫女设一内书堂，由司礼监选择年高有学问的太监教宫女读书，读书成绩好的宫女可以升为女秀才，再升女史；犯了错误的就得受罚，轻则用戒方打掌，重则罚跪孔子神主前。还有一种处罚办法是命受罚的宫女夜间提着铜铃打更，从乾清宫外的日精门经过乾清门到月华门，来回巡逻，一边走一边摇铃，高唱"天下太平"。今夜风雨昏黑，悲惨的叫声伴着丁当丁当的铜铃声断续地传进养德斋。崇祯静听一阵，叹口气说：

"天下哪里还有太平！"

他望着几上堆的一叠紧急文书，心思转到国事上去，于是风声、雨声、雷声、铃声，混合着凄惨叫声，全在他的耳旁模糊了。他起初想着遍地荒乱局面，不知如何收拾；过了一阵，思想集中在对张献忠和李自成的军事上，心情沉重万分。正在想着剿贼毫无胜利把握，忽然又听见那个小宫女在乾清宫院外的风、雨、闷雷声中摇铃高唱：

"天下〰〰太平！……天下〰〰太平！……"

十三年来他天天盼望着天下太平，可是今夜他害怕听见这句颂词，不觉狠狠地朝床上捶了一拳，随即吩咐帘外的太监说：

"传旨叫她睡觉去吧，莫再摇铃喊'天下太平'了！"